마리암의 노래

Das Lied von Baharehan Maryam

마리암의 노래

초판 1쇄 발행 2023년 11월 10일

지은이 | 주동근

펴낸곳 | (주)태학사
등록 | 제406-2020-000008호
주소 | 경기도 파주시 광인사길 217
전화 | 031-955-7580
전송 | 031-955-0910
전자우편 | thspub@daum.net
홈페이지 | www.thaehaksa.com

편집 | 조윤형 여미숙 고여림
디자인 | 김현주
마케팅 | 김일신
경영지원 | 김영지
인쇄·제책 | 영신사

값 19,800원
ISBN 979-11-6810-208-8 (03810)

책임편집 | 조윤형
표지디자인 | 김현주
본문디자인 | 최형필

이 도서는 한국출판문화산업진흥원의 '2023년 우수출판콘텐츠 제작 지원' 사업 선정작입니다.

주동근 장편소설

중세 마리암공주와 현대 마리암이
시공간을 초월해 함께 부르는
경이로운 노래

마리암의 노래

Das Lied von Baharehan Maryam

태학사

차례

프롤로그 • 7

제1부

1. 붉디붉은 나뭇잎 • 15
2. 대합실 • 26
3. 귀환 • 31
4. 재회 • 38
5. 밤과 꿈 • 46
6. 고성 그리고 쓸쓸함 • 58
7. 첫 만남 • 64
8. 잘츠부르크 • 69
9. 청혼 • 78
10. 소망 • 88
11. 웅크린 어둠 • 93
12. 종소리 • 98
13. 뮌헨으로 • 104
14. 편지 • 111
15. 격돌 • 117
16. 진회색 모자 • 123
17. 출처 • 132
18. 역사의 향기 • 136
19. 복원 • 139
20. 두 여인 • 145
21. 뮐러 • 152
22. 그 경계 • 158
23. 밝게 빛나는 중간지대 • 165
24. 미지의 영역 • 168
25. 형 같은 친구 • 172
26. 베일을 벗다 • 176
27. 종려나무 • 193
28. 순간이동 • 196
29. 상실 • 201
30. 고향 • 207
31. 코르도바 • 211
32. 운명적인 만남 • 217
33. 가문의 내역 • 221
34. 첫 발을 내딛다 • 229
35. 추론 • 234
36. 이중아치 • 239
37. 기차는 8시에 떠나고 • 247
38. 무심한 빗방울 • 252
39. 목각인형 • 266
40. 중세로 들어가다 • 272

제2부

1. '투르-푸아티에Tours-Poitier' 전투 • 281
2. 총독과 궁재 • 290
3. 조우 • 295
4. 남긴 책자 • 308
5. 때는 8세기였다 • 311
6. 친서 • 320
7. 험난한 여정 • 325
8. 카를대제 • 330
9. 회동 • 336
10. 코르도바 귀환 • 341
11. 왕과 에미르 • 345
12. 반격 • 356
13. 협약 • 360
14. 심연의 세계 • 364
15. 비밀문장 • 368
16. '라 메스키타' • 372
17. 수많은 나날들 • 376
18. 대립 • 380
19. 북아프리카 • 385
20. 아몬드나무 • 392
21. 마리암과 마리암공주 • 397
22. 모두 사라진 것은 아닌 달 • 401
23. 초기 모습 • 405
24. 종탑 • 410
25. 17° • 417
26. 15개 이중아치 • 423
27. 실패 • 434
28. 연관관계 • 439
29. 정중동 • 444
30. 단상 • 451
31. 틀 안에서 벗어나다 • 456
32. 추정된 의미 • 464
33. 파열음 • 470
34. 세상 밖으로! • 477
35. 비극 • 490
36. 참회 • 497
37. 의문들 • 501
38. 슬퍼하지 마라 • 506
39. 기도 • 513
40. 마리암의 노래 • 518

에필로그 • 523

작가 후기 • 531
부록 1— 중세 스페인 기사수도회 • 535
부록 2— 중세 이슬람문명의 주요 천문학자 • 537
부록 3— 고트어 27개 철자의 음역 등, 고트어 단어 형태 변환의 예 • 539
부록 4— 16개 장에서 참조한 주요 문헌들의 목록 • 540

프롤로그

마리암Baharehan Maryam은 이중 격자무늬 창문을 열었다. 햇빛도 스러지는 어느 가을날 늦은 오후였다. 길 건너 보티브 교회 두 개의 종탑이 왠지 낯설게 느껴졌다. 그 아래쪽 스테인드글라스들도 생경한 느낌으로 다가왔다. 연구실 창가에서 늘 무심코 바라보던 네오고딕 양식 교회였다. 창을 통해 소리 없이 들어오는 빈Wien의 바람은 서늘했다. 추억의 계절도 끝나가고 있었다. 이렇게 홀로 가을을 맞고 보낸 지 얼마나 되었을까. 그녀의 눈시울이 붉어졌다. 이내 검은 눈망울에 눈물이 가득 고였다. 오후의 햇빛이 스테인드글라스와 넘칠 듯 고여 있는 눈물 사이를 힘겹게 오가며 점차 엷어지고 있었다.

시간은 속절없이 흘렀다. 그러나 수십 년 전의 그 일은 어제 일처럼 생생했다. 그때도 10월 하순이었고 요즈음처럼 가을이 서둘러 떠나가던 계절이었다. 그날 밤 고개를 들고 우뚝 솟은 성루를 올려다보았을 때 스쳐 갔던 모든 것들이 떠올랐다. 검푸른 밤하늘, 서늘했던 공기, 떡갈나무 숲의 내음, 풀벌레 울음소리 등…… 자바부르크Sababurg 고성의 불빛이 유리창에 희미하게 부딪히고 창문 너머 안타깝게 흔들리던 그 눈빛을 그녀는 잊은 적이 없었다. 그저 무심히 이어지던 그 순간순간의 기억들도 열려 있는 감각기관들을 통해 온몸에 그대로 새겨진 듯했다. 어쩌면 잊고 싶지 않은 것인지도 모른다.

그녀의 눈매가 점점 가늘어지고 있었다.

고풍스런 원추형 성루 밑 아득히 높은 곳이었다. 좁은 창문 밖으로 그가 고개를 내밀고 다시 돌아와 달라 그렇게 애원했는데 그대로 성문을 나섰었다. 그녀는 자책감에 가슴이 미어졌다. 그 당시는 고성을 떠나는 결정이 최선이라고 여겼지만 그랬던 선택 외에 다른 방법이 없었을까. 게다가 어느 한 시점을 기준으로 인간의 행위가 타당한지를 어떻게 판단할 수 있는지 또한 그것을 얼마만큼 신뢰할 수 있는지도 의문이었다. 초점을 잃은 그녀의 눈동자가 불규칙하게 이리저리 움직였다. 그날 어둠 속의 어쩔 줄 모르던 그의 눈빛처럼 흔들렸다.

지나고 보니 그날 밤이 그와 함께 '라 메스키타la Mezquita' 이야기를 나눌 수 있었던 마지막 시간이었다. 그의 소박한 바람을 왜 마음으로 듣지 못했는지 그녀는 한스러울 뿐이었다. 희끗희끗해진 귀밑머리를 손으로 쓸어 올렸다. 머리카락이 손가락 사이로 빠져나가며 스산한 소리가 났다. 미세하게 서걱거리는 것처럼 들리기도 했다. 인간의 기억은 그대로일까 아니면 흐르는 것일까. 후자의 경우라면 그날 그 기억들의 흐름은 어디로 이어지는 것일까. 왜 그런지 그렇게 기억들이 흘러갈 때 그 흐름의 바닥 어딘가에서 서걱서걱 소리가 들릴 것만 같았다. 엷은 햇빛이 스테인드글라스를 지나 차츰 둥글어지는 눈망울의 움직임을 연이어 따라오더니 순간 멈칫하며 반짝였다. 그렇게 빛나는가 싶었으나 그 반짝임은 순식간에 사라졌다.

'그 무엇이 그이를 자바부르크에서 코르도바Cordoba로 이끌고 갔을까? 어쩌면 자신의 의지와 상관없이 알 수 없는 힘에 이끌려 그곳으로

향했는지도 모르지.'

드디어 791년 코르도바 '라 메스키타'가 완공되었다. 이후로 중세 중기 선지자의 경이로운 고백이 이중아치들 사이로 길게 울려 퍼졌다. 그로부터 12세기가 흐른 후에 그 울림은 시공간을 넘어 아스트롤라베를 통하여 현대에까지 전해졌다. 하지만 그렇게 이어져 내려온 중세 선지자의 내면세계는 일반적인 사고의 영역 너머에 있었다. 그 영역 너머로 가는 길은 지난하기만 했다.

"이렇게 시공간을 초월해 그들을 연결되게 하는 실체가 무엇일까."

그녀는 고개를 숙였다가 천천히 올리며 나지막이 속삭였다.

"인간은 그 실체를 '신'이라고 부르는 것일까?"

이중 창문을 하나씩 닫았다. 견고한 나무틀에 부딪히며 연달아 닫히는 소리가 쓸쓸했다. 그녀는 양털방석이 깔린 의자에 앉았다. 울필라스의 고트어 역본 중 하나로서 6세기 제작된 '코덱스 아르겐테우스 Codex Argenteus'의 복사본을 펼쳤다. 여러 경로를 통해 정중히 청하고 몇 년을 기다린 끝에 웁살라 대학 도서관에서 구했다. 두툼했다. 그녀는 이 역본의 고트어를 도구로 삼아 그 당시 모습을 가감 없이 들여다봄으로써 이베리아반도의 중세 문명에 대해 연구하고자 했다. '라 메스키타'를 다른 각도로 해석한 역사서를 출간할 의도였다. 즉 이 건축물에 대한 기존 관점은 주로 중세 스페인의 이슬람사원 및 가톨릭교회였으나 그녀는 특정 종교의 범주를 넘어서 문명연구의 역사적 측면에서 이를 재해석하려 했다. 호지슨 등의 문명연구에 의하면 세계사적 맥락에서 일반화 범주의 역사적 탐구가 의미를 갖게 하자는 것이다.

마리암이 빈 대학 역사학과에 재직한 지 20여 년이 지났다. 그녀는 고향 코르도바를 떠나 빈으로 유학을 왔다. 이곳에 도착한 이듬해인 1978

년은 일생에서 가장 행복했던 한 해이자 동시에 가장 불행했던 한 해였다. 3월 초순 이수영을 처음 만나 그해 10월까지 함께 보냈다. 꽃 피는 봄, 녹음 가득한 여름, 단풍이 곱게 물들던 가을까지 만나지 않은 날을 찾기 어려웠다. 온 마음으로 서로를 사랑했다. 더 이상 누군가를 그렇게 사랑할 수는 없을 것이다.

하지만 거기까지였다.

그해 늦가을의 이주일 남짓 기간은 그녀의 삶을 송두리째 바꿔놓았다. 아직도 잊을 수 없었다. 가슴 떨리고, 두렵고, 눈물겨웠던 순간들…… 평생 이렇게 누군가를 그리워하며 지내게 될 줄은 그녀 자신도 미처 몰랐다. 그래도 시간은 흘러갔고 이후부터 스스로의 삶에 대해 근원적인 물음을 던지기 시작했다. 물론 지금까지 그 어떠한 답도 구하지는 못했다.

'종탑에서의 비극을 토대로 중세의 우아하고 신비로운 세계를 들여다보았지. 그러니 이제 무엇을 어떻게 하여야 할까?'

역사학 중에서 이수영의 전공이었던 역사철학 분야로 그녀 또한 꾸준히 정진한다고 하여 그 비극에 관한 애절함을 상쇄시킬 수는 없었다. 미진했다. 그렇다면 그 외에 또 다른 선택은 무엇이 있을까.

그녀는 책상 위에 오롯하면서도 외롭게 서 있는 편백나무 액자를 바라보았다. 그 틀 안의 빛바랜 흑백사진도 쓸쓸해 보였다. 풋풋한 모습의 이수영과 앳된 마리암이 어깨를 맞대고 함박꽃처럼 활짝 웃고 있었다. 그들이 남긴 단 한 장의 사진이었다. 그해 잘츠부르크 헬브룬궁전에서의 유월…… 아름다웠던 유월이었다. 햇빛에 반짝이며 쏟아지는 물줄기 앞의 연인들은 마치 온 세상을 다 가진 듯했다. 하지만 불과 4개월 뒤의 일을 그들은 알지 못했다.

돌이켜보니 아스트롤라베의 중세 아라비아숫자와 맞닥뜨렸을 때도, '라 메스키타' 종탑에서 중세시대로의 진입 여부를 놓고 갈림길에 있을 때도 그들은 한 치 앞을 내다보지 못했다. 그녀는 천천히 고개를 끄덕였다. 자신 역시 남은 삶의 길이를 알지 못할 것이다. 그러므로 부끄럽지 않은 삶을 살 수 있는 길이 있다면 서슴지 말고 가야 했다. 과연 그 길은 어떠한 길일까.

그러다 애써 눈길을 거두며 일어나 창가로 다가가 보티브Votiv 교회 종탑을 다시 올려다보았다. 책상과 책꽂이들 사이의 진공관 오디오시스템에서 흘러나오는 파가니니의 '베네치아 사육제Il Carnevale di Venezia in A Major'가 어느새 끝나가고 있었다. 그리움에 가슴이 저려왔다. 소박하고 서정적인 음률을 들으면서 지난날 추억들이 곡 후반부 스타카토 연주처럼 또렷하게 튀어 올랐다.

그 순간 창에 비스듬히 내리비치는 가을 햇빛이 투명해지는 느낌이 들었다. 문득 그녀는 돌아서서 외투를 집어 들었다. 그리운 쇤브룬궁전 정원으로 가기 위해서였다. 이 궁원은 그녀에게 있어 마음의 고향 같은 장소로서 아련한 옛 추억이 떠오르는 고즈넉한 공간이었다. 저 멀리 건너편 언덕으로 오르는 오솔길에는 늦가을의 정취가 그윽할 것이다.

이 얼마 만에 가보는 궁전 정원이던가.

그곳에는…… 젊은 날의 마리암이 그녀를 기다리고 있었다.

제1부

1. 붉디붉은 나뭇잎

1978년 10월 20일 자정이 임박한 시간이었다. 빈의 가을은 날이 갈수록 점점 깊어만 갔다. 저녁 즈음부터 세찬 비가 내리고 바람이 스산하게 불었다.

에르드베르그Erdberg 거리에 위치한 빈 대학 기숙사의 벽면, 유리창 등에 젖은 나뭇잎들이 어지럽게 붙어 있었다. 후기르네상스 양식의 19세기 건축물이었다. 마리암은 501호 창가 쪽 책상에 다소곳이 앉아있었다. 부친의 유물인 낡은 노트를 펼쳐보며 라틴어와 아라비아숫자들을 적고 있다가 갑자기 동작을 멈추었다. 그녀의 눈이 휘둥그레졌다. 두 팔과 턱을 위로 치켜 올리고 벌떡 일어났다. 동시에 손을 부들부들 떨며 감격에 겨워 부르짖었다.

"드디어 풀었다!"

때마침 붉디붉은 단풍잎 하나가 창틀에서 떨어지더니 이리저리 흔들리며 아래로 향했다. 무심히 내리는 빗방울과 함께……

그날은 금요일이었다. 매 주말마다 그렇듯이, 어둑해지면서 각층 여기저기서 떠들썩한 웅성거림이 들려왔다. 그 소리들에 어느 정도 파묻히기는 했으나 5층 복도에서는 모두 울려 퍼지는 환호성을 들을 수 있었다. 그럴 만큼 어찌할 줄 모르는 환희에 휩싸인 그녀의 외침은 격렬했다. 흥분을 넘어 이성을 잃은 것처럼 보일 정도였다. 룸메이트 알리시아Markova Alicia는 꿈길에서 누군가 외치는 소리를 듣고 놀라 눈을 떴다가 다시 잠이 들었다. 요즈음엔 한밤중에도 온갖 감탄사, 신음소리, 고성 등을 간간히 들을 수 있었기 때문이었다. 그러나 오늘밤 상황은 이전과는 달랐다. 아스트롤라베Astrolabe 중세 아라비아숫자 해독에 완전히 성공한 것이다. 마리암은 그렇게 선 채 낡은 노트들과 해독문장 등을 내려다보았다. 최고조의 흥분 상태에 빠져 있었다.

마리암의 조부와 부친은 남들이 보기엔 순박한 농부였지만 실제로는 범상치 않은 재야학자들이었다. 그들이 평생 매달려 왔으면서도 해결하지 못한 난제가 이 중세 아라비아숫자 해독이었다. 그런데 그토록 갈망하던 가문의 숙원을 자신이 해결했다니 믿을 수가 없었다. 그녀는 역사학과에 진학한 다음부터 본격적인 해독작업에 들어갔다. 그러나 꾸준한 노력과 정성에도 불구하고 별다른 진전이 없었다. 이후 빈으로 유학을 오게 되면서 가문의 가보인 아스트롤라베는 스승의 집 지하실에 보관해두었다. 단지 그 상단에 새겨진 중세 아라비아숫자들, 전체적인 모습 등을 찍은 사진 서너 장만 가지고 왔을 뿐이었다.

빈에 도착한 이후에도 이 숫자들은 그녀의 관심 밖에 머문 적이 없었다. 지난 2년에 걸쳐 하루도 빠짐없이 관련된 자료들을 읽었다. 아니면 매번 다른 방법으로 해독을 위한 새로운 시도를 했다. 일례로 중세 중기 문헌들을 열람하기 위해 멜크 수도원 장서관만 해도 네 번이나 방문했다. 그곳 사서 소개로 독일 파사우의 니더른부르그 수녀원 부속자료실도 찾아갔다. 그녀가 구하고자 하는 고문헌들이 있을까 싶어 다녀온 것이다. 두 공동체는 모두 베네딕트 수도회에 속했다. 비록 성과는 없었으나 여러 차례 반복해 이루어졌던 여정들을 잊을 수 없었다. 그때 '도나우 강'을 따라 빈에서 파사우까지 운항하는 증기선을 이용했었다. 강변 풍광이 그림처럼 아름다웠던 기억이 났다. 이러한 각고의 노력이 축적되어서 난제였던 중세 숫자들을 해독할 수 있었다.

아스트롤라베는 기원전 1세기경 '안티키티라 메커니즘Antikythera Mechanism' 이후에 인류가 만든 첫 번째 아날로그컴퓨터였다. 그 용도는 고대 및 중세에서 주로 천체관측기구였다. 고대 그리스에서 구면평사도 기법을 도입해 별들을 관측하고 일정 고도의 순간 시각을 측정해 경도, 위도 등을 구했다. 중세 이슬람세계에서 물리학 및 대수학을 토대로 평사도법에 삼각함수를 도입하게 되면서 보다 정밀해졌다. 13세기에 이르러 다중 기어 전동장치가 부착된 아스트롤라베까지 등장했다. 이후에는 반자동으로 구동되는 이 기구에 최대 800여 개의 연산, 측정, 예측 등의 기능이 추가되어 컴퓨터라 불러도 손색이 없을 정도로 비약적인 발전을 이루었다.

[중세 아라비아숫자들을 새겨 넣은 아스트롤라베]

그녀는 해독한 중세 아라비아숫자들을 사진이 아닌 실제 상태에서 다시 보고 싶었다. 이 아스트롤라베는 완전 평면이 아니라 미세하게 볼록한 형태였기에 2년 전에 사진을 찍으면서 당시의 빛과 각도 등으로 인해 숫자들이 다르게 인화되었을 수도 있었기 때문이었다. 이러한 이유로 자신의 눈으로 확인하고자 했다. 이튿날 오전 8시경 코르도바대학 역사학과 교수이자 스승인 세르히오Torres Sergio에게 전화했다. 통화하기에 이른 시간이긴 했어도 더 이상 기다릴 수 없었다.

"선생님! 마리암입니다. 중세 아라비아숫자들을 해독했어요."

평소와는 달리 그녀의 목소리 톤이 높았다. 어젯밤에 느꼈던 감격의 여운이 아직까지도 남아있었다.

"마침내 해냈구나. 미궁에 빠져있던 숫자들을 해독했어."

세르히오의 음성이 떨려서 나왔다. 놀라움이 가득했다. 그렇게 전해지는 떨림에서 제자에 대한 자랑스러움과 흐뭇함이 묻어났다.

"선생님 가르침 덕분이지요. 감사합니다."

"지난달에 통화했을 때 언급했던 그 방식으로 시도해보겠다고 했지?"

"예. 폴리비오스Polybios 방식으로 했습니다. 오늘 늦은 오후에 코르도바 도착 예정이니 자세한 이야기는 만나서 할게요. 바로 선생님 댁으로 가겠습니다."

"그 시간 즈음해서 마르코스와 집에 가 있겠다. 조심해서 오도록 해."

"알겠습니다."

세르히오는 베르베르족 출신으로 북아프리카 탕헤르 인근이 고향이었다. 직접적 관계는 아니었으나 그는 그녀와 대학 입학 전부터 소소한 인연이 있었다. 세르히오 부친과 마리암 조부는 1930년대에 대서양 연안에서 같은 어로선을 탔던 어부였다. 즉 생사고락을 함께 나누던 동료였던 셈이다. 대학 연구실에서 옛이야기들의 퍼즐을 서로 맞추어보니 그들의 추측으로 4년 정도의 기간이었다. 중세 아라비아숫자에 대해 여러 조언들을 구하다가 그녀 조부에 관한 일화를 꺼내게 되면서 지난 일들을 알게 된 것이다. 이후에 세르히오는 이 제자를 한 가족처럼 대해주었다. 이러한 사연으로 그는 스승이기 이전에 부친과도 같은 존재였다.

그녀는 전화를 끊고 빈 슈베하트 공항으로 출발했다. 알리시아가 공항까지 동행해주었다. 다행히도 항공좌석이 남아있었다. 카운터에서 탑승권을 받고 출국장으로 서둘러 발길을 돌리려는데 뒤에서 알리시아가 불러 세웠다.

"언제 돌아올 예정이야? 모레 월요일에 두 과목 강의가 있잖아. 그리고 중세 아라비아숫자 해독한 거 맞아?"

"정확한 해독 여부는 코르도바 가서 확인해보아야 알 수 있어. 끝나면 곧 돌아올게. 자세한 이야기는 나중에 해."

공항으로 향하는 버스 안에서도 알리시아는 어젯밤 일에 관해서 이것저것 물었다. 그래도 마리암은 별다른 대답을 하지 않고 골똘히 생각에 잠겨 있었다. 어젯밤에 해독한 내용에 대해 나름대로 분석 중이었다. 이제부터 본격적인 시작이었다. 중세 아라비아숫자들은 새롭게 전개되는 그 무엇에 관해 마리암에게 끊임없이 말을 걸어왔다. 알리시아에게는 아직 아무런 이야기도 하고 싶지 않았다. 친구를 신뢰하지 않아서가 아니라 어렵게 해독한 내용을 소중히 간직하고 싶을 뿐이었다.

마리암은 이베리아항공을 이용해 마드리드를 거쳐 세비야Sevilla까지 왔다. 돌아오는 항공편도 동일한 여정이었다. 공항에서 세비야역으로 이동했다. 거기서 기차를 타고 50분 남짓 달려 코르도바역에 도착했다. 시간은 오후 4시가 넘었다. 역에서 세르히오 집까지 15분 소요되었다. 그들은 집 앞 골목길에서 차가 다니는 넓은 도로까지 그녀를 마중 나왔다. 길가에서 서성이며 고개를 빼고 기다리고 있었다.

"이게 얼마 만이냐? 그동안 어엿한 숙녀가 되었구나. 코르도바에 있을 때는 철없는 소녀 같았지."

"오랜만에 인사드립니다. 건강하셨지요?"

"그래. 어서 들어가자. 바람이 쌀쌀하구나."

마르코스Fernández Marcos는 한쪽 옆에서 미소 짓고 있었다. 그가 말없이 다가와 캐리어를 들어주었다. 그녀와 가볍게 눈인사를 나누며 골목길로 들어섰다. 그는 마리암의 2년 후배로서 그녀를 친누나처럼 따랐다. 학과 선배가 아닌 이성으로 좋아하는 눈치였으나 내색한 적은 없었다. 차분하고 이지적인 성품을 지녔다. 졸업하고 올해 9월부터 코르도바대학 중세사연구소 연구원으로 재직하고 있었다.

그들은 널따란 거실로 들어와 소파에 마주 앉았다. 세르히오 집에서 가사 일을 도와주는 가정부 크리스티나García Cristina가 레몬차, 과자 등을 내왔다. 세르히오의 아내는 지병으로 병원에 5년째 장기 입원 중이었다.

"안부 인사가 늦었어요. 사모께서 차도가 있습니까?"

"병세가 호전되진 않았지. 그래도 나빠지지 않았으니 그나마 다행이야."

"어서 완쾌되기를 바랍니다."

"고맙네."

실내 분위기가 가라앉고 있었다. 세르히오가 화제를 돌렸다.

"도대체 어떻게 해독했지? 아스트롤라베를 지하실 금고에 보관하면서 나름대로 중세 아라비아숫자들을 풀어보려고 했어. 하지만 한두 해 동안의 시도가 모두 실패로 돌아갔지. 그런데 혼자서 해독했다니 놀라운 일이야."

"어쩌다 보니 그리 되었어요. 이제 지하실로 내려가서 그 13개 숫자들을 직접 보면서 설명하겠습니다."

그녀는 만면에 웃음이 가득한 표정으로 두 사람을 번갈아 바라보며 대답했다. 마르코스는 묵묵히 오고가는 대화를 듣고 있었다.

"궁금하구나. 상세히 그 내용을 들어보자."

세르히오가 차를 한 모금 마셨다. 레몬 향이 은은하게 퍼져나갔다.

"그동안 잘 지냈고? 이곳을 떠나 빈에 간 지 벌써 2년이 다 되어간다니 세월이 참 빠르다."

"선생님 염려 덕분으로 별일 없이 잘 지냈어요. 다만 저에게 작은 변화가 있었습니다. 올해 늦여름에 약혼했어요."

"그랬어? 축하하네. 마리암의 마음을 사로잡은 사람이 누구일까?"

"빈 대학에서 철학을 공부하고 있는 한국인 유학생, 이수영이라고 합니다. 그때엔 경황이 없어서 미처 이야기하지 못했어요."

이렇게 약혼에 관해 말하면서 옆자리를 힐끗 쳐다보았다. 마르코스는 얼굴빛을 숨기지 못했다. 겉으로는 웃고 있었으나 실망하는 기색이 역력했다. 그녀가 고개를 더 옆으로 돌려보니 크리스티나도 한쪽 구석에 서서 이 대화를 엿듣고 있었다. 어색해 보였다. 그러다 그녀와 눈이 마주치자 황급히 주방으로 들어갔다. 왜 그런지 느낌이 이상했다. 딱히 집어서 말할 수는 없었다. 하지만 무언가 불길한 기운이 어른거리는 것 같았다. 그렇게 그들은 십여 분 정도 서로의 안부를 번갈아가며 묻다가 지하실로 내려갔다. 세르히오가 마르코스에게 함께 내려가자고 권했다. 후배가 거실에 남아 있겠다고 짤막하게 대답했다. 만났을 때와는 달리 대답하는 표정이 어두웠다. 예기치 않은 약혼 소식에 마음이 편치 않아 보였다.

세르히오는 지하실 입구 철제문 자물쇠를 열었다. 문 옆의 백열등 스위치도 올렸다. 나무계단에 첫발을 내디디니 차갑고 습한 냉기가 전신에 착 감기며 스며들었다. 삐꺽거리는 계단을 한 걸음씩 발밑을 살피며 내려갔다. 어디선가 낯설고 기이한 냄새들이 풍겨왔다. 고문헌 등에서 나는 퀴퀴한 곰팡이 냄새일지도 모른다.

지하실에는 온갖 골동품 및 잡동사니들이 가득했다. 중세의 방어구로 보이는 원추형 투구는 엎어진 채 누군가를 기다리는 듯했다. 중갑기병들이 착용했던 철제사슬갑옷, 궁기병 및 경갑기병들의 쇠미늘갑옷 등도 구겨져 놓여 있었다. 갑옷들 아래에는 활과 화살, 철창, 장검, 철퇴 등도 쌓여 있었다. 잔뜩 녹슨 철퇴 옆에는 널브러져 있는 화살집들도 대여섯 개 눈에 띄었다. 그중 하나는 이베리아반도에서 보기 드문 육각형 모양이었다. 이외에도 둘둘 말은 서류뭉치가 군데군데 흩어져 있었다. 오랜 기간 변색되어 무슨 색인지 분간조차 할 수 없는 양피지 필사본, 파피루스 권자본 등도 몇 점 여기저기 굴러다녔다.

어지럽게 쌓여있는 서류더미 옆에 자주색이 엷게 감도는 진갈색 금고가 그들을 기다리고 있었다. 지하실 깊숙이 웅크리고 있었다. 세르히오는 묵직한 열쇠와 번호 키를 잇달아 사용해 능숙하게 금고 문을 열었다. 약 900년 전에 제작된 것으로 추정되는 아스트롤라베가 안쪽에 그 모습을 드러냈다. 깊은 바닷속에 고요히 잠겨있는 것처럼 보였다. 그녀가 허리를 굽히고 양손으로 조심해서 꺼냈다.

"이 중세 아라비아숫자가 무슨 의미이지?"

세르히오가 그녀로부터 아스트롤라베를 건네받았다. 이어서 상단의 음각부분을 손가락으로 가리키며 물었다.

"거기 새겨진 숫자들은 라틴……"

이렇게 그녀가 말을 이어가려는 순간이었다. 지하실 입구의 육중한 철제문이 쾅~ 콰앙~ 하는 엄청난 굉음을 내며 열렸다. 철제문의 모서리 부분이 지하실 벽에 부딪히고 그 반동으로 튀어나온 것을 다시 발로 걷어차 또 부딪히면서 연속적으로 둔탁하게 들린 것이다. 이 파장이 사라지기도 전에 지하실 전체에 요란한 발자국 소리가 울려 퍼지며 두 사내가 무서운 기세로 거칠게 뛰어 내려왔다. 나무계단이 연속된 충격으로 위태롭게 흔들렸다. 사내들은 진회색의 모자가 달린 헐렁한 망토를 입고 있었다. 하지만 그러한 헐거움도 그들 체구의 건장함을 감추지는 못했다. 마치 중세시대 기사처럼 강인하고 단단한 느낌이었다.

"꼼짝 마! 아스트롤라베에서 손을 떼라."

무리 중에 키가 큰 사내가 낮게 깔리는 위압적인 목소리로 외쳤다. 주황색 백열등이 침입자들을 비추고 있었다. 모자 그늘에 가려 얼굴의 한쪽 면만 사선으로 보였다. 그 무표정한 모습에서 전해지는 느낌이 얼음장처럼 서늘했다.

"누, 누구냐? 어떻게 내 집에 들어왔어?"

세르히오가 겁에 질린 음성으로 물었다. 끝머리의 말은 잘 들리지도 않았다. 그의 안색이 창백해졌다. 그녀도 소스라치게 놀라 그저 몸을 떨고만 있었다. 입이 딱 달라붙은 듯 아무 말도 할 수 없었다.

"당장 거기서 손을 떼란 말이야."

장신의 사내가 아스트롤라베를 향해 달려들면서 매섭게 외쳤다. 세르히오는 본능적으로 얼떨결에 거센 공격을 막아내며 어설픈 몸싸움이 벌어졌다. 그들이 서로 엉켰다. 다른 사내가 번개같이 빠르게 합세했다.

"윽!"

그런데 눈 깜짝할 사이에 상황이 종료되었다. 낮은 신음이 들리는가 싶더니 세르히오의 목뼈가 그대로 부러진 것이다. 그야말로 손쓸 틈도 없이 절명했다.

"오, 오, 오오옷~"

이를 보고 그녀가 울음이 가득한 비명을 질렀다. 오열했다. 거의 실신 직전이었다. 그러면서 금고 근처에 놓여 있던 녹슨 철창 하나를 집어 들었다. 하지만 기다란 창을 미처 휘두르지도 못하고 키 큰 사내의 발아래에 깔려버렸다.

"아스트롤라베 숫자들 해독했지? 말해."

이번에는 옆에서 손마디를 우두둑 꺾고 있던 다른 사내가 짧게 외쳤다. 크르릉 하는 금속성에 가까운 목소리였다. 듣자마자 소름이 쫙 돋았다.

"이놈들~ 흐윽……"

"어서 말해! 아니면 너도 가만두지 않겠다."

다시 장신의 사내가 위협했다. 묵직하게 내려앉는 저음이 무서웠다.

"대, 대체 뭘 말하라고~"

차가운 지하실 바닥에서 그녀의 처절한 절규가 터져 나왔다.

"해독 내용!"

"아무것도 모른다. 선생님은 왜 죽였어? 흐으윽~"

"우리가 죽인 게 아니다. 뒤로 넘어지면서 목뼈가 부러진 거야."

"이 몹쓸…… 그걸 말이라고 하고 있어?"

그녀는 제정신이 아니었다. 하기는 스승이 눈앞에서 변을 당했는데 매사에 침착한 그녀라 할지라도 온전한 정신일 수가 없었다. 마음속에 그 무엇인가 한꺼번에 내려앉는 것 같았다. 더구나 세르히오는 부모가 모두 세상을 떠난 후에 그녀가 부친처럼 믿고 의지하던 스승이었다.

발밑에 깔린 상태에서도 철창을 꼭 움켜쥐고 있는 그녀를 내려다보던 장신의 사내는 엉망으로 헝클어진 머리카락을 잡고 일으켜 세웠다. 억지로라도 끌고 가서 금고 옆에 있는 낡은 의자에 묶으려고 했다. 그녀는 끌려가면서도 격렬히 몸을 비틀고 저항하며 울부짖었다. 단말마적인 비명이 철제사슬갑옷 사이로 파고들면서 철창을 타고 미끄러져 내려가 화살집에서 맴돌다 튀어나왔다. 그렇게 육각형 화살집에서 휘몰아친 회오리는 철제문을 애타게 두드렸다. 전장의 북소리처럼 절박한 두드림이었을 것이다. 그래서였을까.

그때였다. 천둥 치는 소리와 함께 다시 천장이 울리면서 지하실 입구 철제문이 두 번째로 열렸다. 무겁고 두터운 울림이 어두침침한 지하로 퍼져나갔다.

누군가가 뭐라고 외치며 뛰어 내려왔다. 놀랍게도 크리스티나였다. 그 긴박하게 연달아 다다닥거리는 떨림과 부르짖듯 이어지는 외침이 뒤섞여서 들려왔다. 처음 소리는 피아노의 낮은 건반을 두드리는 중저음 같았고 나중 소리는 풀피리의 높이 치솟는 고음처럼 들렸다. 마리암은 기묘하게 어우러지는 화음을 미세한 간격을 두고 들었다. 그러나 무엇이라고 말하는지는 알 수 없었다. 크리스티나는 붉은색 포말소화기를 들고 있었다. 한 손으로 소화기 노즐을 사내들에게 향한 후에 인정사정없이 분사했다. 춤을 추듯이 거침없이 휘두르며 찢어지는 목소리로 외쳤다.

"도망쳐!"

마리암은 고막이 터지는 줄 알았다. 하지만 날카롭게 자신의 귀에 파고드는 외침을 듣자마자 난데없는 공격에 당황해하고 있는 사내들을 과감히 밀쳐냈다. 그러면서 움츠렸던 용수철처럼 튀어 올라 지하실 계단을 있는 힘을 다해 뛰어 올라갔다. 어디서 그런 불가사의한 힘이 솟아났는지 모른다. 마지막 계단에서 밖으로 발을 내딛기도 전에 또다시 외마디 비명이 나왔다.

"마르코스~"

거실 바닥에는 후배가 한쪽으로 쏠린 머리카락이 얼굴을 절반 이상 덮은 상태로 머리에 피를 흘리며 뻗어 있었다. 옅은 베이지색 카펫 위에도 검붉은 피가 점점이 뿌려져 있었다. 처참했다. 비명소리를 듣자 그의 얼굴을 가리고 있던 머리카락이 약간 움찔했다. 그렇게 보였다. 순간적으로 상황을 판단한 그녀는 바닥에 떨어져 있던 자신의 백팩을 집어 들더니 쏜살같이 뒤뜰로 향하는 쪽문을 박차고 뛰어나갔다. 그 뒷모습이 그리스신화에서의 달리기 명수 아탈란테Atalanta 같았다.

2. 대합실

마리암은 오렌지나무가 듬성듬성 서 있는 뒤뜰을 가로질러 달렸다. 얕은 나무 담도 주저하지 않고 뛰어넘었다. 골목길이 나오자 전속력으로 질주해서 일단 왼쪽으로 꺾었다. 길모퉁이에서 고개를 살짝 내밀고 뒤를 돌아보았다. 아무도 없었다. 세르히오 집을 끼고 있는 이 좁은 도로가 이렇게 길게 이어졌는지 예전엔 미처 몰랐다. 그전까지 적잖게 걸었던 익숙한 길이었다. 시공간은 상대적이라는 의미가 일순간 이해되었다. 다시 속력을 내다가 구부정하게 휘어 있는 길을 따라 머리카락이 날리도록 달렸다. 숨이 찼다. 차도가 있는 넓은 도로가 나왔다. 신속함! 첫 번째 과제는 신속한 판단이었다. 그녀는 불안한 눈빛으로 주위를 두리번거렸다. 마침 신호등 앞에 정지해 있던 택시가 눈에 들어왔다. 승객 탑승 여부를 살필 겨를도 없이 무작정 올라탔다. 뒷좌석에 앉자마자 문도 닫기 전에 다급하게 외쳤다.

"코, 코르도바역으로!"

"이렇게 타면 어떻게 해요? 그러다 사고 납니다."

백발이 성성한 운전기사가 놀란 눈으로 뒤돌아보며 나무라듯이 말했다. 그러나 안도감에 질책마저 감미롭게 들렸다. 코르도바역에 도착하자마자 세비야행 기차가 출발하는 플랫폼으로 달려갔다. 이미 기차는 20여 분 전에 떠났다. 열차시간표를 확인하니 다음 출발 편은 2시간 이후에나 있었다. 언제 진회색 망토 차림의 무시무시한 사내들이 들이닥칠지 모르기에 이렇게 노출된 공간에서 지체할 수 없었다. 마음이 조마조마했다. 여러 번 반복해서 뒤를 돌아다보았다. 흔들리는 눈동자는 좌우를 빠르게 왔다 갔다 했다. 추격자들이 점점 다가오고 있을 것이다. 어찌할 바를 몰랐다.

그 순간 4번 플랫폼에 정차해 있던 기관차가 증기를 뿜어내는 소리를 들었다. 그 끝머리 열차들이 조금씩 움직이고 있었다. 그녀는 망설이지 않았다. 역사 내부에서 바쁘게 걸어가는 사람들을 헤치고 막 출발하고 있는 기차의 뒤 칸에 겨우 올라탔다. 어디로 향하는지도 알지 못했다. 당연히 탑승권도 없었다.

'그 사내들이 쫓아오지는 않았을까? 그럴 리가 없어. 이렇게 빨리 쫓아오는 건 불가능해. 하지만 또 모르지.'

불안한 마음에 얼굴을 차창에다 바싹 들이대고 플랫폼 뒤쪽을 바라보았다. 유리창이 차가웠다. 코뼈가 유리에 밀려서 아팠다. 그래도 코가 납작하게 찌그러질 때까지 뒤쪽 방향을 응시했다. 그들의 펄럭이는 망토 끝자락도 보이지 않았다.

그녀가 탑승한 기차는 사라고사Zaragoza로 향했다. 아라곤 자치지역 내에 있는 사라고사주의 주도로서 스페인 북동부 즉 빈 방향이어서 그나마 다행이었다. 다가오는 객실승무원에게 적당히 둘러대고 페널티 없이 기차표를 끊었다. 거기 도착한 후 환승해 바르셀로나까지 가기로 했다. 코르도바에서 사라고사까지 3시간 43분 걸렸다. 소지한 탑승권에 명기된 출도착시각 등을 살피니 환승역에서 40분 정도 여유가 있었다. 열차가 서서히 사라고사역에 진입하고 있었다.

주위에 어둠이 짙게 내려앉았다. 역에 도착하자 먼저 공중전화부스를 찾았다. 출입구 좌측에 세 개가 일렬로 서 있었다. 국제전화가 가능한 부스로 들어가서 다이얼을 돌렸다. 아무 반응 없이 조용하더니 이윽고 통화 연결음이 꾸르륵 꾸르륵 소리를 냈다. 처음 들어보는데도 낯설지 않고 정겨웠다. 이어서 뚜~ 하는 신호가 가기 시작했다. 그녀는 한국에 며칠 다니러 가 있는 연인의 목소리를 듣고 싶었다. 이러한 상황이라면 누구라도 그러고 싶을 것이다. 아직도 그녀 가슴은 진정되지 않았다. 다리 역시 불규칙적으로 가늘게 떨리고 있었다. 신호가 몇 차례 이어졌다. 한참 후에 어느 중년 여인이 전화를 받았다. 그의 어머니이지 싶었다.

"저는 빈에 있는 마리암입니다. 이수영과 통화할 수 있을까요?"

이렇게 영어로 말했다. 수화기 너머에서 알 수 없는 언어가 들려왔다. 한국어이리라 생각했다. 잠시 침묵이 흐르더니 다른 목소리가 들렸다.

"이수영의 동생, 이수현이라고 합니다. 누구세요?"

"마리암입니다. 이수영과 통화하고 싶습니다."

"안녕하세요? 형은 어제 오후에 빈으로 떠났습니다. 원래 항공예약은 3일 후였는데 여기 일이 일찍 마무리되어서 출발했어요."

"그래요? 감사합니다. 이만 끊겠습니다. 안녕히 계세요."

그녀는 눈물이 다 왈칵 쏟아지려고 했다. 벌써 그가 한국을 떠나 빈으로 오고 있다니 이보다 더 기쁜 일이 있을 수 없었다. 전장에서 천군만마를 얻은 기분이 이렇지 않을까. 그러다 불현듯 무엇인가 떠올랐다.

"어머나!"

그녀는 화들짝 놀랐다. 급히 손목시계를 들여다보았다. 이런 낭패가 다 있나. 여기가 오후 9시 30분이면 한국은 새벽일 터이니 그들을 모두 깨운 것이다. 어찌할 줄 모르며 자책했으나 어떻게 할 방법이 없었다. 사과하려고 재차 전화할 수도 없는 노릇이었다. 이미 통화는 끝났다. 늦지 않게 탑승하기 위하여 서둘러 플랫폼으로 발길을 옮겼다. 열차를 놓친다면 그야말로 낭패였다.

무사히 환승기차에 몸을 싣고 1시간 30분을 달려 바르셀로나주의 주도 바르셀로나에 도착했다. 이곳은 카탈루냐 자치지역 내에 속했다. 시간은 오후 11시 20분을 넘어서고 있었다. 출구로 나오자 역 매표소 앞에 서서 한동안 고민에 빠졌다. 빈에 가는 방법이 여의치 않았기 때문이었다. 오늘 오전에 발권했던 항공권은 예약 변경이 불가한 조건이어서 무용지물이었다.

'어떻게 하면 좋을까? 여기서 기차를 이용한다면 50여 분 후인 오전 12시 25분 출발 편을 탈 수 있어. 그러나 하루 정도 시간이 소요되지.'

그녀는 백팩의 어깨끈을 잡은 채로 한참을 망설였다.

'항공기 비행시간은 2시간 20분에 불과해. 하지만 내일 오전 6시 20분에 첫 항공편이 있기에 호텔로 가거나 공항에서 밤을 지새워야 하네.'

여기에다 자신의 위험도까지 고려해야 하는 상황이었다. 어떠한 결정이 편익 혹은 효과가 클 것인지 심사숙고해야 했다. 그러나 이에 대한 계산이 간단치 않았다. 그러다가 문득 어디선가 들었던 비용편익분석 등에 관한 생각이 났다. 그녀는 당연히, 발생하는 모든 비용보다 편익이 더 큰 쪽을 선택해야 했다. 얼핏 생각하면 열차 탑승이 나은 방안 같기도 했다. 더욱이 항공 예약을 안했기에 언제 항공기에 탑승할 수 있을지도 모르는 처지였다.

그렇지만 아무래도 하루 정도의 소요시간을 감당할 자신이 없었다. 그녀는 점차 항공기 이용 쪽으로 생각이 기울기 시작했다. 그리고 역무원에게 알아보니, 역에서 '바르셀로나-엘프라트' 공항까지는 심야에도 셔틀버스를 이용할 수 있었다. 마침내 항공편을 선택하기로 결정했다.

그러면 오늘 밤은 어디서 보내야 할까. 이 늦은 시간에 홀로 하는 호텔 숙박은 내키지 않았다. 아침 일찍 나와야 하니 오히려 번거로울 수도 있었다. 그녀는 공항 터미널 대합실에서 밤을 보내기로 했다. 이렇게 마음먹은 즉시 출발했다.

그녀는 바르셀로나 공항에 도착해 청사 안쪽 깊숙이 위치한 카페로 들어갔다. 따듯한 코코아와 블루베리 머핀을 주문했다. 실내를 좌우로 둘러보다가 정중앙에 위치한 둥그런 탁자에 자리를 잡았다. 앉아 있는 상태에서도 출입구가 정면으로 막힘없이 잘 보였다. 그럼에도 내내 초조하고 불안했다. 그녀는 사라고사행 기차에 그 사내들이 타지 않았으리라 믿었으나 그것은 어디까지나 자신의 바람이었다. 바르셀로나행 기차에서도 마찬가지였다. 어쩌면 그들이 감쪽같이 미행하고 있을지도 모를 일이었다. 인간이 공포 혹은 희망 그 자체일 수도 있으니 실로 인간이란 알 수 없는 존재였다.

코코아를 통해 카페인 성분이 몸으로 들어가서 그런지 기분이 나아졌다. 창가를 뒤로하고 앉아 공항 입구 방향의 시야가 확보되어서 심신도 추스를 수 있었다. 또한 괴력의 사내들이라 할지라도 공항 내에서는 어쩌지 못하겠지 하는 안도감도 있었다. 하여튼 코르도바를 출발해서 기차에 탑승하고 있을 때보다는 마음이 어느 정도 진정되었다. 그녀는 오늘 늦은 오후에 벌어졌던 일들을 하나씩 돌이켜보았다. 참담하고 끔찍한 일이었다. 여러 의문들이 연이어서 일어났다.

'내가 오늘 코르도바로 돌아온 사실은 세르히오와 마르코스 둘만이 알고 있지. 그런데 어떻게 그 사내들은 한 치 오차도 없이 그렇게 딱 맞춰서 그곳 지하실로 내려올 수 있었을까?'

석연치 않은 점들이 여럿 있었다. 그중에서 제일 먼저 드는 의문은 그들의 출현이었다. 아무리 생각해도 이해되지 않았다. 그렇다면 크리스티나밖에 없었다. 그러고 보니 거실에서의 행동들도 자연스럽지 않았다.

'몰래 사내들에게 연락했을까? 하지만 지하실에서의 상황들이 선뜻 납득되지 않아. 혼란스럽기만 하네. 거기다 나를 위기에서 구해주었잖아.'

크리스티나가 소화액을 분사한 다음에 어떻게 되었을지 궁금했다. 그들에게 잡혔다면 무사했을 리가 없었다. 이렇듯 연상되면서 세르히오의 인자한 얼굴이 떠올랐다. 이와 함께 콧등이 찡해졌다. 이제는 그를 볼 수 없다는 안타까움에 가슴이 저려 왔다. 여기에 마르코스의 안위에까지 생각이 미치자 그녀는 부르르 떨면서 진저리를 쳤다. 설마 하는 우려를 떨쳐버릴 수 없었다.

'그 사내들은 중세 아라비아숫자들에 대해 얼마만큼 알고 있을까? 또 그 숫자들을 해독했다는 사실을 대체 어떠한 방법으로 알아냈을까?'

두 번째로 드는 의문이었다. 그녀는 고개를 절레절레 저었다. 비스듬히 앉아 머리를 뒤로 젖혔다. 그런데 무언가 미처 체크하지 못한 점이 있다는 생각이 들었다. 무슨 본질적인 질문인 것 같았다. 하지만 당장은 어떤 내용인지 짚이는 건 없었다.

이 일을 어서 경찰에 알려야 했다. 코르도바 경찰국에 전화로 신고할지 아니면 빈에 가서 할지 판단이 서지 않았다. 내일 이수영이 도착하니 상의를 해보면 바람직한 방안이 나올 것이다. 그녀는 그가 자신의 입장이 되어서 숙고해주리라 믿었다. 이러한 기대만으로도 불안한 마음은 조금씩 가라앉았다. 그러자 피로가 전신을 엄습해 오며 밀려오는 파도처럼 그렇게 잠이 밀려왔다.

3. 귀환

마리암은 공항 카페에서 새벽 3시 무렵 나왔다. 오래 앉아 있으려니 미안하기도 하고 한편으론 답답하기도 했다. 출입구 전면이 훤히 보이는 곳으로 걸어가 적당한 장소를 찾았다. 엘리베이터 벽과 맞닿아 일렬로 위치한 망사형태 철제 대기의자에 앉았다. 한두 시간이라도 눈을 붙이려 했으나 도통 잠이 오지 않았다. 밀려오면서도 청하려고 하면 잠들 수가 없었다. 익숙지 않은 느낌이었다. 이곳도 스페인이기는 해도 그녀에게 바르셀로나는 낯설고 머나먼 외지였다. 이렇게 공항에서 홀로 밤을 지새우다니 꿈인가 생시인가 싶었다. 그녀는 눈을 감았다. 거실 소파에 앉아 화기애애하게 레몬차를 마시던 모습과 이어서 지하실의 참혹했던 모습들이 오버랩 되었다.

실로 어제의 정황들은 납득되지 않는 일들의 연속이었다. 어서 이수영과 이야기 나누고 싶었다. 그와 대화를 통해 어떤 실마리라도 찾을 수 있기를 바랐다.

공항 라운지의 커다란 시계가 오전 4시 20분을 가리켰다. 이베리아 항공 체크인 카운터에 하나둘 담당 직원들이 자리를 잡기 시작했다. 오전 6시 20분 첫 항공편부터 만석이었다. 오전 8시 10분, 오전 11시 등등 마지막 항공편까지 좌석 상황은 동일했다. 이 노선에 운항하는 대부분 항공사들이 중소형 기종을 운용한다고 직원이 설명했다. 취항 항공사는 루프트한자독일항공, 이베리아항공, 오스트리아항공 등이었다. 그렇다 해도 어떻게 전 항공편이 만석일 수 있을까. 승객으로서는 이해하기 어려운 일이었다.

이외에 어떤 '경우의 수'들이 있을 수 있는지 검토해보았다. 어쨌든 여기도 오래 있으면 안심할 수 없었다. 가능한 한 빠른 시간 내에 빈으로 떠나야 했다.

"이제 보니 오늘이 일요일이네. 주말 휴가를 마치고 돌아가는 여행객들 때문에 여유 좌석이 없을 거야. 그렇다 쳐도 오전 시간대는 어째서 붐비지?"

안달루시아의 남부해안 '코스타 델 솔Costa del Sol'에 다녀가는 탑승객들이 다수이리라 짐작했다. 하지만 오전 항공편들까지 만석인 상황은 아직도 납득할 수 없었다. 그렇다고 이제 와서 바르셀로나역에 돌아가 기차를 타고 갈 수도 없었다. 결국 첫 항공편부터 매 편마다 탑승대기를 했다. 그것은 생각보다도 어렵고 힘든 일이었다. 매번 탑승 가능 승객들을 선정해 호명할 때마다 가슴이 조마조마했다. 기대와 실망이 반복적으로 교차하며 이어졌다.

'이렇게 힘들 때 그이가 옆에 있다면 얼마나 좋을까? 이 세상 모든 만물 중에서 사람만큼 소중한 존재가 없어.'

그녀가 곰곰이 생각해보아도 사람보다 더 존귀한 그 무엇이 있을 것 같지 않았다. 북극항로를 지나고 있을 그가 그리웠다. 시간이 꽤 지났다. 정오 이전에 출발하는 항공편들이 모두 떠났다. 허탈했다. 정신적으로도 지치고 배도 고팠다. 하지만 대기라인을 한 발자국도 벗어나지 않았다. 그러다 오후 2시 30분 출발 항공편에 가까스로 탑승했다. 그것도 탑승대기 마지막 승객으로 겨우 붙잡은 기회였다.

이렇게 그야말로 죽을 고비를 넘기면서 빈으로 하루 만에 돌아왔다. 공항 밖으로 나와 기숙사로 가기 위해 이 도시에 머무는 동안 한 번도 타보지 않았던 택시를 탔다. 출발한 지 얼마 지나지 않아 그녀는 차 안에서 현기증을 느꼈다. 핑 돌았다. 그대로 정신을 잃으면서 머리를 차창에 부딪치고 옆으로 넘어갔다. 하지만 이를 느끼면서 반사작용처럼 튕겨서 바로 일어났다. 자신의 몸이 기우는 상태를 무의식적으로 인지했는지도 모른다. 운전기사가 '리어-뷰 미러'로 흘깃 뒷좌석을 쳐다보았다. 무슨 상황인지 파악을 못 한 채 어리둥절한 표정이었다. 지금 그녀는 쓰러지기 일보 직전이었다. 머리가 어찔하다는 이 증상도 일찍이 겪어본 적이 없었다.

그녀는 기숙사 도착해 방에 들어가자마자 침대에 주저앉았다. 그렇게 멍하니 있다가 나무토막이 쓰러지듯이 맥없이 엎어졌다. 여윈 얼굴이 이불에 폭 파묻혔다. 책상에 앉아있던 알리시아가 놀란 눈으로 바라보았다. 어제 아침 이곳에서 출발해 오늘 저녁 돌아온 것에 불과한데도 마치 오디세우스처럼 10여 년 만에 고향으로 돌아온 기분이었다. 물론 험난한 그 고대의 여정에 비할 수는 없겠으나 그녀로서는 감내하기 어려운 여행길이었다. 그럼에도 곧바로 일어나 짐을 꾸리기 시작했다. 누워있던 시간이 채 일 분도 되지 않았을 것이다. 옆에서 알리시아가 걱정스런 눈길로 이러한 모습을 바라보더니 채근하듯이 물었다.

"코르도바 가서 어떻게 벌써 돌아왔어? 누구에게 맞았어? 이마는 왜 그래? 하룻밤 사이에 얼굴이 반쪽이 되었네."

"여행 준비하고 말할게. 바로 출발해야 해."

"알았어. 그런데 어제 가져간 캐리어는 어떻게 했어?"

"짐 싸고 말할게."

"……"

알리시아가 더 말을 못 붙이고 멋쩍은 얼굴로 허공을 바라보았다. 마리암은 기숙사가 안전하지 못하다는 사실을 이미 감지했다. 한시라도 빨리 이곳을 떠나야 했기에 마음이 급할 수밖에 없었다. 바르셀로나 공항에서 오전 시간대에 출발하는 항공편에 탑승하지 못한 것이 내내 마음에 걸렸다. 그 사이 진회색 망토의 사내들이 맹렬히 추격해올 수도 있기 때문이었다. 그럴 시간을 주었다는 사실이 찜찜했다.

짐은 간단하게 꾸렸다. 옷가지 몇 개를 비롯해 세면도구 등만 챙겼다. 마리암은 체크무늬 손가방과 백팩을 방문 앞에 던지다시피 갖다놓은 다음에 기진맥진한 모습과는 또 다른 표정으로 또박또박 말했다.

"곧 이수영에게서 이곳으로 전화가 걸려 올 거야. 어학코스 개강 첫날 나와 갔던 카페로 와달라고 전해 줘."

"그렇게 말하면 그이가 알까?"

"구시가지 슈테판 교회 못 미쳐서 케른트너Kärntner 거리에 있는 카페라면 알 거야. 그리……"

마리암은 더 이상 입술을 움직이지 못하고 손등으로, 소매 깃으로 고여 있는 눈물을 연신 훔쳐냈다. 그러더니 울먹이는 목소리로 말을 이어갔다.

"세르히오가 어제 세상을 떠났어. 하지만 음…… 피치 못할 일로 나는 코르도바에 가지 못해. 대신 장례식에 참석해줄 수 있겠어?"

"그게 무슨 소리야? 그분이 어쩌다 그렇게 되었어?"

알리시아가 의아하다는 표정으로 되물었다.

"그리고 내일 세르히오 집에 도착하면 코르도바 경찰국에 이 살인사건을 신고해 줘. 아직까지 미처 못 했네. 아무래도 네가 신고하는 편이 낫겠어."

"사, 살인사건? 오! 세상에……"

알리시아가 의자를 뒤로 밀고 일어나며 갈라지는 목소리로 외쳤다.

"진정해."

"마리암! 어떻게 된 거야?"

"시간이 없어. 나중에 만나서 이야기해."

"알았어. 그렇게 할게. 그런데 무슨 일인지 요점만 말해줄 수 없어? 어제 그곳에서 놀라운 일들이 있었던 게 분명해."

"지금 바로 가야 한다니까."

"그래도 간단히 설명해 봐."

알리시아는 다시 의자를 당겨 앉으며 친구에 대한 염려, 호기심 등이 엇갈리는 표정으로 빠르게 말했다. 그녀들은 대학에서 독일어회화 동아리 활동을 하면서 처음 만났다. 학년뿐 아니라 고향도 코르도바 외곽의 시골 마을로 동일했다. 알리시아는 세르히오를 직접 알지는 못했지만 마리암이 부친처럼 따르고 존경한다는 사실 정도는 알고 있었다. 알리시아의 전공은 경영학으로, 졸업하고 유네스코 산하 기구에서 이 년 정도 근무했다. 이후 퇴직하고 올해 2월 초에 빈 대학으로 유학을 왔다. 옆에서 보기에 학업보다는 아르바이트에 관심이 많아 보였다. 졸업 직전에 경영학과 선배를 마리암에게 소개하기도 했는데 막상 이 커플은 얼마 되지 않아 헤어졌다. 그럼에도 이런 소소한 일들이 계기가 되어 그녀들은 더 가까워졌다.

"알리시아! 난 당분간 기숙사에 돌아올 수 없을 거야. 지난 주말에 외식하면서 네 경영학 교재 뒤 페이지에 중세 아라비아숫자 13개 써 주었지?"

"생각나. 그건 왜?"

"그 숫자들, 교재 뒤에 그대로 있겠지?"

"물론이야."

"수일 내로 편지 보낼게. 네가 장례식 다녀와서 모르는 사람에게 편지 왔다면 내가 보낸 줄 알아. 이제 가야 해."

지난 주말이었다. 마리암은 알리시아와 식사 도중에 스치듯이 중세 아라비아숫자들과 관련된 대화를 나누었다. 그런데 이 과정에서 자신이 위급한 상황에 대한 대비가 전혀 없다는 것을 깨닫게 되었다. 그래서 향후 어떠한 계획에 의해서는 아니었으나 식탁 위에 놓여 있던 룸메이트 교재에 그 숫자들을 명기해 놓은 것이다.

마리암은 조목조목 천천히 말하다가 점점 속도가 붙으면서 나중에는 총알처럼 빠른 속도로 말했다. 시간 여유가 없었기 때문이었다. 그래도 방문을 열면서 알리시아에게 손을 한번 흔들어주었다.

마리암은 엘리베이터를 놔둔 채 계단을 선택했다. 로비에서는 정문 대신 재활용품 수집 공간이 있는 뒷문을 통해서 아무도 모르게 나왔다. 철문 빗장도 소리 나지 않도록 열었다. 한쪽 어깨에 백팩을 멨다. 손가방은 야무지게 움켜쥐었다. 매의 눈으로 보도 양쪽을 재빠르게 살폈다. 차도 건너편 방향도 시야에 들어오는 전 구간을 훑어보았다. 지나다니는 사람은 별로 없었다. 건너편 슈퍼마켓 주변에 여인들 몇 명이 서성거릴 뿐이었다. 한결같이 노란 비닐 백을 들고 있었다. 그녀는 기숙사 벽에 붙어서 종종걸음으로 걸었다. 그러다 오른쪽 길로 들어서자 뛰다시피 하여 100m 정도 전방에 있는 전차정류장에 도착했다.

때마침 붉은색 전차가 출발하려던 참이었다. 출입문 왼편의 열림 버튼을 다급하게 연속해서 누르고 전차 두 번째 칸에 간신히 올라탔다. 승객이 일고여덟 명 정도여서 한산했다. 차창 옆으로 앉은 후에 숨을 길게 내쉬었다. 그녀가 오른 후에 탑승한 사람은 없었다. 다행히도 앉아있는 두 번째 칸에서도 앞쪽의 첫 번째 칸 내부가 잘 보였다. 이 전차는 두 량으로 운행되었다.

"휴우. 설마 여기까지 쫓아오지는 못했겠지."

그녀는 가슴을 쓸어내리며 창밖을 이리저리 살폈다. 이제 어느 누구도 탑승은 불가했다. 추격자들이 전차에 타지 않았음을 확인했으니 안도감이 들었다.

백팩은 어깨에 맨 채로 손가방을 사이에 두고 양손의 깍지를 꼈다. 손가락 마디가 저리고 아프도록 힘을 주었다. 어떻게든 살아남아야 했다. 생존이 그녀의 당면 과제였다. 이보다 우선순위는 있을 수 없었다. 팽팽한 고무줄처럼 긴장해야 했다. 그 사내들이 원하는 건 해독 내용이기에 그들은 그걸 알아내기 위해서 수단 방법을 가리지 않을 것이다. 이곳 빈이라고 안심할 수 없었다. 방심은 금물이었다. 어제 지하실에서 세르히오가 그대로 절명하지 않았는가. 모든 대상을 경계하고 언행 일체를 조심해야 했다. 그녀는 본능적으로 경계의 중요함과 절박함을 깨달았다.

4. 재회

이수영이 탑승한 항공기가 빈 공항에 착륙했다. 원래 계획했던 9일 일정을 앞당겨서 6일 만에 돌아왔다. 마치 고향으로 돌아온 것처럼 마음이 편안했다. 실제로는 이곳이 객지인데도 그랬다. 그는 수하물을 찾아서 세관 검색대를 빠져나왔다.

중간에 위치한 검색대 앞에서 진회색 망토를 입은 사내들이 세관원들과 설전을 벌이고 있었다. 허리띠에 부착된 장식을 들고 뭐라 설명하며 언성을 높였다. 얼핏 보기에 구도자들 같았다. 그들이 둘러 입은 망토 형태와 색감이 고전적이었다. 중세 기사들이 착용했던 망토처럼 섬유조직이 거칠고 투박했다. 여행객들의 항의는 세관에서 흔히 있을 수 있는 행동임에도 왜 그런지 눈길이 갔다. 검색대를 빠져나가는 인파에 떠밀려 나오면서 뒤를 돌아다보니 그들의 옆모습 일부만 사선으로 비스듬히 보일 뿐이었다. 이렇게 시선이 향하는 모습이 스스로 생각해도 이상했다.

마리암에게 전화부터 했다. 이 공중전화 부스는 지난 2월에 처음 빈 공항에 도착했을 때 사용했던 부스였다. 그때가 생각나 씩 웃었다. 그 당시 옆 부스에서 전화 거는 방법을 알려준 미모의 여인이 떠올랐다. 가끔 보고 싶기도 했다. 그러나 누군지 모르기에 연락할 수도 없었다. 정면에서 그녀의 얼굴을 분명히 보았는데도 그 모습이 기억나지 않으니 실로 알 수 없는 일이었다. 어쨌든 기숙사로 다이얼을 돌렸다. 스르륵 스르륵 소리가 아이의 속삭임처럼 부드러웠다. 어찌된 일인지 신호는 가는데 연결이 되지 않았다. 문득 의아심이 들었다.

'오늘은 일요일이야. 방에 있을 텐데 왜 받지 않을까?'

그냥 찾아갈까 하다가 다시 시도했다. 그녀 기숙사 전화는 직원이 먼저 받은 후 교환해주는 방식이었다. 전체 기숙학생들이 공동으로 이용했다. 이번엔 곧 연결이 되었으나 알리시아의 목소리가 들렸다.

"여보세요?"

"안녕하세요? 이수영입니다. 마리암 외출했나요?"

"방금 전에 나갔어요. 개강 첫날 갔던 카페에서 기다리겠다고 합니다. 케른트너 거리에 있다고 했지요."

"예?"

"카페 이름은 말하지 않았어요."

"알겠습니다. 저……"

"이만 끊을게요."

이어서 그가 다음 말을 하려는데 알리시아가 수화기를 먼저 내려놓았다. 평소에는 이렇게 응대하지 않았다. 오늘은 이상했다. 무슨 일이 있는 것일까. 거기에다 유선으로 전해준 카페에서의 약속도 석연치가 않았다. 지난 3월부터 오늘까지 마리암과 이러한 방식으로 만난 적은 없었다. 아무래도 그녀 신상에 어떠한 변화가 생긴 것 같았다. 통화내용을 보아도 전개되는 상황이 부자연스러웠다.

그는 개강 첫날 그들이 함께 갔던 카페를 떠올렸다. 그라벤 거리가 시작되는 교차로에 위치한 시계탑 옆 카페가 틀림없었다. 일단 그는 집에 가기로 했다. 크로이츠Kreuz 거리에 도착해 집까지 뛰어 올라가 문을 열고 가방들을 대강 내려놓았다. 그리고는 바로 돌아 나와서 현관 아래까지 두 계단씩 뛰어 내려왔다.

멀리서 42번 전차가 다가오고 있었다. 일요일이고 오후 7시가 넘어서인지 승객이 별로 없었다. 전차 안은 싸한 냉기마저 흘렀다. 그는 비어 있는 좌석에 앉으려다 엉덩이가 바닥에 닿자마자 반사적으로 튕기듯이 조금 일어섰다. 아직 11월도 되지 않았는데 매끈한 좌석이 차가웠다. 벌써 겨울이 오려나 보다 생각했다. 그는 자신의 행동에 다소 민망해하며 별생각 없이 건너편을 보았다. 진회색의 알프스 산악모를 쓴 할머니가 이런 동작을 곁눈으로 바라보고 있었다. 무표정한 얼굴이면서도 주시하고 있었다. 그녀의 산악모 측면에 공작새 깃털처럼 보이는 초록색 깃털뭉치가 흔들렸다. 특히 촘촘한 윗부분의 둥근 곡선이 인상적이었다.

케른트너 거리는 빈 구시가지 중심에 있기에 약속 장소로 가려면 쇼텐토아에서 2번 또는 D번 전차로 환승해야 했다. 42번 전차 종점인 지하 전차 정류장에 도착해 계단 쪽을 향해 걸어가는데 크라펜Krapfen이 그의 눈에 들어왔다. 오스트리아 전통 복장의 젊은 여인이 계단 입구 옆에서 어른 키 정도 높이의 스텐리스 틀에 층층이 판을 쌓아놓고 팔고 있었다. 크라펜은 복숭아잼이나 사과잼이 들어 있는 전통 도넛으로 빈 지역에서 합스부르크제국 시절부터 즐기기 시작했다. 인근 중부유럽 지역에도 널리 알려져 있다.

크라펜 위 설탕가루가 흰 눈이 내린 듯이 소복했다. 어쩌면 저렇게도 노릇하게 구웠을까. 어서 약속 장소에 가기 위해 마음이 급한데도 왜 그리로 눈길이 가는지 몰랐다. 기내에서 잠을 자느라 식사 등을 거르기는 했어도 그는 자신을 이해하지 못했다. 크라펜 한 봉지에 50실링Schilling이었다. 계산을 치르자마자 볼록한 크라펜 하나를 얼른 꺼내 선채로 한입 베어 물었다. 그의 입가에 하얀 설탕이 묻었다. 저 멀리 건너편에서 웬 할머니가 물끄러미 이러한 모습들을 쳐다보고 있었다. 가만히 보니 방금 전 42번 전차 안에서 만났던 그녀였다.

공연히 머쓱해졌다. 서둘러 지상으로 올라와 2번 전차를 탔다. 국립오페라극장 정류장에서 하차할 때 산악모 할머니 생각이 떠올랐다. 오늘 만나기 전에도 어디선가 본 적이 있었다. 기억해내려 애썼으나 아무것도 연상되지 않았다. 기억이 날락 말락 하면서도 나지 않았다. 언제 어디서 보았을까. 오늘 전차에서 처음 본 것 같지는 않았다. 그 할머니가 평범한 인상이어서 착각을 했는지도 모르나 왠지 예감이 좋지 않았다. 어째서 그런 생각이 드는 것인지 알 수 없었다.

그는 보행자거리를 따라서 슈테판 교회 방향으로 걸어갔다. 저녁시간이어서인지 카페 안은 붐비지 않았다. 안쪽 창가에 위치한 테이블에 앉아서 창밖을 바라보며 기다렸다. 마리암이 좋아하는 아인슈페너 커피도 미리 주문했다. 이 커피는 마부로부터 유래되었다고 전해 들었다. 중세를 거쳐 19세기까지도 말을 소유한 사람들은 권력층이거나 그에 근접한 계층이었기에 이 커피와 관련된 마부는 일반적인 개념 외에 어떠한 부류의 사람들을 의미할까 하는 궁금증이 들었다.

카페 유리문이 열렸다. 우르르 들어오는 한 무리의 사람들 뒤로 마리암이 카페에 들어왔다. 그는 그녀의 얼굴을 보고 깜짝 놀랐다. 오른쪽 눈썹 위로 긁힌 상처가 선명했다. 그 아래 광대뼈 부분에도 푸르스름하게 멍이 들어 있었다.

"어떻게 된 일이야? 얼굴 상처들은 왜 그래? 얼마나 아팠어?"

미처 대답할 틈도 주지 않은 채 다급히 질문들이 이어졌다. 그는 그녀의 양손을 감싸 안으며 일어섰다. 그러면서 상처들을 살펴보았고 따듯하게 안아주었다.

그에게 여러 단상들이 떠올랐다 사라져갔다. 빈에 그녀를 혼자 내버려 두었으니 이런 일들이 일어난 것이다. 그는 한국에도 쓸데없이 갔다는 생각이 들었다. 마음이 아팠다. 돌이켜볼수록 후회가 들었다. 이곳에서 꾸준히 학문에 정진했어야 옳았다. 결국 떠나 있으면서 그녀를 돌봐주지 못해 일이 시작된 셈이었다.

"이제 괜찮아. 걱정하지 마."

"그 고운 얼굴이 이렇게 되다니."

"일단 어디론가 떠나. 독일 자바부르크로 가면 어때?"

"오후 8시가 다 되었어. 늦지 않았을까?"

"상관없어. 오늘도 렌터카 사무실은 문을 열었을 거야. 어서 차를 빌려 출발해."

이렇게 말하며 그녀가 겁먹은 표정으로 주위를 두리번거렸다. 이것은 평상시 모습이 아니었다. 그녀 신상에 이미 변화가 생겼다. 그 마음을 불안하게 만드는 어떤 일이 벌어졌음에 틀림없었다. 그는 더 묻지 않았다. 가타부타 말이 필요 없는 상황이었다. 두 사람은 카페를 나와 '슈베덴 플라츠' 방향으로 내려갔다. 예상한 대로 일요일임에도 렌터카 사무실이 두 곳이나 문을 열고 있었다. 가까이 있는 곳에 들어가 제반 수속 및 절차를 마치고 승용차를 빌렸다. 해치백 스타일의 소형이었다. 결혼 후에 구입하고 싶다며 그녀가 이따금씩 말하던 차종이었다.

그는 전지 크기의 유럽 지도를 펼치고 경로를 선택한 다음 출발했다. 구시가지를 둥그렇게 감싸고 있는 환상도로 링Ring 거리를 지났다. 이어서 귀어텔Gürtel 지역을 따라 달렸다. 쇤브룬궁전 옆을 스쳐 인스부르크 방향으로 향했다. 얼마 지나지 않아서 고속도로로 올라섰다. 잘츠부르크 근처 국경에서 독일 고속도로로 들어설 예정이었다. 지도상으로 판단했을 때 이 경로가 최선이었다.

"고속도로에 진입하니 마음이 놓여. 자바부르크로 가는 길을 제대로 찾지 못하면 어떻게 하나 내심 걱정했지."

그는 고개를 돌려서 그녀 옆얼굴을 바라보며 말했다. 희미한 어둠 속에서도 얼굴 옆면에 흐르는 곡선이 선명했다. 그 명암도 또렷했다. 고속도로에 오르기 전까지는 긴장했는지 그는 별다른 대화도 없이 운전에만 몰두했다. 한국에서 차량 운행을 몇 번 해보았으나 유럽에 온 이후로는 첫 번째 경험이었다.

"이제 기운이 나. 이렇게 수영이 옆에 있으니까 안심이 되네. 배도 고프고 졸음이 막 밀려와."

"그러면 식사부터 해야지. 표지판을 보았어. 곧 휴게소가 나올 거야."

이로부터 10분도 채 달리지 않아 휴게소 카페테리아가 나타났다. 아마도 그 상호로 보아 자허 호텔 뒤편 골목길의 레스토랑과 같은 계열사일 것이다. 그들은 연어구이, 야채샐러드 등을 가져와 늦은 저녁을 들었다. 식탁 위의 조명이 은은했다.

"시장했나 봐? 이렇게 음식을 맛있게 먹는 모습은 처음 보았어."

"너무 허겁지겁 먹었지? 생각해보니 어제 아침부터 식사를 못했네."

"……"

그는 아무 대답도 하지 않았다. 다만 눈앞에 펼쳐지는 모습을 걱정스러운 표정으로 바라볼 뿐이었다. 그녀가 살며시 포크를 내려놓으며 수줍게 웃었다. 예뻤다. 얼굴에 상처가 나고 멍이 들어도, 피곤한 기색이 역력했어도 정말 예뻤다. 하지만 그녀의 웃는 모습에 아쉬움이 스쳐 지나갔다. 뭔가 부족해 보였다.

"오렌지나 사과 가져다줄까?"

"그보다 오렌지주스나 사과주스가 좋겠어."

그는 얼른 일어나 맑고 투명한 사과주스와 탁하고 걸쭉한 사과주스를 한 잔씩 가져왔다. 그녀는 카탈루냐 지방의 사과를 그렇게 맛있어했다. 달면서도 시고 아삭하다는 설명이었다. 그가 사각 쟁반을 탁자에 내려놓으며 물었다.

"마리암! 얼굴이 말이 아니야. 무슨 일인지 설명해줄 수 없어?"

"있는 그대로 빠짐없이 말해줄게. 이제야 한숨 돌렸으니 기다려줘."

"윤곽이라도 알았으면 해."

"내가 힘들어서 그래. 그렇게 간단한 이야기가 아니야. 어제 코르도바 갔다가 오늘 돌아왔는데 거기에서 감당할 수 없는 일이 생겼어."

"그게 무슨 일이야?"

그의 목소리 톤이 올라가면서 짙은 눈썹도 따라 올라갔다. 그렇게 움직이는 입체감이 아그리파 석고상의 눈썹 같았다. 그러면서 마시던 주스 잔을 탁~ 소리가 나게 식탁에 내려놓았다. 그 부딪히는 소리에 스스로도 놀랐는지 약간 당황해했다.

"자바부르크에 도착해서 말해줄게. 이야기가 길어서 여기서 할 수도 없어."

도통 그녀는 입을 열려고 하지 않았다. 하긴 옆에서 보기에 말할 기력도 없어 보였다. 이제 기다리는 방법밖에 없었다.

"이렇게 마리암과 독일로 여행을 떠나다니 무슨 영문인지 모르겠어. 얼떨떨하기도 하고 한편으론 함께 여행하니 기쁘기도 해."

"이번 여행에서 내 모든 것을 주고 싶어. 아까 카페로 걸어오면서 생각한 거야."

"그래?"

그가 환하게 웃으며 따듯한 눈길을 보내자 그녀도 마주 보며 미소 지었다. 두 뺨에 옴폭하게 파이는 보조개가 귀여웠다. 입구에서 불어오는 바람 때문인지 탁자 위 둥근 주황색 등이 흔들렸다. 그 불빛에 보조개 그림자가 어렴풋이 보였다.

"그만 갈까? 가능한 한 자정 전에 도착하면 더욱 좋겠지?"

조수석 문을 열어주자 그녀가 무릎을 조금 구부리면서 두 팔을 우아하게 펼쳐 보이더니 사뿐히 올라탔다. 연인들은 위아래에서 서로 눈길을 마주치며 다시 소리 없이 웃었다. 그녀는 앉자마자 꿈나라로 떠났다. 얼마나 곤히 자는지 몰랐다. 고개가 옆으로 내려가고 올라가기를 여러 번 반복하더니 이내 고개가 기울어져 미동도 없이 잠이 들었다. 얼굴을 손으로 올려주고 싶었으나 깰까 봐 그냥 두었다. 이틀 동안 식사도 못 했다고 하니 겪었던 그 고초가 어땠을지 상상이 가지 않았다.

잘츠부르크까지 시속 130km로 달렸다. 오스트리아는 속도제한이 있지만 독일은 없는 구간이 많았다. 아우토반으로 접어들면서 액셀러레이터를 세게 밟았다. 속도가 200km를 넘어서기도 했다. 소형차임에도 거침없이 달렸다. 속력을 더 올릴 수도 있었다. 그러나 자제했다. 옆 사람 안전도 생각해야 했다.

한참을 그렇게 달렸다. '란츠후트Landshut 21km' 도로표지판이 나타났다. 이 지명이 시야에 들어오자, 본인의 철학적 신념을 굽히지 않은 대가로 평생 쓸쓸하게 재야학자로 지내야 했던 포이어바흐가 떠올랐다. 이곳 출생으로 평소에 그가 흠모하던 학자였다. 하지만 지금 포이어바흐 생각할 때가 아니었다. 기절하다시피 자고 있는 그녀를 보고 있자니 심란하기만 했다. 그저 안쓰러운 정도를 넘어 애처로운 생각마저 들었다.

'대관절 그녀에게 지난 이틀 동안 무슨 일들이 있었을까?'

궁금증이 더해갔으나 기다려 보기로 했다. 남자는 진득하게 기다릴 줄도 알아야 했다. 때가 되기를 기다릴 줄 아는 자는 세상 그 무엇이라도 얻을 수 있을 것이다. 그렇게 믿고 싶었다. 그의 지론 중의 하나가 기다림이었다. 조용히 심호흡을 하면서 그는 옆 좌석을 살짝 돌아보았다. 그녀는 자고 있는 모습도 예뻤다.

'모든 것을 주고 싶다는 말은 일반적인 그러한 의미인가? 아니면 또 다른 의미가 있는 것인가?'

그것도 궁금했다. 그렇기는 해도 힘들어하는 상황에서 그녀에게 물을 수가 없었다. 자연히 알게 되겠지. 그는 미끈하면서도 부드러운 장미목 핸들을 두 손으로 꽉 잡았다. 자꾸 눈이 감겨왔다. 그도 장시간 비행에다 장거리 운전까지 하게 되면서 몸이 고되고 힘든 상태였다. 하지만 이 정도는 이겨낼 수 있었다. 또 이겨내야 한다고 다짐했다.

그는 눈을 똑바로 뜨고 전방을 응시했다. 앞서가는 자동차 미등의 불빛이 동심원이 확장되는 것처럼 점점 커지는 곡선을 그리며 이리저리 흔들리고 있었다.

5. 밤과 꿈

이수영은 열심히 달렸다. 어서 도착해 마리암을 편히 쉬게 해주고 싶었다. 운전하는 중간에 곧게 뻗은 구간을 달리다 보면 시속 250km가 넘을 때도 있었다. 졸음이 밀려오면 라디오를 틀고 낮은 볼륨으로 음악을 들었다. 다행히 그녀는 깨지 않고 깊은 잠에 빠져있었다. 자바부르크 지명이 표지판에 나타나기 시작할 즈음 라디오에서 멋진 성악곡이 잔잔히 흘러나오기 시작했다. 슈베르트의 '밤과 꿈Nacht und Traume'이었다. 라르고 템포로 마지막 구절의 노랫말이 들려왔다.

"돌아오라 성스러운 밤이여. 달콤한 꿈이여 다시 돌아와다오."

왜 그런지 감미로운 이 구절을 듣는데 콧등이 찡했다. 그 무언가 마음에 다가왔는지도 모른다. 자바부르크 출구를 가리키는 표지판이 나타났다. 그는 아우토반을 빠져나와 한적한 숲길을 지나 칠흑같이 어두운 길을 뚫고 달렸다. 거침없이 달려갔다. 그렇게 고성으로 향하며 이런 생각이 뇌리를 스쳤다.

'일반적으로 '거침없음'은 바람직하다고 간주하지. 하지만 삶에 있어 거침이 없다는 것이 그렇게 좋기만 한 현상일까?'

일정 부분 쉬어갈 수 있게 해주는 것이 필요해 보였다. 그런데 그 쉬어가는 것의 강제성 여부에 생각이 미치자 머릿속이 복잡해졌다. 거기에다 운명론, '신'의 개입 등까지 범위가 확장되자 그 의미들이 얽혀 들어가면서 더욱 복잡해졌다. 그는 어깨를 쫙 폈다. 빡빡한 창문 레버를 돌려 차창을 눈썹만큼 열었다. 도로 양옆은 캄캄했다. 목적지가 가까이 다가오고 있었다.

자바부르크는 '베저 강' 좌측, 헤센주 카셀의 북쪽 25km 지점에 위치했다. 카셀은 제2차 세계대전 당시 독일 군수공업 도시 중 하나였기에 이 일대에 연합군의 무차별 공습이 이어졌다. 하지만 다행스럽게도 '자바부르크 성'은 15세기 이후 모습 그대로 보존되었다. 이곳은 오래전부터 호텔로 사용되었다. 그 그윽한 운치는 중부유럽의 고성 호텔 중에서도 으뜸이었다.

또한 이 고성은 동화 '잠자는 숲속의 공주'의 무대로도 알려졌다. 오래된 성곽을 둘러싸고 있는 떡갈나무 숲, 우거진 장미 넝쿨 등이 동화 속에 나오는 성의 배경과 흡사했다. 이러한 연유로 그 동화의 무대라고 세간에 전해지게 되었다. 혹은 자바부르크가 그림형제의 고향인 하나우와 지리적으로 가까워서 그렇게 알려졌는지도 모른다. '잠자는 숲속의 공주'의 원제는 '잠자는 숲속의 미녀'로서 프랑스 작가 페로의 동화집 '옛날이야기'에 게재되었다. 이후 독일 작가 그림형제의 '어린이와 가정을 위한 동화집'에 다시 수록되어 널리 읽히기 시작했다.

자바부르크 성은 아름드리 떡갈나무 숲으로 둘러싸여 있었다. 성 외곽에는 그 외에도 가문비나무, 너도밤나무, 참나무, 호두나무 등이 울창했다. 이 숲의 원래 이름은 '하르츠Harz 숲'이었다. 그러나 지역 주민들은 '메르헨Märchen 숲'이라고도 불렀다. 흔히 '동화 숲'이라는 뜻으로 알고 있지만 '풍문이 떠도는 숲'이라는 의미도 있었다. 중세 독일어에서는 '메르헨'이 '풍문'의 뜻으로도 쓰였다. 실제로 중세에는 숲길을 통해서 온갖 풍문이 떠돌기도 했다. 숲을 오가는 사람들에 의해 바람을 타고 번지듯이 소문이 퍼져간다는 의미였다.

'그런데 왜 하필 자바부르크에 와보고 싶다 했을까? 혹시 마리암이 전생에 공주였던 건 아닐까?'

그는 혼자서 이러한 상상을 하며 씩 웃었다. 옆에서 곤히 잠들어 있는 연인의 모습을 바라보았다. 그는 처음 만난 이후 그녀가 지닌 단아한 아름다움과 이지적인 면에 빠져들었다. 어떨 때는 간혹 중세 여인처럼 생각되기도 했다. 그녀의 사고와 언행이 그렇게 보이는 경우도 이따금 있었기 때문이었다.

독일 국경을 넘어 장시간 운행 끝에 자바부르크에 도착했다. 외곽에서 마을로 들어서니 격자무늬 나무 기둥들이 인상적인 독일 전통 가옥들이 가로등 불빛에 그 모습을 드러냈다. 가옥 외부 벽면에 가로세로로 기둥들이 있었고 가운데에 대각선 형태로 기둥들이 또 들어 있었다. 혹은 대각선 형태의 기둥들은 엇갈려 박혀 있기도 했다. 격자무늬는 직선 형태가 대부분이긴 해도 곡선 형태도 있고 물결무늬 형태도 있었다. 이외에도 다양한 형태들이 군데군데 눈에 띄었다.

독특한 격자무늬 건축양식 때문인지 전체적인 마을 분위기는 묵직한 중세풍이었다. 전통의 깊이 속에서 일체감, 소박함 등을 함께 느낄 수 있었다. 이제 목적지에 다 왔다. 그는 고성 주차장 출구 쪽에 차를 세우고 잠자는 그녀를 깨웠다.

"마리암! 일어나. '자바부르크 성'에 도착했어."

"응? 벌써?"

"자느라 시간 가는 줄 몰랐구나. 한참을 달려왔는데."

"고생 많았어. 밤길에 운전하느라 힘들었지?"

그녀는 하품을 하는가 싶더니 말꼬리를 길게 끌었다. 그러면서 수염이 꺼칠꺼칠한 그의 뺨에 이쪽저쪽 입맞춤을 했다. 그가 빙그레 웃으며 운전석에서 내렸다. 저녁 식사 이후 강행한 야간 운전의 피로가 말끔히 사라지는 것 같았다.

시간은 자정이 넘었다. 주위는 고요했다. 아무런 인기척도 없었다. 성의 정문을 찾지 못해서 한참을 헤매다가 입구로 보이는 육중한 나무문을 찾았다. 그들은 철제 장식이 투박하게 붙어 있는 손잡이를 밀고 고성 안으로 들어갔다.

"어머나!"

"와~"

놀랍게도 나무 문 너머에는 또 다른 세계가 펼쳐지고 있었다. 성 외부의 고요함과 성 내부의 소란스러움이 이질적이면서도 묘한 조화를 이루었다. 그녀가 입을 반쯤 벌리며 믿기지 않는 표정을 지었다. 그의 눈도 동그래졌다. 내부는 전형적인 독일 레스토랑이었다. 오밀조밀한 실내는 여러 소리가 뒤섞이며 이채로운 분위기를 자아냈다. 겉면이 올록볼록한 1000cc 유리 맥주잔, 장식이 정교한 주석 맥주잔 등이 부딪히는 소리, 사람들의 왁자지껄한 웃음소리, 독일민요를 흥겹게 부르는 노랫소리 등이었다. 이들을 아우르며 울려 퍼지는 서정적인 멜로디가 왠지 귀에 익었다.

그런데 가만히 귀를 기울여 들어보니 독일민요가 아니라 오디오에서 흘러나오는 디트리히의 '릴리 마를렌Lili Marlene'이었다. 제2차 세계대전 즈음해 독일군들이 즐겨 부르던 진중가요 성격의 노래였다. 종전 직전 크리스마스이브에는 독일군과 연합군이 모두 무기를 내려놓고 합창으로 불렀다는 이야기도 전해져 왔다. 곡조가 애절하면서도 아름다워 듣는 이의 심금을 울렸기 때문이었다. 마누엘라가 부른 버전도 호평을 받았으나 여성이면서도 묵직한 저음이 인상적인 디트리히의 버전이 더 유명했다. 독일에서는 일반 시민들이 국가보다도 자주 부른다고 알려진 전설적인 곡이었다.

이수영은 이 노래를 마리암을 통해 알게 되었다. 가끔은 그녀가 시민공원 벤치에서 디트리히처럼 허스키한 목소리로 부르기도 했다. 그러면 그는 어쩌면 그렇게도 오디오의 음색과 똑같으냐며 아이들처럼 손뼉 치면서 즐거워하곤 했다.

"마리암! 오늘이 일요일인데도 이 시간까지 떠들썩한 걸 보면 요즈음이 지역 축제 기간인가 봐?"

"그럴지도 모르지."

그들은 귓속말로 이런 대화를 주고받았다. 그러면서도 입구에 서서 어리둥절한 표정으로 계속 이 광경을 바라보고 있었다. 하여튼 레스토랑 내부는 온갖 소리로 넘쳐났다. 동네에 사는 사람들은 전부 여기 모여 있는 건 아닐까 싶었다. 그러다 그가 지나가는 레스토랑 직원에게 프런트 데스크 위치를 물어보았다. 그 통통한 직원은 양손에 네 개씩, 모두 여덟 개의 1000cc 맥주잔을 들고 가는 중이었다. 균형감과 힘이 대단했다. 이런 모습은 본 적이 없었다.

"실례합니다. 호텔 프런트 데스크는 어디에 있나요?"

"이 고성은 프런트 데스크가 별도로 있지 않아요. 여기 레스토랑에서 방 열쇠를 투숙객들에게 드립니다."

"그렇군요."

"오늘 이곳에 묵을 거라면 이쪽으로 오세요."

두 사람은 직원의 뒤를 따라서 미로 같은 실내를 가로질러 갔다. 레스토랑 직원이 호텔 프런트 데스크 업무를 겸하고 있었다. 생맥주 등을 따르는 수도꼭지 형태의 탭들이 일렬로 있는 테이블의 옆 벽면에 열쇠가 서너 개 걸려 있었다.

"요즈음은 자정이 넘으면 객실이 없습니다. 그런데 오늘은 어찌 된 일인지 몇 개 남아 있군요. 남은 객실은 모두 '트윈베드 룸'입니다."

"괜찮습니다. 열쇠 주세요."

그가 체크아웃 시간, 조식 시간, 내일 밤 투숙 가능 여부 등을 직원에게 물어보았다. 하룻밤 투숙 비용을 들은 후 계산을 마치고 그녀 손바닥에 부드럽게 객실 열쇠를 올려놓았다.

"먼저 객실로 올라가. 차에 두고 온 물건들이 있으니 가지고 올라갈게."

"바로 와. 혼자 있으면 무서워."

그는 뒷좌석에서 유럽 지도, 휴게소에서 구입한 탄산수 등을 꺼냈다. 열쇠로 차 문을 잠그고 서둘러서 계단을 뛰어 올라갔다. 객실은 고성 꼭대기인 3층에 위치했다. 내부는 중세풍으로 꾸며져 있어 중후한 편이었다. 침대, 탁자, 의자 등의 디자인도 단순하면서도 격조가 있어 보였다. 직원이 말한 대로 양쪽 벽면에 싱글베드가 각각 놓여 있었다. 창문은 두 개 있었다. 고성 뒤쪽 즉 떡갈나무 숲 방향으로 제법 넓은 창문이 있었다. 고성 앞쪽 즉 주차장 방향으로는 높은 곳에 좁고 작은 창문이 걸려 있었다. 그는 저 창문 용도는 무엇일까 하는 생각이 들었다.

"마리암! 이렇게 멋질 줄 몰랐어. 떡갈나무 숲이 밤에 보아도 운치가 있으니 내일 아침에 보면 얼마나 좋을까?"

"실내도 멋지고 전경도 근사해. 저 어슴푸레 보이는 떡갈나무 숲에 지금도 '잠자는 숲속의 공주'가 있을 것 같아."

"무슨 얘기야. 공주는 이 고성 안에 있잖아. 마리암공주!"

"이제 보니 유머 감각도 있네?!"

그가 창가에 서서 그녀를 포근하게 안아주었다. 등도 토닥토닥 다독거렸다. 두 볼에 가볍게 입맞춤도 했다. 그녀가 어린 새처럼 그의 따듯한 품에 안겨 있었다. 그런데 가만히 있는 게 아니었다. 숨죽이며 흐느끼고 있었다.

"그동안 얼마나 힘들었어."

"……"

그녀가 뭐라 대답을 하려다 말고 그의 가슴에 얼굴을 묻고 한참을 울었다. 그러다가 손등으로 눈물을 훔치며 지친 목소리로 기운 없이 말했다.

"오늘은 아무 생각 없이 잠들고 싶어."

"그래. 얼른 침대로 들어가."

그들에게 이 여행은 두 번째 여행이었다. 하지만 첫 번째 여행은 대학 입학 전 학생처에서 실시한 단체여행에 공동으로 참가했기에 어떠한 한정된 공간에 함께 있을 수 있는 그들만의 여행은 이번이 처음이었다. 지금까지 그녀가 그의 집에 온 적이 없었고 기숙사에서도 룸메이트가 늘 함께 있었기 때문이었다. 그녀가 의도적으로 그런 것 같지는 않았으나 어쨌든 그랬다.

그들은 양치하고 간단히 씻은 다음에 각기 침대에 들어가 잠을 청했다. 그는 그동안 일어난 일들에 대해 그녀가 이곳 자바부르크에서 말해주리라 기대했다. 그러나 의외로 그녀는 바로 자리에 들더니 잠을 청하고 있었다.

'대강이라도 설명해주면 좋으련만 어떠한 일이기에 말을 하지 않을까? 아니야. 얼마나 힘들면 그러겠어. 내일 이야기하면 되지.'

이렇게 생각하며 몸을 비스듬히 뉘어서 옆 침대를 응시했다. 그녀는 똑바로 누워 있었다. 어둠 속에서 보아도 얼굴 옆모습이 조각처럼 말끔하고 예뻤다. 반듯한 이마에서 오뚝한 코로 이어지는 곡선이 그림 같았다. 품에 안고 싶었다.

'무슨 상상을 하는 거야? 그녀가 힘들어하는 모습을 보면서 그런 생각을 하다니. 어서 자자. 나도 오늘 머나먼 길을 왔잖아.'

그렇지만 그는 잠을 못 이루었다. 그게 의지대로 되지 않았다. 이리저리 뒤척였다. 시간이 얼마만큼 지났는지 알 수 없었다. 10분이 지났는지, 한두 시간이 지났는지 종잡을 수 없었다. 그는 자신이 잠이 든 상태인지, 깨어 있는 상태인지도 구분할 수 없었다. 어쩌면 시차 때문에 그런지도 모른다고 생각했다. 아무리 해도 잠을 이룰 수 없어서 일어나 침대 끝자락에 걸터앉았다. 그러다 옆 침대에 가서 그녀 어깨를 살그머니 안으려 했다. 내려다보니 잠결에도 미소 짓는 듯 보였으나 그녀가 팔을 저으며 자고 싶다는 의사 표시를 하는 듯도 했다. 그는 침대 옆에 말없이 서 있다가 고개를 숙이며 다시 안으려 했다.

"어서 자. 나도 힘들어서 자고 싶어."

그녀가 천천히 돌아누우며 느릿느릿 말했다. 그런 마음을 이해하면서도 한편으로 서운한 감정도 들었다. 어찌하겠다는 의도보다 침대에서 한번 안아보고 싶었다. 그녀를 품에 안고 잠들 수 있다면 얼마나 행복할까. 이곳 '트윈베드 룸'의 싱글침대는 다소 넓은 편이어서 생각하기에 따라 둘이 누워도 될 정도 넓이였다. 게다가 휴게소 카페테리아에서 모든 것을 주고 싶다고 말했던 일도 떠올랐다.

"안고 싶어."

"이미 말했는데?"

"그냥 안아보고 싶다는데 그것도 안 되나? 나는 도착하자마자 영문도 모르고 자바부르크 가고 싶다 해서 왔잖아."

그의 언성이 평소보다 반 옥타브 정도 높아졌다. 그 나름대로의 표현인지, 자연스레 그렇게 된 건지 올라가고 내려가는 목소리가 미세하게 떨렸다. 서서히 아래로 내려앉는 파장이 누워 있는 그녀에게 그렇게 전해졌다.

"아직 마음의 준비가 덜 되었어. 기다려줘."

그녀가 창가를 굽어보며 가라앉은 목소리로 겨우 알아들을 수 있게 말했다.

'어찌하겠어. 그렇게 해야지.'

이렇게 그는 스스로를 달랬다. 깨끗이 단념하고 옆 침대로 돌아와 다시 잠을 청했다. 하지만 쉽게 잠들지 못했다. 긴장감, 호기심, 시차 부적응 등이 그의 몸과 마음에 섞여 있었다. 그러다 얼핏 얕은 잠이 들었다.

그는 부스럭 소리에 놀라서 깨어났다. 그녀가 침대 옆 탁자에서 쪼그리고 앉아 무엇인가를 찾고 있었다. 그는 비몽사몽간에 힘없는 목소리로 물었다.

“거기서 뭐 해?”

“수첩을 찾느라고. 어서 자.”

그도 피곤했는지 다시 엷게 수면 상태에 들어갔다. 그런데 아무래도 그 무언가 심상치 않았다. 소리, 느낌 등이 이상했다. 억지로 눈을 반쯤 떠보니 그녀가 겉옷을 모두 입고 어깨에 백팩도 멘 채로 방문을 나서고 있었다. 문은 이미 열렸고 한쪽 발뒤꿈치만 방안에 남아 있는 상태였다. 그가 놀라서 벌떡 일어나 뛰어갔다. 그러나 어느새 방문은 쉭 바람 소리를 내며 닫혔다. 그리고 쿵~ 소리가 들리는가 싶더니 그녀가 바깥에서 재빠르게 열쇠를 집어넣어 문을 잠갔다. 마치 비밀요원이 등장하는 한 편의 할리우드 액션영화를 보는 것 같았다.

“이게 어떻게 된 거야?”

그는 황당하고 어이가 없었다. 방문을 힘껏 두드려보았다. 문손잡이를 잡고 아무리 열려고 해도 열리지 않았다. 이 고성 호텔의 객실 자물쇠는 바깥에서 열쇠를 넣어 잠그면 내부에서 열 수 없게 되어있는 구조였다.

“아니, 방문을 안에서 열 수 없는 자물쇠도 있나?”

아득한 느낌이 들었다. 그 무엇인가 아련히 멀어져가는 느낌이었다. 이러한 상황도 이해되지 않았으나 자물쇠의 구조는 더 이해할 수 없었다. 하기야 이 세상에 이해할 수 없는 일들은 이뿐만이 아닐 것이다.

‘혹시 그녀는 자물쇠 구조를 미리 알고 있었을까?’

그는 고개를 가로저어서 자신의 이 비참한 상상을 부정했다. 그럼에도 점점 절망 속으로 빠져들고 있었다. 방문에 등을 기대고 섰다. 다시 돌아서서 문을 연속해서 두드리고 그녀 이름을 소리쳐 불러보았다. 이미 계단을 통해 아래로 내려갔는지 바깥에서는 아무 소리도 안 들렸다. 프런트 데스크로 연결된 전화기를 들어보았다. 신호음이 헛헛하게 들릴 뿐이었다.

그러다 여기 프런트 데스크에는 상주 직원이 없다고 통통한 직원이 말했던 생각이 났다. 아마 그 직원은 레스토랑에 있든지 아니면 집에 갔을 것이다. 그는 실로 망연자실했다. 이렇게 벌어지고 있는 일들이 믿기지 않았다. 마치 꿈속에서의 일 같았다. 그는 두리번거리며 실내를 살펴보았다. 객실 안에는 주차장 방향으로 손바닥만 한 창문이 저만치 높게 걸려 있었다. 탁자 옆에 있는 의자를 탁자 위로 올려놓은 다음, 연속적으로 밟고 올라갔다. 그리고 가까스로 까치발을 한 채 유리창을 통해 아래를 내려다보았다. 그녀 모습이, 바람에 나부끼는 옷자락 끝이 어렴풋이 보였다. 고개를 옆으로 돌려보았다. 자동차 앞문을 열고 그녀가 바로 앞에 서 있었다. 고개를 길게 빼서 더 돌리려는데 그의 두 다리가 좌우로 후들거렸다. 하마터면 의자에서 미끄러져 떨어질 뻔했다.

"마리암~ 무슨 일이야? 올라와서 방문 열어줘."

그가 창문을 열고 고개를 억지로 내밀자마자 외쳤다. 조금 틈이 생겨서 그나마 가능했다. 아무리 애를 써도 꼼짝도 안 하던 창문이 손잡이를 위로 향하게 하자 움직이면서 열린 것이다.

"무서워서 있을 수 없어."

그녀가 양손을 모아서 입에다 대고 위를 올려다보며 말했다.

"뭐가 무섭다는 거야?"

"내 침대 옆에서 소리를 지르며 화를 냈잖아. 그러한 경험이 없어서 그런지 무섭고 두려워. 더 이상 있지 못하겠어."

"무슨 소리를 질렀다고 그래? 서운한 마음에 말하다 보니 그런 거지……"

그의 말이 기운을 잃고 사그라졌다. 그녀는 이 초라한 대답에 대꾸도 없이 자동차에 올라탔다. 그는 다급해 거의 울음이 터지기 직전의 음성으로 외쳤다.

"미안해! 제발 돌아와 줘."

그래도 아직 시동은 걸지 않았다. 그녀가 운전석에 그대로 앉아 있더니 앞문을 열고 내렸다. 그는 아래를 내려다보며 가슴을 졸이다가 그런 모습을 보고 행여나 하는 마음에 안도의 한숨을 내쉬려고 했다. 바로 그때였다.

"아니야. 떠나겠어."

그녀는 또다시 입에 손을 모아서 창문을 쳐다보며 높은 목소리로 말했다. 주위에 드높게 울려 퍼지던 그 음색과 감정의 파장은 그의 폐부를 찌르는 듯했다.

"뭐라고?"

"……"

"그렇게 할 거면 나와 자바부르크에 왜 왔어?"

"수영에게 의지하고 싶었어. 지난 이야기를 모두 하려고 했지. 이제는 아니야. 겁이 나서 같이 있을 수 없어."

그녀는 여기까지 말하고 미동도 없이 서 있었다. 둘 사이의 다른 높낮이에 무겁고 암울한 침묵이 흘렀다. 이를 어떻게 해석해야 할까. 이 침묵의 의미는 상이할 터이나 각자 어떻게 그 의미를 이해했는지 서로는 알지 못할 것이다. 아니, 어쩌면 그 반대일지도 모를 일이었다. 그의 머릿속에 이런 생각이 스쳐 지나갔다.

"이제 나를 찾지 마."

이 말을 마지막으로 그녀는 차에 올라타더니 시동을 걸었다. 이어서 부르릉 소리를 남기고 떠나버렸다. 그는 창문 손잡이를 부여잡고 차가 떠난 방향을 더 보고자 했다. 아쉽게도 그럴 수 없었다. 고개를 옆 방향으로 계속 돌리다가 의자가 기울어지면서 아래로 떨어졌기 때문이었다. 의자는 우당탕탕~ 요란한 소리를 내면서 탁자와 한꺼번에 넘어갔다. 아래로 처박혔다. 희미하게 새어 나온 신음 소리는 스스로 듣기에도 처량했다. 그나마 침대 모서리에 머리를 부딪히지 않기가 천만다행이었다.

그렇게 그는 카펫 바닥 위에 널브러져 있었다. 정신을 잃거나 그런 건 아니었으나 넘어졌던 자세 그대로 누워 있었다. 한참 후에 맥없이 일어났다. 눈동자는 흐릿하고 턱이 내려가면서 입술도 벌어져 있었다. 거칠거칠한 벽에 등을 기대고 있다가 그대로 카펫 바닥 위에 주저 앉았다. 등바닥이 어릿어릿했다. 어디에선가 재깍재깍 소리가 들려왔다. 다시 귀 기울이니 아무 소리도 안 들렸다. 얼마나 지났을까. 가늠할 수 없었다. 시간에 대한 감각이 무디어져 갔다. 손등을 입에 가져가 이로 피가 붉게 배도록 물었다. 꽉 물었다. 아팠다. 이렇게 아프니 이것은 꿈이 아니고 현실이었다. 그는 넘어간 탁자 옆에 엎어져 있는 수화기를 들고 프런트 데스크에 계속 전화했다. 그러다 객실 바닥에 흩어져 있는 호텔 리플릿을 보았다.

어이가 없었다. 탁자 위에 놓여 있던 이 리플릿이 아까는 왜 눈에 띄지 않았을까. 거기에서 비상 연락처를 발견했다. 즉각 전화를 걸었다. 잠에 취한 어느 노인이 불분명한 발음으로 전화를 받았다. 그리고 그녀가 떠난 지 얼추 잡아도 한 시간이 훨씬 지난 다음에야 그 통통한 직원이 와서 방문을 열어주었다. 급히 주차장으로 뛰어갔다. 당연히 아무도 없었다. 사람과 자동차는 흔적도 없이 사라지고 없었다.

"세상에! 이런 일이 다 있구나."

그는 정신 나간 사람처럼 좌우를 둘러보며 그렇게 멍하니 서 있었다. 통통한 직원이 옆으로 조심스레 다가와 괜찮으냐고 몇 번이나 되물었다. 시간을 보니 새벽 3시 45분이었다. 이곳에 도착한 이후부터 시간 재구성을 해보았다. 하지만 어떻게 흘러간 건지 알 수 없었다. 차가 사라진 방향을 향해 그녀를 불러보았다. 기다렸다. 조금 크게 외쳤다. 다시 기다렸다. 그는 양손을 입 주위에 대고 목청이 터져라 그녀 이름을 부르고 또 불렀다. 애절한 외침은 퍼져나갔다. 칠흑 같은 어둠을 뚫고 떡갈나무 우거진 숲으로 멀리멀리 퍼져나갔다.

6. 고성 그리고 쓸쓸함

이수영은 불과 몇 시간 전에 '자바부르크 성' 주차장으로 들어설 때의 설렘을 떠올렸다. 그때 감정은 연인에 대한 연민, 들뜬 기대감, 적당한 호기심 등을 수반한 두근거림이었다. 가슴이 뛰었다. 사랑하는 연인과 동화 속에 나오는 고성에서 하룻밤을 함께 보내다니 꿈만 같았다. 더욱이 그들이 맞이하는 첫 번째 밤이었다. 이보다 더 멋진 일이 있을 수 없었다.

하지만 마리암은 떠났다. 그는 고성 호텔 입구를 벗어나 차도로 나가서 자동차가 사라진 방향을 멀리까지 살펴보았다. 그러다 주차장으로 돌아와 사방을 이리저리 둘러보기도 했다. 어디선가 그녀가 활짝 웃으며 뛰어나올 것만 같았다. 그렇게 고성 주위를 한참이나 서성거렸다. 그의 기대와는 달리 아무 일도 일어나지 않았다.

떡갈나무 숲에서 불어오는 밤바람이 차가웠다. 계단을 둥그렇게 돌아서 3층으로 올라가는 발걸음이 천근만근이었다. 영화에서나 있을 법한 이런 일이 현실에서도 발생할 수 있다니 믿기지가 않았다. 불현듯 괴테가 말년에 했다던 독백 하나가 그의 가슴을 파고들었다. '이 세상에서 가장 슬픈 일은 불행할 때 행복했던 지난날을 회상하는 것이다.' 고성의 회전계단을 올라가며 이 의미를 생각하다가 그는 멈춰 섰다.

'괴테는 이러한 내용을 어떻게 해서 알게 되었을까? 본인의 직접경험으로 알게 되었을까 아니면 선험적인 그 무엇으로 인해 깨달음을 얻은 결과일까?'

지난 3월, 그녀를 처음 만나 온 정성을 다해서 사랑했다. 이 세상을 다 얻은 것처럼 기뻐하며 이제야 찾아온 인연에 감사하는 마음으로 사랑했다. 어제 그녀로부터 자신의 모든 것을 주고 싶다는 이야기를 카페테리아에서 듣고는 내심 설레기도 하였다. 고성, 연인, 첫날밤 등을 상상하면서 기대에 가슴이 부풀기도 했다. 그러나 이게 어찌 된 일인가. 이 모든 일이 원망스러울 뿐이었다.

"이건 꿈이야. 꿈속에서의 일이야."

이렇게 혼잣말로 되뇌었다. 하지만 안타깝게도 엄연한 현실이라는 것을 직시해야 했다. 객실 내부를 한 군데씩 짚어가며 찬찬히 둘러보아도 아무도 없었다. 힘없이 침대 위로 쓰러졌다. 콧등이 찡했다. 눈물이 핑 돌았다. 이러한 상황이라면 어느 누구라도 그러할 것이다. 이윽고 눈물이 흘러 뺨을 타고 내려와 귀에 방울방울 떨어졌다. 그렇게 살갗에 눈물이 떨어지는 느낌이 생소했다. 일찍이 경험해보지 못했다. 그런 유사한 기억들도 없었다. 그는 정신이 혼란스러웠다.

'이런 예기치 못한 상황이 어떻게 개개인의 삶에 전개될 수 있을까?'

그러다가 지지난해 가을학기 강의에서 강독했던 쇼펜하우어의 「의지와 표상으로서의 세계」 내용 중 '의지는 충동적이고 예측할 수 없이 인간의 삶을 이끌어 간다.' 라는 문장이 어렴풋이 떠올랐다. 그때는 공감하지 못했고 이해하기도 어려웠으나 지금은 어떠한 의미인지 알 것 같았다. 마음에 와닿았다.

"사랑에 대한 나의 의지도 충동적이고 예측할 수 없었던 것일까? 어쩌면 그랬을지도 모르지."

이렇게 그는 끊어질 듯 이어지는 여러 상념에 잠겼다. 이리 뒤척이고 저리 뒤척였다. 창밖 어둠을 가만히 응시하며 그렇게 거의 뜬눈으로 밤을 지새웠다.

뿌옇게 날이 밝아왔다. 악몽 같은 하룻밤을 보냈음에도 아침 해가 힘차게 솟아올랐다. 이 사실이 새삼 신기하게 느껴졌다. 그때 문득 이런 생각이 들었다. 그녀가 마음이 바뀌어서 돌아올지도 모른다는 생각이, 갈망이……

그래서 그는 고성 입구 경계석 위에 앉아 내내 기다렸다. 옴폭 들어간 윗부분이 울퉁불퉁해 엉덩이가 배기고 아팠다. 꾹 참았다. 10월 하순의 자바부르크 아침 바람은 매서웠다. 옷깃을 파고드는 차가운 바람은 계절보다 먼저 소식을 전해주었다. 마치 날쌘 척후병처럼 미리 와 있었다. 어젯밤과 달리 마을 풍경은 하나도 정겹지 않았다. 그저 쓸쓸하게만 느껴졌다. 좁은 차도를 따라 양쪽으로 늘어선 전통 가옥들도 어제는 아름답게 보였으나 오늘은 왠지 부자연스럽게 다가왔다. 고성 너머로 보이는 떡갈나무 숲에는 눈길도 가지 않았다. 아침에 보니 나뭇잎들이 울긋불긋 물들었고 단풍이 끝물이라도 남아 있었다. 하지만 스산한 느낌만 들었다. 그의 마음에 여유가 없으니 주위 모든 사물이 빛을 잃어갔다. 단지 적적함 등이 온 마을에 가득했다.

'이 세상이란 그러한 것일까? 바라보는 마음에 따라 이전과는 다른 모습으로 그렇게 다가오는가 보다.'

정오가 지나고 오후가 되었다. 멀리서 부르릉 소리만 나도 벌떡 일어나 소리 나는 쪽을 향해서 뛰어갔다. 그렇게 몇 번 아니, 몇 십 번을 했는지 모른다. 그녀가 아니라는 사실을 확인하고 돌아설 때의 그 쓸쓸함이란…… 뭔가 와르르 무너져 내리는 듯했던 그 마음을 평생 잊지 못할 것 같았다.

자바부르크는 외진 마을이었다. 늦가을이어서 휴가철도 아니니 오고 가는 차량도 그리 많지 않았다. 가을 해는 짧아서 어느덧 뉘엿뉘엿 저물고 있었다. 저녁이 되었다. 이제는 그녀가 돌아오리라는 희망이 엷어져 갔다. 멀리 떡갈나무 우거진 숲을 망연히 보고 있자니 절로 눈물이 났다. 그는 자신이 이렇게 눈물이 많은 사람인지 이번에야 알았다. 막막했다. 자바부르크에서 카셀로 나가는 시외버스도 끊어졌다. 그곳까지 나가야 기차를 타고 빈으로 갈 수 있었다. 걸어갈까도 잠깐 생각해보았다. 걷기에 카셀까지의 25km는 먼 거리였다. 초행길이고 일몰 후이기에 더욱 그랬다. 할 수 없이 하룻밤을 또 고성에서 보내야 했다.

절망감! 찌릿찌릿한 느낌이 전신을 휘감아 아래로 내려갔다. '절망'이라는 추상명사의 의미를 이제야 알았다. 언젠가 읽었던 어느 불교 경전의 한 구절이 생각났다.

"어디 천국이 저 하늘 높은 곳에 있고 지옥이 땅속 깊이 있으랴. 내 마음이 평온하면 그곳이 천국이요, 미망에 빠져 있으면 바로 그곳이 지옥이라."

그의 입에서 탄식이 저절로 흘러나왔다. 어찌도 이리 자신의 마음을 그대로 표현했을까. 이러한 심정이 바로 회한일 것이다. 어젯밤 그녀와 함께 들어온 고성 호텔 객실은 천국이었고 오늘 홀로 들어온 동일한 공간은 지옥이었다. 그는 수긍할 수밖에 없었다. 스스로 지옥을 만든 것과 다름없었다. 힘없이 객실로 들어와 문에 등을 대고 우두커니 서 있었다. 그러다 지친 몸이 휘청거리면서 침대를 향해 넘어갔다. 그제야 허기를 느꼈다. 돌이켜보니 아침에 먹은 호밀빵, 홍차 등을 제외하고는 먹고 마신 게 없었다. 하루 종일 배가 고픈 줄도, 목이 마른 줄도 몰랐다.

'마리암은 뭐라도 먹었나? 밤길에 운전하는 일이 고되지. 그렇지 않아도 피곤할 텐데 잠도 못 자고 그 이른 새벽에 떠나가게 했어.'

그는 자리에서 일어나 모서리에 걸터앉았다. 머리를 양쪽 무릎 사이에 파묻고 고개를 위아래로 움직였다. 헝클어진 머리카락이 옆얼굴에 닿아 꺼칠꺼칠했다.

"그녀가 했던 말이 틀린 게 없네. 얼굴이 그 지경이 되어서 온 사람을 내가 어떻게 대했나…… 모든 정성으로 돌봐주었어야 했는데."

비로소 그는 자책감이 들기 시작했다. 경계석 위에 앉아 기다릴 때만 해도 그의 마음속에 그리움, 애틋함, 원망 등이 혼재되어 있었다. 그러나 이제 모든 일이 자신 탓이라는 후회가 들었다. 설사 그녀가 다가왔어도 쉬게 해주었어야 했는데 무슨 생각을 가지고 그리했는지 몰랐다.

그는 천천히 침대 모서리에서 일어나 떡갈나무 숲이 보이는 넓은 창가 앞에 섰다. 창문을 열었다. 서늘하면서도 시원한 바람이 방안으로 밀물처럼 들어왔다. 그렇게 창가에 서서 어둠 속 숲을 바라보았다. 불어오는 바람에 차가운 습기가 느껴졌다. 가을비가 오려나 보다 생각했다. 이내 빗방울이 후드득 떨어지기 시작했다. 객실 안으로 한기가 엄습했으나 한편으론 빗방울 듣는 소리가 야상곡처럼 들렸다. 조용하면서도 부드러운 음률은 외로운 나그네의 지친 마음을 어루만져주었다. 피곤이 밀려왔다. 창문은 열어둔 채로 한쪽 침대에 누웠다. 바로 닫아야지 하고 생각했다. 그러다 스르르 잠이 들었다.

갑자기 무엇인가 다다닥 다다닥 하는 소리가 들렸다. 그는 놀라서 눈을 번쩍 떴다. 행여 그녀가 돌아와 방문을 두드리는 소리인가 싶어 가만히 귀를 기울이니 더 이상 아무 소리도 나지 않았다. 아니면 빗방울이 어딘가에 떨어지는 소리였는지도 모른다. 그렇게 깨어나 보니 몸을 웅크린 채 눅눅한 침대에 누워 있었다.

'창문을 열어놓은 후에 얼마나 잤을까? 어젯밤부터 시간에 대한 감각이 마비된 거 같네. 그 흐름의 정도를 가늠할 수가 없어. 혹시 '시간인지장애'라는 질환이 있을까? 그럴지도 모르지. 아마 그렇다면 이 상태가 초기증상일 거야.'

넓은 방에는 적막감이 흐르고 빗소리만 가득했다. 가을비는 추적추적 오고 있었다. 문득 한용운의 「추야몽秋夜夢」이라는 시조가 떠올랐다. 그 애달픈 내용이 오늘 밤 자신 모습과 오버랩되었다. 그렇게 제목과 첫 구절이 떠오르더니 이어서 다음 구절이 잇따라 생각났다. 그녀가 보고 싶었다. 눈물이 나도록 보고 싶었다.

가을밤 빗소리에 놀라 깨니 꿈이로다.
오셨던 님 간 곳 없고 등잔불만 흐리고나.
그 꿈을 또 꾸라 한들 잠 못 이루어 하노라.
야속타 그 빗소리 공연히 꿈을 깨노.
님의 손길 어디 가고 이불귀만 잡았는가.
베개 위 눈물 흔적 씻어 무삼하리오.
꿈이거든 깨지 말자 백번이나 별렀건만
꿈 깨자 님 보내니 허망할 손 맹세로다.
이후는 꿈은 깰지라도 잡은 손은 안 노리라.
님의 발자취에 놀라 깨어 내다보니
달그림자 기운 뜰에 오동잎이 떨어졌다.
바람아 어디 가 못 불어서 님 없는 집에 부느냐.

자바부르크에서 두 번째 아침을 맞았다. 그의 마음은 어찌 보면 참담하고 어찌 보면 담담했다. 그것들이 서로 모순되는 의미라 해도 당시 마음은 그랬다. 그는 일어나자마자 10분 정도 걸어가 마을회관 앞에서 시외버스를 타고 카셀로 나왔다. 다행히 첫 버스를 탈 수 있었다. 카셀 버스터미널에 도착해 중앙역까지 이동해서 2시간여를 기다렸다. 지루하고 힘든 시간을 견디고 부다페스트행 기차에 올랐다. 이후 뮌헨에서 기차를 환승해 빈으로 향했다.

"이제 다시는 혼자서 여행하지 않겠다. 어떤 일이 있을지라도!"

그는 굳게 다짐했다. 눈을 뜨고 차창 너머를 응시하고 있었으나 아무 것도 보이지 않았다. 점차 자신과 화해하면서 차창 밖으로 가을 풍광이 스쳐 지나가기 시작했다. 교회의 종탑, 외딴집, 상록수 숲, 거리의 낙엽들 등이 화면처럼 펼쳐졌다. 철커덩거리며 달려가는 기차 유리창에 그녀 얼굴이 투영되었다. 허공에 둥실 떠오른 모습은 지난 3월에 만났던 그 고운 얼굴이었다. 나의 사랑 마리암!

7. 첫 만남

빈의 3월 초순은 아직 겨울이었다. 전날 비가 내려서 그런지 대기가 촉촉했다. 습기를 머금은 바람은 한겨울처럼 매섭게 목덜미를 파고들었다. 전차 정류장 구석에 서너 명 학생들이 외투 깃을 올리고 고개를 움츠리고 있었다. 이수영은 성큼성큼 뛰어서 출발하려는 전차에 빠른 동작으로 올라탔다. 하차한 후 대학 본관 앞에서 전차를 환승해 어학코스 별관에 도착했다.

오늘은 2학기 강의 첫날이었다. 어깨를 바르게 펴고 정문으로 들어서며 '시작이 절반이다.' 라는 격언을 마음에 새겼다. 시작해야 무슨 일이건 일어나기 때문이었다. 계단 중앙 벽시계를 보니 시간 여유가 있었다. 오전 8시였다. 둥글게 휘어진 계단을 따라 1층으로 올라가 강의실 미닫이문을 열었다. 교탁을 중심으로 'ㄷ'자 모양으로 책상들이 배열되어 있었다. 빙 둘러서 놓여 있는 책상들을 돌아 창문 옆에 앉았다. 교탁과 가장 가까운 자리였다. 가방에서 교재와 펜을 꺼내다가 맞은편을 보았다. 그는 저도 모르게 흠칫 놀라며 고개를 곧추세웠다.

'저 고혹적인 눈빛의 여학생이 왜 나를 뚫어지게 바라보고 있을까? 활활 타오르는 불꽃이 따로 없네.'

얼마나 눈빛이 강렬한지 '그 눈이 불꽃같고 그 발이 빛나는 주석 같은……'으로 이어지는 성경 구절이 연상될 정도였다. 그녀는 검은 머리카락에 갸름한 얼굴을 가졌다. 짙은 눈썹은 갈매기 나는 형태로 생겨서 끝이 양미간에서 붙었다. 화살촉 끝부분이 서로 맞닿아있는 것처럼 그렇게 붙어 있었다. 눈동자는 흑연처럼 검었다. 가까이서 보니 흑갈색이었다. 깊고 맑은 느낌을 주면서도 실로 타오르는 불꽃 같았다. 입을 굳게 다물고 있으면 베르베르족의 용감한 전사 이미지였다. 하얗고 고른 이를 드러내며 웃으면 천진난만한 어린이처럼 보였다.

어쩌면 저렇게도 미모가 뛰어날까. 그는 머뭇거리다가 고개를 돌려 뒤쪽을 살폈다. 혹여 그녀가 무언가 다른 것을 보고 있지 않나 싶어서였다. 창문 너머로 미루나무 몇 그루만이 보일 뿐이었다. 옆자리에는 아직 아무도 앉지 않았다. 그가 다시 앞을 바라보니 그대로 자신을 응시하고 있었다. 의아하기도 했고 한편으로 마음이 설레기도 했다. 지중해 푸른 물결을 처음 본 아이처럼 그렇게 마음이 설렜다.

오전 4시간 강의가 끝났다. 외국인을 위한 독일어 교수법이 특이했다. 흥미진진했다. 그는 가방을 챙겨 강의실을 나오며 그녀를 향해 싱긋 웃었다. 이를 보고 그녀도 미소를 보내며 그의 곁으로 다가왔다. 흡사 공중을 걷듯이 사뿐사뿐 걸었는데 발뒤꿈치가 바닥에 닿지 않는 것처럼 보였다. 어찌 보면 그런 모양새가 어색하기도 했고 달리 보면 중세시대 공주의 걸음걸이처럼 우아하기도 했다.

"이수영입니다."

"마리암Baharehan Maryam이랍니다."

그녀는 스페인 남부 코르도바에서 유학 왔다고 했다. 키는 어림잡아 165cm가량 되어 보였다. 호리호리했다.

"이름이 예뻐요."

그가 진심이 담긴 칭찬의 말을 건네자 그녀는 어린 소녀처럼 수줍게 웃기만 했다. 그렇게 웃는 모습도 강렬한 눈빛만큼이나 매력적이었다.
"마리암! 점심 식사 함께 할까요?"
"좋아요."
그녀가 고개를 살짝 숙이며 부드럽게 대답했다. 눈매를 가늘게 해서 쏘아보듯이 하며 말했다. 그런데 그러한 표정이 어떻게 부드러움으로 매끈하게 연결되는지 신기할 뿐이었다. 이국적인 모습임에도 그의 눈길이 떠나지를 못했다.
"어디서 식사하고 싶어요?"
"케른트너 거리로 가요. 거기서 멋진 레스토랑을 찾아봐요."
오후 1시가 넘었다. 그들은 신속하게 별관을 빠져나와 한적한 골목길을 따라서 이십 분 정도 걸었다. 아침에 등교할 때보다 기온이 10도 이상 올랐는지 꽤 포근했다. 바로크 양식의 건축물을 끼고 돌아서니 넓은 보행자도로가 그 모습을 드러냈다. 인파로 북적이는 케른트너 거리였다.
"여기예요. 빈에 오기 전부터 와보고 싶었어요."
"무슨 이유가 있었나요?"
"이전에 코르도바대학에서 독일어회화 모임 활동하면서 이 거리 이름을 많이 들었답니다."
"그랬군요."
"호호호……"
그녀 웃음소리가 하프의 호로롱 호로롱 하는 화음 같았다.
"우리 천천히 걸어볼까요? 마음에 드는 레스토랑이 있을 거예요."
그들은 오래전부터 알고 지냈던 사이처럼 친숙해 보였다. 슈테판 교회 못 미쳐서 고전적인 분위기의 그라벤 거리로 들어섰다. 저만치 '삼위일체 석주'가 보였다. 그리 멀리 가지 않아서 비너발트 레스토랑이 그의 눈에 띄었다.

"저기서 식사할까요?"

"그래요. 기숙사 근처에도 저 레스토랑이 있는데 한번 가보고 싶었답니다."

그녀 숙소가 기숙사라는 사실을 알았다. 짧은 시간의 동행이었음에도 걸음이 느리며 호기심이 남다르다는 점도 파악했다. 햇볕이 따사로운 창가 옆에 앉아 메뉴판을 펼치자마자 그녀는 첫 번째 메뉴를 가리키며 말했다. 망설임이라곤 없었다.

"대표 메뉴인 '그릴드 치킨'으로 할게요."

"나도 같은 메뉴로 하지요. 양송이스프와 야채샐러드 추가하면 어때요?"

"고마워요. 그럼 음료는 무엇으로?"

"사과주스! 괜찮나요?"

"어머! 사과주스 좋아하는지 어떻게 알았어요?"

"마리암의 고운 얼굴빛을 보고 알았습니다."

그의 재치 있는 대답을 듣고 함께 웃음이 터졌다. 식사를 하면서도 내내 환한 웃음소리가 끊이지 않았다. 첫 만남부터 그는 그녀가 그렇게 좋을 수 없었다.

"강의실에서 왜 나를 그렇게 바라보았나요?"

"우리 어디선가 만난 거 같지 않아요?"

"예? 그럴 리가 없어요. 외국은 이전에 가본 적이 없고 빈에도 지난달에 도착했지요. 여기 온 이후에 어디 가지도 않았어요."

"그렇군요."

이어서 그녀가 무엇인가 더 이야기하려 하는 표정을 지었다. 하지만 물끄러미 바라보더니 미소만 짓고 있었다. 그 말하고자 했던 내용이 궁금했으나 다음에 물어보기로 했다. 그리고 그녀의 미소 짓는 모습도 보면 볼수록 신기했다. 일반적으로 수줍음과 우아함이 동일 범주에 있다고 볼 수는 없는데도 그 미소 안에서 함께 어우러지는 모습들이 독특할 뿐이었다.

“수영의 눈매와 돌아가신 부친이 나를 바라보던 모습이 서로 닮았어요. 어떻게 그럴 수 있나 생각했지요. ‘혹시 선친에게 동양인의 피가 섞였나’라는 추측도 해보았답니다.”

그러더니 그녀가 디저트를 들면서 이렇게 한마디 덧붙였다.

“어쩌면 그랬을지도 모르지요.”

투르크족, 마자르족, 핀족 등 동양에서 온 종족들이 이곳 유럽에 현존하고 있기에 그러할 개연성도 배제할 수는 없었다.

그들은 레스토랑에서 나와 어깨를 가까이하며 걸었다. 햇살이 따사로운 거리를 여유롭게 거닐었다. 분주한 인파 속에 섞여 있으면서도 오롯이 그들만이 있는 것처럼 그렇게 걸었다. 그의 마음이 뿌듯하면서도 흐뭇했다. 그라벤 거리와 케른트너 거리가 교차하는 지점에 작은 시계탑이 서 있었다. 바로 그 옆에 위치한 카페가 그들 시야에 들어왔다.

“우리 저기 들어가 볼까요?”

“수영은 내 마음을 모두 읽나 봐요. 커피 마시고 싶은지 어떻게 알았지요?”

“마리암의 초롱초롱 빛나는 눈빛을 보고 알았답니다.”

그녀는 자신의 어투를 따라서 하는 이 대답을 듣고 어이없다는 표정이었다. 그러더니 다시 환하게 웃으며 총총걸음으로 앞장서서 카페로 향했다.

안쪽으로 들어와 벽면에 작은 거울들이 여러 개 부착되어 있는 곳에 자리를 잡았다. 그는 커피를 마시면서 옆면 거울들을 살며시 보았다. 그녀 옆모습은 실로 한 폭의 그림이었다. 「일리아드와 오디세이」에 나오는 헬레나 왕비 모습도 이렇게 아름답지는 않을 것이다. 꿈만 같았다. 그녀가 커피잔을 양손으로 감싸 안으면서 힘 있는 목소리로 물었다. 그 검고 맑은 눈망울이 빛났다.

"수영의 꿈은 무엇인가요?"

"학자가 되는 겁니다. 학문에 정진하고 후학들을 가르치고 싶어요."

"어쩌면 그렇게 내 꿈과 같아요? 나도 어서 역사학자가 되고 싶어요. 그래서 코르도바대학으로 가야 해요."

이렇게 그는 첫 만남에서 그녀에게 마음을 빼앗겼다. 기대하지 않아도 그리고 예상치 못해도 사랑은 그렇게 오는 것일까. 그는 이 세상에 사랑처럼 경이로운 일도 없으리라는 생각이 들었다. 행복했다.

그런데 이상한 일이 있었다. 강의실에서 마리암이라는 이름을 들으면서 순간적으로 박인환의 마리서사가 떠올랐다. 왜 그랬는지는 몰랐다. 이수영이 그 시인에 대해 알고 있는 내용도 '마리서사'가 마리Mary와 서사敍事를 결합해 명명한 서점상호라는 것, 목마와 숙녀, 삼십 세에 요절 등 정도였다. 그러했을 뿐인데 어째서 마리암과 이런 사실들이 대응을 했는지 알 수 없는 일이었다.

8. 잘츠부르크

이수영은 마리암이 자신의 인연이라는 사실을 첫 만남에서 감지했다. 이러한 운명론적 깨달음이 무엇을 근거로 하는지는 알지 못했다. 그러나 생이 다하는 그날까지 함께하리라는 느낌은 강렬했다.

'어떠한 형태로 함께하고 또한 어떠한 방향으로 전개될지는 오직 '신'만이 아시지 않을까?'

그는 기숙사 정문 앞까지 그녀를 바래다주고 이런저런 생각에 잠기며 집으로 돌아왔다. 현관문 안쪽 편지 수신함에 우편물 도착 안내 엽서가 보였다. 반가웠다. 한달음에 달려가 우체국에서 소포를 가져왔다. 개봉해보니 라틴어 교재 몇 권과 소소한 한국 음식들이 들어 있었다. 한쪽 구석에 동생이 보내준 혼성듀엣 '바블껌'의 음악테이프도 있었다. 그중에서 타이틀곡 '짝사랑'을 들었다. 노랫말이 자신의 이야기 같아서 여러 번 반복해서 들으며 그녀의 강렬했던 눈빛을 생각했다. 그러다 양손으로 깍지를 껴서 머리 밑에 대고 자리에 누웠다. 헤어지면서 뒤돌아보던 그녀 얼굴이 천장에 가득 찼다.

이로부터 한 학기는 쏜살같이 지나갔다. 어떻게 지나갔는지 기억도 안 났다. 그녀에게 완전히 몰입된 상태로 강의실과 집에서 공부에만 전념했기 때문이었다. 이외에는 그 어떤 것도 하지 않았다. 학기 내내 한결같은 마음이었다.

그들은 학기 말에 치른 입학 자격 어학시험을 나란히 통과했다. 대학 학생처에서 이 예비 신입생들을 위해 2박 3일 여행을 준비했다. 그 비용은 600실링이어서 거의 무료나 다름없었다. 그들은 시험을 함께 치른 12명의 학우들과 여행을 떠났다. 유월 말에 떠나는 잘츠부르크 지역 여행은 최고였다.

"일 년 중에서 이보다 더 좋은 계절이 있을까? 나는 유월을 좋아해. 싱그러운 바람이 얼굴을 스치는 느낌이 그만이지."

기차 안에서 그가 말했다. 그들은 얼마 전부터 서로에 대한 호칭을 'Sie'에서 'du'로 바꿨다. 즉 경어에서 평어로 전환한 것이다. 오른편 넓은 차창으로 노란색 멜크 수도원과 초록색 구릉지대가 어우러져 스치며 지나갔다.

"코르도바의 유월은 온갖 꽃이 소담스럽게 피어 있어. '라 메스키타' 안뜰에는 오렌지꽃 향기가 그윽해. 은은한 향이 높은 담 너머로까지 퍼져나가지."

"그래? '라 메스키타'라면 이슬람사원?"

“건축 초기에는 이슬람사원이었어. 이후 건축물 중앙에 예배당을 증축하면서 교회가 되었지. 지금은 이슬람사원과 가톨릭교회가 공존하는 공간이랄까?”

“그런데 왜 ‘라 메스키타’라고 불러?”

“일반적으로 ‘라 메스키타’는 고유명사로서 코르도바의 ‘새로운 금요일의 이슬람사원’ 즉 방금 전에 언급한 그 이슬람사원을 지칭해. 관사 라la와 메스키타Mezquita로 이루어졌지.”

“그러면 메스키타가 보통명사로 쓰일 때는 이외의 이슬람사원을 의미하겠네?”

“수영은 하나를 알려주면 둘을 아네?”

그녀는 들은 그대로, 그의 의문문 톤을 따라서 끝부분을 올렸다. 천진난만한 표정으로 고개도 옆으로 기울였다. 그런 모습이 귀여웠다. 그는 난데없는 칭찬에 웃음이 터져 나왔다. 그녀도 덩달아 웃었다. 서로를 바라보는 눈빛에도, 포개어 마주 잡은 두 손에도, 차창에 비치는 연인들의 실루엣에도 사랑이 가득했다.

“그곳에 매번 방문할 때마다 드는 느낌은 초연함, 고요 등이야. 중세의 비밀을 간직한 신비로움이랄까? ‘압드 알-라흐만 1세’가 12세기 전에 건축했지.”

이렇게 말하며 그녀는 ‘비밀’이란 표현을 사용했는데 그때의 얼굴은 꿈속을 거니는 사람 같았다. 현실과 유리되어 몽환적인 세계에 살고 있는 것처럼……

“그렇구나. ‘압드 알-라흐만 1세’는 세계사 강의에서 들었던 기억이 나.”

“후기우마이야왕조를 건국한 인물이야.”

“근데 스페인 남부에는 이슬람 관련 유적이 왜 그렇게 많아? 그라나다 지역에 알함브라궁전도 있잖아.”

"수영은 유럽 중세사에 관심이 별로 없나 봐?"

"이제부터 관심을 가져보도록 할게."

"얼마나 흥미진진한지 알아? 그래서 내가 연구 분야를 역사학에서도 중세사로 결정한 거야. 중세 스페인을 탐구해볼 계획이지."

"그럼 나도 세부 전공을 중세철학으로 할까? 그러면 마리암을 더 자주 만날 수 있지 않으려나?"

둘은 다시 웃음을 터뜨렸다. 그렇게 기차를 타고 오는 내내 웃음꽃이 피었다. 누군가와 함께 웃을 수 있다면 진정으로 행복한 일이다. 이전엔 언제 함박웃음을 지었을까. 그는 그때가 언제였던지 바로 생각나지 않았다. 이곳 빈에 오기 전에, 한국에서도 평온하게 잘 지냈다. 그래도 이렇게 많이 웃었던 기억은 없었다.

여행코스는 헬브룬궁전Schloss Hellbrunn, 다흐슈타인 빙하동굴, 잘츠부르크 구시가지 등의 순서로 진행되었다. 이보다 더 좋을 수는 없었다. 첫날 일정인 헬브룬궁전에서 그들은 한 장의 기념사진을 남겼다. 내부 가이드 투어가 끝나고 궁전 출구에서 장당 50실링에 판매한 관람객 스냅촬영 컷이었다.

"저 흑백사진 갖고 싶어."

"그래. 사줄게. 마리암 얼굴이 예쁘게 나왔다."

"이렇게 사진으로 보니 수영의 인물이 훤하네?"

"어디 봐."

"하지만 그래도 웃는 모습이 실물보다는 못하네."

그녀가 두 문장의 끝머리들을 각기 올리고 내리며 음률을 섞어 말했다.

"마리암한테 칭찬받으니 기분 좋네."

그도 역시 음률을 섞어 화답했다. 헬브룬궁전은 1615년에 잘츠부르크 대주교 지티쿠스가 여름별궁으로 건축했다. 내부에 오페라동굴, 헬브룬성당 등의 유적지들도 있었으나 '물의 정원'에서 다채로운 분수들을 만나는 일은 이색적인 경험이었다. 전혀 생각지 못했던 좁은 도로, 석조의자, 외부 벽면 등에서 분수가 순식간에 뿜어져 나와 관람객들을 깜짝 놀라게 하고 웃음 짓게 했다.

그들은 입장해 궁전 가이드를 따라 이동했다. 직사각형 석조탁자 양편에 개별 석조의자가 여러 개 놓인 곳에 도착했다. 궁전의 역사, 각 건축물 개요 등을 유머를 섞어서 설명한 후에 가이드가 석조의자의 유래를 알려주었다. 그러면서 지원자는 앉아보라고 권했다. 관람객 몇 명이 머뭇거리며 앉자마자 예상치 못했던 물줄기가 양쪽 의자 뒤편에서 솟아올라 둥그런 아치를 만들었다. 지원자들은 난데없는 물벼락을 맞았다. 관람객들 모두 이 기습적인 분수를 보고 놀라서 웃음을 터뜨렸다. 그 사이에 궁전사진사가 아무도 모르게 카메라 셔터를 누른 것이다. 찰카닥!

"와! 뿜어 나오는 물줄기 속에서 무지개가 보였어."

어린 소녀처럼 그녀가 까르르르 웃으며 탄성을 자아냈다.

"그러게. 공중에 날아오른 일곱 색이 저렇게 선명하네."

그는 둥근 아치 너머 무지개를 바라보며 물방울, 빛, 색 그리고 사랑 등을 생각했다. 아이처럼 양손을 흔들며 즐거워하는 연인을 꼭 안아주고 싶었다.

'어쩌면 저렇게도 좋아할까? 내 곁에 그녀만 있다면 이 세상 어떤 어려움도 이겨낼 수 있을 거 같아. 그녀도 그러겠지?'

그들은 궁전을 나와 잘츠캄머굿 지역으로 이동해서 할슈타트 마을, 다흐슈타인 빙하동굴 등을 둘러보았다. 고즈넉한 호숫가 마을의 전경이 기억에 남았다. 그보다도 수십만 년 세월을 견뎌낸 알프스 빙하가 인상적이었다.

그들은 헬브룬궁전으로 돌아왔다. 거기서 '할슈타트-다흐슈타인' 지역까지 왕복 운행하는 공용버스를 이용했기 때문이었다. 이 여름 별궁을 찾는 관람객들을 위해 여행 시즌에만 한시적으로 운행하는 교통편이었다. 차창 밖으로 펼쳐지는 오스트리아 알프스의 풍광이 수려했다. 궁전 앞 교차로에서 학우들과 55번 궤도버스를 타고 잘츠부르크 시내로 들어왔다. 각자 저녁 식사를 하고 오후 9시까지 숙소인 유스호스텔로 돌아오기로 했다. 구시가지 가이드 투어는 내일 진행될 예정이었다. 그들은 미라벨 정원 입구 건널목에서 어디로 갈까 망설였다.

"구시가지 방향으로 친구들이 가겠지? 우리는 반대편으로 가면 어때?"

"마리암은 어쩜 이렇게 내 마음을 잘 알까?"

흐뭇했다. 그는 그녀의 손을 꼭 잡고 거리를 둘러보며 걸었다. 삼거리 코너에 이탈리아 레스토랑이 보였다. 바로 옆 보도에 야외테이블이 일렬로 가지런히 놓여 있었다. 붉은색 체크무늬 식탁보가 산뜻했다. 그들은 손바닥을 마주쳤다.

학생으로 보이는 어린 직원이 메뉴판을 가져왔다. 이탈리아 음식 종류가 다양해 쉽게 고르지 못하다가 주방장의 추천을 받아 깔조네 피자를 선택했다. 이 지역에서 생산하는 생맥주도 주문했다. 웬일인지 그녀도 함께 마시고 싶다 해서 두 잔을 시켰다. 피자 맛은 기대 이상이었다. 농촌 마을의 순박한 풍미가 그대로 남아있다고 그녀가 평할 정도였다. 그러면서 조부 때부터 가문에서 전통적인 방법으로 피자를 화덕에 구워 즐겼다고 덧붙였다.

"그랬어? 코르도바에서도 그렇게 피자를 즐겨 먹는지 몰랐어."

"일반적이진 않아. 우리 집안만 그랬을 수도 있어. 조부와 부친이 밤늦게까지 작업을 하다가 찾는 경우가 많았다고 들었어."

"그분들께서 늦게까지 무슨 작업을 하셨어?"

"응? 아, 뭐 여러 가지 일들을 했겠지. 시골이니까."

그녀가 당황해하며 대답했다. 이제까지 대화하면서 이렇게 두루뭉술하게 대답한 적은 없었다. 대체 그들이 시골에서 어떤 작업을 했는지 궁금했다.

유럽인들은 19세기에 이르러 피자를 오늘날과 같은 형태로 즐기게 되었다는 설명도 곁들여 들었다. 어쨌든 이탈리아보다도 도우 맛이 좋으리라는 주방장의 장담은 허언이 아니었다. 또한 그녀는 생각 외로 맥주를 잘 마셨다. 목 넘김이 부드럽고 쌉쌀한 맛이 그만이라고 감탄하며 잔을 내려놓았다.

"내일도 이 레스토랑으로 깔조네 피자 먹으러 와."

"그래. 시원한 야외에서 식사하고 맥주도 마시니 기분 좋지? 이렇게 멋진 잘츠부르크에서 마리암과 오래 있었으면 좋겠어."

"이 도시가 멋지다는 말을 아침부터 계속하네? 그렇게도 여기가 마음에 들어?"

"잘츠부르크로 여행을 오게 되어서 기뻐. 우리 인연이 시작된 곳이지."

그가 대학 입학을 앞둔 겨울방학 때의 일이었다. 남산도서관 자료실에서 오스트리아 가이드북을 들춰보다가 사진 한 장을 발견했다. 그 아래에는 '잘자흐 강변 벤치'라는 제목이 적혀 있었다. 잘츠부르크 시내를 가로질러 흐르는 강 주위 풍광을 배경으로 어느 노부부가 벤치에 앉아 있는 모습을 담은 흑백사진이었다. 왠지 모르게 오스트리아의 역사, 문화, 학문 등에 대한 강한 호기심이 유발되었다. 이후에 그는 빈으로 공부하러 오게 되었다.

"그러하니 인연의 끈은 그 무엇이라도 될 수 있는 법이야."

이야기를 들으며 조용히 바라보고만 있었으나 그녀도 잘츠부르크가 인상적이라는 느낌을 전했다. 이를 그는 잘 알고 있었다. 이러한 말없는 응시는 그들만의 독특한 대화방식이었다. 즉 무언의 대화를 주고받으며 서로를 이해하는 소통 방법이었다. 어떨 때는 백 마디 말보다 눈빛 하나로도 서로의 마음을 전달할 수 있지 않을까. 잠시 후 눈길을 거두며 그녀는 백팩 앞주머니에서 '할슈타트-다흐슈타인' 리플릿을 꺼냈다. 접힌 면을 펼치고 앞뒷면을 읽더니 이런 질문을 툭 던졌다.

"어떻게 잘츠부르크와 할슈타트가 같은 의미를 가지게 되었을까? 리플릿을 보면서부터 내내 궁금했어."

할슈타트의 역사는 7000년 전까지 거슬러 올라갔다. 선사시대부터 이미 인간이 거주했다. 기원전 2000년에 유럽 최초의 소금 광산이 이 마을에 형성되었다. 어쩌면 세계 최초일지도 모른다. 빙하기 이전에 '할슈타트-다흐슈타인' 지역의 지반 침하로 인해 바닷물이 알프스산맥 위까지 올라왔다. 이후로 지형이 안정되면서 이 일대에 소금이 암염 형태로 남게 된 것이다. 잘츠부르크는 '소금 성', 할슈타트Hallstatt는 '소금 도시'라는 뜻이었다. 즉 잘츠Salz와 할Hal은 모두 소금을 가리키기에 잘츠부르크와 할슈타트는 의미상으론 동일한 단어였다. 리플릿에도 '할'이 고대 켈트어로 소금이라고 적혀 있었다. 이어서 그녀는 의문을 제기했다.

"잘츠와 할은 다르지 않아? 그런데 켈트어 할이 어떻게 독일어에서 잘츠로 바뀌었을까?"

"중세 독일어로 변환되면서 중간과정의 어떤 언어를 거치지 않았나?"

"할이 라틴어로 변이되지 않았을까 생각했어. 그런데 아닌 거 같아. 라틴어를 공부하면서 그런 단어는 본 기억이 없어. 물론 단정할 수는 없겠지."

"나도 라틴어를 몇 학기 공부하긴 했지만 할이 라틴어인지는 알지 못해."

이렇게 대답하며 그는 리플릿을 건네받아 읽기 시작했다.

"그러면 할은 어떠한 언어를 매개로 하여 변이되었을까?"

"라틴 알파벳의 원형이 페니키아 문자야. 그렇다면 이로부터 유래되었고 라틴어만큼 오래된 언어는 무엇이 있을까?"

"……"

그의 질문에는 아무런 대답을 하지 않고 그녀는 골똘히 무엇인가를 생각하고 있었다. 멀리 알프스산맥의 한 자락을 응시하는 눈망울이 빛났다.

"마리암! 로마제국 시기를 전후해 이 지역에서는 어떤 언어들을 사용했어?"

그녀는 '로마'라는 단어를 듣자마자 눈을 크게 떴다. 가녀린 고개도 위로 치켜세웠다. 그러더니 작은 주먹을 불끈 쥐고 외쳤다.

"혹시 할이 고트어를 거쳐 잘츠로 변이되지 않았을까? 동고트왕국의 영토가 이 일대를 포함했던 시기가 있었기 때문이야."

"그래?"

"잘츠캄머굿 인근 지역은 중세 초기에 동고트왕국, 랑고바르드왕국 등의 영토였어. 그렇다면 그 중간과정 언어는 고트어이거나 '속라틴어 Latina Vulgata'겠지."

"……"

"두 언어 중에서 속라틴어보다 고트어일 확률이 높아. 고전 라틴어와 구별되긴 해도 속라틴어는 구어체 라틴어이니 그 근본은 같기 때문이야."

"그렇게 설명을 듣고 보니 그 언어는 고트어일 수밖에 없네. 그래서 'hal'에서 'sal'로, 거기서 다시 'salz'로 변이되지 않았을까?"

"그럴 것 같아. 고트어는 독일어보다 오래된 고어이면서 동부게르만 언어군에 속하는 언어야. 그러니 'sal'에서 'salz'로 변이되었을 가능성이 다분해."

"마리암은 이러한 내용들을 어떻게 그렇게 잘 알아?"

"응? 역사학을 몇 년 공부했는데 그거 모르겠어? 하지만 모두 내 추측일 뿐이니 문헌들을 더 조사해 봐야겠지."

그날 그는 저녁 식사를 하면서 그녀로부터 고트어에 관한 이야기를 들었다. 중세 초기 역사도 대강이나마 들을 수 있었다. 그렇게 설명하는 태도와 표정이 매우 진지했다. 우선 중세사에 대해서 전체적인 그림을 먼저 보여 주고 동고트왕국, 고트족, 고트어 등에 대해 세부적으로 들어갔다.

그녀 눈동자에 중세의 횃불이 어른거렸다. 세찬 바람에 흔들리며 춤추는 불빛이 보였다. 그는 마치 먼 옛날로 돌아간 기분이었다. 중세의 거리를 이리저리 헤매며 그때 이야기를 들려주었는데 어찌나 실감 나게 전하는지 몰랐다. 혹시 그녀가 중세에서 시간여행을 하여 홀연히 현대로 날아온 것은 아닐까 하는 생각이 들 정도였다.

9. 청혼

이수영과 마리암은 여름방학 기간에도 매일 만났다. 도서관에서 어깨를 맞대고 공부하며 서로에게 의지하고 격려했다. 그들은 오후 7시 정도에 늘 도서관을 나왔다. 맑은 날에는 호프부르크 왕궁까지 걸어가 근처 계단에 앉아 두런두런 이야기를 나누었다. 미술사박물관과 자연사박물관 사이의 정원 벤치에 앉아 늦은 저녁 식사를 하기도 했다. 야외에서의 메뉴는 주로 '케제부스트'였는데 한입 베어 물면 입안에서 조각치즈가 톡 터졌다. 바로 이 맛을 그녀는 좋아했다. 그해 여름을 이렇게 지내면서 그들의 사랑은 깊어만 갔다.

빈의 여름은 짧았다. 햇빛이 가늘어지면서 아침저녁으로 선선한 바람이 불기 시작했다. 가을이 다가오고 있었다. 그러던 8월 하순 어느 날이었다. 인문과학실 복도에서 그녀가 눈동자를 반짝이며 그에게 물었다.

"오늘 쇤브룬궁전Schloss Schönbrunn에 가볼까?"

"이제 오후 4시 넘었어."

"공부는 내일 하면 되잖아. 가보고 싶어. 쇤브룬~"

그녀는 마지막 음절을 한 음정 높은 목소리로 길게 발음했다. 그러면서 아이처럼 투정 부리듯 그의 옷깃을 몇 차례 잡아끌었다. 약간 의외였다. 그녀에게 이런 면이 있나 싶었지만 어리광 부리는 모습도 깜찍하기만 했다.

"알았어. 얼마나 아름다운 궁전인지 가보자."

그들은 지하철을 타고 쇤브룬궁전 역에서 내렸다. 그는 정문 방향으로 표지판을 따라 그녀 손을 잡고 걸었다. 손바닥으로 느껴지는 조막만 한 손이 목화솜처럼 보드라웠다. 이대로 끝없이 어디론가 멀리 가고 싶었다. 얼마 지나지 않아 좌측에 위치한 철문 안쪽으로 연노란색 건축물이 온전한 모습을 드러냈다.

"와아! 쇤브룬궁전이야. 빈에 온 지 2년 만에 왔어~"

손가락을 쫙 편 상태로 환호성을 지르며 그녀가 팔짝 뛰었다. 그러더니 앞에 카메라가 없는데도 사진을 찍기 위해 포즈를 잡는 것처럼 여러 가지 자세들을 취했다. 그는 이러한 모습을 미소만 띤 채 바라보았다.

"미리 말했다면 어디서라도 카메라를 빌려왔을 텐데."

"아니야. 마음으로 기억하는 것도 좋아. 깨끗한 마음의 눈으로 내 모습을 예쁘게 찍어줘. 언제나 기억할 수 있도록!"

이 대답을 듣자 무슨 연유인지 그는 가슴이 아릿했다. 특히 마지막 문장 '언제나 기억할 수 있도록!'은 여운을 남기며 슬프게 들렸다. 햇빛이 빛나는 이렇게 좋은 날에 왜 그런 생각이 들었을까. 알 수 없는 일이었다. 그들은 중앙 테라스 앞에 도착했다. 내부 관람은 다음 기회에 여유롭게 하기로 했다. 곧바로 쇤브룬궁전 건물을 끼고 오른쪽으로 돌아서 뒤편 정원으로 갔다.

"오! 궁전 정원이 궁전보다 멋지지 않아?"

여간해서는 감탄사를 쓰지 않는 그녀가 오늘은 주저함 없이 그 놀라움을 표현하고 있었다. 그가 보아도 그럴 만했다. 궁전은 외관 일부만 보았으나 정원이 더 멋지다는 말에 동의했다. 기하학적으로 설계된 정원은 숲속을 향해 길이 일직선으로 곧게 뻗어 있었다. 이 길들을 따라 보리수나무, 마로니에나무 등이 열병식 군인들처럼 일렬로 도열해 있었다. '마리아 테레지아'는 로코코 양식으로 쇤브룬궁전을 건축했다. 하지만 정원 조경은 합스부르크 바로크 양식을 채택했다. 즉 로코코 분위기가 풍기는 바로크 양식으로 건축한 것이다.

그들은 넓은 정원을 한가로이 산책했다. 이리저리 걷다 보니 궁전 맞은편 분수 앞에 도착했다. 그녀가 손으로 윗부분을 가리키며 입을 열었다.

"이 조형물이 '넵투누스 분수'야. '바다의 신'이 테티스Thetis의 간청을 듣고 있네. 자신의 아들이 안전하게 항해할 수 있도록 해달라는 청이지."

"처음 왔다면서 그걸 어떻게 알았어?"

"오늘 오전에 '합스부르크제국 궁전 백서'를 읽으면서 알게 되었지. 관련 문헌들을 보니까 쇤브룬궁전에 와보고 싶었어."

"이제야 이해가 되네. 그런데 테티스가 일리아드에 나오는 그 테티스야? 펠레우스와 결혼하는 바다의 님페 있잖아."

"그렇거나 티탄 여신 테티스Tethys일 텐데…… 아마도 님페 테티스일 거야."

"마리암이 모르는 것도 있네?"

그의 말이 끝나자마자 그들은 마주 보며 웃었다. 마지막 구절이 뭐가 그리 우스운지 그녀는 배꼽을 잡으며 허리를 굽히고 웃었다. 그동안 육 개월 남짓 만나면서 이야기를 나눠보니 그녀는 대단한 독서량을 가지고 있었다. 주로 역사학 관련 자료들이었다. 서책 말미의 참고문헌들, 그 문헌들의 참고문헌들을 연이어 찾아보는 방식으로 독서했다는 설명이었다. 중세사 특히 중세 스페인에 빠져들어 날이 가고 달이 가는

지, 계절이 바뀌는지 관심도 없었다고 했다. 대학 시절에는 도서관에서 살다시피 했으며 일 년 365일 중에 여름방학을 제외하고는 내내 열람실에서 보냈다고 들었다. 그러하니 그간의 독서량을 짐작하고도 남음이 있었다.

거기서 그들은 글로리에테까지 올라가 보기로 했다. 정원을 사이에 두고 궁전 맞은편 언덕에 서 있었다. 역시 '마리아 테레지아'가 1765년 고전주의 양식으로 건축했다. 가벼운 발걸음으로 갈지자로 나 있는 언덕길을 올라갔다. 도착해서 뒤를 돌아보니 연노란색 궁전과 정원이 멀리 보였다. 궁전 너머로 빈의 도시 전경도 아른거렸다. 그녀는 고개만 옆으로 돌려 아래를 굽어보며 글로리에테 야외 카페에서 숲길 방향으로 사뿐사뿐 걸었다.

"그렇게 공중을 걷듯이 가는 모습이 중세에서 온 여인 같아."

"그 당시에는 이렇게 걸었을까? 내 마음은 항상 그때로 가 있어. 만약 시간 이동을 할 수 있다면 고풍스런 중세로 가보고 싶어."

"방법이 하나 있기도 해. 그 시대 관련 문헌을 읽으면서 마음을 서서히 침잠시켜봐. 그러면 중세의 통로로 진입하는 느낌이 들어."

"어떻게 그런 생각을 했지? 이전에 코르도바에서 그 엇비슷한 상상을 해본 적이 있어. 이럴 때는 수영과의 만남이 운명처럼 느껴져."

"마리암~"

왠지 그녀 이름을 부를 때 그의 목소리가 조금 떨렸다. 언덕을 지나가는 바람의 떨림이었을까 아니면 무엇인가가 그의 마음에 일렁이고 있었을까. 그는 가만히 그녀의 두 손을 잡으며 진지한 눈빛으로 바라보았다. 그러면서 오랫동안 마음에 두고 있던 일을 마침내 실행에 옮겼다.

"나와 결혼해!"

"지금 프러포즈하는 거야?"

"맞아. 아내가 되어줘."

"……"

아무 대답도 없이 그녀는 그의 가슴에 얼굴을 모로 뉘며 묻었다. 그러더니 양손으로 그의 허리를 포근히 안고 살며시 고개를 끄떡였다.

"내 청혼을 받아준 것이지?"

"응."

그녀는 천천히 대답하며 다시 고개를 끄떡였다. 그는 가슴이 터질 것 같았다. 언덕이 떠나가도록 환호하고 싶었다. 하지만 아무 말 없이 그녀를 따듯하게 안아주었다. 그들은 만난 이후에 처음으로 키스했다. 어디에선가 축하의 박수 소리가 들리는 듯했다. 그들의 입맞춤은 길고도 달콤했다. 저 멀리 숲속에서 이름 모를 새의 지저귀는 소리가 아득하게 들려왔다. 행복했다.

"앞으로 어떤 일이 생긴다 해도 마리암 옆에 있을게."

정다우면서도 진중한 음성이었다.

"어쩌면 그렇게도 꼭 듣고 싶은 이야기를 했어? 언제나 내 곁에 있어줘."

이렇듯 그녀가 반기며 화답했다. 그러면서 재차 안았다. 깍지를 끼고 허리를 잡은 두 손이 보드라우면서도 단단했다. 그렇게 한동안 미동도 없이 서 있다가 고개를 들며 말을 이어갔다. 그녀의 검은 눈망울이 촉촉해졌다.

"나는 가족이 아무도 없어. 혼자야. 부친은 아주 오래전에, 어머니도 3년 전에 각기 병환으로 세상을 떠나셨지. 그리고…… 올리브농장에서 힘든 일을 했던 부친의 이야기는 다음에 말해줄게."

"그런 일들이 있었네."

"조부 이야기, 우리 가문에 관한 내력 등도 그때 함께 들려줄게"

"그래. 그동안 가족들에 관한 언급이 없어서 무슨 사연이 있나보다 생각했어."

"내가 대학 졸업하던 그해에 여기 오려 했어. 지난 수 세기 동안의 중세사 연구 결과가 여러 연구기관에 축적되어 있기 때문이지. 하지만 어머니마저 떠나면서 포기했는데 지도교수 덕분으로 작년에야 오게 되었어."

"그렇게 어려움을 겪었는지 몰랐어. 마리암이 늘 밝게 웃어서 짐작 못했지."

그들은 궁전 정원으로 되돌아 내려왔다. 그는 그녀의 어깨를 감싸고 걸었다. 천천히 등을 토닥거려주기도 했다. 왼편 동물원 방향으로 걸어가 긴 벤치에 앉았다. 대여섯 사람이 앉을 수 있을 정도로 길었다. 그녀가 바로 옆에 앉아 가만히 팔짱을 꼈다. 그의 오른쪽 팔꿈치에 뭉클한 감촉이 전해졌다. 여인의 가슴에 대한 느낌이 이렇게도 황홀할 줄은 몰랐다.

"그래도 그 어려운 시절에 지도교수와 중세 아라비아숫자들 즉 암호문 해독에 몰두하느라 그렇게 힘들다는 생각은 들지 않았어. 다행스런 일이었지."

"암호문이라니? 전공이 역사학이잖아."

"호호! 하지만 역사를 공부하려면 많은 암호문을 해독해야 해. 이를테면 '로제타 스톤', 페르세폴리스 비문, 카이사르 수식문 등을 해독하지 못하면 역사 연구하기 어려워."

"음."

"이를테면 문자도 하나의 암호체계 아닐까?"

"마리암 의견이 일리가 있네."

"지난 수년 동안 중세 숫자들을 풀고 있었어. 그 숫자들이 음각된 아스트롤라베는 가문의 가보로 전해 내려온 유물이야. 11세기 중엽에 제작되었다고 추정해."

"그렇다면 구백 년 가까이 되었다는 말이잖아."

"조부는 그렇게 생각했어. 내가 보기에도 11세기 전후해서 제작된 것 같아. 지도교수는 제작 연도를 11~13세기경으로 추정했지."

"그럼 가보를 넘어 국보급이네. 아스트롤라베는 또 무엇이지?"

"고대 및 중세에서 사용했던 천문관측기구야."

"어떻게 사용하는 거야? 이름이 생소하지는 않네."

"내일 이야기해. 9세기에 '알-콰리즈미'가 아스트롤라베 사용법을 기록했어. 12세기 초에 애덜라드가 그것을 라틴어로 번역했지. 그 관련 문헌들이 도서관에 있으니 직접 보면서 하나씩 설명해줄게."

"마리암은 신비해."

"뭐가?"

"글쎄. 어떻게 표현해야 할까. 전공인 중세사처럼 비밀스런 중세의 모습을 간직하고 있다고 할까?"

"아니야. 그저 평범한 역사학도에 불과해. 중세 아라비아숫자들은 이곳에 와서도 늘 염두에 두고 있어. 어쩌면 아스트롤라베가 가보가 아니라 거기에 명기된 중세 숫자들이 가보일지도 몰라. 언제부터인가 그런 생각이 들기 시작했어."

"그 무언가를 해독한다는 일이 그렇게 어렵네."

"어렵기는 해도 중세 아라비아숫자들은 결국 풀 수 있어. 그 숫자들이 있는데 왜 해독하지 못하겠어? '문제가 있으면 반드시 답이 있다.' 멋지지?"

"훌륭한 격언이라 생각해. 우리에게 용기를 주잖아."

"그동안 '알-킨디'의 빈도분석을 시도했는데 성과가 없었어. 그의 연구시기와 아스트롤라베 제작 연도 간의 차이가 겨우 2세기 정도밖에 안 되니 가능성이 있다고 생각했지. 하지만 이 추론에 오류가 있었나

봐.”
“빈도분석은 알아도 ‘알-킨디’는 들어보지 못했네.”
“중세 초기의 수학자야. 전공 외에도 천문학, 철학, 음악 등 다방면에서 뛰어난 연구 결과를 남겼지. 문서 해석 등에서 최초로 빈도분석을 시도했어.”
“그러면 ‘알-킨디’ 다음 대안은 뭐야?”
“요즈음엔 다른 해독체계를 시도하고 있어. 고대 그리스 역사학자였던 폴리비오스Πολύβιος 수식표를 사용하는 방식이지.”
이렇게 설명하는 그녀의 눈동자가 반짝였다. 빛나는 샛별 같았다. 오늘 동트기 전에 보았던 아스라한 새벽별이 샛별이었을까. 그는 어젯밤에 일찍 자고 오늘 오전 5시에 일어났다. 아직 밖은 깜깜했다. 어제까지 끝내려 했던 책을 읽고 있는데 창밖이 부옇게 밝아오기 시작했다. 창문을 열고 먼 하늘을 바라보았을 때 동쪽 하늘 위에서 빛나는 새벽별을 보았던 것이다.
그녀가 이전 모습과는 다른 형태로 다가왔다. 지난 3월에는 미모를 보고 호감을 느낀 게 사실이었다. 그러나 이제는 달랐다. 그 무엇이라고 표현하기 어려운 그녀만의 신비함, 지적인 이미지 등이 있었다. 이 연인과 함께 한다면 평생 가난한 학자의 길을 간다 해도 행복할 것 같았다. 행복이 어디 부, 명예, 권력 등으로 얻을 수 있는 것일까. 이렇게 생각하며 그가 담담한 목소리로 말했다.
“여기서 바라보는 전경을 영원히 잊지 못할 거야. 이 세상을 떠난다고 해도 가슴으로 기억할 거 같아.”
“수영! 떠나다니, 그런 말 하지 마. 내 곁에 오래 있어줘.”
“미안해. 그렇게 할게.”
그가 눈길을 돌리니 올라갔던 글로리에테가 멀리 보였다. 그녀도 고개를 들어 언덕 너머 하늘을 바라보았다. 산등성이 위로 하얀 구름과 푸르른 초가을 하늘이 끝없이 펼쳐졌다. 저녁 무렵 풍경이 보기 좋았다. 다시 시선을 아래로 향하니 정원 외곽의 나무들이 촘촘히 보였다. 어찌 보면 울창한 숲처럼 보이기도 했다.

"저 보리수나무들을 보니 고향의 종려나무가 보고 싶어. 궁전 정원에는 한 그루도 없네. 기후가 맞지 않아서 자라지 못하나봐."

"그럴 거야. 여기가 코르도바보다 위도가 높지."

"이베리아반도의 종려나무는 누가 제일 먼저 심었는지 알아?"

"모르겠는데?"

"바로 '압드 알-라흐만 1세'야. 북아프리카에서 종려나무를 가져와 심었어. 지난 유월에 잘츠부르크 가는 기차 안에서 그의 이야기를 했잖아."

"그랬어? 마리암은 무엇이든지 기억하나봐?"

둘은 마주보고 또다시 파안대소했다. 아까 분수 앞에서 테티스 이야기할 때만큼은 아니었으나 이번에도 그녀는 한참을 소리 내어 웃었다. 점차 웃음이 잦아들면서 '압드 알-라흐만 1세'에 관한 대화가 이어졌다. 역시 중세사와 관련된 주제였다. 곰곰이 그가 돌이켜보니 중세와 무관한 이야기가 거의 없었다.

"그가 종려나무에 대한 시도 지었어. 한번 읊어볼 테니 들어봐."

하더니 그녀가 중세 음유시인처럼 나지막이 시를 낭송하기 시작했다. 이수영은 시에 대해 문외한이었다. 그래도 현대 음률이 아닌 중세시대 음률로 시를 읊는 것처럼 느껴졌다. 들릴 듯 말 듯 시작해 잔잔하게 이어지는 어조가 고전적이었다.

루사파 궁 한가운데 보이는 종려나무 한 그루
고향에서 멀리 떨어져 서쪽 땅에 와 있네.
고향을 떠난 너의 나그네 신세

나의 국민, 내 가족과 멀리 있는 나와 같구나.
이역에서 자라난 너는
먼 타지에 와 있는 나와 별로 다름이 없네.
처녀자리, 아크투루스Arcturus를 어루만지는 아침 구름이
네게 세찬 비를 내려주는구나.

"시 내용은 평범한 편이야. 하지만 듣고 나니 쓸쓸한 감정이 가슴에 밀려오네. 중세 중기 시라서 그런가?"

"수영처럼 나도 그런 느낌이 들어."

"그리고 마지막 구절에 나오는 아크투루스는 뭐야? 별자리 이름인가?"

"목동자리에서 가장 밝은 알파별이야. 전 하늘을 통틀어도 시리우스, 카노푸스 다음으로 세 번째 밝은 별이지. 주로 봄에 북쪽 하늘에서 볼 수 있어. 성경 「욥기」에도 등장해."

"마리암은 천생 학자네."

"아직 아니고 학자가 되는 게 꿈이야."

이렇게 대답하며 그 맑은 눈이 반짝였다. 소망을 말할 때면 그녀 주위 모든 것들이 빛을 발했다. 사랑스러웠다.

"이제 나가자."

"저녁이 되니 바람도 서늘해. 가을이 오려나봐."

"마리암! 오늘 포도주 마을 그린징Grinzing으로 저녁식사 하러 가. 잊지 못할 추억을 만들어줄게."

언젠가 독일어 교재에서 보았던 고전 레스토랑 내부 모습, 전통복장의 악사들 그리고 호이리게 생각이 났다. 올해에 빚은 햇포도주 맛은 어떨지 궁금했다.

"고마워."

그녀 고개가 옆으로 기울어지며 어느새 그의 듬직한 어깨에 닿아 있었다. 연인들 위로 황금빛 부서지는 햇살이 내려앉았다.

10. 소망

9월 말에 새 학기가 시작되었다. 대학원을 마치고 온 이수영은 박사과정으로 입학했다. 기뻤다. 그리고 마리암과 나누었던 대화가 계기가 되어 세부전공을 변경하기로 했다. 즉 역사철학에서 중세 종교철학으로 연구 방향을 수정한 것이다. 학문적으로 탐구하는 방향 자체가 변하지는 않았으나 그의 관심이 인간에서 점차 '인간 그리고 신'으로 이동하기 시작했다. 인간에게 있어서 '신'은 어떠한 존재인지 궁금했다. 선학들은 이러한 물음에 대해서 어떠한 답을 했는지 또한 그 물음과 답에 이르는 제 과정에서 어떠한 사색과 고민을 했는지도 알고 싶었다.

10월 중순의 어느 날이었다. 그는 이른 새벽에 이전 지도교수의 국제전화를 받았다. 기존의 두 대학이 통합해 새롭게 출범하는 종합대학에 임용될 수 있는 기회가 생겼으니 한국에 다녀가라는 연락이었다. 교수로 임용되기 위해 거쳐야 하는 과정들은 지난했다. 이수영은 그러한 사실들을 잘 알고 있었다. 그러하기에 방문 여부에 대해 다소 망설이면서도 일말의 기대를 가지고 고국을 향해서 떠났다.

그가 한국에 도착한 지 3일이 지났다. 그동안 지도교수, 학과 선배들을 만났다. 그들로부터 관련 정보도 전해 들었다. 해당 대학의 교수와도 대화를 나누었는데, 그 철학과에서 역사철학 전공자를 원했다. 이 소식을 들은 지도교수가 연락을 한 상황이었다. 물론 지원자가 적은 편이어서 이번 임용에 따른 제반 조건들이 유동적이기는 했다. 하지만 이수영은 이미 세부전공을 중세 종교철학으로 변경한 다음이었다. 즉 이에 관해 명확히 의사 교환을 했다면 한국까지 오지 않아도 될 사안이었다. 역사철학과 중세 종교철학은 언뜻 보기에 관련이 있어 보이기도 했으나 연구 영역 및 관점 등에 있어서 차이가 있었다. 거기에다 이러한 일련의 과정들 속에서 이수영은 자신의 학문이 부족하다는 사실을 자각하게 되었다.

'내 자신에게 실망했다. 이제 공부 시작하면서 어찌 그런 과욕을 부렸을까? 아직은 때가 아니야.'

그는 냉정히 뒤돌아보았다. 이전 지도교수가 그렇게 제안했어도 감사의 인사만 전하고 사양했어야 마땅했다. 기회를 다음으로 미루었다. 설사 이러한 기회가 다시 오지 않는다 해도 후회하지 않을 것이다. 그리하여 초심으로 돌아가 공부에 전념하기로 결정했다. 그러니 한국에서 더 이상 지체할 이유가 없었다.

고국에 도착한 다음에도 연인에게 마음을 빼앗긴 그는 편지를 보내고 전화도 했다. 그 무렵 서울에서 해외로 국제전화하기가 얼마나 힘든지 몰랐다. 우체국 가서 서면으로 신청하거나 전화카드를 사서 카드주입식 공중전화기를 찾아 전화해야 했다. 도착한 이튿날에 그녀와 겨우 이삼 분 정도 통화했을 뿐이었다.

빈으로 떠나던 날 아침에 가족이 둘러앉아 식사를 했다. 그가 좋아하는 쇠고기산적과 두부조림이 밥상 위에 올라왔다. 부친은 아들의 결정을 지지하며 격려해주었다. 어머니와 남동생은 별다른 언급을 하지 않았다. 그러나 말없는 성원을 보내주는 그들의 마음이 전해졌다. 식사를 마치고 부친이 출근을 하기 위해 먼저 집을 나섰다. 이수영은 거실에서 차를 마시면서 조심스럽게 이야기를 꺼냈다.

"어머니께 미리 말씀 못 드려서 죄송합니다. 제가 지난 8월에 약혼했습니다."

"약혼이라니?"

"이름은 마리암이라고 합니다. 스페인에서 빈으로 유학을 온 여학생이지요."

"그게 무슨 말이냐? 사전에 부모에게 이야기해야지."

"그곳에서 약혼식을 하거나 그런 건 아닙니다. 단지 혼인에 대한 약속이 약혼이어서 그렇게 표현했습니다."

어머니는 예기치 못한 이 소식을 듣고 서운한 표정을 감추지 못했다. 하지만 그가 그간의 진행 과정을 설명하고 마리암의 사람 됨됨이에 대해서도 진솔하게 전달하자 조금 안도하는 얼굴이었다. 남동생은 웃으며 엄지손가락을 치켜세웠다. 이수영은 무조건적인 지지를 보내주는 동기간의 마음이 고마웠다.

그날 늦은 오후였다. 그는 김포공항에서 탑승 직전 빈 기숙사로 전화를 걸었다. 어렵사리 연결이 되었는데 아무도 받지 않았다.

'빈 시간으론 토요일 아침인데 왜 안 받을까?'

마리암이 벌써 도서관에 갔을 리는 없고 알리시아도 주말에는 늦게 외출하는 편이었다. 꺼림칙했다. 불안감이 마음 한구석에 자리 잡았다. 빈을 떠나 있는 사이에 무슨 일이 생긴 건 아닌지 염려되었다. 그러다가 일주일도 채 되지 않는 기간이기에 설마 그럴 리 없겠지, 라고 생각했다. 이렇게 스스로를 안심시켰다.

루프트한자 항공기가 이륙했다. 김포를 떠나 알래스카 앵커리지까지 12시간, 거기서 독일 프랑크푸르트까지 11시간, 다시 빈까지 2시간 남짓 걸렸다. 멀기도 멀었다. 앵커리지, 프랑크푸르트 등의 공항 경유 시간까지 포함해 꼬박 하루하고도 반나절을 날아갔다. 지난 2월 앵커리지공항에서 '와플 아이스크림'을 맛보려다 환승 시간이 촉박해 다음을 기약하며 지나쳤던 기억이 났다. 이번에도 그러지 못했다. 그의 수중에 화폐가 오스트리아 실링밖에 없었기 때문이었다. 마리암과 함께 도톰한 와플 위의 아이스크림 먹는 장면을 상상하며 혼자서 빙긋이 웃었다. 그러다 그들 사이에 아이 둘이 있는 미래 모습도 떠올려보았다.

'첫째는 여자아이, 둘째는 남아가 태어나지 않을까? 첫아이 이름은 가을로 정했어. 마음에 쏙 드네. 동생 이름은 무엇이 좋을까? 별빛?'

이렇게 시작한 꿈같은 상상들은 나래를 펴고 끝도 없이 펼쳐나갔다. 비행기는 드문드문 좌석이 차 있을 뿐이며 대부분 비어 있었다. 중간에 위치한 좌석 팔걸이를 올리고 편하게 누우니 둥그런 천장에 그리운 얼굴이 가득 찼다. 잠시 후 그는 좌석 연결부분이 배겨서 일어나 앉았다.

때마침 기내에서 음료 서비스가 시작되었다. 그에게 다가온 스튜어디스는 거의 할머니라고 불러도 될 정도의 나이였다. 그래도 콧날이 곧고 눈매가 서글서글해 인상이 좋았다. 무슨 음료를 마시겠냐고 물으며 그녀 얼굴을 그의 코앞까지 바짝 갖다 대었다. 어디선지 라벤더 향기가 은은하게 풍겨왔다. 'Apfelsaft bitte.(사과주스 주세요.)'라고 독일어로 대답하자 그녀가 하얀 이를 드러내며 웃었다. 예뻤다.

'마리암이 나이가 든다면 저런 얼굴 모습이 되려나? 그런데 세월이 흐른 후의 얼굴이 상상이 되지 않아. 왜 그럴까?'

그가 고개를 갸우뚱거렸다. 그러면서 나중에 마리암 얼굴을 볼 수나 있을까 하는 생각이 스치기도 했다. 이상한 일이었다. 하여튼 음료를 한 잔 더 청해서 연거푸 마셨다. 사과주스를 즐겨 마시던 그녀의 얼굴 표정이 생각났다. 유리잔을 기울여 마지막 한 방울까지 마시곤 했다. 그럴 때면 검고 긴 속눈썹이 파르르 떨렸다.

그녀는 공부를 마치면 코르도바에 돌아갈 일념으로 가득 차 있었다. 가족도 없다면서 고향에는 왜 그렇게 돌아가려고 하는 것일까. 무슨 말 못할 비밀이라도 있는 건 아닐까. 그리고 그녀 가문에는 어떠한 내력이 있기에 언급 자체를 이후로 미루었을까. 첫 만남부터 그들은 거의 매일

같이 만났다. 그러나 그가 이렇게 차근차근 그녀에 대해 사색한 기억은 없었다. 이제 몸이 곤하기도 해 잠을 청하려 해도 여러 상념에 잠기게 되면서 오히려 정신이 또렷해졌다.

'지난여름 궁전 정원에서 말했던 천문관측기구가 가보라면 그녀 가문이 대단하다는 뜻이야. 그런데 그녀 부친은 농장에서 힘들게 지냈다 했으니 뭔가 앞뒤가 맞지 않아. 아니라면 부친이 주경야독하는 재야학자였을까?'

그러고 보니 그녀 조부, 부친 등이 밤늦게까지 무슨 작업을 했다고 잘츠부르크 이탈리아 식당에서 말했던 기억도 났다. 이렇게 의문이 이어졌다. 이에 대해 어떠한 예단도 하기 어려웠다. 어떠한 사연이 있는지 알 수 없었다. 그래도 그들이 서로를 사랑한다는 사실은 명확했다. 물결처럼 반짝이던 그녀 눈동자가 떠올랐다. 생생했다. 글로리에테 언덕에서 청혼할 때 느꼈던, 보드라우면서도 단단하던 그녀 손길이 그리웠다. 그들의 사랑도 그렇게 굳게 맺어지기를 소망했다.

그는 이번 학기 시작되면서 구입한 책을 가방에서 꺼냈다. 책갈피가 꽂혀 있는 페이지를 펼치니 밑줄 친 문장 하나가 눈에 들어왔다. '오랫동안 꿈을 그리는 사람은 마침내 그 꿈을 닮아간다.' 요즈음 그의 마음을 떠나지 않는 화두였다. 평범한 이 내용이 가슴에 깊이 와닿았다. '꿈꾸는 것 이상으로는 결코 실현되지 않는다.'는 격언도 연상되었다. 결국 이 두 문장은 인간의 동기부여와 열망에 대해 말하고 있었다. 즉 우리들의 잃어버린 꿈에 관한 이야기였다. 어쩌면 알 수 없는 힘에 이끌려 자신도 그동안 꿈을 그리고 있었는지도 모른다.

'그렇다면 그녀와의 사랑을 통해 이루고자 하는 소망은 과연 무엇일까? 빈에 오기 전에는 이런 만남을 생각지도 못했지. 그런데 머나먼 외지에서 이렇게 그녀와 사랑에 빠지다니 이도 '신'의 뜻인가?'

그는 기내에서 어렴풋이 잠이 들었다. 길고 긴 여정도 끝나가고 있었다. 기내방송이 시작되었다. 지난 2월에는 알아들을 수 없었던 독일어가 귀에 쏙 들어왔다. 기분이 좋았다. 빈의 날씨는 흐리고, 기온이 영상 7도이며, 30분 후에 도착한다는 등의 내용이었다. 곧 그녀를 볼 생각을 하니 가슴이 뛰었다.

11. 웅크린 어둠

이수영이 빈 공항을 출발해 그의 집에 도착하기 직전이었다. 어둠 속에서 누군가 기숙사 정문 앞에 멈추어 섰다. 마리암이 뒷문을 통해 기숙사를 빠져나온 지 기껏해야 몇 분 정도 지났을까. 간발의 차이였다. 바로 세르히오 집에 침입했던 그 사내들이었다. 이곳에서도 역시 헐렁한 진회색 망토를 입고 있었다. 그 무채색의 느낌이 싸늘했다.

"여기야. 저 위에 붙은 도로명과 번지가 맞잖아."

호세Ramos José는 양각 형태의 네모난 도로표지판을 가리키며 말했다. 예의 거친 쇳소리 음색이었다.

"맞네."

"당장 501호로 올라가?"

"호세! 그건 아니야. 크리스티나에게서 듣지 못했어?"

"뭐를?"

"마리암이 똑똑하고 당차다 했잖아. 지하실에서의 다부진 그 행동을 봐. 아직 오지 않았을 수도 있어. 왔다 해도 501호에 없을 거야. 여기서 잠복해야 해."

"언제까지?"

호세가 자신보다 키가 한 뼘 이상 큰 상대를 올려다보며 물었다.

"그녀를 만날 때까지!"

페르난도Álvarez Fernando가 딱 잘라서 답했다. 단호했다.

"……"

호세가 아무 말도 없이 약간 옆으로 몸을 틀었다. 그러한 공간 사이로 어색한 침묵이 흘렀다. 무언가 편치 않은 기류가 지나가는 듯했다. 그들은 눈동자를 마주치지 않으면서 서로를 예리하게 바라보고 있었다.

페르난도는 실로 장대한 골격과 단단한 육체 그리고 엄청난 힘을 가졌다. 중세 기사처럼 가히 일당백이라 할 수 있었다. 거기에다 눈빛이 강렬해서 쏘아보는 것만으로도 상대방의 오금을 저리게 하는 카리스마도 갖추었다. 호세는 상대적으로 키가 작았으나 상체가 우람했다. 어깨 근육이 발달해 보는 사람들에게 상당한 위압감을 주었다. 팔짱을 끼고 입을 굳게 다물고 있으면 범접할 수 없는 분위기가 느껴졌다. 그 존재 자체로 상대를 압도하고도 남음이 있었다.

그들은 피를 나눈 형제보다도 굳은 결속력을 지닌 동지였다. 그러면서도 페르난도는 호세에게 있어 한편으로는 사형과 같은 존재이기도 했다. 1970년 겨울에 그들은 처음 만났다. 이후로 생사고락을 함께 해왔다. 인간의 한계를 절감하게 만드는, 혹독한 4년 기간의 고난도 수련 과정도 이를 악물고 이겨냈다. 또한 앞으로 그들에게 닥쳐올 난관을 모두 극복할 패기, 자신감 등도 지녔다. 어떠한 경우에도 포기할 수 없는 단 하나의 신념을 위해서였다.

어제 오후 4시 40분 즈음이었다. 페르난도는 요란하게 울리는 전화를 받았다.

"크리스티나로부터 연락이 왔다. 마리암이 세르히오 집에 도착할 예정이다. 최대한 신속하게 출동하도록!"

그들에게 제반 명령을 하달하는 지도부는 2명으로서 안드레스Jiménez Andrez와 베르샤Navarro Bersha였다. 하지만 언제나 유선으로 음성만 들었을 뿐이었다. 직접 만난 적은 없었다. 안드레스는 70세 이상 고령의 남성이 분명했다. 반면에 베르샤는 성별과 나이를 도통 짐작할 수 없었다. 어떨 때는 중년 남성의 음색 같기도 했고 가끔 새벽에 통화할 때는 장년 여성의 중저음으로 들리기도 했다. 전체적으로 톤이 낮고 거칠한 목소리여서 그런지도 모른다. 여하튼 어제 그들에게 긴급출동을 지시한 지도부는 베르샤였다.

크리스티나를 만나기 위해 세르히오 집은 한 차례 가본 적이 있었다. 지체 없이 출발했다. 30분도 채 걸리지 않아서 목적지에 도착했다. 크리스티나가 미리 열어 놓았는지 묵직한 나무 문은 부드럽게 열렸다. 현관문을 여니 널따란 거실이었다. 가죽 소파에 머리카락이 긴 청년이 고개를 숙이고 앉아 있었다. 호세는 처져 있는 어깨를 뒤에서 툭 쳤고 놀라서 뒤돌아보는 상대를 단숨에 제압했다. 순식간에 벌어진 일이었다. 그 청년은 넘어지면서 소파의 팔걸이 끝에 머리를 찧었다. 그렇게 정지된 채로 있는가 싶더니 피를 흘리며 거실 바닥에 꼬꾸라졌다.

그들은 첫째로 아스트롤라베를 가져와야 했다. 둘째로 거기 새겨진 중세 숫자들의 의미를 알아내야 했다. 특히 두 번째 임무는 필히 완수해야 하는 과제였다. 그러나 상황이 꼬이기 시작하더니 생각 외로 일이 커졌다. 어이없게도 세르히오가 뒤로 넘어가면서 사망했다. 포섭된 크리스티나도 돌변해 소화액을 사정없이 분사했다. 그들은 날아드는 포말 때문에 눈을 제대로 뜨지도 못했다. 이 와중에 마리암마저 놓쳤다. 겨우 두 눈을 비비며 거실로 올라가보니 모두 사라지고 없었다. 단지 카펫 위에 깨진 안경만이 남아 있을 뿐이었다. 전혀 예상치 못한 방향으로 일이 진행된 것이다. 그냥 갈 수 없어 나뒹굴어져 있는 아스트롤라베를 가지고 급하게 지하실을 빠져나왔다. 즉시 지도부에 연락한 페르난도는 호되게 질책을 당했다.

"그걸 보고라고 하고 있나? 아스트롤라베가 아니라 중세 아라비아숫자들을 해독한 문장이 중요하다고 몇 번이나 강조했잖아."

"죄송합니다. 꼭 찾아내겠습니다."

"어떻게? 어떤 방법으로 찾는다는 말인가. 마리암은 십중팔구 빈으로 돌아갔을 거야. 그곳은 코르도바가 아니야."

"……"

"더구나 살인사건이 발생했으니 코르도바 경찰국에 신고하겠지. 우리 신분이 노출될 수 있어. 어떻게 일을 이렇게도 크게 벌여놓았나."

"……"

"페르난도! 대기하고 있어. 언제든지 출발할 수 있도록. 이 통화 마치는 대로 빈 지부에 연락해 동태를 살펴보겠다. 크리스티나가 전한 마리암의 약혼자에 대해서도 조사해야겠어. 한국인 유학생이라고 했지."

"예. 준비하겠습니다."

페르난도와 호세는 서둘러 숙소로 돌아왔다. 그들은 4년 수련 과정 이수 후에 코르도바 외곽의 소규모 은둔자수도원에서 모종의 임무를 수행하고 있었다. 이 공동체는 외부와의 접촉을 금하고 일정 구역 내에서 내부 규범을 지키며 수행하는 구도자들의 공간을 의미했다. 따라서 그들의 일상은 헌신과 봉사보다는 내적 명상에 초점이 맞추어졌다. 그러나 예외인 이들이 소수 있었는데 페르난도와 호세가 바로 이 부류에 속했다. 즉 해당 공동체와 소수 구도자들의 지도부 간에 암묵적인 교감이 있었고 이를 토대로 그들은 정당한 예외를 인정받을 수 있었던 것이다.

이러한 교감은 역사적으로도 그 유래가 깊어서 1129년 1월에 개최된 트루아공의회까지 거슬러 올라가야 했다. 이어서 수도회 개혁운동의 기수인 클레르보의 '성 베르나르두스' 규약까지도 연결되었다. 중세의 '성 베르나르두스'는 트루아공의회에서 승인된 성전기사수도회 회헌을 작성했다. 이 헌장 말미에 기독교 전사로서 기사수도사들의 역할을 명시한 부분이 있었다. 즉 이교도를 복속시키기 위한 투쟁에 소극적인 일부 기사수도사들을 비판하며 이들을 각성시키기 위한 내용이었다. 따라서 이런 기반 위에서 페르난도와 호세는 그 임무를 수행할 수 있었다.

이 종교공동체는 15세기 중엽에 건축되었다. 비록 전체 규모는 크지 않았으나 중세의 전형적인 종교공동체 배치방식을 따라 설계되었다. 십자가 형태의 교회와 사제관이 각기 좌우에 위치했고 그 출입문으로부터 이어지는 공간 옆으로 중정이 자리 잡았다. 이를 회랑이 빙 둘러서 에워 쌓았다. 오후에는 기다란 복도를 따라 햇살이 비스듬하게 스며들었다. 그 사이로 구도자들이 사색하며 조용히 거닐곤 했다. 회랑과 연결되어 담화실, 작업실, 거실 등 주요 생활공간이 있었다.

중세 후기에는 상수 공급과 하수처리를 위해 강가에 종교공동체가 위치하는 경우가 많았다. 이 공동체도 과달키비르 강을 끼고 터를 잡아서 주변 경관이 수려했다. 강변 가까운 서쪽 끝에 단출한 장서관이 있었다. 바로 그 옆으로 정사각형 형태의 단층 객사가 자리했다. 이곳에서 페르난도와 호세는 머물렀다.

이튿날 새벽이었다. 그들에게 출동하라는 지도부 명령이 떨어졌다. 급히 객사를 출발해 코르도바를 거쳐 세비야 공항에 도착했다. 탑승한 항공기는 마드리드를 경유해서 빈으로 향했다. 객지로 떠나는 그들의 표정은 어두웠다. 웅크린 어둠처럼 가라앉아 있었고 컴컴한 숲처럼 그늘이 짙었다. 비행시간 내내 아무도 입을 떼지 않았다. 새하얀 구름을 뚫고 항공기가 빈 부근에서 하강을 시작하자 호세가 페르난도를 옆으로 바라보며 힘없이 말을 걸었다.

"어제 우리가 지하실에서 돌이킬 수 없는 일을 저질렀어."

"그건 예기치 못한 사고지 의도한 행위는 아니었잖아. 주어진 임무들을 반드시 수행해야 해!"

페르난도가 마지막 단어를 강조했다. 그 말투에서 비장함이 묻어났다. 하지만 그것은 공허함이 수반된 듯 헛헛한 느낌을 주었다. 이러한 감정이 전달되었는지 대답을 듣자마자 호세의 눈빛이 점차 바뀌어갔다. 그러면서 이 임무에 대한 책임감과 일이 잘못되고 있다는 자책감이 교차되었다. 그 무엇인가 흐트러지고 있었다.

"그래도 인명을 살상한 건 내부 규범을 위반한 행위야. 전시도 아니잖아."

"이제 그만해."

페르난도가 냉정한 어조로 말을 끊었다. 그의 얼굴 표정이 차가웠다. 호세는 움찔하면서 이야기를 더 이어가지 못했다. 단지 창밖을 말없이 내려다볼 뿐이었다. 잠시 후 그들이 탑승한 항공기 출입문이 천천히 열렸다. 마리암이 바르셀로나를 출발해 빈에 도착한 지 불과 20여 분 후였다.

12. 종소리

마리암은 눈을 지르감으며 안도의 한숨을 내쉬었다. 무사히 기숙사를 빠져나와 전차에 탑승했으니 마음이 놓였다. 그래도 한편으론 아직도 불안했다. 그녀는 이수영을 만나면 지체 없이 빈을 떠날 생각이었다. 그런데 어느 곳으로 떠나야 할까. 막막했다. 아무리 애를 써보아도 떠오르는 목적지가 한 군데도 없었다. 어디론가 피신하고 싶지만 갈 장소가 없었다. 동화 속 '잠자는 숲속의 공주'처럼 아무도 모르는 고성에 가서 잠들 수 있다면 얼마나 좋을까. 이 한 몸 의지할 곳이 그 어디에도 없다니 이처럼 슬픈 일도 없을 것이다. 그녀는 모든 시름을 잊고 깊은 잠에 빠져들고 싶었다. 지난밤을 뜬 눈으로 새워서 더 그런 생각을 했는지도 모른다. 그러다가 지난주에 보았던 교재 「근세독일문화사」 내용 일부가 어렴풋이 기억났다.

"그 고장 이름이 뭐였지? '잠자는 숲속의 공주' 동화 속 고성으로 알려진 시골 마을…… 오늘 그이와 거기로 가야겠어."

자바부르크였다. 수백 년 전 고성이 있는 한적한 마을로 떠나고 싶었다. 어두운 차창에 그녀의 수척한 얼굴이 비쳤다. 멍이 들고 상처 난 얼굴은 창백했다. 그 표정은 애잔했다. 그녀는 전차 정류장 근방을 살펴보며 중간 문으로 내렸다.

걸어가면서도 이리저리 둘러보고 경계를 늦추지 않으면서 그와 약속한 카페로 향했다. 발걸음을 옮기며 어제 일을 되새겼고 오늘 일어날 일을 마음속으로 그렸다. 세르히오를 추모했고 이수영을 그리워했다. 그들의 얼굴이 오버랩되었다. 이제 가족도 없고 부친처럼 의지하던 스승도 없으며 연인만이 남아 있을 뿐이었다. 만약 그도 자신의 곁을 떠난다면 어떻게 될지 생각해보았다. 이 세상을 살아감에 있어 주위에 아무도 없다면 그야말로 비감한 일이었다. 이런 가정만 해도 끔직하다는 듯 진저리를 쳤다. 문득 오늘 오전 공항 대기라인에서 떠오른 단상이 스쳐 지나갔다. 인간의 삶이란 곧 관계였다. 그러니 인간관계 없는 삶은 상상할 수 없을 것이다. 또한 사람은 내일 일을 알지 못한다는 생각도 들었다. 그러다가 그녀는 오늘 밤 자바부르크 고성에서 자신의 모든 것을 그에게 주기로 마음먹었다.

이윽고 그들이 만나기로 한 카페 근처에 도착했다. 우측 골목길 안쪽에서 슈퍼마켓을 발견하고 들어가 여행에 필요한 물품 몇 가지를 샀다. 그녀가 카페 유리문을 열고 들어서니 그가 앉아 있었다. 반가웠다. 하지만 가능한 한 빠른 시간 내에 빈을 떠나야 했다. 그가 이유, 기간 등을 자세히 묻지 않고 기꺼이 함께 여행을 떠나주어서 고마웠다. 그리고 그녀는 단지 행선지만 정했을 뿐이었다. 이외에는 이번 여행에 대해 구체적인 계획까지 구상할 겨를이 없었다. 지금 정신력으로 버티고 있지, 탈진 직전의 기진맥진 상태였다.

휴게소 카페테리아에서 식사를 마치고 차에 오르니 잠이 쏟아졌다. 출발하기 전에 그려보았던 오늘 밤 계획과는 달리 아무 생각 없이 어서 잠자리에 들고 싶었다. 내일 아침 그녀는 아스트롤라베 중세 아라비아 숫자들, 가문의 내력 등 자신을 둘러싸고 있는 숨은 이야기들을 해야겠다고 생각했다. 그리하여 결혼 약속까지 한 그와 모든 상황을 공유하고 이를 토대로 난관을 극복하고자 했다.

그러나 인간의 마음은 매시간, 매 상황마다 바뀌기 마련이기에 그녀 마음에도 변화가 찾아오기 시작했다. 막상 자바부르크 고성에 들어가 자리에 눕게 되자 우려되는 점이 한두 가지가 아니었다. 여러 근심들이 쌓여 갔다. 일단 마음속으로 상황을 정리하려고 해보았다. 하지만 잘되지 않았다. 몸은 물먹은 솜처럼 피곤해 빨리 자고 싶었으나 잠은 오지 않고 어제저녁 일들이 뒤엉켜 머릿속을 헝클어놓고 있었다.

우선 지하실 침입자들이 누구인지부터 추측해보았다. 공항 카페에서는 왜 이 생각을 못했는지 몰랐다. 그게 의문의 해결 순서로도 타당했다. 그렇지 않다면 어제 일에 관한 사고들이 진전될 수 없을 것이다.

'지하실에서 쓰러진 나를 일으켜 의자에 강제로 앉히려 했을 때 그 사내들이 내뿜는 완력은 놀라웠지.'

중세 기사들이 일당백의 전력이었다고 하는데 그들의 힘이 그에 버금갈 정도였다. 가공할만한 무력이었다. 크리스티나가 소화액을 분사하지 않았더라도 지하실에서 빠져나올 수 있었을까. 불가능했을 것이다. 그들 정체는 무엇일까. 왜 모자 달린 망토를 입고 있었을까. 그들의 복장, 태도, 어투 등으로 보아서 일반인은 아니었다. 느낌으로는 구도자들 같았다. 그렇다 해도 구도자들이 그런 행동을 하다니 말이 되지 않았다. 전혀 감이 오지 않을 뿐더러 누구일 거라는 어떤 짐작도 할 수 없었다. 그들에 대해 관련 정보도 없고 어떠한 추론도 불가한 상태였다.

그리고 아스트롤라베가 2년 가까이 지하실에 있었으나 그녀 판단으로는 그 사내들이 존재 여부를 알지 못했던 것 같았다. 아니면 이미 알고 있었는데 기다렸는지도 모른다. 왜 그랬을까. 필시 사람이 아니라 그 해독 내용이 오기를 기다렸을 것이다. 그렇다면 그날 지하실에 내려오기까지 2년을 매일 감시했다는 말이었다. 그들이 그렇게 할 수 있었을까. 눈을 감은 상태인데도 그녀 양미간이 조금씩 모아지고 있었다. 결국 크리스티나가 사내들에게 연락했을 가능성 외에 달리 설명할 방법이 없었다. 그렇게 잠정적으로 결론을 내렸다. 크리스티나가 어떠한 사람인지 궁금했다. 돌이켜보니 그동안 행동이 자연스럽지 않은 경우가 종종 있었고 크리스티나와 연관된 일들은 대부분 의문투성이였다. 어쩌면 두 침입자들보다도 의문이 더 컸다. 그러면서 '이번 사건의 열쇠는 무엇일까?' 추측해보았다. 이렇게 그들에 대해 정보가 전무한 상황에서도 그녀의 지적 판단은 계속되었다. 마치 데카르트의 「방법서설」에서 방법적 회의 끝에 도달한 의심할 수 없는 명제에서 모든 사실이 연역되는 것처럼 그렇게 논리적으로 생각이 전개되어 갔다.

'어제 지하실 탈출 후에 기차, 항공기 등에서 그 사내들이 미행하지 않았을까?'

그럴 리가 없다고 생각했다. 그녀는 바로 누웠다가 옆으로 돌아누웠다. 그렇게 뒤척이다 몸을 돌리며 베개에 머리를 파묻고 양옆으로 흔들었다. 그들이 미행했으리라 믿고 싶지 않았다. 하지만 '또 모르지' 하는 불안감이 들기도 했다. 조마조마한 마음이 좀처럼 수그러들지 않았다. 그녀는 집중해서 모든 '경우의 수'를 헤아려보았다. 어제 지하실에 내려갔을 때도 예상치 못했으나 사내들이 출현했던 것처럼 또다시 그러할 확률이 있었다. 즉 그들이 감쪽같이 기숙사까지 미행했지만 왕래하는 학생들이 많은 공간이니까 기회를 엿보고 있었는지도 모른다. 그렇다면 여기 자바부르크 고성까지도 쫓아왔을 수 있었다. 갑자기 모골이 송연해졌다. 두려움이 밀어닥쳤다. 등골이 오싹할 정도를 넘어서는 공포였다. 전신이 부들부들 떨렸다.

'만약 그들이 쫓아왔다면? 여기까지? 오. '신'이시여!'

그녀는 두 손으로 얼굴을 감싸 안으며 소리 없이 외쳤다. 마음속 외침은 두려움이 가득한 떨림이 되어 전신을 휘감아 내려갔다. 이수영도 세르히오처럼 위험에 처할 수 있었다. 그녀는 정신이 번쩍 들었다. 머리카락이 일제히 곤두서는 느낌이었다. 세르히오가 맥없이 주저앉듯 쓰러지던 모습이 떠올랐다. 끔찍하고 무서웠다. 급히 자리에서 일어나려다 움찔하며 옆 침대를 바라보았다. 그는 곤히 잠들었는지 아무 기척도 없이 누워 있었다. 하긴 그도 얼마나 힘들었을까. 장거리 비행을 하고 도착하자 곧바로 독일 중부지역까지 운전해서 왔으니 고될 만도 했다.

가족도 없고 혈혈단신이니 이제 그는 자신의 전부였다. 거기에다 결혼도 약속한 사이였다. 그마저 없다면 이 세상을 살아나갈 희망이 없었다. 그와 함께 여기로 온 선택이 적절치 못했다는 후회가 들었다. 지금은 일정 기간 동안 그를 떠나 있는 것이 옳은 일이라는 생각이 이어지자 어둠 속에서도 자신의 결정에 동의를 표했다. 그녀는 입을 굳게 다물고 고개를 끄덕였다.

그런데 어떻게 떠나야 할까. 어떤 방법이 있을지 그것을 찾아야 했다. 내면에서의 이러한 물음과 동시에 놀랍게도 그가 침대로 다가왔다. 그리고 살며시 그녀 어깨를 안으려 했다. 마음속으로는 그의 따듯한 품에 안기어 모든 시름을 잊고 싶었다. 하지만 그녀는 떠나야 한다는 일념으로 머리가 꽉 차있었다. 이 생각 외에는 그 어떤 것도 떠오르지 않았다. 오직 연인을 잃고 싶지 않은 마음뿐이었다. 어디선가 아득하게 종소리가 울리고 있었다.

'깊은 밤중에 어인 종소리일까. 정신이 혼미해 무엇인가 잘못 들었을까 아니면 마음에 울리는 종소리가 귀에 들린 것일까? 왜 이리 머리가 무겁게 느껴질까? 마치 쇠뭉치가 매달려 있는 것처럼……'

온몸이 묵직해져 왔다. 그 순간 떠날 묘안이 떠올랐다. 이 방법밖에는 없었다. 부디 '신'이 허락해주시기를 기도드릴 뿐이었다. 자바부르크 고성에 도착해 그들이 체크인을 마친 후였다. 이수영은 차에서 뭔가를 가지러 자리를 비운 사이였다. 그녀가 객실로 올라가려는데 통통한 레스토랑 직원이 생맥주를 따르다가 문득 돌아서서 이렇게 말했다.

"이 고성은 객실에서 문을 잠글 때 열쇠를 방문 안 열쇠 구멍에 집어넣고 돌려야 잠깁니다. 별도의 부가 장치는 없지요. 그러니 만약 객실 밖에서 열쇠로 방문을 잠그게 되면 안에서 열지 못합니다."

그러면서 재미있다는 표정으로 소리 내어 웃었다. 직원이 묵직한 방문 열쇠를 가리키며 설명했는데 그의 손가락들 역시 통통했다.

"그래요? 아마도 '잠자는 숲속의 공주'를 고성의 성루에서 나오지 못하게 하려고 그렇게 만들었나봐요."

이렇게 그녀도 대답하며 미소 지었다. 침대에서 떠날 방법을 고민할 때 순간적으로 이 대화가 뇌리에 스쳐간 것이다. 그녀 마음도 아팠다. 이루 형언할 수 없을 정도로 아팠다. 그러나 이러한 방법을 통해서만이 그의 곁을 떠날 수 있으리라 믿었다. 현 상황을 설명하고 그를 설득하려 한다면 어떠한 경우에도, 설사 그의 목숨이 위태롭다고 해도 그녀 곁을 떠나지 않을 게 확실했다. 평소의 지극한 심성으로 미루어보아 그랬다. 그녀를 사랑하고 있기 때문이었다.

그녀에게 '사랑은 모든 논리를 뛰어넘어 우리 곁에 늘 머문다.'는 문장이 스쳐 지나갔다. 어느 그리스 고전에서인가 보았다. 어쩌면 논리의 초월성, 시공간의 초월성 등은 사랑에 내재되어 있는 속성일지도 모른다. 논리적으로 사고하고 이에 따라 전개되는 것을 어찌 사랑이라 할 수 있겠는가. 문득 그녀는 반수면 상태에 있다가 꿈속에서 들었던 성악곡 '밤과 꿈'이 떠올랐다. 그러면서 그의 목소리가 아련하게 들려오는 듯했다. 그녀는 울었다. 숨죽이며 소리 없이 흐느꼈다.

"사랑! 그대로 내버려두어라. 그들이 저 높고 높은 산을 넘고 푸르른 바다를 건너서 훨훨 날아갈 수 있도록……"

13. 뮌헨으로

마리암은 차를 몰고 고성 주차장을 빠져 나왔다. 눈물이 앞을 가렸다. 손등으로 꾹 누르면서 훔쳤으나 눈앞이 부옇게 보였다. 이 세상에 이보다 가슴 아픈 일이 있을까. 테니슨의 서사시 「이녹 아든」도 이처럼 슬프지는 않을 것이다. 이제 어디로 가야 할까.

아무 생각도 나지 않았다. 엊저녁 무렵 전차 안에서 자신에게 던졌던 질문을 그대로 반복하고 있었다. 당장 기숙사로 돌아가고 싶었으나 그곳에 가게 되면 목숨이 위태로웠다. 갈 곳이 없었다. 그녀는 비상등을 켜고 길가에 차를 세웠다. 고개를 힘없이 떨어뜨리며 상의 주머니에 양손을 푹 찔러 넣었다. 접힌 종이가 오른손에 잡혀 꺼내보니 어제 새벽 바르셀로나 공항에서 쓴 메모였다. 아니, 메모라기보다 그저 생각나는 대로 써내려간 낙서에 가까웠다.

여명이 밝아 오기 직전의 어둠은 깊은 법, 이제 새날이 오겠지. 어제 그리고 오늘은 몸과 마음이 고단했어. 머리가 텅 비어 있는 듯이 멍해. 그러면서도 수영을 보고 싶은 마음이 얼마나 간절한지 모르겠네. 어쩌면 이렇게도 사무치는 그리움인지 정신이 아득할 정도야. 이런 경험은 이전에 없었지.

수영의 눈을 보며 이야기 나누고 싶어. 흔들리지 않도록 나를 잡아줘. 어서 꿈길로 갈 수 있도록 등을 토닥거려 주었으면 좋겠어. 하지만 참고 기다릴 거야. 오늘 저녁이면 만날 수 있을 테니까. 나의 사랑 이수영!

다시금 읽어보니 그녀 자신이 쓴 것임에도 콧등이 찡했다. 그때의 절절한 마음이 느껴져 그랬나보다. 또다시 상의 주머니에 양손을 집어넣었다. 왜 이렇게 평소에 안 하던 행동을 하는 것일까. 스스로 생각해도 이상했다.

'어디론가 숨고 싶은 마음이 무의식적으로 표출되는 것일까?'

그녀는 자신이 들어갈 주머니는 어디에 있을지 찾아보았다. 그래도 어딘가에는 있으리라 믿었다. 그러다가 야스미나Bolfek Jasmina라는 이름이 떠올랐다. 먼 친척 언니였다. 마리암이 언니라고 부르지만 실제로는 7촌 이모뻘로 거의 남이나 마찬가지였다. 그래도 현 상황에서는 도움을 청할 수밖에 없었다. 야스미나는 간호사였다. 빈 대학병원에 근무하다가 요양전문병원으로 옮기면서 작년부터 뮌헨에 거주했다. 빈에서 차로 서너 시간이면 갈 수 있는 거리였기에 다른 곳에 있는 경우보다 나았다. 언니 이름도 빈과 근접한 도시, 잘츠부르크, 독일 남부 등으로 연상하다 생각난 것이다.

여행 목적지를 정하니 한결 그녀 마음이 가벼워졌다. 차도 속도가 붙었다. 혹시 그 사내들이 쫓아오고 있지는 않은지 걱정되어 '리어-뷰 미러'를 보니 따라오는 차는 없었다. 그래도 알 수 없었다. 언제 어디서 나타날지 모르는 일이었다. 지하실 계단이 부서져라 내려오던 그들의 모습이 아직도 어른거렸다. 심장이 멎는 줄 알았다. 이런 기억들이 되살아났다. 그녀는 관련 기억들을 지워버리고 싶었다. 그러려면 그들로부터 피신한 이후 중세 아라비아숫자 해독의 다음 단계로 나아가야 했다. 본격적인 시작은 이제부터였다.

이렇게 그녀는 밤길에 운전하고 가면서 여러 생각에 잠겼다. 따라서 전방 주시에 집중하지 못했다. 그런 상태로 뮌헨으로 향하다 하마터면 추돌할 뻔했다. 앞차가 돌연 속도를 늦추면서 차 간격이 불과 일이 미터 사이로 좁혀진 것이다. 순식간에 바로 코앞까지 다가왔다. 아슬아슬했다. 가을비도 추적추적 내리고 있었다. 날이 밝으려면 아직 멀었다. 이러다 무슨 사고라도 일어날 것 같았다.

그녀는 시야에 들어온 첫 휴게소에 차를 세웠다. 이른 새벽인데도 방문객들이 다수 있었다. 카페테리아 옆에 작은 마트도 나란히 위치했다. 그녀는 멜랑지 커피를 들고 테이블에 앉아 생각을 이어갔다. 먼저 떠오른 단어는 '막막함'이었다. 그제 이후로 희망과 관련된 단어들이 떠오르지 않았다. 암담했다. 엉켜있는 생각들을 하나씩 정리하면서 지나온 나날을 돌이켜보기로 했다. 정리되지 않은 사고는 무용지물과 같았다. 이것은 부친의 가르침이기도 했다.

중세 아라비아숫자들을 해독하기 위해 3대에 걸친 시간이 필요했다. 다음 단계로 나아가기 위해서는 얼마나 오랜 세월이 소요될까. 알 수 없었다. 우선 단서들의 목록을 작성해야 어떤 윤곽을 보여주리라 생각했다. 하지만 괴력을 가진 사내들 때문에 그녀가 처한 상황에서는 실행하기 어려웠다. 그들의 추격이 멈추지 않으리라는 사실도 잘 알고 있었다. 명확했다.

'그들을 피할 수 없다면 먼저 찾아내 제거해버리면 어떨까?'

이 생각이 떠오르자 저도 모르게 흠칫했다. '제거'라는 선제적 단어를 연상하면서 스스로도 놀랐다. 이 정도의 파격적 해결방안이 떠오르다니 자신이 궁지에 몰리긴 몰린 모양이었다. 그러나 그 사내들에게 대항해 제거하는 작업은 불가능해 보였다. 그제 지하실에서의 기억을 되살려보면 그랬다. 만약 제거가 어렵다면 그들이 이루고자 하는 목표의 원인을 없애면 되지 않을까. 그렇게 된다면 그들이 추격을 할 이유가 소멸되는 것이다. 하지만 어떻게 그 원인을 없앨 수 있을지 방안이 떠오르지 않았다.

머리가 아파 왔다. 어서 뮌헨에 도착해 야스미나와 대화를 나누고 싶었다. 휴게소에서 나오며 출입구 벽면에 붙은 거울을 바라보았다. 그녀는 자신에게 용기를 잃지 말라고 격려했다. 그러면서 자기 암시를 하듯이 각오를 다졌다.

아우토반 너머로 새하얀 눈을 머리에 인 독일 알프스가 보이기 시작했다. 풍광이 아름다웠다. 그녀는 뮌헨 도착한 후 우선 렌터카 사무실을 찾아 차를 반납했다. 다음으로 야스미나와 통화를 하고자 했으나 연락처를 알 수 없었다. 전화번호 적은 수첩을 기숙사에 두고 왔기 때문이었다. 하는 수 없이 시내전차, S-Bahn, 구간버스 등을 연달아 이용해 무작정 집으로 찾아갔다. 시내에서 떨어진 외곽의 소형아파트였다. 이자르 강변에 있었다. 야스미나가 이사할 당시 마리암이 성심껏 도와주었는데 그때 와본 경험이 있어서 어렵지 않게 집을 찾았다.

시간은 오전 9시를 넘어가고 있었다. 그날은 월요일이었는데도 마침 야스미나가 집에 있었다. 나중에 들으니 그 주는 오후근무여서 출근 전이었다고 했다. 독일 요양병원 간호사는 3교대 근무체제였다.

"언니! 마리암이에요. 잘 있었나요?"

"연락도 없이 이게 어쩐 일이야? 얼굴은 왜 그래?"

야스미나는 놀라는 표정이면서도 반가운 기색이 역력했다. 불쑥 찾아온 불청객으로서는 다행스런 일이었다.

"당분간 제가 여기 머무를 수 있을까요? 지금 누군가에게 쫓기고 있어요. 기숙사에 있을 수도 없고 어디 갈 곳이 없어 이렇게 왔답니다."

"마리암! 잘 왔어. 있는 동안 마음 편히 지내. 근데 무슨 일이야? 공부하는 학생이 쫓기고 있다니 영문을 모르겠네."

"이야기가 좀 길기는 해요."

마리암은 지하실에서 일어났던 일들을 중심으로 간략하게 말했다. 이외의 일들은 언급하지 않으려 했으나 그래도 말문을 여니 계속 이어졌다. 사실 간단한 내용이 아니었다. 그녀는 이야기를 마치며 옷깃으로 눈물을 훔쳤다. 이제야 지난 이틀 동안의 상황이 어느 정도 정리가 되어갔다. 야스미나는 연신 놀라운 표정을 감추지 못하고 눈물까지 글썽이며 그간의 일들을 주의 깊게 들어주었다.

"고마워요. 제 이야기에 공감해주어서."

"그동안 마리암이 고생 많았구나."

언니가 손수건으로 눈 주위를 누르며 입을 열었다. 마리암은 언니 목소리에서 돌아가신 어머니 음성을 느낄 수 있었다.

"……"

"일단 경찰에 신고부터 해."

"그건 고민 중이에요. 사건은 코르도바에서 발생했고 제가 바로 스페인을 떠났기 때문이지요. 아직까지 빈에서 어떤 일이 일어나지는 않았어요."

"그렇다 해도 코르도바 경찰국에 신고해야 하지 않겠니?"

"이에 관해 그이와 상의하려 했는데 미처 못 했어요."

"그럼 내가 대신 유선으로 신고해줄게."

"언니가?"

"그래야 그분 시신도 수습할 수 있지. 게다가 마르코스라는 후배의 안위도 궁금하니 그렇게 해야 해."

"오늘 첫 항공편으로 알리시아가 코르도바로 출발했을 거예요. 거기 도착하자마자 곧 경찰국에 신고하라고 부탁해놓았어요."

"그래도 오후는 되어야 할 수 있겠지. 여기서 빨리 신고하는 편이 나아."

야스미나는 신속히 경찰에 연락하기를 권했다. 결국 마리암도 동의했다. 곧바로 코르도바 경찰국에 전화로 사건을 신고했다. 관련 질문과 대답이 반복되면서 통화는 길게 이어졌다. 긴장감이 흘렀다. 이윽고 야스미나가 수화기를 내려놓으며 마리암의 가늘게 떨고 있는 손을 감싸 안았다.

"아무래도 너 혼자서 이 일을 모두 해결하기는 어려워. 약혼자 이수영에게 도움을 청하면 어떨까?"

"저도 그렇게 생각해서 함께 자바부르크로 여행을 떠났지요. 하지만 그게 아니었어요. 세르히오처럼 그이도 제 곁에 있으면 목숨이 위태로울 거예요."

마리암은 더 말을 잇지 못하고 입술을 깨물었다. 그러면서 울먹이며 속삭였다. 감정이 북받쳐 오르고 있었다.

"그이를 잃고 싶지 않답니다."

드디어 울음이 터졌다. 이렇게 시작된 흐느낌은 그칠 줄 몰랐다. 그동안 참고 참았던 아픔과 슬픔이 봇물 터지듯이 쏟아져 나왔다. 야스미나는 소리 내어 우는 마리암을 보며 함께 눈물을 흘렸다. 그러면서 고개를 끄덕이며 서로를 따듯하게 안아주었다. 서서히 울음이 잦아들자 언니가 차분하게 말을 꺼냈다.

"네 마음은 이해해. 하지만 현 상황에서 있는 힘껏 너를 도와줄 사람은 그이밖에 없어. 다른 접근방법을 고민해 보자."

"알겠어요. 다시 생각해볼게요."

마리암은 한바탕 울고 나서 그런지 피로가 몰려왔다. 머리도 어찔하니 그대로 쓰러질 것 같았다. 눈동자 주위도 따끔거렸다.

"제가 쉬고 싶어요."

"그래. 거실 옆방에서 한숨 자렴."

마리암이 지친 몸을 침대에 누였다. 묵직하니 저 밑으로 가라앉고 있었다. 이대로 영원히 가라앉는다 해도 일어나고 싶지 않았다. 마치 고성 성루의 '잠자는 숲속의 공주'처럼 그렇게 깊은 잠에 빠져들었다. 얼마 후 야스미나는 방문을 살며시 열어보았다. 자리에 눕자 바로 잠든 마리암이 여위고 수척해 보였다. 측은했다. 유심히 살펴보니 고운 얼굴도 많이 상해 있었다.

'자고 일어나서 식사해. 네가 좋아하는 타파스Tapas를 준비해 놓을게.'

야스미나는 듣고 싶은 말이 아직도 많았다. 대화 중간에 물어보고 싶은 내용들도 있었다. 하지만 피곤해보여서 가만히 듣고만 있었다.

마리암은 잠결에도 야스미나가 자신을 내려다보고 있는 것을 느꼈다. 아까처럼 언니에게서 또다시 어머니의 마음이 전해졌다. 그러면서 자신이 어릴 적에 천천히 머리카락을 쓰다듬어주던 어머니의 따듯한 손길이 그리워졌다. 조금씩 깊은 잠에 빠져들면서 그 손길이 어찌나 그리운지 몰랐다.

'어머니! 왜 그렇게 빨리 제 곁을 떠나셨나요? 보고 싶어요. 이럴 때 옆에 계신다면 얼마나 좋을까요……'

어려운 시절이었다. 어머니는 양털로 방석, 목도리 등을 만들어 재래시장에서 팔았다. 하나라도 더 팔기 위해서 저녁 늦게 집으로 돌아왔다. 배고픔에 지친 어린 마리암은 기다리다 잠이 들곤 했다. 그러면 돌아와서 그녀 머리카락 사이에 손가락을 넣어 쓰다듬으며 잠에서 깨워 저녁 식사를 하게 했다. 몇 번이고 머리카락 사이를 손가락으로 쓰다듬어주었다. 이름을 부르거나 흔들어 깨운 적은 없었다. 어머니가 세상을 떠나며 그녀에게 남겨주신 건 양털 방석과 적갈색 가죽을 덧댄 양털 목도리였다.

14. 편지

마리암은 깊은 잠에 빠져 들어 늦은 오후까지 잤다. 금요일 밤부터 어제 일요일까지 제대로 잠을 자지 못했고 거기에다 새벽에 출발해서 이곳으로 왔으니 피곤할 수밖에 없었다. 도중에 쓰러지지 않은 것만 해도 천만다행이었다.

그녀는 지붕 쪽 어디에선가 덜그럭덜그럭하는 소음에 잠에서 깼다. 이 소음은 그녀가 고교를 다닐 당시 코르도바시립도서관에서 들었던 소리와 비슷했다. 열람실에서 공부하다가 책상에 엎드려 눈을 붙이는 경우가 있었고 그럴 때면 언제나 꿈속에서 동일한 소리를 들었다. 선잠에서 부스스 깨어나 고개를 들어 책상 주위를 둘러보면 바로 위쪽 석고보드 천장에서 형광등 덮개 아크릴판들이 덜그럭 소리를 내고 있었다. 여름철에는 열람실 양쪽 창문들을 모두 열어놓았고 그렇게 뚫린 공간을 통해서 들어온 바람이 잠자는 판들을 깨워 움직이게 했던 것이다. 돌이켜보니 그때도 좋았다.

'하기는 언제든 안 좋았던 때가 있었나? 살아 있었으니 매 순간이 좋았겠지. 그런데 왜 그때는 그것을 몰랐을까?'

그 시절 그녀는 인문과학실에 있는 도서들은 손에 잡히는 대로 읽었다. 어느 해 무덥던 여름방학이었다. 예의 덜그럭거리는 소리를 들으며 선잠에서 깨어났을 때 그녀는 바슐라르의 「꿈꿀 권리」를 보고 있었다. 그랬던 기억이 났다. 그렇게 그해는 '꿈'에 대해 한동안 몰입해 있던 시기였다.

'바슐라르는 이 저서에서 '인간의 꿈이 이론의 인식론적 방해물로 개입한다.'고 했지. 하지만 인간의 꿈은 현상의 인식론적 협력체 아닐까? 어쩌면 인간의 꿈이란 '신'의 놀라운 계시일지도 모르지.'

그녀는 여기서 잠을 자면서 분명히 꿈을 꾸었다. 어떤 내용인지 생각나지는 않았으나 이곳에서 꾸었던 꿈은 자신이 처해있는 상황을 명확히 인식할 수 있도록 도와줄 것이다. 그렇지만 기억나지 않으니 어쩔 수 없었다.

살며시 그녀가 눈을 떠보니 생소한 곳이었다. 이리저리 방안을 살펴보았다. 야스미나의 집이었다. 오늘 아침에 뮌헨으로 왔던 생각이 났다. 거실에 언니는 없었고 정갈한 식탁위에 생선튀김 타파스와 야채 샐러드가 차려져 있었다. 옆에 노란 메모지가 보였다. 오후 2시까지 깨어나기를 기다리다 출근시간이 되어서 외출한다는 내용이었다. 타파스는 아직 따듯했고, 샐러드는 신선했으며, 곁들여 먹은 호밀빵은 고소했다. 코르도바에서 자주 먹던 음식을 오랜만에 맛보니 힘이 났다.

그렇게 언니 집에 홀로 있었다. 식사 후에 잠을 더 청하려 했다. 그러나 잠은 오지 않았고 오히려 정신이 또렷해졌다. 이 상황을 어떻게 해서든지 헤쳐 나가고 싶었지만 그럴듯한 방안이 생각나지 않았다. 난감하기만 했다. 그 순간 이수영의 얼굴이 오롯이 떠올랐다. 오늘 오전에 지난 이야기를 할 때 야스미나가 해주었던 조언도 상기되었다. 언니의 염려하던 표정이 어머니 같았다.

'그래. 이 일을 자신의 일처럼 도와줄 사람은 이수영밖에 없어. 그이만이 나와 현 상황을 헤쳐 나갈 수 있을 거야.'

역설적이게도 그녀는 자바부르크를 떠나온 이후 이 사실을 깊이 인식하게 되었다. 이를 야스미나가 일깨워주었다. 인간은 더불어 살아가는 존재였다. 그의 도움을 받는 것이 좋겠으나 그렇다 해도 직접 만나는 행동은 위험할 수 있었다. 그에게 다른 연락체계를 사용해보면 어떨까. 이에 관해서 생각해 보기로 했다.

그녀는 고성 출발 후에 들린 휴게소에서 했던 사고들을 체계화시켰다. 답이 나올 것도 같았다. 그와 동행하는 건 당분간 안 된다고 단정했다. 고성에서 떠난 행동은 잘했다는 생각이 거듭 들었다. 그 사내들은 아스트롤라베 자체보다도 거기 새겨진 중세 아라비아숫자들의 의미를 알고자 했다. 그런데 그것은 단지 다음 단계의 단초일 뿐이었다. 이 부분에서 '고르디온 매듭'처럼 얽혀 있는 작금의 상황을 해결할 묘안을 떠올려야 했다. 이를 위한 타개책은 무엇일지 고민해보았다.

'만약 그이가 중세 숫자들이 제시하는 길을 찾아갈 수 있다면 어떻게 되는 것일까. 그렇다면 원인이 근본적으로 소멸되어 추격이 중단되지 않을까?'

물론 그럴 수도 있고 아닐 수도 있었다. 하지만 일단 해보는 것이 더 나아보였다. 그녀가 그 길을 찾아갈 수도 있으나 그러려면 코르도바에 가야 하는데 현재 상황에서 그렇게 하는 건 어렵기 때문이었다. 그녀는 심사숙고 끝에 시도해 보기로 결정했다. 의미 있고 바람직한 결정이라 믿었다. 그 무엇인가 시도함으로써 가능성이 생겨나기에 그러했다. 더욱이 현 시점에서 이수영과 멀리 떨어져 있기에 그 사내들은 그가 누군지 알지 못할 거라고 생각했다. 그녀는 자신이 의도한 방안의 실현 가능성을 높게 보았다. 이렇게 판단한 후 그에게 편지를 보내기로 마음먹었다. 이어서 내용을 어떻게 써야 하는지 망설였다.

'그동안 있었던 일들을 사실 그대로 전부 적을까? 아니면 이 과제들을 해결하면 다시 만날 수 있다고 동기부여를 해줄까.'

간단한 문제였지만 선택하기는 쉽지 않았다. 신중해야 했다. 결국 후자를 선택하기로 했다. 사실은 나중에 알려주고 우선 중세 아라비아 숫자들을 해독해야 한다고 작성하기로 했다. 그녀는 자리에서 일어나 백팩을 뒤져 노트를 꺼냈다. 허리를 곧게 펴고 식탁에 앉은 다음에 편지를 처음 써보는 사람처럼 그렇게 정성을 다해 썼다.

보고 싶은 이수영!

그대를 생각하면 눈물이 앞을 가립니다. 자바부르크에서 놀랐을 그 모습을 떠올리니 마음이 미어집니다. 그날 새벽에 우리가 피치 못하게 짧은 이별을 해야 했지요. 어떻게 헤어져야 하나 고민하고 있던 차에 황망히 객실 문을 나서게 되었습니다. 그러나 내가 정체불명의 사내들에게 쫓기고 있었고 그들로부터 그대가 만에 하나라도 위해를 당할까봐 내린 결정이었습니다. 즉 자바부르크에서의 이별이 그대에게 피해를 주지 않는 길이라 생각했습니다. 이후에 상세히 설명해 드리겠습니다.

헤어진 우리가 다시 만나려면 선결해야 할 과제가 있습니다. 그대가 중세 숫자들을 스스로 해독하는 일입니다. 이미 내가 3일 전에 해독했음에도 이 편지가 그대에게 전달되지 않을 가능성이 있기에 그 내용을 여기에 적을 수는 없습니다. 그래서 아스트롤라베에 새겨져 있던 그대로 적어두겠습니다. 아래의 중세 아라비아숫자 13개입니다. 그러니 이것을 등불로 삼아 며칠 전까지만 해도 전인미답이었던 길을 걸어가 주세요. 그대는 할 수 있으리라 믿습니다. '٣٣,٥٥,٥٤,٥٥,٥٨,٦٥,٢٦,٤٧,٢٨,٤٧,٥٤,٥٥,٣٣'

이미 그 사내들도 이 중세 숫자들을 알고 있으나 그들은 해독하는데 상당한 시일이 걸릴 거예요. 몇 년이 어쩌면 그보다 오랜 시간이 소요될지도 모릅니다. 쇤브룬궁전에서 그대의 청혼이 있던 날, 내가 벤치에서 말했던 내용을 기억하나요? 떠올릴 수 있으리라 믿습니다. 중세 아라비아숫자 이야기를 하면서 새로이 시도하겠다고 했던 방식을 의미하는 겁니다. 그로부터 2개월이 지나갔습니다. 언급했던 그 방식으로 시도한 지 이십 일 만에 중세 숫자들을 해독했어요. 그대도 동일하게 시도한다면 동일한 결과를 얻을 수 있습니다. 더욱이 논리학도 공부했으니 해독할 수 있으리라 믿습니다. 그리고 'sursus deorsum'과 'Α Π Ω'을 잊지 말고 기억해 주세요.

참고로 지난 8월 하순 이후에 그 방식을 바로 시도하지는 않았습니다. 어째서 그리했는지 내 자신도 모르겠어요. 이런 저런 경우의 수를 생각하다가 그랬나봅니다. 아니면 그동안 하도 실패를 많이 해서 그랬을 수도 있지요. 아마 수백 번은 했을 겁니다. 조부와 부친이 실패한 횟수는 헤아릴 수조차 없이 많답니다. 내가 지난주 금요일 밤에 가문 3대의 난제를 해결했지만 조부와 부친이 정성을 다해 노력한 결과에 벽돌 한 장을 올려놓은 것에 불과합니다. 두 분께 감사한 마음입니다. 또한 중세 숫자들이 새겨진 아스트롤라베는 후기우마이야왕조 멸망 후인 11세기 전후해서 제작된 유물로 추정합니다. 이것은 조부와 부친이 남긴 노트에 기록된 가설입니다. 비록 검증되지는 않았으나 그들은 사실이라고 믿었습니다.

이제 펜을 놓을까 합니다. 꼭 몸조심해 주세요. 괴력의 사내들이 그대에게 위해를 가할지도 모릅니다. 어서 모든 일이 마무리되어서 마리암은 그대와 행복하게 지내고 싶답니다. '신'의 이름으로 이 편지를 씁니다.

23.Okt.1978 바하레한 마리암

이렇게 중세 아라비아숫자들에 관한 편지는 끝났다. 겉봉에 수신인 주소를 그의 집주소로 쓰려다 일순간 멈칫했다. 그녀는 그 사내들이 자신에 대해 신상조사를 했을 가능성, 따라서 이수영의 존재를 파악했을 개연성 등을 생각해보았다. 그렇다면 그의 집주소로 우편물 등을 보내는 행위가 위험할 수 있었다.

'철학과 사무실의 뮐러Herbert Müller에게 편지를 보내면 어떨까. 봉투 내부에 다시 밀봉편지를 넣어 이수영에게 전해달라고 부탁하면 되지 않을까?'

어느 정도 안심이 되었다. 그들도 그렇게까지는 생각지 못할 것이다. 예측가능한 모든 상황들에 대해서 대비해야 했다. 엄중한 시점이었다. 이 편지가 반드시 그에게 전달되어야 했다. 뮐러는 강직한 성품을 지녔고 학생들에게도 존경받는 인물이니 차질 없이 편지를 전달해주리라 믿었다. 이렇게 그녀는 뮐러에게 보낼 편지 내용을 작성한 이후 밀봉편지를 집어넣고 겉면을 봉했다. 이어서 알리시아에게도 간단히 편지를 썼다. 봉투 겉면에는 '야스미나 볼펙'이라고 적었다. 어제 기숙사를 떠나기 전에 알려준 대로였다. 그 내용도 군더더기 없이 딱 요점만 적었다.

알리시아! 경영학교재 뒤 페이지에 적힌 중세 숫자들을 철학과 사무실의 '뮐러'에게 전해 줘. 'Nnurbnöhcs Π ssolhcS'도 함께.

이렇게 단 두 문장만 적어서 보냈다. 'Schloss Schönbrunn'을 변형해 임의로 만든 'Nnurbnöhcs Π ssolhcS'에 세 가지 의미를 모두 담았다. 쇤브룬궁전, 'sursus deorsum', Α Π Ω 등이었다. 알리시아에게 보낸 편지가 설사 그 사내들 수중에 들어간다 해도 이 단어가 무슨 뜻인지 모르리라 생각했다. 적어도 그렇게 믿고 싶었다.

'만약 이 편지를 이수영이 읽어본다면 그 내용을 짐작할 수 있을까?'

마찬가지로 그도 이해하는데 시간이 소요될 것이다. 그래도 기숙사에 보내는 편지는 이렇게 작성해야 했다. 뮐러에게 보내는 편지보다 전달될 가능성이 현저히 낮기 때문이었다. 만약 첫 번째 썼던 편지처럼 쓴다면 위험에 노출될 확률이 배로 높아질 수밖에 없었다. 주지의 사실이었다. 물론 그녀는 기숙사 501호로의 배달 여부에 대해 회의가 들기도 했다. 그럼에도 망설임 없이 발송했다. 철학과 사무실의 제반 상황이 여의치 않을 경우를 대비해야 했기에 그러했다. 즉 기로에서 선뜻 결정하기 어렵다면 일단 행동해야 했다. 그렇게 생각했다.

알리시아는 이미 코르도바를 향해 출발했을 것이다. 부디 세르히오의 장례식은 평온 속에 치르기를 간절히 기도했다. 그녀는 야스미나 집 근처의 우체국을 마다하고 시내에 있는 중앙우체국까지 나갔다. 세세한 부분까지도 위기관리를 해야 했다. 어쩌면 자신이 상상하는 것보다 그 사내들이 더 치밀한 계획을 가지고 접근하는지도 모른다고 생각했다. 지하실로의 침입을 보면 그랬다. 우체국 창구에서 편지들을 각각 보냈다. 뮐러에게 보내는 편지 발송인도 '야스미나 볼펙'으로 썼고 발송지 역시 뮌헨중앙우체국 주소로 기입했다.

15. 격돌

이수영은 빈 서부역에 홀로 내렸다. 신축 역사의 중앙 홀에는 시시 동상이 서 있었다. 합스부르크제국 황후로서 미모가 뛰어났으나 비극적인 삶을 살았다. 또한 평생 우울증을 앓았다 했다. 지난여름 쇤브룬궁전 정원을 한가로이 걸으면서 마리암으로부터 이야기를 들었다. 그런데 그는 이제 시시 동상 앞에서 차를 타고 홀연히 떠나간 연인을 떠올리고 있었다.

'이러한 마음을 어떻게 표현해야 할까. 마치 '뫼비우스의 띠'처럼 묘하게 연결된 이 혼란한 상황을……'

힘없이 역사를 빠져나오는 그의 마음이 쓸쓸했다. '오이로파 플라츠'가 외로운 나그네를 맞았다. 지난 유월에 잘츠부르크 여행을 다녀오면서 그들이 함께 거닐었던 서부역 광장이었다. 이제 발길 닿는 곳마다 추억이 없는 장소가 없었다. 저 멀리 상점들이 즐비한 '마리아 힐퍼' 거리가 보였다. 그녀가 고향에서부터 원했던 습도계를 사기 위해 팔짱을 끼고 붙어서 여기저기 다녔던 기억이 났다. 그런데 기숙사에서 왜 습도계가 필요했는지 문득 그 구매 이유가 궁금해졌다.

'무슨 실험을 했을까? 설마 그럴 리가 없겠지. 아니면 고문헌 등이 습도에 민감하게 반응할까 염려되어 사려고 했을까?'

그는 먼저 렌터카 사무실에 가보기로 했다. 서부역에서 '슈베덴 플라츠' 방향으로 가는 전차노선이 없어서 할 수 없이 환승해 가는 길이 멀게만 느껴졌다. 사무실에 들어가서 직원에게 문의했으나 건조한 음성으로 간단한 대답이 돌아왔다. 지난 일요일에 차를 빌릴 때 도와주었던 직원은 아니었다.

"오스트리아에서는 반납된 기록이 없습니다. 국외의 어느 곳에서 했다면 서류상으로 확인하는데 시간이 걸리지요."

이외에 렌터카 반납 관련해 몇 가지를 더 물었으나 짧고 퉁명스런 대답만 돌아왔다. 결국 그녀에 관해서는 아무런 정보도 얻지 못했다. 실망감이 밀려왔다.

그는 발길을 돌려 기숙사가 있는 에르드베르그 거리로 왔다. 기숙사 담당직원에게 부탁해 5층까지 올라가 방문을 두드려보았으나 아무런 기척이 없었다. 그 두드림만이 복도에 공허하게 울려 퍼질 뿐이었다. 왜 그런지 생경한 느낌이 들었다. 어째서 룸메이트 알리시아도 없을까. 오늘이 화요일이니 일찍 들어오는 날인데도 없었다.

그는 고개를 갸웃거리며 기숙사를 나왔다. 혹시 그녀들이 방에 있으면서 방문을 열어주지 않는지도 모른다고 생각했다. 정문 앞 횡단보도를 건너 501호 창문이 보이는 곳까지 와서 가로길이가 유난히 긴 창문틀을 바라보았다. 방안 전등도 꺼졌고 어떠한 인기척도 감지되지 않았다. 그때였다. 그는 어느 날카로운 시선이 자신을 향하고 있다는 걸 알아차렸다. 차도 맞은 편 기숙사 입구 옆에 누군가 서 있었다. 유심히 보니 모자가 달린 진회색 망토를 두른 사내 둘이 이쪽을 바라보고 있었다. 아니, 쏘아보고 있었다. 이미 어두워져서 그들의 눈매까지 파악할 수 없는데도 그렇게 보였다. 머리카락이 곤두서는 느낌이었다. 섬뜩했다.

'갑자기 왜 그런 느낌이 들었을까. 그냥 예감일까?'

하지만 어쩌면 예감이란 인간의 본능적인 방어기제가 아닐까. 이런 생각이 스치고 지나갔다. 그는 발걸음을 빨리해 옆 골목으로 들어가 하나의 블록을 'ㅁ'자 형태로 돌아 나왔다. 길가로 나오기 전에 건물 모퉁이 벽에 바싹 붙었다. 엇비스듬히 서서 고개를 살짝 내밀고 건너편을 바라보았다. 두 사내는 어디로 간 건지 아무도 없었다.

한 걸음을 내디디며 주위를 두리번거리는데 기다란 물체가 쌰~ 하는 바람 소리를 내며 머리를 향해 날아들었다. 놀라운 속도였다. 그 소리를 듣자 순간적으로 상체를 돌려서 물체 끝부분이 스치며 아슬아슬하게 비껴갔다. 바로 맞았다면 사망했거나 아니면 중상을 입었을 것이다. 이 위협적인 둔기를 피하자마자 그는 영문도 모르는 채 노상에서 치열한 격투를 벌이게 되었다.

이수영은 태권도를 11년 정도 꾸준히 수련했다. '어느 누구와 붙어도 맞지는 않는다.'고 자부하며 나름대로 자신감도 가지고 있었다. 하지만 그러한 망상은 곧 무너졌다. 두 사내는 중세시대 기사들처럼 차돌같이 단단한 몸집과 엄청난 힘을 지니고 있었다. 그들의 어깨, 팔뚝 등과 부딪칠 때마다 들리는 근육질의 파열음은 상대에게 공포감을 안겨주었다. 믿기지 않을 정도로 눈 깜짝할 사이에 우열이 판가름 났다. 그는 허벅지에 극심한 통증을 느끼며 한쪽 무릎을 꿇었다. 바지가 찢어지고 살갗이 바닥에 쓸리며 기분 나쁜 쓰라림이 감전된 것처럼 전해왔다. 거기다가 복부에 일격을 당했다. 타원 궤적을 그리며 무시무시한 시커먼 발이 날아오는 동작을 보았는데도 미처 피하지 못하고 그대로 맞았다.

"허억!"

신음소리도 나오지 않았다. 거의 들리지도 않는 미약한 들숨소리가 새어나왔을 뿐이었다. 그가 스스로 생각해도 한심했다. 이렇게 무력하다는 사실이 수치스럽고, 괘씸하고, 원통했다. 그러면서도 화가 치밀었다. 하지만 아팠다. 창자가 마디마디 끊어지는 것 같았다. 찌르르르~ 하며 전신으로 통증이 퍼져나갔다. 격투기 운동을 시작한 이래로 이런 고통은 처음이었다. 그가 복부를 양손으로 움켜잡으며 길바닥에 맥없이 나뒹굴었다. 실신 직전이었다.

때마침 대여섯 명의 기숙사 학생들이 정문으로 나오면서 급박하게 울려 퍼지는 소리들을 들었다. 거칠고 둔탁한 소리였다. 차도 건너편에서 뒤엉켜 있는 한 무리의 사람들도 발견했다. 동시에 그들은 왕복 4

차선 도로를 가로질러 떼를 지어 우르르 뛰어왔다.

"으아! 야~~"

학생들은 괴성을 내뱉으면서 차도를 쏜살같이 건넜다. 기세가 등등했다. 지나가는 차량들이 없었다면 더 빨리 건너왔을 것이다. 두 사내는 학생들이 거침없이 질러대는 고함소리를 듣고 순간적으로 멈칫했다. 비록 어두웠으나 난감해 하는 표정이 역력해보였다. 그러더니 두 사내는 서로 마주보자마자 망토자락이 휘날리도록 재빨리 몸을 돌려 가로등 아래로 뛰기 시작했다. 키 작은 사내는 당황해서 발이 엇갈려 바닥에 넘어지기도 했다. 그렇게 저 어둠속으로 자취를 감추었다. 길바닥에 쓰러져 있던 이수영은 그대로 내버려 둔 채였다.

젊은 혈기들의 도움으로 가까스로 살아났다. 그렇지 않았더라면 어디가 부러졌거나 아니면 그 사내들에게 끌려갔을 것이다. 그가 구부리고 오므렸던 다리를 겨우 펴며 이렇게 생각했다. 학생들이 양쪽에서 그의 겨드랑이 사이로 팔을 집어넣어 부축하며 일으켜 세웠다. 그래도 일어나니 서 있을 수 있었다. 견딜 만했다.

"괜찮아요? 부상이 심해 보이는데 앰뷸런스를 부를까요?"

"당신은 이 기숙사에 살고 있는 학생인가요?"

"그들은 강도였나요? 무엇을 빼앗겼지요?"

"두 사내와 아는 사이세요? 저들은 구도자인가요?"

학생들 여러 명이 동시다발적으로 물어왔다. 그는 정신을 제대로 차릴 수 없는 상황에서도 마지막 단어가 머리에 날아와 박혔다.

'저들은 구도자인가? 그러고 보니 모자 달린 진회색 망토가 그러한 복장 같기도 하다. 하지만 구도자들이 나한테 그러할 이유가 있을까? 아무런 인연도 저들과 없잖아. 혹여 마리암과 무슨 관련이? 그럴지도 모르지.'

불현듯 그제 빈 공항 세관에서 보았던 장면들이 떠올랐다. 그들과 비슷해 보이기도 했다. 그러다가 그녀의 긁히고 상처 났던 얼굴이 생각났다. 그의 머릿속이 복잡해졌다. 이 퍼즐을 어떻게 해서든지 풀어야 했다. 학생들에게 괜찮다고 대답하며 감사 인사를 전했다. 그는 혼자서 발걸음을 떼었으나 여전히 그들은 움직이지 않고 빙 둘러싸고 있었다. 길을 터줄 생각을 안했다.

"아무래도 병원에 가야겠어요. 그런 상태로 걷는 건 무리예요."

"이제 걸을 만합니다. 도움을 주어서 고마워요."

그는 몇 걸음을 떼다가 방향을 잡지 못하고 망설였다. 그러더니 본능적으로 사내들이 도주한 방향과 반대편으로 걷기 시작했다. 학생들이 차도를 건너 기숙사 입구로 향하며 뒤돌아보고 있었다. 그는 휘청거리며 앞으로 나아갔다. 걸으면서 발뒤꿈치가 닿을 때마다 복부에 통증이 느껴졌다. 하지만 병원 갈 정도는 아니었다. 아마 태권도를 익히지 않았다면 이러한 통증을 견뎌내지 못했을 것이다.

그는 어딘지 모를 거리에서 번호도 기억이 안 나는 전차를 무작정 집어탔다. 그렇게 혼미한 상태에서 어떻게 왔는지 모르게 쇼텐토아로 왔다. 하차한 후 복잡한 길가에 우두커니 서서 대학 본관 건물을 바라보았다. 화요일 오후, 2과목 강의, 결석 등이 생각났다. 더욱이 이 2과목은 학점 인정을 받지 못해서 학부과정에 내려가 수강하는 과목이었다. 이런 상황에서도 강의 진도, 학점 등이 걱정되었다.

하여튼 그는 어찌된 영문인지 숨을 돌리고 하나씩 정리를 하고 싶었다. 푹신한 소파가 있는 카페에서 따듯한 차 등을 마셨으면 했다. 그렇게 도나우 운하 방향으로 길을 따라 내려가는데 자신이 보기에도 허우적거리며 걷고 있었다. 아직도 배가 찌릿찌릿했다. 바로 앞에 보이는 고전적인 카페에 들어가서 향이 짙은 코코아를 마셨다. 근데 이 음료가 얼마나 물기가 없이 된지 꿀처럼 걸쭉했다. 식도를 타고 내려가는 게 느껴질 정도였다.

눈을 감고 급박했던 격투 장면들을 떠올려보았다. 진회색 망토의 사내들은 뭐하는 자들일까. 얼굴도 못 보았고 한 마디 말도 듣지 못했다. 그들의 정체를 짐작조차 할 수 없었다. 이 시점까지 발생한 일련의 일들을 돌아보니 무슨 추리소설을 읽는 기분이었다. 현재 상황이 납득되지 않았다. 이해할 수 없는 일들의 연속이었다. 그런데 곰곰이 생각해보니 모든 일들의 출발은 자바부르크였다.

'진실로 마리암이 나를 사랑했을까? 혹시 이제까지 알고 있었던 그녀와 실제 모습이 다른 인격체 아닐까? 설마 모차르트처럼 그녀도 그런 건 아니겠지.'

어느 「모차르트 평전」에서 읽었던 내용이 기억났다. 음악의 천재로서 모든 이에게 주목받던 모차르트는 그의 명성에 걸맞은 언행을 해야 했으나 사춘기를 거치고 내면세계와 조우하면서 혼돈이 시작되었다. 본인의 정체성을 확립하는 과정에서 다중인격 즉 두 개의 자아가 나타난 것이다. 하나는 타인에게 보이기 위한 자아였고 다른 하나는 자신에게 정직한 자아였다. 즉 '다중인격장애'라는 정신질환이 불행의 시작이었다는 주장이었다. 물론 모차르트의 어두운 삶을 해석하는 여러 가설 중 하나일 것이다.

그는 그제야 들고 있었던 코코아잔을 내려놓았다. 여러 생각들에 몰두해 잔을 들고 있었는지도 몰랐다. 그리고 그날 밤에 행선지로 자바부르크를 택한 까닭도 궁금했다. 평소에 그녀는 쾨니히스 호수, 보덴 호수 등 호숫가로 떠나는 여행을 원했다. 고도 콘스탄츠에서 호수 주변을 산책하는 꿈도 꾸었다고 했다. 그런데 떡갈나무 숲에 둘러싸인 고성이라니 그는 납득이 잘 되지 않았다. 이외에도 고성의 자물쇠 구조, 그날 새벽 그녀가 향한 목적지 등은 아직도 의문이었다. 도대체 아닌 밤중에 홍두깨처럼 무슨 날벼락인지 머릿속이 혼란스러울 뿐이었다.

카페에서 달콤한 음료를 마시고 쉬었더니 허기가 밀려왔다. 가만히 생각해보니 오늘 아침에 호밀빵 이외에는 먹은 음식이 없었다. 어제도 마찬가지였다. 끼니도 거르고 기운도 없어서 그 사내들에게도 당했다는 생각이 들었다. 분했다. 양 주먹을 꽉 움켜쥐었다. 다시 기운을 차릴 수 있는 식사를 하고 싶었다. 이럴 때 한국인에게 한식만한 음식이 어디 있겠는가. 그는 전차를 두 번이나 갈아타고 한국음식점으로 갔다. 거기보다 가까운 곳에 위치한 평양식당에 가서 불고기 등을 먹고 싶었으나 참았다. 유학생 신분으로서 소소한 행동이라도 조심해야 했다. 더욱이 오늘처럼 노상에서 정체불명의 사내들에게 봉변을 당한 이후에는 더욱 그랬다.

16. 진회색 모자

이수영은 든든하게 식사를 마쳤다. 다시 두 주먹을 움켜쥐니 이제 온몸에 힘이 솟았다. 그는 이후의 행동계획을 세워보기로 했다.

'그런데 마리암은 지금 어디에 있을까. 혹시 예상치 못한 어느 곳에선가 위험에 빠져있진 않을까? 그럴 가능성도 있잖아.'

이렇게 생각이 위험이라는 단어까지 미치자 그의 마음이 급해졌다. 조바심이 바짝 나기 시작했다. 결혼까지 약속한 연인을 이대로 둘 수 없었다. 그동안 어떠한 피치 못할 사정이 있어 그녀가 자바부르크에서 잠시 떠났을 수도 있었다. 카페에서 이런저런 생각을 했던 사실이 스스로도 민망했다. 그는 자신이 의연치 못했다는 반성도 했다. 그녀가 그런 말들을 들었다면 마음의 상처를 받았을 것이다. 연인을 믿지 못하고 의심하는 행동은 부끄러운 일이다. 어서 백방으로 수소문해 곤경에 처해있을지도 모를 그녀를 구해내야 했다. 그는 어디서부터 무엇을 해야 할지 생각해보았다. 저녁 어스름 무렵에 기숙사 앞에서 맞닥뜨린 사내들이 그녀와 관계있는지 확신할 수는 없으나 그럴 개연성은 있었다. 정황상 그렇게 보아야 했다. 그렇다면 동일한 패턴으로 이후에도 다시 당할 수 있었다. 어쩌면 그 사내들이 그녀 얼굴에 상처를 냈는지도 모른다.

그들에 관한 추측이 여기까지 미치자 더욱 가만히 있을 수 없었다. 그 무엇이건 실행에 옮겨야 했다. 그녀와 신속히 재회하고 거기에다 그녀를 위험에서 구해내는 방법이 무엇일까. 그는 자신감에 찬 목소리로 외쳤다.

"어떻게 해서든지 그들을 찾아내 선제공격을 가하자!"

그는 일전을 앞둔 전사처럼 입을 굳게 다물고 결의를 다졌다. 먼저 그 사내들을 찾아야 하는데 그들의 행방은 오리무중이었다. 일단 기숙사 정문 앞으로 가서 기다리기로 마음먹었다. 집에 가서 복장도 단단히 하고 모자 및 장갑 등도 갖추기로 했다. 무기도 가져가려 했으나 마땅한 대상이 떠오르지 않았다. 일 미터 정도의 '나무 봉'이 있으면 도움이 되지 않을까. 봉은 '참나무 봉'이 최고이긴 해도 만약 적당한 것이 없을 시에는 집에 있는 침대 양 옆의 받침대 나무기둥이라도 뜯어갈 계획이었다. 그는 태권도에 입문하기 전에 화랑도를 익혔고 그때 '봉 다루기'를 한동안 연마한 적이 있었다. 이번에 그들을 만나면 가만두지 않겠다고 다짐했다. 이렇게 생각하니 기분도 좋아졌다. 가벼운 흥분감 마저 느꼈다.

'이수영이 이렇게 당하는 건 치욕이야. 이번엔 곱절로 갚아주마.'

덜커덩 소리와 함께 전차 앞문이 열리자 그가 한달음에 뛰어내렸다. 긴장된 마음으로 걸음을 서둘러 집으로 향했다. 건물 입구에 도착해 열쇠로 현관문을 열려고 하는데 누군가가 뭐라고 자신을 부르는 소리가 들렸다. 돌아보니 초면인 오스트리아 할머니가 엉거주춤한 자세로 서 있었다.

"나를 불렀나요?"

"그래요. 도와줄 수 있나 해서요. 이쪽 방향으로 내려가다 왼편 두 번째 건물에 살고 있어요. 외출하고 돌아와 집에 들어가려는데 자물쇠가 열리지 않아요. 같이 가서 이 열쇠로 문을 열어볼 수 있나요?"

"그런데 어떻게 여기까지?"

"근처 열쇠가게에 전화했으나 퇴근했는지 안 받아요. 내가 혼자 살아서 마땅히 도움을 청할 곳도 없지요. 옆집도 문을 두드려봤지만 아무도 없었어요. 그래서 건물 앞으로 나왔다가 당신을 보고 이리로 온 겁니다."

"지금 바빠서."

그가 현관문에 기대서 턱을 손으로 만지며 난처한 표정을 지었다. 대답을 들은 할머니의 안색이 어두워졌다. 반백인 머리카락이 망연자실한 얼굴 위로 몇 가닥 흘러내렸다. 이 모습을 바라보던 그는 할 수 없이 머리를 끄덕였다.

"알겠습니다. 가지요."

앞장서 걷는 그녀와 집 아래쪽으로 발걸음을 옮겼다. 그리 멀지 않아 곧 도착했다. 그런데 무엇인가 느낌이 좋지 않았다. 더구나 할머니가 곁눈으로 뒤를 살피며 걷는 모습도 꺼림칙하게 느껴졌고 가만히 보니 어디서 본 인상이었다. 스멀스멀 엄습해오는 이 불안감의 정체는 무엇일까. 하지만 반백의 동네 할머니인데 뭐 별일 있겠냐며 그는 스스로를 안심시켰다. 건물 2층으로 올라갔다. 그녀로부터 꾸러미에 달린 열쇠를 건네받아 자물쇠에 집어넣으니 매끄럽게 잘 들어갔다. 그러나 열리지가 않았다. 몇 번이나 반복했다. 힘을 주어 문을 세게 밀면서 시도해보았다.

그 순간이었다. 두툼한 방문이 확 열리면서 자물쇠에서 열쇠가 쏙 빠졌다. 그는 열쇠를 잡고 문을 밀고 있다가 그 힘으로 마치 빨려들 듯이 방안으로 들어갔다. 그리고 거칠게 내동댕이쳐지면서 깨달았다. 자신이 함정에 빠졌다는 것을……

"여기선 달아날 수 없다!"

망토에 부착된 헐렁한 모자를 쓴 사내들이 거기 우뚝 서 있었다. 저승사자 같았다. 넘어지면서 보는 그의 눈에는 그렇게 비추어졌다. 그들 중 하나가 목에서 쇳소리를 내며 외쳤다. 굶주린 사자가 으르렁거렸다. 그렇게 험악하게 들렸다.

"아뿔싸! 이럴 수가."

그가 신음 섞인 소리로 내뱉었다. 이 짧은 탄식이 끝나기도 전에 앞으로 넘어진 상태에서 뒤쪽을 돌아보았다. 이미 할머니는 사라지고 없었다. 사내들은 넘어져 있는 포로에게 득달같이 달려들어 드러난 목덜미를 짓눌렀다. 시커먼 발로 찍어 누르고 돌리면서 목을 뭉갰다. 기숙사 앞에서 무방비 복부를 향해 날아오던 무시무시한 발이었다. 그러면서 등 뒤로 그의 팔을 완전히 꺾었다. 무자비하게 비틀었다.

"으악~"

참을 수 없는 통증이 폭풍처럼 밀려왔다. 불에 덴 듯 화끈거렸다. 그 무엇인가 날카로운 것이 깊이 쑤시고 있는 듯했다. 팔이 부러지는 것 같았다. 아니, 벌써 부러졌는지도 모른다. 바닥에서는 그의 억눌린 턱이 어그러진 형태로 무참히 짓이겨지고 있었다. 이대로 있으면 턱뼈가 으스러질 게 분명했다.

"마리암 어디 있나."

아까 쇳소리를 냈던 사내가 크르릉 거리며 외쳤다. 그가 깔린 상태에서 들으니 사자의 으르렁대는 포효보다도 더 소름끼쳤다.

"모르…… 팔 놔!"

그의 목이 점점 납작하게 구겨지고 있었다. 말하기가 힘들었다.

"어디에 있는지 대라."

바닥에 울리는 쇳소리를 들으면서 그에게 이런 생각이 스쳤다.

'이들은 오스트리아 사람이 아니야.'

사내들은 독일어를 외국어로 쓰고 있는 것이 확실했다. 그들의 음성에는 프랑스어나 스페인어 억양이 배어 있었다.

"몰라! 나도 찾……고 있……"

"말하지 않으면 끝이다."

그는 여기서 죽을 수도 있겠다는 생각이 들었다. 쇳소리에는 모든 감정이 배제되어 있었다. 정신이 아득해졌다. 바닥에 짓이겨지고 있는 턱이 하도 아파서 고개의 방향을 약간 틀었다. 그때 머리 위쪽에서 미세한 움직임이 있었다. 오른쪽에 서 있는 사내의 허리끈에 묶여있던 금속 장식이 눈에 들어온 것이다. 그는 일순간 보았으나 잔상은 또렷하게 뇌리에 남았다. 그것은 가로세로 길이가 동일한 십자가에 각 네 방향으로 하트 형태의 장식이 부조된 붉은색 쇠붙이로서 십자가 끝부분이 특이했다. 초기 기독교에서 볼 수 있었던 십자가 즉 비잔틴제국이나 동방정교 측에서 사용하는 십자가 형태를 닮았다. 아니면 언젠가 베네딕트 수도회 관련 문헌에서 보았던 멜크 수도원의 멜크 십자가와 유사해보이기도 했다.

[그 사내들의 허리끈에 묶여있던 금속장식]

"대체…… 왜 이래? 뭐하는 놈들……"

그가 파편 조각이 흩어지듯이 끊어지는 소리로 물었다. 분노와 울분에 가득 찬 음성이었다. 침묵이 흘렀다. 그 시간은 불과 1초 혹은 2초밖에 되지 않았을 것이다. 길고도 짧은 정적이 지나고 두 사내가 미세한 간격을 두고 뭐라고 말했다. 한쪽 귀만 제대로 열려있던 그에게는 소름 끼치는 소리만 선명하게 들렸다.

"어서 말해! 마리암 어디 있는지."

쉿소리를 내는 사내가 날카롭게 외쳤다. 귀에 거슬리는 음성을 듣는 것조차 고통이었다. 그러나 묵직한 저음도 함께 섞여서 들려왔다. 옆에 있던 다른 사내가 퉁명스럽게 툭 내뱉었다. 처음으로 입을 열었는데 '기사…… 신이 바라시……'이라 말한 것 같았다. 폐쇄된 공간에서 탁하게 울려 퍼지는 짐승의 울음소리와 저승사자의 부르짖음이었다. 그러한 소리들은 어색하면서도 미묘하게 뒤섞여서 그의 귀에 파고들었다. 특히 차가운 금속성의 울림을 듣고 그는 퍼뜩 깨달았다. 이들에게 자비는 없다는 것을…… 지금 여기서 승부수를 던져야 했다. 아니면 다시는 기회가 없을 것이다. 그가 비명을 질렀다. 죽어가는 소리로 외쳐댔다. 바로 절규 그 자체였다.

"말할게. 팔 놔~~"

그제야 사내 하나가 왼팔을 꺾었던 우악스러운 손의 힘을 다소 뺐다. 이와 동시에 그는 오른손에 움켜쥐고 있던 열쇠로 코앞에 있는 사내의 발등을 있는 힘껏 내려찍었다. 마치 '나무 봉'을 바꿔 쥘 때처럼 엄지손가락을 이용해 방향 전환을 재빠르게 했다. 아까 넘어지면서 엄지와 검지로 열쇠를 계속 꽉 잡고 있었던 것이다. 다행스럽게도 열쇠 끝부분은 화살촉처럼 상당히 뾰족했다.

"으으~"

발등을 찍힌 사내가 처절한 신음소리를 냈다. 이와 함께 그의 목덜미를 짓누르고 있던 거친 발에도 힘이 빠지는 게 느껴졌다.

'지금이다. 이때를 놓치……'

그는 열쇠로 내려찍으면서 온몸의 힘을 모아 일어났다. 그간 꾸준한 하체 체력단련으로 익힌 반동을 이용했다.

'이 시점에서 일어나지 못하면 나는 여기서 죽을 것이다!'

어떤 일이 있어도 자신을 일으켜 세워야 했다. 그는 일어나면서 위 방향으로 향하는 힘을 왼쪽 무릎 끝에 모아, 거의 동시에 상체를 일으키고 있는 다른 사내의 사타구니를 인정사정없이 올려쳤다. 다시 처절한 신음소리가 방안에 가득 울려 퍼졌다. 장송곡 같았다. 길게 이어지는 소리를 들으며 번개같이 돌아서서 아직 비스듬히 열려있는 방문을 나왔다. 계단을 정신없이 뛰어 내려갔다. 어떻게 내려갔는지 기억도 나지 않았다. 구사일생이었다. 목숨이 위태롭다면 급소 공격을 하라던 사형의 충고가 생각났다. 도장에서 실전 같은 대련을 끝내고 헉헉거리고 있을 때 언제나 어깨를 두드려주고 격려해주던 듬직한 사형이었다. 그 모습이 보고 싶었다.

얼마나 시간이 지났는지, 어느 공간을 지나왔는지 그저 아득하기만 했다. 이수영은 '마리아 힐퍼' 거리 골목길에 있는 중국음식점에 도착했다. 그의 절친한 친구 장방퀘이張榜奎의 고향 선배가 이 음식점 주인이었다. 여기서 친구와 그리고 마리암과도 각각 식사한 경험이 있었다.

"건너편에 있는 방에서 편안하게 자요. 내일 아침식사 같이 합시다."

주인장이 사람 좋은 웃음을 지으며 느릿느릿한 목소리로 말했다.

"미안합니다. 장방퀘이가 마침 집에 없어서 이렇게 왔습니다."

"오늘 그라츠에 갔어요. 그의 친구 페터Lassnitzer Peter를 만나러 간다고 했지요. 내일 이곳으로 올 겁니다."

"불쑥 찾아왔음에도 이런 호의를 베풀어주어서 고맙습니다."

"장방퀘이 친구라면 고향 후배와 다를 바 없습니다. 저번에 왔을 때 수영의 첫인상이 좋았지요. 수수하게 웃는 모습에 호감이 갔습니다."

"감사합니다."

"이렇게 보니 왼팔이 아픈 모양입니다. 병원에 가야 되지 않나요? 밤 늦게라도 종합병원 응급실에 가면 치료받을 수 있습니다."

이야기를 나누면서도 그는 꺾였던 팔을 이리저리 주무르고 있었다. 다행히도 뼈가 부러지지는 않았다. 어깨뼈도 괜찮아 보였으나 통증은 해안가에 파도가 치는 것처럼 규칙적으로 싸악~ 싸악~ 하며 밀려오고 사라졌다.

"괜찮아요. 견딜 만합니다."

"그러면 근육통에 잘 듣는 이 연고라도 발라요."

바로 방에 들어와 웃옷을 벗었다. 주인장이 건네준 연고를 꺾였던 팔 전체에 고루 펴서 발랐다. 바르자마자 곧 후끈후끈했다. 팔을 앞뒤로 돌려보았다. 깍지를 끼고 위아래로 올렸다 내렸다 해보기도 했다. 통증이 심했지만 못 견딜 정도는 아니었다. 다른 한 손으로 쉬지 않고 그 팔을 주물렀다. 겨드랑이 쪽에도 시퍼렇게 멍이 들었다. 목덜미는 뻐근했으나 고개를 양옆으로 돌려보니 참을 만했다. 기숙사 격투에 이어 집 앞의 일까지 한 편의 영화가 따로 없었다.

"정신을 차릴 수가 없네. 신출귀몰하는 그들은 대체 뭐 하는 놈들이야? 또렷하게 들린 건 아니지만 기사 뭐라고 했는데."

그는 지옥 같던 공간에서 탈출하여 건물을 뛰쳐나왔다. 망설임 없이 전력을 다해서 아래쪽으로 질주해 내려갔다. 그의 발은 '압드 알-라흐만 1세'의 발처럼 바닥에 닿지 않고 공중을 나는 듯이 달려갔다. 내려가는 길은 왼편으로 완만하게 틀어져 있었다. 갈림길이 나오자 오른편으로 돌아 폭스오퍼Volksoper 방향으로 뛰었다. 극장 앞에는 택시들이 줄지어 서 있었다. 공연이 끝나고 나오는 관람객들을 태우기 위해서였다. 그는 잡히는 대로 급하게 손잡이를 당기며 택시에 올라탔다.

"어디로 갈까요?"

"하여튼 알려줄 테니 직진해서 갑시다."

현 상황에서 그는 자신을 도와줄 친구가 필요했다. 그래서 장방퀘이 집에 가려고 했으나 주소를 몰랐다. 어디인지 대강 알고 있을 뿐이었다. 주소지를 알아야 할 일이 그동안에 없었던 것이다. 이로부터 20여 분 후에 친구 집이 있는 동네에 와서 내리고 보니 '마리아 힐퍼' 거리였다. 이 이름이 왜 그렇게 생각나지 않았을까. 골목 깊숙이 들어와 건물 입구에 도착해 친구 집의 초인종을 눌러도 아무 응답이 없었다. 내부가 조용했다. 하는 수 없이 택시에서 내렸던 대로변으로 다시 나왔다. 그는 갈 곳이 없었다. 이제 집에도 돌아갈 수 없었고 더 이상 빈에 안전한 장소는 없다는 생각이 들었다. 불현듯 그날이 떠오르면서 마리암 얼굴의 상처, 겁먹은 표정, 두리번거리던 모습 등이 한꺼번에 연상되었다.

"아! 그랬구나. 그날 저녁에도 필시 오늘과 동일한 혹은 유사한 상황이 펼쳐졌겠지. 그래서 마리암이 자바부르크로 떠나자고 했을 거야. 확실해. 그 사내들이 그녀를 위해한 범인임에 틀림없어."

이제야 모든 정황이 명료해졌다. 흐릿하던 초점이 또렷하게 보이기 시작했다. 그는 그들에 대해 분노가 치밀어 오르면서도 한편으로는 갈 곳 없는 자신의 처지가 한심하기도 했다. 상실감도 들었다. 그대로 길가에 한참을 서 있었다. 어쩌다 일이 이 지경에 이르렀는지 절로 탄식이 나왔다. 빈에 돌아와서 지난 사흘간의 일들을 돌이켜보았다. 일련의 사건들을 경찰국에 신고할까도 했으나 그건 아니라는 생각이 들었다. 일단 그들로부터 공격받은 일들을 말하려면 우선 마리암 이야기를 꺼내야 하는데 그녀는 자바부르크 고성에서 스스로 떠난 것이다.

그는 한국대사관 등에 신고하는 방법도 고려해보았다. 마찬가지로 이 일을 납득할 수 있게끔 설명하는 일이 더 힘들었다. 그러면 이제 어디로 가야 할까. 이렇게 난감해 할 때 문득 장방퀘이 고향 선배와 중국음식점이 떠올랐다. 거기에다 그리 멀지 않은 곳에 위치했던 기억이 났다.

17. 출처

이수영은 이튿날 오전 9시가 넘어서야 잠에서 깼다. 자리에서 일어나니 전신이 욱신거렸고 어디 성한 데가 없었다. 무릎, 복부, 목덜미 등이 아직도 어릿했다. 오른쪽 팔꿈치도 움직이지 못할 정도로 아팠다. 골절되었거나 인대가 늘어났으리라 짐작했다. 어제도 팔꿈치 언저리에 통증이 있었을 텐데 흥분 상태에 있어 인지하지도 못했다. 육체보다도 정신이 인간에게 더 많은 영향을 미치나보다 생각했다.

정작 그가 걱정을 많이 했던 왼팔은 견딜만했으나 어깨를 젖히고 왼팔을 뒤로 돌릴 때 통증은 여전했다. 어떻게 보면 어제보다 증세가 심해 보이기도 했다. 어깨 근육 아래도 몸이 밑으로 움츠러들듯이 저릿저릿했다. 상의를 올려보니 겨드랑이 근처가 벌겋게 부어 있었다. 아무래도 정형외과에 가봐야 하지 않을까 싶었다. 오늘 몸의 상태를 지켜보기로 했다.

이렇게 자가 진단하면서 체크하고 있는데 주인장이 문을 두드렸다. 둥근 식탁에 앉아 둘이서 조촐하게 아침 식사를 했다. 준비한 음식들보다도 그 따듯한 마음이 더 고마웠다. 그가 외출 준비를 마치고 기숙사로 전화를 걸었으나 아무도 받지 않았다. 어찌할 바를 모르고 있다가 이번에는 기숙사 직원에게 전화로 청을 했다.

"이수영이라고 합니다. 5층 기숙사에 학생이 있는지 확인해줄 수 있나요? 피치 못할 긴박한 사정이 있어서 그럽니다."

"무슨 사정이지요?"

"저와 약혼한 여학생이 행방불명되었어요. 501호 마리암입니다. 오늘 그곳에 갈 수 없기에 부탁하는 겁니다."

"기숙사 규정상 그렇게 하지 않지만 이번만 해줄게요. 다음엔 안 됩니다."

"감사합니다."

잠시 후 재차 전화했을 때 돌아온 대답은 동일했다. 역시 아무도 없었다. 그는 수화기를 든 채 이마를 손가락으로 짚고 식탁을 내려다보았다. 학교에 가려면 이 시간 즈음해 그녀들은 기숙사에 있어야 했다. 당장 기숙사에 가보고 싶었으나 현재의 몸 컨디션을 고려해야 했다. 하지만 저녁 무렵에는 기숙사 정문 부근에서 매복하리라 다짐했다. 그 사내들과 여차하면 복병전 등을 벌일 계획이었다.

그는 일단 대학에 들렀다. 여기는 학생들이 밀집해있으니 괴력의 사내들이라 해도 섣불리 공격해오지는 못할 것이다. 도착해서도 주위부터 살폈다. 그래야 했다. 마리암이 수요일에 수강하는 강의실, 역사학과 사무실 등을 가보았다. 어디에도 없었다. 그녀는 물론 알리시아도 사라졌다. 그 사내들이 마리암을 위해한 범인이라는 점을 감안한다 해도 이해하기는 쉽지 않았다. 이러한 상황을 어떻게 해석해야 할지 몰랐다.

평소에는 아무 생각 없이 타고 내렸던 본관 엘리베이터가 오늘은 느리고 답답하게 느껴졌다. 이 승강기는 출입문이 없고 여닫는 버튼도 없으며 각 층의 버튼도 없었다. 여러 대가 맞물려 순환 운행되는 방식이었다. 마리암의 손을 잡고 타이밍을 맞추어 타고 내리던 생각이 났다. 그러다가 그녀 얼굴의 상처가 떠오르면서 어제 조우했던 그들에 관한 궁금증이 증폭되었다. 그들 중 하나는 본인이 기사 뭐라고 한 사실도 떠올랐다.

'그게 사실일까? 음. 기사라면 어떠한 종류의 기사를 의미할까?'

그는 본관과 차도를 사이에 두고 떨어져있는 도서관으로 향했다. 가는 길에도 주변을 살피며 그 사내들과 비슷한 모습이 있는지 두리번거렸다. 하지만 돌이켜보니 두 차례나 격돌했는데도 그들의 얼굴을 제대로 보지 못했다. 그렇게 맞닥뜨렸음에도 진회색 망토밖에 생각나지 않는 것이다. 한심했다. 이렇게 자책하고 있는데 어제 만났던 할머니, 회색빛 머리카락 등이 떠올랐다. 어젯밤에는 왜 그녀의 출현에 대해 의문이 안 들었을까. 그들에게 하도 호되게 당해서 그랬을 수도 있었다. 이렇게 생각하다가 그가 무릎을 탁 치며 부르짖었다.

"초록색 깃털이 달린 모자! 할머니가 산악모를 쓰지 않아서 알아보지 못했어. 42번 전차 내부, 쇼텐토아 지하 등에서도 봤지."

주위에 불길한 기운이 어른거리고 있었다. 그것도 반복되고 있었다. 현재로서는 끝이 없어 보였다. 마음이 무겁고 불안했다. 대체 산악모 할머니가 어떻게 크로이츠 거리의 집을 알았을까 그리고 사내들과는 어떠한 관계일까. 그 연결고리가 궁금했다.

이렇게 어제 벌어졌던 사건들을 재구성해보다가 허리끈 장식이 연상되었다. 그가 바닥에 깔려있으면서 시야에 들어온 장식이었다. 십자가 형태 이외에는 표현하기 어려웠으나 중세풍의 평범치 않은 문양으로 각인되어 있었다.

십자가 끝부분이 어떠한 모양이었는지 기억을 더듬어보았다. 그것이 의미하는 바는 무엇일까. 그는 정신을 집중했다. 특정식물 잎 형태의 문양은 무엇인가 상징하고 있었다. 그리고 이전에 어디선가 본 기억도 났다. 인문과학실에서 관련된 문헌들을 검색해보았다. 아직 독일어에 능숙하지 못해 어려움이 있었고 '기사' 외에는 아는 내용들이 없으니 해당 자료들의 선정 자체가 어려웠다. 하지만 그는 마침내 허리끈 장식의 출처를 알아내고야 말았다. 그 단서는 1975년 코넬대학교 출판부에서 발간된 「중세 스페인 역사」였다. 이로부터 시작해 참고문헌을 검토하며 자료들을 찾다가 수도회, 십자군전쟁, 기사수도회 등의 범주를 거쳐서 동일한 장식을 발견했다. 놀랍게도 중세 스페인에서 활동했던 칼라트라바Calatrava기사수도회 문장이었다.

"뭔가 있다! 마리암이 코르도바에서 왔고 그 사내들도 칼라트라바기사수도회 소속이야. 시대가 다르긴 해도 스페인이라는 교집합이 있잖아."

중세시대 기사수도회라니 도저히 믿을 수 없었다. 흑백사진으로 인쇄된 문장은 어제 보았던 허리끈 장식의 문장과 일치했다. 가로세로 길이가 같은 십자가는 4세기경부터 기독교권역에서 폭넓게 사용하였다. 각기 네 방향의 끝부분은 추측했던 하트 형태나 네잎클로버 형태가 아니라 백합문장Fleur-de-Lis이었다. 즉 개화한 백합의 측면을 형상화한 문양이었다. 프랑크왕국 메로빙거왕조의 클로비스 시절부터 사용하였으며 중세 중기에 이르러서는 유력가문의 문장과 도검을 비롯한 각종 무기류, 주화 등에도 널리 쓰였다.

정오 즈음부터 내내 10~15세기 관련 문헌들만 보아서 그랬는지 중세에 와있는 느낌이었다. 주제어를 한정해 기록을 더 조사해보았다. 칼라트라바기사수도회, 중세 기사수도회, 중세 스페인 등을 주제로 목록에서 찾아보니 예상 외로 많은 자료들이 있었다. 칼라트라바기사수도회는 십자군전쟁이 끝난 후 서서히 쇠퇴해 중세 후기에 소멸되었다. 대부분의 문헌에도 그렇게 기록되어 있었다. 이후로 500여 년 가까운 세월이 지났는데 20세기 현대에서 중세의 기사수도회라니 믿기지 않았다. 그렇다면 칼라트라바기사수도회는 무엇을 얻고자 마리암을 그렇게 찾는 것일까. 혹시 지난 8월 그녀가 궁전 정원에서 언급한 아스트롤라베 중세 아라비아숫자들과 관련이 있지 않을까. 이제야 일련의 사건들 윤곽이 잡혀가고 있었다.

그는 마음을 가라앉히며 심호흡을 했다. 서지목록을 확인하여 서고를 뒤져 찾아온 문헌들에서 오래된 책 냄새가 났다. 이 특이한 기운들은 시대를 거슬러갈 수 있는 마법의 시약 같았다. 물론 일종의 곰팡이류 냄새겠으나 그에게는 역사의 향기처럼 느껴졌다.

"모든 향기 중에서 으뜸은 훌륭한 인품에서 풍겨 나오는 향기요, 그 다음은 역사의 그윽한 향기일 것이다."

그때 그는 깨달았다. 서책을 읽는다는 일은 옛사람과 대화하는 단 하나의 방법이었다. 그러므로 서책은 과거와 현재를 이어주는 비밀통로였다.

18. 역사의 향기

페르난도와 호세는 갈망했다. 이 세상이 '신'의 나라가 되는 것을! 하지만 '신'은 반드시 그들이 믿는 '신'이어야 했다.

스페인 북서부 레온Leon의 '산 이시도로 바실리카'에서 북동쪽으로 20km 남짓 떨어진 곳에 15세기에 건립된 건축물이 있었다. 설립 초기에는 바실리카와 역사적으로 관련이 있었으나 이후에는 '은둔자들의 수도원'으로 세간에 알려진 종교공동체였다. 페르난도와 호세는 이곳에서 기사가 되기 위한 4년 수련 과정을 마쳤다. 모두 12단계 과정으로서 외부인들의 상상을 뛰어넘을 정도로 혹독하고 엄격하게 진행되었다. 이윽고 대단원의 막이 서서히 내려가고 있었다. 이제 4년 수료의 대미인 기사서약의식만 남았다.

12개 촛불이 타오르는 제단 아래에서 기사서약의식은 중세 기사들이 임명되는 서임식과 동일한 방식으로 거행되었다. 즉 후보자 어깨를 칼등으로 세 번 내리치면서 '기사수도사!'라고 선언하는 형태였다. 엄숙했다. 선서 및 훈계 등도 중세 의식과 동일하게 이루어졌으나 무구 및 마구의 간수, 착용 의식 등은 생략되었다. 이 후보자들은 이제 기사이면서 수도사이기에 속세의 유혹을 상징하는 '날개 달린 악마'가 부착된 수도복을 받은 다음 그 상징물을 해당 절차에 따라 떼어내는 의식도

치렀다.

마지막으로 시토 수도회의 규율, 복장 등을 받았다. 의식 복장은 주홍색 이중십자가가 장식된 흰색 망토였다. 평상복장은 모자가 부착된 진회색 망토로서 일체의 장식이 없었다. 단지 허리끈에 소속 기사수도회의 축소된 문장이 달려 있을 뿐이었다. 이후로 그들은 칼라트라바기사수도회의 기사, 정식명칭은 기사수도사가 되었다.

기사수도사들이 제일 먼저 수행해야 할 임무는 공동예배였다. 그 무엇도 '성무일도'보다 중요한 것은 없었다. 이와 동시에 '성 베네딕투스'가 '베네딕투스 규율'에서 명령한 규율을 그들의 마음속에 첫 번째로 간직했다. 매 순간마다 한결같은 마음으로 그랬다. 즉 그들이 지향하는 행동강령이었다.

"그대가 누구든, 어디에 있든 자신의 의지를 포기하고 '복종'이라는 강하고 빛나는 무기를 집어 들어라."

아라곤왕국 및 나바르왕국의 국왕 '알폰소 1세'는 1122년 벨치테기사수도회Confraternity of Belchite를 설립했다. '벨치테 성'을 1117년 정복하고 1118년 투델라 등의 전략적 요지들을 잇달아 점령한 이후 이루어진 일이었다. 물론 이 전투들도 당시 '알폰소 1세'의 명성을 드높여주긴 했다. 그러나 그는 이슬람왕국 군대의 전투력 뒤에는 그들의 종교적 신념이 있다는 사실을 치열한 백병전을 치르면서 간파하게 되었고 향후 자국 군사력을 증진시키려면 종교적인 공동체를 바탕으로 한 결속력이 필요하다고 판단한 것이다.

이 기사수도회는 이른바 기존에 존재하지 않았던 조직인 '실험적 공동체'였다. '알폰소 1세'가 군사적 및 종교적 측면에서의 각기 전사의 임무와 수도사의 임무를 동시에 수행하는 기독교 전사 즉 기사수도사를 원했기 때문이었다. 따라서 이 조직은 초기 조직이 가지는 한계를 극복하지 못해 장기간 존속되지 못하고 1136년 해체되는 운명을 겪기는 했다. 그럼에도 이후 창설된 기사수도회들의 기본 틀을 제공하는 역할을 했다. 벨치테기사수도회는 주로 왕국의 서남부 국경 지역을 관할하며 이중의 임무를 수행했다. 이 기사수도회 헌장에서 '알폰소 1세'는 이렇게 선언했다.

"기독교도의 방어와 이교도들을 압박하기 위해 벨치테기사수도회를 창설했다. 이들은 '신'께 봉사하며 이후 평생 이교도들을 복속시킬 것이다."

이후 1157년 중세 스페인 카스티야왕국에서 창설된 칼라트라바기사수도회, 1166년 레온왕국의 알칸타라기사수도회 이외에도 '성 라자루스'기사수도회, 산티아고기사수도회, 시스테르시안수도회 등의 설립 목적도 '알폰소 1세'의 '실험적 공동체' 경우와 동일했다. 즉 알무와히드 왕조를 비롯한 이슬람세력을 이베리아반도에서 몰아내는 것이 기사수도회 결성의 핵심 목표였다.

이렇게 결성된 후에 칼라트라바기사수도회와 알칸타라기사수도회는 각기 왕국의 승인을 거쳐 로마교황청에서 기독교군대로까지 공인되었다. 그리고 중세 스페인에서 이슬람세력을 상대로 전개된 재정복전쟁 즉 십자군전쟁에 주전력으로 참가하게 되었다. 1188년 알칸타라기사수도회는 칼라트라바기사수도회 지휘를 받게 되었다. 그 '기사수도회 규율'도 그대로 수용했다. 일종의 기사수도회 연합형태였다. 일례로 두 기사수도회의 문장은 색채만 다르고 그 형태는 동일했다. 즉 각기 붉은색, 초록색 등이었다.

1492년, 이슬람세력으로 마지막까지 남아있던 그라나다왕국이 함락되었다. 이렇게 재정복전쟁이 막을 내리면서 중세 스페인에서 기대 이상의 성과를 올리며 활약했던 기사수도회 존재감은 사라져갔다. 거기에다 로마교황청도 기사수도회의 관계에 대해 일정부분 선을 긋고 소원함을 유지했다. 레반트 지역 십자군전쟁이 종료되고 이베리아반도 십자군전쟁도 막을 내린 상황에서 재정복전쟁 주전력을 형성했던 세력에게 계속 우호감을 표시한다는 것은 정치적으로 우매한 행위라고 판단했기 때문이었다.*

중세, 현대 등 시대를 막론하고 조직은 그 목표를 이루기 위해 존재하는 것이다. 벨치테기사수도회를 창설한 '알폰소 1세'의 의도처럼 평생 이교도를 복속시킴으로써 '신'께 봉사한다는 목표가 있었을 때는 기사수도회가 융성했다. 그러나 그 이교도들이 780여 년 만에 모두 패망하여 이베리아반도를 떠난 이후에는 그들이 이루고자 하는 목표가 사라졌기에 기사수도회는 쇠퇴할 수밖에 없었다.

19. 복원

수백 년의 시간이 흘렀다. 어디 흐르는 것이 강물뿐이랴. 인간의 유한한 삶도 흘러가고 역사도 그렇게 흘러만 갔다. 특히 역사의 흐름은 도도하여 그 검푸른 강물을 자신의 의지대로 이끌면서 모든 것을 휩쓸고 지나갔다.

15세기 말 이후 기사수도회는 유럽인들의 뇌리에서 점차 사라졌다. 완전히 소멸했는지 아니면 소수의 어느 계층에게 은밀히 전해져 왔는지는 명확치 않았다. 그런데 20세기 들어 문명의 충돌 즉 기독교문명권 국가들과 이슬람교문명권 국가들과의 분쟁이 격화되면서 언제부터인

* 상기한 중세 스페인 기사수도회에 관한 상세한 기술은 부록 '중세 스페인 기사수도회'에서 확인해볼 수 있다.

지 모르게 기사수도회 하나가 활동을 재개했다. 바로 깊은 잠에서 기지개를 켜고 일어난 칼라트라바기사수도회였다.

현대에 다시 시작된 이 기사수도회의 설립목적은 중세 칼라트라바기사수도회와 동일했다. 즉 1492년에 그라나다왕국을 패망시켜 이베리아반도에서 북아프리카로 내쫓았듯이 이슬람세력을 유럽지역에서 완전히 몰아내는 것이다. 따라서 기사수도회 지도부는 이 목표의 실천방안을 다각도로 강구하고 있었다. 그러던 중에 중세시대 사료 편찬을 담당하던 기사수도사 마리오Pérez Mario가 의도치 않게 고문헌 한 권을 보게 되었다. 그것을 발견하게 된 일은 실로 우연이었다.

마리오는 중세 후기의 십자군전쟁 관련 기록을 열람하기 위해 프랑스 생드니 수도원을 방문했다. 627년 창건한 이곳은 중세 초기부터 수천 권의 고서를 보유하고 있는 부속 장서관으로도 인근 지역에 널리 알려졌다. 특히 고문헌 희귀본들을 다수 소장하고 있다는 풍문도 나돌았다. 그러나 이 유서 깊은 수도원 및 장서관은 화재로 전부 소실되었다. 현재는 13세기를 전후해 건립한 수도원 부속교회만이 남아있을 뿐이었다. 중세 초기에는 성지순례지이기도 했다. 교회 내부에는 17세기까지의 역대 프랑스왕의 묘소가 있었다. 프랑크왕국 초대국왕이자 메로빙거왕조의 창시자 클로비스도 묻혀 있었다. 바로 옆에는 프랑크왕국 궁정장관 겸 프랑크대공으로서 '카를 마르텔' 묘소도 있었다. 마리오는 클로비스 옆에 '카를 마르텔'이 안치되어 있는 것을 목격하고 의아한 생각이 들었다.

'이곳은 프랑크왕국 및 프랑스 왕들이 묻혀 있는 장소야. 그런데 어떻게 궁정장관이었던 '카를 마르텔'이 여기 누워 있을까?'

그는 이러한 궁금증을 해소하기 위해 수도원 부속교회 자료실을 찾아갔다. 거기에 역대 왕들의 유해를 안치하는 과정 및 절차를 기록한 문헌들이 있으리라 기대했다. 그러나 의문을 풀어줄 그 무엇도 발견하지 못했다.

자료실 내부의 다양한 문헌들은 주제별, 시대별로 정리되어 있었다. 그런데 출입문 바로 옆에 어지럽게 쌓여 있는 서책 더미가 그의 눈에 띄었다. 근래에 오지 등을 돌아다니며 공을 들여 수집해온 문헌들로 보였다. 아직 분류작업도 시작하지 않았다. 그는 수북한 서책 속에서 양피지로 만든 낡은 고문헌 한 권을 발견했다. 제목은 「후기우마이야왕조 초기 역사」였다. 작자 미상이었다. 그 내용을 펼쳐보니 고전 라틴어로 기록한 필사본이었다. 발간 연대도 알 수 없었는데 그 시기를 가늠하기조차 어려웠다. 하지만 문헌 보존상태, 고전 라틴어 작성, 필사본 여부 등으로 미루어보아 족히 수백 년은 되어보였다. 이러한 경우는 이름 밝히기를 꺼리는 성직자 또는 신원미상의 수사가 작성했을 가능성이 다분했다.

중세 중기 즈음부터 중세 후기까지는 수도원 수사들이 역사서를 집필하는 경우가 종종 있었다. 유럽지역에 대학이 설립되기 이전에 일부 종교공동체들이 대학의 연구기능을 담당했기 때문이었다. 예를 들어 9세기에 아인하르트는 「카를대제의 생애」 등 역사서를 후대에 남겼다. 궁정학자로서 역사가로도 알려졌으나 프랑크왕국 카롤링거왕조 치하에서 수도원 원장 등 요직을 수차례 역임했던 수사로 평가함이 마땅할 것이다. 역시 9세기 인물인 '성 갈렌' 수도원의 노트케르 수사도 역사서 「카를대제의 행적」을 집필했다.

고문헌 「후기우마이야왕조 초기 역사」는 '압드 알-라흐만 1세'의 행적을 중심으로 이루어진 후기우마이야왕조 건국사였다. 내용으로 미루어보아 10~11세기경에 제작되었으리라 추정했다. 그런데 이 문헌에는 서문이 없었다. 중세 중기 전후해 발간된 고문헌들은 저자가 글을 쓰게 된 경위를 서문에 밝히는 경우가 많았는데 이 경우는 그런 점에서 특이했다. 따라서 문헌이 위서일 가능성도 배제할 수 없었고 반면에 저자가 상당한 저명인사일 가능성도 있었다.

이 문헌은 모두 4개의 장으로 구성되었다. 제1장은 '압드 알-라흐만 1세'가 이베리아반도 알무네카르 해안에 상륙하기 전까지의 여정을 그렸다. 우마이야왕조의 수도 다마스쿠스 탈출시점부터 북아프리카 일대를 정처 없이 떠돌던 험난한 나날들을 기술했다. 특히 외가인 '나프자 부족'과 만나 지중해 연안의 나쿠르에 정착하는 과정은 그동안 어느 문헌에서도 볼 수 없었던 내용이었다.

제2장은 '압드 알-라흐만 1세'가 코르도바로 입성해 에미르Emir로 등극하는 과정을 상술했다. 위기의 순간들에서 그동안 드러나지 않았던 역사적 배경, 코르도바의 정황, 주요 인물과의 갈등 등을 기록했다. 미상의 저자는 후기우마이야왕조 건국을 역사의 필연으로 이해했다. 또한 유럽 강역에 대한 인식이 유럽 본토에 한정되지 않고 지중해 중심 권역으로 확장된 점도 특이했다.

제3장은 '압드 알-라흐만 1세'가 세상을 떠나기 직전까지 왕국의 초석을 다지는 통치행위에 대해 그렸다. '알-피리'의 군대를 비롯한 베르베르족, 시리아인, 예멘인 등의 끊이지 않는 반란을 진압하며 정국을 주도해가는 과정이 중심 내용이었다. 피레네산맥 이동에 위치한 프랑크왕국과의 전쟁 발발, 교류 단절의 근원적인 해석, 사신 교환 등의 외교정책 관련 내용도 일부 포함되었다.

제4장은 '압드 알-라흐만 1세' 사후 국내외 정황과 후계자 '히샴 1세'의 정국 장악 능력에 대해 작성했다. '히샴 1세'가 어떠한 단계들을 거쳐 카를대제와 전쟁을 치르게 되는지 풀어서 썼다. '라 메스키타' 완공 과정, 미나렛 건축 과정 등도 기술했다. 미나렛이 마나라Manārah에서 파생되었다고 적은 문장으로 보아 다양한 문헌을 참고한 것으로 보였다. 그런

데 무엇인가 더 있었다. 제4장 말미에 단문이 부가되었는데 마치 계시를 하는 듯한 이 내용은 예언서의 한 구절을 연상케 했다. 글의 행간에서 힘이 느껴지는 문장이었다.

"후기우마이야왕조 칼리프들은 대대로 왕가의 비밀을 간직하고 있다. 그것은 오직 다음 대의 칼리프에게만 구두로 전해져 왔다. 만약 누구인가 그 비밀을 알게 된다면 이슬람세력을 물리칠 수 있는 힘을 얻게 되리라."

미상의 저자는 후기우마이야왕조 건국 초기에 은밀히 떠도는 풍문을 기록했다고 설명했다. 딱히 어떠한 근거를 제시하지는 않았다. 고문헌 제1장부터 제4장까지의 상세하고 구체적인 내용들로 미루어볼 때 무언가 일치하지 않는 느낌이었다. 그렇기는 해도 오히려 그러한 점들이 단 세 문장의 궁금증을 더해주었고 덧붙여 비밀의 속성인 의문을 증폭시켜 주기도 했다.

마리오는 지체없이 상부에 보고했다. 칼라트라바기사수도회 지도부에서 논의한 끝에 긴급회의를 개최하기로 했다. 사안의 중대성에 걸맞게 회의는 모두 세 차례에 걸쳐 열렸다. 코르도바 외곽의 은둔자수도원에서 개최된 3차 회의 분위기는 기대감과 함께 긴장감이 감돌고 있었다. 지난주 회의에서는 지도부의 합의를 도출하지 못했기에 이번 주에 다시 모여서 최종결론을 내기로 의견을 모았다. 담화실 문이 닫히자 지도부 6명 전원이 돌아가며 각기 모두발언을 했다. 찬반양론이 첨예하게 대립했다. 긴급회의의 좌장격인 안드레스가 신중한 어조로 말을 꺼냈다.

"고문헌 마지막 부분에 기재된 내용이 설사 사실이더라도 10세기 전후의 풍문을 현대에서 알아내기는 불가능합니다. 어쩌면 훨씬 이전의 풍문인지도 모릅니다. 그러하니 관련 논의는 이것으로 중지함이 마땅합니……"

이 발언이 끝나기도 전에 베르샤가 배턴을 이어받았다. 단호하게 끊어서 강조하는 어투와 비장한 표정이 좌중을 압도하고도 남음이 있었다.

"그렇게 할 수 없습니다. 명기된 풍문의 진위 및 내용을 알아내기 위해서 조직의 모든 역량을 집중해야 합니다."

"이유가 뭡니까?"

안드레스가 바로 치고 나왔다.

"후아나Sánchez Juana, 안토니오Castro Antonio 등 사학자들은 고문헌 내용들이 역사적 사실과 대부분 일치한다고 증언했습니다. 따라서 마지막 부분도 사실일 가능성이 높습니다. 그러한데 어떻게 포기할 수 있겠습니까?"

"그들은 문헌의 내용들이 사실과 일치한다고 했을 뿐입니다. 거기에 부가된 풍문에 관해서는 명확한 판단을 보류했습니다. 지금 베르샤는 학자들의 이야기를 자의적으로 확대해석하고 있습니다."

"그렇지 않습니다. 기재된 풍문이 진실일 가능성이 있으니 심도 깊은 조사를 해보자는 겁니다. 후기우마이야왕조 수도가 코르도바였고 현재 이곳은 코르도바 근교입니다. 그 무엇인가 연결고리를 찾아낸다면 의외의 성과를 낼 수 있습니다. 조직의 역량을 집중시킬 것을 강력히 촉구합니다."

이와 같이 이번 회의에서는 상당한 격론이 오갔다. 또한 기존 두 차례 회의에 비해서 예기치 않은 방향으로 대화가 진행되었다. 개회할 때만 해도 지도부 전원이 의견들을 개진하며 중지를 모아가는 분위기였으나 점차 안드레스와 베르샤의 첨예한 의견 대립으로 치달은 것이다. 이후에도 난상토론이 이어지며 담화실 공기가 험악해지기 일쑤였다. 결국 지도부가 고문헌에 기재된 '세 개의 문장'을 해결해야 할 당면과제로 결정하면서 3차 회의는 종료되었다.

이후로 칼라트라바기사수도회는 그 풍문과 관련해 다중채널로 정보 등을 수집하기 시작했다. 후기우마이야왕조는 이베리아반도에서 280여 년을 이어져 내려왔다. 따라서 '세 개의 문장'과 연관된 정보들은 스페인 어딘가에 남아 있을 개연성이 높았다. 특히 코르도바 및 인근에는 직간접적으로 관련되어 있는 편린들이 흩어져 있을 것이다. 적어도 베르샤는 그렇게 믿었다. 아니, 그렇게 믿고 싶었다.

이와는 별도로 마리오는 생드니 수도원, '카를 마르텔' 등에 관한 역사 기록을 찾아보았다. 결국 그 부속교회의 자료실에서는 발견하지 못했지만 이후 프랑크왕국 건국사 등의 문헌에서 전후 사정을 알게 되었다.

프랑크왕국 '피핀 3세'는 메로빙거왕조를 종식시키고 카롤링거왕조를 개창했다. 이 창건자의 조부가 '피핀 2세', 부친이 '카를 마르텔'이었다. 이들 3대가 모두 메로빙거왕조 궁재였다. 새 왕조를 창건한 이후 '피핀 3세'가 본인의 조부와 부친을 각각 카롤링거왕조의 초대 왕, 2대 왕으로 추대했다. 그렇기에 '카를 마르텔'은 비록 궁재였음에도 생드니 수도원의 클로비스 옆에 묻힐 수 있었던 것이다.

20. 두 여인

3차 회의가 종료되면서 칼라트라바기사수도회는 '세 개의 문장' 과제에 전력투구했다. 가톨릭교회 부속자료실, 주요 종교공동체 소규모 장서관, 코르도바 소재 각 대학도서관 등에 빠짐없이 사료 편찬 기사수도사들이 파견되었다. 해당 과제와 관련된 기록 및 정보라면 무엇이든지 수집했다. 그러던 중 우연한 기회를 통해 기사수도회 협력자 정보채널에 '코르도바대학 세르히오와 아스트롤라베'가 걸려들었다. 생각지도 못한 장소에서 단서가 포착된 경우였다.

박물관 학예사 로드리고Palacio Rodrigo와 크리스티나는 과달키비르 강변에 위치한 교회에 함께 출석하고 있었다. 어느 날 주일예배를 마치고 계단을 내려오면서 그들은 의도치 않게 대화를 나누게 되었다.

"크리스티나! 예배 시작 전에 뭐라고 말했지요? 시간이 늦어서 서둘러 들어가느라 무슨 말인지 듣지 못했어요."

"별거 아닙니다. 아스트롤라베가 무엇인지 물어봤어요. 로드리고가 주립박물관에서 근무한다고 누군가로부터 들었던 기억이 나서요."

"아스트롤라베는 고대 및 중세의 천문관측기구이지요. 일반인들에게는 이름도 생소할 겁니다. 그건 어떻게 알게 되었나요?"

"제가 코르도바대학 역사학교수 집에서 일하고 있는데 그곳 지하실에 보관되어 있어요. 그런데 전화 통화를 우연히 듣게 되었지요. 그 교수의 제자가 아스트롤라베 중세 숫자들을 해독하게 되면 실체와 대조해 본다는 내용이었습니다."

"흥미로운 이야기군요."

"그다지 흥미롭진 않은데요? 그저 호기심 정도였습니다. 저로서는 헤어진 전남편의 근황이 궁금하지요. 재결합하고 싶거든요."

"……"

대략 이렇게 그들 간에 대화가 진행되었다. 크리스티나는 끝머리에 한두 가지 범상치 않은 이야기를 덧붙였다. 아스트롤라베가 중세시대 유물이라 들었으며 그날 통화의 맥락으로 볼 때 제자 가문의 가보로 추정된다는 내용이었다.

로드리고로부터 이를 전해들은 지도부는 회의를 소집했다. 여러 이견들이 제기되었으나 결국 일말의 가능성이라도 있다면 한번 시도해 보기로 합의를 보았다. 역사학교수, 아스트롤라베 중세 숫자, 중세 유물, 가문의 가보 등 모든 정황들이 예사롭지 않다는 데 의견이 일치했다. 곧 지도부는 포섭에 나섰다. 일주일 후 로드리고는 교회에서 크리스티나를 다시 만났고 조심스럽게 제안을 하나 했다.

"중세 숫자들과 관련된 제자가 방문하게 되면 즉시 전화해 주세요. 이에 대한 보답으로 십만 페세타Peseta를 드리겠습니다."

"십만 페세타? 그렇게 큰 금액을 왜 주는 거지요?"

"감사의 표시입니다."

"그럼 제가 전화한다면 어떻게 하려고 하나요?"

"그 숫자들에 관해 자세히 대화를 나눌 계획입니다. 그들이 행여 피할까봐 바로 가서 만나려는 거지요."

"제가 어쩐지 마음이 편치 않네요."

"이것은 '신'의 뜻에 따라서 행동하는 겁니다. 그건 분명히 말씀드릴 수 있어요."

우여곡절 끝에 크리스티나는 이 위험한 제안을 받아들였다. 헤어진 전남편과 재결합하기 위해 현금이 필요한 것도 원인의 하나가 되었다.

이로부터 크리스티나는 세르히오, 마리암, 아스트롤라베 등에 관해 새롭게 취득한 정보들을 실시간으로 로드리고에게 전했다. 즉 제안을 수락한 이후 관련된 편지 및 전화 통화를 비롯한 모든 연락체계를 감시했다. 또한 칼라트라바기사수도회 지도부는 독일어회화가 가능한 페르난도와 호세에게 이 일을 담당하도록 했다. 제자인 마리암이 빈 대학에 유학하고 있는 점을 감안한 인사였다.

10개월여의 시간이 지났다. 그날이었다. 세르히오 집에 마리암이 도착하자 크리스티나는 로드리고에게 전화했다. 거실에 있는 세르히오 일행이 듣지 않도록 조심했음은 물론이었다. 그렇게 통화하고 얼마 지나지 않아 건장한 체격의 두 사내가 들어왔다. 그들은 거실에 있던 마르코스를 단숨에 제압하고 바닥에 눕혔다. 그러더니 크리스티나를 힐긋 보면서 지하실로 내려갔다. 그것은 로드리고가 10개월 전에 언급한 내용과 상이한 행동이었다. 크리스티나와 두 사내는 석 달 전에 교회 앞에서 만나 세르히오 집까지 함께 온 적이 있었다. 그런데 그들은 그때와는 전혀 다른 사람들 같았다. 그 당시에는 품위 있고 듬직하며 선한 구도자로 각인되었으나 그날은 단지 구도자 복장의 사내일 뿐이었다.

크리스티나는 벌벌 떨면서 지하실 철제문 입구에서 귀를 기울였다. 연이어 세르히오의 고함소리, 마리암의 비명소리 등을 듣게 되었다. 두 사내의 우레와 같은 발자국 소리가 미처 사라지기도 전이었다. 순간적으로 철제문 옆 구석에 처박혀 있던 소화기를 들고 내려갔다. 크리스티나 자신도 무슨 용기가 났는지 몰랐다. 전화연락만 하면 십만 페세타 받고 상황 종료되는 줄 알았으나 그게 아니라는 사실을 문틈으로 새어 나온 처참한 소리들을 통해 깨달을 수 있었다. 평소의 소심한 성격과는 달리 과감하게 소화액을 분사했고 이후 정신없이 지하실에서 뛰어 올라와 때마침 깨어난 마르코스와 함께 집을 빠져나왔다. 그리고 코르도바역으로 달려가 황급히 기차를 집어 타고 고향 헤로나Gerona로 피신했다. 세르히오의 사고가 몰고 올 파장을 생각하면 무섭고 두려웠다. 정신이 아득해졌다.

'세르히오가 어떻게 되었을까? 얼핏 보니 금고 옆에 엎어져 있던데. 두 사내가 폭력을 행사할 줄은 몰랐어. 하지만 경찰은 내 말을 믿어주지 않겠지. 그깟 십만 페세타 때문에 인생이 이렇게 꼬여버릴 줄이야.'

거기에다 크리스티나가 곰곰이 생각해보니 헤로나에 있는 것도 안심이 되지 않았다. 경찰들이 추격해 올 수 있었다. 결국 거기서 하룻밤도 묵지 못하고 서둘러 전남편이 살고 있는 사라고사로 발길을 돌렸다. 사람은 한 치도 앞날을 알 수가 없는 법이라고 자신의 신세를 한탄하면서 다시 먼 길을 떠났다.

그럴 즈음 빈의 카롤리네Herfurth Karoline는 분주히 움직이고 있었다. 마음이 바빴다. 엊저녁 통화했던 베르샤의 가라앉은 목소리가 상기되었기 때문이었다. 중저음의 묵직한 톤이 지금도 귓가에 여운으로 남았다.

"카롤리네! 오늘 오후에 코르도바에서 마리암을 놓쳤습니다. 빈으로 돌아갔을 테니 그녀와 주위 인물들의 소재파악을 신속히 하세요. 이후 행동 지침과 대응 방법에 관해서는 다시 연락하겠습니다."

"알겠습니다. 마리암의 남자친구 소재도 파악할까요? 지난번에 보고했지요. 기숙사 앞에서 여러 번 목격했다는 동양인을 말하는 겁니다."

나이 든 목소리였으나 카랑카랑 울리는 날카로운 고음이었다. 카롤리네의 반백인 머리카락과 묘한 조화를 이루었다.

"당연히 해야지요. 현재 상황에서 포획 대상들의 소재를 정확하고 신속하게 파악하는 일이 시급합니다."

"내일 오후에 알베르토González Alberto를 만나겠습니다. 그 동양인에 대해서 기초적인 정보는 얻을 수 있을 거예요."

일요일 오후였다. 카롤리네는 칼라트라바기사수도회 빈 지부에서 자신을 도와주는 협력자이자 믿음직한 동지인 알베르토와 만났다. 그는 선교사이면서 빈 대학 역사학과 강사였다. 그들의 약속장소인 란트만카페는 빈 시청사 맞은편에 있었다. 프로이트가 즐겨 찾던 장소이기도 했다. 카롤리네는 커피를 마시며 현재 어떠한 상황인지 간략하게 설명했다.

"전후 사정을 이해했어요. 제가 어떻게 도와드리면 될까요?"

"알베르토가 도와줄 일이 있을 거예요. 그들이 모두 그 대학에 다니잖아요."

"예? 학사업무로요?"

알베르토가 양미간을 모으며 말했다. 카롤리네를 돕고자 하나 대학과 관계된 일이라 하니 적이 마음에 걸리는 눈치였다.

"그런 상황이 전개될 수도 있다는 의미지요. 저번에 언급한 동양인 학생에 대해서 알아보았나요?"

"철학과에 다니는 한국인 유학생인데 그냥 평범해요."

"……"

"그리고 크로이츠 거리 근처에 사는 거 같아요. 마리암이 그 학생과 대화하는 내용을 강의실 복도에서 지나면서 들은 기억이 납니다."

카롤리네는 선교활동을 하던 알베르토를 통해서 칼라트라바기사수도회의 존재를 알게 되었다. 이후 그녀는 자청해 코르도바 외곽에 있는 은둔자수도원에서 안드레스, 베르샤 등을 만났다. 접견실에서 베르샤가 그녀에게 빈 지부를 맡아달라고 요청했다. 실내의 한쪽 벽면에는 십자군전쟁 때 활약했던 이 기사수도회의 문장이 걸려 있었다. 그랬던 생각이 났다. 중세시대 문장도 고풍스럽고 중후해보였으나 무엇보다도 칼라트라바기사수도회의 설립 취지가 마음에 썩 들었다. 그것을 위해서라면 무슨 일이든지 할 용의가 있었다. 그녀는 고개를 끄덕이며 기꺼이 요청을 수락했다. 또한 10개월여 전에 베르샤에게서 중세 아라비아 숫자들, 마리암 등에 관한 이야기를 들었을 때도 역시 마찬가지였다.

그녀는 진회색 산악모를 벗어 탁자에 내려놓았다. 미세한 진동에도 초록색 깃털뭉치가 이리저리 흔들렸다. 천천히 캐모마일 차를 마셨다. 지난 세월을 뒤돌아보니 자신의 생은 고난만 있었을 뿐이고 행복과는 거리가 멀었다. 자신의 간난한 삶에 대한 한탄은 이어서 타자에 대한 혐오로 이어졌다.

'끊임없이 이어지는 이 고난은 어디서부터 비롯되었을까? 유럽에는 유럽인들이 살아야 해. 이민족들이 들어와 사회질서를 어지럽히고 일자리 등을 빼앗아가는 행위는 가당치 않아. 이민족들을 여기서 전부 몰

아내야 해.'

또한 그녀는 평소에 이런 가치관을 가지고 있었다. 그러다가 우연한 기회에 유럽에서 이슬람세력을 몰아내자는 설립 취지를 가진 칼라트라바기사수도회를 알게 된 것이다. 이민족과 이슬람세력과의 각기 범주가 완전히 일치하지는 않겠으나 어느 정도는 일치된다고 생각했다. 어쩌면 그렇게 믿고 싶었는지도 모른다. 그녀는 마지막 한 모금을 마시고 빈 찻잔을 내려놓았다.

카롤리네는 몰락한 집안에 대한 암담했던 기억으로 가득 차 있었던 어린 시절을 떠올렸다. 그녀 가문은 원래 바라즈딘Varaždin에서 시작되었다. '마리아 비스트리차', 자그레브 등을 비롯한 몇몇 도시들을 떠돌다가 그녀가 열다섯 살 무렵에 온 가족은 고향 바라즈딘으로 되돌아갔다. 그들의 삶은 궁핍했고 불우했다. 제대로 된 교육조차 받을 수 없을 정도였다. 게다가 그녀 부친은 편집증으로 가족들을 힘들게 했으며 나이가 들면서 증세가 더욱 심해졌다. 특히 '오스만 튀르크'를 증오했다. 그녀가 철이 들 즈음부터 부친에게서 이 이슬람제국의 이야기를 들었다. 대 이슬람국가와의 역사에 관한 반목, 질시, 대립 등이 주요 내용이었다. 이질적인 종교에 대한 거부감도 상당한 비중으로 부가되었다.

카롤리네의 부친은 '오스만 튀르크'가 크로아티아왕국을 무력으로 속주에 편입시키면서 본인 가문의 불행이 시작되었다고 믿었다. 즉 크로아티아왕국과 슬라보니아왕국 간의 분열을 이 이슬람제국이 조장했고 그로 인해 슬라보니아왕국과의 대립이 격화되었으며 이에 따라 본인 가문의 몰락이 가속화되었다고 생각했다. 크로아티아왕조는 크로아티아왕국, 달마티아왕국, 슬라보니아왕국 등이 연합해 건국되었다. 이중에서 슬라보니아왕국은 1776년까지 크로아티아왕국의 바라즈딘과 국경을 접하고 있었다. 1938년 이후 카롤리네 가족은 북쪽 방향으로 이주하기 시작했고 제2차 세계대전이 끝날 무렵 빈에 정착하게 되었다.

1978년 10월 23일 월요일이었다. 현관문을 열자 어디선가 불어오는 아침 바람이 쌀쌀했다. 이곳 빈의 가을은 늘 스산하기만 했다. 카롤리네는 집 근처 '튀르켄 샨즈Türken Schanz' 공원의 나지막한 언덕을 거닐며 어릴 적 기억을 되살려보았다.

'저 멀리 '바라즈딘 성'의 고즈넉한 모습은 옛 모습 그대로일까? 바라즈딘의 10월은 아직 선선한 가을일 것이다.'

어서 돌아가고 싶었다. 고성이 바라보이는 구시가지 야외카페에 앉아 따듯한 차를 마시고 싶었다. 그저 안한함을 느껴보고 싶었다. 그런데 이런 소박한 꿈이 어째서 이루어지지 않을까. 왜 선뜻 고향으로 돌아가지 못하고 여기 빈에 있는 것일까. 정말 알다가도 모를 일이었다. 본인 삶의 주체는 당연히 본인이 되어야 함에도 그러지 못하고 있었다. 카롤리네 스스로도 그 이유가 궁금하기만 했다.

"어느 날 이러다 이 세상을 떠나게 된다면 바로 그때 행동하지 않았음을 눈물 흘리며 후회하게 되겠지."

21. 뮐러

10월 25일 수요일 아침이었다. 뮐러는 과사무실로 출근하자 바로 등기우편을 받았다. 발송인은 역사학과 '야스미나 볼펙'이었다. 봉투 겉면에는 철학과 사무실의 뮐러가 직접 편지를 개봉해달라고 붉은색 글씨로 적혀 있었다.

"야스미나가 누구지? 들어보지 못한 이름이야."

뮐러가 고개를 한쪽으로 갸울이며 편지를 개봉하니 밀봉편지와 별도의 메모지가 들어있었다. 메모의 내용은 간결했다. 본인은 '바하레한 마리암'이지만 불가피하게 가명을 사용했으며 피치 못할 사정이 있으니 밀봉편지를 이수영에게 전해달라고 쓰여 있었다. 그리고 뮐러 외에는 누구에게도 이 편지를 보여주지 말라는 당부도 있었다. 긴장감이 감돌았다. 그 무엇인가 호소하고 있었다.

'글의 행간을 읽어보아도 절박한 느낌이야. 무슨 일이 있나? 일단 오늘 이수영이 강의실에 왔는지 알아보자.'

뮐러는 책상서랍을 열다가 그제 일이 생각났다. 자칭 '이수영 후견인'이라는 어느 할머니의 방문 건이었다. 반백의 머리카락이 인상적이었다. 후견인이 피후견인 주소도 모른다는 사실이 납득되지 않은 상태에서 하도 집요하게 이어지는 간청에 이수영의 주소지를 알려주긴 했지만 영 뒤가 개운치 않았다. 거기에 오늘 마리암에게서 이런 편지까지 왔으니 아무래도 무언가 이상했다. 뮐러는 팔짱을 끼고 고개를 치켜 올려서 높은 천장을 바라보며 이 일들 간의 연관성을 생각해보았다. 그러다가 책상서랍 제일 위 칸에 편지를 넣어두었다. 삐거덕거리는 서랍을 채 닫기도 전에 역사학과에서 강의하는 알베르토가 사무실로 불쑥 들어왔다.

"뮐러 선생님! 안녕하세요?"

"아. 예."

"오늘 아침에 뜻밖의 인물로부터 무슨 편지 오지 않았나요? 본관 입구에서 우편집배원을 만났어요. 철학과 사무실에 등기우편이 왔다고 해서요."

"뜻밖의 인물이라니요? 그게 무슨 의미입니까? 등기우편이 오긴 했습니다."

"철학과 학생 중에 역사학과 여학생과 사귀는 동양인이 있다고 해서요. 그 여학생이 코르도바에서 유학을 왔습니다. 저와 동향이지요."

"그런데요?"

“학사일정 관련해서 급하게 연락할 일이 생겼어요. 그런데 며칠 전부터 연락이 두절되었지요. 어떻게 된 건가 수소문하다가 이 내용을 알게 되었습니다.”

“……”

“그러니까 그 여학생이 철학과 동양인 학생과 가깝다고 하니 우편이나 기타 방법으로 연락이 왔나 해서 물어본 겁니다.”

“여학생 이름이 야스미나인가요?”

“아닌데요. 마리암입니다.”

이 대답을 듣고 뮐러는 얽혀있는 현 상황에 관해 대부분을 판단할 수 있었다. 편지 발송인이 사정이 있어 겉봉에 가명을 사용했다는 이유도 짐작되었다.

“이름이 마리암이라구요?”

“그렇습니다. 왜 그렇게 의아한 얼굴인가요?”

뮐러를 바라보며 질문을 던지는 알베르토 표정이 복잡해졌다. 눈빛이 안정을 찾지 못하고 흔들리고 있었다. 조급한 속내와 이를 감추기 위해 애써 침착해보이려는 의도가 교차되는 듯했다.

“의아한 것 없습니다.”

“그래요? 그 편지 저에게 보여줄 수 있을까요?”

“안 됩니다! 본인도 아니고 수신인도 아닌데 어떻게 보여줄 수 있겠어요.”

“급히 연락할 일 때문에 그럽니다.”

“어찌 되었든 불가합니다.”

“…… 알겠습니다.”

알베르토는 한참을 말없이 서 있다가 간신히 이 한 마디를 했다. 이어서 침울한 표정을 지으며 사무실을 나갔다. 알베르토의 이야기는 언뜻 듣기엔 그럴듯해 보였으나 왜 그런지 앞뒤가 안 맞았다. 억지로 말을 만들어서 하는 것 같았다.

뮐러는 느낌이 이상했다. 뭐라고 설명할 수는 없어도 기분이 그제부터 개운치 않았다. 책상 앞으로 가서 편지를 꺼내들었다. 속에 꽉 낀 채로 들어있는 밀봉편지를 한쪽으로 치우치게 하기 위해 아래로 툭툭 쳤다. 형광등 불빛에 비춰보았다. 이리저리 살펴봐도 편지 내부에 종이 외에는 든 것이 없어 보였다.

'알베르토의 표정으로 보아 편지에 무슨 사연이 있어.'

뮐러는 한 손에 밀봉편지를 들고 어떻게 할까 고민했다. 탁자 아래에 있는 전기포트로 시선이 갔다. 물을 끓였다. 곧 수증기가 하얗게 나오기 시작하자 편지를 그 위 허공에 올려놓았다. 10초 정도 후에 밀봉편지 윗부분을 열어보니 부드럽게 열렸다. 내용을 단숨에 읽은 뮐러는 모든 상황을 파악했다. 중세 아라비아숫자들과 핵심 단어들을 자신의 푸른색 노트에 적은 다음, 원 상태대로 밀봉해 책상서랍에 집어넣고 열쇠로 잠갔다. 책꽂이 옆면에 부착되어있는 강의시간표에서 이수영의 교과목과 강의실을 확인했다. 오늘이 수요일이니 오전에 별관 2층에서 '현대철학사조' 강의가 있었다. 뮐러는 출입문을 굳게 잠근 후 사무실을 나섰다.

20여 분 후에 뮐러는 철학과 사무실로 발길을 돌렸다. 강의실에 이수영의 모습은 보이지 않았다. 그것도 이상했다. 학부 학생들과 달리 박사과정 학생들에 대해서는 강의시간표를 비롯한 개개인의 동향을 어느 정도 파악하고 있었는데 이수영은 강의에 결석하는 부류의 학생이 아니었다. 사무실로 돌아가려다 생각해보니 아무래도 알베르토의 언행에 석연치 않은 구석들이 많았다. 알베르토가 바스크Basque 인근 지역 출신이라고 누구에겐가 들었던 기억도 났다. 코르도바 쪽에는 바스크인들이 살지 않는다고 보아도 무방했다. 뮐러는 그렇게 알고 있었다.

'안달루시아 지역에는 바스크인들이 거의 없어. 설사 있다고 해도 소수겠지. 코르도바도 그렇지 않겠나?'

뮐러는 교무처에 가서 알베르토의 신원확인을 해보기로 했다. 인사담당자는 곤란하다는 표정을 지으면서도 호의적으로 대했다.

"알베르토에 대해 무엇을 알고 싶으세요?"

"그의 고향이 스페인 코르도바가 맞는지 확인할 수 있나요? 출생지 주소 등으로 알 수 있겠지요."

"그건 교원 인사기록카드에 있습니다. 하지만 왜 알려고 하는지 정당한 사유가 있어야 합니다."

"조금 전에 그가 횡설수설하며 남의 편지를 보여 달라고 했어요. 납득할 수 없는 행동이기에 이유를 알고자 해서 왔습니다. 게다가 편지 발송인과 동향이라고 하는데 거짓말 같아요. 바스크 지역 인근이 고향이라고 얼핏 들었습니다."

"뮐러 선생님 말씀을 믿고 알려드리겠습니다. 기다려주세요."

담당자는 파일박스를 열고 서류철을 한참 뒤적거렸다. 이윽고 고개를 들면서 알베르토의 인사기록카드를 찾아 뮐러에게 다가왔다.

"알베르토는 팜플로나 출신이 맞습니다. 그곳에 있는 나바라대학을 나왔군요. 이후 빈으로 왔다고 기록되었어요."

팜플로나는 바스크 자치지역과 접경을 이루고 있는 나바라주의 주도였다. 그곳 주민 대부분은 바스크인으로 구성되었다.

"도와주어서 감사합니다."

뮐러는 인사하면서 출입문 손잡이를 잡으려 했다. 그때 담당자가 한마디 덧붙였다.

"그리고 인사기록카드 아랫부분에 특이사항이 있습니다. 빈에 오기 전 레온에 위치한 십자군역사박물관에서 2년 정도 근무했네요."

"고맙습니다."

뮐러는 마음이 급해졌다. 알베르토의 고향에 대한 언급이 거짓이니 나머지 이야기들도 거짓일 가능성이 높았다. 긴장된 표정이었다. 발걸음도 빨라졌다.

붉게 상기된 얼굴로 과사무실 문을 열쇠로 열고 들어가니 실내는 난장판이었다. 의자는 넘어져 있었고 서류들이 허공에 흩어지며 이리저리 휘날렸다. 체격이 건장한 웬 사내 하나가 책상 위, 책상서랍, 책꽂이 등을 거칠게 뒤지고 있었다.

"뭐해? 너 누구야?"

날아오는 종이들을 피하며 뮐러가 놀라서 소리쳤다. 호기 있게 외쳤으나 목소리 끝부분은 움츠러들고 있었다. 그 사내는 구겨진 편지봉투 하나를 상의 안쪽에다 집어넣고 있다가 자신을 향해 외치는 고함소리를 듣고 움찔했다. 뒤에서 보기에도 운동선수처럼 어깨가 떡 벌어졌다. 검은색 털실로 짠 모자도 눌러쓰고 있었다. 뮐러는 급히 가서 편지를 뺏으려 뒤편에서 대책 없이 덤벼들었다. 그러다 오히려 침입자에게 공격을 당해 왼쪽 얼굴을 호되게 얻어맞았다.

"으윽~"

외마디 비명이 터져 나오면서 고개가 절로 숙여졌다. 그 사내는 주저앉고 있는 뮐러를 인정사정없이 밀치며 사무실을 뛰어나갔다. 뮐러는 비스듬히 옆으로 넘어지면서 책상 모서리에 머리를 부딪쳤다. 얼마나 세게 찧었는지 모서리에 부딪히며 울리는 소리를 복도에서도 들을 수 있을 정도였다. 엄청난 충격으로 동공이 풀린 채 멍하니 허공을 바라보았다. 그러더니 고목나무가 넘어가듯이 맥없이 쓰러지며 머리를 석재바닥에 박았다. 다시 쿵~ 하는 소리가 사무실에 울려 퍼졌다. 진동 때문인지 책상 위 모서리에 걸쳐있던 푸른색 노트가 밑으로 툭 떨어졌다.

22. 그 경계

이수영은 도서관을 나왔다. 비록 충분하지는 않았으나 허리끈 장식의 문장에 대해 기초정보는 대략 얻었다. 아직도 그 사내들이 중세 칼라트라바기사수도회 소속이라는 사실이 믿겨지지 않았다. 그 무엇인가 오류가 있지 않을까. 이런 의구심이 들기도 했다. 그러나 시공간에 대한 전제는 어느 시점으로 볼 때 절대적일 수 없기에 자신의 판단을 스스로 신뢰하고 방향 설정을 명확히 해야 했다.

이제부터 본격적으로 마리암을 찾을 것이다. 그는 가슴을 펴고 고개도 곧게 세웠다. 각오를 새롭게 다졌다. 다시 대학을 방문해서 그녀 소식도 수소문해보고 결강했던 교과목 담당교수들도 찾아가기로 했다. 먼저 들른 곳은 철학과 사무실이었다. 학생들만 서너 명 있을 뿐이었다. 시간은 오후 3시가 넘었는데 실내가 조용했다. 다양한 용건으로 방문한 학생들과 늘 진지하게 대화를 나누던 뮐러의 모습이 보이지 않았다. 그뿐 아니라 분위기도 가라앉아 있었다. 창가 가까이 앉아 있던 여학생 안나Rybicka Anna가 이수영을 알아보고 가볍게 눈인사를 건넸다. 폴란드 크라카우의 야길로니안대학을 졸업했다고 소개하던 기억이 났다.

"뮐러 선생님은 어디 외출했나요? 과사무실 분위기가 이상하네요."

그가 실내를 좌우로 둘러보며 물어보니 안나의 얼굴이 바로 어두워졌다.

"선생님이 병원에 있어요. 현재 의식불명 상태이지요. 머리를 다쳐서 언제 회복될지 모른다고 합니다. 위중하다고 들었어요."

"예? 그게 무슨 말이에요? 어쩌다 그렇게 되었나요?"

"누군가 과사무실로 무단 침입했고 그 사람과 몸싸움을 벌이다 그리 되었다 합니다. 뭐를 가져갔대요. 의식불명에 빠지기 전에 그렇게 말했다지요."

"그것이 무엇인지 알고 있나요?"

"저도 정확히는 몰라요. 무슨 편지라고 들었습니다. 그러면서 바닥에 떨어진 푸른색 노트를 선생님이 두 손에 꼭 쥐고 있었대요."

안나와 짧은 대화를 나누면서 그는 불길한 예감이 들었다. 단정할 수는 없으나 그랬다. 더욱이 이제까지 그런 예감은 대개 맞는 경우가 많았다. 철학과 사무실에 누군가 침입할 이유가 없었다. 무슨 첨단기술을 연구하는 이공계열 실험실도 아니기에 언뜻 생각해도 납득되지 않는 일이었다. 그는 자신에게 거센 파도처럼 들이닥치는 일련의 사건들과의 연관성을 상상해보았다.

"그 침입자를 검거했나요?"

"아직 못 잡았다고 합니다. 경찰이 수사하고 있겠지요. 뮐러 외에는 아무도 본 사람이 없어요. 누군지도 모르고 단서도 없다고 들었습니다."

그가 병실 위치와 호수를 물어보았다. 안나도 동행 의사를 밝혀 둘이서 대학병원으로 향했다. 10여 분 걸어가니 입구에 도착했고 별 어려움 없이 병실로 찾아갔다. 중환자실은 방문 절차가 복잡하리라 예상했으나 의외로 용이했다. 출입문 앞에 서니 면회시간이 적혀 있었다. 그가 담당 간호사에게 부탁을 해보았지만 허용된 시간 이외에는 금지라 하여 대기의자에 앉아 기다렸다.

이윽고 면회시간이 되자 간호사의 안내를 받아 병실로 들어갔다. 뮐러는 겉으로 보기에 다른 곳은 외상이 별로 없어 보였다. 단지 머리에만 흰 붕대를 두껍게 감고 있었다. 책상 뾰족한 모서리에 머리를 심하게 부딪쳐 중상이라 했다. 아직도 혼수상태인지 아니면 잠을 자는지 그저 눈을 감고 누워 있었다. 그렇게 그들은 아무 말도 없이 서 있었다. 어떻게 해야 할지 몰랐다.

"우리 이제 가요."

그가 얼굴을 돌리며 속삭였다. 안나도 동의하면서 발걸음을 옮기다가 문득 돌아섰다. 그러더니 철제침대 머리맡에 있는 푸른색 노트를 손가락으로 가리켰다.

"아까 과사무실에서 말한 노트가 저것 같아요."

"선생님이 손에 쥐고 있었다는 거지요?"

이렇게 대답하며 침대 옆으로 가서 섰다. 표지가 푸른색인 평범한 노트였다. 그가 노트를 집어 들고 내용을 훑어보다가 어느 페이지에서 멈추었다. 그의 눈이 휘둥그레졌고 한두 걸음 뒤로 물러나며 놀라는 표정을 지었다. 그러면서 손등으로 입을 가렸다. 하마터면 소리를 지를 뻔했다. 옆에서 안나가 걱정스런 얼굴로 무슨 일이냐며 계속 묻고 있었다. 그 페이지 상단에는 믿을 수 없게도 Baharehan Maryam, 바로 마리암의 이름이 적혀있었다. 틀림없었다. 아랫줄에는 중세 아라비아숫자로 보이는 기호들과 세 단어가 쓰여 있었다. 유심히 살펴보니 각기 독일어, 라틴어, 그리스어로 이루어졌다. 독특하고 의미심장했다. 그는 그것들을 보면서 이전에 마리암이 궁전 정원에서 말했던 아스트롤라베 중세 숫자들임을 알아차렸다.

'٣٣, ٥٥, ٥٤, ٥٥, ٥٨, ٦٥, ٢٦, ٤٧, ٢٨, ٤٧, ٥٤, ٥٥, ٣٣'

'Schloss Schoenbrunn', 'sursus deorsum', 'Α Π Ω'

이 메모를 보자마자 그는 전부 이해했다. 오늘 과사무실에서 벌어졌을 모든 정황들이 또렷이 눈에 그려졌다. 거기서 겪었을 가슴 아픈 사건의 장면들이 스치고 지나갔다. 침대에 누워있는 뮐러를 바라보니 아직도 눈을 감고 있었다. 그는 그렇게 황망한 표정으로 노트를 손에 들고 있다가 옆에 있는 안나에게 물었다.

"이 노트를 가져가도 될까요?"

"제가 관여할 일이 아닙니다. 우리가 결정할 수도 없고요."

그건 그랬다. 생각해보니 적절치 않은 질문이었다. 그가 병실 문을 열고 나가서 간호사에게 물으니 정 필요한 부분이 있다면 별도로 기입해두고 노트는 제자리에 두라고 했다. 환자가 깨어나면 찾을 수 있기에 그렇다는 설명이었다. 가방을 찾아보니 마땅히 적을 만한 종이가 없었다. 책이 한 권 있을 뿐인데 포이어바흐의 「기독교의 본질」이었다. 그 표지를 아무 생각 없이 바라보다가 뒤 페이지에 노트 내용을 그대로 적어놓았다.

그는 병실을 나와서 안나와 과사무실로 돌아가려다 멈칫했다. 가까이 다가오는 위험이 느껴졌다. 뮐러에게 가한 위해가 자신에게도 접근해오고 있었다. 이를 직감적으로 알아차렸다. 이제 그 사내들이 시도때도 없이 나타나는 상황이 전개된 것이다. 그들뿐만 아니라 혹시 다른 적들이 자신을 향하고 있는지도 모른다. 생각만 해도 등골이 오싹했다.

그는 본관 앞에서 안나와 헤어져 평소에 가지 않던 경영대학 도서관으로 향했다. 빈 대학 도서관들은 외부인에게도 출입을 허용했으나 이 도서관은 상대적으로 일반인들이 적은 편이었다. 학생들만으로도 좌석이 늘 부족했기 때문이었다. 그래서 다른 도서관들보다 안전하리라 생각했다. 그는 열람실 한 귀퉁이에 벽면을 뒤로 하고 앉아서 가능한 한 전방시야를 최대로 확보하고자 했다. 일단 가방 속에서 책을 꺼내 뒤 페이지를 펼쳤다. 뮐러를 위해한 그 침입자가 무슨 편지인가를 가져갔다고 했으니 그건 마리암이 보낸 편지였을 것이다. 여기서 실마리를 찾아내야 했다.

'왜 어떠한 이유로 그녀는 뮐러에게 편지를 보냈을까?'

그는 중세 아라비아숫자와 세 단어들을 심각한 표정으로 바라보았다. 여러 정황을 종합해보아야 했다. 정신을 집중해서 생각을 이어갔다. 그녀는 전에 뮐러를 한두 번밖에 본 적이 없었다. 그것도 여러 학생과 함께 잠시 보았을 뿐이었다. 뮐러는 왜 편지 내용을 적어 놓았는지 그것도 궁금했다. 그녀는 이미 중세 아라비아숫자들을 해독했음에 틀림없었다. 필시 편지에서 알려주고 싶었으나 그 사내들이 추격해오는 상황에서 쓸 수 없었을 것이다. 그렇다면 세 단어는 중세 숫자들의 해독 열쇠가 확실했다. 그는 계속 뒤 페이지를 쳐다보며 생각을 거듭했다. 하지만 직접 편지를 읽어보지 않은 상태에서 뮐러의 메모만으로 모든 내용을 유추하기는 어려웠다.

시간이 속절없이 흘러갔다. 꼼짝하지 않고 중세 숫자들과 세 단어를 들여다보았으나 진전이 없었다. 혹시 뮐러가 중요한 내용을 누락하지 않았을까. 그럴 확률은 적었다. 편지 내용을 보고 메모했다면 주요단어, 문장 등을 놓쳤을 리 없었다. 뮐러는 두뇌가 명석한 학자로서 내년에 교수자격시험도 치를 예정이었다. 따라서 무언가를 했다면 적확하고 엄정하게 처리했으리라 믿었다.

그는 'Schloss Schoenbrunn', 'sursus deorsum', 'Α Π Ω' 등에 대해서도 궁리해보았다. 그녀는 이미 해독했기에 어렵게 쓸 이유가 없었다. 단지 편지를 누가 가로챌까봐 염려해 핵심 단어를 숨겼을 것이다. 첫 번째 단어인 '쇤브룬궁전'은 무슨 의미인지 생각이 날듯하면서도 안 났다. 청혼을 한 특별한 장소이기도 했으나 책상에 앉아 연상해내려 해도 떠오르는 내용이 없었다. 그는 일단 도서관 밖으로 나왔다. 면회시간이 끝나기 전에 뮐러에게 다시 가보기로 했다. 병상에 놓여 있던 푸른색 노트를 면밀히 살펴보고 싶었다.

그는 이렇게 병원으로 향하면서도 중세 숫자들과 연관된 의미들을 골똘히 생각했다. 그러다 보니 어느새 병실 앞이었다. 누군가 복도 끝에 있는 긴 의자에 앉아 뮐러의 병실 입구를 곁눈으로 바라보고 있었다. 이전의 면회시간이 아직 끝나지 않아서인지, 다시 다음 면회시간이 시작된 건지 그는 방문기록부에 작성만 하고 들어갈 수 있었다. 뮐러는 혼수상태에 계속 빠져 있었다. 눈을 감고 입을 조금 벌리고 있었는데 한두 시간 전보다 상태가 악화되어 보였다.

"선생님! 마리암의 편지 때문에 이렇게 되어서 죄송합니다. 면목이 없어요. 어서 일어나시기를 간절히 바랍니다."

그가 뮐러의 손을 잡고 쾌유를 빌며 미안한 마음을 전했다. 침대 머리맡을 살펴보니 푸른색 노트가 그대로 놓여 있었다. 조심스레 집어 엄지손가락 끝으로 페이지들을 빠르게 넘겼다. 그렇게 훑는 속도를 조절하며 아까 보았던 메모 쪽을 천천히 열었다. 그런데 놀랍게도 해당 페이지가 찢겨져 있었다.

"아, 아니!"

찢긴 종이 자국이 톱날처럼 남은 것으로 보아 급하게 떼어낸 게 분명했다. 소름이 쫙 끼쳤다. 등줄기에 식은땀이 흘렀다. 위험이 다가오고 있었다. 그것도 아주 가까이에…… 내려다보는 그의 얼굴이 창백해졌다. 주위를 둘러보며 병실을 빠져나왔다.

엘리베이터를 타고 내려와 병원 건물을 나서려다 뒤돌아 로비로 들어가 화장실로 향했다. 느닷없이 요의가 생겨서 참을 수 없었다. 긴장해 그런 건가 싶었다. 하지만 로비층 화장실 입구 바닥에 '청소 중'이라는 노란 플라스틱 안내판이 세워져 있었다. 그가 가만히 소리를 들어보니 여자화장실 쪽에서 청소가 진행 중이었다. 살며시 남자화장실로 들어가 볼일을 보고 황급히 발길을 돌렸다.

그때 스키용 검은 털모자를 눌러쓰고 검은 테 안경을 걸친 건장한 청년이 들어왔다. 저 사람도 어지간히 급했나보다 이렇게 생각했다. 그 청년은 키가 크고 어깨도 단단해 보였다. 양 어깨를 앞뒤로 엇갈리게 흔들면서 걸어왔는데 자신감이 넘쳐 보이기도 한편으론 건방져 보이기도 했다. 그런 동작을 보면서 그는 왠지 느낌이 별로 좋지 않았다. 그런데 다가오는 안경알 속의 눈동자가 희번덕거렸다. 그 순간이었다.

그렇게 접근하자마자 청년은 비껴가듯이 지나려고 하는 이수영의 복부를 있는 힘을 다해 가격했다. 퍽~ 소리가 화장실의 좁은 공간에 울려 퍼졌다. 샌드백을 있는 힘껏 올려칠 때 나는 소리였다. 그는 고통으로 창자가 끊어지는 것 같았다. 이어서 전기에 감전된 듯 찌릿찌릿한 충격이 걷잡을 수 없이 몰려왔다.

"어억!"

신음소리가 절로 나오며 숨이 턱 막혀왔다. 무방비 상태로 반쯤 허리를 구부리고 있는 이수영에게 무자비한 공격이 시작되었다. 삽시간에 벌어진 일이었다. 미처 손 한번 쓰지 못하고 당했다. 차가운 화장실 바닥에 애벌레처럼 둥글게 몸을 말고 누워 있다시피 했는데 그 와중에 코 아래로 물기 있는 손수건이 닿았다. 특유의 자극적인 '에틸에테르' 냄새였다. 그는 그게 무엇인지 알 수 있었다. 어디론가 끌고 가려고 마취를 시도하는 것이다. 이대로 끌려가면 끝이다. 이런 생각이 그의 뇌리를 스쳤다.

절체절명의 위기였다. 급박한 상황이었다. 그러면서도 마지막이라는 의식은 강렬했다. 그럴 수는 없었다. 이수영은 고개를 획 돌리고 손수건을 뿌리치면서 동시에 청년의 두 다리를 잡고 앞쪽으로 손목이 저리도록 빠르게 밀었다. 청년의 다리 아래가 묵직했다. 나무 밑동을 잡은 느낌이었는데 그것도 두툼하고 거친 밑동이었다. 그래도 밀리니 다행이었다. 예상외의 반격에 놀란 청년은 넘어지며 소변기를 잡았다가 다시 미끄러졌다. 거기에 고여 있던 오물이 이수영의 얼굴로 여기저기 튀었다. 오줌냄새가 비릿하게 났다. 이때를 놓치지 않고 번개같이 일어나 청년의 옆구리를 있는 힘을 다해서 힘껏 걷어찼다. 오우~ 하는 외마디 비명을 낮게 지르며 청년이 옆으로 빙그르르 돌았다. 다시 반대편 옆구리를 조준해 발끝에 온 힘을 모아 세차게 걷어찼다. 이 청년은 옆구리에도 근육이 있는 것인지 발가락이 몹시 아팠다. 길게 이어지는 비명소리는 애처로웠다. 그 찰나의 시간에 이수영은 자신의 발끝이 바늘로 찌르던 것처럼 아팠던 생각이 났다. 고교 때에 발차기연습을 하다 체육관 시멘트벽을 걷어찼던 기억이었다.

이수영은 유리문을 열고 로비를 가로질러 건물 외부로 나왔다. 죽기살기로 뛰기 시작했다. 병원 담을 돌아 왼쪽으로 방향을 틀었다. 자전거를 타고 달려오는 소녀와 스치듯이 부딪치기도 했다. 그때 반쯤 넘어졌다가 양발을 바닥에 허우적거리며 연달아 디디고 중심을 잘 잡아서 달렸다. 그렇게 뛰어가면서 마음속으로 긴장해야 한다고 다짐했다. 삶과 죽음의 경계에 서 있는 자신의 모습이 얼핏 보였다.

폭이 그리 넓지 않은 차도를 가로질러 뛰어서 출입문이 막 닫히려는 전차를 간신히 집어 탔다. 차도를 건널 때 두 차례나 자동차에 치일 뻔했다. 전차 탑승 직전에는 앞 범퍼가 그의 허벅지를 아슬아슬하게 스쳐지나갔다. 숨이 턱까지 차올라 죽을 것 같았다.

"꼭 살아야 해!"

그는 숨이 넘어갈 것처럼 헐떡였다. 그리고는 고개를 아래로 숙이고 두 손으로 양 무릎을 잡은 채로 마디마디 끊으며 짧게 외쳤다. 누구에게 하는 말인지 몰랐다. 전차 내부에 있는 사람들이 일제히 그를 쳐다보았다. 하기는 한국어로 말했으니 당연했다.

"죽으면 마리암도 못 봐."

비장한 어조였다. 눈물이 핑 돌았다.

23. 밝게 빛나는 중간지대

마리암은 우체국에서 나와 '이자르 강'을 따라 걸었다. 푸르른 가을하늘을 배경으로 프라우엔 교회 쌍둥이종탑과 어우러진 독일 알프스 전경은 인상적이었다. 새하얀 눈을 소복하게 이고 있는 산봉우리들은 한 폭의 풍경화 같았다.

이전에 방문했을 때는 곧 돌아가서 그랬는지 딱히 특별한 기억이 없었으나 뮌헨은 아름다웠다. 10월 하순의 구시가지 가로수들은 단풍이 막바지였다. 그래도 가을의 정취가 일부 남아 있었다. 강변을 끼고 늘어선 전통가옥들을 보니 자바부르크가 생각났다. 이수영은 어디서 무엇을 하고 있을까. 그가 그리웠다.

이제 편지들을 보냈으니 그가 무사히 수령하기를 바랄 뿐이었다. 간절한 마음으로 기도드렸다. 그녀는 수요일 늦은 오후에 철학과 사무실로 전화를 걸었다. 뮐러에게 편지를 보내고 이틀이 지난 후였다.

"저는 역사학과 마리암이라고 합니다. 뮐러선생님 계십니까?"

"안 계십니다. 무슨 용무로 전화했나요?"

앳된 목소리의 안나가 전화를 받았다. 마리암은 아침에 발생한 사건에 관한 이야기를 듣고 전후 상황을 파악했다. 특히 과사무실로의 무단 침입, 몸싸움 등이 언급되면서 일이 모두 어그러졌음을 알게 되었다. 그녀는 편지가 전달되지 않은 것보다 사람이 다쳤다는 사실이 더 마음 아팠다. 힘없이 고개를 떨구고 자책했다. 그러다가 자리에서 일어나 두 주먹을 쥐고 방안을 왔다 갔다 했다. 좌불안석이었다.

이를 어쩌면 좋을까. 뮐러가 의식불명 상태라니 중상임에 틀림없었다. 어떻게 해서 이러한 일들이 연속해 일어날까. 그녀는 가슴이 저렸다. 그렇게 통화한 이후에 미동도 없이 의자에 앉아있었다. 마치 석고상처럼 보였다. 그녀는 자신이 의자의 일부분이 되어버린 것 같았다. 해가 지고 어둠이 짙게 내려앉았으나 실내에 전등도 켜지 않았다. 밤 10시가 되었다. 오후 근무를 마치고 야스미나가 집으로 돌아왔다.

"언니! 이야기 나누고 싶어요. 괜찮아요?"

"무슨 일 있었어? 안색이 좋지 않네."

마리암은 오후에 통화했던 내용들을 야스미나에게 그대로 전했다. 감정이 격해지면서 울음이 나오려고 했으나 참았다. 언제까지 울고만 있을 수는 없었다. 어떻게 해서든지 자신이 처한 난관을 헤쳐나가야 했다.

"이 모든 일들이 제 탓입니다. 앞으로 어떻게 하면 좋을까요?"

"이제 방법은 하나야. 어서 빈으로 가서 이수영을 만나. 그리고 둘이 힘을 합쳐서 중세 아라비아숫자들이 제시하는 그것을 알아내."

"그이를 잃고 싶지 않아요. 그럴 수 없어요. 저와 있다가 그 사내들로부터 큰 변이라도 당하면 어떻게 해요. 두 분처럼."

"너의 마음은 이해해. 하지만 현 상황에서 네가 무엇을 할 수 있겠어. 여기 있는 건 문제해결에 도움이 되지 않아. 잠시 몸을 피하고 있을 뿐이야."

"……"

"그렇지 않아?"

"언니 말이 맞긴 맞아요."

"당연히 맞지. 마리암! 용기를 가져. 그렇게 당차고 거침없던 네가 왜 이렇게 마음이 약해졌을까?"

"알겠어요. 내일 아침에 당장 떠날게요. 좀 전에 말했듯이 그이가 편지를 받지 못한 거 같으니 더욱 빈으로 가야겠어요."

"그래. 둘이 함께 머리를 맞대고 상의하면 바람직한 해결방안이 나올 거야. 마음과 마음이 합쳐지면 그 힘은 두 배가 아니라 몇 배가 된단다."

"고마워요. 언니의 격려 덕분에 이제 마음이 그렇게 무겁지 않아요. 과감히 부딪쳐서 당당히 맞서고 싶어요."

그날 밤에 마리암은 잠을 설쳤다. 밤새 이리 뒤척이고 저리 뒤척였다. 내일 이수영을 만날 생각에 마음이 설레었다.

"우리는 어두운 심연에서 와서 어두운 심연으로 끝난다. 그러한 두 심연 사이의 밝게 빛나는 중간지대를 '삶'이라고 한다."

이렇게 삶을 명확히 정의한 카잔차키스의 통찰력이 놀라웠다. 이 명제를 어느 누가 부정할 수 있겠는가. 그녀는 한쪽 팔을 베고 옆으로 누워서 자신의 '삶'에 대해 생각해보았다. 그동안 어두운 심연을 지나면서 그곳을 지날 수 있을지 궁금하기도 했고 한편으로는 한없이 지속될까 두렵기도 했다. 하지만 심연을 벗어나고자 하는 열망, '밝게 빛나는 중간지대'가 자신에게 찾아오리라는 확신 등도 가지고 있었다. 그 지대가 이수영이라는 이름으로 찾아왔다. 그저 운명이라고밖에 할 수 없는 그러한 만남으로 다가온 것이다. 그녀는 둘이 힘을 합쳐 중세 숫자들이 제시하는 그것에 새롭게 도전해 볼 계획이었다. 새벽이 다가올수록 위축되었던 마음은 희망으로 부풀어 올랐다. 이제부터 본격적인 시작이었다.

"이 세상은 도전하는 자의 것이야. 내일이 두렵지 않아."

이렇게 그녀는 잠결에 중얼거렸다. 그렇다. 도전하지 않는 자는 다만 평온할 뿐이며 세상의 그 무엇도 이루지 못할 것이다. 그러면서 비몽사몽간에도 창문 밖의 어두움을 응시했다. 저 어둠이 짙을수록 새벽이 더 가까이 다가왔으리라 믿었다. 그녀는 자신의 용기와 결정에 스스로 격려해주고 싶었다.

24. 미지의 영역

10월 25일 오전에 호세는 알베르토로부터 연락을 받자마자 지체 없이 출동해 철학과 사무실에서 그 편지를 탈취하여 떠났다. 동행했던 페르난도는 과사무실 근처에 잠복해 있다가 이수영을 발견하고 병원으로 쫓아갔으며 또한 뮐러의 병실문 밖에서 그들의 대화를 몰래 엿듣고 푸른색 노트의 존재를 알게 되었다.

결국 기사수도사들은 이수영과 세 차례 격돌했으나 모두 포획에 실패했다. 더욱이 두 번째, 세 번째 대결은 변명의 여지없이 완패였다. 이렇게 궁지에 몰리게 된 그들은 지도부로부터 호된 경고를 받았다. 베르샤는 마지막 보고를 받고 분노를 참지 못했다. 탁한 목소리가 거칠게 떨렸다.

"뭐라고? 지금 뭐라 했나."

"……"

"그대들을 정예 기사수도사라고 생각했다. 그런데 세 번이나 실패해?"

"죄송합니다. 이수영은 무술을 연마한 것으로……"

"그걸 변명이라고 하고 있나? 당장 코르도바로 돌아와. 이 일을 더 이상 그대들에게 맡길 수가 없다. 혹독히 문책할 터이니 각오해."

"예."

페르난도는 전화를 끊고 고개를 숙였다. 상심한 얼굴로 아래만 내려다보았다. 호세는 뭐라고 말을 꺼내려다 입을 다물었다. 이러한 상황에서 페르난도에게 어떤 고언을 해도 그의 신념을 바꿀 수는 없을 것이다. 그들은 침묵했다.

오직 '신'의 뜻대로 행동하는 기사수도사가 되기 위해서는 몸과 마음을 갈고 닦아야 했다. 페르난도와 호세도 마찬가지여서 기사 서약의식 즉 서임식을 마친 후에 영적인 수련 및 기도를 성실히 했다. 육체적인 수련도 게을리 하지 않았다. 그들은 원래부터 몸이 탄탄하고 완력이 좋은데다 4년여 기간의 신체적 단련으로 인해 중세 기사 못지않은 강인한 정신력과 강철 같은 체력을 겸비했다. 일당백의 정예 기사수도사라는 호칭이 부끄럽지 않을 정도였다. 하지만 세 차례나 이수영을 놓친 그들로서는 입이 열 개라도 할 말이 없었다. '베네딕투스 규율'에서 명시한 것처럼 페르난도와 호세도 '복종'이라는 무기를 집어 들었으나 그 결과는 그들의 각오와 사뭇 달랐다. 호세의 마음은 무거웠다. 거기에다 자신의 행동에 회의가 밀려오면서 불현듯 이런 생각이 스쳐 지나갔다.

'과연 그동안의 임무 수행은 올바른 것이었나? 우리 행위에 대해서 누가 정당성을 부여할 수 있을까.'

호세는 자리에 맥없이 앉아 자신의 거친 손바닥을 찬찬히 들여다보았다. 실로 투박한 두 손이 원망스러웠다. 이전의 은둔자수도원에서 신실한 마음으로 일할 때는 자랑스러운 '신의 도구'였다. 물 저장소, 방앗간, 정원, 수공예품 작업장, 공동식당 등에서 움직이던 손은 그 공간들을 빛나게 해주었다. 여기서는 무엇을 빛나게 하고 있을까. 호세는 답을 하기가 쉽지 않았다.

그날 과사무실에서 탈취한 편지는 카롤리네를 통해 당일로 베르샤에게 전달되었다. 빈 공항까지 직접 가서 수소문 끝에 인편으로 전달한 것이다. 카롤리네는 이번 건을 해결함으로써 칼라트라바기사수도회에서의 입지를 넓혀보고자 했기에 온갖 험하고 궂은일도 마다하지 않았다. 이수영의 주소지를 알아내기 위해서 학적과, 철학과 사무실 등을 방문했고, 그를 포획하기 위해 주소지 인근 소형아파트도 단기임차했으며, 알베르토와 논의를 거쳐 기사수도사들의 활동 영역을 빈 대학 전체로 확장하기도 했다. 여기에다 카롤리네는 지도부 특히 베르샤에게서 인정받게 된다면 자신의 계획은 구체화되고 현실화되리라 믿었다.

베르샤는 기사수도사들을 지휘하는 책임자로서 그 휘하 조직은 미지의 영역에 속했다. 일례로 그들의 규모 및 인원이 어느 정도인지 지도부 내부에서조차 구체적으로 알지 못했다. 그 소속에 대해서도 의견이 분분해 일부 기사수도사들은 알칸타라기사수도회 소속이라는 주장도 있었다. 이에 대해 정기 월례회의에서 안드레스가 문제 제기를 한 적이 있었으나 또 다른 지도부와의 설전 끝에 결론 없이 마무리되었다. 단지 다음 월례회의에서 베르샤가 알칸타라기사수도회 소속 기사수도사들이 본인의 지휘권 아래에 있다는 사실 정도만 마지못해 시인했을 뿐이었다.

어쨌든 베르샤만이 그들의 조직구조 등을 파악 및 통제하고 있었기에 칼라트라바기사수도회에서 특별한 존재임에는 틀림없었다. 이러한 실세에게 카롤리네를 포함해 대부분의 조직 구성원들이 자신들의 능력을 인정받고 싶어 했다.

거기에다 베르샤는 휘하 조직뿐만 아니라 본인에 대해서도 미지의 영역을 구축했다. 이력과 신상에 대해 아무도 알지 못했고 지도부 내에서도 아는 이가 없었다. 베르샤가 어릴 때 불운하게도 부모를 잃은 베두인족이라고도 했고, 예루살렘 인근이 고향이라는 소문도 있었으며, 증조부 등이 칼라트라바기사수도회 유산들을 1838년경까지 관리했다는 설도 나돌았다. 하지만 이 모든 것들이 추측일 뿐이었다. 그리고 성별도 명확치 않았다. 저음의 긁어대는 소리여서 베르샤와 통화를 해도 선뜻 구별할 수 없었다. 페르난도와 호세는 가끔 이를 가지고 논쟁하곤 했다.

"어찌 되었건 여자가 분명해. 베르샤라는 이름이 베두인족에서 흔히 사용하는 여성 호칭이지."

호세의 주장을 듣고 페르난도는 이렇게 반박했다.

"그 음성을 듣고도 여자라는 생각이 들어? 베르샤는 가명일거야. 본인 목소리 이미지를 희석시키려고 일부러 여성 이름을 썼겠지."

하여튼 그야말로 베르샤는 베일 속에 가려진 인물이었다. 그날 오후에 지도부 담화실로 마리암의 편지가 도착되자 지도부는 바쁘게 움직이기 시작했다. 이미 유선으로 보고를 받은 베르샤가 암호학전문가들을 포함해 긴급회의 준비를 지시한 상태였다.

심야에 개최된 회의 분위기는 기대감으로 들떠있었다. 새벽까지 휴식시간도 없이 진행되었다. 지도부는 물론 암호학전문가들도 상상력을 최대한도로 동원하며 그 연결고리를 찾으려 했다. 그러나 어떠한 단서도 찾아내지 못했다. 특히 세 단어 중에서도 'Schloss Schoenbrunn'의 의미는 짐작조차 할 수 없었다. 그들은 소그룹 단위로 토론을 거쳐서 중세 아라비아숫자들 해독을 계속 시도하기로 했지만 얼마큼의 시간이 필요할지 가늠할 수도 없는 상황이었다.

이를 지켜보는 베르샤의 얼굴이 점점 굳어갔다. 중세 숫자들 건으로 자신의 지도력을 과시하기는커녕 오히려 자신에 관한 칼라트라바기사수도회 대내외 평가가 악화되고 있었다. 이마의 주름은 깊어갔고 고민도 깊어만 갔다. 세르히오 사망, 뮐러의 중환자실 입원, 이수영 포획 실패 등에 이어 악재가 계속 겹치고 있었다.

25. 형 같은 친구

이수영은 가까스로 전차를 타고 '마리아 힐퍼' 거리의 중국음식점으로 향했다. 소변기에서 튀었던 오줌냄새가 날까봐 신경 쓰였다. 차가운 좌석에 앉아 숨을 몰아쉬고 있는데 마리암 생각이 났다. 어찌나 보고 싶은지 그녀 얼굴이 차창에 어른거리다 사라져갔다. 그 따듯한 손길이 그리웠다. 보드랍던 입술도, 달콤했던 감각들도 연상된 기억을 따라 되살아났다. 그때 놀랍게도 '그리스 역사학자' 등이 떠오르면서 푸른색 노트에 명기된 쇤브룬궁전 의미를 깨달았다.

'그래. 청혼하던 날에 첫 번째 입맞춤을 한 이후 그녀가 중세 숫자들에 관해 설명을 시작했지. 그러다 그 이야기 말미에 언급했던 폴리비오

스* 방식이야.'

불과 지난여름 일인데도 아득한 옛날의 추억 같았다. 이어서 그녀가 설명해준 '폴리비오스 수식표'도 연상되었다. 세 단어 중에서 첫 번째 단어의 의미를 알았으니 이것만으로도 기운이 솟았다. 시작이 순조로우니 이어지는 일들도 잘 마무리될 것이다. 어서 자리에 앉아 중세 숫자들을 해독해보고 싶어 골목길을 들어서는데 걸음이 빨라졌다. 입구에 도착해 자동문 개폐스위치를 누르고 들어가니 반가운 목소리가 그를 맞았다.

"어서 와. 배고프지? 어제 여기서 하룻밤 잤다고?"

장방퀘이가 주인장과 둥그런 식탁에 둘러앉아 생맥주를 마시며 파이프담배를 피우고 있었다. 그라츠에 갔다더니 오늘 온 모양이었다. 향이 은은한 잎담배를 구하러 갔지 싶었다. 이 친구는 대만 출신의 피아니스트였다. 늦은 나이임에도 음악 공부를 하기 위해 작년에 빈으로 왔다. 인간관계가 좋아서 초면인 경우에도 웬만하면 서로 호형호제하며 지냈다. 페터는 장방퀘이의 지인으로서 그라츠에서 건축설계사로 일했다. 이수영과도 가까워서 셋은 국적과 나이를 떠나 친하게 지냈다. 이수영보다 장방퀘이는 4살 위였고 페터는 6살이나 위였다. 하지만 마음이 통하는 친구들이라면 그런 것들은 문제될 리 없었다.

"어디 갔었어? 어젯밤 집에도 들렀는데."

"그라츠 갔다 왔어. 페터가 깊고 묵직한 향의 잎담배를 구했다고 해서."

페터가 즐겨 피우는 파이프담배의 향은 그윽해 담배 연기를 싫어하

---

* 폴리비오스는 헤로도토스, 투키디데스 등과 함께 고대 그리스의 대표적인 역사가였다. 역사서 「히스토리아」를 저술했다. 특히 정체 순환론, 혼합 정체 등에 대해서 설명해 주목을 받았다. 기존까지의 연대기 형식이 아닌 통합적인 역사관을 제시하여 역사 연구에 한 획을 그은 인물이었다.

는 사람일지라도 거부하기 어려울 정도였다. 보리를 볶을 때 나는 구수한 향, 초콜릿의 달콤하면서도 쌉싸래한 향, 장미의 상큼하고 싱그러운 향 등이 뒤섞인 그런 향내였다. 그것을 맡고 난 후에 장방퀘이는 파이프담배에 매료되었다.

"근데 얼굴이 왜 그래? 누구에게 맞았어? 배는 왜 움켜쥐고 있어?"

"괜찮아. 일단 저녁 먹고 이야기해."

이수영은 허기졌다. 이전에 그들이 함께 방문했을 때 주문했던 메뉴들을 다시 몇 가지 시켰다. 음식이 나오자 정신없이 먹었는데 그렇게 식사하는 모습을 장방퀘이가 물끄러미 바라보았다. 식사 후 따듯한 재스민차를 마셨다. 중국의 꽃차로서 긴장 완화에 도움을 준다고 주인장이 설명했다. 향긋했다. 장방퀘이가 이곳에 동석하고 있으니 이수영의 마음이 한결 편안했다. 그리고 이수영이 스스럼없이 친구라고 부르지만 사실 형 같은 친구였다.

"그동안에 무슨 일 있었지? 가만히 보니 왼쪽 얼굴이 많이 부었네. 걸음걸이도 어째 이상한 거 같아. 어서 말해봐."

식사가 모두 끝났다. 말없이 바라보던 장방퀘이가 기다렸다는 듯이 걱정스런 표정으로 입을 열었다. 형이 동생 대하듯 하는 말투였다. 콧등이 찡했다. 이수영은 그날 밤 자바부르크 일부터 시작해 요점만 말하는데도 시간이 꽤 걸렸다. 이렇게 그동안의 일들을 대강이라도 털어놓으니 속이 다 시원했다. 묵묵히 듣고 있던 장방퀘이의 표정이 점차 심각해졌다.

"마리암이 위험할 수 있어. 어쩌면 벌써 곤경에 처해있는지도 몰라. 거기서 구하려면 중세 숫자들부터 해독해야 해. 당장 시작하자."

역시 형 같은 친구였다. 장방퀘이 말이 옳았다. 이수영은 병실에서 수기로 적어놓은 책 뒷장을 펼쳤다. 그녀 가문의 가보인 아스트롤라베 뒷면의 모든 기호는 아랍어 철자였으나 앞면 상단 즉 정중앙을 가리키는 눈금을 기점으로 왼쪽 6개, 오른쪽 7개 등 눈금 자리 윗부분에만 문자가 아닌 13개 중세 아라비아숫자가 새겨져 있었다. 아스트롤라베가 제작된 이후 숫자들이 부가된 것이 분명해 보였다. 또한 중세에서 사용된 형태이기에 현대와 차이가 있어 이 중세 아라비아숫자들을 현대의 아라비아숫자로 바꾸니 다음과 같았다.

'٣٣, ٥٥, ٥٤, ٥٥, ٥٨, ٦٥, ٢٦, ٤٧, ٢٨, ٤٧, ٥٤, ٥٥, ٣٣'

'33, 55, 54, 55, 58, 65, 26, 47, 28, 47, 54, 55, 33'*

아라비아숫자는 주로 이라크 동부 및 페르시아 지역에서 사용하는 동아라비아숫자와 이외 지역에서 사용하는 서아라비아숫자로 나누어졌다. 두 숫자는 7개의 형태는 같았으나 나머지 3개의 형태는 달랐다. 즉 '4, 5, 6'이 동아라비아숫자는 '۴, ۵, ۶'이지만 서아라비아숫자는 '٤,٥,٦'였다. 아스트롤라베에 새겨진 '4, 5, 6'으로 판단할 때 이 숫자들은 서아라비아숫자였다. 현대 유럽에서 사용하는 아라비아숫자는 중세 스페인에서 사용했던 서아라비아숫자가 서서히 변형된 것으로 알려졌다.

뮐러의 노트에서 중세 숫자들 아래 명기된 세 단어들은 'Schloss Schoenbrunn', 'sursus deorsum', 'Α Π Ω' 등이었다. 이수영은 쇤브룬궁전이 '폴리비오스 방식'을 의미한다는 건 알았으나 나머지 두 단어는 이해할 수 없었다. 하지만 그녀는 이미 중세 숫자들을 해독했으니 무언가 전하고자 했으리라 추측했다.

"그런데 숫자들이 왜 하필 중세 아라비아숫자야? 다른 이유가 있지

* 참고로 중세 아라비아숫자들을 '0'부터 '9'까지 적어보니 다음과 같았다.
'0, 1, 2, 3, 4, 5, 6, 7, 8, 9'
'٠, ١, ٢, ٣, ٤, ٥, ٦, ٧, ٨, ٩'

않나?"

양손으로 턱을 괴고 옆에서 바라보던 장방퀘이가 숫자들을 가리키며 질문을 던졌다. 어쩌면 근원적인 의문일지도 모른다.

"아스트롤라베 제작 연도는 중세 중기라 했어. 그러니 숫자들도 당시에 부가되었다면 중세 숫자들로 명기된 건 당연하지 않겠어?"

"부가 시점이 당시인지, 그 후대인지 어떻게 알 수 있나?"

"물론 언제인지는 모르지. 일단 중세 중기에 숫자들이 부가되었다고 가정해서 풀어나가자. 하다가 안 되면 그때 고민해."

"정말 낙천적인 사람이야. 그래서 마리암이 좋아하나봐. 공부도 그렇게 하면 즐겁기만 하겠지?"

둘은 마주보고 웃었다. 그래도 친구가 옆에 있으니 웃음이 나왔다. 그렇게 한동안 중세 숫자들과 세 단어만 바라보고 있었다.

"라틴어 사전 등도 보아야 해. 아무래도 도서관으로 가야겠어."

"그래. 문헌들도 찾아봐야 하고 여기서는 힘들어."

장방퀘이의 대답이 끝나기도 전에 그들은 대학도서관으로 달려갔다. 중세 숫자들을 해독하려면 여러 자료들을 참고해야 하니 이곳에서 할 수가 없었다. 서둘러 도착한 다음에 각 사전을 비롯해 제반 문헌들을 책상으로 가져왔다. 그들은 머리를 맞대고 시작해서 밤을 꼬박 지새우고 이튿날 동이 틀 무렵까지 해독 작업에 몰두했다. 그녀가 알려준 세 가지 열쇠를 가지고 도전에 나선 것이다.

26. 베일을 벗다

이수영은 중세 숫자들만 보아서는 무슨 뜻인지 감이 오지 않았다. 그래서 마리암이 언급했던 내용들을 회상해보았다. '알-킨디', 해독 실패,

폴리비오스 등이 내용의 핵심이었다. 그러므로 여기에 모든 답이 들어 있을 것이다. 장방퀘이는 중세 숫자들 즉 암호문의 작성 시기를 계속 궁금해했다. 그들은 논의 끝에 암호문이 11세기경 북아프리카 이슬람 왕국에서 만들어졌다고 추정했다. 그 근거로 그 시기 아라비아숫자와 암호문 아라비아숫자가 대부분 일치한다는 점을 들었다. 즉 서아라비아숫자의 변화과정을 검토해볼 때 그랬다.

그들은 일단 이 가설을 받아들이기로 했다. 또한 암호문이 의미하는 문자는 라틴어일 가능성이 높다고 생각했다. 북아프리카지역은 5세기경까지도 로마제국 영토로 편입된 경우가 상당수 있었기에 이 지역에서 로마의 언어인 라틴어가 11~12세기 전후까지 쓰였을 개연성이 있었기 때문이었다.

의외로 '폴리비오스 수식표' 즉 '폴리비오스 암호표'의 구조는 간단했다. 라틴알파벳을 체스판 형태의 도형에 순서대로 채워 넣고, 세로에 위쪽부터 '1, 2, 3, 4, 5', 가로에 왼쪽부터 '1, 2, 3, 4, 5' 등으로 정한 다음, 라틴알파벳을 이에 대응하는 숫자로 표기한 것이다. 즉 일종의 치환암호였다. 일례로 '5×5=25'로 구성해 25개 문자표로 혹은 '6×6=36'으로 구성해 36개 문자표로도 가능했다. 로마문자가 14세기 이후 26개 철자로 확정된 다음에는 'i'와 'j'를 한 칸에 넣어 'i/j'로 명기하기도 했다. 따라서 이러한 경우에도 역시 25개 문자표로 나타낼 수 있었다.

세 단어 중에서 두 번째 단어인 'sursus deorsum'는 라틴어로서 '거꾸로'라는 의미였다. 그리고 암호문 '33 55 54 55 58 65 26 47 28 47 54 55 33'은 '폴리비오스 암호표' 숫자임에 틀림없었다.

"그렇다면 'sursus deorsum'은 그 의미와 아울러 암호문의 언어가 라틴어라는 암시는 아닐까? 더구나 라틴어는 'W'가 없어서 철자 수가 25개이니 '폴리비오스 25개 암호표'와도 일치하잖아."

"그럴듯한데?"

세 번째 단어인 'Α Π Ω'는 그리스어로 사전에는 이러한 단어가 없었다. 그리스어 철자에서 'Α: 알파, Π: 파이, Ω: 오메가' 등으로 발음되었다.

"어떻게 생각해? 이 역시 'Α Π Ω'의 중첩된 의미 중 하나가 그리스어로 암호문이 작성되었다는 뜻인가?"

"글쎄."

이 질문에는 장방퀘이가 대답을 못했다. 그리스어 철자의 수가 24개이기는 했으나 그럴 가능성도 있었다. '폴리비오스 암호표'는 생성 초기에 그리스어로 작성되었기 때문이었다. 그럼에도 그들은 처음에는 라틴어로 가정하고 해독할 계획이었다. 이것이 여의치 않을 경우 그리스어로 다시 시도하면 될 터이다. 일단 이수영은 노트를 펼쳐서 암호표를 그려보았다.

[라틴어 문자를 채택한 폴리비오스 암호표]

	1	2	3	4	5
1	A	B	C	D	E
2	F	G	H	I	J
3	K	L	M	N	O
4	P	Q	R	S	T
5	U	V	X	Y	Z

이렇게 암호표를 노트에 그려보자 특이한 점을 발견했다. 위의 '25개 문자표'를 사용하면 암호문의 최대숫자는 '55'까지 나와야 했다. 예를 들어 'A'는 '11'이, 'Z'는 '55'가 되어야 했다. 그러나 암호문에는 '55'를 초과하는 숫자가 2개나 있었다. '33 55 54 55 **58 65** 26 47 28 47 54 55 33' 중에서 '**58**'과 '**65**'가 '55'보다 큰 숫자들이었다. 이러한 경우는 관련 문헌에 의하면 이 암호문에 열쇠텍스트가 존재했다. 즉 열쇠텍스트를 이용해

수식암호문을 만들었다는 증거였다.

일반적으로 폴리비오스 암호표는 평문, 열쇠텍스트, 수식암호문 등으로 구성되었다. 평문은 전하고자 하는 내용이 담긴 '원 문장'이고, 열쇠텍스트는 암호문 제작자가 의도적으로 만든 '임의의 어떤 문장'이며, 수식암호문은 평문과 열쇠텍스트를 합해서 이루어진 '최종암호문'이었다. 아스트롤라베 암호문에서 수식암호문은 '마리암이 적어준 중세 아라비아숫자들'이었다. 그녀는 'sursus deorsum'라는 두 번째 단서를 주었다. 이것도 암호문을 해독할 수 있는 힌트임에 틀림없었다.

"그렇다면 열쇠텍스트가 평문을 거꾸로 썼다는 의미 아닐까?"

"……"

그래서 그것들을 합쳐서 수식암호문을 만들었다는 이야기일 가능성이 높았다. 그러고 보니 아스트롤라베 암호문 즉 수식암호문의 첫 부분과 마지막 부분 각각의 숫자 3개는 서로 대칭되었다. 이를 표시(진하게 표시한 숫자들)하면 아래와 같았다.

'**33 55 54** 55 58 65 26 47 28 47 **54 55 33**'

그러나 네 번째 숫자부터는 대칭이 아니었다. 즉 '55'와 다음에 오는 '58', '65', '26' 등은 대칭되는 숫자가 없었다. 하지만 앞부분의 여덟 번째 숫자인 '47'은 대칭되는 숫자가 있었다. 앞부분의 아홉 번째 숫자인 '28'은 대칭되는 숫자가 없었으나 '47'과 '47' 사이에 있는 것으로 미루어 정중앙에 위치한 숫자일 확률도 있었다. 그렇다 해도 '55', '58', '65', '26' 등 4개 숫자는 대응되지 않아서 그녀가 알려준 두 번째 단서의 신뢰도를 저하시켰다.

"어떻게 된 일이야? 마리암이 틀리게 적은 거 아냐?"

장방퀘이가 의아한 목소리로 물었다.

"그럴 리가 없어. 뭘러도 그렇게 적었을 리가 없고. 우리가 미처 생각지 못한 부분이 있을 거야. 그것을 찾아야 해."

이수영이 천천히 고개를 가로저으며 말했다. 친구는 다소 석연치 않아 하면서도 일단은 수긍했다. 수식암호문 '**33 55 54** 55 58 65 26 47 28 47 **54 55 33**' 중에서 앞부분의 '33', '55', '54'에 주목하기로 했다.

"이 숫자들은 어떤 평문과 어떤 열쇠텍스트로 구성되었기에 대칭일까?"

"……"

알 수 없었다. 그들은 암호표의 25개 숫자와 대응하는 라틴어 철자가 무엇인지는 차치하고 우선 암호문의 첫 번째 숫자인 '33'에 대응하는 경우를 알아보기로 했다. 즉 수식암호문 '33'에 대응하는 평문 숫자와 열쇠텍스트 숫자를 확인하고자 한 것이다. 이에 해당하는 경우의 수는 다음과 같았다.

[폴리비오스 암호표에서 '33'이 나올 수 있는 '경우의 수']

첫 번째 경우	: '11+22=33'	일곱 번째 경우	: '14+19=33'
두 번째 경우	: '22+11=33'	여덟 번째 경우	: '19+14=33'
세 번째 경우	: '12+21=33'	아홉 번째 경우	: '15+18=33'
네 번째 경우	: '21+12=33'	열 번째 경우	: '18+15=33'
다섯 번째 경우	: '13+20=33'	열한 번째 경우	: '16+17=33'
여섯 번째 경우	: '20+13=33'	열두 번째 경우	: '17+16=33'

이렇게 해서 모두 12개 '경우의 수'들이 존재했다. 하지만 이런 방식으로는 수십 년 동안 매달린다고 해도 해독하지 못할 것이다. 자명한 일이었다. 그들은 다시 수식암호문으로 돌아갔다. 가장 간단한 숫자로 가정을 해보기로 했다. 일단 '22'는 '11+11=22' 경우 외에는 없었다. 폴리비오스 암호표에서 제일 작은 숫자가 '11'이기 때문이었다. 예를 들어

수식암호문이 '22'라면 평문은 '11'이고 열쇠텍스트도 '11'이며 이 경우에 폴리비오스 암호표에 의하면 '22'는 'G', '11'은 'A'가 되어야 했다.

하지만 수식암호문을 구성할 때 알파벳을 임의대로 순서를 바꿔 배치할 수도 있고 혹은 '구별말(열쇳말)'을 사용할 수도 있기에 이럴 경우에는 '22'는 'G'가 아니고 '11'도 'A'가 아닐 것이다. 여기서 구별말은 열쇳말을 의미했다. 즉 어떠한 특정 철자를 특정 순서대로 배치해 암호문 송수신자 이외에는 해독할 수 없도록 한, 일종의 잠금장치였다. 폴리비오스 암호표 자체는 간단했으나 알파벳의 배치 순서를 바꾸면 암호표가 복잡해졌고 거기에다 구별말을 삽입하게 되면 더욱 복잡해졌다. 따라서 알파벳의 배치 순서, 구별말 등을 모른다면 해당 암호문의 해독은 불가능에 가까웠다.

이수영은 막막했다. 벌써 새벽 2시가 넘었다. 어젯밤에 암호표를 처음 그려볼 때만 해도 그들은 이런 대화를 주고받았다.

"이런 초보 수준의 암호표를 사용했어? 뭔가 오류가 있는 것 아냐?"

"마리암이 궁전 정원에서 폴리비오스 방식이라 했어. 확실해."

"그들의 암호학 수준이 이거밖에 안 되나? 11세기경의 이슬람 문명은 피레네산맥 이동의 기독교 국가들보다 모든 분야에서 200년 이상 앞서 있었다고 했잖아."

"대부분 문헌에 그러한 맥락으로 쓰여 있지. 그런데 아스트롤라베 암호문에 사용된 암호표는 입문서 수준이네."

이수영은 이러한 대화를 장방퀘이와 나누었던 자신이 딱하기만 했다. 생각할수록 부끄러웠다. 학문을 할 때뿐 아니라 매사에 겸손한 마음을 가져야 했다. 자세를 바르게 하고 마음을 가다듬어 암호문을 주시했다. 세 개의 열쇠 중에서 마지막 열쇠인 'AΠΩ'에 이 암호표의 결정적 단서가 숨어 있을 듯했다.

"이건 무슨 뜻이야? 단어도 아니고 이해할 수가 없네."

"……"

장방퀘이는 책상에 엎드려 있었다. 'A Π Ω'에 대해 여러 해석을 시도하면서 고개를 절레절레 젓더니 지친 모양이었다. 이수영도 그녀가 'A Π Ω'를 아마 구별말로 주었으리라 생각했다. 그러한 방향 외에는 고려하지 않았다. 그러다가 문득 방향 설정이 잘못되었다는 생각이 들었다. 그녀가 'A Π Ω'를 구별말 자체로 주었을 리가 없었다. 즉 뮐러에게 보낸 편지가 전해지지 않을 가능성을 염두에 두고 암호문과 세 단어를 썼는데 그렇게 쉽게 해석할 수 있도록 보냈을 리 없었다. 설사, 이외의 문장들이 편지에 있었더라도 암호문과 상관없는 내용이리라 확신했다. 이수영은 종전까지 했던 해석과 다른 각도에서 상상해보기로 했다.

그래야 했다. 일단 'A'와 'Ω'는 그리스어 알파벳 첫 번째 철자와 마지막 철자였다. 성경 「요한계시록」에도 '나는 알파와 오메가이고, 처음과 나중이며, 시작과 끝이다.'라고 명기된 내용을 상기했다. 이렇게 'A Π Ω'에서 'A'와 'Ω'를 각각 분리해 보니 'Π'가 선명하게 잘 보였다. 이를 바라보다가 옆에 놓여 있는 폴리비오스 관련 문헌이 이수영 눈에 들어왔다. 그런데 가만히 보니 폴리비오스Πολύβιος의 그리스어 앞 철자가 바로 'Π'였다. 그 무엇인가 뇌리를 스쳤다. 이수영은 두 번째 열쇠인 'sursus deorsum'를 응시하며 장방퀘이에게 흥분한 목소리로 말했다.

"일어나 봐. 'A Π Ω' 중에서 'A'와 'Ω'는 'sursus deorsum'의 첫 번째와 마지막 철자인 'S'와 'M'이 구별말이라는 의미 같아. 그리고 'Π'는 폴리비오스의 앞 철자를 의미하는 게 틀림없어. 라틴어 음가는 'P'야."

친구는 엎드린 채 아무 말이 없었다.

"그렇다면 'S', 'P', 'M'이 암호문의 구별말이라는 의미가 아닐까?"

역시 친구는 대답이 없었다. 이수영은 수식암호문 '33 55 54 55 58 65 26 47 28 47 54 55 33'으로 다시 돌아왔다. 우선 'S', 'P', 'M'을 구별말로 채택한 폴리비오스 암호표를 만들어보기로 했다. 하지만 그는 멈칫하다가 곧 알았다. 'S', 'P', 'M'을 구별말로 채택한 암호표를 보고 숫자 13개를 라틴어 철자로 치환하는 작업이 아무 의미가 없음을…… 이전의 경우와 동일하게 13개 숫자 중에서 '55' 이하에서만 라틴어 철자가 나타나기 때문이었다. 즉 '55'를 초과하는 숫자 '58', '65' 등에 대응하는 라틴어 철자는 없었다. 폴리비오스 암호표에서 수식암호문은 평문과 열쇠텍스트를 합한 숫자이므로 당연한 결과였다. 따라서 평문과 열쇠텍스트에 대한 분석이 선행된 다음에야 구별말을 사용한 이 암호표가 필요하다는 사실을 깨달을 수 있었다. 고민은 갈수록 깊어갔다.

'대체 마리암은 중세 아라비아숫자 13개만 가지고 어떻게 해독했을까?'

그녀가 대단하다는 생각이 들었다. 엎드려 있는 장방쾌이의 잔뜩 움츠린 어깨가 힘들어보였다. 어쨌든 'S', 'P', 'M'을 구별말로 채택한 폴리비오스 암호표를 그려본 다음에 다른 방안을 강구해보기로 했다. 그 표는 다음과 같았다.

['S', 'P', 'M'을 구별말로 채택한 폴리비오스 암호표]

	1	2	3	4	5
1	S	P	M	A	B
2	C	D	E	F	G
3	H	I	J	K	L
4	N	O	Q	R	T
5	U	V	X	Y	Z

이수영은 어떻게 해야 '원 문장'을 알 수 있을지 심사숙고했다. 12개 '경우의 수'를 들여다보았으나 그 무엇도 집히는 것이 없었다.

"혹시 'S', 'P', 'M'이 구별말이 아니라 다른 의미인가? 아니면 구별말이면서 동시에 또 다른 의미를 함축하고 있나? 둘 중에 하나일 것 같은데."

이수영은 고심 끝에 후자를 선택했다. 즉 'S', 'P', 'M'이 '구별말'과 '또 다른 의미'를 동시에 각각 지녔다 해석해 첫 번째 숫자를 'S'로 추측했다. 이것은 'S', 'P', 'M'을 구별말로 채택하면서 첫 번째 숫자인 '33'을 'S'로 가정해보았다는 의미였다. 물론 수식암호문이 아닌 '평문(원 문장)'의 첫 번째 숫자를 'S'로 추론한 것이다.

숫자 '33'이 나올 수 있는 '경우의 수' 중에서 'S'가 포함되는 경우는 두 차례로서 '11+22=33'과 '22+11=33'이었다. 'S', 'P', 'M'을 구별말로 해서 만든 '폴리비오스 암호표'에서는 'S'가 '11'이기에 그러했다. 이제 추론을 확장시켜 첫 번째 '경우의 수'인 '11+22=33'으로 암호문 해독을 시도해 보았다. 'S', 'P', 'M'을 구별말로 채택한 암호표에서 '11'은 'S'였고 '22'는 'D'였다. 그리고 열쇠텍스트가 평문을 거꾸로 한 문장이라고 가정했으니 다음과 같이 될 터이다.

11	*	*	*	*	*	*	*	*	*	*	*	22	← 평문(원 문장)
22	*	*	*	*	*	*	*	*	*	*	*	11	← 열쇠텍스트
33	55	54	55	58	65	26	47	28	47	54	55	33	← 수식암호문

수식암호문의 숫자 '47'과 '47' 사이에 있는 '28'은 정중앙에 위치했으리라 추측했다. 따라서 이에 수반되는 평문 숫자와 열쇠텍스트 숫자는 동일해야 했다. 이런 '경우의 수'는 '14+14=28'밖에 없었다. 정중앙의 숫자가 짝수라서 다행이었다. 아니라면 이수영이 설정한 초기 가정이 타당성을 가질 수 없었을 것이다.

이렇게 가정할 경우 대칭되지 않는 4개 숫자들은 모두 생략되었을 가능성이 높았다. 이것도 역시 표로 그려보았다. 또한 표 전체에서 생략 가능성 있는 숫자들도 아직 미정인 숫자들과 마찬가지로 '*'으로 나타냈다. 하지만 혼동을 피하기 위해 생략 가능성 있는 숫자들은 밑줄을 그어 표시했다.

11	*	*	*	*	*	*	*	14	*	$\underline{*}$	$\underline{*}$	$\underline{*}$	$\underline{*}$	*	*	22
22	*	*	*	*	*	*	*	14	*	$\underline{*}$	$\underline{*}$	$\underline{*}$	$\underline{*}$	*	*	11
33	55	54	55	58	65	26	47	28	47	$\underline{*}$	$\underline{*}$	$\underline{*}$	$\underline{*}$	54	55	33

[첫째 줄: 평문(원 문장), 둘째 줄: 열쇠텍스트, 셋째 줄: 수식암호문]

위의 표를 토대로 평문을 라틴어 철자로 치환했다. 물론 'S', 'P', 'M'을 구별말로 채택한 '폴리비오스 암호표'에 따라 바꾸었다. 생략 가능성 있는 숫자들도 함께 표기하니 다음과 같았다.

S	*	*	*	*	*	*	*	A	*	$\underline{*}$	$\underline{*}$	$\underline{*}$	$\underline{*}$	*	*	D
22	*	*	*	*	*	*	*	14	*	$\underline{*}$	$\underline{*}$	$\underline{*}$	$\underline{*}$	*	*	11
33	55	54	55	58	65	26	47	28	47	$\underline{*}$	$\underline{*}$	$\underline{*}$	$\underline{*}$	54	55	33

하지만 평문을 라틴어 철자로 치환하면서 'S', 'P', 'M'에 관한 추론의 문제점을 발견했다. 첫 번째 '경우의 수'로 가정하면 평문의 마지막 숫자는 '22', 라틴어 철자는 'D'였다. 두 번째 '경우의 수'로 가정하더라도 '11'이 되어서 'S'였다. 즉 어느 경우라도 마지막 숫자를 치환했을 때 'M'은 아니었다. 따라서 'S', 'P', 'M'에서 'S'와 'M'은 각각 평문의 첫 번째 철자와 마지막 철자가 아니라는 의미였다.

"그렇게 해석하면 'S', 'P', 'M'을 잘못 추측하는 거야. 아니라면 'S', 'P', 'M'이 각기 특정 단어의 앞 철자를 의미하지 않을까?"

차분히 생각해보니 그럴 확률도 있었다. 그렇다면 평문은 세 개의 단어로 이루어졌다는 뜻이었다. 이 경우에 세 번째 단어는 앞의 철자가

'M'이고 끝의 철자는 'D'가 되어야 했다. 신기하게도 이수영은 바로 연상이 되었다. 그것은 'MASJID'였다. 마리암이 코르도바 관련 이야기를 하면서 아랍어로 이슬람사원 즉 'MASJID'를 몇 차례 말한 적이 있어서 그런지 곧 떠올랐다. 이 단어는 라틴어로도 철자가 동일했다. 평문에 라틴어 'MASJID'를 넣어서 결과를 보기로 했다. 생략 가능성 있는 숫자들도 포함해 맞춰보았다. 이것을 표로 나타내면 다음과 같았다.

S	*	*	*	*	*	*	*	A	*	*	M	A	S	J	I	D
22	*	*	*	*	*	*	*	14	*	*	*	*	*	*	*	11
33	55	54	55	58	65	26	47	28	47	*	*	*	*	54	55	33

다음 순서로 평문 즉 'MASJID'를 암호표에 따라 숫자들로 바꾸었다. 이 역시 'S', 'P', 'M'을 구별말로 채택한 암호표였다. 그리고 수식암호문 숫자에서 평문 숫자를 빼서 열쇠텍스트 숫자를 만들었다. 이때 수식암호문에서 '생략 가능성 있는 숫자'까지 평문 숫자를 뺄셈해 열쇠 텍스트 숫자를 도출했다.

11	*	*	*	*	*	*	*	14	*	*	13	14	11	33	32	22
22	*	*	*	*	*	*	*	14	*	*	52	44	44	21	23	11
33	55	54	55	58	65	26	47	28	47	26	65	58	55	54	55	33

그 다음으로 열쇠텍스트 뒷부분의 '6개 숫자(사선으로 명기)'들을 평문 앞부분의 6개 숫자 자리에 거꾸로 배치했다. 해독작업 초기에 열쇠텍스트는 평문을 거꾸로 작성했다고 가정했기 때문이었다. 이렇게 해서 만들어진 평문 숫자들을 다시 평문 라틴어 철자들로 치환했다. 놀랍게

도 하나의 문장 형태가 갖추어졌다. 물론 미완성 상태이지만 평문이 어렴풋이나마 문장의 형태를 드러냈다.

이와 동시에 이수영이 오~ 하는 소리와 함께 입을 벌리며 숨을 들이쉬었다. 장방퀘이도 얼마 전부터 일어나 옆에서 지켜보다가 어리벙벙한 표정이었다.

S	***E***	***C***	***R***	***R***	***V***	*	*	A	*	*	M	A	S	J	I	D
11	***23***	***21***	***44***	***44***	***52***	*	*	14	*	*	13	14	11	33	32	22
22	*	*	*	*	*	*	*	14	*	*	***52***	***44***	***44***	***21***	***23***	***11***
33	55	54	55	58	65	26	47	28	47	26	65	58	55	54	55	33

[첫째 줄: 평문(원 문장/라틴어), 둘째 줄: 평문(원 문장/숫자), 셋째 줄: 열쇠텍스트, 넷째 줄: 수식암호문]

"근데, 숨을 내쉬지 않아도 어떻게 소리가 나?"

"내가 그랬어?"

이렇게 대답하며 웃었다. 그러나 감탄도 잠시였고 곧바로 평문의 라틴어 문장이 잘못되었다는 것을 알아차렸다. 환하던 표정이 점차 굳어갔다. 이를 보고 친구도 옆에서 네 개의 문장들을 주시하기만 했다. 이수영은 'MASJID'에서 'SJID'는 일치하고 'MA'는 불일치한다는 사실을 깨달았다. 평문 앞부분에 위치한 '11, 23, 21, 44, 44, 52'를 라틴어 철자로 치환하니 'SECRRV'가 도출되었기 때문이었다. 'SECRRV' 철자의 일부인 'SECR'만 보아도 'SECRETUM 비밀'을 연상할 수 있었다.

"언어의 세계에서 'MASJID'와 'SECRETUM'만큼 어울리는 단어들이 또 있을까? 그야말로 매혹적인 조합이지. 안 그래?"

"해설이 그럴싸하네."

그리하여 'SECRRV'의 'RV'가 잘못되었고 따라서 'MASJID'의 'MA'가 불일치한다는 사실을 알게 되었다. 이수영은 먼저 'MASJID'의 'MA'가 일치하지 않는 이유를 규명해야 했다. 그래야 다음 단계로 나아갈 수 있었다. 고민을 거듭했으나 마땅한 방안이 떠오르지 않았다. 일단 평문 앞부분의 라틴어 단어를 'SECRETUM'으로 가정하고 이를 토대로 열쇠텍스트 뒷부분의 나머지 숫자들을 맞춰보기로 했다. 이를 위해서 평문 앞부분의 'SECRETUM'을 암호표를 보고 숫자로 치환시켰다. 그리고 평문 뒷부분에 위치한 'MASJID'도 동일하게 숫자로 치환시켜 열쇠텍스트 앞부분에 순서를 거꾸로 해서 집어넣었다.

S	E	C	R	**E**	**T**	**U**	**M**	A	*	*	M	A	S	J	I	D
11	23	21	44	**23**	**45**	**51**	**13**	14	*	*	13	14	11	33	32	22
22	32	33	11	14	13	*	*	14	?	?	?	?	44	21	23	11
33	55	54	55	58	65	26	47	28	47	26	65	58	55	54	55	33

[첫째 줄: 평문(원 문장/라틴어), 둘째 줄: 평문(원 문장/숫자), 셋째 줄: 열쇠텍스트, 넷째 줄: 수식암호문]

이렇게 하니 'MASJID'의 'MA'가 일치하지 않는 이유가 확인되었다. 평문 앞부분의 다섯 번째 숫자 '23'이나 열쇠텍스트 앞부분의 다섯 번째 숫자 '14'가 틀린 것이다. 어쨌든 둘 중의 하나는 오류였다. 확실했다. 왜냐하면 '23+14≠58'이기 때문이었다. '58'은 수식암호문의 다섯 번째 숫자이므로 옳고 그름이 없었다. 당연했다. 이 숫자들을 알파벳으로 치환시켜도 오류를 재확인할 수 있었다. 평문의 다섯 번째 숫자 '23'에 올바르게 대응하는 열쇠텍스트의 숫자는 '35'였다. 즉 '23+35=58'이었다. '35'는 암호표에서 알파벳 'L'이었다. 따라서 열쇠텍스트 앞부분은 'MASJID'를 거꾸로 배치한 것이니 열쇠텍스트 다섯 번째 문자가 'A'라는 가정은 틀렸다.

동일한 방식으로 다음 숫자를 살펴보았다. 역시 마찬가지였다. 즉 평문 앞부분의 여섯 번째 숫자 '45'나 열쇠텍스트 앞부분의 여섯 번째 숫자 '13'에 오류가 있었다. '45+13≠65'이기 때문이었다. 또한 'MASJID'의 'M'으로 검토해도 결과는 다르지 않았다. 평문의 여섯 번째 숫자 '45'에 올바르게 대응하는 열쇠텍스트의 숫자는 '20'이었다. '45+20=65'이기에 그러했다. 따라서 '20'은 'MASJID'의 'M' 즉 암호표에서 제시하는 숫자 '13'과 일치하지 않으므로 틀린 것이다.

이렇게 '23'과 '45'가 연속해 잘못되었으니 평문의 일곱 번째, 여덟 번째 숫자들인 '51', '13' 등도 오류가 있음에 틀림없었다. 이수영은 평문 앞부분의 4개 숫자 '23', '45', '51', '13' 등에서 각기 오류가 발생한 이유를 생각해보았다. 물론 평문 뒷부분의 '13', '14' 등도 틀렸지만 이들은 생략된 숫자들로서 파생된 숫자로 보아도 무방하리라 판단했다.

11	23	21	44	**23**	**45**	**51**	**13**	14	*	*	13	14	11	33	32	22
22	32	33	11	?	?	?	?	14	?	?	?	?	44	21	23	11
33	55	54	55	58	65	26	47	28	47	26	65	58	55	54	55	33

[첫째 줄: 평문(원 문장), 둘째 줄: 열쇠텍스트, 셋째 줄: 수식암호문]

장방궤이는 옆에서 거의 포기 상태로 앉아 있었으나 이 모든 과정을 걱정스러운 표정으로 지켜봐주었다. 그것만 해도 고마운 일이다. 동생 같은 친구를 위해 기나긴 밤을 새는 일이 그렇게 쉽지는 않을 것이다. 이수영은 어서 이 일을 마무리 짓고 장방궤이 등과 함께 녹음이 우거진 비어가르텐에서 생맥주 마시고 싶었다. 문득 그날 '자바부르크 성' 레스토랑에서 1000cc 맥주잔을 들고 가던 통통한 직원이 생각났다.

"혹시 이 암호문은 동일하게 반복된 철자를 생략하지 않았을까? 'SECRETUM'에서 잘못된 철자가 다섯 번째 'E'였잖아. 그런데 'E'는 이미 두 번째 자리에 나왔단 말이야."

장방퀘이는 노트에 알 수 없는 숫자들을 더하고 빼고 있다가 별로 자신이 없는 얼굴로 이렇게 말했다.

"왠지 '생략'이라는 이야기가 귀에 쏙 들어오네? 우리 한번 해보자. 꾸준히 도전해 본다는 의지가 중요해."

하지만 이수영은 이 말을 듣자 반색을 했다. 깊고 어두운 터널에서 밝은 빛을 본 기분이었다. 친구가 옆에서 무심히 던진 조언을 듣고 용기를 얻은 것이다. 때로는 한 마디 말이 큰 격려가 되며 한평생 살아가게 하는 힘을 주는 경우도 있었다. 어제오늘 가슴으로 그런 것들이 느껴졌다. 물론 몸과 마음이 모두 고달프고 힘들었으나 이 새벽을 포함한 요즈음에 어쩌면 자신의 인생에서 가장 소중한 공부를 하고 있는지도 모른다. 불현듯 그런 생각이 들었다.

평문 앞부분의 'SECRETUM'에서 두 번째 'E'를 생략해서 평문 앞부분을 새로이 만들었다. 이것을 숫자로 치환해 열쇠텍스트 뒷부분에 배치했다. 다음으로 수식암호문 뒷부분의 숫자에서 열쇠텍스트 뒷부분의 숫자를 빼서 평문 뒷부분의 숫자를 만들었다. 이를 순서대로 채워 넣었다. 이렇게 만든 평문 뒷부분의 숫자들을 모두 라틴어 철자로 치환했다. 평문 정중앙부에 위치한 '14'에도 이에 상응하는 'A'를 집어넣었다. 비로소 문장 형태가 어느 정도 모습을 드러냈다. 장방퀘이가 흥분해 뭐라 외치며 자리에서 벌떡 일어났다. 아마도 본인의 모국어로 말했을 것이다. 이수영이 자신의 입술에 검지를 갖다 대며 앉으라고 손짓했다. 사실 더 환호하고 싶었으나 마무리를 지어야 하기에 참았다.

S	E	C	R	T	U	M	*	A	*	M	A	M	S	J	I	D
S	E	C	**R**	**T**	**U**	**M**	*	14	*	13	14	13	11	J	I	D
22	32	33	11	13	14	13	*	14	*	**13**	**51**	**45**	**44**	21	23	11
33	55	54	55	58	65	26	47	28	47	26	65	58	55	54	55	33

[첫째 줄: 평문(원 문장/라틴어), 둘째 줄: 평문(원 문장/숫자), 셋째 줄: 열쇠텍스트, 넷째 줄: 수식암호문]

마침내 끝이 보였다. 기뻤다. 하지만 최후까지 침착해야 했다. 평문에서 아직 모르는 철자가 두 개 남았기 때문이었다. 초기에 해독을 시작하면서 'S', 'P', 'M'을 구별말뿐 아니라 세 개 단어의 각 '앞 철자'이리라 가정했기에 이를 바탕으로 평문의 여덟 번째 철자 자리에 'P'를 넣었다. 그리고 'SECRETUM'에서 두 번째 'E'가 생략된 것과 같이 'MASJID'에서도 'A'가 생략되었다고 판단했다. 'MSJID' 앞에 이미 'A'가 나왔기 때문이었다. 그래서 '평문(라틴어)'에 'SECRETUM'의 생략된 'E'와 'MASJID'의 생략된 'A'를 각각 집어넣었다. 이렇게 하니 예상대로 'SECRETUM', 'PA*MA', 'MASJID' 등 세 개의 라틴어 단어들이 만들어졌다. 'PA*MA'의 '*'를 유추해 내는 일은 어렵지 않았다. 'PALMA' 즉 종려나무로서 '*'는 라틴어 철자 'L'이었다.

암호문 해독작업의 마지막 단계가 남았다. 즉 평문과 열쇠텍스트의 각 숫자들 합이 수식암호문의 숫자들과 일치하는지 검토해보는 작업이었다. 확인해보니 부합되었다. 그러한 결과로 최종 완성된 평문은 다음과 같았다.

S	E	C	R	T	U	M	**P**	A	**L**	M	A	M	S	J	I	D
11	23	21	44	45	51	13	**12**	14	**35**	13	14	13	11	33	32	22
22	32	33	11	13	14	13	35	14	12	13	51	45	44	21	23	11
33	55	54	55	58	65	26	47	28	47	26	65	58	55	54	55	33

[첫째 줄: 평문(원 문장/라틴어), 둘째 줄: 평문(원 문장/숫자), 셋째 줄: 열쇠텍스트, 넷째 줄: 수식암호문]

이제 평문의 철자들을 빠짐없이 알았다. 이수영은 혈압이 상승하며 자신의 얼굴이 붉어지는 것을 느꼈다. 숨도 가빠졌다. 그러나 흥분을 가라앉혔다. 해독된 암호문에 생략된 'E', 'A', 역시 생략된 'M, A, M, S' 등을 전부 넣어서 문장을 만들었다. 생략된 철자들은 편의상 사선으로 표기했다. 세 개의 라틴어 단어들도 편의상 각기 밑줄을 그어 표기했다. 완성된 문장은 다음과 같았다.

'S E C R **E** T U M P A L **M A** **M A S** J I D'

즉 이 암호문은 앞부분에 한 번이라도 나온 철자는 뒷부분에 모두 생략되었기에 'E', 'A' 뿐만 아니라 앞부분에 이미 나왔던 'M', 'S' 등도 생략된 것이다. 최종적으로 아스트롤라베 중세 아라비아숫자들은 다음과 같이 해독되었다. 옆에서 장방퀘이의 자그마한 탄성이 다시 터져 나왔다. 감탄사를 연발했다. 이수영은 자리에 그대로 앉은 채로 두 주먹을 움켜쥐고 온몸을 부르르 떨었다.

[최종적으로 해독한 중세 아라비아숫자들]

'٣٣ ٥٥ ٥٤ ٥٥ ٥٨ ٦٥ ٢٦ ٤٧ ٢٨ ٤٧ ٥٤ ٥٥ ٣٣'

'S E C R T U M P A L J I D'

27. 종려나무

이수영은 새벽녘에 어두어둑한 도서관 복도를 걸어 나왔다. 일렬로 늘어선 창문들이 뒤로 하나씩 물러나면서 별의별 생각들이 다 머리에 스쳐지나갔다. 하지만 마리암의 고운 얼굴이 떠오르자 그 모습은 정지화면처럼 딱 멈췄다.

'그녀는 백지상태에서 대체 어떠한 방법론을 사용해 중세 아라비아숫자들을 해독했을까? 돌이켜보니 인문과학실에서 밀의 「논리학 체계」를 여러 번 대출받던데 거기서 힌트를 얻었을까?'

단지 중세 아라비아숫자 13개만 가지고 해독했다니 믿을 수 없었다. 이후에 그녀를 다시 만나면 이것부터 물어볼 생각이었다. 궁금했다.

"드디어 해냈다! 우리 둘이서 알아냈어."

도서관 건물을 빠져나오자마자 이수영이 장방쾌이를 얼싸안으며 기쁨에 겨워 큰소리로 외쳤다. 쇼텐토아로 향하던 행인들 몇이 힐끔 그들을 쳐다보았다.

"그래. 하룻밤 만에 풀었네."

"고마워. 이게 모두 네가 도와준 덕분이야."

"무슨 말이야? 네가 전부 해독했잖아. 그런데 이렇게 띄어쓰기를 안 하니까 라틴어 문장이 좀 어색해보이지 않아?"

장방쾌이가 가로등 아래에서 해독문장이 적힌 노트를 펼쳐보며 말했다.

"고전라틴어에서는 대부분 띄어쓰기를 하지 않았어. 예외가 있긴 해도 기념비 문장에서도 띄어쓰기가 없지. 그 당시에는 구두점이나 장모음 표시 등도 사용하지 않았다고 해. 혼동되는 단어 사이에 점을 찍는 경우는 가끔 있었지."

"어떻게 그렇게 잘 알아?"

“라틴어강독 시간에 들었던 내용이야. 문법구조가 고전적이지?”

“무엇이든지 열심히 하는 모습이 보기 좋네. 어쨌든 우리들이 중세 숫자들을 해독한 일은 기적과도 같아.”

장방퀘이도 기뻐하며 어쩔 줄을 몰라 했다. 이수영은 친구가 옆에 있었기에 하룻밤 만에 해독할 수 있었으리라 생각했다. 다행스런 일이었다. 이 사실에 안도하며 흐뭇한 마음으로 웃었다. 그러다가 문득 중세 아라비아숫자들이 뜻하는 바가 무엇일까 하는 의문이 들었다.

“그런데 이게 무슨 의미일까? 비밀, 종려나무, 마스지드?”

“비밀이란 단어가 심상치 않아.”

“으음. ‘종려나무의 비밀은 마스지드다.’ 어째 어색하지? 아니라면 ‘종려나무의 비밀은 마스지드에 있다?’ 어때?”

“후자가 그럴듯해 보이네. 마리암에게서 무슨 말 들은 거 없어? 중세 숫자들 이야기할 때를 생각해 봐.”

이수영은 장방퀘이의 물음을 듣고 쉰브룬궁전 정원에서의 대화를 돌이켜보았다. 그러더니 뭔가 떠올랐는지 그의 표정이 밝아졌다.

“중세 숫자들에서 종려나무는 ‘압드 알-라흐만 1세’를 의미해. 그러니 마스지드는 코르도바에 위치한 ‘라 메스키타’를 의미할 거야.”

“종려나무는 기독교에서도 중요한 의미가 있어. 예수가 부활하여 예루살렘에 왔을 때 군중들이 종려나무를 들고 환영했다고 해. 중세의 부활절 행사에서 종려나무 잎을 붙인 달걀을 사용했다는 기록도 있지.”

“그래?”

“지난 부활절 행사에서 그렇게 들었어.”

“하지만 이 문장에서는 ‘압드 알-라흐만 1세’를 가리키는 게 틀림없어.”

이수영은 지난여름 청혼하던 날에 종려나무 이야기를 들었던 기억이 났다. 정원에 늘어서 있는 보리수나무들을 보면 고향의 종려나무가 떠오른다고 하면서 자연스럽게 '압드 알-라흐만 1세' 이야기가 이어졌었다. 그날의 대화가 어제 일처럼 생생했다. 그녀가 먼 곳을 응시하며 속삭이던 모습까지도 연상되었다.

"그게 맞는다면 중세 숫자들의 의미는 '압드 알-라흐만 1세의 비밀은 '라 메스키타'에 있다?!' 이렇게 되겠네?"

"해석이 그렇게 되어야겠지."

"그러면 이럴 때가 아니야. 당장 코르도바로 떠나. 한시라도 빨리 가서 그 비밀을 풀어야 마리암을 만날 수 있어."

"알았어. 신속히 돌아가자. 가서 짐을 가지고 공항으로 갈게."

"나도 내일이나 모레 코르도바로 갈 거야. 어려울 때 힘이 되어야지."

"고마워. 친구밖에 없다."

이수영은 마음이 급해졌다. 지체할 시간이 없었다. 어서 코르도바로 출발해 그 비밀을 알아내야 했다. 그것이 무엇인지는 모르겠지만 중세 숫자들도 해독했는데 하지 못할 이유가 없었다. 짐을 가지러 가면서 이런 생각에 가슴이 벅차올랐다. 그녀를 만날 날이 점점 다가오고 있었다. 비록 실낱같기는 해도 희망이 피부로 느껴졌다. 사람은 희망으로 사는 것이다. 어떠한 역경이라도 희망만 있다면 모두 이겨낼 수 있으리라 믿었다. 그리고 중국음식점에 도착해 짐을 꾸리면서 이수영은 크로이츠 거리의 집에도 다녀와야겠다고 마음먹었다. 천천히 고개를 끄떡였다.

"오늘 코르도바에 가면 빈에 언제 돌아올지 몰라. 이번 여행에 필요한 물건들을 집에 가서 가져올게."

"거기 갔다가 그 사내들을 또 만나면 어떻게 하려고 그래? 같이 가자."

장방퀘이가 가겠다며 나섰으나 밤을 지새운 상황에서 아무래도 무리였다. 이수영은 따라 나오는 친구에게 어서 쉬라 하고 혼자 출발했다. 그날 아침 집으로 향하며 그들을 마주쳐도 좋다는 생각으로 마음의 준비를 했다. 친구 선배가 평소에 운동할 때 사용한다는 철제봉도 하나 가져갔다. 중국무술 십팔반무예의 기본무기라 했다. 허리춤에 집어넣으니 넓적다리 윗부분에 철제봉의 끝이 닿았는데 섬뜩하면서도 차가운 느낌이 좋았다. 그러면서 그들을 떠올렸다.

"그 사내들을 만난다면 더 좋다. 이 일을 어떤 식으로든 해결하든지 아니면 내가 죽든지 둘 중 하나다."

이렇게 생각하니 별로 겁나지도 않았다.

28. 순간이동

이수영은 크로이츠 거리의 집에서 필요한 여행용품을 간단히 챙겼다. 혼자서 전차를 타고 아침 7시 전에 다녀왔다. 하차 및 승차하면서도 긴장하고 좌우를 살펴보았으나 그 사내들은 다행인지 불행인지 만나지 못했다.

'그들과 집 근처에서 재차 조우했다면 어떻게 되었을까? 어쩌면 내 삶의 길이와 방향이 바뀌었을지도 모르지.'

뒤를 연신 돌아다보며 집을 떠나는데 아쉬움인지 안도감인지 구분 못할 감정이 들었다. 이런 마음을 무엇이라 표현하는지 궁금했다. 그는 구간버스로 환승하고 다시 공항버스를 이용해 빈 공항으로 향했다. 발길을 서둘렀다. 공항 가는 길에는 회색빛 안개가 자욱했다. 언젠가 영화에서 보았던 안개 낀 빈 거리의 모습이 떠올랐다. 1950년 즈음 제작된 '제3의 사나이'라는 영화였다. 지난 며칠 동안에 연이어서 일어났던 일들이 필름 속의 한 장면 같았다. 영화보다 현실이 더 극적이라고 하더니 바로 자신의 이야기였다.

공항에 도착하니 시간은 오전 8시가 넘었다. 항공사 데스크에 가서 항공권을 알아보았다. 주말도 아니고 평일 목요일인데도 대부분 항공편이 만석이어서 좌석을 시간대별로 체크해보았다. 오스트리아항공 오전 11시 10분 출발 항공편에 한 좌석이 남아 있었다. 바로 항공권을 구매하고 경유지를 확인했다. 바르셀로나를 거쳐 세비야로 가는 노선이었다. 그는 출국장으로 올라가기 위해 에스컬레이터를 탔다. 주위에 혹시 그 사내들이 있는 건 아닌지 살폈다. 어제 병원 화장실에서의 돌발적인 격투가 떠올랐기 때문이었다. 그렇게 살피다가 아래를 내려다보니 알리시아가 여행 캐리어를 끌고 공항 바깥으로 나가고 있었다. 놀랍기도 하고 반갑기도 한 마음에 에스컬레이터를 거꾸로 내려가려고 했으나 여의치 않았다. 하는 수 없이 끝까지 올라갔다가 내려왔다. 그는 회전문을 돌아나가며 뛰어가 낮은 목소리로 불렀다.

"알리시아!"

"어! 여긴 웬일이세요?"

뒤를 돌아보는 그녀의 얼굴에 의외라는 표정이 스쳐갔다.

"어떻게 된 거지요? 내내 기숙사에도 없던데 무슨 일 있었나요?"

"마리암이 부탁한 일을 하느라 그동안 코르도바에 있었어요. 오늘 아침에야 바르셀로나를 거쳐서 돌아오는 길이예요."

"내가 빈 도착한 후에 코르도바로 출발했나요?"

"우리 통화했잖아요. 이튿날 오전에 코르도바로 떠났어요."

"그러면 마리암이 사라진 사실도 모르고 있겠네요?"

"무슨 말이지요?"

"그게……"

자바부르크에서 발생했던 일에 관한 설명 자체가 고통이었으나 그래도 그는 간략하게 말했다. 알리시아로부터도 그동안의 이야기를 대강 들었다. 시간이 지나면서 어느 정도 짐작은 했으나 이제야 마리암의 모든 언행들이 이해되었다. 상상 이상으로 힘든 시간을 보냈을 것이다. 거기에다 마음고생은 얼마나 심했을까. 그는 연인에게 미안한 마음이 들었다. 오늘 아침에 책상서랍에서 꺼내온 회중시계를 보았다. 시간 여유가 있었지만 출국장으로 들어가서 기다리기로 했다.

"지금 '라 메스키타' 비밀을 알아내기 위해 코르도바로 떠나요. 마리암하고 연락되면 그렇게 전해주세요."

"이따가 코르도바에 도착하면 마르코스를 찾아가요. 성심껏 도와줄 겁니다. 미리 전화해놓을게요."

"그가 누구지요?"

"마리암 대학후배예요. 그동안 병원에 입원해 있었는데 오늘 퇴원한다고 들었습니다. 그래서 3일 내내 그를 못 보았지요."

"고마워요."

그는 감사의 말을 전하고 출국장을 향해 올라갔다. 여권에 출국스탬프를 받은 다음 탑승구 근처 카페테리아로 들어갔다. 그는 허기가 졌다. 밤을 꼬박 지새우고 아침 식사도 걸렀으니 배고플 수밖에 없었다. 젬멜 하나를 시켰다. '얼 그레이' 차도 마셨는데 중국차에 베르가모트 향을 입힌 홍차였다. 마리암이 즐겨 마시곤 했다. 둥그런 찻잔에 그녀의 미소 짓는 얼굴이 가득했다. 예쁘게 웃고 있음에도 왠지 그 표정에는 쓸쓸함이 배어 있었다. 찻잔을 내려놓으면서 보니 위 표면에 작은 동심원들이 나타났다 바로 사라졌다.

차를 다 마신 후 친구와 함께 했던 해독과정을 뒤돌아보았다. 만약 자신이 뮐러의 노트에서 열쇠 세 가지를 얻지 못했다면 중세 숫자들을 해독하지 못했을 것이다. 불가한 일이었다. 그런데 그녀는 폴리비오스 방식, 열쇳말, 해당 언어 등은 어떻게 알게 되었을까. 거기에 세부 내용까지 들어가게 되면 그녀가 중세 숫자들을 해독한 일은 놀라움을 넘어 불가사의였다. 그 가냘픈 몸매에서 어떻게 그러한 의지, 열정 등이 솟아나는지 궁금했다. 하지만 그녀가 걸어왔던 제 과정들에 대해 나름대로 짐작은 하고 있었다. 그것이 맞을 수도 있고 아닐 수도 있었다. 어쨌든 그녀로부터 해독 방법을 알아서 미지의 그 무엇들을 연구해보고 싶었다.

"놀라움으로 충만한 자연의 세계, 경이로운 인간의 삶! 이 세상에는 기호들이 가득하구나. 그래. 모든 기호들을 해독해 비밀의 세계로 들어가 보자."

그가 혼잣말로 읊조리는 소리가 스스로에게도 메아리처럼 울려 퍼졌다. 가만히 귀를 기울였다. 이 세상은 알 수 없는 의문들로 그득했다. 모든 제 현상은 일종의 기호였다. 울려 퍼지는 메아리에 섞여서 괴테의 음성……'위대한 자연은 끊임없이 그의 비밀을 알려준다. 다만 우리가 그것을 모르고 있을 뿐이다.'가 들려왔다. 역시 괴테는 직관력을 지닌 시인이었다.

'그렇다면 자연이 들려주는 비밀을 이 시인은 알고 있었을까?'

어쩌면 그럴지도 모른다. 「파우스트」를 읽노라면 괴테는 이미 그 비밀의 문으로 들어가는 열쇠를 손에 쥐고 있었던 듯했다.

18세기가 저물어가던 어느 해 가을날이었다. 독일에서 체코에 이르는 고성가도 마을 중 하나인 '로켓 고성Hrad Loket'에 괴테가 들렀다. 그곳에는 12세기에 고딕양식으로 건축된 견고한 성채가 남아있었다. 괴테는 도착하자마자 가을밤에 홀로 고성으로 올라가 성루에 스치는 바람소리를 오랫동안 들었다고 했다. 그때 괴테는 위대한 자연의 비밀을, 이 세상을 관조하는 그 무엇을 알게 되었나 보다.

이수영이 시계를 보니 탑승시간이 임박했다. 걸음을 재촉해서 탑승구 앞에 도착했다. 여러 가지 상념으로 머리가 복잡했으나 침착하게 항공편, 출발시각 등을 확인하고 탑승했다. 마리암의 고향인 코르도바로 간다는 사실이 믿기지 않았다. 긴장되면서도 가슴이 두근거렸다. 그는 이렇게 그녀에게 향하는 자신의 마음이 신기하기도 했고 한편으로는 궁금하기도 했다.

'이 세상 모든 것 중에서 제일 신비로운 일은 무엇일까?'

아마도 사람의 마음보다 놀랍고 신비로운 일은 없을 것이다. 그는 시간이 흐른 후에 독자적으로 연구를 진행하게 된다면 먼저 인간의 마음에 대해 탐구할 계획이었다. 마음의 본질을 구명하고 싶었다. 어떻게 마음은 물리적으로도 순간이동이 가능한지 그 실체를 밝혀보고 싶었다.

지난여름 청혼하던 날 그녀에게서 들었던 아크투루스를 눈을 감고 떠올려보았다. '하늘의 수호성'으로 칭하는 아크투루스는 지구에서 약 37광년 떨어져 있어 빛의 속도로 날아가도 37년 동안 날아가야 도달할 수 있다. 하지만 인간의 마음은 순간적으로 이동이 가능하다. 눈을 감으며 '신성한 별'의 지표면을 생각해보았다.

"초록색 숲도 있고 푸르른 파도가 넘실대는 바다도 있겠지. 어쩌면 지구보다 더 아름다울지도 몰라. 두 눈을 감고 아크투루스의 지표면을 생각하는 것과 동시에 이미 내 마음은 그 별에 도달해 있어. 이 얼마나 경이로운 일인가."

이수영이 생각했다. 어디 저 밤하늘에 아스라이 빛나는 아크투루스뿐이겠는가. 그가 가만히 눈을 감으며 마리암을 생각하는 것과 동시에 그의 마음은 그녀에게 도달해 있었다. 그녀가 어디에 있든 이미 함께 있었다. 자바부르크에 있든, 빈에 있든, 코르도바에 있든 상관없었다. 이 세상에 이보다 더 가슴 벅찬 일은 없을 것이다. 그의 마음은 마치 꿈을 꾸는 아이처럼 그렇게 설렜다.

29. 상실

페르난도와 호세는 베르샤와 통화한 이튿날 빈 공항으로 갔다. 전날 계획으로는 아침 일찍 공항으로 가려했으나 페르난도가 잠에서 깨어나자 옆구리 통증을 호소했기에 늦게 출발할 수밖에 없었다.

"한두 시간 후에 출발하자. 여기가 결려서 걸을 수가 없다."

"칼라트라바기사수도회 기사수도사가 일반인에게 맞아 걷지도 못한다? 그건 치욕이야. 어서 출발해. 코르도바 가서 치료하자."

평소 억눌려왔던 호세는 상대가 고통을 호소하자 강한 어조로 질책했다.

"이수영은 그저 평범한 학생이 아니야. 격투기 운동을 했거나 가라테 무술을 수련했음에 틀림없어."

"한국인이라면 가라테가 아니고 아마도 태권도겠지. 어쨌든 우리에게 비난이 쏟아져도 할 말이 없어. 일어나. 페르난도!"

이런 대화를 나누며 그들은 한 시간 이상을 지체했다. 거기에다 자욱한 안개 때문인지, 출근시간이 겹쳐서인지 도로의 교통체증도 심했다. 어찌 되었건 예정보다 시간을 훌쩍 넘겨서 공항에 도착했다. 데스크로 항공권을 사기 위해 걸어가고 있는데 페르난도가 손가락으로 앞을 가리키며 말했다.

"오른쪽 에스컬레이터 타고 올라가는 저 동양인이 왠지 이수영 같지 않냐?"

"뒷모습이 비슷해 보인다. 여기 있어. 가볼게."

호세는 말을 마치자마자 에스컬레이터를 향해 뛰어갔다. 흔들리는 어깨가 우람했다. 하지만 2~3분도 지나지 않아 고개를 가볍게 저으며 돌아왔다.

"확인 못 했어. 그 동양인이 빠른 걸음으로 출국장으로 사라졌고 나는 탑승권이 없어 들어갈 수 없었지. 뒷모습만 보니까 맞는지 아닌지 모르겠다."

"그러면 항공권을 구매해서 출국장 안으로 들어가자."

그들은 뛰다시피 하여 데스크에 가서 항공권을 알아보았다. 하지만 그날은 세비야로 향하는 전 항공편이 매진이었다. 다시 확인해 봐도 마찬가지였다. 하는 수 없이 이튿날 오전에 출발하는 항공권을 구매했다.

"방법이 하나 있어. 지금 들어가는 사람들은 한두 시간 후에 탑승하는 승객들이겠지. 그러니 그 시간대 항공기들이 어디로 향하는지 확인해 보자."

"호세가 상황 판단을 잘 하네? 그러자."

그들은 출발시각, 항공편 등이 명기된 전광판 앞으로 갔다. 가능성 있는 항공편은 3개였다. 10시 15분 출발편은 헬싱키로 향하는 핀에어, 10시 55분 출발편은 워싱턴 D.C.로 향하는 노스웨스트항공, 11시 10분 출발편은 바르셀로나를 경유해 세비야로 향하는 오스트리아항공이었다. 이후로 11시 45분 싱가포르, 12시 정각 프랑크푸르트 등으로 향하는 항공편이 이어졌다. 그들은 두 손을 올리며 서로를 마주보다가 전광판 앞을 떠났다. 한쪽 구석에 가서 긴 의자에 앉았다.

"에스컬레이터를 타고 가던 동양인은 이수영이 맞을 거야. 세비야를 거쳐 코르도바에 가는 게 분명해."

고개를 숙이고 있던 페르난도가 앉은 자리에서 일어나며 나지막하게 말했다. 확신에 찬 목소리였다. 호세는 의아하다는 표정으로 이 모습을 바라보다가 페르난도가 생각하지도 못한 질문을 던졌다.

"이수영이 맞는다고 치자. 그런데 무슨 이유로 코르도바에 가는 거야?"

"……"

"왜 말을 못해?"

"거야 알 수 없지. 어쨌든 내 예감은 틀리지 않아."

"그렇다면 베르샤에게 연락해 세비야 공항에서 그를 잡으라고 하면 어때?"

호세가 좋은 아이디어인 양 어깨를 으쓱하며 말했다. 오랜만에 그의 얼굴에서 웃음기가 돌았다. 그럴 때면 영락없이 순박한 시골청년 인상이었다.

"……"

"왜 대답이 없어?"

"그건 아닌 거 같다. 내가 착각했을 수도 있어. 그러면 베르샤에게 더 심한 문책을 당할 거야. 우리가 그동안 실패를 거듭했잖아."

페르난도가 한 걸음 뒤로 물러났다. 호세의 제안이 그럴싸했음에도 베르샤에게 연락한다고 하니 자신이 없어졌다. 하지만 대답은 그렇게 했으나 코르도바에서 이수영을 잡을 수 있는 방안을 궁리하고 있었다.

'그 걸음걸이와 뒷모습 등이 병원 복도에서 보았던 이수영과 일치했어. 그런데 코르도바에는 어째서 가는 거지? 중세 숫자들 내용이 코르도바와 관계있나?'

페르난도는 어떻게 해서든지 이 상황을 해석하려 애썼다. 그러면서 중세 숫자들이 코르도바와 관련이 있다는 사실을 감으로 느꼈다. 그저 예감이긴 해도 나름대로 확신이 있었다. 또한 이수영과 코르도바 어딘가에서 정면으로 마주칠 것 같았고 그러면 그를 포획해서 그동안의 치욕을 씻고 싶었다. 그것으로 모든 걸 만회할 수 있으리라 믿었다. 설욕을 다짐했다.

호세는 엊저녁 페르난도가 건네준 종이를 꺼냈다. 병실 머리맡 푸른색 노트에서 찢어온 페이지로서 이를 보면서 다른 종이에 아라비아숫자들을 적고 지우고를 반복하고 있었다. 이렇게 중세 숫자들과 씨름하며 그래도 뭔가 알아내려 시도는 했으나 페르난도는 해독할 엄두도 내지 못하고 있었다.

그들은 빈 시내에 돌아가 봐야 묵을 곳도 마땅치 않았기에 결국 공항에서 하룻밤을 보내기로 했다. 페르난도는 딱딱한 의자에 앉아 바쁘게 움직이는 사람들을 보고 있자니 스페인 남부 지중해연안의 알무네카르에서의 지난날들이 주마등처럼 떠올랐다. 그는 매일같이 해안가 언덕에 올라가서 드나드는 배들을 바라보았다. 선착장에서 왕래하는 사람들도 관찰했다. 쉴 새 없이 오고가는 배들과 사람들이 어디로 향하는지 궁금했다. 그 연유를 알고 싶었다.

'저들은 어디에서 와서 어디로 떠나기에 저렇게 분주할까? 무슨 까닭일까. 나는 일상이 고요하기만 하고 바쁘게 움직일 아무런 일들이 없네.'

어떠한 상황이 저들에게 전개되고 있는 건지 궁금했다. 페르난도는 18세에 평수사가 되기 위해서 알무네카르 인근의 수도원으로 들어갔고 그곳에서 2년간 지원 및 청원 생활을 했다. 이후 수도복을 받고 다시 2년간 수련을 받았다. 이 기간이 끝나고 유기서원기를 보냈다. 또한 교회와 지역공동체를 위해 일생을 청빈, 정결, 순명 등으로 지내겠다는 종신서원도 했다. 그러다가 24세 되던 해에 코르도바 외곽의 은둔자수도원으로 들어갔다. 거기서 호세도 운명적으로 만났다. 서로의 고향이 지브롤터 해협 인근 이웃동네이며 평수사로 있다가 합류한 사실 등을 알게 된 이후 그들은 가까워졌다. 동질성을 느끼게 되면서 둘 만의 공감대가 형성된 것이다. 이후 독일 뤼벡 성령병원Heiligen Geist Hospital으로 단기 파견을 나가게 되었고, 이 과정에서 전임자였던 호세를 다시 만나게 되면서 그들은 더욱 가까워졌다.

이전에 호세는 말라가에 위치한 850년 전통의 유서 깊은 수도원에서 수도생활을 했다. 중세 중기에 설립되어 현대까지 이어져 내려온 신앙 공동체의 모습은 어떠할지 궁금했다. 그들의 내면세계는 어떠한 정신적 표상으로 구현되었을까. 호기심이 일었으며 그 미지의 세계로 들어가 보고 싶었다. 그는 이 시기에 지브란의 「예언자」를 접하게 되었다. 깊은 감명을 받았다. 잠자는 영혼이 조금씩 깨어났다. 특히 '제23장 기도에 대하여', '제26장 종교에 대하여' 등의 잠언은 그의 수행에 많은 영향을 주었다. 그 이후에 호세는 신품성사를 받고 성직수사 즉 수사신부가 되고자 했으나 그러한 소박한 꿈은 무산되었다. 페르난도가 칼라트라바기사수도회에 입회하게 되면서 그의 강력한 권유로 호세도 동반 입회했기 때문이었다. 평수사에서 정예의 기사수도사로 거듭나기 위해서였다.

페르난도는 공항 건물의 천장을 바라보았다. 폐쇄된 공간에 갇힌 느낌이 들면서 가슴이 답답해졌다. 며칠 전까지만 해도 차고 넘칠 정도의 패기와 자신감이 상실되는 것이 두려웠다. 호세가 이번 일을 통해 칼라트라바기사수도회 일원으로서 회의를 느끼고 있는 것도 확연히 전해졌다. 어떠한 난관도 극복할 수 있었던 뒷심의 원천인 자긍심도 위축되었다. 그들의 포기할 수 없는 신념도 꺾일 위기에 처했다. 그는 이러한 일들을 바로잡아야 했다. 이 모든 원인의 제공자는 이수영이었다. 페르난도는 이 시간 이후의 각오를 새롭게 다지며 주먹을 불끈 쥐었다.

빈 공항의 장면들이 그렇게 정지되어 있을 때 베르샤는 카롤리네에게 전화했다. 다이얼을 돌리면서 짧은 순간에 여러 가지 생각이 스쳐갔다. 이번 건은 초기에서부터 제대로 되는 일이 하나도 없었다.

베르샤가 수화기를 들기 몇 시간 전이었다. 창밖에 어둠이 걷히고 동이 서서히 터왔다. 장시간에 걸친 지도부 긴급회의를 마쳤다. 암호학

전문가들과 별도의 대화도 나누었다. 회의 결과는 절망적이었다. 하기는 어느 누구라도 'Schloss Schoenbrunn', 'sursus deorsum', 'A Π Ω' 등의 단어만을 가지고 해독하기란 불가능할 것이다. 여명이 밝아오는 모습을 보면서 지도부는 중세 숫자들 해독 가능성이 거의 없다는 사실을 깨달았다. 현실을 직시해야 했다.

"카롤리네입니다."

"긴급회의가 끝났습니다. 이제 선택의 여지가 없어요. 마리암을 찾아내 그 의미를 알아내는 방법 외에는 다른 길이 없습니다."

베르샤의 탁한 목소리가 갈라지며 내려앉았다.

"이수영을 포획하면 그녀도 찾을 수 있습니다. 그런데 그를 올가미로 엮어내는 일이 그렇게도 어렵군요."

"페르난도와 호세는 코르도바로 소환했어요. 내일 중으로 엄선된 후임자 두 명이 빈에 도착할 겁니다. 이번엔 꼭 임무를 완수해야 합니다."

"예."

"마리암은 편지를 뮌헨에서 보냈습니다. 이후로 빈 지부에 들어온 새로운 소식이 있습니까?"

"없습니다. 오리무중이지요. 그녀는 빈에 없다고 판단됩니다."

"페르난도로부터 보고서를 받은 후에 다시 연락하겠습니다."

베르샤는 그렇게 전화를 끊었다. 실망한 기색이 역력했다. 카롤리네도 사실 막막하기는 마찬가지였다. 마리암이 뮌헨에서 편지를 발송했으나 그곳 체류 여부는 알 수 없었다. 빈에 있는 것 같지도 않았다.

'이수영은 당분간 그 어디에도 얼씬거리지 않겠지. 머릿속이 텅 비지 않은 다음에야.'

카롤리네는 대관절 어떻게 그들을 찾아내라는 건지 그저 암담하기만 했다.

30. 고향

마리암은 뮌헨 중앙역에서 기차를 기다렸다. 집 앞 버스정류장에서 역까지 대중교통으로 40분 거리였으나 승용차로 오니 15분 만에 도착했다. 야스미나가 기차에 올라타는 그녀 손에 1등석 기차표와 500마르크Mark를 쥐어주었다. 부드럽게 감싸 안는 언니의 손이 어찌나 따듯한지 눈물이 나려고 했다.

"절대 좌절하지 말아야 해. 인생은 도전하는 자의 것이야. 끊임없이 도전하는 과정 그 자체가 바로 삶이란다."

"고마워요. 어서 이 일을 마무리 짓고 그이와 놀러올게요. 그때 호프브로이하우스에서 언니 좋아하는 흑맥주 마셔요."

"그래. 잘 가렴."

마리암은 차창에 얼굴을 바싹 붙이고 아래를 내려다보았다. 그동안 연락이 없다가 불쑥 방문했음에도 따듯하게 맞아준 야스미나가 고마웠다. 3일 밤을 잤는데도 싫은 내색 한번 보이지 않았다. 이 신세를 언제 갚을 수 있으려나.

그녀는 빈 서부역에 내렸다. 일찍 서둘렀음에도 시간은 오전 10시를 향해 가고 있었다. 4일 만에 돌아왔는데 이곳은 이질적인 도시로 바뀌어 있었다. 거리 모습도, 지나는 행인들 모습도 모두 낯설기만 했다. 그녀는 일단 기숙사 501호로 전화했다. 다행히 벨이 울리자마자 알리시아가 받았다.

"마리암이야. 코르도바에서 언제 돌아왔어?"

"오늘 첫 항공편을 타고 왔어."

"세르히오 장례식은 무사히 치렀는지 궁금해."

"온통 울음바다였어. 학생들이 많이 울었지."

"세르히오 선생님!"
"상심하지 마."
"……"
수화기 저편에서 아무 말이 없었다. 슬픔이 묻어나오는 침묵이었다.
"근데 어디야?"
"여기 서부역이야. 내가 기숙사에 갈 수 없으니 바깥에서 만났으면 해. 지난주 화요일에 갔던 레스토랑으로 나올 수 있어?"
"곧 나갈게. 하지만 식사하기에는 시간이 이르지 않아?"
"그렇긴 해도 마땅한 곳이 없어서 그래. 그리고 기숙사에서 나올 때 미행하는 사람은 없는지 확인해."
"알았어. 해야 할 이야기가 많아."
그녀들은 앞서거니 뒤서거니 하며 약속장소에 도착했다. 레스토랑 문은 아직 열지 않았다. 입구를 향해 걸어오고 있는 친구를 보자마자 알리시아의 눈꼬리가 양옆으로 살짝 내려갔다. 그 눈빛도 아래를 향하고 있었다.
"그동안 고생 많았지?"
마리암의 얼굴이 말이 아니었다. 호수와 같이 맑았던 눈망울은 근심으로 어둡게 그늘졌다. 매끄럽던 피부도 까칠하여 탄력을 잃었다. 머리카락은 푸석푸석해 보였으며 윤기가 하나도 없었다.
"아니야. 네가 코르도바 다녀오느라 고생했지."
알리시아는 불과 한 시간 전 공항에서 이수영을 만난 사실부터 말했다. 그들이 함께 나누었던 대화를 빠짐없이 전해주었다. 또한 그가 '라 메스키타' 비밀을 알아내기 위해서 코르도바로 떠난다는 이야기도 했다.
"그이가 중세 숫자들을 해독했어!"
이렇게 외치며 마리암이 기뻐하다가 문득 상체를 꼿꼿이 세웠다. 양쪽 눈을 깜박거렸다. 놀랍고 의아해하는 얼굴이었다.

"그런데 어떻게 그것을 풀었지? 그 편지를 침입자한테 뺏겼다고 들었어."

"무슨 말을 하는지 도통 모르겠네."

"내가 보낸 편지 받았어? '야스미나 볼펙'이라는 이름으로 보냈는데."

"방금 전 기숙사에서 나올 때 우편함 열어보았는데 아무 것도 없었어."

알리시아가 영문을 모르겠다는 표정으로 말했다. 잠시 어리둥절해했다. 알리시아에게 보낸 편지는 이미 카롤리네 수중에 들어가 있었다. 호세가 어제 과사무실에서 편지를 탈취해 나오면서 기숙사에도 들렀고 학생들이 내부로 들어갈 때 따라 들어가 501호 편지함에 있는 편지도 무단으로 가져온 것이다. 따라서 뮌헨에서 보낸 편지를 받지 못했으니 알리시아가 제반 상황들을 알 리가 없었다. 하여튼 마리암은 전해 들은 이 상황이 이해되지 않았다. 중세 숫자들 해독은 불가능한 일이었다. 그럼에도 이수영이 했다니 놀라운 일일 수밖에 없었다.

"그이도 고생이 많았나 봐. 그제는 기숙사 건너편에서 웬 사내들과 격투를 벌였다는 거야. 친구들로부터 인상착의를 들어보니 그이가 틀림없어."

알리시아는 이어서 그제 저녁에 일어난 사건을 들은 대로 전했다.

"그게 사실이야?"

"거기에다 그 사내들이 칼라트라바기사수도회 일원이라고 그이가 설명했……"

"기사수도회? 그게 무슨 말이야?"

이야기가 채 끝나기도 전에 마리암이 화들짝 놀라는 얼굴로 질문을 던졌다. 그러면서 지하실에서의 끔직한 장면들이 그녀의 뇌리를 스쳐 지나갔다. 실로 진회색 망토를 입은 사내들은 생각만 해도 두려운 존재였다.

"잘 몰라. 그이가 출국장에 들어가야 하니 길게 말 못했지."
"그래도 더 들은 것 없어?"
"이외엔 없었어."
"……"

마리암은 그 사내들이 정말 기사수도사일지도 모른다고 생각했다. 그런데 칼라트라바기사수도회 일원이라니 이건 또 무슨 말일까. 알 수 없는 일이었다.

"그리고 내가 공항에서 보기엔 그이가 멀쩡했어."

"아무래도 그이가 걱정되네. 코르도바 가서 기사수도사들인지 뭔지, 그 사내들을 또 만나면 어떡하지? 더군다나 초행길이잖아."

"걱정 마. 그이에게 마르코스의 연락처 알려주었어."

"잘했네."

그때 레스토랑 직원이 그녀들을 흘깃 보며 문을 열었다. 간단히 굴라쉬 스프와 샐러드 등을 주문했다. 음식들은 곧 나왔다. 알리시아는 탄산수를 한 모금 마시며 식사를 시작했다. 하지만 마리암은 수저를 들고 주춤거리더니 옆에 있는 백팩을 들고 일어섰다.

"안 되겠다. 당장 코르도바로 떠나야겠어."

"그러지 말고 앉아. 스프라도 마시고 일어서."

알리시아의 권유에 다시 스프를 몇 숟가락 겨우 먹었다. 마리암은 초점을 잃은 눈으로 멍하니 앞을 보다가 레스토랑 옆 건물 일층에 TUI여행사가 있는 것을 기억해냈다. 급히 수저를 내려놓고 일어섰다. 계산을 끝냈다.

여행사 사무실에 들어가 오늘 세비야로 향하는 항공권에 대해서 문의했다. 돌아온 대답은 만석이라는 한마디였다. 정히 급하다면 공항으로 가서 대기예약으로 가능성을 타진할 수도 있으나 장담은 못한다고 했다. 내일 오전에는 몇 석 여유가 있다고 알려주며 담당 직원은 바로 구매하기를 권했다. 금요일이기에 주말여행을 떠나는 사람들로 붐빈다는 설명이 이어졌다.

"알리시아! 서부역에 가서 기차 타고 코르도바로 가야겠어."

"그건 힘들어. 24시간도 넘게 걸릴 거야. 내일 항공기로 가."

"아니야. 가능한 한 신속히 그이 곁으로 가서 도와줘야 해."

"너무 고된 일이야."

"가야 해."

그렇게도 말리는 알리시아를 뒤로 하고 빈 서부역으로 급히 달려갔다. 기차의 슬라이드 문이 닫히기 직전인 오전 11시 10분에 2번 플랫폼에서 세비야행 기차를 탔다. 한적했다. 마리암은 창가 좌석에 앉아 코르도바 도착 후의 계획에 대해 생각해보았다. 먼저 이수영을 만나고 그 사내들의 추격을 근원적으로 따돌려야 했다. 다음에는 '라 메스키타' 비밀이 기다리고 있었다. 이 모든 사항을 그와 상의할 예정이었다. 그래서 빠른 시일 내에 단서, 방법 등을 찾아내어 일을 마무리 짓고 싶었다. 이 세상 어떠한 난관도 헤쳐 나갈 자신감이 있었다. 지금으로서는 그랬다.

31. 코르도바

이수영은 항공기에 탑승하자마자 잠에 빠져들었다. 언제 잠들었는지 기억조차 없었다. 앉으면서 그냥 곯아떨어졌다.

전신이 욱신거렸다. 목뼈를 다쳤는지 오른쪽으로 고개를 돌리면 어깨가 같은 방향으로 저절로 돌아갔다. 왼쪽 팔은 뒤로 돌리지도 못했다. 왼쪽 손목은 인대가 늘어난 것이 분명해 보였다. 복부는 하도 맞아서 얼얼하다 못해 감각이 마비되어 버렸다. 그동안 태권도 대련을 하면서 다양한 형태로 수없이 복부를 강타당하고 심한 통증을 느끼기도 했으나 이전의 고통은 어린애 장난에 불과했다. 그래도 느낌과 짐작으로 장 파열까지 가지 않은 게 그나마 다행이었다. 왼쪽 옆구리도 기분 나쁘게 결렸고 이어서 아래쪽으로 내려가 무릎 언저리까지 전기가 통하듯이 아픔이 싸~ 하게 밀려왔다. 하지만 이 모든 통증이 쏟아지는 잠 앞에서는 무기력했다. 마치 마법에 걸린 것처럼 깊은 수면 상태로 빠져들었다.

항공기 타이어가 활주로에 부딪치는 충격과 충격음을 몸으로, 귀로 전해 듣고야 깨어났다. 경유지 바르셀로나에 도착했다. 최종목적지 세비야까지 가는 승객은 그대로 좌석에 앉아 있어야 했다. 새로 탑승한 승객들이 자리를 잡고 이륙 준비를 하고 있는데 다시 잠이 들었다. 도저히 눈꺼풀을 들어 올릴 수가 없었다.

그는 세비야 공항에 도착해서야 부스스 깨어났다. 그제야 정신이 들었다. 몸 컨디션도 탑승 전보다 다소 좋아졌다. 세비야 공항에서 세비야역까지 이동해 코르도바행 기차에 올라탔다. 차창으로 펼쳐지는 안달루시아 지방의 산수가 생소했다. 마리암으로부터 간간히 말은 들었으나 이렇게 코르도바에 오게 될 줄은 꿈에도 예상치 못했다. 저 멀리 북쪽으로 보이는 산맥이 '시에라 모레나' 산맥이겠고 아래 남쪽으로는 '시에라 네바다' 산맥이 굽이쳐 놓여 있을 것이다. 질곡의 세월을 견디며 도도히 흘러온 '과달키비르Guadalquivir 강'은 언제쯤 그 아름다운 자태를 드러낼 것인가.

기내에서 그렇게 쏟아지던 잠이 기차에서는 더 이상 오지 않았다. 신기했다. 수면은 그 양이 아니라 질이 중요해 보였다. 이제는 그의 머릿속으로 중세 아라비아숫자들의 의미가 들어오기 시작했다. 현 상황에서 중요한 건 시간이었다.

'그런데 어디서부터 어떻게 시작해야 할까? 먼저 마르코스부터 찾아

간 다음에 '라 메스키타'를 방문해 보기로 하자.'

기차가 코르도바역으로 서서히 다가가고 있었다. 내리기 직전 그는 자신의 몸이 굳고 있는 것을 느꼈다. 코르도바 '라 메스키타'에 다가간다는 기대감과 더불어 그 사내들 즉 칼라트라바기사수도회에 대한 긴장감이었다. 이미 그들에게 얼굴이 노출된 상태였기에 변장을 해보는 방법도 좋을 것 같았다. 그는 코르도바역에 내려 관광 안내데스크부터 찾아갔다. 연극용 소품을 파는 전문매장 위치를 물었지만 직원의 대답이 신통치 않았다. 있기는 있으나 찾아가기 어렵다는 대답이었다. 할 수 없이 역 근처의 기념품 매장에 들렀다. 여러 가지 소소한 물건들이 진열되어 있었다. 거기서 감청색 중절모와 단단해 보이는 나무지팡이 등을 구입했다. 이 지팡이는 호신용으로도 제격이지 싶었다.

알리시아가 적어준 번호로 전화를 걸었다. 두 번이나 시도했으나 아무도 받지 않았다. 그는 어떻게 할까 망설이다가 그냥 코르도바대학으로 향했다. 대학에 도착해서 물어물어 역사학과 사무실부터 가보았다.

예상대로 거기에 마르코스가 있었다. 그는 호리호리한 체격으로서 동그란 안경 너머로 사려 깊은 눈매를 가졌다. 이수영이 본인 소개를 하면서 자신이 찾아온 목적 등을 간단하면서도 명확하게 말했다. 마르코스는 몇 차례나 안경을 치켜올리면서 신중히 들어주었다. 이수영은 본론에 들어가기 전에 먼저 퇴원 인사부터 했다.

"오늘 병원에서 퇴원했다 들었습니다. 몸은 어떠세요?"

"이제 괜찮아요. 외상만 입어서 며칠 만에 퇴원할 수 있었지요."

"다행입니다. 먼저 마리암에 대해 알고 싶어요. 최근에 언제 만났습니까?"

"지난 주 토요일입니다. 5일 정도 지났네요."

"어디서 봤습니까. 혼자서 보았나요? 세르히오도 함께 있었나요?"

이수영은 자신을 추스르지 못했다. 마음이 어지간히도 급했던지 미처 상대가 대답할 틈도 주지 않고 연속해서 질문을 퍼부었다. 마르코스가 약간 당황해하며 그날의 상황을 순차적으로 요약해서 설명했다.

"그 침입자들을 잡았나요?"

"그들의 정체도 파악하지 못했습니다. 단서가 없다고 합니다."

"세르히오 집에 가면 누가 있나요?"

"아무도 없어요. 사모는 지병으로 '라이나 소피아' 대학병원에 장기 입원 중이지요."

"그렇다면 만나볼 사람이 마르코스 외에는 없군요."

이수영이 맥 빠진 목소리로 힘없이 말했다.

"그런 셈이지요. 세르히오 선생님 묘지에 가볼래요?"

"어디지요?"

"여기에서 그리 멀지 않아요. '누에스트라 세뇨라 드 라 살루드' 교회 묘지입니다. 어딘지 모를 터이니 안내해 드릴까요?"

"그래 준다면 감사하지요. 혹시 그날 마리암이 다른 이야기는 하지 않았나요?"

"방금 전에 말한 내용이 전부입니다."

"……"

"그리고 세르히오 선생님이 남긴 일기장이 있습니다. 이따금 선생님이 노트 용도로 사용하기도 했는데 연구실에 있어서 가지고 왔지요. 그동안 저와 함께 진행했던 '중세교회사 연구 프로젝트'에 도움이 될까 싶어서였으나 거기 관계된 내용은 없었어요. 그런데 의외로 마리암 선배 관련 내용은 꽤 있습니다."

"그래요?"

"필요하다면 해당 부분은 복사해줄 수 있습니다."

"고맙습니다. 해주세요."

복사기 돌아가는 소리가 철커덕거렸다. 건조한 기계음이 머나먼 과거의 일들을 현재로 퍼서 올리는 수동펌프 소리처럼 들렸다. 이수영은 마르코스가 말없이 건네주는 일기장 복사본을 받았다. 꽤 두툼했다.

그들은 함께 세르히오의 묘지에도 다녀왔다. 이수영은 구입한 중절모를 썼다. 나무지팡이도 들고 갔는데 움켜진 손이 든든했다. 도착해서도 주위를 살폈다. 혹여 그 사내들이 있는가 싶어서였다. 묘지는 소박했다. 묘비명이 적힌 흑갈색 기념비만 외롭게 서 있을 뿐이었다. 마리암이 부친처럼 의지했던 스승이라니 경건한 마음이 들었다. 고인의 명복을 빌고 돌아오는 그의 마음이 비장했다. 문득 이 사건의 경찰 수사는 어떻게 진행되고 있는지 궁금했다. 옆에서 걷고 있는 마르코스에게 물었다.

"사건 담당 경찰관을 찾아가 볼까요? 그를 만나면 뭔가 도움이 될 만한 실마리를 얻게 될지도 모르지요."

"그렇지 않아도 오늘 퇴원하면서 경찰국에 가보려 생각했어요."

이 사건을 수사하고 있는 경찰국 위치를 파악한 후 그들은 노선버스를 타고 이동했다. 내부에 들어가 확인해보니 담당 형사는 베르나르도 Ruiz Bernardo였다. 이수영이 현재 수사 진행 상황을 물었고 옆에서 마르코스가 통역을 해주었다. 그러나 실망스럽게도 베르나르도의 대답은 짧고 단선적이었다.

"경찰은 어떠한 단서도 발견하지 못했어요. 범행에 사용했던 무기나 현장에 남아있는 지문 등 그 무엇도 찾지 못했습니다."

답변을 들으며 이수영은 낙담했다. 아무 내용이 없는 답변이었다. 공허하게 느껴졌다. 거기에다 베르나르도의 당당한 태도에 화가 치밀어 올랐다. 어이가 없기도 했다. 그럼에도 내색하지 않으려 애써 억누르며 차분하게 물었다.

"어떻게 살인사건이 일어났는데 경찰이 아무것도 모를 수 있습니까.

더구나 피해자 집에서 사건이 발생했잖아요. 범인들에 대해서 아는 게 없나요?"

"현 시점까지 그렇습니다. 그런데 크리스티나의 행동이 납득되지 않습니다. 잠적했어요. 카탈루냐 경찰이 이전 주소지도 조사했는데 성과가 없습니다."

"무슨 사연이 있지 않을까요?"

"현재 수사 중입니다. 그리고 사건 현장에 같이 있었던 제자 마리암도 연락이 안 됩니다. 룸메이트 알리시아가 상황을 대강 전하기는 했지요. 그렇다 해도 그녀의 신원을 확보해야 합니다."

이수영은 이 대답을 듣고 당황했다. 그러면서 한편으로는 어처구니가 없었다.

"이보세요! 마리암도 그때 죽을 고비를 넘기고 살아났어요. 그런데 보호해주지는 못할망정 신원 확보라니? 기가 막힙니다."

"아무튼 수사 진행상, 신속히 경찰국에 출두해야 합니다."

"그러다 또다시 위험에 처합니다. 또한 어디 있는지 누구도 알지 못해요."

"으음."

베르나르도는 고개를 옆으로 돌리며 무슨 고민을 하는지 한동안 생각에 골몰했다. 혹 떼러 왔다가 혹 붙이고 간다는 말이 이런 경우였다. 어서 빨리 경찰국을 나가고 싶었다. 칼라트라바기사수도회에 대한 어떠한 단초도, 정보도 얻을게 없다고 이미 판명된 이상, 여기에서 귀한 시간을 낭비할 이유가 없었다. 이수영은 마르코스에게 눈짓으로 그만 나가자고 했다. 마르코스가 용케 그 의미를 알아채고 경찰관에게 손짓하며 뭐라 말하기 시작했다. 잠시 후 머뭇거리다가 베르나르도는 오른쪽 손을 들며 잘 가라고 한마디 인사를 건넸다. 이곳에서는 결국 아무 소득이 없었다.

이수영은 이제 어떻게 해야 할지 망설였다. 경비초소를 지나 땅거미가 내려앉은 길을 묵묵히 걷다가 걸음을 멈추었다.

"오늘 코르도바대학 도서관에서 '라 메스키타' 관련 자료들을 보고 싶어요. 열람실에 들어가도록 도와줄 수 있나요?"

"그보다 숙소를 정해야 할 텐데요?"

"지금 잘 시간이 없어요. 도서관 안에서 밤샐 겁니다."

"예? 알겠어요. 출입증 여기 있어요."

"고맙습니다. '라 메스키타' 가는 길을 알려주세요."

"함께 가지 않고요?"

"초면에 시간을 많이 뺏어 미안해서요. 그곳엔 혼자 가보려 합니다."

마르코스는 예의 안경을 치켜올리며 이수영을 바라보았다. 그러더니 수첩을 꺼내 도서관과 '라 메스키타'의 약도를 각각 그려주었다.

"그러면 먼저 '라 메스키타' 갔다가 오후 8시까지 도서관 정문 앞으로 오세요. 만나서 같이 식사해요."

이수영은 가볍게 인사하고 발길을 돌렸다. 오늘밤엔 도서관에서 관련 문헌들을 밤새워 찾아볼 생각이었다. 시간이 없었다.

'우선 '라 메스키타'에 관해서 조사해보자. 며칠 밤 안 잔다고 안 죽는다. 한가롭게 잘 때가 아니야. 마리암을 어서 위험에서 구해야 해.'

32. 운명적인 만남

이수영은 어둑해진 길을 홀로 걸었다. 어둠은 소리 없이 다가와 어느새 그의 곁에 머물고 있었다. 검푸른 하늘은 아직도 뿌연 빛을 조금씩 내뿜었다. 분무기에서 미세하게 물을 뿜어내는 것 같았다. 마르코스가 대각선 방향으로 20분만 가면 된다고 했으니 이제 도착할 때가 되었다.

기분이 묘했다. 평생을 그리워하던 연인을 만나러 가는 듯, 두려운 적이 기다리는 살벌한 전쟁터로 가는 듯, 혹은 탐험대가 전인미답의 길로 첫발을 내딛는 듯했다. 이러한 기분들이 모두 섞여 있으니 '묘하다.'는 단어 외에 달리 표현할 방법이 없었다. 주위는 고요하고 적막했다. 인기척도 없었다. 그는 힘차게 발을 내디디며 이 비밀을 알아내야 한다고 다짐했다. 자기 암시를 하는 것처럼 반복했다. 스스로 힘을 실어주어야 했다.

멀리 '라 메스키타la Mezquita'가 그 모습을 드러냈다. 어둠속에 웅크린 사자처럼 강 건너편에 경계가 어슴푸레 보였다. 그는 실루엣처럼 펼쳐지는 정경을 가슴에 오롯이 새겨 넣었다. 강에 걸쳐 있는 로마교가 강물의 일부처럼 떠 있었다. 다리를 건너가며 점차 다가오는 전체 모습을 살펴보니 범상치 않은 기운이 느껴졌다. 로마교를 벗어나자 뒷모습이 완전히 보였다. 가까이서 보니 실제로 등뼈를 말고 웅크린 암사자의 뒷모습 같았다. '라 메스키타'를 한 바퀴 빙 둘러보았다. 로마교를 건너면 뒷면에 도착하게 되어서 한 바퀴 반을 둘러본 셈이었다. 여유롭게 걸으며 보아도 15분이면 충분했다. 숨을 고르며 건축물 입구로 들어갔다.

'라 메스키타'는 정사각형 형태로 이루어졌다. 한쪽 면의 길이는 현대의 측량단위로 74m였다. 출입문을 통과해 들어가니 오렌지나무 정원이었다. 10월 하순임에도 나무들은 푸르른 잎을 가지고 있었다. 정원은 전체 면적의 절반을 차지했는데 오렌지나무들을 두 줄로 심은 개방된 영역이었다. 정원의 오른쪽 끝에 미나렛Minaret이 우뚝 서 있었다. 건축 초기에는 이슬람사원의 미나렛이었으나 13세기 이후에 교회의 종탑이 되었다.

'어떻게 보면 종탑은 매끈하고 우아한 미나렛의 다른 모습이 아닐까? 어쩌면 그 반대일지도 모르지.'

미나렛은 투박하면서도 품위 있는 종탑의 다른 모습일 수도 있었다.

하여튼 이를 건축한 인물은 세월이 흐른 후 미나렛이 종탑으로 바뀌게 될지 예상치 못했을 것이다. 그는 고개를 들어 종탑을 오랫동안 바라보았다. 왜 그런지 모르게 고즈넉한 모습에 시선이 자꾸 향했다. '라 메스키타' 중에서 그곳만이 남다를 리는 만무했음에도 그렇게 느껴졌다. 어째서 처음 보는 종탑이 고즈넉하게 다가오는지…… 거니는 사람들 속에서 우두커니 서 있는데 그런 의문이 들었다. 그러다가 건축물 내부로 들어갔다. 절로 탄성이 터져 나왔다. 이렇게 아름다울 수가 있을까.

'라 메스키타'는 회중 모스크로 건축되었다. 내부에 위치한 11개의 분리된 통로는 각기 20개의 이중아치 기둥을 가졌다. 즉 말발굽 형태 이중아치들이 거대한 숲을 이루고 있었다. 각각의 기둥은 곧게 뻗은 종려나무를 연상시켰고 이중아치 상단은 종려나무 나뭇잎처럼 보였다. 붉은 홍예석과 새하얀 홍예석이 엇갈리게 교차해 신비로우면서도 단아한 분위기를 자아냈다. 아름다움 그 자체였다.

이러한 건축양식은 아랍인이 아닌 서고트족의 전통기법이었으나 아랍인들은 이 양식을 단순한 건축에서 위대한 예술의 단계로 승화시켰다. 황량하고 메마른 모래사막을 한없이 헤매고 다니다 종려나무들이 푸르른 숲을 이루고 있는 오아시스로 들어온 기분이었다. 환상적이었고 장중하기까지 했다.

이슬람건축의 또 다른 아름다움은 기하학적이고 추상적인 아라베스크 문양이었다. 곡선적인 서예와 이러한 문양 등을 통해 범접할 수 없는 예술형식을 창조했다. 우상을 금기시한 종교적 이유 때문이었다. 안으로 계속 들어가니 중앙부에 가톨릭교회가 있었다. 그것은 기묘한 조화 아니, 기묘한 부조화를 이루었다. 어떻게 표현해야 할지 몰랐다. 머리가 혼란해지는 이 느낌을 설명할 방법이 없었다. 잠시나마 정신을 놓아버린 듯했다. 그래도 마음을 추스르고 호흡을 가다듬었다. 이렇게 신비한 건축물 어딘가에 '압드 알-라흐만 1세'가 비밀을 장치했다는 것이다.

'그것을 어디다 숨겨놓았을까?'

일반인들이 예상할 수 있는 장소에 숨겨놓았을 리가 없었다. 이 군주는 역사적으로 대담한 인물이라 평가받고 있으니 비밀도 파격적으로 장치했을 거라고 생각했다. 그는 조금 고개를 숙이고 턱을 손가락으로 기타를 치듯이 반복해서 어루만졌다. 한 시간 남짓 건축물 전체를 관찰자의 눈으로 이모저모 살펴보았다. 출입구 근처에서 직원들이 문 닫을 준비를 하고 있었다. 더 보고 싶었으나 내부 관람시간이 끝나 어쩔 수 없었다. 아쉬움 속에 건축물 외부를 둘러보면서 도서관 앞으로 갔다.

정문 앞에서 마르코스가 그를 기다리고 있었다. 일면식도 없었던 불청객을 그래도 반가운 얼굴로 맞아주어서 고마웠다. 그들은 근처의 허름한 레스토랑에 들어갔다. 붉은색 차양이 빛바래고 낡아 분홍색으로 보였다. '오늘의 메뉴'를 각기 주문했는데 거기에 포도주 한 잔씩이 포함되어 있다 하여 시큼한 맛이 나는 적포도주를 마르코스가 골랐다. 그들은 그날 저녁에 제법 긴 이야기를 나눴다. 주요 주제는 일기장에 적혀 있는 마리암 가문과 관련된 내용들이었다. 이수영은 에스파냐어를 모르기에 그 내용들을 이해하려면 누군가의 도움을 받아야 했다.

"일기장 복사본을 읽고 싶은데 스페인어를 모르니 볼 수가 없군요. 언어는 다른 세계를 보는 창이라더니 그 격언이 맞는가 봅니다."

"세부 내용이 궁금할 겁니다. 제가 이미 읽어보았으니 복사본을 참고하면서 주요 부분을 말해 보지요."

하더니 마르코스는 포도주로 목을 축인 후에 이야기를 시작했다. 시기 별로 조목조목 정리해 설명하면서 그녀의 가문 이야기를 막힘없이 이어나갔다. 물론 중간중간 복사본을 들춰보기는 했지만 전체를 관조하는 맥락을 이해해서 이야기를 풀어나갔다. 마르코스는 영어가 유창

하진 않았으나 대화하는 데는 문제없었다. 이수영은 영어로 내용을 듣기는 했어도 마치 재야 한학자로부터 조선시대 어느 쇠락한 가문의 역사를 듣는 기분이었다.

일기장에 적힌 내용들은 주로 중세 아라비아숫자들과 그녀 가문에 관한 기록이었다. 그런데 놀라웠다. 그녀 가문은 '유서 깊은 가문'이라는 표현이 부족할 정도였다. 중세 숫자들을 해독하기 위한 과정의 일부로서 역사학자인 세르히오가 면밀히 연구해 알아냈을 것이다. 아니라면 제자인 마리암으로부터 어느 정도 이야기를 듣고 그러한 흐름을 토대로 깊이 파고들어 밝혀냈는지도 모른다.

그녀에 대해 알아가는 것이 흥미로웠다. 그러면서 긴장되기도 하고 얼마간은 두렵기도 했다. 이런 마음을 어떻게 설명해야 할까. 그는 오늘따라 자신의 언어 표현력이 부족함을 실감하고 있었다. 비트겐슈타인은 '본인이 구사할 수 있는 언어만큼 사고할 수 있다.'고 했다. 그러한 주장에 일정 부분 수긍이 갔다. 흥미로운 점은 이해가 되었으나 긴장되고 두려운 마음은 어째서 드는지 몰랐다. 어느 신비로운 미지의 세계에 첫발을 들이미는 기분이 이러할 것이다.

33. 가문의 내역

마리암 조부는 북아프리카 페스 외곽의 푸르른 올리브나무가 지천으로 널려있는 '페스-보울레마네' 지역에서 농사를 지었다. 어느 여름날 아침이었다. 그는 첫아이가 태어난 기념으로 아몬드나무를 몇 그루 심기 위해 집 주위 돌담 근처를 곡괭이로 파고 있었다. 그러다 고전적이면서도 정밀하게 보이는 골동품 하나를 발견했다. 바로 아스트롤라베였다.

묵직한 쇠붙이 겉면의 흙을 털어내고 살펴보기 시작했다. 겉면으로 보아서 청동으로 제작된 게 분명했다.* 일례로 기본적 기능인 위도측정은 3개 과정으로 이루어졌다. 새벽에 태양 주위의 별들을 관측해 기록하고, 정오에 '측정 구동지침'을 이용해 태양과 지평선의 각도 차를 측정한 후, 측정된 수치를 지도 도면과 비교해 위도를 계산했다. 17세기 이후 수은반에 의해 반사시킨 별빛과 천체로부터 직접 받은 별빛을 60° 프리즘을 통해 망원경에 받아들여 양쪽 별빛의 상을 합치시키는 원리를 이용하게 되면서 정교해졌다.

그는 아스트롤라베를 들고 발걸음을 옮기려다 멈칫했다. 구덩이에 무엇인가 더 있었다. 고개를 숙이고 들여다보니 흙 속에 반쯤 파묻힌 어른 손바닥 정도 길이의 단검이었다. 그 외관은 그저 평범했으나 칼집에서 뽑아보니 칼날 겉면에 문자가 보였다. 읽기조차 힘들 정도로 미세하게 새겨진 중세 아랍어였다.

마리암 조부는 페스에서 북부의 항구도시 탕헤르로 이주해 한동안 어부 생활을 하기도 했다. 그때 세르히오 부친과 어선을 함께 탄 인연도 있었다. 하지만 그는 내내 푸르른 전원의 삶을 잊지 못했기에 마침내 지브롤터 해협을 건너 스페인 코르도바 외곽의 농촌마을에 정착하게 되었다. 이후로 올리브농장에서 농부로 지냈다. 그는 젊은 시절에 공부를 체계적으로 하지 못한 것을 안타까워했다. 그래서 그의 아들 즉 마리암 부친은 공부해 학자가 되기를 원했으나 세상은 그리 녹록지 않

* 아스트롤라베 바깥 면 둘레에 시각, 일, 월 등의 시간단위가 360등분의 눈금으로 표시되었다. 내부에는 일정 고도, 방위각, 적위, 적경 등이 표시된 다수의 측정용 원반들이 있었다. 조준기도 부착되었다. 장착된 표면 위에는 사선으로 빗금이 표시되었다. 이것은 특정 시각에 특정 위도에서 지평선 위로 보이는 천구 부분의 윤곽을 보여주었다. 이 빗금에는 밝은 별 12개의 위치를 표시해주는 눈금도 새겨졌다.

아서 결국 그의 아들도 그대로 같은 길을 걸어가 평생 올리브농장 등에서 힘들게 일했다. 그들에게 펼쳐진 삶은 거칠기만 했다.

하지만 마리암 조부와 부친은 재야학자들이었다. 그들의 향학열은 높았고 나름대로 체계적이고 깊이 있게 공부를 했다. 그 결과로 관심분야 학문도 어느 정도 수준에 도달해 있었다. 그들은 '성 꾸란', 수나 등에 관한 여러 주해서들도 구해 읽으면서 이 경전들을 정독했다. 하루의 일과를 마치고 저녁시간이 되면 전 가족이 모여서 주제를 정해 토론하며 연구했다. 이러한 방식의 공부는 그들의 일상이 될 정도였다.

19세기 후반의 일이었다. 노스트라다무스 예언서에 관심 있는 학자들이 그 당시 유럽에 상당수 있었다. 이러한 상황에서 조부는 노스트라다무스의 실체 즉 예지능력이 없으며 믿을 수 없는 인물이라는 사실을 이미 간파하고 있었다. 그의 예언들은 대부분 허언이며 태반이 기존의 문장들을 무단 도용했다는 것이다. 게다가 조부가 아스트롤라베를 통해 연구한 바에 의하면 이 예언자의 예언은 토대부터 부실했다. 일례로 노스트라다무스 점성술의 천궁도Horoscope도 부정확했고 이의 결과로 달과 행성들의 위치도 거의 다 틀렸다고 했다. 따라서 예언의 초기 전제가 근본부터 흔들리니 예언 자체는 보나마나 허언이라는 것이다.

조부의 결론이었다. 아스트롤라베를 이용해 위도를 계산할 때 별자리 관측이 필수적이기에 조부는 이것들을 알 수 있었다. 또한 그의 아들과 힘을 합쳐서 대단위 올리브 숲의 구획 획정을 할 때도, 건조지역에 농업용수를 공급하는 관개 운하시설을 설계할 때도 역시 아스트롤라베를 이용했다. 이러한 사실들을 종합해보면 그들은 상당한 지적 수준의 단계에 올라와 있었음을 짐작할 수 있었다.

그러나 재야학자인 마리암 조부조차 아스트롤라베 중세 숫자들은 해독하지 못했다. 그는 그 윗부분에 새겨진 중세 아라비아숫자 13개를 보자 '기호화된 문장'이라고 직감했다.

이후에 학문적 자질이 엿보이는 그의 아들과 이를 알아내기 위해 무던히도 노력했다. 즉 중세 숫자들 해독을 위해 관련 분야들을 그야말로 밤낮을 가리지 않고 공부한 것이다. 고대로부터 중세 후기에 이르기까지 '기호화된 문장'과 연관된 기호학, 대수학, 기하학, 물리학, 천문학 등의 분야였다. 그들이 연구한 학자들의 면면을 보면 놀라웠다. 그리스의 폴리비오스, 로마제국의 카이사르 등 상기한 제 학문들과 관계된 저명한 인물들이었다. 특히 암호표와 관련된 두세 명을 제외하고는 전부 천문학, 점성술 등과 연계된 학자들이었다. 아스트롤라베가 천문관측기구이니 중세 아라비아숫자들의 의미도 별자리와 관계있으리라고 추측했기 때문이었다. 어떠한 인물들에 관해서 연구했는지 살펴보면 다음과 같았다.

먼저 아바스왕조의 '알-라시드' 칼리프 시대에 활동했던 '알-파자리', '이븐 아사르', '알-나우바크트' 등에 관심을 가졌다.*

다음으로 중세시대 스페인에서 활동했던 마드리드의 '알-마즈리티', 톨레도의 '알-자르칼리', 안달루시아의 '이븐 루시드', 탕헤르 남부의 '알-비트루지' 등의 천문학자들에 대해 연구했다.

이외에도 메소포타미아 및 아랍 지역의 '알-바타니', '알-하이삼', 페르시아 지역의 '알-비루니', '하이얌', '알-투시' 등 학자들을 조사했다. 즉 마리암 조부는 천문관측에 관련된 주요 학자들이라면 거의 빼놓지

* '알-파자리 Ibrâhîm al-Fâzârî'는 수학자이자 천문학자였다. 인도의 천문연구서 「브라흐마스퓨타 시단타 Brahmasphuta-Siddhanta」를 아랍어로 번역한 것으로 그 명성이 자자했다. 나아가 번역한 내용을 토대로 기존의 천문학 문헌들을 참조해 천문서 「신드힌드 Sindhind」를 편집했다. 후대에서 이 저서를 중세이슬람문명 천문학의 첫 출발점으로 보기도 했다. '이븐 아사르 Mashaallah ibn Asar', '알-나우바크트 al-Nauwakt' 등은 예지능력과 직관력을 보유했던 점성술사들이었다. 그들은 천문학과 점성술의 경계를 넘나들었다. 정확한 천문 관측을 바탕으로 했기에 가능한 일이었다.

않고 연구한 것이다. 아스트롤라베 중세 숫자들과 연관된 미미한 단서들이라도 찾고 싶어서였다.

세월이 흘러 마리암 조부가 세상을 떠난 이후 마리암 부친은 특히 '알-킨디'와 '알-콰리즈미'에 주목하여 연구를 계속했다.*

이와 같이 마리암 조부와 부친은 일정한 수준의 연구를 2대에 걸쳐서 했다. 중세 천문학자들은 별을 사랑했고 이러한 천문학 연구를 통해 궁극적인 진리에 도달하고자 했기에 자신들을 자연과학자 이전에 철학자로 여겼다. 마리암 조부와 부친도 비록 올리브농장에서 농부로 지냈으나 천문학 연구를 통해 비밀의 열쇠를 구하고자 했기에 스스로를 철학자로 생각했을지도 모를 일이었다. 하지만 그들은 그렇게 연구하고도 딱히 알아낸 것이 없었다. 결국 중세 아라비아숫자들 해독에는 실패했다. 단지 120여 권의 고문서, 모든 연구 과정을 기록한 노트 네 권 등을 마리암에게 유산으로 남겼을 뿐이었다. 이 유물들은 그녀가 지닌 자긍심의 원천이 되었고 시간이 흐른 후에는 해독작업에 대한 당위성도 갖게 해주었다.

마리암 조부와 부친은 아스트롤라베를 가문의 가보로 인식했다. 그 이유는 두 가지였다. 첫째는 마리암 조부가 함께 발견한 단검 겉면에 새겨진 아랍어가 본인 조상들의 성명이라 생각했기 때문이었다. 거기에 인각된 문자들은 4명의 이름이었고 이중에 카림Martínez Karim도 들어있었다. 그런데 선대에서 '카림'이라는 성명의 선호도가 높아서 친숙하다는 게 마리암 조부의 판단이었다. 실제로 그 이름은 북아프리카 지역에서 흔히 사용되는 이름이 아니었다. 둘째는 페스 외곽 농가에서 마리암 조부 대대로, 적어도 10대 이상에 걸쳐서 계속 살아왔기 때문이었다. 이

* 상기한 천문학자들의 연구 내용은 부록 '중세이슬람문명의 주요 천문학자'에서 확인해볼 수 있다.

것은 전란이 많던 시기에 드문 경우였다. 물론 '페스-보울레마네' 지역이 상대적으로 외진 곳이라는 점을 감안해도 그랬다. 따라서 돌담 근처에 묻혀있던 아스트롤라베와 단검은 자신들의 조상이 남긴 유물일 개연성이 높다고 판단한 것이다. 그렇게 믿고 싶었는지도 모른다. 그랬기에 아스트롤라베가 가보라는 사실에 대해서 자긍심이 상당히 높았다.

"어쩌면 이 아스트롤라베를 11세기에 제작했던 가문에서는 대가 끊겼는지도 모릅니다. 아니면 우여곡절 끝에 여러 가문을 전전했을 수도 있지요. 그도 아니라면 후대에서 짐작조차 할 수 없을 정도로 지난한 경로들을 거쳤는지도 모를 일입니다. 그리하여 질곡의 세월을 지나 어찌하다 보니 마리암 선배 가문에 전해졌을 수도 있습니다. 하지만 그 누가 '신'의 놀라우신 뜻을 알 수 있겠습니까. 하기야 곰곰이 돌이켜 생각해보면 20세기까지 전해온 것만 해도 기적일 겁니다."

이렇게 마무리를 지으며 마르코스의 이야기가 끝났다.

"잘 들었습니다. 으음. 그런데 세르히오는 이런 자세한 내용들을 어떻게 알게 되었나요?"

"글쎄요. 이에 대한 이야기는 그동안 들은 적이 없습니다. 연구실 등에서도 일체 언급하지 않았지요."

"......"

"모르긴 몰라도, 마리암 선배에게서 관련 정보를 듣고 중세 숫자들을 해독하는 과정에서 선생님은 이러한 사연을 들었을 겁니다. 따라서 선배의 조부와 부친이 어떠한 영역의 공부를 어떻게 했는지 알게 되었겠지요. 하지만 초기에 이와 관련된 대화를 나눌 때만 해도 막막한 상태였기에 어떠한 작은 단초라도 얻기 위해 일기장에 이러한 내용들을 적어놓지 않았을까요?"

"예."

이수영은 이 해석에 어느 정도 공감이 갔다. 그렇게 무언가를 생각하다가 포도주를 마저 마시며 이런 질문을 던졌다.

"마리암 조부와 부친이 중세 천문학자들을 위주로 연구했던 점은 이해됩니다. 그런데 그 천문학자들은 어째서 대부분 이슬람 세계의 학자들인가요?"

"이슬람 세계의 학자들은 별과 하늘을 연구할 수밖에 없었습니다. 중세에는 천문학자가 따로 있지 않았고 신학자, 철학자, 수학자 등이 천문학을 동시에 공부했지요. 그러니까 중세 이슬람학자들이라면 모두 천문학을 연구했다 보면 됩니다."

"무슨 뜻인지 이해가 안 되네요."

"이슬람력은 초승달부터가 아니라 그믐달과 함께 새로운 달이 시작됩니다. 따라서 그믐달이 나타나는 시기를 예측하는 일은 학자들에게 중요한 과제였지요. 완벽한 이슬람력을 만들기 위해 천문학을 연구할 수밖에 없었습니다."

"그렇게 된 거군요."

"거기에다……"

이렇게 말을 잠시 끊더니 마르코스도 포도주를 한 모금 마셨다.

"이슬람교 신자들은 메카를 향해 하루에 다섯 번 기도합니다. 따라서 메카 방향을 찾아야 하는 과제는 구면기하학을 최고 수준으로 끌어올리는 역할을 합니다. 평면을 넘어서 구Sphere를 탐구하는 학문이지요. 이렇게 되면서 구면기하학을 정밀히 연구하기 위해 삼각법, 삼각함수, 2차방정식 등이 발전한 겁니다."

"이제 이해되네요."

"이러한 이유로 천문학이 대수학, 기하학, 물리학, 광학 등을 연구하게 하는 동력이 되었어요. 시간이 흐른 다음에는 그 학문들이 다시 천문학의 수준을 더욱 높게 끌어올리는 원동력이 됩니다. 바로 선순환 구조이지요."

"그래서 중세의 유명한 학자들은 거의 이슬람학자들이군요."

"그렇지요. 어쨌든 이슬람력, '종교의 규율' 등의 과제들이 이슬람 세계 학자들의 연구 동력이 된 사실은 부인할 수 없습니다."

마르코스가 대답을 마치며 별거 아니라는 표정으로 질문을 하나 했다.

"혹시 중세시대 '세기의 사랑'이라고 들어보았나요? 아벨라르와 엘로이즈에 관한 이야기지요."

"글쎄요. 금시초문입니다."

아벨라르는 11세기~12세기 철학자이자 종교학자였다. 프랑스에서 활동했다. 제자였던 수녀 엘로이즈와 종교, 나이, 세속적 욕망 등을 초월해 열렬한 사랑을 나누었다. 후대에 이를 가리켜 '세기의 사랑'이라 했다.

"천신만고 끝에 엘로이즈가 브르타뉴에서 남아를 출산했습니다. 이름을 '아스트롤라브'라고 지었지요."

"아스트롤라베에서 착안했군요."

"이 일을 통해서 그 당시 사람들의 아스트롤라베에 대한 생각을 들여다 볼 수 있지요. 그것은 선망, 동경 등이었습니다."

중세 중기만 해도 아스트롤라베는 진기한 물품이었으나 그 수가 르네상스 이후 급격하게 증가했다. 수십 개 또는 수백 개 아니면 그보다 많이 전 유럽에 존재했는지도 모른다. 16세기, 17세기에는 유럽 전역에 대항해시대가 펼쳐지면서 수요 증가로 더 많이 제작되었다. 그럼에도 마리암 가문의 아스트롤라베는 특별한 의미를 지니고 있었다. 여전히 제작년도, 그녀 가문의 가보라는 점 등에 대해 의문이 남아있음에도 불구하고 그 존재 자체가 불가사의한 일이었다. 이수영은 옷매무새를 가다듬었다. 아스트롤라베 중세 아라비아숫자들이 어떠한 의미가 있는지 새삼 마음에 와닿았기 때문이었다.

34. 첫 발을 내딛다

이수영은 저녁 식사를 마치고 도서관으로 갔다. 마르코스의 도움으로 인문과학실 내부에 들어올 수 있었다. 이곳도 24시간 개방한다는 설명에 안도의 한숨을 내쉬었다. 어제 중세 숫자들을 해독하면서 뮐러의 편지에 대해 추측해보니 마리암은 '라 메스키타' 비밀을 알아낸다면 모든 상황이 종료된다고 믿었음에 틀림없었다. 따라서 그리 된다면 그녀와도 재회할 수 있으리라 생각했다. 이렇게 결론이 났다. 즉시 그는 비밀을 알아내기 위한 사전 준비 작업에 착수했다. 무엇부터 조사해야 할지 작업의 순서를 생각하며 목록을 작성해보았다.

1. '라 메스키타' 개관
2. '라 메스키타' 건축 동기, 건축 과정, 건축책임자 관련 내용
3. '라 메스키타' 변천사를 비롯한 모든 변화 과정
4. '압드 알-라흐만 1세'의 정치적 성향
5. '압드 알-라흐만 1세'에게 영향을 준 주요 인물

그는 작성한 목록들을 밑줄을 그어가며 다시 읽어보았다. 이 순서대로 자료를 검토해나가면 단서를 찾을 수 있으리라 믿었다. '압드 알-라흐만 1세'는 범상한 군주가 아니라고 평가받는 인물이기에 '라 메스키타'에 장치해 놓은 비밀도 파격적일 가능성이 높았다. 그러므로 5개 항목에 대해 엄밀히 조사해가는 과정에서 그 비밀의 열쇠들이 자연스럽게 도출되리라 생각했다.

본격적으로 찾아보기 시작했다. 그는 참고하거나 도움이 될 만한 문헌들은 왼쪽에 쌓아놓고 노트에 메모했다. 그렇지 않은 문헌들은 오른쪽에 두었다 반납했으나 그것들도 제목과 저자명은 모두 기입해 놓았다.

이와 같은 방법으로 해야 이후에 동일한 자료를 재차 검색하는 비효율성을 방지할 수 있었다. 어느덧 창문 밖에서 희뿌연 빛이 들어오기 시작했다.

'매일 이렇게 밝아오는 햇빛을 느낄 수 있다면 얼마나 좋을까? 새날이 밝는다는 것, 새날을 맞이할 수 있다는 건 행복한 일이지.'

가만히 눈을 감고 눈꺼풀 바깥으로 여명을 느껴보고 싶었다. 감은 눈동자 너머로 연한 홍시 같은 주황색이 물결처럼 어른거렸다. 그렇게 밤새워 조사한 '라 메스키타'의 개관은 다음과 같았다.

1. '압드 알-라흐만 1세'는 785년 '라 메스키타' 건축을 시작했고 그의 아들 '히샴 1세'는 재위 4년차인 791년 완공시켰다. 건축물 완공 시 23.5m 높이의 미나렛도 세웠으나 이것은 10세기 말에 사라졌다. 이후 '압드 알-라흐만 3세'가 새로운 미나렛을 동일한 위치에 건축했다. 상층부가 돔 형식이며 전체 높이는 47.5m로 이전보다 두 배 이상 높아진 형태였다.

1031년 후기우마이야왕조가 멸망하고 코르도바도 함락되면서 '라 메스키타' 일부가 파괴되었다. '카를로스 5세' 시기 르네상스양식 가톨릭교회를 건축물 내부에 개축했다. 이때 그 중앙부만 허물고 나머지 부분은 그대로 남겨두었다. 따라서 이후에는 가톨릭교회와 이슬람사원이 공존하는 전 세계에서 유일한 건축물이 되었다.

2. '압드 알-라흐만 1세'가 건축했던 '라 메스키타' 모습은 현재 일부분만 남아있다. 준공 이후 가톨릭교회를 개축하기 위해 중앙부를 파괴하면서 초기에 건축된 부분들은 절반 가까이 사라졌기 때문이다. 더욱이 848년, 961년, 987년 등 세 차례의 확장공사를 진행하면서 건축물의 대칭성이 상실되었다. 만약 건축 초기처럼 이중아치를 비롯한 구조물들이 현존했더라면 환상적이었을 것이다.

그는 이 기록을 접하고 당황했다. '압드 알-라흐만 1세'가 비밀을 '라 메스키타'에 숨겨놓았는데 초기 모습이 제대로 남아있지 않다는 이야기였다. 당혹스러울 수밖에 없었다. 만약 비밀을 숨겨놓은 부분이 남아있지 않다면 어떻게 찾아내야 할까. 막막했다. 그저 망연자실할 뿐이었다. 거기에다 건축물 준공 후 확장공사가 그렇게 여러 차례 진행될 가능성을 '압드 알-라흐만 1세'가 염두에 두었을 리 없었다. 더구나 그 중에서 두 차례는 대규모 공사였다.

3. '라 메스키타'의 1차 확장공사가 '압드 알-라흐만 2세' 치하에서 키브라의 일부 벽을 허물면서 시작되었다. 이때 8개의 새로운 이중아치가 부가되며 회랑이 모두 11개로 확대되었다. 2차 확장공사에서 '알-하캄 2세'는 키브라 벽을 허물고 새로 건축했다. 그런데 이 허문 키브라 벽은 '압드 알-라흐만 2세' 치하에서 두 겹으로 만들어진 키브라 벽이었다. 또한 이 공사로 인해 '라 메스키타'는 '과달키비르 강'을 접하게 되었다.

3차 확장공사를 단행한 재상 '알-만수르'는 25,000명이 기도할 수 있는 이슬람사원으로 증축하기 위해 건축물을 옆면으로 확대해야 했다. 이때 미흐랍Miḥrāb, 중앙회랑 등이 '라 메스키타' 중심에서 완전히 벗어나게 되었다. 그 당시에는 북쪽 벽과 남쪽 벽의 간격이 넓지 않았고 이러한 상태에서 양방향으로 공사가 진행되니 전체 이중아치의 조화는 깨질 수밖에 없었다.

그는 '라 메스키타' 개관 중에서 세 번째 항목에 주목했다. '알-하캄 2세' 치하에서 두 겹의 키브라 벽을 허물고 공사했다는 사실이 석연치 않았다. 1차 확장공사에서 재건축했던 키브라 벽이었다.

'이것은 '라 메스키타' 건축 초기 즉 '압드 알-라흐만 1세' 때의 키브라 원형대로 복구했다는 의미인가? 아니면 본인의 의도대로 새로이 공사했다는 의미인가.'

이 문장의 내용을 이해할 수 없었다. 그리고 확장공사를 단행한 후대의 통치자들은 어떻게 '라 메스키타' 구조물을 파괴할 생각을 했을까. 더욱이 새로운 왕조를 창건한 '압드 알-라흐만 1세'가 건축한 구조물이었다. 단순한 확장공사의 의미를 넘어서 어떤 정치적인 혹은 종교적인 의도가 있지는 않았는지 의구심이 들었다. 이도 아니라면 그 외의 피치 못할 사유가 있었는지도 모른다.

4. '라 메스키타'는 세 영역으로 구분되었다. 내부 '기도의 장소', 중정으로 부르는 '세정의 장소', 미나렛이었던 종탑 등이었다. '기도의 장소'에는 총 11개의 회랑이 있었다. 중앙회랑은 16 '엘보우와이드', 중앙회랑과 인접한 회랑 8개는 각기 14 엘보우와이드, 나머지 회랑 2개는 각기 11 엘보우와이드였다.*

각 기둥의 열은 12개 이중아치 기둥으로 구성되었다. 초기 '라 메스키타'의 기둥은 128개였으나 '압드 알-라흐만 2세'가 확장공사를 마친 후 기둥은 152개였다. 그 당시에 설계되었던 105 '평방 엘보우와이드' 건축물을 만들기 위해서는 152개의 기초기둥들이 필요했기 때문이었다.

5. '이슬람사원을 성역으로 만들고, 닫힌 공간과 열린 공간을 정화를 통해 이어주며, '신'과 인간을 깊은 관계 속으로 들어가게 해주는 공간이다.' 건축가 모네오는 '세정의 장소'를 이렇게 표현했다. 이 중정에 15세기 이전에는 종려나무가 심겨 있었다. 중세 숫자들에서 종려나무는 '압드 알-라흐만 1세'를 의미했기에 그렇다면 중정의 정원수에서도 단서를 찾을 수 있었다. 즉 정원수에 비밀의 열쇠가 기발한 방법으로 숨겨 있을 가능성도 배제할 수는 없었다.

'라 메스키타' 현재 모습은 확장공사 후의 모습이기에 과거 모습들은 기록을 통해 파악해야 했다. 건축물 내부 모습은 791년 왕립학술원에

---

* 이 건축물의 당시 측정단위는 내외부, 미흐랍 등에서 엘보우와이드 단위를 사용했다. 현대 측정단위로 환산하면 '1 엘보우와이드Elbow Wide'는 47.5cm 정도였다.

서 발행한 「금요일의 이슬람사원」의 내용을 통해 알 수 있었다. 양피지로 만든 원본은 소실되었고 필사본이 한 권 전해 내려왔다. 여기에는 건축물 내부 및 외부의 재원, 완공 기념행사의 절차와 과정 등이 기술되어 있었다. 내외부 구조의 특징은 이중아치, 기둥, 각주 등을 다양하게 사용한 점이었다.

6. '라 메스키타'는 여타 이슬람사원과 마찬가지로 키브라Kiblat라고 하는 '성스러운 주 벽' 즉 메카 방향으로 미흐랍 뒷면에 쌓아놓은 벽의 축조로부터 시작되었다. 그러나 두 차례의 대규모 확장공사를 하면서 이 벽이 계속 이동했다. 이에 따른 결과로 키브라는 코르도바로부터 메카 방향으로 45° 남동쪽으로 위치해야 하나, '라 메스키타' 키브라는 28° 남동쪽으로 건축되었다. 따라서 이러한 연유로 발생한 17°(45°-28°=17°) 차이는 불가사의였다.

그는 키브라에 관한 이 내용을 반복해서 읽었으나 명확히 이해하지 못했다. 두 차례 확장공사를 통해 이동하면서 17° 차이가 발생했는지 아니면 초기부터 그렇게 건축했는지를 알 수 없기 때문이었다. 큉의 저서 등 여러 문헌을 참고했으나 도움이 되지 못했다.

'혹시 비밀이 각도의 차이인 17°에 숨겨져 있지 않을까?'

중세 8세기 말엽의 이슬람문명 과학기술 수준으로 판단할 때 건축설계, 공사 진행 과정 등의 실수라고 믿기지는 않았다.

'그렇다면 17°의 차이는 무엇을 의미할까. 음. 시간을 가리키는 건 아닐까?'

그건 아닐 것이다. '라 메스키타' 건축 당시는 중세이니 현대의 시간 단위를 썼을 리가 없었다. 예를 들어 조과, 찬과 등의 단위들도 중세 중기 이후에 만들어졌다. 그렇다면 중세 초기에는 어떠한 시간단위를 사용했는지 궁금했다. 또한 통용되었던 각도단위는 무엇일까 하는 생각도 들었다.

7. 1236년 '페르난도 3세'는 코르도바를 함락시켰다. 이후 '라 메스키타'는 '산타 마리아 마드레 데 디오스'라는 가톨릭교회가 되었다. 15세기에 대주교는 건축물 중앙부에 가톨릭교회를 개축하고자 했다. 이 사실을 알게 된 대법관이 반대했으나 대주교는 그를 파문하며 밀어붙였다. '카를로스 5세'도 이 개축계획을 허가했다. 이후에 '라 메스키타'를 방문한 왕은 이렇게 탄식했다.

"이러한 건축물인 줄 알았다면 허락하지 않았을 것이다. 하지 말았어야 할 공사를 세계에서 하나뿐인 '라 메스키타'에 하였구나."

그럼에도 이슬람사원 개축공사는 중단 없이 강행되었다. 1582년까지 공사를 진행해서 가톨릭교회를 완공시켰다.

그가 조사한 '라 메스키타'의 개관은 이 정도였다. 작성한 목록의 첫 번째 항목만 검토해보고도 앞이 막막했다. 이러한 조사는 비밀을 풀기 위한 작업에 힘을 불어넣어 주지 않고 오히려 좌절하게 만들었다. 개관의 내용들로 판단해볼 때, '라 메스키타' 내부에 숨겨진 비밀을 알아내는 건 불가능해 보였다.

하지만 마리암을 만날 수 있다면 단 1%의 가능성만 있어도 도전할 것이다. 이 세상에 사랑보다 더한 동기부여는 없으므로……

35. 추론

시간은 새벽과 동틀 무렵을 지나 정오를 향해서 가고 있었다. 이수영은 졸리지도, 배고프지도, 피곤하지도 않았다. 실제로 그렇다기보다 그런 것들에 대해 일정기간 감각이 정지되어 버렸다. 즉 이러한 육체에 관한 제 상태에 대해 생각할 겨를이 없었다. 오로지 '정신의 세계'에만 몰두했다. 현재 그를 지배하고 있는 세계는 '라 메스키타'였다. 그는 어젯밤 도서관으로 들어온 이래 한시도 쉬지 않았다. 아침 8시경 주스 두 잔을 마셨을 뿐이었다. 돌이켜보니 지난 일주일 내내 제대로 먹지 못했다. 하지만 배가 등을 향해 점점 가까이 붙어가는 느낌도 그리 나쁘진 않았다. 헛헛하기는 했다.

이윽고 그는 정오 무렵이 되어서야 결론을 내렸다. 나름대로 최선을 다해 도달한 결론이었다. 그렇게 믿었다.

"이 비밀은 '라 메스키타' 내부의 말발굽 형태 이중아치들에 있다."

그가 이렇게 속삭이니 자신의 목소리가 귀에 들려오는데 왜 그런지 생경했다. 오늘은 왜 이리 낯선 것들이 많을까. 등 쪽을 향해 붙어가는 배가 그랬고 28년 동안 들었던 자신의 음성이 먼 곳에서 들리는 북소리처럼 아련했다. 이런 느낌에 대해 어느 글에선가 읽은 기억이 났다. '익숙하던 일들이 낯설게 느껴지면 떠날 때가 된 것이다.' 그렇게 해당 구절이 흐릿하게 떠오를 뿐이었다.

'그것도 본인의 의사에 반하여 떠날 때 그렇다고 했던가? 그런데 어디로 떠난다는 말이지?'

밤새 페이지들을 넘기며 신경 쓰고 지면을 보았더니 눈이 아팠다. 그가 스페인어를 모르니 독일어, 영어, 라틴어 등으로 쓰였거나 번역된 자료들을 볼 수밖에 없었다. 그런데 그러한 대부분의 자료가 오래전에 출판된 문헌들이었다. 종이가 낡아서 책장을 넘길 때 미세먼지가 발생해 그럴까 아니면 피곤해서 그럴까. 그가 거울을 보니 눈동자가 붉게 충혈되었다. 눈 주위 전체에 바늘로 찌르는 듯 통증이 왔다. 콕콕, 코옥~ 코옥~ 찔렀다. 아팠다. 이외에 다른 원인이 있나 생각해보았다. 힘을 주어서 양쪽 눈을 질끈 감았다. 깜깜한 암흑 속에서 번개 같은 것이, 구름 같은 것이 이리저리 떠다니고 있었다.

그는 '라 메스키타' 내부의 가톨릭교회를 떠올렸다. 15세기 '카를로스 5세'에 의해 역사적 사실은 미궁에 갇혔다. 중앙부가 파괴되었기에 초기 '라 메스키타'의 모습은 알 수 없었다. 그러나 남아있는 이중아치들, 아라베스크 문양들 등에 비밀이 숨겨져 있을 것 같았다. 특히 128개 이중아치 기둥들에 관심이 갔다. 아무래도 붉고 새하얀 홍예석으로 만든 이중아치들이 예사롭지 않아 보였다.

그는 마음을 가라앉히고 차분히 사고하고자 노력했다. 8세기 말엽에 코르도바는 서방세계의 중심이었으니 '압드 알-라흐만 1세'는 무엇인가 말하고 싶었을 것이다. 그게 무엇인지 알아내야 했다. 그리고 128개 이중아치 기둥, 각도 17°, 키브라 이동, 확장공사의 의미 등에 이어 그는 의문이 더 있었다.

'대주교가 그 비밀을 알고 있었을까? 그랬을지도 모르지. 어쩌면 그래서 대주교는 반대하는 대법관을 파문하고 교회개축을 강행했을 수도 있어.'

만약 이 가정이 사실이라면 '라 메스키타' 비밀을 영원히 알아내지 못할 것이다. 건축 초기 중앙부는 모두 파괴되었기 때문이었다. 하지만 그럴 리가 없다고 부정했다. 고개를 가로저었다. 그렇다 하더라도 즉 그 내용의 인지 여부에 관계없이 어떠한 비밀이 '라 메스키타'에 장치되었다는 풍문을 들었을 수도 있었다. 그러할 확률도 적지 않아 보였다. 따라서 대주교는 비밀이 내재된 실체 부분을 제거해버리고 싶었기에 '라 메스키타' 중앙부만 파괴하는 편법을 사용했는지도 모른다. 대주교의 활동 시기는 '압드 알-라흐만 1세'가 세상을 떠난 지, 그리고 후기우마이야왕조가 종식된 지 수백 년 정도 지난 시점이어서 비밀에 관한 이야기들이 풍문으로 전해졌을 가능성도 있었다.

중세에는 풍문들이 많이 돌아다녔다. 프랑크왕국의 메로빙거왕조, 예수 그리스도, '막달라 마리아' 등에 관한 그럴듯한 풍문도 그것들 중

하나였다. 이러한 가정을 받아들인다면 '라 메스키타' 비밀은 중앙부 이중아치들에 숨겨져 있어야 했다.

'이도 아니라면, 대주교가 아무것도 몰랐다 하더라도 담당 관리들도 그 비밀에 대해 몰랐을까? 구체적으로 알고 있지는 못해도 풍문을 들어서 짐작했을 수 있지. 그래서 전체를 허물고자 했으나 대주교에 의해 저지되어 일부만 허무는 편법을 사용한 건 아닐까?'

이처럼 '라 메스키타'의 중앙부에 관한 추측들은 혼란스럽기도, 흥미롭기도 했다. 마치 포의 추리소설을 읽는 느낌이었다.

그는 맑은 공기도 마시고 요기도 할 겸해서 밖으로 나왔다. 도서관 정문 왼쪽으로 한산한 터키음식점이 보였다. 입구 옆에 도네르케밥이 돌아가고 있었다.

나무벤치에 앉았다. 가을 햇볕이 황금빛으로 반짝였다. 그 빛이 소박하다는 생각이 들었다. 황금빛과 소박함은 어울리지 않는 조합일 것이나 가을 햇볕이라는 범주 안에서 절묘하게 어울렸다. '라 메스키타'와 칼라트라바기사수도회의 조합이 그랬다. 즉 비밀이라는 범주 안에서 이질적인 개체들이 혼합되어 조화를 이루었다. 이러한 조화로움이 중세의 어둠을 밝히는 빛이 될지, 칠흑 같은 어둠 속에서 존재감 없이 미미한 움직임으로 사라질지는 두고 볼 일이다.

이제 그의 관심이 서서히 칼라트라바기사수도회에게로 옮겨가기 시작했다. 틀림없이 칼라트라바기사수도회는 중세에 소멸되었다. 그런데 어느 시점에서 기사회생했다면 본부는 어디로 정했을까. 그는 '라 메스키타' 비밀에 전념하면서도 그들의 본부에 대한 타격을 염두에 두고 있었다. 물론 국가 공권력을 이용할 계획이었다. 어쨌든 소극적 방어에서 적극적 공격으로의 전환은 선택이 아니라 필수였다. 세 번의 대결에서 얻은 결론이었다.

현대사회에서 기사수도회가 존재하지 않으니 칼라트라바기사수도회는 공식적으로 인정받는 단체는 아닐 것이다. 그러므로 현재 이베리아반도의 '칼라트라바 라 비에하' 지역이나 '칼라트라바 라 누에바' 지역에 있을 가능성은 낮았다. 또한 중세에 칼라트라바기사수도회는 알칸타라기사수도회와 기사연합 형태로 활동하기도 했지만 그렇다 해서 카세레스주 알칸타라시에 본부가 있을 것 같지도 않았다. 그래도 스페인 어딘가에는 있을 것이다. 그라나다 또는 세비야에 대해 생각해보았다. 그라나다는 마지막 이슬람왕국의 수도라는 역사적 상징성이 있었다. 세비야는 안달루시아 자치지역에서 규모면으로 으뜸인 도시였다. 하지만 왠지 느낌상 아니었다.

그렇다면 어느 지역이 거론되어야 할까. 어떠한 질문이든지 그 답을 얻으려면 사고의 외연을 확대해야 했다. 이번에 벌어진 일련의 과정들에서 그가 직접 체험한 공부였고 교훈이기도 했다.

그러다 문득 이러한 추론을 멈추었다. 무엇인가 생각의 순서가 잘못되고 있었다. 음료를 들고 있던 오른손이 내려가며 허벅지 위에 놓였다. 그 어떤 것에 대한 윤곽이라도 잡고 싶어서 그 상태 그대로 가만히 있었다. 그러더니 허벅지를 왼손 손바닥으로 연달아 두드리며 벤치에서 일어났다.

"어째서 현대에 기사수도회 조직을 재결성했을까? 왜 이 시점일까?"

이 질문들이 그들의 본부 소재보다 더 중요하지 않을까. 이 근원적인 사고를 미처 하지 못했다는 생각이 들었다. 경황이 없어서도 그랬고 자바부르크에서의 충격이 커서 그렇기도 했다. 그는 그 사내들의 허리끈에 매달린 장식을 조사하기 위해 그제 경영대학 도서관에서 찾아보았던 문헌 중에서 하나의 문장이 상기되었다.

'무어Moors인으로부터 소중한 도시를 되찾기 위해서 1215년에 칼라

트라바기사수도회를 조직했다.'

그는 이 내용으로부터 무언가 이끌어내야 했다. 그렇다면 중세가 아닌 현대에서 칼라트라바기사수도회는 무엇을 되찾기 위해 재조직되었을까. 그 이유가 있을 것이다. 유럽 지역에서 무어인은 더 이상 없다. 유사 혈통을 가진 사람들은 남아있겠지만 어떤 조직화 및 세력화도 이루지 못했다. 따라서 현대에서 무어인이 의미하는 바는 필시 이슬람세력일 것이다. 그러면 칼라트라바기사수도회는 이슬람세력으로부터 대체 무엇을 되찾고 싶어 할까. 이것을 알아내야 했다. 뭔가 미세하나마 실마리가 풀리지 않나 기대했으나 거기에서 더 연결되진 않았다. 이에 대한 추론을 뒤로 미루었다. 그러는 와중에 이런 단상이 떠올랐다.

'중세 아라비아숫자들, 칼라트라바기사수도회, 이슬람세력 등의 연결고리를 밝혀야 해. 아마도 '라 메스키타' 비밀은 종교적 의미일 것 같아.'

이 분석이 어느 정도 설득력이 있다고 생각했다. 일단 움직이기 시작한 사고의 수레바퀴는 멈출 줄을 몰랐다. 그는 상상해보았다.

'일련의 이 이해할 수 없는 사건들을 관통하는 실체는 무엇일까? 그리고 그 무엇이 되어야 할까?'

36. 이중아치

하지만 이수영의 추론은 여기까지였다. 다음 단계로 의식이 도약하지도, 그 영역이 확장되지도 못했다. 사고의 한계 아니면 인내의 한계에 도달한 것일까. 인문과학실에 들어가 노트와 필기도구 등을 챙겨서 나왔다. 관련 자료들을 보려면 한도 끝도 없었다. 일단 개관이라도 살펴본 상태에서 '라 메스키타'를 방문해 조사해볼 요량이었다. 어서 말발굽 형태의 이중아치들을 주의 깊게 보고 싶었다. 거기에 특별한 의미가 있어야 했다. 그러하기를 간절히 바랐다.

얼마 후 '라 메스키타' 입구에 다다랐다. 어제 도착했는데도 코르도바에 체류한 지 한참 된 것처럼 친밀감이 들었다. 주위의 건물들도 익숙하게 다가왔다. 어제와 동일한 방식으로 건축물 외부를 한 바퀴 반 둘러 본 후에 내부로 들어갔다. 오늘의 느낌은 어제저녁에 보았던 이중아치의 첫인상과는 달랐다. '아는 만큼 보인다.'는 격언이 이런 경우를 의미하나 싶었다. 도서관에서 추측한 정황들을 감안하면서 살펴보았다.

적백색 홍예석들이 쳄발로 건반처럼 보였다. 이 발현악기의 음색에 매료되어 마리암이 한때 음악대학 진학을 고민했었다는 이야기가 생각났다. 음렬의 기구적인 조합이 고전적이어서 중세 후기의 쓸쓸함이 밀려온다는 설명이었다.

그가 말발굽 형태의 이중아치들을 조사하니 3가지 종류였다. 이중아치 구조 중에서 상단은 모두 '반원 형태'였다. 하단은 형태가 3가지로서 '반원 형태', '파도 모양의 굴곡이 있는 형태', '두 개의 굴곡이 서로 엇갈리게 겹치는 형태' 등으로 나누어졌다. 상단, 하단 각각의 붉은 홍예석 개수도 이중아치마다 달랐다. 상단의 붉은 홍예석 개수는 9개, 8개, 6개 등이고 하단의 개수는 8개, 7개, 6개 등이었다. 그렇다면 이중아치 형태는 모두 '3×3×3=27개' 형태가 될 터이다. 이렇게 27개 형태로 분류된 '라 메스키타' 이중아치들을 그림으로 나타내면 다음과 같았다.

[27개 형태로 분류된 '라 메스키타' 이중아치]

이러한 과정을 거쳐 '라 메스키타' 이중아치들을 분류했다. 총 27개 형태의 이중아치들이 그 무엇을 의미하리라 짐작했다. 분석 초기에 방향을 올바르게 설정해야 했다. 아니면 미노타우로스 미로에서 갈팡질팡하는 제물처럼 헤매게 될 게 뻔했다. 기도하는 마음으로 분석을 시작했다.

첫째로 이중아치의 27개 형태가 문자라고 가정했다. 그가 판단하기에 가능성이 높은 문자는 아랍어였다. 그 당시 코르도바의 공용어는 아랍어였고 '압드 알-라흐만 1세'도 아랍어를 사용했기 때문이었다. 그런데 이 언어는 28개 자음으로 이루어졌기에 27개 형태가 아랍어를 의미한다면 이중아치의 1개 형태가 부족했다. 이를 어떻게든지 해결해야 했다. 어딘가 하나밖에 없는 어떤 특정한 형태가 더 있으리라 생각했다. 그래서 내부의 이중아치들을 샅샅이 조사했으나 어떤 것도 발견할 수 없었다. 그 당시에는 있었지만 중앙부를 허물고 교회를 개축하면서 현재는 없을 수도 있었고 아니면 건축 초기부터 없었을 수도 있었다.

우려가 현실로 나타났다. 분석 초기부터 방향을 못 잡고 있었다. 그러다 27개 이중아치 형태가 라틴어일지도 모른다고 생각했다. 하지만 철자 수가 25개이기에 가능성은 낮아보였다. 그럼에도 '압드 알-라흐만 1세'가 라틴어를 사용했을 개연성을 배제할 수는 없었다. 이를테면 복수의 이중아치 형태가 하나의 철자를 의미하는 경우도 있을 수 있었다. 이도 아니라면 이중아치들이 문자를 의미한다는 가정 자체가 오류일지도 모른다.

둘째로 기호화된 메시지를 찾아야 했다. 즉 메시지가 있어야 내재된 해당 기호를 알아낼 수 있었다. 그의 가정에 의하면 '라 메스키타' 비밀은 말발굽 형태의 이중아치들이므로 이들을 일단 기호화된 메시지로 바꿔야 했다. '압드 알-라흐만 1세'가 건축했던 당시에는 128개 이중아치 기둥들이 있었으나 그 기둥들이 얼마나 현 시점에 남아있을지는 미지수였다. 아마 채 절반도 남아있지 않을 것이다. 그럼에도 그는 메시지를 찾기 위해 유형분류를 시도했다.

이중아치들을 27개 유형으로 나눈 다음에 라틴알파벳을 사용해 각 유형들을 A, B, C, D 등이라 가정했다. 그래서 이 라틴알파벳들을 구성하면 어떠한 조합이든지 문장이 나타나겠지만 이것이 '압드 알-라흐만 1세'가 의미하는 문장인지 알 수 없다. 기호화된 메시지를 모르기 때문이다.

이를테면 이중아치 하단이 '반원 형태', 상단 붉은 홍예석 개수 9개, 하단 붉은 홍예석 개수 8개인 유형을 A, 이중아치 하단이 '반원 형태', 상단 붉은 홍예석 개수 9개, 하단 붉은 홍예석 개수 7개인 유형을 B 등등의 방식으로 모든 27개 유형을 라틴알파벳으로 가정했다고 하자. 이렇게 파생된 각 알파벳을 조합한다면 '경우의 수'가 헤아릴 수 없을 정도로 발생할 터이니 이러한 방식으로 '압드 알-라흐만 1세'가 비밀을 정했을 리도 없고 후대에 비밀문장을 알아낼 수도 없을 것이다.

그렇다면 대체 어떻게 해야 기호화된 메시지를 알 수 있을까. 그때였다. 그의 뇌리를 섬광처럼 스쳐가는 생각이 있었다. 그는 한동안 어찌할 바를 모르고 서 있다가 '라 메스키타' 내부를 망연히 빠져나왔다.

'우선 기호화된 메시지가 있어야 해. 그러나 메시지가 없다면 또는 있어도 찾아내지 못한다면 아무것도 시작하지 못하네.'

이와 동시에 그에게 무엇인가 모래톱을 쓸고 가는 물결처럼 밀려왔다. 불교에서 선승들이 한순간에 깨달음을 얻었다는 의미가 일정부분 이해되었다. 예전에는 우리들의 삶이 그러한지 왜 알지 못했나 하는 생각도 들었다.

'내 인생의 기호화된 메시지는 무엇일까. 혹시 그 메시지를 찾아내지 못하는 건 아닐까? 그렇다면 슬픈 일이지.'

이러한 상념에 잠겨서 오렌지나무 정원을 서성이고 있는데 마르코스가 종탑 옆 입구에서 나타났다. 이수영을 발견하고 반갑게 손을 흔들며 다가왔다.

"여기 있을 줄 알았어요. 방금 전에 도서관 가서 3층까지 찾아봤습니다."

"그랬어요? 고생했네요."

"무슨 걱정이 있나요? 얼굴에 수심이 가득합니다."

"뭐 걱정이라기보다 '라 메스키타' 비밀에 대해 생각하다가."

"어제 말하려다 하지 않았던 그 비밀이 무엇이지요?"

"예. 그게, 타지에 도착해서 경황도 없었고 엊저녁에는 마리암 가문 이야기를 듣느라 설명을 못했습니다. 중세 아라비아숫자들은 알지요?"

"그럼요. 세르히오 사건이 그것 때문에 일어났는데요."

이수영은 이 부분에서 말을 멈추고 마르코스에 대해 생각해보았다.

여러 정황으로 판단해볼 때 마르코스는 칼라트라바기사수도회와 관련된 적은 아니었다. 오히려 마리암을 도와주는 협력자였다. 하지만 신중해야 했다. 알고 보니 진회색 모자의 할머니도 그 사내들과 관련된 적이었다. 자칫 경솔한 언행을 한다면 차질 없이 진행되어야 할 일들이 모두 그르칠 수 있었다.

"중세 숫자들의 의미가 '라 메스키타'와 관계있어요."

"어떠한 관계지요?"

이수영은 망설였다. 어떻게 해야 할까. 이야기를 어느 정도 진행하고 도움을 청할지 아니면 마르코스를 일정기간 관찰의 영역에 두어야 할지 판단이 서지 않았다. 결국 전자를 택했으나 '압드 알-라흐만 1세' 이야기는 제외하기로 했다. 만약의 사태에 대비하기 위해서라도 전부를 공개하는 일은 삼가야 했다.

"코르도바 '라 메스키타'에 비밀이 숨겨져 있어요. 그러나 그 비밀이 무엇인지도, 어디에 숨겨져 있는지도, 어떻게 장치되어 있는지도 모릅니다."

"그렇게 해서 어떻게 알아내나요?"

"불가능하지요. 서성이며 그에 관한 생각을 하고 있었습니다."

"그렇다면 그 비밀의 형식이 어떠한 범주에 속해 있는지 최소한 그거라도 알아야 하지 않을까요?"

"역시 모릅니다. 기호화된 메시지를 알지 못합니다."

이수영은 이렇게 대답하며 그 메시지에 대한 자신의 생각을 말해주었다. 마르코스는 이야기를 들으면서 점차 표정이 바뀌기 시작했다.

"달리 표현하면 기호화된 메시지가 있는 것도 다행이라는 뜻이네요. 비밀을 알아내고 말고는 그 다음 문제구요."

"그렇지요."

이수영은 담담하게 대답했다. 그림자가 드리운 그의 옆모습이 초연해 보였다.

"그러니까 중세 아라비아숫자들은 그 자체로 이미 축복이었단 말이지요?"

"……"

이번에는 가만히 고개를 끄덕였다. 마르코스가 말없이 이수영을 바라보았는데 그 눈빛이 어제와 달랐다. 막역한 선배를 대하듯 혹은 동문수학하는 사형을 대하듯 하는 그런 눈빛이었다. 이수영은 오렌지나무 정원 사이를 천천히 걸었다. 마르코스는 그대로 목석처럼 서 있더니 몸을 돌려 종탑 옆에 있는 출구로 발걸음을 옮겼다. 다시 한 번 손을 흔들었다. 이번은 작별의 인사였다.

'저렇게 똑같이 손을 흔들어도 왜 아까는 만남의 인사로, 지금은 헤어짐의 인사로 인식될까. 이유가 무엇일까?'

이수영은 이와 같이 생각하며, 돌아서는 마르코스의 뒷모습을 바라보았다. 그 이유는 마르코스를 만난 사실에 대한 기억의 차이일 것이다. 그러한 차이가 동일한 동작을 저렇게 다른 각도로 인식하도록 만든다면 기억이 인식의 주체가 된다는 의미였다. 실로 두려운 일이기도, 가슴 아픈 일이기도 했다.

이수영의 마음이 불안정한 상태인 채로 가라앉고 있었다. '라 메스키타'의 기호화된 메시지를 알아내는 일이 아득하게 느껴졌다. 갈수록 자신감이 없어졌다. 한 계단씩 내려가는 것처럼 숨을 아래로 고르며 정신을 가다듬었다.

마리암이 그리웠다. 고개를 틀듯이 옆으로 돌리고 눈을 가늘게 하여 쏘아보던 눈매가 생각났다. 웃는 듯, 슬픈 듯 가늠할 수 없었던 그 모습이 보고 싶었다. 그녀와 헤어진 지 불과 일주일밖에 지나지 않았으나 십여 년은 지난 것 같았다. 그동안 하도 힘든 일들이 들이닥쳐 그러할 것이다.

어쩌면…… 사랑은 그런 것인지도 모른다. 그녀의 조각 같은 얼굴, 지적인 미모, 신실한 마음 등은 하루하루 시간이 지나면서 옅어져 갔다. 그럼에도 이수영이 한국으로 떠나기 전날 저녁의 따듯하고 보드랍던 기억은 온 몸에 추억으로 남아 있었다. 그날 그는 그녀가 완곡하게 거절을 했음에도 하룻밤을 함께 보내고 싶어 했다. 그러한 바람은 강렬했다. 그녀와 만난 이후 처음으로 일주일 넘게 못 본다는 사실이 그를 심란하게 했을까. 하지만 남자는 여자를 이기지 못하는 법이다. 결국 그날도 각자 서로의 집으로 돌아가기로 했다. 헤어지기 직전이었다. 기숙사 앞에서 그녀의 움직임이 느려졌다. 그러더니 걸음을 멈추고 알 듯 모를 듯 미소를 지으며 비스듬히 서서 셔츠 앞단추를 한두 개 풀었다. 그리고 연인의 손을 당겨 그녀 자신의 셔츠 안으로 살며시 집어넣었다. 그렇게 그녀는 한동안 아무런 말도 없이 가만히 아래를 바라보기만 했다.

이수영이 잠시 과거 속으로 들어갔다가 다시 현재로 돌아왔다. 역시 이주일 전의 일인데도 아득한 옛날의 한 장면 같았다.

'실제가 아닌 꿈속에서의 일이었던가?'

눈을 감으니 몸이 아래로 묵직하게 가라앉고 있었다. 그의 사고도 몸이 가라앉는 것처럼 침잠해 들어갔다. 어떻게 해야 '라 메스키타'의 기호화된 메시지를 알 수 있을까. 하지만 무엇부터 시작해야 할지 아무 생각이 나지 않았다. 그러다 장방쿼이의 얼굴이 스쳐지나갔다. 코르도바로 도와주러 온다고 했으니 반드시 오리라 믿었다. 바로 친구에게 전화해 마르코스 연락처를 알려주었다. 이곳에 도착해서 '라 메스키타' 또는 도서관으로 찾아오면 만날 수 있다고도 전했다. 이수영은 장방쿼이와 머리를 맞대고 기호화된 메시지를 찾아낼 계획이었다. 그동안 살아오면서 절실히 깨닫지는 못했으나 친구란 존재가 그렇게 소중하다는 것을 이제야 알게 되었다.

37. 기차는 8시에 떠나고

마리암은 빈을 출발한 지 10여 분도 지나지 않아 깜박 잠이 들었다. 기차를 무사히 탔다는 안도감에 긴장이 풀렸는지도 모른다. 얼마 후에 눈을 떠보니 차창 밖으로 장관이 펼쳐지고 있었다. 10월 말의 알프스는 아름다웠다. 늦가을이었다. 고향 코르도바는 가을 단풍이 소박했지만 알프스 산자락들의 단풍은 그 규모가 대단했다. 상록수가 수종 대부분을 차지하는 지역을 제외하곤 산 전체가 화려했다. 그 어떤 표현도 부족할 정도였다. 그뿐 아니라 온갖 단풍의 고운 색들이 저마다 다른 채도와 명도를 가지고 있어서 제각각 뽐내는 양 울긋불긋 빛났다. 몇 시간씩 기차를 타고 달려도 이어지는 알프스 단풍의 물결은 장엄하기까지 했다.

그녀는 장거리 기차여행을 했다. 총 28시간 33분 걸렸다. 요일별로 기차 연결시간표가 달랐는데 목요일 스케줄에 맞추어서 어쩔 수 없이 스위스, 프랑스 등을 경유하는 우회로를 선택했다. 평상시라면 어떤 경우라도 시도할 생각조차 하지 않을 여정이었다. 빈 서부역을 출발해 인스부르크역, 취리히역과 바젤역, 뮐루즈비유Mulhouse Ville역과 페르피냥Perpignan역, 마드리드역 등 6개 역에서 기차를 갈아탔다. 그녀는 바젤역을 지날 즈음해서 다소 후회했다. 피곤함, 외로움, 지루함 등을 참으면서 하기에는 길고도 긴 여행이었다.

'내가 이렇게도 무모한 행동을 했네. 이번 여정에서는 '경우의 수'들을 다각도로 검토해봐야 해. 지난 토요일처럼 그 사내들에게 또 당할 수는 없잖아?'

이렇게 마음속으로 다짐했다. 그녀는 코르도바에서 전개될 수 있는 모든 '경우의 수'들을 헤아려보았다. 그래야만 했다.

스위스 국경도시 바젤을 지나 프랑스로 진입해 반 시간 정도 달려서 뮐루즈비유에 도착했다. 거기서 다시 기차를 바꾸어 타고 프랑스 남부 지역을 횡단했다. 밤새 달렸다. 기차가 덜커덩, 덜커덩거릴 때마다 이 소리들은 객실의 좁은 공간에 메아리처럼 울려 퍼졌다. 금속성의 소리였음에도 정감 있게 들렸다. 그러한 울림은 솟구치듯이 가슴에 날아와 잔잔한 파동이 되었다. 이수영이 그리웠다.

'그이는 지금 코르도바에서 무엇을 하고 있을까. 이렇게 본인을 만나기 위해 밤새 기차로 달려가는 것을 알고 있을까?'

문득 '기차는 8시에 떠나고'라는 멜로디가 떠올랐다. 그리스의 발차Agnes Baltsa가 부른 애절한 성악곡이었다. 기숙사 옆방 502호에서 가끔 레코드로 듣곤 했다. 그리스 테살로니키에서 유학 온 헬레네가 고향에서 가져온 휴대전축으로 들려주었다. 마리암은 자신과 생일이 11월 19일로 동일한 메조소프라노 발차에 대한 호감 정도가 남달랐다. 기차를 타고 떠난 후에 돌아올 줄 모르는 연인을 하염없이 기다리는 슬픈 노래라 했는데 어째서 하필 이 시점에 떠오르는지 모를 일이었다.

'왜 그렇게 돌아오지 않았을까? 그토록 하염없이 기다리고 있는데……'

날이 훤하게 밝아왔다. 기뻤다. 얼마 지나지 않아 기차는 프랑스남부의 성채 도시 페르피냥에 도착했다. 스페인 국경으로부터 불과 40km 밖에 떨어져 있지 않은 지역이었다. 거기서 다시 기차를 갈아타고 마드리드까지 4시간 6분을 달렸다. 그리고도 안달루시아 세비야까지 2시간 20분을 더 갔다.

고대 포에니전쟁에서 한니발은 알프스를 넘어가면서 얼마나 힘들었을까. 기차를 타고 가도 이렇게 고된 여행을 그녀는 평생 잊지 못할 것 같았다. 그야말로 기원전의 카르타고 로마 원정이 떠오를 정도의 대장정이었다. 알프스산맥도 관통하고 피레네산맥 끝자락도 넘은 여정이기에 그러했다.

이제 세비야에 다 왔다. 마리암은 고개를 위로 올리고 등도 곧게 폈다. 어깨를 중심으로 두 팔도 원을 그리며 돌렸다. 지친 몸을 추스르며 마음을 가다듬어야 했다. 세비야역에 도착하자 그녀에게 엄습한 것은 두려움이었다. 어디선가 진회색 망토를 걸친 두 사내가 나타날까봐 몸이 떨려왔다. 모든 신경조직들이 곤두섰다. 옅은 베이지색 스카프로 머리카락을 감추고 얼굴도 절반가량 가렸다. 주위를 살피며 이동해 기차시간표를 알아보았다. 10분 후에 코르도바로 출발하는 열차가 있었다.

역에서의 정차시간을 이용해 마르코스에게 전화했다. 그녀는 통화 전까지만 해도 경계심을 늦추지 않았으나 통화 시작하면서 그 내용에 몰두한 탓인지 주위 경계에 계속 신경을 쓰진 못했다. 도착한 날은 금요일이었다. 오후 5시 이후에는 후배가 연구소에서 퇴근할까 염려되어 서둘렀다. 다행히도 기대에 부응해 벨이 울리자마자 바로 받았다. 반가웠다. 지난 토요일의 끔찍했던 일들이 연이어 스쳐지나갔다. 필름이 끊긴 장면들처럼 그렇게 스쳤다. 하지만 애써 냉정하고자 노력했다.

"마리암이야. 그동안 잘 지냈지?"

"무사했군요. 얼마나 걱정했는지 알아요?"

"염려해준 덕분이야. 그때 다친 머리는 어때?"

"이제 괜찮아요."

"고생 많았어. 나 때문에 그렇게 되어서 미안해."

"아닙니다. 어디예요?"

"세비야역이야. 몇 분 후에 코르도바행 기차 탈 거야. 혹시 이수영 만났어?"

"예. 어제 도서관에서 밤새도록 있었다고 들었어요. 오늘 오후에도 일이십 분 남짓 만나서 이야기를 나누었지요."

"그래?"

"그의 의지가 대단하던데요? 남자가 며칠 자지 않아도 안 죽는다고 합니다."

이렇게 몇 마디 근황만 전해 듣고도 이수영의 강건한 마음이 그녀 가슴에 새겨졌다. 그러한 마음뿐만 아니라 그가 최선을 다하고 있다는 생각이 절로 들었다. 한동안 아무 말이 없자 마르코스가 수화기 너머에서 연거푸 불렀다.

"여보세요? 여보세요?"

"오늘 오후에는 그이를 어디서 만났지?"

"한두 시간 전에 '라 메스키타' 중정에서 만났어요. 모르긴 몰라도 아직까지 그곳에 있을 거예요."

"이제 기차 타야 해. 일단 그이를 만나고 연락할게."

"예. 전화주세요. 오늘 늦게까지 연구소에 있을 겁니다."

"알았어."

역사 벽면에 걸려있는 시계를 보면서 전화를 끊었고 걸음을 재촉해 코르도바행 기차에 올라탔다. 기나긴 기차여행의 마지막 구간이었다. 그녀는 이동하면서 도착 후의 일정에 대해 윤곽을 그려보기도 했다. 하지만 이수영과 만난 후에 계획을 수립하는 것이 합리적이리라 판단했다. 그동안 직간접적으로 접한 정보를 서로 공유할 수 있기에 그러했다. 그 사내들이 칼라트라바기사수도회 소속이라는 사실도 알았다고 했으니 재회 후에 계획을 세워야 최선의 방안을 찾을 수 있을 것이다.

그녀는 향후 일정을 떠올리다가 콧날이 시큰해졌다. 그가 하루 만에 중세 숫자들을 해독한 사실이 놀라웠고 그 비밀을 알아내기 위해서 전력투구하는 모습은 믿음직스러웠다. 또한 도서관에서 제반 문헌들을 찾아보는 탐구의 시작도 바람직해 보였다.

세비야역에서 43분 달려서 코르도바역에 오후 4시 36분에 도착했다. 출발한 다음날이었다. 역 앞에서 택시를 타고 '라 메스키타'로 갔다. 오늘 내내 그가 건축물 내부 혹은 중정에 있으리라 확신했다. 평소 태도로 보아서 그러했다. 밤새 도서관에서 관련 문헌들을 찾았다면 다음에는 실체를 보고 세부내용을 대조하며 확인하려 하기 때문이었다.

그녀는 도중에도 그 사내들을 염두에 두고 주위를 살폈으나 의지와 관계없이 마음은 온통 연인에게 가 있었다. 그럴 수밖에 없었다. 가슴이 두근거렸다. 첫사랑을 보는 것처럼 그렇게 마음이 설렜다. 하기는 첫사랑이나 마찬가지였다. 학부 때 알리시아 소개로 마지못해 시작된 한 달여 만남은 그저 스쳐가는 바람이었을 뿐이었다.

택시가 '라 메스키타' 입구에 도착했다. 그녀는 튀는 공처럼 튀어나갔다. 시간은 오후 5시를 향해서 가고 있었다. 발걸음이 빨라졌다. 오렌지나무 정원을 둘러보았다. 그의 모습이 보이지 않았다. 매표소에서 입장권을 끊고 내부를 향해 빠른 걸음으로 들어갔다. 이리저리 살피며 뛰다시피 하여 두 번을 돌았다. 역시 그의 그림자도 보이지 않았다. 수백 명 군중 안에 있더라도 바로 그를 찾아낼 수 있다고 평소에 생각하고 있었다. 이상했다. 갑자기 불길한 예감이 들었다.

'그이가 여기 내부에 왜 없을까? 들어오면서 보니 오렌지 정원에도 없었고 출입문 근처에도 없었는데.'

무언가 어그러지고 있었다. 그녀는 걸음을 서둘러 밖으로 나왔다. 정원은 한눈에 둘러볼 수 있었지만 그래도 몰라서 오른쪽 회랑 쪽으로 방향을 틀었다. 긴 회랑을 한 바퀴 돌아서 종탑 방향으로 걸어갔다. 그런데 종탑 발코니에서 무슨 소리가 우당탕탕 거리며 들렸다. 다급하게 외치는 고함도 들려왔다. 거칠고 둔탁한 소음들은 누군가와 격렬한 몸싸움을 하는 소리 같았다. 이러한 소란 속에서 그의 음성을 들었다. 비록 희미했지만 확실히 들었다. 사랑하는 연인의 낯익은 목소리였다. 묵직한 톤의 파도처럼 울리던 그 느낌…… 자바부르크 고성 성루에 걸려있던 좁은 창문에서 고개를 내밀고 돌아와 달라 애타게 외치던 음성이었다.

그제야 종탑 발코니로 올라가는 출입구 철문이 열려있는 것을 발견했다. 그녀는 초등학교 다닐 때부터 이곳에 여러 번 와보았으나 종탑의 묵직한 철제문이 열려있는 모습은 본 적이 없었다. 항상 자물쇠로 굳게 닫혀 있었다.

철문이 철커덩 하고 닫히는 굉음을 들으며 돌계단을 뛰어서 정신없이 올라갔다. 숨이 턱까지 차올랐다. 첫 번째 층, 두 번째 층 발코니에 각각 도착하니 아무도 없었다. 하지만 바로 위에 있는 세 번째 층 발코니에서 소름끼치는 소리들이 들려왔다. 뼈와 뼈가 부딪치는 둔탁한 소리, 무언가에 껄끄럽게 스치는 기분 나쁜 마찰음, 신음 속에 뒤섞인 외침 등이 엉켜서 들려온 것이다. 격렬하고 위급한 격투음과 더불어 실제로 이수영의 목소리가 귀에 파고들었다. 작게 들렸으나 또렷했다. 이 소리들만으로도 모든 상황을 파악했다. 그녀의 얼굴이 새파랗게 질렸다.

38. 무심한 빗방울

이수영은 자신의 삶을 되돌아보았다. 한순간 만에 이루어진 자성이었으나 이로 인해 발견한 세상은 어제와 달랐다. 이 세상 이치는 가늠할 수조차 없이 심오하면서도 한편으론 빛과 어둠의 속성만큼이나 더할 나위 없이 단순했다. 태고부터의 암흑이라 할지라도 한 줄기 빛만으로 어둠은 순식간에 사라지며, 미망의 세계에 있을지라도 순간의 자각으로 진리의 세계에 다가갈 수 있었다.

그는 '라 메스키타' 내부에 있어 보아야 무의미하다는 사실을 알았다. 발걸음을 돌려 출입문을 통해서 정원으로 나왔다. 마음이 조급하지 않고 이상하리만큼 평온했다. 그의 머릿속에는 기호화된 메시지에 관한 생각만 맴돌았다.

그러다 지난 10월 초순 벨베데레궁전을 다녀온 후 마리암이 보낸 편지의 한 구절이 연상되었다. 그날은 날씨가 쌀쌀했음에도 불구하고 궁전 정원에서 밤하늘의 별을 보았다. 서로 마주봐도 좋은 일이나 어느 한 곳을 함께 응시하며 공감할 수 있다는 것도 흐뭇한 일이었다. 전후 맥락으로 보아서 그녀 생각이라기보다 어디서 인용했지 싶었다. 어쩌면 「돈키호테」에 나오는 내용인지도 모른다.

> 갑자기 돈키호테를 다시 읽고 싶어졌어.
> 이룰 수 없는 꿈을 꾸고 이길 수 없는 적과 싸웠으며
> 불가능한 사랑을 하고 잡을 수 없는 별을 잡으려 했던 돈키호테……
> 어쩌면 나를 알고자 하는 내 인생의 꿈은 잡을 수 없는 별이기에 이렇게 힘들고 어렵고 가슴 아픈 것일까?

불현듯 그의 머리를 스쳐지나가는 생각이 있었다. 이 편지 구절에서 '나를 알고자 하는 내 인생의 꿈'과 자신의 화두인 '내 인생의 기호화된 메시지'는 동일한 의미인지도 모른다. 단지 표현만 다른 것 아닐까. 이처럼 그는 이런저런 상념에 젖어서 정원을 둥그렇게 돌았다.

그러다 '라 메스키타' 출입구 근처에 이르렀는데 종탑으로 올라가는 철문이 얼마간 열려있는 것을 발견했다. 이곳 코르도바에서는 아잔Adhān 소리가 중세 후기 이후 울려 퍼지지 않는다. 이슬람교 예배시간을 알려는 사람이 없기 때문이다. 또한 가톨릭교회 종소리도 더 이상 울려 퍼질 일이 없다. 이제 '라 메스키타'는 박물관이기에 그러했다. 그런데 철문이 어째서 열려있을까. 어제저녁에만 해도 투박한 자물쇠로 굳게 닫혀 있었던 기억이 났다. 이상했다. 그가 고개를 갸웃거리며 밀어보니

철문이 스르르 열렸다. 어서 들어오라고 손짓하고 있었다. '잠자는 숲 속의 공주' 동화에서 마법에 이끌려 공주가 '자바부르크 성' 안으로 들어가는 것처럼 그는 알 수 없는 힘에 이끌려 철문을 열고 계단을 걸어 올라갔다.

그 무엇인가 기분이 야릇했다. 미지의 영역으로 첫걸음을 내딛는 마음이 설레기도 하였으나 이 감정에는 두려움과 불안감이 수반되었다. 이제 다시는 장미넝쿨이 우거진 성 바깥으로 나가지 못할 것 같았다. 아마도 '성의 바깥'은 이 세상일 것이다.

'우리들이 살고 있는 이 세상! 대부분 평상시에 잊고 지내지만 사실 얼마나 좋은 곳인가?'

하지만 그도 그렇게 절실하게 느끼지는 못했다. 종탑 계단을 올라갈 때만 해도 그랬다. 2층으로 올라가면서 돌계단에 이어 나무계단으로 이어졌는데 그 재질로 보아 근래에 설치된 것으로 보였다. 종탑에는 다른 용도의 계단이 2개 있었다. 하나는 올라갈 때, 다른 하나는 내려올 때 각기 사용했다. 이는 서고트족 건축기법 등의 영향을 받은 계단 양식이었다. 바빌로니아, 아시리아 등지의 고대 건축물에서 드물게 사용되기도 했다.

종탑은 10세기에 재건된 후에도 1593년, 1617년 등에 각각 증축되었다. 현재의 높이는 47.5m로서 중세 측량단위로 100엘보우와이드였다. 따라서 이 높이는 '압드 알-라흐만 3세' 시기에 확정되었으리라 추정했다. 이슬람왕국이 이베리아반도에서 물러난 1492년 이후에는 시간이 흐를수록 엘보우와이드 측량단위를 사용하지 않았기 때문이었다. 종탑에는 초기 이슬람의 신비함과 고즈넉함이 배어있었다. 지나간 세월의 흔적도 깊었다. 모두 5개의 층과 5개의 발코니가 있었다. 네 번째 발코니까지는 정사각형 형태들이었고 다섯 번째 발코니만 원형이었다.

첫 번째, 두 번째 층의 출입문들은 각각 폐쇄되어 있었다. 한참을 올라가 세 번째 층에 도착하니 동서남북으로 각 방향마다 청동종이 세 개씩 장착되었다. 4개 방향이니 모두 12개였다. 중앙에 위치한 종은 양쪽 종에 비해 크기가 컸다. '라 메스키타'가 가톨릭교회로 바뀐 1236년 이후 장착되었을 것이다. 그는 한동안 그렇게 서 있다가 출구를 나섰다. 위로 올라가는 계단이 보였다. 네 번째 층에도 동서남북으로 종들이 걸려있었으나 각 방향마다 한 개의 종만 있었다. 바로 전에 올랐던 계단보다 좁은 계단을 비집고 올라갔다. 어깨를 양쪽 벽에 부딪치면서 뛰어서 올랐다. 어서 도착해 더 높은 위치에서 '라 메스키타'를 내려다보고 싶었다. 종탑에서 제일 높은 곳인 다섯 번째 층에 이르니 청동종이 홀로 걸려있었다. 그러나 잠시도 머물지 않고 곧 세 번째 층 발코니로 한달음에 내려왔다.

건축물 완공 시에 세워진 미나렛의 높이는 23.5m였다. 그러니 여기 세 번째 층 발코니가 그 정도 높이일 것이다. 그는 초기 준공 당시와 동일한 위치에서 '라 메스키타'를 내려다보고자 했다. 그래야 감정이입이 되지 싶었다.

종탑 위의 푸른 하늘을 작은 틈 사이로 올려다보았다. 지금으로부터 1200년 전에 이슬람 기도 시간을 알려주는 아잔이 이곳에서 울려 퍼졌을 것이다. 어느 목청 좋은 선지자가 읊어대는 걸쭉하면서도 해맑은 음성이 귀에 들리는 듯했다. 청동종과 벽 사이로 밖을 내다보고자 했으나 폭이 너무 좁아 고개를 내밀 수 없었다. 그래도 보고 싶었다. 그는 중절모를 벗고 나무지팡이는 옆에 세워놓은 채로 아치형 공간 사이로 간신히 고개를 비집고 내밀어 아래를 내려다보았다.

그날이었다. 1978년 10월 27일 금요일, 시간은 17시를 향해 흐르고 있었다. 해가 벌써 뉘엿뉘엿 지려고 했다. 가을 햇빛이 '라 메스키타'를 향해서 사정없이 꽂히고 있었다. 햇빛이 건축물 창문에 반사되어 황금색으로 비치기도 했다. 뭔가 생각이 날 것 같으면서도 나지 않았는데 그것이 무엇인지 잘 몰랐다. 그가 어릴 적에 장충동 친구 집으로 놀러갔다가 보았던 가을 햇살 같기도 했다.

'앞뜰에 소규모 야구장이 있을 정도로 넓은 집이었지. 일렬로 늘어선 창문에 하나씩 내려앉던 빛줄기가 어찌나 섬세하던지.'

친구가 집에 없어 그냥 돌아올 때 뒤돌아서서 바라보았던 가을 햇살이 현재 '라 메스키타' 창문에 비치는 가을 햇빛과 중첩되어 빛났다. 쓸쓸하게 빛났다. 그는 이렇게 시공간을 자유자재로 넘나드는 기억이라는 정신 기능이 그저 놀랍기만 했다.

어디선가 불어오는 바람이 시원했다. 그의 얼굴에 스치는 싱그러운 바람이 청량감을 주었다. 저 멀리 아래로 내려다보이는 '라 메스키타'가 얼마나 고혹적인지 몰랐다. 고개가 아픈 것도 잠시 잊을 정도였다.

그때였다. '라 메스키타' 종탑의 나무계단을 소리 없이 올라오는 두 사내가 있었다. 페르난도와 호세였다.

이로부터 한 시간 전 즈음의 일이었다. 그들은 세비야역에서 코르도바행 기차표를 구매하고 플랫폼으로 발걸음을 옮기고 있었다. 페르난도가 기차를 타려다 한쪽 편 공중전화부스에서 전화를 걸고 있는 마리암을 발견했다. 스카프를 머리에 두르고 얼굴도 일부 가렸으나 그녀가 틀림없었다. 페르난도는 순간적으로 멈칫했다. 동시에 호흡이 거칠어지며 어깨에 메고 있던 배낭을 바닥으로 집어던졌다. 그리고는 앞뒤 가리지 않고 달려가려 했다. 이를 본 호세가 페르난도의 팔을 단호하게 움켜잡았다. 이어서 상대를 돌려세우고 쉿소리가 섞인 음성으로 타일렀다.

"여기 세비야역이야. 사람들이 많아서 어떻게 할 수 없어."

"무슨 소리야? 수단 방법을 가리지 말고 잡아야 해. 이거 놔!"

페르난도가 잡은 손을 뿌리치려 했으나 호세는 꿈쩍도 하지 않았다. 오히려 페르난도의 어깨를 감싸 안으며 설득했다.

"마리암을 쫓아가 보자. 어제 공항에서 보았던 뒷모습의 남자가 이수영이라면 이야기가 들어맞지 않아? 얼마 후 세비야행 항공편이 있었고 그녀도 오늘 세비야에 도착했어. 그림이 얼추 그려지잖아."

평소 페르난도의 성격으로 보아서는 호세의 말을 무시하며 완력으로 밀어붙였을 것이다. 하지만 오늘은 어찌된 일인지 가만히 있었다. 그뿐 아니라 호세의 설득에 고개를 끄덕이면서 동의를 표했다.

"네 말대로 이번이 절호의 기회 같다. 어쩌면 모두 붙잡을 수 있을 거야. 이수영에게 우리가 몇 번이나 당했어. 꼭 잡아야 해."

"오늘은 어떤 일이 있어도 결판내자."

그들은 전화를 걸고 나오는 마리암을 주시했다. 호세는 기차 출입문 근처에서 살폈다. 페르난도는 짐을 들고 기차객실 통로로 이동해 눈치채지 않도록 옆 칸에 앉아 감시했다. 세비야와 코르도바 사이에 정차역이 없어서 미행에 별로 어려움이 없었다. 그들은 코르도바역에 정차한 후에도 일정한 간격을 두고 따라갔다. 그녀는 경계하는 눈빛으로 주위를 둘러보았고 힐긋힐긋 돌아보기도 했다. 그러나 그들을 발견한 낌새는 보이지 않았다. 진회색 망토를 벗고 일반복장을 해서 그럴 수도 있었다. 그녀가 택시를 타고 떠난 후에 그들도 서둘러 택시를 잡아탔다.

얼마 후 그녀가 '라 메스키타' 입구 근처에 도착했다. 그들은 종탑 앞을 완전히 돌았고 코너를 돌자마자 급히 하차했다.

"왜 '라 메스키타'에서 내리는 거지?"

호세가 차문을 소리 나지 않도록 닫으며 말했다. 납득하기 어렵다는 표정으로 양미간을 한껏 모았다. 페르난도도 의아해했다.

"그러게 말이다. 혹여 이수영이 이곳에 있는 거 아니야?"

페르난도도 결전을 앞둔 병사처럼 이를 부딪치며 거칠게 말했다. 그의 어투에서 결연함, 긴장감 등이 감돌았다.

"하여튼 마음의 준비를 단단히 하자. 여기서 놓치면 끝이다."

"이번에도 실패하면 둘 다 죽어야지."

그들은 좌우를 살피며 '라 메스키타' 입구로 들어섰다. 뒷모습이 먹잇감을 목전에 둔 굶주린 맹수들 같았다.

"저기 봐! 이수영이 종탑 철문 안으로 들어가고 있다."

입구 문턱을 넘어서자 페르난도가 눈썹을 치켜세우며 날카로운 목소리로 부르짖었다. 그러면서 손을 입에 대고 조심하는 표정도 역력했다. 호세가 보아도 과연 그랬다. 중절모를 쓰고 감청색 재킷을 입은 청년이 종탑 철문을 밀고 안으로 들어가고 있었다. 어제 오전 빈 공항에서 뒷모습으로 보았던 재킷과 같았다. 앞모습은 못 보았으나 그 동양인의 뒷모습으로 보였다.

'어떻게 뒷모습만으로 그런 구별이 가능할까? 각자의 기억 속에 내재되어 있는 선입관 때문일까 아니면 선험적 능력에 기인하는 것일까?'

문득 호세는 이런 생각이 들었다. 그 이유를 알고 싶었다. 마리암은 그새 어디 갔는지 보이지 않았다. 중정을 지나 '라 메스키타' 내부에 들어갔으리라 짐작했다. 어쨌든 그들은 망설이지 않고 이수영을 좇아갔다. 돌계단을 소리 나지 않게 발꿈치를 들고 숨죽이며 올라가 첫 번째, 두 번째 층을 지났다. 세 번째 층으로 올라가려는데 내려오는 발자국 소리가 들렸다. 호세는 신기하게도 내려오는 발자국 소리를 구별할 수 있었다. 다시 이러한 의문이 생겼다.

'올라가고 내려오는 발자국 소리들은 어째서 각기 다를까. 게다가 그걸 어떻게 알 수 있을까? 인간의 인지능력이란 놀랍기만 하다. 근데 오늘은 왜 이리 궁금한 게 많은 거야. 무슨 일이 있으려나?'

이렇게 의아해하며 옆을 보니 오히려 페르난도가 당황해서 어떻게 할까 망설이고 있었다. 그러는 사이 발자국 소리가 멈췄다. 세 번째 층으로 이수영이 들어간 것이 분명했다. 그들은 혼란스러운 표정으로 서로를 마주보았다.

투명한 가을 햇살이 '라 메스키타' 창문으로 내리꽂히고 있었다. 빗살무늬 토기 겉면의 사선처럼 대기 중에 그어지는 햇살들이 신비로웠다. 아까부터 생각이 날 듯하면서도 나지 않는 것이 있었다. 이수영은 애가 탔다. 그게 과연 무엇일까. 그의 목이 꺾여서 고개 언저리에 통증이 느껴졌으나 미처 거기까지 마음이 가지도 않았다. 그렇게 가을 햇빛과 '라 메스키타'에 완전히 몰입해 있었다.

그런데 이 균형이 깨졌다. 이수영은 뒤쪽에서 무슨 소리가 들린 것도 같아 고개를 빼고 뒤를 돌아보았다. 그러다 발로 건드렸는지 옆에 세워 놓았던 나무지팡이가 넘어지면서 따락따락 소리를 내며 굴러갔다. 고개를 급히 빼면서 청동종의 꺼칠한 표면에 귀가 쓸려 피가 배어 나왔다. 곧 핏방울이 똑똑 떨어졌다. 쓰라렸다. 이와 동시에 두 사내가 뭐라 알아들을 수 없는 괴성을 지르며 득달같이 달려들었다. 그는 직감적으로 알았다. 칼라트라바기사수도회 소속의 그 사내들이었다. 바로 목숨을 건 치열한 격투가 시작되었다.

'이게 몇 번째 격돌이지? 아마도 이번이 마지막 대결 아닐까?'

이런 예감이 이수영의 뇌리를 스쳤다. 갑자기 전신이 짜릿했다. 자신의 내면에 승부사 기질이 숨어 있었는지도 모른다. 그렇다면 최종 승자는 누구일까. 이렇게 격투가 시작되는 와중에도 그런 생각이 났다. 하지만 승패는 삽시간에 갈라졌다. 그 시간은 2~3초, 길어야 3~4초 정도밖에 되지 않았을 것이다. 이수영은 허리를 숙이고 아래를 내려 보다가 난데없는 공격을 받았다. 놀라서 뒤를 돌아보며 그 사내들을 향해 허리도 미처 펴지 못한 상태였다. 이수영의 옆구리로 페르난도의 날렵하고 거친 발이 날아들었다. 호세는 이수영의 오른쪽 팔을 무자비하게 비틀면서 꺾었다. 비틀 때 우지끈 소리가 들렸다. 일반적으로는 이런 동작들이 끝나면서 모든 상황은 종료되었을 것이다.

하지만 이렇게 허무히 무릎을 꿇을 수는 없었다. 이수영은 맞으면서 부위를 살짝 틀어 페르난도의 발이 비껴가게 했다. 맞기는 했으나 충격이 그리 세지 않았다. 오른쪽 팔을 꺾는 호세의 얼굴에는 타원을 그리며 왼쪽 펀치를 힘껏 날렸다. 주먹은 곰 손바닥 형태로 말아 쥐었는데 근접거리 격투에서 적합한 형태였다. 손톱 밑의 손마디 접은 부분으로 호세의 눈을 정통으로 가격했다. 그 손마디로 눈알의 둥근 부분을 느낄 겨를도 없이 페르난도의 무쇠주먹이 복부로 날아왔다. 아래로 숙인다는 것이 오히려 명치 부분을 얻어맞았다. 숨이 턱 막혔다.

"허어그!"

탄식과 비명이 섞여서 기이한 소리가 입술 사이로 새어나왔다. 그때 눈을 호되게 얻어맞은 호세가 반사적으로 주먹을 휘둘렀다. 그런데 하필이면 명치를 맞은 채로 고개를 숙이고 있던 이수영의 턱으로 날아들었다. 앞으로 꼬꾸라지며 쓰러졌다. 이수영의 머리 위로 거대한 구둣발이 날아왔다. 도저히 가죽이라고 믿기지 않을 만큼 딱딱했다. 정말 눈물 나도록 아팠다.

'내가 오늘 여기서 죽는구나.'

마치 돌덩이 같은 구둣발을 피스톤처럼 연달아 맞으면서 이수영은 마지막을 떠올렸다. 죽음의 그림자가 어른거리고 있었다. 하지만 그럴 순 없었다. 이대로 죽을 수는 없었다. 반쯤 감겨 있는 그의 눈에 무언가 빛나는 것이 들어왔다. 한쪽 구석에 처박힌 에나멜 광택의 나무지팡이였다. 안타까웠다.

이수영은 앞으로 쓰러진 상태에서 몸을 기울이다가 옆으로 돌리면서 두 발을 엇갈리게 움직여 동력을 만들었다. 그 힘을 모아서 발끝으로 호세의 발목을 쳐서 넘어뜨렸다. 사력을 다해 쳤다. 호세는 청동으로 만든 종에 머리를 부딪치고 비명을 지르며 넘어갔다. 그러자 페르난도가 괴성을 지르며 이수영의 목 뒷부분을 구둣발로 걷어찼다. 전신이 유리잔처럼 부서지는 것 같은 고통을 느꼈다. 태어나서 이런 아픔은 처음이었다. 죽는 것보다 더한 통증이 찌릿찌릿하면서 사방으로 퍼져나갔다. 축 늘어졌다. 페르난도는 숨 돌릴 틈도 없이 흐트러진 멱살을 쥐고 이수영을 단번에 일으켜 세웠다. 그의 완력이 실로 대단했다.

페르난도는 이수영의 목을 뒤로 젖힌 상태로 아치형 공간과 청동종 사이의 좁은 틈에다 인정사정없이 밀어붙였다. 윗부분이 아치형이면서 창문 형태로 만들어 놓은 이 공간은 타종을 하게 되면 종이 왕복운동을 할 수 있도록 만들어놓은 자리였다. 따라서 사람이, 더욱이 성인 남자가 들어갈 수 있는 공간이 되지를 못했다.

이미 붉게 물든 귀가 거칠한 벽면에 급격한 마찰을 일으키며 꺾였다. 아니, 접혔다. 마찰음만 들어도 소름이 돋았다. 새빨간 피가 후드득 떨어졌다. 재킷의 어깨부분도 걸레처럼 찢겨져 나갔다. 어깨뼈에 금이 갔는지, 부러졌는지 짐승 같은 신음소리가 튀어나왔다. 페르난도는 흥분해 거친 숨을 몰아쉬며 밀어붙였다. 금방이라도 종탑 아래로 떨어질 것 같았다. 이수영은 모든 힘을 쥐어짜서 다급하게 외쳤다.

"이, 이게 무슨……"

실신하기 직전이었다. 헐떡거리면서 호흡이 눈에 띄게 가빠졌다. 목이 졸려서 숨을 쉬기가 어려웠다. 눈동자도 게슴츠레 풀려가고 있었다. 페르난도는 멱살을 거머쥔 채로 목을 뒤로 밀어젖혔다. 이수영의 상체가 타원형으로 둥글게 휘었다.

"해독 문장 말해! 그럼 목숨만은 살려주마."

페르난도의 얼굴이 붉은 화로처럼 달아올랐다. 그도 죽기 아니면 살기였다. 절박했다. 호세가 비명을 지르며 쓰러지는 걸 보고 이성을 잃었는지도 모른다.

"대…… 왜 그러……"

이수영은 입이 벌어지지 않아 제대로 말도 못했다. 주파수의 이어지는 파장들처럼 그렇게 통증이 반복되며 몰려왔다. 거센 파도가 해안으로 쓸려왔다 쓸려가는 것 같았다. 이렇게 목숨이 끊어지는가 보다 하는 생각이 머리를 스쳐갔다. 분했다. 그의 입술과 이가 부딪히며 드르르 떨렸다. 그러면서도 그는 무릎으로 앞에 있는 페르난도의 낭심을 걷어 차고 싶었다. 그러나 그건 생각뿐이었다. 전혀 움직일 수 없었다. 목 뒷부분을 걷어차인 게 치명타였다.

"어서 말해!"

"으으……"

이수영은 마지막 힘을 다해 복부에서 목구멍으로 이렇게 뱉어냈다. 숨소리는 가래 끓는 폐쇄음을 내며 갈라졌다. 끝부분은 잘 들리지도 않았다. 내뱉는 소리가 끝나기도 전에 페르난도는 더 거칠게 밀어붙였다. 이에 따라 목도 더 젖혀졌다. 페르난도는 알 수 없는 괴성을 연신 지르며 틀어잡은 멱살을 엄청난 힘으로 쥐어틀었다. 목덜미도 숨을 쉴 수 없을 정도로 조여 왔다. 모든 것이 한계에 도달했다. 이러다가 종탑에서 떨어져 죽기 전에 목 졸려 죽을 판이었다.

그의 허리가 활시위를 한껏 당긴 활처럼 휘었다. 종탑 밑으로 떨어지기 직전이었다. 그의 눈동자에 '라 메스키타' 창문들이 거꾸로 비쳤다. 마치 '필름 카메라'의 상像처럼 그렇게 뒤집혀서 투영되었다. 유리창에 쏟아지는 가을 햇빛이 황금빛으로 반짝거리는 모습을 보며 생각했다.

'이 와중에도 가을 햇빛이 아름답다는 생각이 떠오르네.'

그의 목덜미에 가해지는 하중이 갈수록 거세졌다. 페르난도는 그야말로 헤라클레스처럼 그를 내리눌렀다. 이제 인간으로서 견딜 수 있는 한계까지 다다랐다. 그럼에도 손가락 하나 꼼짝할 수 없었다.

바로 그때였다. 내리꽂히는 투명한 가을 햇살처럼 이수영의 뇌리에 한줄기 빛이 스쳐지나갔다. 믿을 수 없게도 정점의 시간에 '라 메스키타' 비밀의 단서가 떠오른 것이다. 종탑에 올라와서부터 사고의 언저리에만 머물러 있던 그 무엇이었다.

"……"

저도 모르게 부르르 떨면서 허공을 향해 거꾸로 열려있는 입에서 무엇인가 터져 나왔다. 미약한 숨소리 같았다. 처절한 외침이자 절규였으나 어느 누구도, 그 무엇도 들을 수 없었다. 터져 나오는가 하더니 이내 사그라졌다. 생명의 불꽃이 아스라이 사그라지는 것처럼 그러했다. 극한의 상황에서 비밀의 단서를 떠올렸지만 의식을 점점 잃어가고 있었다. 뿌연 안개가 퍼지듯이 흐릿해져갔다.

종탑의 계단을 올라오는 발자국의 울림이 이수영에게 느껴졌다. 누군가 혼자서 올라오는 것 같았다. 어지러운 발자국 소리들로 미루어 다급하게 올라오고 있었다. 마리암이었다. 3층 발코니에 도착하자마자 그녀는 울음 섞인 비명을 질렀다.

"오오옷!"

외마디 날카로운 소리가 허공을 갈랐다. 그녀는 떨리는 파장에 실어 백팩을 있는 힘을 다해 던지며 넘어져 있는 호세를 가로질러 달려들었다. 페르난도가 움찔하는가 싶었다. 그러더니 예기치 못한 비명소리 등에 당황해 자신도 모르게 이수영의 목덜미를 더 격하게 눌렀다.

그의 발이 허공에 한순간…… 붕 떴다. 허리는 난간에 걸려있었으나 상체가 바깥쪽으로 급격히 기울기 시작했다. 순간적으로 중력이라는 힘이 무엇을 의미하는지 온 몸으로 느꼈다. 이렇게 그는 종탑에서 떨어지기 시작하면서 그녀의 음성을 들었다.

'어떻게 모를 수 있겠어. 나의 사랑 마리암의 목소리를……'

이수영의 머리가 종탑 아래를 향했다. 머리카락 속으로 파고드는 가을바람이 시원했다. 순간에서 영원으로 이동하며 무심한 빗방울처럼 자유낙하 했다. 그리고 찰나와 같은 그 시간에도 연인을 생각했다.

'그녀가 여기 왔어. 그런데도 못보고 이렇게 떠나네.'

그렇게 바람을 헤치고 떨어지면서 사랑하는 이름을 소리쳐 불렀다.

"……"

하지만 그의 목소리는 거의 들리지 않았다. 이마저도 끝부분은 입안에서 쪼그라들었다. 그때가 17시 정각이었다.

그녀는 비명을 지르며 달려들었으나 추락을 막지는 못했다. 페르난도는 이수영이 떨어진 자리에 종을 손으로 짚고 엉거주춤 서 있었다. 그녀 얼굴이 창백하게 변했다. 양손을 올려 일그러지고 있는 입을 막았다. 하지만 울음이 터져 나왔다. 뒷걸음질하며 물러나다가 쓰러져있던 호세에 걸려 넘어졌고 바닥에 그와 뒤엉켜버렸다. 화들짝 놀라 진저리를 치면서 일어나 얼굴이 하얗게 질린 채로 눈물을 흘리며 계단을 내려갔다. 페르난도도 얼이 빠진 양 그 모습을 보고도 그대로 서 있었다. 고개가 밑으로 처지며 어깨 속에 파묻혔다. 그를 죽일 생각까지는 없었다.

그녀는 정신이 반쯤 나갔다. 혼미한 상태에서 계단을 뛰어 내려왔다. 하도 급하게 발을 내딛다 보니 중심을 잃고 몇 번이나 넘어질 뻔했다. 그래도 비틀거리며 용하게 잘 내려오다가 철문 가까이 다가와서 계단에서 한 차례 구르기도 했다. 몇 계단 안 되기가 그나마 다행이었다. 마음이 급하니 몸이 따라가질 못했다. 허리가 삐끗했으나 그런 건 신경이 쓰이지도 않았다. 이렇게 계단을 내려오면서 울음이 격해졌다. 얼굴은 눈물로 뒤범벅이 되었다. 현재의 상황이 믿기지 않았다.

그렇게 종탑 철문을 빠져나오니 이수영이 바닥에 널브러져 있었다. 다행히 숨이 붙어있었다. 잎이 무성한 오렌지나무 가지를 부러뜨리며 떨어졌다. 그렇지 않았다면 즉사했을 것이다. 오른쪽 팔이 뒤로 꺾어져 차마 눈 뜨고 볼 수가 없었다. 얼굴은 나뭇가지에 쓸려서 온통 사선으로 상처가 나 있었다. 빗금 친 부분을 따라 핏물이 방울방울 굵게, 어느 부분은 약하게 배어 나왔다. 끔찍했다. 한쪽 귀는 밑 부분이 너덜거렸다. 왼쪽 머리 뒷부분에서 피가 흘러내렸다. 흥건했다. 헝클어진 머리카락이 붉은 핏덩이와 엉겨 붙어 있었다.

"세, 세상에!"

그녀가 외마디 소리를 지르며 이수영을 일으켜서 안았다. 그가 가쁜 숨을 내쉬며 눈을 가까스로 그믐달처럼 치켜올렸다.

"마……"

새어나온 목소리는 낮았고 작았다. 들을 수가 없었다. 하지만 들릴 듯 말 듯 미약한 음성이 한 음절씩 힘겹게 이어졌다.

"이 세상에…… 당, 당신을……"

가쁜 숨을 몰아쉬는 그의 눈동자에 이슬이 맺혔다. 이내 뺨을 타고 눈물이 주르르 흘러내렸다. 불규칙적으로 들이쉬고 내쉬고를 반복했다. 그러더니 숨을 조금씩 계속해서 들이쉬었다. 이어서 말을 하려는 모습이었다.

"만난 것보다…… 더 기쁜 일은…… 없……"

그가 날숨을 토해내듯이 뱉어내며 혼신의 힘을 다해서 말을 이어나갔다. 이를 들은 그녀의 검은 눈망울에서 눈물이 쏟아졌다. 흐느꼈다. 눈물을 연달아 삼키며 한 맺힌 목소리로 속삭였다.

"어떻게든 살아야 해. 죽으면 안……"

그녀는 감정이 격해지며 제대로 말을 잇지 못했다. 피가 흘러들어와 고인 눈동자는 안타까움으로 젖어있었다. 그럼에도 바라보는 그의 젖은 눈에는 사랑이 가득했다. 사랑이란 그런 것일까. 그가 희미하게 웃고 있었다. 그 웃음의 의미가 무엇인지 알고 싶었다. 짧은 숨을 연이어

몰아쉬더니 얼굴이 창백해졌다. 전체가 새하얗게 되었다. 점차 크게 들이마시더니 헐떡이며 띄엄띄엄 입을 떼었다.

"라 메스…… 비밀…… 17도…… 창, 창문을 통해서……"

이렇게 끊어질 것 같으면서도 조금씩 이어지더니 말을 더 못하고 그는 풀려가는 눈으로 그녀를 물끄러미 바라보았다. 눈의 초점이 흐려지다가 또렷하게 돌아왔다. 이를 놓칠세라 그녀도 그의 눈을 응시했다. 그들만의 대화방식이 다시 시도되었다. 마지막 기회일 것이다. 그는 간절히 무엇인가 말하고 싶어 했으나 눈동자가 힘을 잃어갔다. 마침내 고개를 힘없이 떨어뜨렸다. 그녀는 그를 와락 끌어안고 거친 숨소리를 내뱉으며 오열했다. 뺨을 어루만지면서 메마른 입술에 자신의 입술을 비비고 또 비볐다. 가슴이 미어졌다.

"흐으윽……"

오렌지나무 정원에 있던 관람객들이 하나둘씩 모여들었다. 그들은 마리암과 이수영을 빙 둘러쌌다. 페르난도와 호세는 혼잡한 틈을 이용해 종탑의 철문을 슬그머니 빠져나갔다. 출구 왼쪽으로 돌기 직전에 페르난도가 힐긋 그녀를 쳐다보았다. 곤혹스러운 표정이었다. 검은 털모자 아래로 피가 흐르는 호세를 부축해 힘겹게 발걸음을 옮기는 페르난도의 얼굴은 일그러졌다.

39. 목각인형

이수영 장례식을 치른 날 밤에 마리암은 꿈을 꾸었다. 꿈속에서 코르도바 '라 메스키타'의 미나렛이 보였던 것으로 미루어보아 중세시대 초기였다.

아라베스크 문양이 돋보이는 이슬람양식의 저택 로비 층에 그녀가

서 있었다. 고풍스러운 창문 너머로 '라 메스키타' 미나렛과 회색빛 하늘이 아른거렸다. 텅 빈 공간으로 메아리치는 아잔이 외로운 마음을 파고들었다. 오늘따라 구성지게 울려 퍼졌다. 그렇게 들리는 듯했다. 그녀는 현관 좌측에서 1층으로 올라가기 위해 대리석계단을 딛으려고 했다. 그러나 계단들이 흔들려서 딛고 올라설 수 없었다. 한 계단 높은 곳, 낮은 곳 등에서도 각각 시도해보았지만 그 결과는 동일했다. 이리저리 애를 써보아도 상황은 진전이 없었다. 그러다 기진맥진해 계단 초입에 쓰러졌다.

그녀는 진땀을 흘리며 잠에서 깨어났다. 기운이 하나도 없었다. 일어날 힘도 없을 정도로 지쳐 있었다. 그래도 억지로 일어나 침대 머리말에 걸터앉았다. 방금 전의 꿈이 현실 같았다. 비몽사몽간에 협탁 위에 있는 손목시계를 보니 새벽 5시였다. 꿈의 내용이 평범하지 않았다. 프로이트의 「꿈의 해석」을 다시 읽어보고 싶었다. 그 사례들 중에 혹시 이와 유사한 내용이 나와 있을지도 모른다. 현관 로비 층에서 1층으로 가기 위해 그 무엇을 딛고 올라갈 때 지지대가 흔들리면 올라갈 수 없다. 1층으로 올라가는 동력이 없어도 다다를 수 없을 것이다. 당연했다.

'꿈속에서 나는 어디로 올라가려 했을까? 그 어딘가로 올라가기 위해 어떠한 지지대와 동력이 필요할까?'

그날 입관하기 전에 마지막으로 보았던 창백하고 여위었던 이수영의 얼굴이 떠올랐다. 어찌나 고요하게 누워있던지…… 그녀는 마음이 아릿했다.

'그이야말로 나의 지지대이고 동력일 거야. 이제 남아있는 삶은 무슨 의미가 있을까?'

그가 그리웠다. 가까운 사람이 세상을 떠난다는 일은 어떠한 의미일까. 그녀는 어느 책에선가 읽은 기억이 났다. '누군가 세상을 떠나면 슬픈 것은 그 사람이 세상을 떠나서가 아니라 혼자 남은 자신이 어떻게 이 세상을 살아가야 할지 막막해서이다.' 사실 그런지도 모른다. 하지만 그래도 슬펐다. 이제부터 어떻게 살아가야 할지 생각만 해도 그저 아득했다. 거기에다 '라 메스키타' 비밀은 또 어떻게 알아내야 할지 난감하기만 했다.

그녀는 코르도바에 도착해 장례식을 치를 때까지 과달키비르 강변의 작은 호텔에서 묵었다. 낡고 오래된 건물이었다. 여행 비수기라 그런지 한산하고 적적했다. 생각해보니 오늘이 10월 30일이었다. 모레부터 11월이니 이제 추운 겨울이 시작될 것이다. 사랑…… 그것은 쓸쓸함이었다. 버겁고 생소한 감정이 머리서부터 발끝까지 휘감아 돌아내려갔다. 혼자 있는 것이 싫었다. 몸이 으슬으슬 떨렸다. 그가 따듯하게 안아준다면 얼마나 좋을까 생각하며 얼굴을 두 무릎 사이에 파묻었다.

"설마 내가 꿈을 꾸고 있는 것은 아니겠지. 이건 꿈이 아니야."

그녀는 고개를 옆으로 이리저리 저었다. 그러다가 세차게 고개를 저으며 말했다.

"아니야! 이건 꿈이야. 그이가 언제나 내 곁에 있겠다고 약속했어."

냉기가 흐르는 침대로 들어갔다. 싫었다. 차갑고 건조한 이 느낌이 싫었다. 자리에 누워 초점을 잃은 채로 흰 벽을 바라보았다. 눈물이 뺨을 타고 소리 없이 흘러내렸다. 그녀에게 있어 사랑과 쓸쓸함은 동의어였다.

그녀는 며칠 전에 치른 세르히오 장례식은 참석하지 못했으나 이수영의 장례식은 모든 과정을 지켜보았다. 가슴이 먹먹하다 못해 휑했다. 넋이 나간 사람처럼 그렇게 하염없이 시신 옆에 앉아 있었다. 그저 멍하니 앉아서 말없이 누워있는 그를 바라만 보았다. 슬픔도 어느 정도 진정되었을 때 느끼는 감정 같았다.

이수영이 세상을 떠난 이튿날에 장방퀘이가 코르도바로 왔다. 그의 친구가 도와주어서 장례식을 무사히 치를 수 있었다. 여러 가지 까다롭고 세세한 일들을 돌봐주었다. 고마웠다. 장례식을 치르고 그날 오후 화장을 했다. 이곳 스페인에서는 주로 매장을 선택하는 편이나 그의 경우는 어쩔 수 없었다. 화장을 하고 유골을 분쇄해 한국으로 가져갈 수 있도록 했다. 그의 동생이 장례식을 마친 그날 저녁에 유골함을 들고 세비야에서 한국으로 떠났다.

이수영의 동생 이수현은 장례식 당일 아침에 코르도바에 도착했다. 유가족 중에서 유일하게 참석했다. 그가 세상을 떠나고 이틀 후였다. 그의 어머니는 장남의 사망 소식을 듣고 그대로 쓰러져 병원에 입원했고 부친은 식음을 전폐하며 병실을 지킨다고 들었다. 이수현은 눈물도 보이지 않고 담담한 표정으로 마리암을 대했다. 그러는 모습을 보고 그녀 가슴은 더 미어졌다. 그러나 장례식을 치른 후에는 뒤편에서 남모르게 눈물을 훔쳤다. 그녀가 흘깃 뒤돌아보았다. 장방퀘이가 이수현의 어깨를 감싸 안으며 위로의 말을 하고 있었다. 장례식 내내 이수현은 그녀 앞에서 의연했으나 장방퀘이가 뭐라 말했는지 몰라도 어깨를 들썩이며 한참을 울었다.

'모두 다 내 탓이요, 내 탓이로다. 앞길이 구만리 같은 그이를 이렇게 일찍 떠나가게 했구나. 이 죄를 어찌 씻을 수 있으려나.'

이수현의 뒷모습을 보며 그녀도 함께 눈물지었다. 그날 저녁 그는 공항에서 헤어지면서 가라앉은 목소리로 말문을 열었다.

"형은 '라 메스키타' 비밀을 알아내고자 했습니다. 그러니 고인을 위해서라도 그 비밀을 꼭 풀어주세요."

이수현은 그동안의 이야기를 장방퀘이로부터 대강 들었을 것이다. 그런지라 이렇게 말하며 고개를 숙이고 인사했다. 마리암은 헤어지면서 비로소 그의 얼굴을 제대로 바라보았다. 선한 눈매에 이수영의 모습이 남아있었다.

"드릴 말씀이 없습니다. 죄송합니다. 부모님께 제 사죄의 말씀을 전해주세요. '라 메스키타' 비밀은 알아내겠습니다."

"그만 가겠습니다. 인연이 되면 언젠가 만나게 되겠지요."

"조심히 가시기 바랍니다."

그녀는 오른손을 가슴 위에 올리며 천천히 고개를 숙였고 그 상태로 한동안 있었다. 목각인형처럼 그렇게 가만히 있었다.

이수현이 출발한 그날 밤에 장방퀘이도 떠났다. 그가 공항에서 빈으로 같이 돌아가자고 제안했다. 그러나 그녀는 '라 메스키타' 비밀을 알아내기 전에는 떠날 수 없다고 대답했다. 부드럽지만 단호히 거절했다. 그럼에도 장방퀘이는 그녀에게 몇 번이나 간곡하게 권유했다.

"인간에게 생존보다 가치 있는 일은 없습니다. 언제 그 사내들이 들이닥쳐 위해를 가할지 모릅니다. 여기를 한시라도 빨리 떠나요."

"빈으로 간다고 안전하지도 않아요. 경찰이 수사를 본격적으로 시작했고 지난주와는 분위기가 다릅니다. 범인들이 곧 잡힐 거예요."

"마리암은 겁나지도 않아요? 이곳 코르도바에서 세르히오, 이수영 그들 모두 세상을 떠났습니다."

"물론 두렵습니다. 그렇다고 해서 그 비밀을 포기할 수는 없어요."

"하지만 '라 메스키타' 비밀보다 마리암 자신이 소중하지요."

"아닙니다. 이 일은 그 비밀을 알아내야 종료됩니다. 일련의 모든 사건에 대한 본질을 파악했어요. 그건 '라 메스키타' 비밀입니다. 그들은 그때까지 추격을 멈추지 않을 거예요. 그래서 여기를 떠날 수 없습니다."

"……"

장방퀘이는 더 이상 말을 못했다. 부디 몸조심하라는 당부를 거듭 남기고 빈으로 향했다. 그녀도 당연히 걱정이 되었다. 겁나고 두려웠다. 그 사내들의 거센 추격을 제지할 마땅한 방안이 마련되어 있는 것도 아니었다. 그러나 그녀의 의지는 강건했다. 이제 더 잃을 게 없다고 생각했으므로 두려울 일이 없었다.

그동안 칼라트라바기사수도회는 움직임이 없었다. 진회색 망토의 침입자들도, 종탑에서의 사내들도 얼씬도 하지 않았다. 어쩌면 그들이 동일인물일지도 모른다. 그녀는 그럴 확률도 있다고 생각했다. 어쨌든 오늘이 그가 세상을 떠난 지 사흘째 되는 날이었으나 잠잠했다. 어째서 그들이 아무 행동을 취하지 않을까. 이상했다.

'혹시 주위에서 나를 몰래 감시하는 것은 아닐까?'

오늘 저녁에도 코르도바 경찰국 담당형사 베르나르도와 통화했다. 이수영이 세상을 떠난 이후 수시로 경찰국을 방문하거나 전화로 통화했다. 장례식 당일에는 만나지 못했다. 대화 내용은 매번 대동소이해서 최선을 다해 신중히 다각도로 수사 중이니 기다려달라는 것이 요지였다. 또한 신변보호를 요청할 경우에 경찰관을 파견해 주겠다고 제안하기도 했다. 하지만 그녀는 감사의 인사만 전하고 사양했다. 자신의 행동에 방해가 될 뿐이라는 생각이 앞섰다. 이상하리만큼 두렵지 않았다. 그동안에 시립병원 영안실, 교회, '라 메스키타' 등만 다녀서 그런지 그렇게 겁나지도 않았다. 담담했다.

이제 잃어봤자 이 목숨밖에 더 잃겠나 하는 생각이 들었다. 그녀는 모든 일에 초연해 보였다. 죽음마저도 그랬다. 이에 한 걸음 더 나아가 인간에게 있어 '삶과 죽음'은 이질적인 그 무엇이 아니라는 생각도 스쳐갔다. 이 세상에 죽음으로부터 자유로운 생명체는 없으므로…… 그럴 것 같았다.

40. 중세로 들어가다

마리암은 오렌지정원 벤치에 앉아 있었다. 장례식을 치른 후 알리시아가 다녀간 이튿날 오전이었다. 이수영이 종탑에서 떨어지면서 부러뜨렸던 오렌지나무가 그대로 방치되어 있었다.

'대체 '라 메스키타' 비밀은 어떠한 내용이기에 그들의 목숨을 앗아갔을까?'

스승과 연인의 목숨을 앗아간 그 비밀을 알아내야 했다. 마냥 슬퍼만 하고 있을 수는 없었다. 그녀는 툭툭 털고 일어서 도서관으로 발길을 돌렸다.

그가 유물로 남긴 가방에는 노트 두 권이 들어있었다. 거기에 명기된 자료 목록을 빠짐없이 읽었다. 하룻밤에 찾았다고 믿기 어려울 정도로 다양한 문헌, 기록물 등이었다. 노트 뒤편에는 그날 밤에 느꼈던 단상, 관련 가설 등도 적혀 있었다. 페이지들을 넘기면서 그의 노력에 감탄했고 그의 집념에 경의를 표했으며 그의 사랑에 눈물지었다. 목록은 '라 메스키타' 관련 3개 항목과 '압드 알-라흐만 1세' 관련 2개 항목으로 구성되었다. 이것들이 제시하는 방향으로 비밀을 찾아가야 했다. 그가 숨을 거둘 때 말했던 단어들이 비밀의 열쇠라고 생각되기 때문이었다. 또렷하게 기억되는 몇 단어의 나열들…… 모든 정황으로 보아도 그랬다.

"이게 무슨 뜻일까? '라 메스키타', 비밀, 17도, 창문을 통해서."

이들로는 그 의미를 헤아려 볼 수 없었다. 따라서 그가 밤새 찾았던 자료들의 내용이 궁금했다. 그렇게 무언가를 찾기 위해 본인의 전부를 쏟아 부었겠고 그래서 그랬는지 그의 머리카락은 일주일 만에 놀라울 정도로 희어져 있었다. 그날 종탑 아래에서는 경황이 없어 인지하지 못했으나 장례식 때 보니 머리카락은 짙은 회색빛이었다. 지난 며칠 동안 겪었던 정신적인 충격 등을 짐작할 수 있었다. 루이 16세의 왕비 앙투아네트도 프랑스대혁명으로 수감되면서 하룻밤 만에 갈색의 머리카락이 백발로 바뀌었다고 했다. 시간의 흐름은 인간을 노쇠하게 만들지만 정신의 피폐함은 그보다 빠른 속도로 인간을 죽음의 길로 이끄는지도 모른다.

그녀는 그가 걸어간 길을 그대로 되짚어 걸어갔다. 우선 그가 적어놓은 목록대로 자료들을 찾았다. 제목으로 판단하건대 '라 메스키타' 개관만 조사했음에 틀림없었다. 갔던 길을 따라가기로 했기에 도서관에서도 밤새워 있기로 했다. 그래야 그의 마음을 알 것 같았다. 그렇게 오전이 지나갔다. 목록에서 제시하는 방향대로 조사하니 속도가 빨랐다. 그가 노트에 적어놓은 의견에 전적으로 동의했다. 즉 그녀도 말발굽 형태의 이중아치들에 중세 아라비아숫자들이 제시하는 비밀이 숨겨져 있다고 확신한 것이다. 생의 마지막 날 밤에 모든 것을 쏟아 부었던 그가 추정한 대로였다. 그 이외에는 비밀이 숨겨져 있을 만한 장소가 없었다. 하지만 그녀 역시 비밀의 형태 즉 '기호화된 메시지'를 찾아내지 못하고 있었다.

이러한 상황에서 마음의 갈피를 잡지 못하고 있을 때 마르코스가 식사를 하자며 찾아왔다. 근처 레스토랑에 마주 앉았다. 며칠 전에 후배가 이수영과 식사했던 곳이었다.

"얼굴이 상했네요. 어디 아픈 곳은 없나요?"

"어제 숙면을 취하지 못해서 피곤할 뿐이야. 괜찮아."

"어쩌면 그렇게 하는 행동이 똑같아요? 이수영도 선배처럼 비장한 각오였지요."

"그랬어? 그이와 나누었던 대화들 중에서 전해줄 내용은 없어?"

"있어요. 기호화된 메시지가 기억에 남아요."

"어서 이야기해 봐. 그이 노트에도 그 구절이 적혀 있었지."

마르코스는 간략하게 전했다. 그때 자신이 대화를 나누면서 깨달은 내용도 덧붙였다. 그녀는 이어지는 설명을 주의 깊게 들었다.

"그래서 아스트롤라베 중세 숫자들 자체가 축복이었다는 사실을 깨달았어요. 이후로 중세사를 연구할 때 어떠한 주제도 두렵지 않아요. 오히려 연구할 주제가 있다는 것이 기쁘기만 합니다. 이제 무엇이든지 할 수 있다는 자신감을 얻었어요."

"오!"

"저에게 이수영은 스승과 다름없지요."

그녀는 혼자 이 세상에 남아 맛있는 음식을 먹는다는 사실이 미안했다. 먹는 둥 마는 둥 서둘러 식사를 마치고 자리에서 일어났다.

"뭐 도와줄 일 없나요?"

"있지. 도서관에서 문헌 등을 찾는 일을 도와주면 힘이 될 거야. 오늘 오후에 인문과학실로 와주었으면 해. 이미 보았던 자료들은 정리해 놓을게."

"그러지요. 연구소에서도 '라 메스키타' 관련해서 찾아볼게요."

그녀는 도서관으로 돌아와 목록대로 비밀의 통로를 추적해갔다. 이수영이 했던 가정도 그대로 반복해서 했다. 하지만 이 모든 과정을 원점부터 다시 검토해보기로 했다. 아무래도 그것은 비밀을 찾아가는 길이 아니었다. 우선은 '경우의 수'가 많았고 다음으로는 기호화된 메시지가 무엇인지를 몰랐다. 중세 아라비아숫자들은 그 자체가 '기호화된 메시지'였기에 비록 오랜 시간이 소요되었지만 해독할 수 있었다. 그러나 '라 메스키타' 비밀의 경우는 허공 속의 바람을 잡는 기분이었다.

이전에 어느 교재에선가 읽었던 '이론적 정황에서 변수를 찾아야 한다.'라는 문장이 생각났다. 이 정황과 변수를 파악하기 위해 보다 엄밀히 '라 메스키타', '압드 알-라흐만 1세' 등에 관해서 조사했다. 건축물 내외부도 유심히 살폈다. 또한 미나렛은 '히샴 1세'가 세웠기에 관심을 두지 않았으나 그것도 관점을 달리해 여러 문헌을 뒤져보았다. 이렇게 진행하던 중에 '라 메스키타' 외부 벽면에 부조되어 있는 아랍어 문장 하나를 발견하고 이에 주목했다.

"이것은 이미 앞에서 벌어진 일을 구현하고 뒤에 오는 것을 밝혀주었다."

벌써 함축된 내용이 의미심장했다. 이 건축의 당위성과 지향하는 바를 표현했다고 생각했다. 문장 앞부분에 나오는 '이것'은 '라 메스키타'를 가리키는 게 분명했다.

'혹시 이 비밀을 풀 수 있는 열쇠 중 하나가 아닐까?'

하지만 그녀는 곧바로 고개를 옆으로 저었다. '압드 알-라흐만 1세'는 비범한 인물이기에 비밀도 규모가 있으면서 독특하게 장치해 놓았을 터이니 외부 벽면에 새겨진 문장은 단서가 아닐 가능성이 높았다. 한편으로는 그래도 무슨 연관 관계가 있지 않나 하는 생각도 들었다. 여러 기록을 찾아보아도 이에 대한 해석은 없었다.

그러다 그녀 스스로 시도해보기로 했다. '라 메스키타' 건축의 역사적 의미를 돌이켜보면서 몇 번을 쓰고 지우고를 반복했다. 그러다가 흡족하지는 않으나 어느 정도 수긍이 갈만한 해석문장을 완성했다. 그녀는 소리를 내어 읽어보았다.

"이 '라 메스키타'는 존재했던 종교에 관한 역사를 이미 구현했고 앞으로 인류가 나아가야 할 방향을 제시해주었다."

이리저리 고개를 기울이며 자신이 작성한 문장을 보았다. 인기척이 났다. 마르코스가 슬그머니 옆자리에 앉아 목을 길게 빼고 노트를 들여다보고 있었다. 이 해석문장이 비밀의 단서가 될 것으로 기대하는 표정이었다. 그러나 그녀는 얼른 노트를 덮었다.

한숨 돌린 후에 주로 고문헌을 중심으로 '라 메스키타' 관련 기록들에 대해 조사했다. 마르코스가 중세사연구소 연구원이어서 도움이 되었다. 그의 안목을 통해 드물게나마 희귀 문서를 선별할 수 있었던 건 다행이었다. 후기우마이야왕조, '압드 알-라흐만 1세', 초기 이슬람교 등에 관해서였다.

그러다가 그녀는 '압드 알-라흐만 1세'의 종교에 대해 생각이 미쳤다. 이 과정에서 모든 선입관과 편견을 깨야 했다. 감정의 개입도 불필요했다. 왜냐하면 그는 한 시대를 이끌어 간 인물이었기 때문이었다. 필시 그는 이슬람교 신자였겠으나 그렇다 해도 종교적 성향은 별개의 문제였다. 그 당시는 무함마드가 이슬람교를 창시한 지 150여 년 밖에 지나지 않은 시점이었으니 '압드 알-라흐만 1세'도 이슬람교 주류와 구별되는 어떤 독특함을 가졌을 수 있었다. 즉 기독교 초기에 네스토리우스파나 아리우스파가 득세했던 것처럼 이 '시대를 이끌어 간 인물'도 그럴 수 있다는 의미였다.

'이러한 상황에서 중세 코르도바에서 가지고 있었던 비밀은 어떠한 범주에 속해 있을까? 그리고 어떤 범주에 속해 있어야 할까?'

역사적인 사실에 근거해 이성적으로 판단하려 노력했다. 그러면서 갈수록 '압드 알-라흐만 1세'에 대해 관심과 흥미가 유발되기 시작했다. 이렇게 조사하면서 이 인물에 관해 아는 부분이 거의 없다는 사실을 깨닫게 되었다. 그동안 공부한 부분은 대부분 피상적인 내용이었다. 따라서 심층적 분석이 필요하다고 생각했다. 이 비밀을 풀려면 기호화된 메시지를 발견해야 하고 그러려면 '압드 알-라흐만 1세'에 관한 심도 깊은 연구가 밑받침되어야 하는 것이다.

그제야 자신의 접근방법이 적절치 않았다는 걸 알게 되었다. 단편적인 접근이 아니라 '압드 알-라흐만 1세'가 어떠한 존재인지 다각도로 분석해야 했다. 즉 다마스쿠스 탈출 전후의 상황, 우마이야왕조와의 관계, 새로운 왕조 건립 과정 등의 검토가 선행되어야 했다. 또한 '라 메스키타' 건축 당시의 코르도바왕실 정황, 후기우마이야왕조 정국 안정의 정도, 피레네산맥 이동의 기독교왕국과의 관계 등도 파악해야 했다. 거기에다 이 인물의 치세시기에 발생한 주요 역사적 사건들도 분석해야 조사를 진전시킬 수 있었다.

사고는 논리적으로 전개되어야 유의미한 궤적이 형성될 터이기에 기웃거리지 않고 사고의 궤적을 쫓아가야 했다. 이렇게 해야 '기호화된 메시지'를 발견할 수 있을 것이다. '라 메스키타'에 그 무엇이 어떠한 형태로 숨겨져 있을까. 그러한 호기심, 막연함, 두려움 등이 뒤섞여서 느껴졌다. 그녀는 이수영과 자신의 운명을 좌우하게 만든 숙연함에 옷깃을 다시 여미기도 했다.

그날 저녁이 되었다. 기존의 접근방법에 오류가 있음을 깨달은 후 목록을 재검토했다. 먼저, 새롭게 자료목록을 작성해보니 감당할 수 없을 정도의 양이라는 것을 알게 되었다. 마르코스가 도와준다고 해도 족히 몇 년은 걸릴 분량이었다.

'이를 어떻게 해야 좋을까?'

만사 제쳐두고 수년 후까지 관련 문헌들만 보고 있을 수는 없었다. 하지만 무엇이든 시작해야 했다. 새로이 작성한 목록 중에서 첫 번째 문헌인 「후기우마이야왕조 초기 역사」를 서고에서 찾아와 펼쳤다. 동일한 제목의 자료들이 이곳에만 여덟 권이 있었다. 이 중에서 15세기 말엽 그라나다왕국 왕립학술원에서 발행되었고 아랍어로 작성된 문헌을 선택했다. 800페이지가 넘는 역작이었다.

어느덧 자정이 다가오고 있었다. 이제 두세 시간 정도 읽었을 뿐이었다. 본격적인 조사의 시작에 불과했다. 하지만 이 문헌의 내용들은 믿을 수 없을 만큼 놀라운 사실들로 가득 차 있었다. 기존에 알고 있던 사건들이 다른 각도로 해석되니 또 다른 모습으로 다가왔다. 마리암은 자신이 역사학도임에도 가슴이 떨려왔다.

"우마이야왕조 멸망 시에 '압드 알-라흐만 1세'가 그렇게 쫓기고 있었네. 이러한 일들이 역사적 사실일까?"

지난 유월에 잘츠부르크행 기차에서 이수영과 대화를 나눌 때 했던 말들이 떠올랐다. 그러한 이야기를 스스럼없이 꺼냈던 사실이 부끄러웠다. 자신이야말로 중세에 대해 아는 것이 없었다. '라 메스키타' 비밀을 알아내야 한다는 현 상황도 잠시 잊을 정도였다.

어느새 12세기 전, 중세 스페인이 간직한 역사 속으로 첫발을 들여놓았다. 사실의 세계로 서서히 침잠해 들어갔다. 은밀스럽기도 하지만 신비롭기도 한 역사였다. 그곳에서는 상상할 수조차 없는 일들이 광대하게 펼쳐지고 있었다.

때는 8세기였다. 중세 코르도바에서는 무슨 일들이 벌어지고 있었을까……

제2부

1. '투르-푸아티에Tours-Poitier' 전투

'카를 마르텔Karl Martell'은 팔랑크스 전술을 사용하기로 마음을 굳혔다. 이외에는 다른 대안이 없었다.

'알-가피키al-Ghafiqi'가 이끄는 우마이야왕조 군대는 기동력에 있어 역대 최고 수준이었다. 전체 15,000명 병력 중에서 1,500명 정도가 기마병으로서 일찍이 당시의 어느 누구도 이렇게 다수의 정예기병을 보유한 군대를 본 적도, 들은 적도 없었다. 물론 '카를 마르텔'이 이끄는 프랑크왕국 군대도 일만 명에 육박하는 병력을 보유하고 있었으나 대부분은 보병이었다. 따라서 속도전에서 '카를 마르텔' 군대가 '알-가피키' 군대를 따라잡을 수 없었다. 불가능했다. '카를 마르텔'은 이 사실을 잘 알고 있었기에 고심을 거듭해 휘하 보병들을 푸아티에 지역 인근에 위치한 '무세-라-바타유' 평원의 가문비나무 울창한 숲속에 팔랑크스 대형으로 배치해 놓았다.

'알-가피키' 군대는 편성이 독특했다. 각기 특성을 달리하는 주전력으로 보병과 기마병이 공존했다. 전체 병력 중에서 그 비율은 9:1이었다. 즉 보병이 다수로서 전위대 보병돌격부대Muqaddima와 본진 보병주력부대Muqatila로 구성되었다. 이들은 철제투구, 활, '옴미아드 검' 등으로 무장했다.

또한 기마병은 궁기병Mujarrada과 중갑기병Mujaffafa으로 구성되었다. 그 비율은 6:4 정도였다. 궁기병은 900여 명으로 기동력에 있어 당시 세계 최강으로 평가받던 경무장기병이었다. 이들은 원추형투구, 쇠미늘갑옷 등을 착용했고 초승달 형태의 긴 활, 강철장검 등이 주무기였다. 중갑기병은 600여 명으로 그 이름만으로도 적군들을 공포로 몰아넣었던 완전무장한 기병이었다. 전체 이슬람 군대 중에서도 무적의 전력을 자랑했다. 이들은 각이 진 형태의 원추형투구, 철제사슬갑옷 등을 착용했고 긴 활, 강철장검, 철퇴, 철창 등이 주무기였다. 중갑기병들의 전투마도 마갑을 입혀 무장했다.

이에 비해 '카를 마르텔' 군대는 편성이 단순했다. 전체 병력은 경장보병과 중장보병으로 이루어졌다. 그 비율은 8:2 정도였다. 경장보병이 다수였다. 이들은 철판이 대각선으로 덧붙여진 타원형 나무방패를 어깨에 멨고, 화살과 화살집은 다른 어깨에 걸쳤으며, 거칠고 드센 손에는 넓은 양날의 비교적 긴 검을 쥐었다.

중장보병은 경장보병 중에서 정선한 정예보병이었다. 이들은 세로부분이 길고 철판이 사선으로 잇달아 덧붙여진 육각형 나무방패를 어깨에 멨다. 양날의 장검은 다른 어깨에 대각선으로 걸쳤고 상당히 위협적인 철창을 양 손으로 엇갈려 단단하게 움켜쥐었다. 날렵한 단검도 무릎과 발목 사이 옆으로 찼다.

이슬람왕국의 '옴미아드Ommiad 검'은 중세시대 최강이었다. 그 재질은 일종의 특수강으로서 강도와 기능에 있어 당시 유럽지역에서 견줄만한 검이 없었다. 프랑크왕국의 장검은 '옴미아드 검'에 비해 강도가 약했다. 하지만 넓은 양날을 가져서 사용 방법, 접촉면 각도 등에 따라 파괴력이 앞서는 경우도 있었다.

팔랑크스Phalanx는 경장보병 및 중장보병들로 이루어진 직사각형 형태의 밀집전투대형이었다. 기원전 7세기경 고대 그리스 도시국가 미케네, 스파르타 등에서 전투에 도입했다. 이후 그리스왕국 마케도니아에서 실전에 유용하도록 짜임새 있게 발전되었다. 적군과 근거리 접전을 펼칠 때 압박전술을 통해 강력한 방어가 가능했지만, 기동력을 갖춘 적군과의 접전에서는 밀집대형의 장점이 단점으로 바뀌기도 했다. 즉 밀집대형의 일부라도 일단 붕괴되면 대형 전체가 붕괴될 위험성이 있었던 것이다. 그러나 기마병과 보병을 양대 주전력으로 사용하는 적군과의 접전에서는 압박강도의 수축 및 팽창 등 운용 형태에 따라 더 견고한 밀집대형을 구축할 수도 있었다. 그렇기에 역으로 오히려 난공불락의 전투대형이 형성되기도 했다. 따라서 체계적이고 강도 높은 훈련, 철저한 규율, 매섭고 준엄한 기강 등이 전제되어야 하며 그렇지 않다면 웬만해서는 사용하기 어려운 전술이었다.

732년 10월 셋째 주 금요일 오후였다. '카를 마르텔'은 '무세-라-바타유' 외곽의 경사진 평원 위에서 흙먼지 구름을 내려다보고 있었다. 푸아티에 북부지역인 투르쪽으로 다가오는 거대한 혼돈이었다. 뿌연 먼지를 일으키며 진군하는 군사들은 '알-가피키' 군대의 보병돌격부대였다. 그 뒤를 이어 보병주력부대가 부대기를 휘날리며 달려오고 있었다. 그러면서 그들의 전투대형을 일직선 형태에서 초승달 형태로 점차 변경시켰다. 양 끝에 각기 위치한 그들의 좌익부대 및 우익부대가 프랑크왕국 군대를 둥글게 포위해 궤멸시키기 위해서였다.

"이렇게 보병을 앞세우는 것은 저들의 공격 방식이 아니야. 도대체 '알-가피키'의 궁기병과 중갑기병은 어디에 있는가?"

'카를 마르텔'이 옆에 서 있는 오도Odo(Eudo)대공에게 격앙된 목소리로 물었다. 상대에게 따지는 것처럼 들렸다. 하지만 그건 물음이라기보다 서서히 다가오는 두려움에 대한 탄식이었다. 이미 배치해 놓은 팔랑크스 대형은 기마병과 보병을 양대 주전력으로 사용하는 적군과의 전투에서 더욱 효율적으로 대처할 수 있었으나 '알-가피키'의 기병들이 보이지 않기에 속이 바짝 타들어간 것이다. '카를 마르텔'은 대형을 변형시킬지 여부를 당장 결정해야 했다. 더 망설일 시간이 없었다.

"흙구름 속의 보병 대열에 기마병들이 은폐해 있지 않을까요?"

오도대공이 대답했으나 그리 자신 없는 말투였다.

"기마병이 보병보다 월등히 키가 높은데 그게 가능하겠는가? 하기는 흙먼지가 유난히 많이 나는 모습이 수상하기는 하다."

'카를 마르텔'은 점점 가까이 다가오는 '알-가피키' 군대를 복잡한 심경으로 바라보았다. 전투대형을 유지하느냐 아니면 일부 또는 전체를 변형시키느냐를 이 자리에서 결정해야 했다. 등줄기에서 식은땀이 주르르 흘러내렸다.

"팔랑크스 대형을 그대로 두어라! 적군이 기마병들을 최전선에 내세우지 않을 리가 없다. 아군은 숨겨놓은 비장의 무기로 반드시 승리할 것이다."

'카를 마르텔'은 오도대공을 흘깃 쳐다보고 결연한 표정으로 부르짖었다. 오도대공에게 내린 명령인지 본인에게 한 다짐인지 분명치 않았다. 어쩌면 둘 다일 수도 있었다. 오도대공은 즉각 기동력이 뛰어난 휘하 장수 하나를 보내서 '무세-라-바타유' 평원 숲속의 보병들이 전투대형을 굳건히 유지하도록 전했다. 전투 개시 전의 최종 명령이었다. 그리고 얼마나 시간이 지났을까……

때때로 시간이란 상대적이었다. 일이 분이 한나절처럼 느껴지기도 하고 수십 년 세월이 한순간처럼 다가오기도 한다. 문득 이렇게 시간의 흐름에 대해 막연히 생각한 시간도 짧은 순간이었을 것이다. 이런 단상이 '카를 마르텔'에게 스쳐지나갔다. '뚜르-푸아티에' 지역의 가을바람은 차가웠다. 회색빛의 건조한 가을 날씨 속에서 벌써 겨울의 한기가 느껴졌다. 간간히 햇빛도 비추고 낮은 구름도 몇 점 떠 있는 흐린 날이었다. 그의 머리 위로 빗방울이 한두 방울 떨어지기 시작했다.

'이제야 비가 내리는구나.'

'카를 마르텔'이 손바닥을 위로 향하게 해서 손을 앞으로 내밀었다. 그때였다. 흙먼지가 날리는 보병대열에서 기마병들의 모습이 나타나기 시작했다. 여기저기서 우뚝우뚝 나타났다. 궁기병들이 삽시간에 대열을 이루더니 그 열을 갖추자마자 경사진 평원 언덕을 전속력으로 올라갔다. 그 뒤를 이어 중갑기병들이 돌격했다. 땅이 뒤흔들렸다. 거친 함성을 지르며 언덕을 쏜살같은 속도로 달려갔다. 그 먼지들이 가라앉기도 전에 보병주력부대가 뒤를 따라서 번쩍이는 강철 검을 휘두르며 무서운 기세로 치고 올라갔다. 가을 햇빛도 휘어진 언월도를 따라 이동하고 있었다.

이러한 방식은 이슬람 군대의 전형적인 공격패턴이었다. 거기에다 '알-가피키'는 은폐 작전을 하나 추가했다. '카를 마르텔'이 기마병들의 존재를 인지하지 못하도록 기병들이 말에서 내려 말고삐를 잡고 보병들과 섞여서 전진하도록 한 것이다. 푸아티에 지역의 메마른 땅 흙먼지는 이의 도구로 이용되었다. 근접거리에 오기 전까지 적군들이 전투대형 형태를 알지 못하도록 의도한 작전이었다. 일반적으로 '뚜르-푸아티에' 지역의 10월은 비가 적지 않게 오는 편이었으나 그해 732년의 10월은 가물었다. 그해 9월 하순부터 비가 고작 하루 이틀 정도밖에 내리지 않았다.

'알-가피키'의 궁기병들과 중갑기병들이 폭풍처럼 질주해 언덕을 올라갔다. 등성이에 올라서자 가문비나무 숲속에 밀집해 있는 '카를 마르텔' 군사들이 보였다. 경장보병 및 중장보병들은 기나긴 성벽처럼 군건히 서 있었다. 덧붙여진 철판 사이의 나무방패 겉면에 뭔가를 덧대어 매끄러웠다. 군사들이 미세하게 움직일 때마다 그 표면이 햇빛의 각도에 따라 이리저리 어지럽게 빛을 반사했다. 팔랑크스 대형에 팽팽한 긴장감이 감돌았다. 전체 대형의 부분 부분에서 무엇인가 빛났다. 방패와 창검들이 번쩍였다. 이 보병들의 방패 윗부분에서는 붉게 상기된 얼굴과 타오르는 눈빛이 묘하게 어울렸다. 더불어 빛났다.

"신은 위대하시다Allāhu Akbar!"

'알-가피키'의 정예기병들이 일제히 이와 같이 외쳤다. 전속력으로 팔랑크스 대형을 향해서 돌진했다. 그 뒤를 보병주력부대가 거친 숨을 몰아쉬며 전력 질주했다. 이들의 함성에 '무세-라-바타유' 평원이 떠나갈 듯했다. 들썩들썩했다. 거센 파도처럼 밀려드는 파상공세였다. 곧이어 금속성의 날카로운 굉음이 경사진 평원과 숲속에 울려 퍼졌다. 창검이 살을 뚫고 들어와 뼈들과 스치는 마찰음, 거칠고 둔탁하게 어깨 부딪히는 기분 나쁜 소리, 저절로 튀어나오는 격한 동물적인 괴성 등이 이어졌다. 검붉은 피가 흙먼지 앉은 얼굴, 찌그러진 투구, 찢겨나간 갑옷 등에 튀었다. 철제사슬갑옷과 달리 쇠미늘갑옷 위의 붉은 피는 방울져 흘러내렸고 여기에 다시 창검에서 묻어 나온 살점들이 들러붙었다. 이렇게 피와 땀이 뒤범벅이 된 상태에서 이를 악물고 엉겨 붙는 처절한 모습은 저승사자 같았다. 아니, 저승사자보다도 더했다. 참혹하다는 단어로는 당시의 상황을 백 분의 일도 표현할 수 없을 것이다.

그래도 시간은 흘렀다. 붉은 해가 넘어가고 있었다. 지난 일주일여 기간의 격돌에서는 '알-가피키' 우세였다. '카를 마르텔' 보병들은 궁기병과 중갑기병의 기동력에 속수무책으로 밀렸고 이에 당황한 '카를 마르텔'이 마지막 승부수를 던진 것이 '무세-라-바타유' 평원의 팔랑크스 대형을 이용한 전투였다. 물론 중세의 전투는 승리와 패배를 확연하게 구분할 수 없는 경우도 있었다. 하지만 이 전투의 전세는 '카를 마르텔'

에게로 기울고 있었다. 그렇게 보였다.

'알-가피키'가 최후의 일전을 앞두고 결행한 두 개의 작전계획은 모두 어그러졌다. 첫째, 기마병 은폐 작전의 실패였다. '카를 마르텔'이 보병주력부대에 대항하는 전투대형을 갖추리라 예상했으나 전혀 이 작전에 말려들지 않았다. 둘째, 초승달 대형 구축의 실패였다. '알-가피키'의 보병주력부대는 이동하면서 직선 형태에서 타원 형태로 전투대형을 바꿨음에도 좌익부대 및 우익부대는 팔랑크스 대형의 성벽을 둥글게 포위하지 못했다. 이뿐 아니라 궁기병과 중갑기병조차도 그 대형의 방어벽을 돌파하지 못했다. 팔랑크스 대형의 최선두 열이 예상외로 길고 단단했기 때문이었다. 마치 바빌로니아 성벽처럼 한 치의 빈틈도 없이 견고하고 굳건했다.

오히려 '카를 마르텔' 군사들은 두툼하고 묵직한 나무밑동 같은 자세로 밀착한 상태에서 다가오는 '알-가피키'의 기마병들을 제압했다. 일단 움켜잡은 창검은 놓지 않았으며 그 창검으로 다가오는 다리들을 베어 넘어뜨렸다. 마갑을 입은 전투마와 기마병의 다리들이었다. 어깨근육에서 뿜어져 나오는 폭발적인 힘으로 중장보병들은 다가오는 적군들을 무참하게 도륙했다.

"어떻게 중갑기병이 이렇게도 어이없이 당하고 있는가. 기동력이 뛰어난 궁기병도 어디 있는지 보이지 않는구나."

'알-가피키'가 울분을 참지 못하고 있었다. 옆에서 분주히 움직이던 참모들도 침묵했다. 모두 결연한 표정으로 입을 굳게 다물고 있었다. 그러다 갑작스레 '알-지브릴' 장군이 갈라지는 음성으로 흥분하여 외쳤다.

"지금 좌익부대의 궁기병들이 적군들의 밀집대형을 붕괴시켰습니다. 선두 열이 급속도로 무너지고 있습니다."

과연 그랬다. 팔랑크스 대형의 좌편이 걷잡을 수 없는 속도로 무너지고 있었다. 프랑크왕국 경장보병들과 중장보병들이 철벽수비를 하는데 한계에 도달한 것이다. 대형의 외곽에서는 '알-가피키'의 보병주력부대가 좌편 붕괴의 외연을 확대시키기 위해서 사력을 다하고 있었다. 그야말로 처참한 백병전을 벌였다. 거대한 무리의 군사들은 엉키고 또 엉켜서 피아간의 구별도 쉽지 않아 보였다. 어쨌든 이대로 간다면 '알-가피키'의 승리로 끝날 것 같았다.

그때였다. 갑자기 '무세-라-바타유' 평원 좌측에 사납고 거센 말발굽 소리가 울려 퍼졌다. '카를 마르텔'이 전투 시작 전에 호언장담했던 비장의 무기 즉 프랑크왕국 200여 경무장기병들이 그 모습을 드러낸 것이다. 그러면서 이를 계기로 순식간에 전세가 다시 팔랑크스 대형의 보병들에게로 기울기 시작했다. 아군 기병의 출현으로 최선두 열 보병들이 전열을 재정비할 시간을 얻게 되면서 기존의 압박 전술을 보다 강화해서 운용했기 때문이었다.

"아니, 프랑크왕국 군대에도 기병이 있었는가?"

지휘본부 여기저기서 탄식이 흘러나왔다. 승기를 거의 잡았던 '알-가피키' 군대가 좌익부대부터 흔들리며 또다시 위기에 처했다. 적군이 마지막 순간까지 숨겨놓았던 경무장기병의 출현을 예상치 못한 것이다. '카를 마르텔'로서는 절반의 성공이라 해도 과언은 아니었다. 물론 전투 개시 전에 자신했던 대로 그날 '알-가피키' 군대를 패배시키진 못했다. 그러나 경무장기병들의 투입으로 팔랑크스 대형의 붕괴를 지연시킬 수 있었고 거기에다 이를 통해서 재역전의 기반도 구축할 수 있었다.

푸아티에의 전시상황은 원점으로 돌아갔다. 치열하고 참혹한 백병전이 끊임없이 이어졌다. 어느 누구도 승리를 장담할 수 없는 상황이었다. '알-가피키'는 결정해야 했다. 이곳에서 끝장을 내야 하는가 아니면 후퇴해 전열을 재정비해야 하는가. '알-가피키'는 두 주먹을 불끈 쥐며 옆에 서 있던 '알-지브릴' 장군에게 외쳤다.

"전 병력을 '쉐르Cher 강' 너머로 후퇴시키시오. 전열을 재정비하겠소."

"예! 명령에 따르겠습니다."

'알-가피키' 군대는 즉각 회군 나팔을 불었다. 일부 군사들이 멈칫하며 저항감을 표시하기도 했다. 최전선의 궁기병 및 중갑기병들도 당혹해하는 모습이 역력했다. 그러나 일제히 신속하게 후퇴를 시작했다. 푸아티에 지역 옆에 위치한, 로마제국 때 건설된 곧게 뻗은 공로를 따라 퇴각했다.

이들이 전격적으로 후퇴하며 군대의 야영지로 정한 장소는 로마공로를 가로지르는 '쉐르 강'의 오른쪽 제방 너머였다. '알-가피키'는 보병돌격부대 병력으로 강을 건너자마자 오래된 나무다리를 부숴버렸다. 이 다리는 로마시대에 만들어졌고 이후에 몇 차례 파괴되었다. 그렇게 한동안 방치되었다가 중세 교량시대에 아치형으로 목교가 재건설되었다. 이 지역의 대주교, 가톨릭 사제 등에 의해서 건설되었을 것이다. 그럴 가능성이 높았다. 교황의 라틴어 표기를 보아도 미루어 짐작할 수 있었다. 즉 로마시대를 전후해 대부분의 교량 가설자는 종교적인 권력과 관계된 인물이었다.

'알-가피키' 군대는 저녁 어스름이 무겁게 깔려오고 있는 공로를 따라 말없이 이동했다. 저벅저벅 하는 말발굽 소리만이 공허하게 울려 퍼질 뿐이었다. 어느 누구도 입을 떼는 자 없었다. 궁기병과 중갑기병은 필시 팔랑크스 대형을 생각하며 이동했을 터이나, 돌격부대와 주력부대에 속했던 보병은 이 전투대형 이외에도 어쩌면 기마병의 기동력, 전투마 등을 떠올렸는지도 모른다. 아직 주위가 캄캄하지는 않았지만 곧 칠흑 같은 어둠이 시작될 것이다.

2. 총독과 궁재

732년 10월 첫째 주였다. 우마이야왕조 '알-가피키' 총독이 이끄는 일만 오천 병력이 피레네산맥을 넘어가고 있었다. 이 군대는 다양한 민족 및 계층으로 구성되었다. 아라비아 및 예멘 출신 아랍인, 북아프리카의 베르베르인, 페르시아인, 프로방스인 등으로 다민족연합군의 색채가 짙었다. 하지만 그 주축은 아랍인과 베르베르인이었다. 이와 함께 이슬람교로 개종한 히스파니아계 기독교인, 유대교 유대인, 동방정교 슬라브인 등 종교적으로 이질적인 집단들도 다수 포함되었다.

중세 중기에 이슬람왕국 군대는 원정길에 군사 가족을 동반하는 경우가 종종 있었다. 이번 원정도 전투 병력에 동행인원을 포함하면 삼만 명에 육박하는 행렬이었다. 이렇게 '알-가피키' 군대가 그 가족과 동행해 진격하는 이유는 정복지에 눌러앉아 살기 위해서였다. 물론 이번 전쟁에서 당연히 승리하리라 예상하고 하는 행동이었다. 그만큼 당시 이슬람왕국 군대는 자신감에 넘쳐 있었다. '알-가피키' 군대는 유럽지역에서 최강의 전력을 갖추었고 병력 규모에 있어서도 '카를 마르텔' 군대를 압도했기 때문이었다.

이들을 이끌고 투르를 향해 전진하는 '알-가피키'에게 중세 초기 군사들의 이동모습, 정착 과정, 고단했던 나날 등이 중첩되면서 떠올랐다. 이와 동시에 '인간의 삶'에 대해서도 생각해보았다.

'인간은 살아가는 데 많은 재물을 필요로 하지. 그러나 과연 그러할까? 건국 초기 군사와 가족들은 아무것도 가지지 않았다. 단지 강건한 육체와 굳은 마음 하나만으로 살았을 뿐이다.'

'알-가피키'는 고개를 돌려 끝도 없이 이어지는 행렬을 바라보았다. 다시 곰곰이 생각에 잠겼다. 지휘관으로서 내면의 울림에 귀 기울이는 모습은 전장에서 어울리는 모습은 아닐 것이나 그리 어색해 보이지도 않았다.

'그들은 생면부지 외지에서 아무도 반겨주지 않았으나 자연에 적응하고 땅을 일구며 다들 그렇게 살았다. 그저 서로에게 의지하는 마음만으로 살았다. 그대 자신을 돌아보아라! 인간에게 필요한 것은 오로지 굳은 마음뿐이다. 따라서 지나간 역사 속 모든 일들은 우리의 진정한 스승이 아니더냐?'

'알-가피키'는 총독 이전에 철학자였다. 우마이야왕조 전 영토에서 명성이 자자했다. 철학을 비롯해 신학, 역사학 등에 대한 탐구를 게을리하지 않았다. 거기에다 그 학문의 폭이 넓으면서도 깊이가 깊었다. 이것은 일반적으로 양립하기 어려운 경지였다. 그러하기에 그와 대화를 나누었던 사람들은 그의 학식과 인품에 경외심을 가졌다고 전해졌다. 그는 이슬람권 유력가문인 쿠라이시족 출신으로 예멘에서 출생해 튀니지, 탕헤르 등에서 수학했다. 안달루시아 지역으로 이주한 후에는 학자이자 군인의 신분으로 히스파니아 총독 자리에 올랐다.

우마이야왕조 '알-말리크' 칼리프는 유럽지역으로 진격하는 우회로로서 북아프리카, 히스파니아, 피레네산맥, 골Gaul 지역 등을 잇는 루트를 선택했다. 왜냐하면 우마이야왕조는 건국 초기에 유럽 정복의 노선으로 비잔틴제국 루트를 선택하고 그 수도 콘스탄티노플 공략을 시도했으나 이미 2회에 걸쳐 실패한 상태였기에 이베리아반도를 경유하는 우회로를 선택할 수밖에 없었던 것이다.

칼리프는 또한 이 노선의 총지휘관으로 '알-가피키' 총독을 임명했는데 이렇게 학자 출신을 지휘관으로 임명한 행위에는 다중적 의미가 내포되어 있었다. 즉 군사적 공략을 하면서 사상, 문화적 공략 등도 병행하겠다는 국가의 의지가 반영된 것이다.

'알-가피키' 군대는 이베리아반도를 벗어나 유럽내륙 깊숙이 들어가 갈리아 남부지역을 관통해서 북진하고 있었다.

그들은 40일여 전에 코르도바를 출발했다. 아라곤 지역 사라고사를 거쳐 나바라 지역 팜플로나를 지났다. 피레네산맥도 그리 힘들이지 않고 넘었다. 아키텐의 바스크 지역을 통과해서 보르도 인근에 도착했다. 감입곡류가 구불구불하게 흐르고 평원이 넓게 펼쳐졌으며 로마공로가 지나는 길목이기도 했다. 이곳에서 그들은 아키텐공국 오도대공 군대와 재격돌해 격파했다. 적군들은 '옴미아드 검' 즉 언월도의 위세에 눌려서 제대로 싸우지도 못하고 흩어졌다. 이로서 '알-가피키' 군대는 이전 총독이 오도대공에게 당했던 10여 년 전의 패배를 깨끗이 설욕한 셈이었다.

다시 전열을 정비한 후 로마공로를 타고 푸아티에를 거쳐 북쪽 방향 투르를 향해 올라갔다. 어떠한 적들도 감히 이들을 막아서지 못했다. '알-가피키'가 들어선 지역은 이미 아우스트라시아Austrasia 영토 내부였다. 북쪽 투르를 향해 올라가는 길에 완만하면서도 경사진 평원이 나타나더니 높낮이가 다른 여러 구릉이 겹치고 펼쳐지기 시작했다. 그 구릉지 한편에 전나무, 가문비나무 등을 비롯한 침엽수들이 자리 잡고 있는 검푸른 숲이 보였다.

4세기 이전에는 투로눔으로 칭했고 이후 종교, 문화 등의 중심지로 번영했던 이 투르 지역은 갈리아의 고대도시 파리에서 남쪽으로 200km 정도 아래에 위치했다. 이번에 '카를 마르텔' 군대를 제압하고 더 전진한다면 북해에도 다다를 수 있는 거리였다.

'카를 마르텔' 군대는 아키텐공국과 프랑크왕국의 동맹군이자 연합군이었다. 즉 오도대공 및 '카를 마르텔' 병력이 양대 주력을 형성했다. 721년 툴루즈 전투가 벌어지기 2년 전에 오도대공은 네우스트리아Neustria를 어쩔 수 없이 '카를 마르텔'에게 넘겨주어야 했다. 거기에다 731년에는 '카를 마르텔'과의 전면전에서 패하면서 아키텐공국 전체 영토를 프랑크왕국에게 양도해야 했다.

오도대공에게는 씻을 수 없는 수모였지만 다른 선택지가 없었기에 그는 절치부심하며 후일을 기약할 수밖에 없었다. 따라서 '투르-푸아티에' 전투가 내키지 않는 일전이었을 터이나 오도대공은 성심을 다해서 이 전투에 임했다. 이후의 인근 영토들에 대한 정황 변화를 염두에 두었기 때문이었다.

'피핀 2세'는 프랑크왕국 궁재 '피핀 1세'의 딸과 역시 궁재이자 성직자였던 아르눌프의 아들 사이에서 태어났다. '헤리스탈 피핀'으로도 칭하는 '피핀 2세'는 궁재로서 아우스트라시아의 모든 권력을 거머쥐었다. 네우스트리아와도 전쟁을 벌여 승리를 거두며 네우스트리아 궁재도 겸했다.

'카를 마르텔'은 '피핀 2세'의 서자였다. 그는 쟁취하다시피 하여 아우스트라시아 궁재 직위를 '피핀 2세'로부터 물려받았다. 이렇게 권력을 장악한 후에 아키텐공국과의 전면전에서 승리해 네우스트리아도 자신의 힘으로 재차 복속시켰다. 또한 부르고뉴Bourgogne도 프랑크왕국 영토 안으로 편입시켰다. 즉 '카를 마르텔'은 공식적으로 왕국의 궁재였음에도 실질적으로는 25년 동안 3개 지역의 군주로서 통치하며 전 유럽에 명성을 날린 것이다. 이후로 통합프랑크왕국은 아우스트라시아, 네우스트리아, 부르고뉴 등으로 이루어졌다.

'투르-푸아티에' 전투 발발 2주 전에 '알-가피키'는 오도대공과 격돌해 승리하면서 '카를 마르텔'에 대해 관심을 가지게 되었다. 오도대공이 '카를 마르텔'을 지원군으로 요청했다는 첩보를 입수한 이후부터였다. 그로부터 '알-가피키'는 이번 성전에 있어 분수령이 '카를 마르텔'과의 일전이 되리라는 것을 직감했다.

초기에는 프랑크왕국 군대의 전략과 전술에 관해 연구했으나 여러 풍문을 듣게 된 다음에는 적장임에도 인물 자체에 대해서 관심을 가졌다. 우선 '카를 마르텔'이 궁재 자리에 오른 사실부터 예사롭지 않았다. 서자였음에도 온갖 난관을 극복한 점도 평가할 만했다. 네우스트리아 귀족들의 지원을 받기도 했으나 만만한 일이 아니었을 것이다. 그에 대한 세간의 평은 다음과 같았다.

'전쟁에서의 용맹함과 지략은 그를 당할 자가 없다. 라틴어를 비롯한 작문, 수학 등도 이례적일 정도로 교육을 잘 받았다.'

이처럼 상당히 긍정적이었다. '성 보니파키우스'로 대표되는 베네딕투스 수도회 수도사로부터 종교, 역사 등에 대해 공부했다는 풍문도 들렸다. '알-가피키'는 이러한 이야기를 듣고 관심이 증폭되었다. 총독 이전에 학자인 본인의 주목을 받을만한 평이었다. 물론 이러한 이야기들의 진위를 가리기는 쉽지 않았지만 들리는 풍문들 자체로도 흥미로운 인물이었다.

"이 성전은 드넓은 골 지역을 지나고 북해를 건너서 켈트족의 땅까지 이어질 것이다. 그렇다면 이 골 일대를 누군가가 위임받아 통치해야 되지 않겠는가?"

이후에 '알-가피키'는 전임총독 '알-칼비'의 7년 전 진로 즉 '루아르 강' 방향을 따라가다 이번에는 파리 외곽 '론 강'을 지나 도버-칼레 해협도 건너갈 계획이었다. 그 당시 기독교왕국 군대들이 미처 예상치 못했던 진격 루트로서 투르, 오를레앙, 오툉, 파리 등의 전략적 요충지를 포함하는 파격적인 진로였다.

어쨌든 '알-가피키'의 구상은 이미 이 전투 후까지 진전되고 있었다. 대 프랑크왕국 전쟁에서 승리를 예상하고 '카를 마르텔'과의 전략적 동지 관계까지 염두에 둔 것이다. 꼭 적장을 전장에서 전사시켜야 할 필요는 없었다. 만약 가능하다면 회담을 통해 싸우지 않고도 승리할 수 있는 길을 모색할 계획이었다. '카를 마르텔'이 라틴어뿐만이 아니라 종교와 역사도 공부했다니 대화가 겉돌지는 않으리라 예측했다. 그 모습이 어떨지 궁금했다. 적장으로서도, 개인의 인품으로도, 후일에 대비하는 측면에서도 '카를 마르텔'은 연구 대상이었다. 그러려면 먼저 이 전투에서 굴복시켜 제압해야 했다.

"우리는 반드시 승리할 것이다!"

'알-가피키'는 언월도를 움켜쥐고 허공을 향해 결연한 목소리로 외쳤다. 그의 의지는 금강석처럼 강했다. 어제 '무세-라-바타유' 평원에서 전투를 치른 지 만 24시간이 지났으니 이제 군사들도 재충전되었으리라 생각했다. 석양이 드리워질 무렵에 총독은 휘하 전체 장수들이 참석하는 작전회의를 소집했다. 오늘밤에 벌어질 전투에 대해 세부적인 검토를 하기 위해서였다. '카를 마르텔' 군대를 궤멸시킬 작전의 구상을 이미 끝낸 상태였다. '알-가피키'는 승리의 여신 니케가 아군 편에 서서 나팔을 불 것이라 믿어 의심치 않았다.

3. 조우

'알-가피키'는 '쉐르 강' 오른쪽 제방 너머에서 평상시처럼 전열을 가다듬고 전투준비에 집중했다. 군대를 재정비했다. 하지만 내부적으론 보병주력부대를 중심으로 어제의 전투에서 타격을 받은 상태였다. 프랑크왕국 군대를 얕잡아본 것이 주된 원인이었다. 그동안 아키텐공국 등을 상대하면서 적군들을 손쉽게 제압한 탓이기도 했다. 따라서 오늘밤의 공격은 한 치의 실수도 용납될 수 없었다. 작전회의가 끝난 후에 총독은 휘하장수 중에서도 신임이 두터운 '알-지브릴' 장군을 호출했다. 잠시 후에 군막 밖에서 쩔그럭거리며 갑옷에 부착된 비늘 모양의 쇳조각 부딪히는 소리가 들리더니 보병주력부대 참모장이 군막 안으로 들어와 예를 갖추었다.

"총독의 부름을 받았습니다. '알-지브릴'입니다."

"강변에 같이 나갑시다. 회의에서 언급한 후방 공략 작전에 대해서 보강할 내용이 있습니다. 장군의 의견을 듣고 싶소."

"알겠습니다. 곧 준비하겠습니다."

저녁 어스름 풍경은 고대나 중세나 크게 변하지 않았다. 산허리에 걸려있는 새털구름은 저녁노을에 붉게 물들었다. 강 건너편 멀리 '성 마르탱' 교회가 살며시 모습을 드러냈다. 실루엣 정도로 엷게 보였으나 고고한 자태였다. '쉐르 강'의 습기 때문인지 제방 주위가 서늘했다. 경계병들의 목덜미를 파고드는 강바람도 매서웠다. 제방 너머에는 억센 갈대가 융단처럼 깔려 있었는데 이 이질적인 개념들의 조화는 이채로웠다. 마치 고대 '미다스 왕'의 이야기가 바람결에 실려 들려오는 느낌이었다. 총독 일행은 장검을 어깨에 메고 군막을 나섰다. 어느새 어둑해지고 있었다. 강 둔치 숲의 언저리도 거무스름하게 보였다.

"해가 질 무렵의 모습은 자기 자신을 돌아보게 만듭니다. 오늘 하루도 다 지나갔다는 생각이 들면서 뒤돌아보게 되지요."

총독이 뒤쳐져서 걷고 있는 '알-지브릴'을 바라보며 말했다.

"……"

'알-지브릴'은 호위군사들과 함께 한 발자국 뒤에서 묵묵히 따르고 있었다.

"물론 우리에겐 오늘 밤의 결전이 남아있습니다."

"예. 전 군사들과 함께 최선을 다해 결전에 임하겠습니다. 그리고 아직까지는 해가 조금 남아있습니다. 이 상태를 해지기 전이라 하는지, 이미 졌다고 표현해야 하는지 모르겠습니다."

"해가 뜰 때란 자연의 빛으로 흰색과 어두운색을 구분할 수 있을 때입니다. 경전 「성 꾸란」에 명시되어 있습니다. 그러니 반대의 경우로 흰색과 어두운색을 자연의 빛으로 구분할 수 없을 때가 있겠지요. 그 시점이 해가 졌을 때입니다."

"예."

"하지만 아직까지는 자연 상태에서 희고 어두움을 구분할 수 있지 않습니까? 따라서 지금은 해지기 전입니다."

"역시 학자이십니다."

"아니오. 나는 군인이오. 그리고 지휘관으로서 이 나라를 위해 해야 할 일이 있소. 일단 북해까지 올라가 이슬람왕국의 영토를 넓힐 것이오. 그다음엔 누구나 본인의 믿음과 신념대로 살아갈 수 있는 세상을 만들고 싶소."

"총독께서 그리할 수 있으리라 믿습니다."

"그리고 작전회의에서 언급……"

이렇게 '알-가피키'가 대화를 이어가려는 순간이었다. 난데없이 팽~ 팽~ 귀를 찢는 고음이 들렸다. 동시에 깃이 좁고 날이 선 철촉을 사용한 화살들이 쏟아지기 시작했다. 이와 함께 강 둔치 숲이 끝나는 지점의 언덕에서 수십 명의 경장보병 및 중장보병들이 넓은 양날의 칼과 철창을 들고 함성을 지르며 쏜살같이 강변으로 내려오고 있었다. 기세가 등등한 프랑크왕국의 군사들이었다.

'카를 마르텔'은 정예 보병들을 앞세워 '쉐르 강' 하류지역을 건너 기습공격을 단행했다. '알-가피키'의 배후를 치기 위해서였다. 이 공격에 동원된 군사는 주로 아우스트라시아 보병들이었고 일부 네우스트리아 보병들도 가담했다. 물론 네우스트리아 군사도 '카를 마르텔'의 지휘를 받았다. 그러나 그들은 네우스트리아 귀족을 주축으로 군대 직제가 편성되어 있었기에 예기치 못한 그들만의 독자적인 행동으로 '카를 마르텔'의 심기를 불편하게 하는 경우도 있었다.

프랑크왕국 군사들이 잠입해 들어간 지역은 '루아르 강'과 '쉐르 강'이 만나는 지점이었다. 그 하류지역의 바람이 거셌다. 강물들이 합쳐지는 지역이라 바람이 거세게 부는 것일까. 이제 여기만 건너면 총독의 배후를 공략하고 승리를 거머쥘 수도 있었다. 강폭이 그리 넓지 않아서 작은 배를 타고 건너야 하기에 보병들이 전부 건너려면 상당한 수량의 배들이 필요했다. 가까스로 열 척 정도의 목선을 구해서 도강을 시도했다. 하지만 예비 병력을 제외한 이천여 병력이 건너기에는 목선들의 규모도 작거니와 시간도 오래 소요될 것이다.

"오도대공! 병력 절반을 이끌고 강 하류로 더 내려가시오. 군사들이 걸어서 도강할 수 있는 지점까지. 그곳에서 도강한 후에 상류로 올라와 본진과 합류하는 것이 바람직하겠소."

오도대공은 말없이 일천여 보병들을 이끌고 하류방향으로 발길을 돌렸다. '카를 마르텔'이 지휘하는 군사들은 장시간에 걸쳐 강을 건넜다. 어둑어둑해졌다. 궁재는 도강해온 경장보병 중에서 몸이 날쌘 군사 다섯을 척후병으로 보냈다. 그리고 곧바로 본진을 이끌고 강 상류로 전진하기 시작했다. 속보로 전진한 지 불과 1시간 남짓 되었을 무렵이었다. 보냈던 척후병들과 보병 본진이 강 둔치에서 정면으로 마주쳤다. 얼굴이 벌겋게 상기된 군사 다섯은 거칠게 숨을 몰아쉬고 있었으나 그 표정이 그리 어두워보이지는 않았다.

"어찌 이렇게 빨리 되돌아올 수 있었는가?"

궁재가 척후병들의 안색을 살피며 의아한 얼굴로 문책하듯이 물었다.

"적군의 동태를 모두 파악했기에 돌아왔습니다."

척후병 중에서 선임군사가 거침없는 말투로 한 단어씩 끊어가며 대답했다. '카를 마르텔' 군대의 사기가 충천했음을 엿볼 수 있었다.

"그래? 적의 움직임은 어떠한가?"

"오늘 밤 적군은 총공격을 해올 게 분명해 보입니다. 저녁기도를 마치고 대부분 병력이 전투준비에 열중하고 있었습니다."
"경계 태세는 파악했나?"
"그리 삼엄한 경계를 하고 있지는 않았습니다. '쉐르 강'의 목교를 파괴해 안심하는 것으로 판단됩니다. 목교가 있던 지역, 지휘본부 막사, 야영지 후방 등에 경비 병력이 흩어져 있을 뿐입니다."
"그렇다면 적들이 전투준비를 끝내기 전에 공격해야 한다. 한시라도 지체할 수 없다. 오도대공도 곧 뒤를 따라 올라올 것이다."
궁재는 속력을 내어 진군했다. 박차를 가했다. 전진하는 군사들을 독려해 상류방향으로 나아가면서 이때를 놓치면 다시는 기회가 찾아오지 않으리라고 마음속으로 되뇌고 되뇌었다. 그렇게 맹렬히 전진했다. 시간은 더디면서도 쏜살같이 흘렀다. 땅거미가 무겁게 내려앉고 있었다. 이제 빠른 속도로 어둠이 성큼 다가올 것이다. 궁재는 적군의 야영지가 있는 곳에 가까워졌으리라 짐작했다.
그때 강 둔치에서 이슬람왕국 군대의 한 무리가 걷고 있는 모습을 발견했다. 우거진 수풀 너머로 일부분이 보였다. 군사들 십여 명이 두 명을 따르고 있는 형태였는데, 멀리서도 복장을 보니 '알-가피키' 군대의 일원임이 틀림없었다. 특히 앞서 걷고 있는 두 명의 군사는 장수로 보였다. 그들의 어깨에 멘 장검이 '옴미아드 검' 중에서도 지휘관이 쓰던 '각이 진 옴미아드 장검'이었기 때문이었다.
'그래! '신'이 우리를 도와주시는구나.'
궁재는 마음속으로 쾌재를 불렀다. 이들을 사로잡는다면 기습공격을 보다 효과적으로 감행할 수 있을 것이다. 본진을 지휘해 강 언덕까지 소리 없이 다가갔다. 그들의 사정거리에 적군들이 들어왔을 때, 궁재가 첫 화살을 날리면서 교전이 시작되었다.
그러나 놀랍게도 화살이 날아가는 소리와 거의 동시에 총독을 수행하던 호위 군사들의 나팔소리가 울려 퍼졌다. 첫 번째와 두 번째는 각각 짧게, 세 번째는 길게 울려 퍼졌다. 적군의 기습을 알리는 위급한 나팔소리였다. 강변의 정적을 일순간에 깨우고 있었다. 총독 일행에게 천운이 따른 건지 아니면 출전 준비를 마쳤을 때 나팔이 울린 것인지, 불과 일이 분도 지나지 않아 '알-가피키'의 궁기병들이 그 위용을 드러내며 등장했다. 궁재는 일순 당황했으나 기습공격을 감행했으니 승기는 프랑크왕국에게 있다고 생각했다. 이로부터 불길이 기름에 번지는 것처럼 전투가 확전되었다. '알-가피키' 군대와 '카를 마르텔' 군대는 전날 전투에 이어 치열하게 맞붙었다. 이제는 양쪽 모두 물러설 수 없는 한판승부였다.

'알-가피키' 군대의 야영지도 바로 지척에 위치했기에 전 병력이 전투에 참가하게 되었다. 그러나 기습공격하는 측과 당하는 측은 하늘과 땅 차이였다. 그럴 수밖에 없었다. '알-가피키' 병력 중 상당수가 야영지 군막에서 빠져나오지도 못하고 변을 당했다. 군막 여기저기에서 불길이 치솟았으며 우왕좌왕하는 군사들도 부지기수였다. 거기에다 처절한 비명소리와 귀를 찢는 외마디 괴성들이 강가에 울려 퍼졌다. 차마 들을 수조차 없을 정도로 끔찍했다. 그날 저녁의 '쉐르 강' 상류지역은 지옥이었다. 검푸른 하늘에 지옥에서나 들을 수 있을 것 같은 야수의 울음소리와 처참한 신음소리가 되울려 퍼졌다. 그 공간에 가득한 것은 오로지 소리였다.

이와 같은 상황에서도 '알-가피키'의 기마병들은 번개같이 활과 화살, 철퇴, 철창 등을 챙겨들고 말 위에 올랐다. 그들에게 말은 자신의 생명과도 같은, 어쩌면 그보다 더한 존재일지도 모른다. 총독의 군사들은 전투마를 몰아 긴 철창을 휘두르며 적군들에게 돌진했다. 그들은 전쟁터가 아닌 야영지 급습에 대한 당혹감으로 몸을 떨었다. 전날의 패배 아닌 패배에 이어 오늘도 패배의 쓴잔을 마실 수는 없었다. Mujaffafa라는 이름만으로도 적들을 공포에 떨게 했던 이슬람왕국의 중갑기병 아니던가. 이 기마병들의 사즉생 각오로 임하는 고군분투로 상류지역 전투 초기의 불리한 전황을 조금씩 반전시킬 수 있었다. 즉 총독의 보병 주력부대가 기습공격의 충격에서 벗어날 수 있도록 그 계기를 마련해 준 것이다. 그렇게 전세가 다시 '알-가피키' 군대에게 유리한 방향으로 흐르려 할 때였다.

어디선가 우레와 같은 함성이 울리며 힘찬 발자국 소리가 지축을 흔들었다. 오도대공이 이끄는 지원군의 도착을 알리는 소리였다. 비록 일천여 경장보병에 불과했으나 이미 어두워진 밤에 벌어지는 전투에서 총독의 군사들은 두려움에 떨어야 했다. 적군의 지원군 규모가 어느 정도 병력인지를 가늠할 수 없었기 때문이었다. 예상보다 오도대공이 이끌고 온 군사들의 역할은 컸다. 기습공격을 받은 데 이어 지원 병력까지 가세하니 '알-가피키' 군대는 정신을 차릴 수 없었다. 따라서 그들의 전의는 크게 꺾일 수밖에 없었다. 그렇게 수세에 몰리면서 피해가 컸다. 총독의 군사들 중에서 일부 병력은 강 언덕을 넘어 후방기지가 있는 방향으로 후퇴하기도 했다. 이처럼 치열했던 전투가 점차 소강상태에 접어들었다.

그날 밤은 상현달이 떠 있었다. 태음력으로 매월 초순 초저녁에 나타나는 달이었다. 하지만 구름에 가려 보이지는 않았고 간간이 구름이 비껴갈 때마다 달빛이 고요히 비치는 정도였다. 그렇게 잠시 주위를 밝혀 줄 때였다.

'카를 마르텔'은 '알-가피키' 야영지의 한 군막 앞에서 아직도 전투가 벌어지고 있는 장면을 보게 되었다. 대여섯 명의 적군들이 궁재의 군사들에게 포위되어 공수를 펼치고 있었다. 가까이 다가서서 바라보니 포위된 적군들은 무예가 뛰어나 보였다. 오히려 포위를 한 프랑크왕국 군사들의 사상자가 갈수록 늘어나고 있었다. 이에 분노한 '카를 마르텔'

이 망설임 없이 활시위를 당겼다. 이 공격을 신호로 옆에 있던 군사들도 적군들을 향해 일제히 화살을 퍼부었다. 이윽고 군막 앞에서의 전투가 종료되었다.

'카를 마르텔'은 포위되었던 적군들을 완전히 제압했다. 그들 중에서 둘의 갑옷 형태가 특이했다. 중상을 입고 쓰러져 죽음 직전의 상태로 겨우 숨만 붙어있는 군사와 왼쪽 어깨 아래에서 피를 흘리며 오른팔에 부러진 화살이 박혀 있는 채로 비스듬히 서 있는 군사였다. '카를 마르텔'은 부상을 입고 서 있는 군사에게 접근해 상대의 얼굴을 쏘아보는 눈매로 주시했다. 어둑해질 무렵에 강 둔치를 건던 장수 중 한 명으로 보였다. 줄무늬, 기하학적 문양의 쇠미늘갑옷 형태가 비슷했다. 갑옷 상단의 격자무늬 철제구조물들도 달빛에 차가운 모습을 드러냈다. 궁재의 호위군사가 장수로 보이는 자의 목에 칼을 겨누었다.

"저녁 무렵에 강 둔치를 건던 장수 맞느냐?"

궁재는 프랑크어로 말했다. 이를 통번역 담당 참모군사가 아랍어로 통역해 전했다. 목에 시퍼런 칼이 파고들고 있음에도 그 군사는 당황하지 않았다. 오히려 고개를 들며 기울게 서 있던 몸을 곧게 일으켜 세웠다. 군사도 궁재를 불꽃같은 눈빛으로 응시했다. 분노와 치욕을 애써 억누르려는 표정이 역력했다.

"그대가 '카를 마르텔'인가?"

"묻는 말에나 대답하라. '알-가피키' 휘하장수이냐?"

"본인이 '알-가피키'이다."

총독은 이렇게 대답하며 자신을 쏘아보는 눈빛을 바라보았다. 그는 직감적으로 상대가 '카를 마르텔'임을 알아차렸다.

"음! '알-가피키'라."

"……"

"총독이면서 철학자라고 들었다. 그런데 어떻게 이곳 전장으로 오게 되었느냐?"

사로잡힌 적장이 '알-가피키'라는 사실을 확인하면서 '카를 마르텔'은 다소 흥분되는 것을 느꼈다. 그러는 이유는 알 수 없었으나 그랬다.

"우리는 곧 평원을 가로질러 저 북해까지 올라갈 것이다. 이 성전을 막아서는 자들은 전부 우리의 적이다."

'알-가피키'는 중상을 입고 피를 흘리면서도 당당하게 대답했다. 궁재의 물음에는 답하지 않고 자신의 목표만 말했다. 그 사이로 결연함도 엿보였다. 하지만 그러한 총독을 궁재는 그리 싫지 않은 표정으로 바라보았다.

"착용한 갑옷의 형태 등으로 보아 아까 강 둔치에 있던 장수가 틀림없다. 왜 거기를 거닐고 있었느냐?"

"…… 오늘 밤 전투의 전략을 보완하기 위해서였다."

"그래? 그 전략이 무엇이었느냐?"

"……"

"뭐냐고 물었다."

"구릉지 우회를 통한 측면 돌파 공략이었다. 그리……"

"그리고?"

"이게 여의치 않을 시, 담판으로 싸우지 않고 이기려 했다. 그다음 전략이었다."

"싸우지 않고 이긴다?! 그러면 이 자리에서 그 담판을 지어보겠느냐?"

"지금 적장을 능멸하는 것이냐?"

"아직도 저 후방기지에 그대의 병력이 적잖게 남아있다. 그러하기에 마지막 기회를 주는 것이다."

"으음."

'알-가피키'의 입에서 탄식인지 신음소리인지 모를 소리가 흘러나왔다. 이 치욕을 견디고 응할 것인가 아니면 자진할 것인가.

"……"

'카를 마르텔'은 침묵하며 기다렸다. 주위 군사들도 숨을 죽이며 이러한 광경들을 지켜보았다. 차가운 칼끝과 예리한 화살 끝은 모두 '알-가피키'를 향하고 있었다. 팽팽한 긴장감이 감돌았다.

"그러면, 담판 전에 질문이 있다. 이에 대한 답을 듣고 싶다."

"말해 보라."

'알-가피키'는 왼손으로 부러진 화살이 박혀 있는 오른팔을 잡았다. 그의 얼굴이 일그러졌다. 화살이 부러져 박혀 있으면 화살촉이 파고들어 고통은 점점 심해졌다. 기울어진 한쪽 어깨도 시간이 흐를수록 아래로 처졌다. 그럼에도 다시 상체를 일으켜 세우며 고개를 꼿꼿이 들고 질문을 던졌다. 강단 있는 목소리였다.

"기독교의 '신'은 존재하는가?"

"그렇다."

"그대가 언급하는 '신'은 기독교만의 '신'인가?"

"당연하지 않느냐?"

"그렇다면 이슬람교 신자는 이슬람교만의 '신'을 믿는다 생각하는가?"

"지극히 당연한 이야기다."

"그대는 무지한가 아니면 편협한가?"

"……"

짧은 침묵이 흘렀다. '카를 마르텔'의 눈썹이 움직였다.

"그렇다면 그대가 믿는 '신'과 우리의 '신'은 어떻게 다른가?"

상대를 응시하며 '알-가피키'가 또다시 물었다. 흔들리지 않는 눈빛이었다.

"하여튼 다르지 않느냐? 난 모르겠다. 대체 왜 그런 질문을 하느냐?"

그것에 관해서 '카를 마르텔'은 생각해본 적이 없었다. 그러할 까닭도 없었다.

"그대의 '신'과 우리의 '신'은 동일하……"

"무엇이라? 그 이야기가 진실이냐?"

총독의 말이 끝나기도 전에 궁재의 외마디 대답이 빠르게 튀어나왔다. '카를 마르텔'의 굵은 눈썹이 꿈틀대며 치켜 올라가고 있었다.

"그렇다. 그대가 믿는 기독교의 '신'과 우리의 '신' 알라는 동일하다."

"왜, 어째서 동일하다는 것이냐?"

'카를 마르텔'이 못마땅하고 언짢은 표정으로 따지듯이 내뱉었다. 개탄하는 목소리처럼 들렸다. 상대의 담판 내용을 듣기 위해 연속되는 질문들에 답하다가 저도 모르게 '알-가피키'의 대화 방식에 빠져들고 말았다.

"그 이유는 간단하다. 기독교에서도, 이슬람교에서도 모두 유일신이신 그분을 믿고 있기 때문이다."

"……"

"단지, 그분에 대한 해석, 믿음의 방법 등이 다를 뿐이다. 그러므로 기독교의 '신'과 이슬람교의 '신' 알라는 동일하다."

"으음."

'카를 마르텔'은 혼란을 느꼈다. '알-가피키'와 대화한 시간은 일 분도 채 지나지 않았다. 그런데 지금까지 사십여 년 넘게 지켜왔던 본인의 신념체계가 무너져 내리고 있었다. 어지러움마저 느낄 정도였다.

'기독교의 '신'과 이슬람교의 '신'이 동일하다는 그의 주장이 과연 진실일까?'

이에 대해 '카를 마르텔'은 의구심이 들었다. 그러나 '알-가피키'의 신실한 태도, 세간의 명성 등으로 판단해볼 때 허튼소리라고 치부하기도 어려웠다. 머릿속이 복잡해졌다. 무엇이라 대답을 못하고 총독의 얼굴을 뚫어져라 바라보기만 했다.

"그리고 저 '쉐르 강'을 기점으로……"

이렇게 말하면서 '알-가피키'가 '쉐르 강'을 가리키기 위해 한 손을 높이 올리며 돌아섰다. 그 순간이었다. 화살이 활시위를 떠나는 쉬익~ 소리가 들렸다. 소름끼쳤다. 총독의 방향 전환 동작을 오해해 '카를 마르텔'이 위험하다고 판단한 네우스트리아 군사가 화살을 날린 소리였다. 한 치의 망설임도 없이 재빠르게 날렸다. 어쩌면 바람 그 이상의 무언가를 가르는 의미인지도 모른다.

"허억!"

'알-가피키'가 숨이 끊어지는 듯한 신음소리를 내며 그 자리에 양 무릎을 대고 고개를 숙였다. 그렇게 꼬꾸라지는가 싶더니 이내 뒤로 넘어지며 쓰러졌다. 가슴 윗부분을 꿰뚫은 화살은 아직도 흔들리고 있었다. 화살이 박힌 부위에서 검붉은 피가 번져나갔다. 얼굴에 경련이 일었다. 입은 다물고 있었으나 이를 악물고 있는 듯 양쪽 뺨에 주름이 선명했다. 고통스럽게 들이쉬고 내쉬는 숨소리가 저 멀리까지 들렸다. 돌발적으로 일어난 일이라 모두가 당황했다. 잠시 술렁거렸다. 이 예기치 못한 상황에 흠칫해 하던 '카를 마르텔'이 '알-가피키'에게 다가가 그의 목덜미 밑에 손을 넣어 일으켜 세웠다. 그러자 총독이 눈을 가늘게 떴다. 신음소리와 함께 힘겹게 숨 쉬며 조금씩 입술을 움직였다. 궁재가 통역 군사에게 가까이 다가오라고 손짓했다.

"지금까지 말한 내용이 진실이냐?"

초점 없이 풀려가는 적장의 눈동자를 바라보며 '카를 마르텔'이 물었다.

"그렇다. 그대의 '신'과 우리의 '신'…… 같은 분이시……"

'알-가피키'는 간신히 말을 이어나갔다. 숨을 몰아쉬었다. 죽음 직전이었다. '카를 마르텔'의 표정이 진지해지며 그의 마음에 변화가 찾아오기 시작했다. 그것이 내면세계의 울림인지 다른 그 무엇인지는 불분명했다. 그러나 하여튼 뭔가 바뀌어 달라지고 있었다. 총독의 눈빛이 진실을 말하고 있었기 때문이었다. 더욱이 죽음을 목전에 두고 거짓을 말한다고 보기는 어려울 것이다. '알-가피키'가 연이어 헐떡이며 날숨을 내쉬었다. 그러면서 힘겹게 왼쪽 손을 들어 오른쪽 가슴 안쪽으로 집어넣으려 했다. 이를 본 '카를 마르텔'이 가슴 안으로 깊숙이 손을 집어넣으니 낡은 책자 하나가 손바닥에 잡혔다. 그것을 꺼내자 총독이 눈을 가늘게 뜨고 힘없이 내려다보더니 마지막 힘을 모아서 몇 마디를 띄엄띄엄 이어나갔다.

"그 내용이 여기…… 이것을 후임 총독…… 전해……"

'알-가피키'의 목이 서서히 밑으로 꺾여 내려갔다. 이미 죽음의 길로 들어서고 있었다. 그러면서도 눈길은 위를 향해서 올려다보았다. 아무 말이 없었으나 상대에게 말을 하고 있었다. 사람은 어떻게 이 사실을 알 수 있는 것일까.

"알겠다. '카를 마르텔' 이름을 걸고 전해주겠다."

이 대답을 들은 '알-가피키'는 안도하는 표정을 지었다. 이어서 회한이 묻어나는 눈길로 주위를 둘러보다가 이윽고 눈을 감으며 고개를 떨어뜨렸다.

'카를 마르텔'이 천천히 일어나 목교가 있던 방향으로 걸어 나갔다. 쉐르 강, '알-가피키', '신'의 존재 등에 대해 생각해보았다. '쉐르 강'이 프랑크왕국 군대로부터 우마이야왕조 군대를 지켜 주리라 기대했겠으나 그건 '알-가피키'의 오산이었다. 검푸른 강 상류의 거칠고 빠른 물살에 대한 믿음, 기대 등이 나머지를 압도한 것이다. 인간은 자신의 사고에 함몰되면 그 경계 너머로는 생각이 미치지 못하는 것 같았다. 이성적인 사고를 하는 총독의 경우도 다르지 않았다. 어쩌면 이것이 인간의 한계일 수도 있었다. 그리하여 '신'의 존재성이 더욱 부각되는지도 모른다.

중세의 어느 가을날…… 상현달이 조각구름 사이로 지나가고 있을 무렵에 '쉐르 강' 제방 너머에서 벌어진 일이었다. 또한 그 일대에 융단처럼 깔려 있던 갈대숲에는 고대 프리지아왕국 '미다스 왕' 이야기처럼 신비로움, 은밀함 등이 바람결에 숨겨져 있었다. 이들의 운명적인 조우는 이러한 신비로움과 혼재되고 은은한 달빛, 흐르는 강물소리 등이 더해지더니 점차 전설이 되어갔다. 그러면서 이 이야기는 아득한 시공간을 넘어와 후대에까지 전해져 내려왔다.

4. 남긴 책자

'투르-푸아티에' 전투는 프랑크왕국 승리로 막을 내렸다. 중세의 전투는 승패를 알 수 없는 경우도 적지 않았고 후대에서 승자가 뒤바뀌는 경우도 있었다. '투르-푸아티에' 전투도 승패를 명확히 판명하기 어려운 일전이었다. 그럼에도 이후 우마이야왕조의 유럽지역 북진의 좌절, 프랑크왕국 카롤링거왕조의 위상 등으로 미루어 보았을 때 '카를 마르텔'의 승전으로 인식함이 마땅했다.

어쨌든 지휘관 '알-가피키'의 죽음을 알게 된 이슬람왕국 군사들은 더 이상 전의를 불태우지 않았다. 그 이전 즉 8세기까지만 해도 유럽지역에서 이슬람왕국 군대를 상대할 수 있는 전력을 가진 군대가 없었기에 그들의 전의는 누구도 꺾을 수 없었다. 그러나 이제 상황이 달라졌다. 그들은 '쉐르 강' 인근 야영지에서 황망히 빠져나와 아키텐 지역 툴루즈를 경유하여 로마공로를 따라 코르도바로 돌아갔다. 우마이야왕조의 이베리아반도 우회로를 통한 유럽 정복의 야망이 헛된 꿈으로 전락하는 패전이었다. 이후로 이슬람세력은 피레네산맥을 넘어오지 못했다. 물론 국지적인 접전 등은 간혹 발생했으나 전면전은 없었다.

이 '투르-푸아티에' 전투를 통해 '카를 마르텔'은 새로운 왕조 창건의 토대를 마련했다. 의도하진 않았으나 그랬다. 즉 이 전투의 승리를 계기로 프랑크왕국의 실질적인 통치권을 더욱 강화할 수 있었고 이를 토대로 그의 아들인 '피핀 3세'가 751년에 카롤링거왕조를 개창했기 때문이었다.

'피핀 3세'는 체구가 왜소하여 당시에 '단신왕'이라는 별칭까지 가졌다. 하지만 로마교황 자카리아스의 승인을 거쳐 메로빙거왕조 '힐데리히 3세'를 폐위시킨 강인한 인물이었다. 이후에 새 왕조의 기반을 단단히 구축했다. 프랑크왕국 궁재였음에도 국왕보다도 더한 권력을 행사했는데 이것은 '투르-푸아티에' 전투를 기반으로 다진 '카를 마르텔'의 국정장악능력 강화 아니었으면 불가능한 일이었다.

'투르-푸아티에' 전투가 종료되고 일 년이 지났다. '카를 마르텔'은 그날 '알-가피키'가 전해준 그 책자를 읽어보고자 했다. 총독과 대화하며 내용을 일부 듣기는 했으나 전체 내용이 궁금했기 때문이었다. 보다 깊은 이해를 위해서였다. 그러나 심사숙고 끝에 그러한 뜻을 접었다. 단지 우회적인 방법을 통해 아랍어로 명기된 그 책자의 제목, 목차 등을 알아냈을 뿐이었다. 제목은 「알 수 없는 신에 관하여」였다.

어째서 그리 하였을까. '카를 마르텔'은 주제를 윤곽이나마 이해한 상황에서 아랍어 해독 가능한 지식층을 통해 그 내용이 세상 밖으로 알려지는 것을 원치 않았다. 즉 궁재는 그 책자를 읽을 수 없었음에도 당시 프랑크왕국 내의 아랍어 통번역 인력들을 호출하지 않았던 것이다. 궁정에 해당 인력들이 소수이긴 해도 있었다.

"프랑크왕국은 기독교 국가이다. 기독교는 종교로서도 중요하나 국가통치이념, 사회구동시스템 등으로서는 더욱 중요하다. 따라서 기독교의 '신'과 이슬람교의 '신'이 동일하다는 주장이 설사 진실이라 할지라도 그러한 내용을 대외적으로 언급할 수는 없다."

차분히 돌이켜보아도 '카를 마르텔'은 자신의 사고가 타당하다고 여겼다. 이러한 생각은 여기서 머물지 않았다.

"그렇게 할 수 없다기보다 하고 싶지 않다. 국가의 통치에 도움이 되지 않기 때문이다. 본인은 왕국의 실질적 통치자 아닌가."

이 사고에 스스로 힘을 실어주었다. 자신의 판단과 결정에 정당성을 부여한 셈이다. 그 누구에게도 말하지 않고 마음속으로만 알고 있으리라 다짐했다. 그러다가 문득 '카를 마르텔'은 '알-가피키'의 책자가 혹시 자신에게 행운을 가져다주지 않을까 생각하게 되었다. 시간이 흐른 후에는 생각이 기대로 바뀌면서 점차 그렇게 믿게 되었다. 이후 어떤 경우에도 그 책자를 지니고 다녔다.

세월이 흘렀다. '카를 마르텔'은 세상을 떠나기 직전에 장남 '카를로만 1세'에게 그 책자를 물려주었다. 그러나 정치적인 이유로 '카를로만 1세'가 조기은퇴하고 낙향하면서 그의 아들 '드로고 2세'에게 전해주었다. 이후에 '피핀 3세'가 조카 '드로고 2세'를 수도원에 유폐시키면서 책자를 손에 쥘 수 있었다. '피핀 3세'는 부친에게서 구전을 통해 그 내용의 일부를 알고 있었다. 하지만 이를 중요하게 여겨 소장했다고 보기는 어려웠다. 그보다는 그것을 지니고 있으면 행운이 찾아와 정국 현안들의 결정 등에서 유리할 수 있다는 그릇된 믿음 때문에 조카로부터 탈취했을 것이다.

이제 '피핀 3세'는 장남 카를대제에게 그 책자를 전해주었다. 이후로 카를대제는 우여곡절 끝에 계속 소장하게 되었는데 이에 대한 애착은 조부나 부친의 정도를 능가했다. 아마도 재위기간 대부분을 험난한 전장에서 보냈기에 그 믿음의 정도가 더했을 것이다. 그러나 카를대제는 부친으로부터 그 내용에 대해서 듣지 못했다. '피핀 3세'의 의도적인 회피인지, 특별한 이유 없이 전하지 못했는지는 알 수 없었다. 어쨌든 카를대제는 모르고 있었다. 단지 대대로 전해져 오는 이야기를 맹신해 소장했으리라 추측할 뿐이었다.

어쩌면 그보다는 '피핀 3세'가 그 내용에 대해 애초부터 알지 못했을 가능성도 있었다. '드로고 2세'에게서 강제로 탈취했기에 부친 '카를 마르텔'로부터 전해 들을 기회가 없었던 건 아닐까. 이와 같은 해석이 설득력 있어 보였다.

'알-가피키' 역시 의도한 건 아니었으나 그 책자를 통해서 코르도바 '라-메스키타' 건축을 가능하게 했다. 즉 그 건축 추진에 대해 동기부여 역할을 한 것이다. 시대적 정황은 그렇게 흘러갔다. '압드 알-라흐만 1세'는 피레네산맥 이동에서 견줄만한 국가가 없을 정도로 독특하게 빛나는 정치, 경제, 학문, 문화 등을 이베리아반도에서 일으켜 세웠다. 그 정점에 위치한 것이 바로 '라 메스키타'였다. 이 건축물은 후기우마이야왕조의 정신적 지주로서 이후에는 이슬람왕국의 종교적 유산을 넘어 인류가 후손에게 전해주어야 할 기념비적인 문화유산이 되었다.

물론 '라 메스키타'와 '알-가피키'의 연결고리는 '투르-푸아티에' 전투, '압드 알-라흐만 1세', 카를대제 등 여러 요인이 있었으나 주요 요인은 그 책자였다. 특히 그 내용에는 중세 중기에 용인되기 어려운 주장들이 담겨 있었다. 그날 군막 앞에서 '알-가피키'와 '카를 마르텔'이 나누었던 대화들은 단지 일부분에 지나지 않았던 것이다. 과연 「알 수 없는 신에 관하여」는 무슨 내용을 담고 있는 것일까. 그리고 그 주장이란 무엇에 관한 것일까.

5. 때는 8세기였다

782년 10월 초순이었다. 후기우마이야왕조의 수도 코르도바는 적막감에 둘러싸여 있었다. 이른 밤의 공기는 차가웠다. 과달키비르 강은 안달루시아 지역을 가로질러 코르도바 시내를 굽이치며 유장하게 흘러갔다. 강가 언덕 위에 서 있는 '성 빈센트St. Vincent' 교회와 부속 수도원의 모습이 인상적이었다. 흐르는 물소리를 조용히 듣고 있는 듯했다. 교회 종탑 위에 걸린 상현달은 얼음 위의 빛처럼 빛났다.

'압드 알-라흐만Abd al-Rahmān 1세'는 강변에서 교회를 바라보며 생각에 잠겨있었다. 전체적으로 그의 외모는 준수했다. 이목구비도 뚜렷한 편이었으나 얼굴빛은 창백해 보였다. 회색빛 머리카락이 살짝 보이는 머리에는 터번을 둘렀다. 긴 겉옷으로 마그레브 지역 전통복장 하얀색 젤라바를 입었다. 자수 스카프 일종인 리탐으로 얼굴도 가렸다. 얇은 리탐으로 인해 창백하게 보였는지도 모른다. 그가 북아프리카에 있을 때는 휘몰아치는 모래바람 때문에 그런 복장을 했지만 여기서는 고단하던 그 시절이 그리울 때 가끔 입었다.

476년 서로마제국 멸망 이전부터 6세기 초엽까지 '알라리크 1세', 에우리크, '알라리크 2세' 등이 서고트왕국 즉 피레네산맥 북쪽의 골 지역과 이베리아반도를 통치했다. 하지만 507년 '알라리크 2세'가 우세한 전력의 군대를 보유했음에도 부예에서 프랑크왕국 클로비스와 접전 끝에 패하면서 골 지역을 잃어버리고 이베리아반도만 영향력 아래 두게 되었다.*

711년에 우마이야왕조 북아프리카총독 누사이르는 탕헤르 지사 타

---

* 이 '부예Vouillé 전투' 사례가 보여주듯이 서고트왕국은 위계체제를 갖추고 있었음에도 정치적으로 불안정한 시기가 많았다. 이에 따라 넓은 영토, 통합에 유리한 민족 구성 등 다수의 국가 재원을 가지고도 국가를 정상궤도에 올려놓지 못했다. 중세에서는 이례적인 경우였다. 물론 사회적 관용정책을 시행함으로써 종교적 분열을 종식시킨 '레카레드 1세'와 레오비길드가 통치할 당시에는 안정되기도 했다.

리크와 함께 서고트왕국을 무너뜨렸다. 이후 우마이야왕조 코르도바총독이 이베리아반도를 다스렸다. 그러나 이 기간은 불과 50여 년에 지나지 않았다. 이어서 756년 '압드 알-라흐만 1세'가 코르도바총독과 전쟁을 벌여 패퇴시키고 새 이슬람왕국을 건설했다.

이후 '압드 알-라흐만 1세'는 스스로를 에미르Emir라 칭했다. 그로부터 26년이 흘렀다. 그동안 그의 치세에서 각종 내우외환이 끊이지 않았지만 작금의 왕국은 최대 위기를 맞았다. 그 위기의 근원은 붉은 머리카락을 휘날리며 전쟁터들을 누비고 다니는 카를대제였다. 이미 프랑크왕국은 로마제국이 과거에 정복했던 지역의 절반 이상을 차지했다. 롬바르디아왕국도 격퇴시켰고 또한 라인란트 지역, 골 지역, 헬베티아 지역 등도 복속시키면서 영토를 확장해나갔다. 카를대제가 지휘하는 군대의 전투력은 상상 그 이상이었다. 더구나 시간이 흐를수록 더 강해지는 것처럼 보였다.

'압드 알-라흐만 1세'는 카를대제와 일전을 앞두고 있었다. 이번에 전쟁이 발발한다면 두 번째 격돌이 될 것이다. 4년 전인 778년에 벌어진 전쟁에서는 치열한 전투가 발생하지 않았다. 사라고사 지사의 좌고우면, 작센족의 반란 등 때문이었다. 그러나 '압드 알-라흐만 1세'가 판단하기에 이번은 상황이 달라서 대규모 접전이 벌어질 게 분명했다. 그 규모는 예상을 뛰어넘는 수준일 수도 있었다. 프랑크왕국과 전쟁을 치르게 된다면 승리하리라 자신했으나 만약 패배한다면 불과 26년 전에 건국한 왕국을 잃을 수도 있는 상황이었다. 한시도 마음을 놓을 수 없었다.

'카를대제는 무시할 수 없는 파괴력을 지녔다. 어떻게 전쟁을 치를 것인가?'

이렇게 '압드 알-라흐만 1세'가 여러 상념에 잠겨서 과달키비르 강변을 서성이고 있었다. 그때 '성 빈센트' 교회의 오른쪽을 돌아 마리암 Baharehan Maryam공주가 강변으로 다가왔다. 에미르의 뒤를 따르며 걷고 있던 경비대장 '알-후사인al-Husayn'이 공주를 알아보고 인사를 건넸다. 코르도바 왕궁의 경비대장은 에미르와 동일한 가문 출신으로 건국 이래 생사고락을 함께 해왔다.

"공주님! 이 시간에 어인 일입니까?"

"아직도 에미르께서 왕궁으로 귀환하지 않았다는 소식을 들었어요. 행여나 강변에 계신가 싶어서 나와 보았습니다."

공주가 또랑또랑한 목소리로 대답하며 환하게 웃었다. 갑자기 온 주위가 밝아지는 것 같았다. '압드 알-라흐만 1세'는 왕실의 자손으로 11명의 왕자들과 1명의 공주를 두었다. 이들 중에서 특히 공주를 아끼고 총애했다. 실로 그녀의 미모는 눈부셨다. 검고 깊은 눈동자는 푸르른 산속의 맑은 호수였다. 가만히 보고 있노라면 마음이 편안해졌다. 도드라지면서도 알맞게 솟은 코와 입술은 선명했다. 그녀의 전체적인 느낌은 단아한 아름다움이었다.

"어서 오너라. 밤공기가 차갑지 않느냐?"

"괜찮습니다. 오늘도 '성 빈센트' 교회를 바라보며 산책하셨지요? 근자에 여러 가지 생각이 많으십니다."

"저 교회를 기독교인에게서 매입하고 전체를 허문 다음에 이슬람사원을 건축할 계획이다. 명칭은 아직 정하지 못했다."

"예."

"그보다 우선해서 할 일이 있구나. 카를대제와 곧 피할 수 없는 전쟁이 벌어질 것이다. 이에 관한 대비가 시급하고 중요한 일이다."

"그 대비를 어떻게 하면 좋겠습니까?"

"중갑기병의 증원을 비롯한 군사력 증강이 첫 번째 대비겠지. 전체 기병 중에서 궁기병 대 중갑기병 비율을 6:4까지 끌어올려야 해. 현재의 10:1 정도 비율로는 기마병의 파괴력이 부족하다."

"전설적인 '알-가피키'의 기병들도 궁기병 대 중갑기병 비율이 6:4 정도였다고 합니다. '투르-푸아티에' 전투에도 그러한 부대편성으로 임했지요."

"그도 중갑기병을 그렇게 중시했느냐?"

"예. 그 당시 '알-가피키' 군대의 중갑기병은 역대 최강이라고 전해집니다."

"전체 병력 중에서 보병도 중요하나 기병은 더욱 중요하다. 전쟁의 승패를 좌우하게 되는 요인이 기마병의 역할이야."

"사산조 페르시아 기병들은 철제갑옷, 장검, 철창 등으로 완전 무장했습니다. 이렇게 강력한 기병을 앞세워 파르티아제국을 멸망시켰지요."

페르시아 기병은 파르티아 기병이 착용한 비늘갑옷보다 방어력이 뛰어난 철제갑옷을 도입했다. 장검의 강도, 철창의 길이 등도 적군의 무기를 압도했다. 따라서 파르티아 전쟁에서 우위를 점할 수밖에 없었다. 이러한 우위는 당연히 그들의 승전으로 귀결되었다.

"공주는 모르는 게 없구나."

"과찬이십니다."

"게다가 아군은 아바스왕조의 등자보다도 더 우수한 등자를 보유하고 있지 않느냐? 따라서 기마병 특히 중갑기병을 증강한다면 보병이 주축인 프랑크왕국 군대를 참패시킬 수 있을 것이다."

한동안 말을 멈추고 '압드 알-라흐만 1세'는 공주를 바라보았다. 그의 눈빛에 신뢰감과 아쉬움이 교차하고 있었다.

"공주가 왕자로 태어났더라면 왕위를 물려주었을 터인데 안타깝도다."

"아닙니다. 에미르 곁에서 이 이슬람왕국의 번영에 일조하는 일만으로도 기쁩니다. 그 이상의 바람은 없습니다."

"어허! 미모, 지혜 거기에 겸손의 덕목까지 가지고 있구나."

"부끄럽습니다."

공주는 고개를 조금 숙이며 수줍은 미소를 지었다. 잠시 흘러가는 강물을 바라보더니 진지한 표정으로 이어서 질문을 던졌다.

"전쟁에 관한 두 번째 대비는 무엇입니까?"

첫 번째 대비에 관해서야 '압드 알-라흐만 1세'가 늘 강조하던 내용이니 숙지하고 있었다. 공주는 역사에 관심이 많아 왕립학술원, 도서관 등에서 꾸준히 관련 문헌들을 공부했다. 중갑기병 증원 등 군사력 관련해 언급한 부분들도 모두 역사서에서 학습한 내용이었다. 그러나 두 번째 대비에 관해서는 금시초문이었다. 이전에 에미르가 언급한 적도 없었다.

"카를대제를 만나서 담판 지을 준비를 하는 것이다. 여기서 준비란 사전작업을 가리키겠지. 즉 전쟁을 치르지 않고도 승리하자는 의미이다."

"그것이 가능하겠습니까? 카를대제는 이교도와 대화할 의향이 없어 보입니다. 일례로 그는 기독교를 믿지 않는 부족을 잔인하게 제압하고 개종을 강요한다고 합니다. 그 용맹한 작센족도 굴복시키기를 몇 번이나 거듭하지 않았습니까? 778년 전쟁이 확전되지 않은 이유도 작센족이 재차 반란을 일으켜서입니다."

"대부분이 카를대제와의 담판은 불가능하다고 예단하지. 그러나 적은 가능성이지만 방법이 없는 건 아니다."

"그렇습니까? 저에게도 말씀해 주실 수 있나요?"

"바로 '알-가피키'의 「알 수 없는 신에 관하여」가 그 열쇠이다."

이에 대해 공주에게 들려준 내용은 다음과 같았다. 그 책자는 '피핀 가문'의 가보로서 '카를 마르텔', '피핀 3세' 등을 거쳐 카를대제에게까지 전해졌다. 이후에 카를대제는 언제 어디서나 그 책자를 소중히 지니고 다녔다. 778년 전장에서도 그 소지 여부를 확인할 수 있었다. 따라서 프랑크왕국에 특사를 보내 정상회담을 요청하고, 예정대로 회담이 개최되면 그 책자를 대화의 소재로 삼아 상대의 마음을 얻은 다음, 정상간의 담판을 통해서 전쟁을 치르지 않고도 승리하자는 계획이었다.

"그 책자가 가보로 전해졌다는데 어떻게 그 존재여부를 논할 수 있겠습니까? 그렇기에 어떠한 방법으로 대화소재로 삼을 수 있을지 의문입니다."

"……"

"설혹 대화의 소재로 채택해서 두 분께서 말씀을 나눈다고 해도 어떻게 상대의 마음을 얻을 수 있는지요?"

'압드 알-라흐만 1세'는 이처럼 하나씩 또박또박 짚어가며 언급하는 공주가 기특하기도 했고 한편으론 믿음직스럽기도 했다.

"그렇게 생각하는 것이 어쩌면 당연한 일이다. 지금 공주가 질문한 내용들에 대해서는 세부적인 방법을 강구해 보자."

"예."

"하지만 그 책자가 대화 소재로 올라온다면 상대의 마음을 움직일 수 있을 것이다. '알-가피키'와 대화를 나눴던 사람들은 그 깊은 학식과 인품에 경외심을 가졌다 전해지기에, 그러한 인물이 작성한 책자라면 카를대제도 감동시킬 수 있다고 생각하기 때문이다."

"예……"

"거기에다 '카를 마르텔'도 그 책자를 읽고 '알-가피키'를 추모하면서 기도를 드렸다고 전해 들었다."

"그렇습니까? 이교도를 위해 '카를 마르텔'이 기도를 다 했군요."

"이례적인 일이지. 그가 세상을 떠나기 며칠 전에 그 책자를 처음 읽었고 그다음 기도했는데 '알-가피키'를 두 차례나 언급했다고 했다. 막내왕자가 프랑크왕국 고위관리로부터 직접 전해 들었으니 정확한 내용일 것이다."

이 고위관리는 '카를 마르텔' 임종 시에도 옆자리를 지켰다고 하니 측근임에 틀림없었다. 여기에 더해 '카를 마르텔'이 '알-가피키'의 죽음을 애도하면서 생전에 대화를 더 나누지 못한 일을 안타까워했다는 풍문도 전해졌다.

"더욱이 '알-가피키'는 총독 재임 시에 그리스 철학자 파르메니데스, 프로타고라스 등의 저작들에 대해 주해서를 썼다. 또한 범신론, 윤리학 등에 관한 뛰어난 저술도 여러 권 남겼지. 이 「알 수 없는 신에 관하여」는 계속 집필 중이었다고 전해 들었다. 미완성이라는 사실이 아쉬울 뿐이야."

'알-가피키'는 세상을 떠나기 일 년 전에 프로타고라스의 「신에 관하여」 저서에 대해 일부 비판적인 주해서를 썼다. 일례로 프로타고라스는 진리에 관해 절대적인 의미가 있다는 것을 거부했다. 더 나아가 '신의 존재'에 관한 철학적 고찰에 대해서도 궁극적으로 알 수 없다고 주장했다. 그러나 '알-가피키'는 이를 논리적으로 비판하고 본인의 저서에서 자신의 논지를 명확히 전개한 것이다. 두 저서의 제목을 비교해보아도 이를 짐작할 수 있었다.

"이제 대강이나마 이해됩니다. 그런데 에미르께서는 어떻게 이 내용들을 이렇게도 자세히 알게 되었습니까? 궁금합니다."

어둠 속에서도 강 너머의 풍경이 어렴풋이 보였다. 비로소 「알 수 없는 신에 관하여」 이야기도 윤곽이 보이기 시작했다. '압드 알-라흐만 1세'가 눈을 감으며 '알-가피키'를 그리워하는 표정을 지었다. 적어도 공주에게는 그렇게 느껴졌다.

"그 책자의 존재를 알게 된 건 막내왕자의 노력 덕분이다. 778년 프랑크왕국이 사라고사로 진격했을 당시 왕자의 첩보부대가 이 사실을 처음 접했지. 카를대제 시종 중에서 슬라브족 출신 시종을 통해 듣게 되었다."

막내왕자 '압드 알라Abd Allāh'는 국가정보책임자였다. 국내외 모든 정보를 총괄하는 업무를 하며 에미르를 지근에서 보필했다. 778년 사라고사에서 돌아온 이후에도 반년 가까이 노력해서 그 책자의 대략적인 내용, 제반 정황 등에 대해 짐작하게 되었다. '압드 알라'는 이를 위해 온갖 궂은일도 마다하지 않았다. 본인이 직접 프랑크왕국의 수도 아헨에도 다녀왔다. 아바스왕조의 수도 바그다드에도 첩보부대 정예 군사들을 여러 차례 파견했다. 이 일의 보다 정확한 사실관계를 파악하기 위해서였다.

"알겠습니다. 이제 특사 보낼 준비를 하시지요."

"그러면 친서는 공주가 작성해보면 어떻겠느냐?"

"저는 학문이 아직 부족합니다. 하지만 에미르께서 말씀하시니 정성을 다해서 친서를 써보겠습니다."

"공주의 수려한 문장을 기대해보겠다. 완료되면 언제든지 '루사파궁'으로 가지고 오너라."

루사파Rusafa 궁은 '압드 알-라흐만 1세'의 왕궁이었다. 북아프리카에서 이베리아반도로 넘어와 처음 종려나무를 심었던 장소이기도 했다. 다마스쿠스에서의 어린 시절 추억을 되살려 심었다. 그로서는 가슴 아픈 회상이었다.

"그렇게 하겠습니다."

공주는 예를 갖추어 인사하고 수행원들과 교회 방향으로 걸어 나갔다. 그녀의 옷깃이 바람에 나부끼며 위로 치솟았다. 공주 일행의 뒤를 은은한 달빛이 비추고 있었다. 멀어져가는 공주의 뒷모습이 왠지 아련하기만 했다.

6. 친서

마리암공주의 마음은 무거웠으나 발걸음은 가벼웠다. 국가 안위가 염려되면서도 희망을 보았기 때문이었다. 실낱같기는 하지만 노력한다면 가능성은 높아질 수 있을 것이다. 공주는 이미 늦은 시간이었음에도 교회 옆에 위치한 왕립도서관으로 향했다. 뒤를 따르던 수행원들 중 군사 하나가 걱정스런 눈빛으로 숙소로 돌아가기를 권했다. 건장한 체격의 선임수행원 일데가르다Hildegarda였다.

"밤이 깊었습니다. 그만 알카사르 야자수 궁으로 향하시지요."

"도서관에서 책을 몇 권 빌리려 합니다. 지금 문장에 대한 구상이 떠올라서 아리스토텔레스의 「시학」을 읽고 싶어요. 일데가르다는 수행원들과 기다리고 오르텐시아Hortensia는 따라오세요."

"알겠습니다."

서고트족인 두 수행원은 합창하는 것처럼 나란히 대답했다. 그들의 이름도 각기 고트어였다. '일데가르다'는 '싸우기 위해 기다림'이라는 전사의 의미였다. '오르텐시아'는 국화꽃의 일종인 '수국'을 가리켰다. 그들은 기독교를 믿다가 이슬람교로 개종한 마왈리 즉 '비아랍인 무슬림'이었다.

후기우마이야왕조 건국 이전까지만 해도 이베리아반도에서 마왈리는 '아랍인 무슬림'에 비해 사회적으로 정당한 대우를 받지 못했다. 그러나 '압드 알-라흐만 1세'는 고착된 현실의 한계를 극복하고 사회 구성원들의 합의를 토대로 공공의 관행을 확립했다.*

공주는 아랍어로 작성된 시학을 비롯해 그리스 고전들을 대출받았

---

* 일례로 아랍인 무슬림 발라디윤, 북부시리아 출신 무슬림 '알-샤미윤', 마왈리 등뿐만 아니라 딤마의 체제 아래 보호받는 시민 즉 딤미Dhimmi에게도 평등을 국정 운영의 기본이념으로 삼아 공평한 사회를 지향했다.

다. 이러한 문헌들은 대부분 아바스왕조의 왕립도서관에 의해 번역되었다. 이곳은 학술원 기능도 있어서 중세에는 대학 역할도 담당했다. '지혜의 집'이라는 명칭으로도 알려졌다. 특히 그동안 소실되었던 그리스 고전을 찾아내 아랍어로 번역했다. 이 번역본이 십자군전쟁 시기에 서부유럽으로 전해졌고 이후에 라틴어 번역 과정을 거쳐 후대에서 그리스 고전을 읽을 수 있게 된 것이다.

이튿날 오전부터 공주는 그리스 고전들, 주요 외교문서 등을 참고해 친서를 작성했다. 아리스토텔레스 시학 중에서 16장~18장까지의 플롯, 20장~22장까지의 문법 등에 대해서 공부하고 글을 썼다. 또한 호라티우스의 「시학」도 참고하는 등 논리정연하면서도 유려한 문장을 작성하기 위해 노력했다. 이후부터 일주일 동안 공주는 내내 왕립도서관에 있었다. 그날 밤 '압드 알-라흐만 1세'와 대화를 나눈 후에 하루도 쉬지 않고 최선을 다했다.

드디어 공주는 각고의 노력 끝에 친서를 완성했다. 궁 앞에서 말고삐를 잡은 채로 기다리고 있는 일데가르다에게 눈인사를 건네며 말에 올라탔다. 흐뭇하고 기쁜 마음으로 과달키비르 강에 놓여 있는 로마교를 지나 루사파 궁으로 힘차게 달려갔다. 수행원들도 각기 말을 타고 그 뒤를 따라왔다. 다리 교각에 달빛이 부드럽게 비추어 아름다웠다. 공주는 가는 길에 말을 멈추고 멀리 밤하늘을 바라보았다. 달의 모양은 점점 둥글어져 보름달로 바뀌어 가고 있었다. 휘영청 밝았다.

"그날 강변에서 에미르를 만나던 날은 상현달이 떠 있었지. 저 달은 어떻게 차고 기우는 것일까? 시간이 참 빠르다. 그런데 시간이란 대체 무엇일까? 세상 만물은 온통 신기한 그 무엇으로 가득 차 있어. 놀라워라."

이 세상에 존재하는 모든 것이 신비하게 느껴졌다. 눈을 가늘게 뜨고 밤하늘을 올려다보니 하늘빛은 검은색이 아니라 짙은 감청색이었다.

타원형의 둥근 달이 흘러가는 구름 위에 걸려있는 모습은 가히 몽환적이었다. 은은한 달에서 시선을 돌려 아득한 무한대의 공간을 바라보았다. 수많은 별이 쏟아지듯이 반짝거리고 있었다. 경이로웠다. 감청색의 검푸른 공간에 그 무엇인가 그득하다는 사실이 그저 놀랍기만 했다. 그렇게 반짝이는 별들을 바라보다가 이런 생각이 떠올랐다.

'내가 친서를 작성했으니 카를대제에게 특사로도 가면 어떨까? 에미르께 청해보자. 어쩌면 허락해 주실지도 모르지.'

가던 길을 멈추고 밤하늘을 바라보며 뭔가 골똘히 생각하고 있는 공주를 일데가르다는 몇 걸음 뒤에서 바라보고 있었다. 그러더니 말을 몰고 앞으로 다가가서 그녀 안색을 살피며 입을 열었다.

"공주님! 내일 아침 루사파 궁을 방문하는 일정이 어떠하신지요?"

"언제든지 친서 작성이 완료되면 오라고 말씀하셨습니다."

"그래도 에미르께서 늦게 방문했다고 나무랄까 염려됩니다."

"아닙니다. 일데가르다는 에미르를 아직 몰라서 그렇게 생각하는 겁니다. 하루라도 빨리 찾아가야 더 기뻐하십니다."

이윽고 공주 일행은 루사파 궁에 도착했다. 바로 '압드 알-라흐만 1세'를 찾아 접견실에서 재회했다. 공주의 믿음대로였다. 에미르가 접견실 문을 열고 들어오며 밝고 환하게 웃었다. 반가운 얼굴이었다.

"어서 오너라. 마리암공주가 들르기만을 학수고대하고 있었다. 카를대제에게 전해줄 친서는 작성했느냐?"

"예. 나름대로 열심히 했습니다. 하지만 부족한 부분들이 있을 겁니다. 에미르께서 보시고 수정해야 할 내용을 말씀해 주십시오."

"어디 어떻게 작성했는지 보자. 공주가 왕립도서관에서 일주일 동안 여러 분야의 자료들을 참고했다고 전해 들었다."

'압드 알-라흐만 1세'는 고개를 길게 빼고 양피지에 쓰여 있는 친서를 멀찌감치 둔 채로 읽었다. 표지부터 시작해 한 문장씩 짚어가며 신중하게 검토했다. 잠시 후 흡족해하며 이렇게 입을 열었다.

"아랍어가 아닌 라틴어로 친서를 작성했구나."

"물론 프랑크왕국에도 아랍어를 읽을 수 있는 관리들이 있겠지요. 하지만 그들의 독해력 수준이 어느 정도인지를 알 수가 없고 또한 중요한 외교문서이기도 해서 라틴알파벳을 사용하는 라틴어로 작성했습니다."

"기특하도다. 어떻게 그런 생각을 다 했느냐? 외교관 중에서도 이처럼 능숙한 라틴어를 구사할 인재는 그리 많지 않을 것이다. 이렇게 문서를 작성할 정도로 언제 라틴어를 익혔는가?"

756년 이후 이베리아반도의 공용어는 아랍어였다. 711년부터 아랍어가 고트어를 점차 대체하게 되었으나 공용어라 부를 정도는 아니었다. 시간이 흐르고 오십여 년이 경과하면서 비로소 아랍어는 공용어로 자리매김하게 된 것이다.

후기우마이야왕조에서 시민들은 종교의 자유가 있었음에도 이슬람교를 믿는 인구가 갈수록 증가했다. 이슬람교신자는 비신자에 비해 세제 감면을 비롯한 각종 혜택이 주어졌기 때문이었다. 따라서 이슬람교신자가 증가할수록 아랍어도 널리 퍼질 수밖에 없었다. 그 당시에 이슬람교를 믿을 수 있는 언어는 아랍어였고 「성 꾸란」도 아랍어로만 쓰여 있었기에 그러했다. 이러한 상황에서 공용어 및 시민의 언어는 시간이 지날수록 아랍어로 바뀌게 되었다.

이에 반해 라틴어는 중세에 주로 기독교 세계에서 쓰였다. 로마교황청과 가톨릭 사제, 신학자 등의 계층에서 사용되었다. 일부 학자 계층에서는 그리스어가 라틴어와 더불어 병용되기도 했으나 서로마제국이 멸망한 지 300여 년밖에 지나지 않은 시점이어서 라틴어 유용성이 더 높다고 평가되었다. 그리고 서고트왕국에서 사용되었던 고트어는 세월이 흐르면서 점차 잊혀 가는 언어가 되었다. '압드 알-라흐만 1세'

도 고트어를 탐탁지 않게 생각했다. 그 이유는 주로 정치적인 정황에서 비롯되었다.

"기초 정도 익혔을 뿐입니다. 왕립학술원 학자들에게 배웠고 도서관에서도 라틴어 문헌 등을 통해 틈틈이 공부했습니다."

"이 문장들이 평범해 보이나 주요 부분마다 빼어난 문체의 외교 문장이 돋보이는구나. 전체적인 구성도 외교문서 격식에 부족함이 없음이야."

"프랑크왕국 '피핀 3세'의 로마교황청 외교문서, 비잔틴제국 공문서 등을 주로 참고해서 친서를 작성했습니다."

"공주는 그러한 자료들을 어디서 구했느냐?"

"왕립도서관 '외교문서 자료실'에서 구했습니다. 라틴어로 작성된 기록물들을 참고하느라 일주일 정도의 시간이 필요하였지요."

이렇게 공주와 대화를 나누며 '압드 알-라흐만 1세'는 코르도바에 더 많은 도서관을 개관해야겠다고 다짐했다. 외교문서에 관한 언급이 도서관 증설의 계기가 된 것이다.

코르도바에는 '압드 알-라흐만 1세' 재위시기에 다수의 공공도서관이 있었다. 그중에서 왕립도서관은 최대 규모로서 십만여 권에 육박하는 장서를 소장하고 있었다. 그 당시 이베리아반도에 소재한 도서관들은 이외 유럽지역의 전체 도서관들보다도 많은 장서를 보유하고 있었다. 이들 중에서 세간에 회자되던 '생드니 수도원' 장서관의 장서는 일만 권 내외에 불과했을 뿐이었다. 친서를 보면서 '압드 알-라흐만 1세'는 계속 질문을 이어나갔다.

"친서 내용은 첫째가 양국이 상호 친선을 도모하고 둘째가 양국 정상이 참석하는 회담을 사라고사에서 개최하자는 것이다. 이러한 내용을 어떻게 대화 소재인 그 책자와 연결시키면 좋겠느냐?"

"에미르께서 카를대제와 회담하면서 대화 소재로 그 책자를 끌어들이는 일은 쉽지 않으리라 예상합니다. 그렇기 때문에 이번에 아헨으로 친서를 들고 가는 특사가 대화의 연결고리를 위한 토대를 마련해야 합니다."

"그래야겠지."

"따라서 특사의 역할이 중요합니다. 저를 카를대제에게 특사로 보내 줄 수 있으신지요? 그렇게 된다면 친서를 전달하며 그 책자에 대해 운을 떼어보겠습니다."

"공주가 그리할 수 있겠느냐?"

"예. 제가 갈 수 있다면 한번 해보겠습니다."

"그렇다면 내일 오전 각료회의에서 그러한 방향으로 결정하겠다."

"감사합니다."

공주는 기뻤다. 로마교에서의 생각이 현실에서 이루어진 것이 기쁘기만 했다.

7. 험난한 여정

마리암공주는 '압드 알-라흐만 1세'를 루사파 궁에서 재회한 이튿날부터 특사로 떠날 준비에 착수했다. 먼저 시작한 일은 친서의 점검이었다. 외교대신의 자문을 받아 공문서로서의 문장 형태, 내용의 정합성, 사용단어의 적정성 등에 대해 검토했다.

그다음으로 특사를 보필하고 외교 업무에 대해 자문해 줄 외교 담당 고위관리 3명을 선정했다. 이 중에서 2명이 유대인 관리로서 이들의 지혜롭고 풍부한 외무경험이 준비하는 데 많은 도움이 되었다. 또한 유의해야 할 외교 언어 및 외교 예절에 대해서도 체계적으로 학습을 받았다. 이렇게 선정된 고위 관리들의 추천을 받아 동행할 외교관, 실무 관리, 수행원 등도 엄선했다.

이로부터 일 개월 후에 공주는 의전 담당 고위 관리 1명, 수행원 2명 등을 특사선발대로 보냈다. 카를대제와의 접견일, 시간, 장소 등을 사전 논의하기 위해서였다. 이 중에서 수행원 2명은 아헨 도착한 후에 바로 돌아 나와 특사 일행 본진과 사라고사 인근에서 재회할 예정이었다. 그래야 피레네산맥, 알프스산맥 등의 험한 이동구간을 무사히 지날 수 있을 것이다.

특히 공주는 코르도바에서 아헨까지의 동선에 대해 관심이 많았다. 따라서 특사 일행의 이동 경로를 면밀히 파악했다. 이를 토대로 이동구간의 속도, 경제성, 효율성 등도 다각도로 분석했다.

공주는 알카사르 성벽에서 내려와 궁전 부속 소정원을 고요히 거닐고 있었다. '성 빈센트' 교회의 종소리가 멀리서 들려왔다. 과달키비르강의 흐르는 물소리도 여기까지 들리는 듯했다. 야자수 궁에서 강가까지 지척이긴 해도 무슨 소리가 들릴 정도로 가깝지는 않았다. 이상한 일이었다. 아마도 마음속에 흐르는 강물소리가 들렸는지도 모른다. 이제 내일이면 아헨으로 떠날 예정이었다. 왜 그런지 공주는 이번 여행이 자신의 삶의 방향을 바꿔놓을 것 같았다.

'내가 가고자 했던 삶의 방향이 어디였는지 알 수는 없겠지만 그 무엇에 이끌려 어디론가 가게 되지 않을까? 그곳은 어디이며 어떠한 모습으로 나에게 다가올까?'

이처럼 염려가 되기도 하고 다른 한편으론 마음이 부풀어 오르기도 했다. 공주는 흐르는 물소리에 이끌리듯이 강가 방향의 오솔길로 접어들었다. 그러다 이러한 생각들이 점진적으로 확장되면서 저도 모르게 나지막한 소리로 중얼거렸다.

"이번에 프랑크왕국 특사로 가게 된 건 우연의 일치일까 아니면 필연일까?"

프톨레마이오스는 그의 천문학 저서 등에서 '이 우주의 구동 원리를

인간은 알 수 없기에 필연적인 현상이 우연의 일치로 보일 수도 있다.'
고 했다. 어쩌면 자유의지와 운명론으로 양분되는 생의 범주에 우연성을 추가하는 것이 마땅한지도 모를 일이었다. 하지만 공주가 가만히 생각해보니 그건 또 아니었다. 이 문장 전체의 맥락으로 보면 프톨레마이오스는 필연을 강조하고 있었다. 그러다가 '신'의 존재에 이르러서야 비로소 사고의 확장이 멈추게 되었다.

'대체 어떻게 '투르-푸아티에' 전투, '알-가피키'의 책자, 카를대제, 아헨 특사 등이 이어지는 것일까? 이렇게 시공간을 초월해 연결되게 하는 실체가 무엇인지 궁금하네. 인간들은 그 실체를 '신'이라고 부르는 것일까?'

공주는 고개를 끄덕였다. 어쩌면 그럴지도 모른다. 반짝이는 강물에 눈이 부셔서인지 그녀의 눈매가 점점 가늘어지고 있었다. 고혹적인 눈매였다.

프랑크왕국 왕궁은 아헨에 있었다. 카를대제는 전쟁터를 떠돌아다니느라 정작 왕궁에 있는 기간은 일 년에 채 두 달도 되지 않았다. 들려오는 전언에 의하면 작년(782년)에는 아헨에 단기로 두세 번 머물렀다고 했다. 그 단기가 얼마 동안을 의미하는지 알 수 없으나 그만큼 만나기 쉽지 않다는 뜻이었다. 하지만 다행스럽게도 특사선발대는 카를대제와의 회동에 대해 이미 사전 조율을 마쳤다.

783년 2월 초순에 특사 일행은 코르도바를 출발했다. 대략 3개월 정도의 준비기간을 가진 셈이었다. 공주는 삼십여 명에 이르는 수행원들과 함께 메세타고원, 아라곤 지역 등을 지났다. 사라고사 인근에서 선발대 소속 수행원과도 재회했다. 이후부터 그들과 동행하여 켈트어로 '험준한 산'이라는 의미의 피레네산맥을 넘었다. 실제로도 그 의미만큼이나 험준해 예정보다 시간이 더 소요되었다.

중세 중기 특히 7~8세기 무렵 유럽지역의 2월과 3월은 몹시 추웠다. 볼가 강 유역에 살던 슬라브족이 그 시기에 머나먼 발칸반도까지 내려온 사실을 보면 그 추위의 정도를 짐작할 수 있었다. 이후로 그곳에 거주하는 남슬라브족은 대부분 그때 내려온 슬라브족의 후손이었다.

새하얀 눈이 가득한 산봉우리들을 넘어 드넓은 골 지역을 지났다. 거친 헬베티아 지역도 건넜다. 이 산악 지역을 경유하면서 알프스산맥도 넘었다. 공주가 각오를 단단히 했던 알프스는 피레네보다는 상대적으로 수월하게 지나왔다. 유럽 중북부에서 로마로 향하는 공로를 일부 구간 이용했기 때문이었다.

로마시대부터 있었던 이 공로는 중세 후기 무렵까지 알프스산맥 이북에서 로마로 이동하는 가장 빠른 길이었다. 그 당시까지도 로마시대에 건설된 곧게 뻗은 공로들이 다수 남아 있었으나 특사 일행이 선택한 이동경로는 굽이굽이 돌아가는 길이었다.

중세의 여로는 고대와 크게 다르지 않아 길고도 느렸다. 일례로 동고트왕국 수도였던 라벤나에서 중세 초기 교통의 요지였던 '드라바 강' 인근 빌라흐까지 대략 2주일 소요되었다. 또한 후기우마이야왕조 건국 초기에 사라고사에서 우에스카까지 전령 군사들이 말을 타고 3일 정도 이동했다는 기록 등이 문헌에도 남아 있었다. 물론 특사 일행은 속도를 내어 말을 타고 달리면 아헨에 일찍 도착할 수도 있었다. 그러나 이들의 여행은 산악 지역이 포함된 장거리 여정이기에 말도 사람과 같이 체력을 조절해야만 했다.

산세가 웅장하면서도 예리한 느낌을 주는 알프스 산악지대를 빠져나왔다. 거센 물살, 우뚝 솟은 바위섬, 무지개 등을 보며 라인폭포를 지났다. 라인 강 유역의 '검은 숲' 지역이 나타났다. 이 지명은 이 일대에 짙은 초록색 가문비나무가 많아 숲이 검푸르게 보여 붙여졌다. 혹은 그 당시에 수목장으로 인해 나무들이 잘 자라 햇빛이 들지 않을 정도로 울창했기에 그렇게 불렀다는 설도 있었다.

날씨는 매섭게 추웠으나 공기는 깨끗하고 맑았다. 이제부터는 산악 지대가 없는 지역이었다. 구릉지도 없고 평평했다. 너도밤나무, 전나무, 참나무, 소나무 등 울창한 숲을 헤치고 특사 일행은 달려갔다. 이 지역은 계절에 관계없이 수목이 우거지고 푸르렀다. 라인 강 유역의 숲 지대에서는 눈이 하루가 멀다 하고 왔다. 또한 겨울임에도 비도 자주 내렸다. 눈도 아니고 비도 아닌 그런 부슬비였다. 소리 없이 부슬부슬 내렸다. 뼛속을 파고드는 추위라는 말이 실감날 정도로 그렇게 추웠다.

드디어 특사 일행은 아헨 초입에 들어섰다. 원래 예상했던 일자보다 사흘 정도 더 걸려서 그곳에 도착했을 때는 벌써 3월 중순이었다. 피레네산맥은 험준하긴 했지만 초행길치고는 순조롭게 넘었다. 예정된 시간보다 하루 정도 더 소요되었을 뿐이었다. 헬베티아 지역의 알프스산맥은 예상보다 이동시간이 이틀 정도 더 걸렸다. 산맥의 하단 부분을 타원형 형태의 동선으로 둥글게 돌아왔기에 그러했다. 그들이 수월하게 넘은 대가를 시간으로 치른 것이다.

아헨 도착 후에도 왕궁까지 가는 데 시간이 꽤 걸렸다. 겨울비가 며칠 동안 내려서인지 도로가 진창길이었다. 왕궁으로 향하는 길 양편 모습은 칙칙하게 보였다. 코르도바의 활기찬 도시 모습과는 다른 이질적이고 어두운 분위기였다. 어쩌면 흐린 날씨이고 비가 와서 그런 생각이 들었을지도 모른다. 오른편으로 지붕이 낡고 바랜 목조교회가 보였다. 바로 옆에 있는 부속건물은 무슨 용도일까 하는 생각이 들었다. 아마도 수도원, 사제관 등이리라 짐작했다. 대로변을 따라서 가옥 형태의 건축물들도 가지런히 늘어서 있었다. 대부분 목조건물이었으나 굵고 각진 형태의 나무기둥들을 다양하게 사용해서 튼실하고 견고한 느낌을 주었다.

특사선발대가 마중을 나왔으나 길이 엇갈려 만나지는 못했다. 특사 일행이 왕궁에 도착하니 저녁 무렵이었다. 영빈관에 숙소를 정하고 저녁 식사를 했다. 공주는 하룻밤을 보내고 이튿날 오전 카를대제를 만날 예정이었다. 기특하게도 선발대의 의전 담당 고위 관리가 접견일 일정을 조율해 면담 일자를 그렇게 맞추어놓았다.

8. 카를대제

마리암공주는 숙소 침대에 누웠다. 몸은 물 적신 목화솜처럼 지쳐 있었으나 잠은 쉽게 오지 않았다. 정신만이 또렷하게 맑았다. 저녁 메뉴로 나온 야채샐러드에 부추가 섞여 있었다. 곁들인 올리브유 향이 짙었음에도 그 특유의 냄새가 아직도 어디선가 솔솔 풍겨왔다. 그리 좋지도, 그리 싫지도 않았다.

'서고트족들이 부추를 자주 먹는다고 했는데 같은 게르만족 일원이라서 그런지 프랑크족들도 역시 좋아하는 것일까?'

이렇게 생각하며 혼자서 웃었다. 그러다 영빈관 입구에 호두나무, 참나무 등이 일렬로 늘어서 있던 모습이 떠올랐다. 프랑크족은 무엇이든 일직선으로 정렬하는 형태를 선호하는 게 분명했다. 호젓한 숲길을 산책하고 싶었다. 어쩌면 어딘가에 배어있는 냄새를 떨쳐내고 싶었는지도 모른다. 바로 나무침대에서 일어나 겉옷을 챙겨 입었다. 옆방에서 자던 오르텐시아가 부스럭 소리를 들었는지 공주에게 물었다.

"어디 나가려고 하십니까?"

"숙소 앞 숲길을 산책하며 바람이나 쐬려고 합니다."

"그러면 저도 준비하겠습니다."

그녀는 단정한 목소리로 대답하고 지체 없이 옆 동 숙소의 경호군사에게 연락했다. 이번 여정에서 오르뗀시아는 선임수행원으로서 수행업무를 맡았다. 일데가르다는 특사 일행의 경호업무를 총괄하는 중책을 맡아 경호책임자로 임명되었다. 그는 곧 왕궁경비대에서 선발된 호위병들을 대동하고 숙소 앞에 대기했다.

비는 그쳤다. 밤공기도 상쾌했다. 하늘을 보니 울창한 나무들 사이로 드문드문 별빛도 반짝거렸다. 특사로서 무거운 마음의 짐을 내려놓고 산책하기에 알맞은 밤이었다. 곧게 늘어선 수목들이 팔랑크스 대형으로 정렬해 있는 프랑크왕국의 군사들처럼 보였다. 숲 특유의 냄새가 향기로웠다. 기분도 좋았다. 숙소를 나와서 숲속의 길을 걷다가 무심히 옆을 보았다. 오른쪽 오솔길의 참나무십자가 밑에서 몇 사람이 기도하고 있었다. 그렇게 느린 걸음으로 지나가는데 뒤쪽에서 누군가를 부르는 소리가 들렸다. 공주가 뒤를 돌아보니 붉은 머리카락을 가진 장신의 군사가 자신을 부르고 있었다. 멀리서 보기에 군사로 보였다.

"오늘 도착한 특사, 마리암공주 아닙니까?"

숲의 정적을 깨고 높은 음의 라틴어가 들려왔다. 카를대제였다. 물론 공주는 그를 이날 처음 보았으나 인상착의 등에 대해 어느 정도는 알고 있었다. 그 당시 그는 41세였다. 세간에 들리는 풍문보다도 키가 커 보였다. 선발대의 고위 관리가 작성한 보고서에 의하면 '카를대제의 신장은 '4 엘보우와이드(190cm)'이다. 머리카락은 금빛이 도는 붉은 색이고 코는 긴 편이다. 라틴어를 프랑크어만큼 말할 수 있다. 헬라어도 이해했다.'라고 그를 표현했다.

카를대제의 물음을 듣고 공주 역시 동일한 언어로 대답했다. 그녀는 라틴어 대화가 유창하지는 않았으나 의사소통은 가능했다.

"마리암공주입니다. 지난달에 코르도바를 출발해 오늘 아헨에 도착했지요. 제가 말하는 라틴어가 듣기에 어색하지 않습니까?"

"자연스럽습니다. 아랍어 통역관을 준비시켰으나 이제 필요 없게 되었군요. 히스파니아 사라센들도 라틴어를 구사할 수 있다니 신기합니다."

카를대제가 예상 밖이라는 표정으로 웃으며 대답했다. 그의 웃음 띤 목소리는 가늘고 높아서 큰 키, 균형 잡힌 체격 등과는 어울리지 않았다. 그래도 호의를 가지고 대하는 것으로 보였다. 이 사실만으로도 특사 일행들에게는 좋은 징조였다.

"왕처럼 잘하진 못합니다. 하지만 기본적인 회화는 가능합니다."

공주도 미소를 지으며 대답했다.

"라틴어 발음이 정확하고 듣기 좋습니다. 나는 고트어를 웬만큼 이해하기에 공주가 그 언어를 구사할 수 있기를 기대했지요."

고대 프랑크어 즉 '리프리안 프랑크어'와 고트어는 문법체계, 사용단어 등에서 유사한 점이 다수였다. 따라서 중세 중기의 프랑크족 중에서 고트어를 이해하는 자들이 상당수 있었다.

"물론 이베리아반도의 고트어도 어느 정도 구사할 수 있습니다."

"그렇습니까? 공주는 미모도 뛰어나고 외국어도 잘하는군요."

"아닙니다. 단지 언어에 대해 호기심이 남다를 뿐입니다."

공주의 이 겸손한 대답을 듣자 카를대제가 콧소리 같은 신음소리를 짧게 냈다.

"흐응."

"?!"

"인사가 늦었습니다. 특사 일행들을 이끌고 아헨까지 오느라 고생 많았습니다. 고단할 터인데 어떻게 참나무십자가가 있는 이 숲길로 나왔습니까?"

"숙소에서 잠을 청하려다 바람을 쐬고 싶어 나왔습니다. 왕께서는 늦은 밤에 어인 일로 이곳까지 오셨는지요?"

"이제 기도를 마치고 침소로 돌아가는 중입니다. 저 아래에서 기도하면 마음이 평안해지지요. 요즈음 작센족과의 전쟁으로 심란했습니다."

"그랬군요. 혹시 왕의 부친도 저곳에서 기도했나요? 그리고 왕의 조부도?"

"예?"

카를대제가 의외의 질문이라는 듯 다소 놀라는 표정이었다. 공주는 짐짓 모르는 척하며 멈칫거리고 있는 상대를 가만히 바라보았다. 그가 지난날들을 돌이켜보는지 한동안 밤하늘을 올려다보더니 대답했다.

"부친이 기도하는 모습은 몇 차례 본 적이 있지요. 하지만 조부가 그러했는지는 기억이 없습니다. 저 십자가가 오래전부터 저 자리에 있었으니 기도했을지도 모르지요. 그런데 그게 왜 궁금합니까?"

"그 이야기를 들으며 문득 떠올랐습니다. 카를대제의 명성이 온 세상에 자자합니다. 이에 못지않게 왕의 부친, 조부 등의 평판도 대단했지요. 그러한 분들도 저기서 기도를 했을까 하는 생각이 들었습니다."

"공주가 카롤링거왕조에 대해 상세히 아는 것 같습니다. 라틴어, 고트어 등 어학에도 뛰어나고 인근국가 역사에도 관심이 많군요."

"피레네산맥 이동 국가 중에서도 프랑크왕국 역사에 관심이 있습니다. 특히 카롤링거왕조에 대해서는 경외심을 가지고 있습니다."

"그렇습니까? 경외심이라……"

카를대제는 이렇게 말하며 복잡 미묘한 표정을 지었다. 긴 팔을 들어 팔짱을 끼면서 상대를 정면으로 응시했다. 공주도 한 치의 물러섬 없이 똑바로 그를 바라보았다. 검고 깊은 눈동자가 샛별처럼 반짝였다. 일데가르드와 호위군사들이 들고 있는 횃불이 바람에 흔들리면서 그녀의 얼굴이 더욱 매혹적으로 보였다. 이베리아반도 모든 남자들의 마음을 설레게 했던 그 눈빛 아니던가. 공주는 이어서 또렷한 음성으로 다음 이야기를 풀어나갔다.

"당대에서 명성이 드높았던 조부 '카를 마르텔'에 대해서도 그렇습니다. '투르-푸아티에' 전투에서 이슬람군대를 궤멸시켰지요."

"그런 사실도 알고 있다니 놀랍습니다. 그저 평범한 공주가 아니었군요. 하긴 그러하니 험한 피레네산맥 등을 넘어 여기까지 특사로 왔겠지요."

"역사에 남을 그 전투를 어떻게 모를 수 있겠습니까? '카를 마르텔'이 팔랑크스 대형으로 승리를 거두었지요. 그뿐 아니라 철학자이기도 했던 '알-가피키' 총독의 저서를 왕의 조부께서 소장했다는 풍문까지 들었습니다."

"음."

"그러한 풍문이 사실인지 아닌지는 확실치 않습니다."

이 말을 듣자 대뜸 카를대제의 표정이 굳어졌다. 정색하고 경계하는 얼굴로 바라보았다. 당황한 기색이었다. 예상치 못했던 발언을 들어서 그럴 수도 있었다.

"언급한 그 풍문은 어디서 들었습니까?"

"그 당시에 참전했던 '알-지브릴' 장군의 수하로부터 들었습니다. 그때 중상을 입었던 '알-지브릴'은 다행히 회생해서 지난 743년 세상을 떠났는데 운명 직전에 이러한 내용을 남겼다 합니다. 전해 들었던 수하 군사도 이미 숨을 거뒀습니다."

공주의 이 이야기는 관련 대화의 전개 시에 카를대제의 질의를 예견하고 준비한 대답이었다. 하지만 세부 내용은 왕립도서관 기록물들을 참고해 작성했다. 이 전언의 진위에 대해 의문을 가지지 않고 신뢰할 수 있도록 대비한 것이다.

"그랬군요. 그런데 '알-가피키'가 철학자라고 했습니까?"

"예. 총독 이전에 저명한 철학자였습니다. 그의 부친이 반란 음모에 가담했다는 누명을 뒤집어쓰고 참수되었습니다. 이 일로 인해 그는 원치 않았던 군인의 길로 들어섰지요. 이후에 히스파니아 총독으로 부임하게 되었고 그리 얼마 지나지 않아서 전사했습니다."

"그러한 숨은 사연들은 처음 들었습니다."

카를대제는 한동안 말을 잇지 못했다. 묵묵히 참나무 숲 방향만 바라보았다. 그러더니 공주에게 인사를 건넸다. 무엇인가 할 말이 더 있는 표정이었으나 그냥 발길을 돌리는 것처럼 보였다.

"먼저 가겠습니다. 내일 오전에 왕궁에서 만나도록 하지요."

"안녕히 가십시오. 정시에 접견실로 가겠습니다."

공주의 가슴은 뛰었다. '알-가피키' 이야기의 진행 정도, 카를대제의 반응 등으로 판단했을 때 일이 잘 풀리고 있다는 느낌이 들었다.

중세 중기로 진입하던 시기인 '투르-푸아티에' 전투부터 9세기 초엽까지는 유럽지역이 고대의 영향력 범위에서 벗어나 근본적으로 변화하던 전환기였다. 이때 카롤링거왕조는 이러한 역사적 소임에 부응했는데 그 중추적 인물이 카를대제였다. 그는 '프랑크와 롬바르디아의 왕'이라 칭했고 800년에는 교황으로부터 로마황제의 관까지 받았다.

이후 프랑크왕국 공식 모토는 '로마제국의 부흥'이었다. 즉 왕국 지위를 제국으로 올려놓으면서 고대 로마의 역사를 알프스 이북에서 재현시키고자 했다. 이에 따라 아헨을 문화수도로 육성하려는 계획을 세우고 '아헨 대성당' 건축 등에 국가 역량을 집중했다. 거기에다 종교적으로 신성한 지역에 수도원을 다수 개원했다. 이 수도원들의 교육시설에서 신학, 철학 등을 가르쳤다.

이와 같은 관련 정보들을 종합해보면 카를대제는 신학을 비롯한 제학문의 발전에 힘을 쏟고 있었다. 따라서 '알-가피키' 책자도 충분히 그의 관심을 끌 수 있는 주제였다. 이러한 정황들은 '압드 알-라흐만 1세'의 외교적인 전략에 부합되었다.

공주는 떠나올 때의 굳은 각오에 낙관적인 희망을 더 얹었다. 나아가야 할 방향으로 빛이 비치고 있었다. '긍정적인 사고만이 긍정적인 결과를 낳을 수 있는 법이다.'라는 어느 고전의 한 구절을 떠올렸다. 공주는 일행들과 숙소로 발걸음을 옮겼다. 밤하늘의 별빛들은 오늘따라 선명해 보였다. 참나무 숲속에서 불어온 한줄기 바람이 두 뺨을 스치고 지나갔다. 밤바람이 차가우면서도 상쾌했다.

9. 회동

마리암공주는 아헨에서의 첫날밤을 무사히 보냈다. 긴장하며 염려했던 것과 달리 평온했다. 참나무십자가 옆길에서 카를대제를 만나 첫 대화를 순조롭게 시작했기 때문일까. 그럴 수도 있었다. 오랜만에 푹 잤고 아침 일찍 잠에서 깨어났다. 일어나면서 어젯밤에 카를대제와 나누었던 대화들을 돌이켜보았다. 일단 '카를 마르텔'에 관한 이야기의 물꼬는 터놓았으나 이제 「알 수 없는 신에 관하여」와 관련된 대화는 또 다른 각도에서 이끌어가야 했다.

'그런데 어떻게 끌어가야 할까? 우선은 정상회담의 의제, 개최일, 장소 등을 확정짓자. 책자 건에 대해서는 운만 떼고 돌아가는 것으로 하면 어떨까? 그다음 일들은 에미르께서 잘하실 것이다.'

이렇게 생각하니 마음이 한결 가벼워졌다. 공주는 일행들과 왕궁의 접견실로 들어가서 곰 가죽을 깔아놓은 나무의자에 앉았다. 보기와는 달리 촉감이 부드러운 가죽 표면이 흔들리더니 카를대제가 접견실 정문 옆의 문으로 들어왔다. 그 문은 접견을 준비하기 위한 대기실과 연결되어 있어 보였다. 그는 모피 상의 위에 푸른색 망토를 자연스럽게 걸쳤다. 묵직한 발걸음을 내디딜 때마다 바닥이 흔들렸다. 어젯밤에 숲속에서 만났을 때는 키도 크고 체격이 좋다고 생각했다. 하지만 아침에 밝을 때 보니 등이 구부정하게 휘었고 배도 불룩하니 나왔다. 공주가 먼저 인사했다.

"안녕하십니까? 다시 만나서 반갑습니다. 어젯밤 숙소에서 편안히 쉬었습니다."

"다행입니다. 어디 불편한 점은 없었는지요?"

"왕궁의 영빈관 시설에 만족합니다. 그리고 이렇게 보니 왕의 푸른색 망토가 큰 키와 잘 어울립니다."

"그렇습니까? 기분 좋습니다."

카를대제가 흐뭇한 표정으로 맞은편을 바라보았다. 특사의 옆자리를 일행 중에서 외교 담당 고위 관리 3명이 지켰다. 든든했다. 공주는 바로 옆에 배석한 고위 관리로부터 밀봉 봉투를 전달받았다.

"프랑크왕국 카를대제에게 드리는 후기우마이야왕국 '압드 알-라흐만 1세' 에미르의 친서입니다. 라틴어로 작성했습니다."

카를대제는 외무대신을 통해 친서를 받았다. 즉각 라틴어에 능통한 외교 관리에게 읽도록 했다. 동시에 프랑크어로 번역을 시작했다. 카를대제는 보고를 받으며 여러 외교 관리들과 무엇인가 대화를 나누었다. 외무대신은 지도로 보이는 양피지를 들고 어딘가를 가리키며 설명을 하고 있었다. 시간이 꽤 걸렸다. 이윽고 카를대제가 허리를 펴면서 자세를 바르게 하더니 이렇게 말문을 열었다.

"정상회담 의제가 현재 양국의 국경선을 존중하고 평화협약을 체결하자는 내용입니다. 좋습니다. 에미르를 만날 용의가 있습니다."

공주가 이를 반기며 입을 열려고 하는데 카를대제의 다음 이야기가 이어졌다.

"그전에 선결 조건이 있습니다. 바르셀로나, 헤로나, 사라고사, 우에스카 등 변경 지역의 양도입니다. 당연히 프랑크왕국에게 해야 합니다."

"예?"

특사 일행 모두 아연실색했다. 카를대제의 이 폭탄선언을 듣고 벌어진 입들을 다물지 못했다. 물론 전혀 예상하지 않은 바는 아니었다. 그러나 양도할 지역의 범위가 무척 넓었다. 공주는 한동안 뜸을 들이다가 대답했다.

"저는 특사로서, 언급한 선결 조건의 이유를 듣고 싶습니다. 코르도바로 돌아가 왕의 뜻을 정확히 전달하기 위함입니다."

"으음."

카를대제는 대답하겠다는 긍정의 뜻인지 혹은 못마땅하다는 표시인지 모를 신음소리를 냈다. 그러면서 조금 전에 대화를 나누었던 외무대신을 힐긋 보았다.

"부디 답변해주십시오."

"……"

카를대제가 아무 말이 없었다. 접견실의 분위기도 가라앉고 있었다. 그러다 천천히 말을 꺼냈다. 마지못해 하는 표정이었다.

"첫째, 기 언급한 지역들이 우리 게르만족 일원인 서고트족 영토였기에 양도해야 합니다. 이슬람세력이 칠십여 년 전에 무력으로 서고트왕국을 멸망시키면서 해당 지역들을 강제로 복속시켰지요. 둘째, 언급한 지역 중 일부에서 자국이 참을 수 없는 수모를 겪었기에 그것을 상쇄시킬 수 있는 보상이 있어야 합니다. 4년 전 전쟁 당시의 일입니다. 따라서 이러한 선결 조건이 성실히 이행되지 않는다면 프랑크왕국은 평화협약을 체결할 수 없습니다."

공주는 자신의 얼굴이 굳어지는 것을 느꼈다. 그러나 내색을 하지 않으려 조심하면서 카를대제에게 선선히 대답했다.

"왕이 설명한 내용을 에미르에게 그대로 전하겠습니다. 심사숙고하여 정상회담에서 답변할 수 있도록 하겠습니다."

"특사가 그렇게 대답하니 더 말하지 않겠습니다."

"……"

이렇듯 대화가 물 흐르듯 이어지지 못하고 중간에서 끊겼다. 그들 사이에 무거운 기운이 흘렀다. 어색하다고 할 수는 없어도 분위기가 서늘해지면서 감도는 정적이었다. 카를대제가 이 침묵을 깼다.

"회담을 사라고사에서 개최해야 하는 사유가 있습니까?"

"특별한 까닭은 없습니다. 프랑크왕국에서 다른 장소를 지명하면 에미르가 그곳으로 갈 수도 있습니다. 사라고사로 정한 것은 왕이 이전에도 다녀갔던 곳이니 이동하는 데 부담이 없을 것 같아 그렇게 정했습니다."

"알겠습니다."

"그리고 에미르가 주요 의제 말고도 하고 싶은 이야기가 있다고 합니다."

"뭡니까?"

"그건 '알-가피키'에 관한 내용입니다."

"어젯밤에 대화를 나누었던 그 '알-가피키'를 말하는 모양입니다. 왜 정상회담에서 그 이야기를 하려 합니까?"

"자세한 전말은 알지 못합니다. 하지만 왕에게도 상당히 흥미로운 주제가 되리라고 에미르가 전했습니다."

"으음."

카를대제는 이 대답을 듣고 아까처럼 짧은 신음소리를 냈다. 단 두 문장으로 이루어진 마지막 전언이 심상치 않다고 느꼈는지도 모른다. 그는 무슨 말인가를 꺼내려다 삼가는 눈치였다. 그러면서 감정을 거의 읽을 수 없는 얼굴로 정색하고 특사 일행들을 쳐다보았다. 그 무엇인가 눈빛으로 말하려는 것으로 보였지만 공주는 상대가 무슨 생각을 품고 있는지 알 수 없었다.

"오늘 논의한 내용들의 핵심 사항을 추려서 친서를 준비하겠습니다. 그것을 에미르에게 전해주십시오."

"그렇게 하겠습니다."

"마리암공주! 이번에 고생 많았습니다. 오월의 정상회담을 기대하겠습니다. 다시 만날 수 있기를 바랍니다."

"제가 에미르께 청을 해서 가능하다면 사라고사에 가도록 노력하겠습니다. 환대해 주어 감사합니다. 안녕히 계십시오."

접견실을 걸어 나오는 공주의 마음은 의외로 차분했다. 앞으로 전개될 상황을 머릿속에서 그려보고 이에 대한 해결책을 마련해야 했다. 최선책이 없다 하더라도 차선의 선택을 준비하면 될 터이다. 출발 당시부터 모든 일이 다 순조롭게 진행되지는 않으리라 예상했기에 그리 당황하지 않았다.

5월의 정상회담에서 양 정상들이 주고받을 이야기들을 앞서서 구성해 보았다. 신기하게도 어느 정도는 그들의 대화가 그려졌다. 따라서 결말도 그 윤곽이나마 눈에 보였다. '외교적인 대화에 있어서, 질문이란 대답을 이미 알고 있을 때에 하는 것이다.' 이번에 친서를 작성하면서 참고했던 어느 문헌에선가 읽었던 내용이었다. 공주의 생각도 그랬다. 역사적으로 카롤링거왕조 창건 당시의 서면질의 및 응답의 경우를 보아도 알 수 있었다. 프랑크왕국 궁재 '피핀 3세'는 교황 자카리아스에게 서신을 보내 프랑크왕국의 국왕 문제에 대해 다음과 같이 질의했다.

"권력은 있으나 왕이 되지 못한 자가 왕이 되어야 합니까? 힘이 없으면서도 왕인 자가 통치를 해야 합니까?"

"권력이 있는 자가 왕위에 오르는 것이 마땅한 일이다."

교황은 이렇게 답했다. 이 질의자는 로마교황청이 이러한 답을 할 수밖에 없는 제반 환경을 구축해 놓은 상태였다. 따라서 그 답을 이미 알고 있었다. 이후에 교황의 이름으로 '피핀 3세'를 프랑크왕국의 국왕으로 승인했음은 물론이었다.

마리암공주는 본국으로 떠날 채비를 했다. 그런데 왜 그런지 숲속 길의 참나무십자가를 가까이서 보고 싶었다. 전날에는 얼핏 보았기에 십자가 형태를 제대로 보지 못해서일까. 수행원들과 그곳을 다시 찾았다. 공주는 그 소박함과 진솔함에 실로 감탄했다. 가로 세로 길이가 동일한 나뭇가지를 십자가 형태로 만들어 이음새 부분을 칡넝쿨로 보이는 줄기로 몇 번을 감았다. 그 감은 부분이 두툼하게 보였고 투박했다. 공주는 자신이 기독교도가 아님에도 가슴이 뭉클했다. 이 참나무십자가 아래에서 기도를 드린다면 어떠한 느낌일지 궁금하기만 했다.

10. 코르도바 귀환

마리암공주는 「알 수 없는 신에 관하여」의 내용이 갈수록 궁금해졌다. 초기에만 해도 '압드 알-라흐만 1세'와 정치적인 면으로 접근했으나 이제는 '알-가피키'에 대해서 점점 알아가니 실제로 정독하고 싶었다. 언젠가는 볼 수 있을 것이다.

'혹시 이번 5월에 사라고사 회담장에서 읽어볼 수 있으려나?'

마치 첫사랑에 빠지기나 한 것처럼 공주는 그렇게 그 책자에 서서히 빠져들고 있었다. 특사 일행은 돌아오는 길에도 피레네산맥의 여로를 그대로 이용했다. 이미 온몸으로 경험했음에도 두 번째 넘는 여로는 더욱 험준하게 느껴졌다. 어쩌면 거슬러 넘어갔기에 그렇게 생각되었는지도 모른다. '알-가피키' 군대가 오십여 년 전에 이 산맥을 넘어서 '투르-푸아티에'로 진군했다고 생각하니 감회가 남달랐다. 거친 길을 헤쳐나가는 군사들의 발자국 소리가 귀에 들리는 듯했다.

4월 중순에 특사 일행은 코르도바로 돌아왔다. 출발에서부터 2개월 넘게 소요된 여정이었다. 공주가 성벽 안에 도착한 시간은 저녁 무렵이었다. 벌써 봄꽃들이 길가에 화사하게 피었다. 어쩜 이렇게도 고운지 그녀의 눈길이 떠나지를 않았다. 시간이 그렇게 빠르게 흘렀나보다 생각했다. 그들은 곧바로 루사파 궁으로 향했다.

"그동안 수고했습니다."

반가움이 가득한 얼굴로 '압드 알-라흐만 1세'는 특사 일행을 맞았다. 일일이 개개인들의 노고를 치하했다. 특히 공주를 보며 잃어버린 자식이라도 돌아온 것처럼 기뻐했다. 하기는 프랑크왕국으로의 여정이 불안했을 터이다. 그토록 애지중지하는 공주라면 더 말할 나위도 없었다.

"감사합니다."

"초행길에 장기일정이니 심신이 고단했을 겁니다. 그럼에도 특사 일행들의 얼굴 표정이 밝아 보이니 다행입니다."

공주가 고위 관리 3명에게 접견실 옆 대기실에서 기다리도록 지시했다. 나머지 일행들에게는 눈짓으로 물러갈 것을 전하고 홀로 접견실로 들어갔다.

"에미르의 염려 덕분에 무사히 다녀왔습니다."

"아헨왕궁에서 카를대제는 만났느냐? 그 책자에 대해서도 대화를 나누었느냐?"

'압드 알-라흐만 1세'가 심각한 표정으로 질문을 연이어 던졌다. 늘 질문과 대답을 하나씩 주고받았는데 오늘은 이례적이었다.

"예. 만났습니다. 책자도 화제에 올려서 언급했습니다만 그 내용과 관련해서는 에미르께서 직접 만나서 말씀하셔야 합니다. 카를대제가 세부적으로 잘 모르지 않나 하는 생각이 들었어요. 책자 관련 대화 자체를 부담스러워 했습니다."

"그렇게 하도록 하자. 처음 만났을 때 어떤 식으로 시작하면 좋겠느냐?"

"서두에 '카를 마르텔' 이야기를 꺼내며 대화를 풀어 가면 자연스러울 겁니다. 그때 카를대제의 태도가 진지했고 대화의 몰입 정도가 상당했습니다."

"음."

이렇게 접견실에 들어가서도 그들은 긴 탁자를 돌아 걸어가며 계속 대화를 나누었다. 기하학적인 문양을 수놓은 직조물 의자에 마주 앉았다. 잠시 후에 대기실 문이 열리고 고위 관리 1명이 프랑크왕국에서 받아온 친서를 양손에 받쳐 들고 들어왔다. 공주가 이를 받아 '압드 알-라흐만 1세'에게 두 손을 모아서 전달했다.

"여기 카를대제의 친서가 있습니다."

"무슨 내용인지 궁금하구나. 어서 읽어보자."

친서는 프랑크어로 적혀 있었다. 한쪽 옆에 서 있던 시종장이 프랑크어 궁정통역관을 호출했다. 이내 도착해 조심히 펼쳤는데 읽자마자 친서를 들고 있는 양손이 떨리고 있었다. 통역관의 낯빛이 창백해지더니 그대로 펼친 상태에서 아랍어로 그 내용을 전했다. 접견실의 분위기가 점차 어둡게 바뀌어가고 있었다. 마침내 카를대제의 의중을 파악한 '압드 알-라흐만 1세'는 대경실색했다.

"아니, 뭐라?"

"……"

"이러한 조건을 내걸었느냐? 절대로 용납할 수 없다. 전쟁을 불사하는 한이 있더라도 그 양도는 불가능해!"

"저도 그렇게 생각합니다. 그건 평화협약을 맺지 않겠다는 말과 같습니다."

"카탈루냐, 아라곤 등 일대는 프랑크왕국과의 국경지대이다. 그 인근이 무너지면 수도 코르도바도 위험하지. 거기에다 바르셀로나, 헤로나, 사라고사, 우에스카 등이 얼마나 넓은 지역인지 아느냐?"

'압드 알-라흐만 1세' 얼굴에 그늘이 드리워졌다. 입을 굳게 다물고 창문 밖의 하늘을 응시했다. 시간이 멈춘 것처럼 주위가 고요했다. 그가 지그시 눈을 감았다가 공주를 바라보면서 결연한 표정으로 말했다.

"어떠한 경우라도 양도할 수 없다. 이제부터 본격적으로 전쟁 준비를 해야겠다."

"예."

"이번에 전쟁이 발발한다면 피레네산맥을 넘어갈 것이다. 골 지역도 정복해 오십여 년 전의 '알-가피키' 패배도 설욕하겠다."

단호했다. '압드 알-라흐만 1세'의 상기된 얼굴에 비장함이 흘렀다. 공주는 일이 걷잡을 수 없이 커지고 있음을 느꼈고 자신이 특사 임무를 제대로 하지 못해 발생한 일 같아 몸 둘 바를 몰랐다. 옆에서 보기에도 에미르의 대응은 당연했다. 다만 5월 정상회담이 남아 있었다. 사라고사에서 개최되는 회담 결과에 따라 양국 운명이 결정될 것이다. 그만큼 이번 회담은 의미가 깊은 만남이었다.

카를대제가 언급한 지역들 중에서도 특히 바르셀로나, 헤로나 등이 위치한 카탈루냐 지역은 히스파니아의 요지였다. 한때는 카를대제의 탈환에 의해서 히스파니아 변경백Markgraf이 되기도 했다. 이후 '바르셀로나 및 헤로나' 백작령이 되었다. 따라서 카탈루냐 지역은 프랑크왕국에 속하기도 혹은 독립된 공국의 위치를 확보하기도 했다. 하지만 4년 전에 발발했던 카를대제와의 전쟁 후에는 명실상부한 후기우마이야 왕국의 영토가 되었다.

"오월의 정상회담이 얼마 남지 않았습니다. 거기서 도출된 결과까지 지켜본 후에 결정해도 늦지 않습니다."

"회담은 개최할 예정이다."

"제가 그 책자로 카를대제의 마음을 돌리는 방안을 구체적으로 강구해보겠습니다. 초기의 계획대로 시도해보는 게 바람직하지 않겠습니까?"

"공주는 그렇게 해보아라. 내일 중으로 전체각료회의를 소집해서 중지를 모아본 후에 최종결정하겠다."

"예."

"이제 가서 쉬어라. 추후 이야기 나누도록 하자."

"알겠습니다. 이만 물러가겠습니다."

공주는 수행원들과 함께 루사파 궁을 빠져나왔다. 그녀의 얼굴은 긴장감으로 팽팽했다. 그 표정도 '압드 알-라흐만 1세' 못지않게 결연해보였다.

11. 왕과 에미르

783년 5월에 '압드 알-라흐만 1세'와 카를대제는 사라고사에서 만났다. 그들이 일전일퇴를 거듭한 전략적 요지인 이곳은 양국이 접경을 이루고 있는 변방이었다. 에브로 강 오른편에 위치했다. 예로부터 이 일대의 평야가 비옥해 지역경제의 중심이자 이베리아반도 북부지역 정치의 주요 도시이기도 했다. 고대에는 로마제국 시절부터 번영을 누렸다. 또한 로마와 카르타고와의 일전인 포에니전쟁의 기점 도시로서 그 당시에는 카르타고 영토 내에 위치했었다. 로마가 카르타고를 멸망시킨 후에는 전략적 위치를 감안해 군대 주둔지로 건설한 고도였다.

에브로 강변에 로마시대의 성벽 일부가 고즈넉이 남아 있었다. 바로 그 아래에 회담 장소로 사용될 군막을 설치했다. 사라고사 지사의 관저를 사용하자는 의견도 있었으나 코르도바 각료회의에서 기각되었다. 한 번 배신한 자는 계속 배신한다는 것이 기각 사유였다. 그 회의에서 반대 의견을 개진한 각료가 대부분이었다. 4년 전 발발했던 전쟁 이후로 사라고사 지사는 프랑크왕국뿐만 아니라 후기우마이야왕국도 신뢰하지 않는 인물이었다. 이러한 불신이 양측 모두 스스럼없이 이곳을 회담 장소로 결정하는 주요 원인이 되었으니 실로 아이러니한 일이었다. 이 군막에서 양 정상은 처음으로 만났다. '압드 알-라흐만 1세'가 카를대제보다 12세 연상이었다. 에미르가 먼저 인사말을 꺼냈다.

"사라고사까지 오느라 고생 많았습니다. '압드 알-라흐만 1세'입니다."

"에미르도 먼 길을 왔지요. '카롤루스 마그누스Carolus Magnus'입니다."

'압드 알-라흐만 1세'는 아랍어로 인사했다. 이에 카를대제는 프랑크어로 대답했으나 본인의 이름만은 당시 소수 지식층에서 사용되는 언어였던 라틴어로 소개했다. 양쪽에는 통역관이 각기 옆자리에 앉았다.

"이베리아반도 내에서 왔으니 그래도 올 만했습니다. 아헨에서 험한 피레네산맥을 넘어오느라 시일이 상당히 소요되었지요?"

"열흘 정도 걸렸습니다. 겨울과 봄을 번갈아 느끼며 넘어왔지요. 이제 보니 마리암공주가 부친을 쏙 빼닮았습니다."

"그렇습니까? 지난 3월에 특사가 결례라도 하지 않았는지 걱정입니다."

"결례라니요. 공주의 라틴어 구사 능력, 인근 국가 역사에 관한 지식 등에 오히려 놀랐습니다. 조부인 '카를 마르텔'에 대해서도 상세히 알고 있었지요."

'압드 알-라흐만 1세'는 이 대답을 듣고 고마운 생각마저 들었다. '카를 마르텔'에 대해 어떻게 말을 꺼내나 생각하고 있었는데 상대방이 앞서서 화제로 올려놓으니 멈칫하는 기분까지 들 정도였다. 특사로서 공주가 카를대제와 대화를 나누면서 그 초석을 놓았으리라 생각했다.

"프랑크왕국의 '카를 마르텔'을 모르는 사람은 없을 겁니다. 732년 '알-가피키'와의 격전으로도 유명하지요. 왕도 이 '알-가피키'를 알고 있었습니까?"

"그렇다기보다 그의 이름을 몇 차례 들었습니다."

"예."

"그리고 그의 책자 하나를 부친으로부터 물려받았습니다. 지니고 있으면 행운이 온다고 믿어 소장했지요. 아랍어로 쓰여 있어 읽진 못했는데 에미르에게는 모국어일 터이니 한번 읽어보겠습니까?"

'압드 알-라흐만 1세'는 얼떨떨한 기분이었다. 어떻게 일이 이렇게 술술 풀려나갈 수 있는지 군막에서의 현 상황이 믿기지 않았다.

"그렇다면 읽겠습니다."

카를대제는 통역관을 제외한 프랑크왕국 배석자들을 물렸다. '압드 알-라흐만 1세'도 역시 배석자들을 군막 밖에서 대기하도록 지시했다. 조용히 눈짓으로만 말했다. 일제히 뒷걸음질로 물러나는 모습이 질서정연하면서 절도가 있었다.

'압드 알-라흐만 1세'는 건네주는 책자를 받아 외부를 살펴보았다. 가로세로 비는 황금비율 정도였다. 전체 크기는 성인 남자의 손바닥보다 약간 컸다. 겉면은 갈색 가죽표지로 장식되었으며 새겨진 글자는 없었다. 표지를 펼치고 내부를 보니 30페이지 정도의 양피지에 아랍어가 수기로 적혀 있었다. 첫 페이지 윗부분에 「알 수 없는 신에 관하여」라는 제목이 보였다. 글씨체는 달필이었고 아름다웠다. 로마시대 병정처럼 일렬로 줄을 맞춰 질서정연하게 적혀 있었다. 작위적이지 않으면서도 조화를 이루어 읽기에 편안했다.

첫 단락을 읽으면서 '압드 알-라흐만 1세'의 얼굴이 바로 굳어졌다. 양미간을 모으며 진중한 표정으로 책장을 검지 끝으로 넘기기 시작했다. 페이지 수가 얼마 되지 않아 시간이 오래 걸리지는 않았으나 그래도 꽤 걸렸다.

카를대제는 탁자 건너편에서 주석 잔에 붉은색 음료를 마시며 '압드 알-라흐만 1세'가 읽는 모습을 바라보았다. 카를대제는 술을 즐겨하지 않는다고 했다. 맥주라기보다 발효주에 가까운, 과일향의 맥주를 좋아한다는 이야기도 들렸다. 그러니 붉은색 음료도 과일음료이거나 아니면 골 지역 북부에서 생산된 과일맥주일지도 모른다. 또한 카를대제가 문맹이라는 풍문은 거짓일 확률이 높았다. 학문에 진지한 사람으로 비추어졌기 때문이었다. 그뿐만 아니라 글을 읽는 사람을 대하는 태도 및 자세로 미루어 짐작해보아도 그랬다.

어느 정도 시간이 흘렀을까. 오랜 어쩌면 짧은 시간이 흘렀는지도 모른다. '압드 알-라흐만 1세'는 그 내용을 끝까지 읽은 후에 온몸을 부르르 떨었다. 전율과도 같은 감동을 받았기 때문일까. 그리고 가만히 앉아 있었다. 이러한 모습을 카를대제가 침묵하면서 지켜보았는데 본인이 말을 걸기보다는 상대가 뭐라고 서두를 꺼내나 하고 기다리는 것 같았다. 왕의 품위가 느껴졌다. 이윽고 '압드 알-라흐만 1세'가 그 책자를 손으로 가리키며 입을 열었다.

"그동안 이 내용이 궁금하지 않았습니까? 아랍어를 해독할 줄 아는 관리, 학자 등이 아헨왕궁에도 있었겠지요."

"당연히 다수 있습니다. 하지만 그 책자를 프랑크왕국과 본인을 지켜주는 수호신 정도로 생각했기에 그리 궁금하지 않았습니다. 물론 부친으로부터 처음 받은 다음에는 그 내용을 알고 싶었었지요."

'압드 알-라흐만 1세'는 카를대제가 '피핀 3세'로부터 책자에 관한 이야기를 거의 듣지 못했으리라 판단했다. 막내왕자의 보고를 통해 '피핀 3세'가 그것을 소유하게 된 과정을 파악했기에 그러했다.

"그랬군요."

"에미르가 이해할지 모르겠습니다. 아랍어 해독 가능한 계층이 아헨왕궁에도 있었으나 그들에게 선뜻 보여주고 싶진 않았습니다."

"아마도 왕의 조부 '카를 마르텔'이 외부에 알리지 않고 자신의 후계자에게만 전해준 이유와 동일하겠지요."

"그걸 어떻게 알았습니까? 한 국가를 다스리는 통치자로서 우리는 벌써 교감이 이루어졌군요. 에미르가 모든 상황을 이해했습니다."

"그런데 어찌 된 연유로 본인에게 이 책자를 보여주는지요? 더구나 경쟁국의 통치자에게 말입니다."

"그 이유는 '카를 마르텔'이 했던 약속 때문이지요. 부친에게서 이에 대해 얼핏 들었습니다. '알-가피키' 총독의 후임에게 그 책자를 전해주겠다는 내용이었지요. 이 세상을 떠나면서 남긴 마지막 유언도 함께입니다."

"그 유언을 알고 있습니까?"

"아무것도 듣지 못했습니다. 필시 그 책자에 기록된 내용 아닐까요? '알-가피키'는 거기에서 무엇을 말하고 있습니까?"

"그저 놀라움의 연속입니다. 이 내용은 유일신, '알 수 없는 신' 등으로 구성되었지요. 즉 전반부는 유일신에 관한 비교종교학적인 분석이고 후반부는 '알 수 없는 신'에 관한 인식론적 논증입니다."

"어렵게 들리는군요. 일단 전반부의 내용은 무엇입니까?"

"여러 내용이 적혀 있습니다. 요약 정리하면 '기독교의 '신'과 이슬람교의 '신'은 동일하다. 즉 '신'은 한 분이시다.' 입니다."

"기독교의 '신'이 즉 우리의 '신'이 알라와 같다는 말입니까?"

"그렇습니다."

"아닙니다! 그럴 리가 없습니다. 어떻게 해서 우리의 '신'이 이슬람교의 '신'과 같을 수가 있겠습니까?"

"이렇게 '알-가피키'는 주장합니다. '기독교와 이슬람교 모두 유일신을 믿고 있다. 다만 그 해석과 믿음의 방법이 다를 뿐이다. 따라서 유일신의 각기 다른 이름인 기독교의 '신' 여호와와 우리의 '신' 알라는 동일하다.'는 논리입니다."

"……"

"그의 주장이 놀랍기는 하나 논지는 단순하면서도 명확합니다."

"그러한 의미였군요. 어느 정도 이해는 됩니다. 하기는 유일신이라면 '신'이 하나라는 의미이므로 '알-가피키'의 주장이 일리가 있습니다."

"맞습니다."

이렇게 '압드 알-라흐만 1세'와 카를대제는 이 내용에 대해 놀라워했다. 그 이유가 무엇일까. 그것은 당시의 '신에 대한 관념'에 기인했다. 일반적으로 중세 중기에는 본인들이 믿는 종교의 '신'이 타 종교의 '신'과 동일할 수 있다는 생각을 하지 않았다. 그러한 생각 자체가 없으니 이로부터 진전된 같고 다름, 옳고 그름 등에 관한 어떤 사고도 없었다. 이 사고들은 애초부터 불가능한 일이었다. 그러다가 불쑥 접하게 된 '알-가피키'의 유일신 이야기는 놀라울 수밖에 없었다.

그런데 '압드 알-라흐만 1세'도 전반부 내용을 읽고 놀라워했으나 카를대제는 그 정도가 더 했다. 그러한 이유가 있을 것이다. 또한 이들의 대화는 오십 년 전의 전장에서 '알-가피키'와 '카를 마르텔'이 했던 대화와 유사했다. 그 전개 과정이 동일하다는 의미일 터이니 그렇다면 '투르-푸아티에' 조우, 사라고사 정상회담 등을 아우르는 역사적 맥락은 무엇일까 그리고 무엇이 되어야 할까.

중세 중기 이베리아반도의 사회적 상황은 독특했다. 후기우마이야 왕조에서는 콘비벤시아 즉 '관용과 상호의존' 기풍이 생성되고 있었다. 이슬람교도, 기독교도, 유대교도 등은 그곳에서 공존의 문명을 누렸다. 이것은 국가 발전의 원동력이 되었을 뿐만 아니라 유럽지역에 사회통합의 전형을 제공하는 역할을 했다. 의도하지는 않았으나 그랬다. '압드 알-라흐만 1세'는 이러한 사회적 정서에 익숙한 편이었다. 더 나아가 이 전통을 후대에 전해주어야 하는 의무도 가지고 있었다. 따라서 물론 '압드 알-라흐만 1세'도 유일신 이야기에 놀라워하기는 했으나 그 정도는 상대적으로 크지 않았다.

이에 비해서 피레네산맥 이동의 서부유럽에서는 종교적 상황이 달랐다. 기독교를 공인한 해인 313년 이후부터 중세 후기까지 이 지역에서 관용 사상이 주장되는 일은 없었다. 더욱이 기독교를 로마 국교로 정한 해인 392년 이후에 이교 및 이교도에 대해 종교적 관용이 이루어진 경우는 없었다. 어쩌면 이는 당연한 결과였다. 즉 종교적으로, 사상적으로 예외 없이 '무관용 정책'으로 일관했다. 프랑크왕국의 카를대제는 서부유럽의 이러한 정서, 전통 등을 이어받았다. 따라서 '알-가피키' 이야기에 대한 놀라움의 정도가 '압드 알-라흐만 1세'보다 더 할 수밖에 없었던 것이다. 이어서 카를대제가 탁자 위의 허공을 가리키며 다시 질문을 던졌다.

"후반부 내용은 무엇입니까? 방금 전에 나눈 대화와 관련 있겠지요?"

"물론입니다. 그는 후반부에서 '신은 모든 인간의 모든 행동에 대해 모든 해석을 할 수 있는 분이시다. 그러한 '신'은 절대자, 초월자, 완전자로서의 '신'이든지 아니면 '신'이라는 이름으로 인간을 기만하는 존재이든지 그 양자 중 하나일 것이다.'라고 주장합니다."

"예?!"

"이것은 신학과 철학의 경계를 넘나드는 명제이지요."

"그렇게 민감한 주장을 '알-가피키'가 했습니까?"

"다소 의외이기도 하지요. '모든 인간의 모든 행동에 대해서 모든 해석을 할 수 있다면 그건 '신'이 존재하든 존재하지 않든 이 세상은 어차피 마찬가지이다. '신'이 존재하지 않는다 해도 인간은 모든 행동을 할 수 있고 이에 대한 모든 해석이 가능하니 도대체 '신'의 존재 이유는 무엇인가?' 하는 이야기입니다."

길게 숨을 몰아쉰 후에 '압드 알-라흐만 1세'는 입을 열었다. 그동안 쉼 없이 대화를 이어나가 마음을 가다듬는 것으로 보였다. 그의 표정이 상기되어 있었고 귀 기울여 듣고 있는 카를대제의 얼굴도 붉은색을 띠었다.

"하지만 다음 장은 반전입니다. '그러나 '신'의 존재 이유를 인간은 알 수 없다. 따라서 '신'은 '알 수 없는 신'이시다. 즉 인간의 적은 지식과 이성으로 이해할 수 없는 존재이다. 그러므로 '신'을 이해하려는 노력을 하기보다는 '신'을 존재 그대로 인식해야 한다.'는 논리로 이어집니다."

"그래서 그 책자의 제목이 「알 수 없는 신에 관하여」이군요."

"예. 그렇습니다."

이어서 '알-가피키'는 '신'에 관한 판단과 이에 따르는 오류 등에 대해 적었다. 즉 '신'에 대해서 인간이 판단하는 것 자체를 경계한 것이다.

중세 중기 우마이야왕조 이후에 천문학, 수학, 물리학 등 학문이 비약적으로 발전하면서 학자들 특히 자연과학을 연구하던 학자들에 의해 '신의 영역'에 관해서 언급하는 일들이 자주 발생했다. 예를 들어 그들은 '신이 인간 개인의 세세한 삶의 부분까지 주관하지 않는다.'고 생각했다. 이러한 형태의 사고들은 중세 이슬람문명을 이끌어가던 학자들에게도 그대로 이어졌다.*

* '이븐 시나al-Husayn ibn Sina'는 '신의 진리와 이성은 양립할 수 있다. 「성 꾸란」의 진리도 이성과 논리를 통해 확인할 수 있다.'고 했다. 즉 '신'의 영역을 인간이 판단해 '신'을 '알 수 있는 신'으로 한정시킨 명제로서 '신의 진리'와 '이성'을 동등한 위치로 간주한 것이다. 하이얌Omar Khayyám은 '신'을 믿는다고 고백했다. 그럼에도 이 우주는 연구와 조사를 통해 발견된 과학 규칙에 의해서 지배된다고 믿었다. '신은 인간의 실제세계에 관여하지 않는다.'고도 주장했다. '이븐 루시드ibn Rushid'는 「아퀴다Aquida」 제2장에서 '신이 창조한 우주는 논리적 인과관계에 따라 구동되며 이러한 인과관계를 부정하는 행위는 이성을 부정하는 것과 같다. 또한 '신'의 존재가 알려지게 된 것은 이성의 필연성 때문이다.'라고 했다. 따라서 인간이 '신'을 알 수 있다는 가능성을 일부 열어놓았다. 즉 인간이 '신'의 영역에 도전해

지동설에 대한 코페르니쿠스 가설이 나오기 전까지 프톨레마이오스의 저술을 의심 없이 최고의 천문학 개론서로 여겼던 것처럼, 이러한 학자들에 의해 '신'의 영역에 관한 판단이 언급되기 전까지는 '신'에 대한 중세인의 사고도 절대적인 믿음이었다. 그런데 이렇게 굳건했던 중세인의 믿음이 점차 흔들리기 시작했다. 더욱이 '신'의 영역에 관한 판단은 자연세계에 대한 관찰을 꾸준히 할수록, 자연과학이 발전할수록 학자들에 의해 더 자주 언급되었기에 '신'에 대한 중세인의 믿음도 더욱 흔들리게 되었다.

이러한 상황들이 이후에 도래할 것을 '알-가피키'는 이미 간파하고 있었을까. 그래서 책자 후반부에서 '신'의 영역, 인간의 판단, 이에 수반되는 오류 등에 대해 언급했는지도 모른다.

이와 같이 '압드 알-라흐만 1세'가 후반부를 요약해서 설명했다. 하지만 카를대제는 명료하게 이해하지는 못한 것 같았다.

"난해한 내용입니다."

카를대제가 심각한 표정으로 말했다. 그의 두 뺨에 흐르던 붉은색은 어느새 사라졌고 건조하게 보이는 맨얼굴이 드러났다. 그러면서 계속 책자를 펼친 상태로 들고 있는 '압드 알-라흐만 1세'를 초점 없이 바라보고 있었다.

"……"

마주보고 있는 양 정상 사이에 침묵이 흘렀다. 서로에 대한 경계심은 완화되었으나 여전히 긴장감이 감돌고 있었다.

'신'을 이해하고자 한 명제이자 '신'의 영역을 인간의 이성과 인과관계로 한정한 명제였다. '이븐 마이문Mūsā ibn Maymūn'은 「방황하는 자들을 위한 안내서Dalālat al-hā'irin」에서 '신은 논리의 규칙에 따라 활동한다. 당연히 '신'은 이 세상을 가지고 결코 주사위놀이를 하지 않는다.'고 역설했다. 즉 '신'의 영역을 인간의 사고 범위 내에 한정시키고자 했다.

"아직 끝나지 않았습니다."

"그렇습니까?"

"이어서 '그분은 절대자, 초월자, 완전자로서의 유일신이시다. 그러하기에 인간의 역사를, 이 세상 모든 만물의 역사를 주관하신다.'고 주장합니다."

목소리 톤을 한껏 낮추어 '압드 알-라흐만 1세'는 마무리를 지었다. 이제 결론이라는 것을 암시하고 있었다.

"후반부 마지막 장에서 '신은 전지전능하시다. 그러므로 우리 모두의 '신'인 그분은 우리를 '신'의 뜻대로 인도하신다.' 이렇게 끝을 맺습니다."

"음."

"이런 감동은 일찍이 없었습니다."

"으음."

카를대제는 묵묵부답이었다. 그저 신음인지 탄성인지 알 수 없는 그 무엇이 입에서 흘러나왔을 뿐이었다. 여기까지 듣고서 그는 주석 잔에 있는 붉은색 음료를 마셨다. 잔을 내려놓자마자 시종에게 청해 음료를 한 모금 더 마셨다. 긴장해서 그러는지 목이 타서 그러는지 알 수 없었다. 그의 얼굴에 붉은 기운이 올라오기 시작하더니 가뜩이나 가느다란 목소리가 높은 톤이 되어서 맞은편으로 날아왔다.

"전후반부 잘 들었습니다. 기독교 여호와와 이슬람교 알라는 각기 다른 '신'이 아니라 같은 '신'의 다른 이름이라고 했습니다. 그렇다면 우리들은 모두 동일한 '신'을 믿고 있는데 왜 종교적인 문제로 싸워야 합니까?"

카를대제가 '압드 알-라흐만 1세'에게 언성을 높여 질문했다. 듣기에 따라서는 질문이라기보다 지난날의 전쟁에 대해 마치 따지는 것처럼 보였다.

"왕이 언급한 내용에 대해 동의합니다. 이를테면 프랑크왕국이 작센족과 전쟁을 치른 경우와는 다릅니다. 그들은 유일신이 아닌 우상을 숭배했지요."

"작센족은 그랬습니다."

"하지만 종교적으로 기독교도와 이슬람교도는 싸워야 할 이유가 없습니다. 모두 같은 '신'을 믿고 있는 믿음의 사람들이지요."

"예."

"누구나 이구동성으로 '신'의 뜻이라 말합니다. 나의 '신'과 왕의 '신'은 동일한 분입니다. 그런데 이 '신의 뜻'이 믿는 사람에 따라서 왜 다른지 생각해본 적 있습니까? 그 이유는 우리들이 믿는 '신'은 각자 본인들에게 자의적으로 편리하게 해석된 '신'이기 때문입니다. 자신의 관념 속에서만 존재하는 '신'이지요. 그러한 '신'이라면 차라리 믿음이 없는 편이 더 낫지 않겠습니까?"

"으음."

카를대제는 연속해서 짧게 대답하며 고개를 끄덕였다. 그의 눈빛에 공감하는 본인의 마음이 묻어났다. '압드 알-라흐만 1세'의 의견에 동의를 표한 것이다.

"이 책자에 대해서 풍문으로만 듣고 있었는데 왕이 배려해준 덕분에 이렇게 읽어보니 감개무량합니다."

"에미르를 통해 책자의 내용을 어느 정도 이해했습니다. 기독교와 이슬람교는 종교적으로 이질적이지 않다는 사실을 알게 되었습니다."

"그렇습니다. 따라서 종교 문제로 국가 간에 전쟁을 벌이는 일은 다만 서로에 대한 이해가 부족하기 때문입니다."

카를대제는 마지막 이야기를 듣고 가만히 있었다. 그러더니 의자에서 일어나면서 정상회담 의제에 대해 오후에 만나서 대화하자고 제의했다. '압드 알-라흐만 1세'도 흔쾌히 동의했다. 에미르가 대기하고 있던 각료들과 군막을 벗어나자 시원한 바람이 얼굴을 스쳐 지나갔다. 에브로 강에서 불어오는 바람이었다. 그렇게 한참을 서 있다가 마리암공주가 기다리는 본부 막사로 돌아갔다.

12. 반격

'압드 알-라흐만 1세'가 에브로 강 우측에 있는 본부 막사로 들어왔다. 마리암공주는 조심스레 그의 얼굴 표정부터 살피며 물었다.

"어서 오십시오. 에미르께서 원하는 결과가 나왔습니까?"

"회담 의제에 관해 아직 시작하지도 않았다. 군막에서 나올 때까지 그 책자에 대해서 대화를 나누고 오는 길이다."

"예? 책자 이야기를 오전 내내 나눴습니까? 직접 읽어보았나요?"

'압드 알-라흐만 1세'는 카를대제와 나누었던 대화에 대해 간략하게 전했다. 공주는 군막에서 양 정상 간에 오고갔던 내용들이 무엇이 그리도 궁금한지 연이어 질문을 던졌다. 회담 소재로서가 아니라 책자 자체에 관심이 많아 보였다. 이렇게 사람의 마음이 어디론가 계속 향한다는 건 어떠한 이유 때문일까. 그들은 오후 일정에서 다루어질 의제들에 대해서 의견을 주고받았다. 그러다가 대화 말미에 공주는 오후의 회담에 자신을 참석시켜 달라고 청을 했다.

"저를 회담장에 입장시켜 주십시오. 진행 과정을 옆에서 지켜보고 싶습니다."

"배석자 명단에 공주 이름은 없어서 어렵겠다. 외교대신, 의전 담당 관리, 서기, 통역관 등의 명단만 미리 통보했지."

"그럼 안되겠군요. 아쉽습니다."

"하지만 카를대제의 외무대신에게 요청해보겠다."

"감사합니다."

오후 2시가 되었다. 사라고사에도 봄은 왔으나 바람이 쌀쌀했다. 불어오는 강바람에 나뭇가지들도 움츠러드는 것 같았다. 푸르른 나뭇잎들을 보기 위해서는 시간이 더 필요해보였다. 양국 정상은 회담 탁자에 마주보고 앉았다. 다행히도 프랑크왕국 외무대신이 공주의 참석을 허용했다. 회담 개최 건으로 특사 임무를 수행했던 점이 감안된 조처였다. 이번에는 카를대제가 먼저 입을 열었다.

"단도직입적으로 말하겠습니다. 우선 바르셀로나, 헤로나, 사라고사, 우에스카 등의 지역들을 프랑크왕국에 양도해야 합니다. 이러한 선결 조건이 충족되어야 협약을 체결할 수 있습니다. 에미르의 의향은 어떻습니까?"

"절대 불가합니다. 현재의 국경선을 존중하는 상태에서 맺어지는 것이 평화협약의 본질입니다. 한쪽에게 양보와 굴욕을 강요한다면 체결될 수 없습니다."

"그렇다면 결론은 이미 도출되었습니다. 양국 간에 평화협약은 없습니다. 곧 전쟁이 시작될 겁니다."

"왕이 일방적으로 밀어붙여서 체결되지 않은 것입니다. 프랑크왕국과 전쟁이 불가피하니 피하지 않겠습니다."

"에미르가 강경하니 다른 방법이 없습니다."

"왕이 강경한 겁니다. 제시한 선결 조건은 받아들일 수 없습니다. 이번에 전쟁이 시작된다면 반드시 피레네산맥을 넘어가겠습니다."

회담이 개최되는 군막의 분위기는 싸늘했다. 양국 정상의 높고 낮은 음성들 이외에는 숨소리 하나 들리지 않았다. 그들은 자리에 앉자마자 직설적으로 대화를 시작했고 일이 분 정도의 짧은 시간 안에 결론이 났다. 오전에 상대편을 존중해주던 부드러운 분위기는 온데간데없었다. '압드 알-라흐만 1세'로서는 다소 뜻밖이었다. 양 정상이 바람직한 합의점을 도출해낼 수 있으리라 기대했으나 카를대제는 첫마디부터 강경하게 나왔다. 따라서 이에 걸맞게 대응할 수밖에 없었던 것이다.

그때 마리암공주가 손을 들고 발언신청을 했다. 프랑크왕국 외무대신이 카를대제를 쳐다보며 망설이는가 싶더니 고개를 끄덕여 발언을 허가했다.

"아헨특사로 다녀왔던 마리암공주입니다. 평화협약의 전제조건은 주의 깊게 들었습니다. 왕에게 질문을 해도 되겠습니까?"

"뭡니까?"

"선결 조건 제시 이유 중의 하나는 해당 지역이 게르만족 일원인 서고트족의 옛 영토라는 겁니다. 그렇게 따져들어 간다면 그 지역은 카르타고, 로마제국 등의 영토였습니다. 왕이 판단하는 옛 영토의 기준 시점은 언제입니까?"

"그건……"

카를대제는 생각지도 않았던 질문을 받아서인지 대답을 하지 못했다. 단지 그런 질의를 한 공주를 불편한 눈빛으로 바라만 볼뿐이었다.

"선결 조건 제시 이유 중의 다른 하나는 4년 전의 전쟁 당시, 왕이 수모를 겪었기에 그것을 상쇄시킬 수 있는 보상이 있어야 한다는 겁니다. 하지만 그 수모의 원인을 제공한 인물은 사라고사 지사이지 후기우마이야왕국이 아닙니다. 왕도 '이븐 우바다al-Husayn ibn Uvada' 지사가 자국과 프랑크왕국을 각기 한 번씩 배반했던 인물임을 알고 있을 겁니다. 따라서 왕이 이 조건을 평화협약의 선결 조건으로 제시하는 것은 적절치 않다고 생각합니다. 이에 대해서도 답변해주시기 바랍니다."

4년 전이었던 779년 즈음 사라고사는 후기우마이야왕국으로부터 공국 형태를 유지하고 있었다. 즉 반독립 상태였다. 그럼에도 이에 만족하지 못하고 온전히 독립하기를 원했다. 이에 사라고사 지사는 프랑크왕국을 찾아가 협력을 요청했고 후기우마이야왕국에 대항해 공동 군사작전을 펼치기로 했다. 하지만 막상 카를대제가 군대를 이끌고 사라고사 앞까지 진군하자 생각이 바뀌었다. 문득 두려운 마음이 밀려든 것이다. 이교도 제압 관련 풍문도 떠올랐다. 결국 성문을 걸어 잠그며 봉쇄했다. 그러면서 다시 후기우마이야왕국에 충성을 맹세하는 일이 벌어졌다.

카를대제는 지사의 이 행위에 분노했다. 어찌할 바를 모르고 있던 차에 때마침 본국에서 작센족의 반란 소식이 전해졌다. 작센왕국은 그동안 정복도 수차례 했으나 반란도 그만큼 반복된 지역이었다. 카를대제는 반란을 진압하기 위해 이베리아반도를 떠날 수밖에 없었다. 이렇게 본국으로 후퇴하는 여정 중에 후위대가 론세스바예스에서 바스크족의 공격을 받았다. 지휘관이 전사하면서 이 전투에서 패배했다. 이로부터 '롤랑백작의 전설'이 시작되었다. 후대에는 사실이 와전되면서 진실도 호도되어 전해졌다. 어쨌든 프랑크왕국에게 있어 4년 전의 이 전쟁은 치욕과 수모의 과거사였다.

카를대제는 공주의 연이은 발언들을 듣고 당황했다. 평화협약 선결조건의 이유에 대해 오늘 정상회담에서 언급한 적이 없었다. 2개월 전에 공주가 아헨특사로 왔을 때 왕궁에서 나눴던 대화의 내용들을 발언하는 게 분명했다. 그렇긴 해도 본인이 직접 말한 것이기에 아니라고 할 수도 없었다.

"음."

카를대제가 손으로 턱수염을 쓰다듬으며 공주를 바라만 보았다. 무엇이라 대답을 하긴 해야 했지만 두 가지 발언이 일목요연하게 논리적으로 전개되어 마땅히 할 말이 떠오르지 않았다. 난감했다.

탁자 건너편에서 '압드 알-라흐만 1세'는 이 상황을 잠자코 지켜보았다. 공주가 기특하고 대견했다. 그리고 궁지에 몰린 카를대제의 처지가 고소하면서도 한편으로는 왜 그런지 약간 불편하기도 했다. '압드 알-라흐만 1세'가 느릿한 어조로 입을 열었다. 이전에 비해 여유 있는 음성이었다.

"양측의 모든 배석자들을 물렸으면 합니다. 오전에 개최되었던 회담처럼 왕과 단 둘이서 대화하고 싶습니다."

"그렇게 하지요."

카를대제가 선선히 대답했다. 회담장에 있던 배석자들이 전부 일제히 자리에서 일어났다. 공주는 멈칫거리다가 여타 배석자들과 어울려 군막 밖으로 나갔다. 이어서 양국정상 간에 회담이 계속되었다. 군막 안에서 한두 번 소란스러움이 있기도 했으나 전체적으로는 차분하게 대화가 진행되는 것으로 보였다. 삼십분 정도 지났다. 두 정상이 군막 밖으로 나와 각자의 본부 막사로 돌아갔다.

13. 협약

그날 배석자들이 자리를 뜬 후에 회담장에서 어떤 대화가 오갔는지는 아무도 몰랐다. 양 정상만이 알고 있을 것이다. 회담을 마친 그들이 군막을 나왔다. 마침내 평화협약의 초안 작성이 시작되었다. 양측에서 수정안이 오가며 몇 차례의 의견 조율을 거쳤다. 이튿날 오전 10시에 최종안이 양국 정상에게 제출되었다. 곧바로 양국 간 평화협약이 정식으로 체결되었다. 그 주요내용은 다음과 같았다.

[사라고사 평화협약]

– 프랑크왕국 후기우마이야왕국 14.05.783 14.05.162 –

1. 양국은 향후 15년 동안 영토 확장, 종교 갈등 등의 사유로 도발하지 않는다.

2. 양국은 783년(이슬람력 162년) 5월 현재의 국경선을 존중한다.
3. 양국 국무대신 회담을 매년 1회 개최한다.(단 협의하에 횟수 조정 가능)
4. 양국은 통상경제협력을 강화한다.(화폐 발행 및 교환에 관해 논의 개시)
5. 양국은 학문 교류에 있어서 종교적 관점의 간극을 좁히기 위해 노력한다.

이렇게 사라고사 평화협약은 5개 조항으로 이루어졌다. 이중에서 첫째, 둘째 조항들이 핵심인 셈이었다. 물론 카를대제가 제시했던 평화협약의 선결 조건은 최종안에서 제외되었다. 그날 오후에 두 정상은 무슨 대화를 나누었을까. 어쩌면 모종의 암묵적 동의를 주고받았는지도 모를 일이었다.

'압드 알-라흐만 1세'는 코르도바로 귀환한 다음날 마리암공주와 루사파 궁 중정에서 만났다. 한가로이 거닐었다. 초록빛이 눈부신 정원에는 키 작은 종려나무가 일렬로 도열해 있었다. 장미문양의 분수에서 가느다란 물줄기가 도로록 도로록 방울져 떨어졌다. 쏟아지는 햇빛에 흩어지는 물방울들이 은빛으로 반짝였다.

"그날 모두 물러난 후에 두 분이 무슨 대화를 나눴습니까?"
"공주는 그것이 궁금하더냐?"
"그렇습니다. 괜찮다면 설명해주십시오."

양 정상은 회담장에서 배석자들을 물리고 직사각형 탁자를 사이에 둔 채로 마주앉았다. '압드 알-라흐만 1세' 앞에 감귤향의 차가 놓였다. 카를대제는 주석 잔에 예의 그 붉은색 음료를 마셨다. 이번에는 에미르가 먼저 침묵을 깼다.

"의제에 앞서 그 책자에 대해 말하겠습니다. '카를 마르텔'이 히스파니아 후임 총독에게 전하겠다고 약속했다 들었습니다. 그러하니 돌려

주십시오.”

“그리 못합니다. 그건 ‘카를 마르텔’의 약속이지 본인의 약속이 아닙니다. 게다가 이 책자는 이제 행운을 가져다주는 수호신이기에 더욱 반환할 수 없습니다.”

“하지만 일국의 통치자로서 조부의 약속은 후대에서라도 지켜야 되지 않겠습니까?”

카를대제는 난처한 상황에 처했다. 이렇게 답변할 수도 없고 저렇게 답변할 수도 없는 질문이었다. 그것도 마리암공주로부터, ‘압드 알-라흐만 1세’로부터 연속해서 받고 있었다. 이처럼 궁지에 몰리게 되는 이유는 무엇일까. 반드시 그 이유가 있을 터인데 카를대제가 인지하고 있을지는 의문이었다.

“그 약속의 의미는……”

“의미가 어떻다는 말입니까.”

“그 책자의 내용을 후임 총독에게 전해주는 것이라 생각합니다. 따라서 오늘 사라고사에서 본인은 ‘카를 마르텔’의 약속을 이행했다고 믿습니다.”

일단 여기까지 ‘압드 알-라흐만 1세’는 이야기를 전했다. 공주는 두 손을 모은 채로 듣고 있다가 한참 후에 말문을 열었다.

“카를대제가 절묘하게 쟁점을 피해갔군요.”

“조부의 약속에 관한 이야기는 제대로 했다고 보아야겠지.”

어디선가 바람이 세게 불어와 분수 물방울들이 그들의 얼굴을 향해 날아왔다. 중정에는 바람소리와 물방울 떨어지는 소리만이 가득했다. ‘압드 알-라흐만 1세’는 차분한 목소리로 나머지 이야기를 전했다.

“카를대제는 이어서 ‘기독교의 ‘신’과 이슬람교의 ‘신’은 같은 분이시니 우리는 이질적이지 않다.’고 말했다. 공감대가 형성되었다는 의미일 것이다."

"결국 그도 '알-가피키'의 주장을 인정했군요."

"그렇지. 이후로 일련의 대화가 마치 물 흐르듯 펼쳐지며 여러 현안이 논의되었다. 특히 현 국경선을 유지하고 양국이 존중하기로 한 결정은 이번 회담의 주목할 만한 성과였다. 공주 역할이 컸다."

"아닙니다."

"이번에 협약이 원만히 체결된 건 공주 덕분이다. 친서 작성하고, 아헨까지 특사 갔다 오고, 회담이 난관에 빠졌을 때 물꼬 트고 등등 고생 많았다."

"과찬의 말씀입니다. 저는 에미르께서 그린 그림에 작은 역할을 보탠 것에 불과합니다."

'압드 알-라흐만 1세'는 흐뭇했다. 현 정국의 긴박하고 중요한 과제 하나가 원만히 해결된 것이다. 물론 그 책자의 내용이 주된 역할을 했으나 그 다음으로 역할을 해준 것은 당시의 정치적, 종교적 상황이었다. 이를 부인할 수 없었다.

카를대제는 스스로를 기독교의 수호자로 생각했기에 비정통적이고 이단적인 사상들이 피레네산맥 이동의 기독교세계로 스며드는 것을 경계했다. 일례로 '양자 결연주의'는 '아리우스 주의'와 더불어 수용 불가한 개념으로 삼위일체를 부정하는 이단이었다. 양자주의자들은 '인간인 그리스도가 '신'의 은총을 받아 '신'의 아들이 되었다.'고 주장했다. 즉 '신'의 아들이 아니라 '신'의 양자라는 의미였다. 또한 아리우스주의자들은 삼위간의 위격적 구별을 강조한 종속론을 부각시켰다. 성자가 성부와 본질은 유사하나 동일하지는 않다는 의미로 단지 그 존재만을 인정했을 뿐이었다.

이러한 시기에 카를대제가 대화를 시작했을 때만 해도 그 책자의 내용은 또 다른 이단으로 비추어졌을 것이다. 하지만 대화가 전개되고 후반부에 대해 논의할 즈음 카를대제는 오히려 이 내용이 기독교세계의 방어벽이 될 수도 있다는 사실을 깨닫지 않았을까. 여호와, 알라 등에 관한 '유일신' 이야기는 종교사상에 있어서 포괄적 상위개념이었다. 그렇기에 카를대제는 이 언급이 모든 이단적인 사상들을 아우를 수 있다고 생각했다. 그러면서도 다른 측면으로는 유일신 이야기가 자국 내에서 회자되는 일이 마음에 걸렸다. 이슬람왕국에 대한 경계심이 약화되는 것은 자국의 이익에 반하기 때문이었다. 후기우마이야왕국과 아바스제국은 프랑크왕국에게 잠재적인 위협이었다. 물론 '알-가피키' 이야기가 단초가 되었으나 그것은 정상 사이에서 오간 대화이기에 회자될 가능성은 없으리라 믿고 싶었다. 카를대제는 이 상반된 두 측면을 조화시키고 싶었다.

그러한 고민 속에서 도출된 결과물이 '압드 알-라흐만 1세'와의 평화협약 체결이었다. 즉 종교사상 측면에서 그 근본 토대로 '유일신 개념'을 취하면서도 한편으로는 평화협약 체결을 통해 그 무엇인가 피레네산맥 이동으로 흘러드는 현상을 차단하고자 의도한 것이다.

일단 전쟁이 발발하면 전개되는 지역의 기존 질서를 흩어트리기에 이러한 전쟁을 차단시키는 평화협약이 체결되면 히스파니아 지역에서 반갑지 않은 종교사상이 피레네산맥 이동으로 번지는 것도 막을 수 있다고 생각했다. 그 당시에 코르도바는 관용적인 성향이 짙었고 메리다, 타라고나 등은 중도적이었기 때문이었다.

14. 심연의 세계

사라고사 정상회담 이후 '압드 알-라흐만 1세'는 말수가 적어졌다. 이

따금 루사파 궁을 빠져나와 '알-후사인' 경호대장과 통역관만 대동한 채로 어딘가에 다녀오곤 했다. 수행하는 경호군사들이 없는 에미르의 행차는 이례적이었다.

그렇게 다녀온 곳은 바로 이종교의 종교공동체들이었다. 기독교 교회에서 여호와에 대해, 유대교 회당에서 그들의 신인 야훼에 대해 각기 어떠한 설명을 하는지 듣고 싶었다. 기독교와 유대교 모두 유일신을 강조하고 그분을 위해 기도했다. 그러나 우리의 '신'이 저들의 '신'과 동일하다는 설교는 없었다. 모두들 사랑, 평화 등에 관해서 그 가치를 역설하고 논하면서도 종교 간의 이질성을 극복하기 위한 화합에 대한 언급은 없었다. 어째서 그러한 이야기들이 없는지 궁금했다.

'압드 알-라흐만 1세'는 외출에서 돌아와 루사파 궁 집무실에 앉았다. 밤이 깊어 자정이 넘었지만 침소에 들지 않고 상념에 잠겨 있었다. 실내를 오랜 시간 서성거리기도 했다. 달빛 밝은 밤이면 중정에 나가 밤하늘을 바라보았다.

"신은 어디에 계실까? 혹시 내 마음속에 계시는 건 아닐까?"

저 멀리 검푸른 하늘이 지브롤터해협 바닷물처럼 보였다. '압드 알-라흐만 1세'는 우마이야왕조 '히샴 1세' 칼리프의 손자이자 '아비 수피안' 가문의 왕자였다. 그는 아바스왕조 아바스 칼리프의 군대가 다마스쿠스를 점령한 직후의 무자비한 왕궁 살육전에서 '신'의 도움으로 살아남았다. 세월이 지나고 어느 편지에서 탈출 당시 그날의 위급했던 상황을 이렇게 회상했다.

'내 발은 땅에 거의 닿지 않았다. 달린다기보다 날아서 왕궁을 탈출했다.'

이후 팔레스타인을 거쳐 북아프리카 이집트로 건너갔다. 우여곡절 끝에 지중해 연안의 소도시에 정착해 나프자족의 도움을 받으며 지냈다. 그의 어머니 라하Ra'ha가 베르베르족의 일원인 그 부족 출신이었기 때문이었다. 하지만 북아프리카 일대를 오륙 년 동안 떠돌아다니면서도 절망하지 않았다. 현실에 안주하지도 않았다. 오로지 절치부심, 와신상담하며 후일을 기약했다.

그러다가 '압드 알-라흐만 1세'는 지브롤터해협 너머 이베리아반도의 정치적 상황을 감지하게 되었다. 그는 25세 되던 해에 일천오백여 명의 베르베르족 궁기병들과 함께 해협을 건너 알무네카르에 도착했다. 755년 8월이었다. 그 당시 히스파니아 총독은 '알-피리'로서 이미 10년 가까이 이베리아반도를 통치하고 있었다. 비록 정복하진 못했으나 아키텐공국의 영토였던 골 지역 남서부를 두 차례 공략하면서 프랑크왕국을 전시체제로 전환시켰던 인물이었다. '압드 알-라흐만 1세'는 이 '알-피리'를 과달키비르 강 전투에서 패퇴시켰다. 이후 756년 코르도바에서 본인이 히스파니아 총독임을 선언했다. 이로서 후기우마이야왕조가 시작되었다.

이렇게 파란만장한 길을 걸어온 '압드 알-라흐만 1세' 내면세계에 변화가 생기기 시작했다. 언제인가부터 본인이 세상을 떠날 날이 얼마 남지 않았다는 생각이 들었다. 그러면서 본인의 삶을 뒤돌아보게 되었다. 새 왕조를 연지 27년이 지난 시점이었다. 이러한 변화를 가져온 동인은 「알 수 없는 신에 관하여」였다.

'압드 알-라흐만 1세' 삶의 지향점을 바꿔놓은 이 책자는 비록 페이지 수는 적었으나 담긴 의미는 깊었다. 그 내용이 인류가 추구해야 할 보편적 가치를 논하고 있기 때문이었다. 책자의 후반부는 인간의 사고 영역 중에서 궁극적 영역인 '신의 본질'에 관한 탐구로서 주제는 '인간에게 있어서 '신'은 어떠한 존재인가?'로 요약할 수 있었다. '알-가피키'는 어떤 분석틀로도 '신'은 알 수 없다고 했다. '신'의 뜻과 행동은 인간이 알 수 없는 뜻이며 행동이라는 즉 인간이 '신의 의지'를 자각할 수 없다는 의미였다. 이러한 후반부 내용도 물론 감동이었다.

그러나 전반부 '유일신'에 관한 부분 '기독교의 '신'과 이슬람교의 '신'은 동일하다. 즉 '신'은 한 분이시다.'라는 문장은 경이로움 그 자체였다. 그가 평생 가지고 있던 종교적 신념이 무너지는 느낌이 들 정도였다. 그만큼 놀라움은 컸다.

아마도 '알-가피키'는 '신'의 존재, 종교의 본질 등에 관한 논의들이 후대에 전해지기를 원했을 터이나 현 시점의 종교적, 정치적 상황에서 더 진전된 논의는 이루어지지 않을 것이다. 중세 이슬람왕국에서 이에 관한 담론들이 형성되기는 쉽지 않기 때문이다. '압드 알-라흐만 1세'는 고개를 끄덕일 수밖에 없었다.

그해 즉 783년은 이슬람력 162년으로서 이슬람교 성립 초기에 해당되었다. 따라서 교리체계 등이 완벽하게 정립되지는 않았다 해도 헤지라 이후 한 세기 그리고도 60년이 경과된 시점이었다. 그러므로 유일신에 관한 내용들도 어느 정도 정립되었을 터인데 '압드 알-라흐만 1세'는 그동안 신실한 마음으로 이슬람교를 믿어왔음에도 불구하고 '신'을 맹목적으로 믿어왔다는 생각이 들었다. 정상회담 이후 꾸준하게 제기된 의문이었다. 이러한 맹목적인 믿음을 진실한 믿음이라 할 수 있을까. 그는 여기서 한 걸음 더 나아갔다. 인간은 누구나 철학자라 할 수 있기에 그러했다.

"기독교의 '신'과 이슬람교의 '신'이 동일하다면 왜 종교는 다른 것인가? 즉 '신'은 하나인데 종교가 다른 이유는 무엇일까?"

'압드 알-라흐만 1세'는 종교적인 심연의 세계에 서서히 빠져들었다. 그 미지의 세계에 대해 또한 그때까지 스스럼없이 받아들였던 내용들에 관해 의문을 가지기 시작했다. 하지만 시간이 지나가면서 점차 '알-가피키'의 주장에 동의할 수밖에 없었다. 즉 인간의 능력으로 '신'을 알 수 없으므로 '신'을 알려는 노력을 하기보다는 존재 그대로 인식해야 한다는 내용에 공감한 것이다. 그는 할 수만 있다면 시간을 거슬러 올라가 '알-가피키'를 한번 만나보고 싶었다.

멀리 밤하늘을 바라보았다. '신'은 저 높은 하늘에도 계시고 여기 마음속에도 계시리라 생각했다. '압드 알-라흐만 1세'는 '신'의 은총에 대한 감사의 마음으로 코르도바에 이슬람사원을 건축하기로 최종결정했다. 이 이슬람사원이 이미 앞에서 벌어진 일들을 구현하고 뒤에 오는 것을 밝혀주기를 기대했다. 건축 장소는 '성 빈센트' 교회 부지였다. 그 대가를 치르고 매입하기로 기독교 원로들과 합의했다. 또한 새로운 교회의 건축을 위해 강 건너편에 국가가 적정한 부지를 제공할 예정이었다.

15. 비밀문장

'압드 알-라흐만 1세'는 「알 수 없는 신에 관하여」의 내용이 후기우마이야왕국을 위기에서 구했다고 생각했다. 하지만 그도 '카를 마르텔', 카를대제 등과 마찬가지로 그 책자의 내용을 세상에 알리는 일에는 신중했다. 즉 불가하다고 여겼다. 오히려 그것은 사회의 혼란, 정국의 불안 등을 야기할 수 있었다. 그 당시 일반적으로 종교에 대한 이해가 부족했기 때문이었다.

8세기 말엽만 해도 시민들은 대부분 문맹이었다. 전반적인 교육 수준도 낮았다. 성직자, 학자, 정부 관리 등 일부 계층만 지식인에 속했다. 그러므로 사회의 제반 상황을 고려해 볼 때 책자 전후반부의 공개는 정국 혼란을 가중시킬 위험성이 높았다. 더구나 그 주요 내용이 '기독교 여호와와 이슬람교 알라는 동일하다.'이니 더 말할 나위도 없었다. 따라서 모든 역량을 집중해 정국을 안정시켜야 하는 통치자로서 외부에 알리고 싶지 않았던 것이다. 더욱이 새로운 왕조의 창건자이기에 더 그런 마음이 들었는지도 모른다. 그러나 어느 곳인가는 '알-가피키'의 이야기를 꼭 남기고 싶었다. 그곳은 어디가 되어야 하는가.

이렇게 '압드 알-라흐만 1세'는 한동안 「알 수 없는 신에 관하여」에 대해 심사숙고했다. 회담을 마치고 돌아오면서도 내내 이 생각에 잠겨 있었다. 이후에 그는 이슬람사원 즉 '라 메스키타' 건축을 결정하면서 그곳에 비밀문장을 숨겨놓기로 마음먹었다. 해당 장치의 형태, 방법 등은 직접 구상해 설계할 예정이었다. 비밀문장의 구성, 기호 제작 등에 있어서는 천문학, 수학, 물리학 등의 학문이 토대가 되리라 기대했다. 후기우마이야왕조 건국 초기부터 코르도바에서 연구가 본격적으로 시작되었던 학문이었다.

하지만 건축공사는 시작도 못하고 있었다. 준비과정에서 시간이 많이 필요하기도 했고 예상외로 비밀장치의 설계가 힘들었다. 그는 '라 메스키타' 건축을 진행하면서 동시에 비밀문장을 장치하려 했다. 그런데 전체 건축의 설계과정에서 책임자에게 이를 말하지 않고 하려니 만만치가 않았다. 아니, 그 정도가 아니라 상당히 어려운 일이었다.

마리암공주와 상의해 볼 생각을 하기도 했다. 그녀가 왕립학술원 학자 못지않은 학문적 역량을 지니고 있었음에도 현실적으로 왕위를 계승하기 어려운 점이 마음에 걸렸다. 이 비밀문장은 오직 자신의 후계자에게만 전해줄 계획이기에 그러했다. 그는 이에 대해 오랜 기간 고심했다.

그러던 어느 날이었다. '압드 알-라흐만 1세'는 루사파 궁에서 마리암공주를 호출했다. 사라고사 회담을 마치고 돌아온 지 1년 만이었다. 그동안 만나기는 했으나 장시간 대화를 나누거나 할 상황이 아니었다. 왕실의 정례 행사 때에 간간히 보곤 하는 정도였다. 공주도 사라고사에서 돌아와서부터는 두문불출했다. 거의 매일같이 왕립학술원, 도서관 등에서만 있다고 들었다. 무엇을 그렇게 공부하고 있는지 궁금하기도 했지만 그대로 두었다. 에미르는 루사파 궁 접견실 창가에 찻잔을 들고 서서 중정을 내다보고 있었다. 북아프리카에서부터 즐겨 마시던 수국차 향이 그윽했다. 인기척이 나더니 사뿐사뿐 공주의 발자국 소리가 들렸다.

"오랜만이구나. 지난 일 년 동안 무엇을 그리 열심히 공부했느냐?"

"고대 그리스, 로마 등지에서 시작된 기호학을 공부했습니다. 천문학, 기하학, 대수학 등의 문헌들도 읽었지요."

"공주가 기호학 등을 수학했다니 의외로구나."

"에미르께서 이슬람사원 건축을 결정한 다음부터 그러한 부류의 학문을 익혔습니다. '알-가피키' 이야기를 비밀문장으로 장치하리라 짐작했기 때문이지요."

이 대답을 들은 '압드 알-라흐만 1세'는 들고 있던 찻잔을 저도 모르게 떨어뜨렸다. 자기로 만든 찻잔이 쨍그랑 소리를 내며 두 동강이 났다. 깨진 조각이 바닥에서 미세하게 시계추처럼 움직이고 있었다. 에미르의 얼굴은 놀라움으로 가득했다. 생각지도 못한 일을 겪은 듯 그대로 석고상처럼 서 있었다.

"어찌 그 사실을 알았는가? 아직 아무 말도 꺼내지 않았음이야."

"아닙니다. 에미르께서 이야기를 했습니다."

"언제 했다는 말이냐?"

"작년 오월에 사라고사에서 톨레도를 거쳐 코르도바로 돌아올 때였습니다. 카르모나Carmona 지역을 지날 즈음 에미르께서 '카이사르가 카르모나를 히스파니아의 빛나는 보석이라고 했다.'며 인근 지역의 전략적 중요성에 대해 언급했습니다."

"음."

"이어서 '어떻게 고대에 카이사르는 암호체계에 대해 연구할 생각을 했을까? 시대를 앞서간 인물이야.'라고 감탄했습니다."

"그렇게 말한 기억이 나는구나."

"에미르께서 톨레도 지역 인근에서 내내 '라 메스키타' 이야기를 하였고 카르모나 지역을 지나며 카이사르 암호에 대해 말했습니다. 제 나름대로 그 이유를 추측하고 분석해보았지요. 그러한 결과로 에미르의 의중을 알게 되었습니다."

"나의 공주 마리암이로다!"

진정으로 '압드 알-라흐만 1세'는 감탄했다. 자신의 공주이지만 이렇게 총명하고 대견할 수가 없었다.

"그래서 이후로 오늘까지 기호학 등을 비롯한 관련 학문들을 공부했습니다. '라 메스키타'에 비밀문장을 장치하기 위해서입니다."

"그러면 어떻게 장치할 수 있겠느냐? 공주 이외에는 누구에게도 이 내용을 알리고 싶지 않다. 설사 설계책임자라 할지라도 그렇다."

"이해합니다. 그렇다면 빠른 시일 내로 저를 '라 메스키타' 건축책임자로 임명해주십시오. 에미르 뜻을 받들어 건축하고 비밀문장도 장치해 숨겨놓겠습니다."

"다음 주 전체각료회의에서 공주를 '라 메스키타' 건축 총책임자로 임명하겠다."

"감사합니다."

"그리고 비밀장치의 방법은 어떠한 형태이냐?"

"저의 구상이 끝나갑니다. 전체적인 틀이 완성되면 그림, 도표 등으로 보고하겠습니다. 현재까지 어느 건축물에서도 사용되지 않은 방법이지요. 고대 3대 문명 이후에 단 한 번도 사용된 적이 없습니다."

"고대 3대 문명이라면 어느 것들을 말하느냐?"

"히타이트, 바빌로니아, 이집트 문명입니다."

"공주는 천생 학자로구나."

"아직도 부족한 부분이 많습니다."

"그러면 공주만 믿고 있겠다."

'압드 알-라흐만 1세'는 신뢰의 눈길을 담아서 공주를 바라보았다. 이제 '라 메스키타' 건축과 비밀문장 장치는 별 문제 없으리라 생각했다. 어쩌면 기대했던 수준 이상으로 빼어난 작품이 될 수도 있을 것이다. 지금까지 공주가 보여준 탁월한 능력으로 판단해보아도 그랬다. 수국차가 아라베스크 문양의 새 찻잔에 담겨 탁자 위에 놓여졌다. 넉넉히 둥근 옆면의 히아신스 모습이 청초했다.

16. '라 메스키타'

이로부터 일 년이 지났다. 785년 5월이었다. 과달키비르 강변의 교회터에서 '라 메스키타' 건축이 시작되었다. 공사의 총책임자 마리암공주는 이슬람세계에서 단 하나뿐인 이슬람사원으로 건축하겠다는 당찬 목표를 세웠다. 설계에서부터 자재 확보계획, 자재구매 및 운송, 각 부문 공사 책임자 임명 등 모든 준비과정에 빠짐없이 참여했다. 기념비적인 건축물을 남기겠다는 각오였다.

'라 메스키타'의 건축 기조는 '소박함'과 '예술로의 승화'였다. 관건은 이들을 어떻게 조화시키느냐에 달려 있었다.

내부는 서고트왕국 시대에서부터 전해져 내려온 말발굽 형태의 이중아치양식을 이용할 계획이었다. 즉 아치기둥의 윗부분이 적백색 이중아치였다. 이들은 줄무늬 석영, 화강암, 벽옥, 대리석 등의 붉은색 및 흰색 각종 석재를 교차로 조합할 예정이었다. 아치의 기둥들은 기존 건축물에서 사용되었던 다양한 석재들을 재사용하기로 했다. 이로 인한 내부의 전체 구조는 사막의 오아시스를 연상시키는 거대한 숲 모양으로서 기품 있는 종려나무 숲이었다. 자재공급계약도 완료했다. 돔 부분의 천장을 장식할 천연색 모자이크 자재들은 아나톨리아반도 부르사 인근에서 가져올 것이다.

이렇게 건축 준비과정은 순조로웠으나 공주는 '알-카피키' 이야기의 장치 방법을 아직 결정하지 못했다. 설계도면을 수없이 그려보았고 해당 도면을 바탕으로 어떻게 장치해 놓을지 구상도 마쳤다. 하지만 실제로 건축이 도면대로 가능할지 여부에 대해서는 확신이 적었다. 그 주된 이유는 시간 적용에 대한 문제 때문이었다.

히즈라력은 태음력으로서 시간 단위가 독특했다. 이슬람교의 예배시간을 기준으로 구분했다. 즉 파지르Fajr에서 시작해 이샤Isha로 마감되는 기도시간에 의해 하루를 6개의 시간대로 나누었다. 이 각각의 시간대를 전반부와 후반부로 세분해 모두 12개의 시간대로 나누기도 했다. 이에 비해서 바빌로니아 지역에서는 24시간 단위를 사용했다. 그것의 도출과정도 합리적이었다. 이집트를 비롯한 중근동 지방에서도 사용되었다.

공주는 이슬람세계와 바빌로니아 각각의 하루 시간단위에 대해 고민을 거듭했다. 그러나 어느 시간단위를 '라 메스키타' 비밀문장 장치에 사용할지 결정하기가 어려웠다.

공주는 머리를 식히기 위해 과달키비르 강가로 나갔다. 5월의 해질무렵에 부는 강바람이 선선했다. 뒤에서 저벅 저벅 소리가 들려 돌아보니 '압드 알-라흐만 1세'가 자신을 향해 다가오고 있었다. 그의 뒤편으로 '알-후사인'이 호위군사 십여 명과 부동자세로 서 있는 모습이 보였다.

"무슨 생각을 그리하고 있느냐? 몇 번이나 불렀는데도 듣지 못하더구나."

“죄송합니다. 아무것도 들리지 않았습니다. ‘라 메스키타’에 비밀문장 장치하는 방법을 생각하느라 그랬습니다.”

“괜찮다. 그런데 그것이 그렇게도 지난한 문제인가?”

“그저 비밀로 숨겨놓기만 한다면 어렵지 않습니다. 하지만 후대에는 누군가 비밀문장을 해독할 수 있도록 장치해야 하기에 그 점이 만만치 않습니다.”

“역시 공주는 다르구나. 장치의 절차 및 방법이 무엇인지 말해줄 수 있느냐?”

“아직 확정되지 않아 보고하기 조심스럽습니다. 실제로 건축이 진행되면서 변경될 수도 있습니다.”

“그래도 괜찮으니 어서 말해 보아라.”

“비밀문장의 장치 방법은 물질을 빛과 형태로 바꾸는 겁니다.”

“그게 무슨 의미이냐?”

“이슬람사원 건축물을 하나의 물질로 보고 그것을 빛과 형태로 기호화해서 형상으로 전환한다는 의미입니다. 그렇게 하면 당대에서는 어느 누구일지라도 이 비밀문장을 해독할 수 없을 겁니다.”

“오!”

“하지만 세월이 흘러가서 어느 지혜로운 자가 ‘키브라’ 방향에 대해 의아심을 가지고 이중아치들을 관찰할 수 있습니다. 이렇게 한다면 그 자는 빛과 형태를 다시 물질로 전환할 수 있겠지요. 즉 비밀문장으로 숨겨진 ‘알-가피키’ 이야기를 해독할 수 있게 됩니다.”

“참으로 멋지다. 그렇기는 해도 빛과 형태로 기호화해서 형상으로 바꾼다는 의미가 이해하기 어렵구나. 그게 어떻게 가능한 거냐?”

“하루의 시간단위를 사용하면 가능합니다. 물론 태음력의 시간이냐 아니면 태양력의 시간이냐의 문제가 남아있기는 합니다.”

“음.”

"해결해야 할 과제가 더 있습니다. 일 년 중에서 어느 시점의 시각을 기준으로 하느냐의 문제입니다. 각 시점에서 자오선 고도가 각기 상이하기에 선택이 어렵습니다. 그러하긴 해도 이건 이중아치 건축공사가 완료되는 시점으로 해야겠지요. 후대의 지혜로운 자에게 '신'의 은총이 함께하기를 바랄 뿐입니다."

"점점 들을수록 어려워지는구나."

"그렇게 어려운 내용은 아닙니다. 즉 시간을 이용해 기호화하는 거지요. '라 메스키타'가 어느 정도 완공되면 에미르께 설명하겠습니다. 빛도 운동의 한 형태이고 운동이란 물질의 다른 변형이라 할 수 있습니다."

"그래. 나중에 자세히 알려다오."

"예."

"그리고 조금 전에 공주가 '키브라' 방향에 대해서 말했는데 그건 임의대로 바꿀 수 없지 않느냐? 나는 그렇게 알고 있다."

키브라Kiblat는 '성스러운 주 벽'이었다. 즉 성지 메카 방향으로 미흐랍 뒷면에 쌓인 벽을 의미했다. 따라서 키브라의 방향을 이슬람사원 건축 시에 임의로 변경하는 것은 불가능했다. 어떠한 경우라도 있을 수 없는 일이었다.

"그렇습니다. 키브라의 방향은 실제로 성지 메카를 향해야 합니다. 그런데 아스트롤라베로 다시 측정해보니 각도 차이가 났습니다. 오류를 범했을 수도 있지요. 아니라면 기존의 방식으로 측정한 각도와 아스트롤라베로 재측정한 각도가 차이가 있는 사실로 판단해 볼 때 다른 문제가 있는데 제가 아직 모를 수도 있습니다. 어쨌든 이렇게 발생된 '각도 차이'와 '빛과 형태로 기호화하는 작업'을 상호연관 시키려고 계획 중입니다."

"으음."

"어쩌면 이 '다른 문제'는 8세기 현재의 과학기술로는 풀기 어려운 난

제일 수도 있습니다. 그런 생각도 들었습니다."

"공주가 아스트롤라베로 기하학과 지리학까지 공부했구나."

"갈 길이 아직 멉니다."

"이제 그만 들어가도록 하자."

공주는 '압드 알-라흐만 1세'와 헤어져 공사 현장으로 돌아갔다. 어느새 주위는 어두워졌다. 야자수 궁으로 발걸음을 옮기려다 추후에 미나렛이 세워질 자리에 서서 하염없이 달을 바라보았다. 그날은 보름달이어서 달빛이 환히 이 세상을 비춰주었다. 지상의 밝은 부분과 음영을 보며 빛과 형태를 생각했다. 어느 철학자는 '사물이 음영Abschattung한다.'는 표현을 사용했는데 어쩌면 공주는 사물이 직관될 때의 존재방식을 이미 빛과 형태를 통해 간파했는지도 모를 일이었다.

'부디 생각대로 이루어져서 비밀문장이 장치되기를! 그렇게 될 것이다.'

다시 발걸음을 옮기며 이렇게 공주는 자신에게 암시를 했다. 인생은 자기 예언의 실현과정이다. 스스로 예언하고 이를 실현시켜 나가는 과정이 인생 아닐까. 공주는 이러한 '자기 예언'이 이루어지기를 또한 자신의 믿음처럼 후대에 지혜로운 자가 나타나 '신'의 은총을 받을 수 있기를 소망했다.

17. 수많은 나날들

과달키비르 강변의 나뭇잎들이 울긋불긋 물들었다. 하루하루 지날수록 붉은색, 노란색, 주황색 등의 채도가 짙어갔다. 788년 10월 초순이었다. 가을바람이 쌀쌀해질 무렵 '압드 알-라흐만 1세'는 58세 나이로 세상을 떠났다. 그는 눈을 감기 직전까지 마리암공주를 물끄러미 바라보더니 이러한 말을 남겼다.

"이제 떠날 때가 되었구나. 생각해보니 행복했던 날들은 불과 며칠밖에 되지 않았다. 그렇다면 그 수많은 나날을 무슨 생각을 하며 살아왔을까?"

고대 이스라엘왕국의 솔로몬왕도 세상을 떠나기 전에 '본인이 행복했던 날은 열흘도 채 되지 않았다.'고 말했다. '압드 알-라흐만 1세'는 그동안의 삶에 대해 성찰을 했을까 아니면 회한만을 안고 떠나갔을까.

왕위 즉 에미르위는 11명 왕자 중 차남인 '히샴 1세'에게 이어졌다. 우마이야왕조, 아바스왕조 등 이슬람문화권에서는 후계자 선정에 있어 장자우선권을 그리 선호하지 않았다. 톨레도 지사였던 장남 슐레이만은 중앙정부 지침에 반하는 군사행동을 수차례 결행하면서 군사적 리더십을 갖추고 있었음에도 왕위를 승계하지 못했다. 하지만 슐레이만은 후계자 문제에 관련해 승복하지 않았고 이후로 20개월 동안 '히샴 1세'와 전쟁을 벌였다. 초기에는 대규모 전투들도 있었으나 주로 국지전 형태로 지속되었다. 결국 기득권 세력인 코르도바 유력가문들의 지원을 받은 '히샴 1세'가 승리했다.

공주는 후계자 전쟁에 있어서 둘째 오빠를 지원했다. '압드 알-라흐만 1세'의 뜻이기에 왕위계승 결정에 이의가 있을 수 없다고 생각했다. '히샴 1세'의 평판도 그리 나쁘지 않은 편이어서 선친의 유지를 이어가리라 기대했다. 또한 '라 메스키타' 건축도 차질 없이 진행시키리라 믿었다.

791년에 후기우마이야왕국은 프랑크왕국과 전쟁을 시작했다. '히샴 1세'는 즉위식에서 왕권 강화, 영토 확장, 이슬람사원 완공 등을 천명했다. 이 국정과제들과 부합되는 정치 행위가 전쟁이라고 확신했다. 초기에는 혼란한 북부아프리카 지역을 염두에 두었으나 곧 카를대제와의 일전으로 방향을 틀었다. 피레네산맥 이동의 기독교국가들을 견제하고 또한 '라 메스키타' 건축의 자원 충원을 위해서는 프랑크왕국과의 전쟁이 더 낫다고 판단했기 때문이었다.

외무대신을 비롯한 대다수 각료들이 사라고사 평화협약을 거론하며 명분 없는 전쟁에 반대했다. 하지만 바로 즉위한 통치자를 막기엔 역부족이었다. 오히려 반대하는 각료들을 왕권 강화에 걸림돌이 되는 구시대 세력들로 몰아갔다. 거기에다 해임하겠다는 뜻도 내비쳤다. 상황이 이렇게 전개되자 전쟁을 반대했던 각료들이 대부분 침묵했다. 단지 평화협약을 체결했던 주무부처의 책임자 외무대신만이 끝까지 반대했을 뿐이었다. 결국 그는 사임했다.

공주도 전쟁반대 의사를 분명히 했다. 선친의 유지와 평화협약에 위배됨을 주지시키고 전쟁 불가의 뜻을 왕실의 이름으로 전했다. 그럼에도 '히샴 1세'로부터 제대로 된 답변조차 듣지 못했다. 얼마 전에 즉위한 통치자에게 왕실이 홀대를 당한 셈이었다. 하지만 공주의 공식직위는 '라 메스키타' 건축 총책임자이기에 어떻게 할 방법이 없었다. 오히려 이 일로 루사파 궁과의 관계만 소원하게 되었을 뿐이었다. 아무런 성과도 얻지 못했다.

'히샴 1세'는 즉위 후에 처음 치르는 이 전쟁을 어떻게 해서든지 승리해야 했다. 개전하자마자 셉티마니아Septimania공국의 수도 나르본을 대규모 군단병력으로 포위 공격해 함락시켰다. 이어서 오드 강 우측의 카르카손도 점령했고 랑그도크 및 가스코뉴도 불과 수 일 만에 잿더미로 만들면서 모두 함락시켰다. 이렇게 프랑크왕국을 휘청거리게 만들 정도로 거세게 밀어붙였다. 이로서 '히샴 1세'는 개전 초기에 세웠던 목표를 어느 정도 달성했다.

795년 카를대제는 아키텐부터 셉티마니아까지 이르는 지역을 탈환하기 위해 군대를 일으켰다. 791년 패전에 대한 보복전의 성격일 터이나 결국 승자를 가리기 어려운 전쟁으로 막을 내렸다. 후기우마이야왕국 뿐만 아니라 프랑크왕국 피해 규모도 컸기 때문이었다.

이와 같이 '압드 알-라흐만 1세'가 세상을 떠나고 얼마 지나지 않아 그의 후계자와 카를대제 사이에서 대규모 전쟁이 두 차례나 발발했다. 이러한 사실로 미루어 보았을 때 '압드 알-라흐만 1세'가 '히샴 1세'에게 유언을 남기지 않은 게 확실했다. 즉 카를대제와의 정상회담에서 오고갔던 대화내용을 전하지 않았다는 의미였다. 아니라면 11명 왕자들 중에서 누가 왕위를 차지하게 될지 몰라서 그랬을까.

어쨌든 '압드 알-라흐만 1세'는 마리암공주를 제외하고 누구에게도 '알-가피키' 이야기를 하지 않은 것이 분명해 보였다. 카를대제도 본인만이 간직하고 있을 개연성이 높았다. 그렇다면 양국 정상을 제외하고 협약 체결을 가능케 한 '암묵적인 동의'에 대해 알고 있는 사람은 마리암공주가 유일했다.

주지하다시피 이 협약은 프랑크왕국과 후기우마이야왕국 간에 맺어진 단순한 협약이 아니라 기독교국가와 이슬람교국가와의 화해를 시도한 중세시대 첫 번째 평화협약이었다. 마리암공주는 '라 메스키타'에 '알-가피키' 이야기를 장치해 숨겨놓았으나 후대에서는 그것을 알아내기 원했다. 그랬음에 틀림없었다. 그렇다면 공주가 예상했던 그 후대는 과연 언제쯤이었을까. 또한 공주는 '라 메스키타' 비밀을 혼자서 간직하고 떠날 것인가. 그 누구도 알지 못했다.

'히샴 1세'는 '압드 알-라흐만 1세'가 세상을 떠난 지 3년 만에 이슬람사원을 완공했다. 선친의 유지대로, 공주의 믿음대로 공사를 끝냈다. 완공 시까지 공사의 총책임자는 그대로였다. 공주는 대체로 '라 메스키타' 건축에 대해 '히샴 1세'와 의견 대립은 없었다. 그러나 마지막 공사인 미나렛 건축에서 의견 차이가 발생했다.

일반적으로 이슬람 세계에서는 칼리프(에미르)가 이슬람사원을 건축하면 미나렛을 4개 세우는 것이 전통이었다. 그럼에도 이 건축 공정에서는 '압드 알-라흐만 1세'의 의견대로 2개를 세울 예정이었다. 하지만 추후에 '히샴 1세'가 주장해 초기 설계에 비해서 규모가 크고 화려한 미나렛을 단 1개만 건축하게 되었다. 공주는 2개의 미나렛을 이용해 비밀 문장을 기호화할 계획이었으나 이미 왕국의 통치자인 '히샴 1세' 뜻이 굳건해 어떻게 할 수가 없었다. 하는 수 없이 공주는 '라 메스키타' 비밀의 기호화 작업을 일부 변경해야만 했다. 허탈하고 맥 빠지는 일이었다.

그럼에도 공주는 좌절하지 않았다. 선친과 했던 약속이기에 어떠한 일이 있어도 지켜야 한다고 생각했다. 그러나 만약 공주가 2개의 미나렛을 이용해 '라 메스키타' 비밀을 장치했더라면 그것은 영원히 미궁 속에 빠졌을지도 모른다. 그럴 확률이 높았다. 후대에 2개의 미나렛에서 동시 교차되는 '경우의 수'를 예상해 그 비밀을 풀어가는 일은 불가능에 가까웠기에 그러했다.

18. 대립

마리암공주는 '라 메스키타'를 완공한 이후에 두 가지 고민에 빠졌다. 하나는 카를대제와의 관계였다. 그동안 공주는 카를대제를 특사로서, '라 메스키타' 건축 총책임자로서 모두 두 차례 만났다.

6년여 전 즉 '라 메스키타' 건축 공사가 시작되기 직전의 일이었다. 공주는 「알 수 없는 신에 관하여」를 읽어보기 원했다. 기호화작업에 있어 '알-가피키'가 작성한 원문이 필요해서였다. 그런데 카를대제가 그것을 항상 소지하고 다니기에 만나지 않으면 볼 방법이 없었다. 하는 수 없이 아헨으로 다시 길을 떠나 그 내용을 확인하고 돌아왔다. 왕궁에서 카를대제는 공주에게 적극적으로 호감을 나타냈다. 귀국도 며칠 늦추기를 간청했다. 거기에다 귀국 시 선물도 후하게 보냈다. 그러나 공주는 관심이 없었고 남달리 일데가르다에게 특별한 감정을 가지고 있는 상태였다. 그렇게 카를대제를 두 번째 만나고 귀국했을 때 루사파 궁에서 그의 부적절한 태도에 대해 보고했다. 하지만 에미르는 그저 미소만 지을 뿐이었다.

“카를대제도 목석이 아니라면 호감을 가지는 건 당연하지 않은가? 공주의 그 그윽한 눈매를 보고 반하지 않을 사람은 없으리라.”

“그 정도가 아니었습니다. 귀국을 만류해 하루를 더 머물고 오지 않았습니까? 그래도 떠난다 하니 안겨준 선물은 부담스러웠지요.”

“신경 쓸 것 없으니 괘념치 말라.”

그러나 ‘히샴 1세’는 그게 아니었다. 즉위한 이후로 공주와 만날 때마다 카를대제에게 호감이 있는지 물었다. 그러면서 프랑크왕국과는 전쟁이나 동맹을 맺는 것 외에 다른 길은 없으며 특히 결혼동맹을 맺는 일이 전략적으로 중요하다고 계속 강조했다.

공주는 그의 의중을 파악했다. 즉 화전 양면으로 프랑크왕국을 공략하려 들었고 공주를 그러한 전략적인 도구로서 이용하려 한 것이다. 물론 ‘히샴 1세’가 첫 번째 전쟁을 치르는 동안에는 그러한 언급이 없었다. 하지만 종전이 되자 곧바로 결혼동맹을 각료회의에서 공론화시켰다. 공주로서는 당치 않은 일이었다. 그것이 가능할 리가 없었다. 상대에게 마음이 가야 모든 것이 따라가는 법이다. 공주의 마음은 단 한 순간도 아헨으로 향한 적이 없었다.

다른 하나의 고민은 ‘히샴 1세’와의 ‘라 메스키타’ 비밀 공유에 관한 문제였다. ‘압드 알-라흐만 1세’는 그해 9월 말까지만 해도 건강 상태가 양

호했다. 일상적으로 거동하는 데도 불편함이 없었다. 그러다가 지병이던 편두통이 심해지면서 병세가 악화되었다. 이후에 10월 초순부터 병석에 누워 지내다 불과 일주일 만에 세상을 떠났다. 당연히 공주와 '라 메스키타' 비밀 등을 포함한 어떤 대화도 나누지 못했다.

또한 '압드 알-라흐만 1세'는 후계자에 관해서도 명확히 언급하지 않았다. 단지 788년 정월에 왕위계승 문제가 각료회의에서 거론되었을 때, 우회적이나마 장남 슐레이만보다 차남 히샴이 적합하다는 취지로 언급을 하기는 했다. 따라서 이후로 왕실과 각료들은 차기 후계자를 히샴으로 인정하는 분위기였다.

평소 '압드 알-라흐만 1세'는 마리암공주에게 왕위를 물려주고 싶다고 수차례 말하곤 했다. 그러나 당시의 이슬람문화권에서 여성에게 정치적 권력을 준다는 것은 하나의 금기사항이었다. 어쩌면 '낙타전투' 이후에 그러한 사회적 인식이 형성되었을 수도 있었다. 이 전투는 제4대 칼리프 알리와 예언자 무함마드의 부인 아이샤 사이에서 벌어졌다. '알-주바이르', 탈하 등이 이끄는 반란군에 아이샤가 합류한 형태로서 일종의 권력투쟁 성격의 전투였다. 마침내 칼리프 알리가 승리했다. '알-주바이르', 탈하 등은 교전 중에 전사했다. 하지만 아이샤는 어떠한 처벌이나 문책 없이 메디나로 돌려보냈다. 이후부터 이슬람권역에서는 여성이 권력에 접근하는 것 자체가 금기시되었다.

시간이 속절없이 흘렀다. 이 세상에 시간만큼 빠른 것도, 시간만큼 더딘 것도 없었다. 정말 알 수 없는 일이었다. 공주는 두 번째 고민에 대해 장고를 거듭한 끝에 '라 메스키타' 비밀을 '히샴 1세'에게 알려주기로 마음먹었다. 그러고도 다시 한 달이 지났다. 그만큼 제3자에게 이 비밀을 발설하는 것에 대해 신중하게 접근했다.

공주가 마음으로 결정한 날이 다가왔다. '라 메스키타'가 완공된 그해 12월의 어느 금요일 저녁이었다. 공주는 이슬람사원에서 기도를 마치고 돌아오는 길에 '히샴 1세'를 만났고 과달키비르 강가에서 그 비밀을 모두 말했다. 루사파 궁에서 말하지 않은 이유는 행여나 누군가가 엿들을 것을 염려해서였다. '히샴 1세'는 공주의 이야기를 듣고 당혹스러워하며 말없이 강변을 응시했다. 그러더니 일주일 후에 다시 만나서 대화하자고 제의했다. 이외에 그날은 특별한 언급 없이 헤어졌다.

다음 주 금요일 저녁에 그들은 루사파 궁 접견실에서 재회했다. '히샴 1세'는 만나자마자 '압드 알-라흐만 1세'의 심정을 이해할 수 있다고 했다. 그러면서 그 비밀이 어디에 어떻게 장치되어 있는지 알려달라고 했다.

"마리암공주! 본인은 한 국가의 통치자이다. '라 메스키타' 비밀이 어떠한 방법으로 장치되어 있는지 설명해다오."

"송구합니다. 그리할 수 없습니다. 선친도 장치된 비밀의 구조 등을 알지 못합니다. 다만 이제 에미르도 왕국의 통치자이니 '라 메스키타'에 그러한 비밀이 장치되었다는 사실은 알아야 하기에 강가에서 말한 겁니다."

"……"

"선친이 이렇게 언급하진 않았으나 에미르도 왕위를 물려줄 때 후계자에게만 이 내용을 전해주는 것이 바람직하겠습니다."

"무엇이라 했느냐? 선친이 알지 못했다 해서 나도 함께 몰라야 하느냐? 그분도 완공 때까지 살아 있었다면 그 비밀구조를 알려달라고 했을 것이다."

방금 전까지 '히샴 1세'는 차분히 대화했다. 하지만 공주가 불가하다고 딱 잘라서 대답하는 것과 동시에 눈꼬리가 치켜 올라갔다. 그럼에도 그의 면전에서 공주가 할 말을 마저 마치자 격앙된 목소리로 외쳤다. '히샴 1세'는 통치자인 본인의 요청을 매몰차게 거절하는 태도에 대해서 분노가 일었다. 부드럽게 청했으나 사실은 에미르의 명령이었다.

감히 그것을 거역하는 공주를 그냥 둘 수 없다고 생각했다.

"선친은 '알-가피키'의 이야기를 종교적 신념으로 가지고 있었습니다. 그러나 건국 초기에 이런 내용이 대중에게 퍼진다면 그건 바람직하지 않다고 판단했지요. 그래서 '라 메스키타'에 비밀로 장치해 숨겨놓은 겁니다."

"지난주에 했던 말을 왜 반복하느냐. 지금 가르치려 드는 것이냐?"

"따라서 선친도 공사 진행 과정에서 하문해 알 수 있었으나 굳이 비밀의 구조를 묻지 않았습니다. 어쩌면 자신도 모르는 편이 낫겠다고 생각한 듯합니다."

"정녕 알려줄 수 없느냐?"

"그렇습니다. 이 내용을 잊으려 합니다. 이 세상을 떠나는 날까지 누구에게도 말하지 않겠습니다. '신'의 이름으로 약조합니다."

"으음."

"이제 쉬고 싶습니다. 지난 건축 공사 6년 동안 하루도 쉬지 못했습니다. 열흘 후에 수행원 몇 명과 북아프리카로 여행을 다녀오고자 합니다."

"여행은 다녀오도록 하라. 이 일은 시간을 가지고 생각해보겠다."

공주는 루사파 궁 접견실을 나오면서 '히샴 1세'를 바라보았다. 그의 얼굴빛은 어두웠다. 끓어오르고 있는 분노를 이성으로 억누르고 있는 것이 느껴졌다.

'일주일 전에 공연한 말을 했나? 그래도 '압드 알-라흐만 1세' 뒤를 이은 통치자이니 이러한 내용을 알면 좋겠다고 판단했지. 내가 생각이 깊지 못했네.'

이렇게 공주는 스스로 위로하기도 했고 자책을 하기도 했다. 여러 가지 '경우의 수'를 더 고려했어야 했다. '압드 알-라흐만 1세'와 '히샴 1세'는 공주를 대하는 태도와 눈빛이 달랐다. 하기는 다를 수밖에 없을 것이다. 선친은 항상 무한한 신뢰와 사랑을 자신에게 보내주었다고 공주는 기억하고 있었다.

그 당시 '히샴 1세'는 '유순한 군주'라는 별칭을 가졌으나 그 유순함의 정도가 지나치지는 않았다. 그가 즉위 전에 지은 '파트흐 알-안달루스 Fath al-Andalus'라는 글을 보면 대략 짐작이 갔다. 판단해보건대 일반적인 군주에 비해서 약간 유순한 정도였을 뿐이었다. 공주는 루사파 궁 북문을 빠져나와 말을 타고 달렸다. 느슨했던 말고삐를 바짝 움켜쥐면서 굳은 마음으로 결심했다.

"그래. 선친이 떠났던 것처럼 나도 떠나자!"

19. 북아프리카

마리암공주는 야자수 궁의 수행원들과 북아프리카로 떠날 계획이었다. 물론 마음에 두고 있는 일데가르다도 동행할 것이다. 루사파 궁을 나와 로마교를 건너 과달키비르 강변으로 왔다. 말고삐를 움켜잡은 채로 소리 없이 흘러가는 강물을 바라보았다. 머릿속이 복잡했다. '히샴 1세'의 '이 일은 시간을 가지고 생각해보겠다.'는 경고성 언급이 공주는 마음에 걸렸다.

'어떻게 해서든 '라 메스키타' 비밀 구조를 알아내겠다는 뜻인가?'

그중에는 상대를 옥죄어 보겠다는 뜻도 들어있을 터이니 공주는 이제 안위까지 걱정해야하는 자신의 처지가 기가 막힐 따름이었다. 일이 어쩌다 이 지경이 되었을까. 선친이 새삼 그리웠다. 따듯하게 바라보던 그의 눈길이 그리웠다. 슬펐다. 검고 깊은 눈망울에 이슬이 맺혔고 저녁 석양빛의 강물과 어우러져 빛났다.

이후부터 전개되는 운명은 스스로 개척해야 했다. '압드 알-라흐만 1

세'는 25세에 북아프리카에서 지브롤터해협을 건너 알무네카르로 건너왔다. 공주 역시 25세에 바다를 넘어 북아프리카 탕헤르로 건너갈 것이다. 하지만 그들이 오고가는 방향은 정반대였다. 이것도 '신'의 의지일까. 그럴지도 모른다. 하여튼 이제 떠나면 다시는 돌아오지 않을 생각이었다. 고향 코르도바는 마지막이었다. 앞으로의 나날들은 어떠한 모습일까. 공주 일행 앞에 어떠한 삶이 펼쳐질지 아무도 예단하지 못했다.

788년 즈음하여 지브롤터해협 너머 북아프리카에서 의외의 풍문이 들려오기 시작했다. 바람결에 실려 오면서 혼란스럽더니 이드리스Idrīs왕조가 들어섰다는 소식으로 구체화되었다. 새 왕조의 건설은 새로운 기회가 시작된다는 뜻이었다. 그 표현은 달랐으나 의미는 동일했다. 해협을 건너자마자 위치한 북아프리카 지역은 740년경부터 여러 소왕국들로 분열되어 있었다. 이러한 혼란을 종식시키고 분열된 지 50여 년 만에 이드리스왕조가 통일을 이룬 것이다.

계획했던 대로 공주 일행은 열흘 후에 코르도바를 떠났다. 동행한 수행원들은 일데가르다, 오르뗀시아 등을 포함해 모두 12명에 지나지 않았다. 출발한 지 이틀 만에 지브롤터에 도착했다. 이튿날 새벽 그들은 목선을 타고 북아프리카 탕헤르로 향했다. 공주는 승선하기 직전에 수행원 전원에게 말했다.

"오늘 이후로 우리는 코르도바에 돌아오지 않을 겁니다. 여기에 동의하지 않는다면 배에 승선하지 않아도 무방합니다. 각자의 의견을 존중하겠습니다."

이러한 예기치 못한 선언에 다들 놀라야 함에도 불구하고 이상하리만큼 12명의 수행원들은 아무 말이 없었다. 조용했다. 공주는 이번 여행의 실제 계획에 대해 누구에게도 이야기한 적이 없었다. 그럼에도 수행원들 중의 일부는 준비과정을 지켜보면서 어느 정도 짐작했는지도 모른다.

'혹시 일데가르다가 일행들에게 미리 귀띔을 한 건 아닐까?'

먼저 오르텐시아가 씩씩하게 걸어 나와 목선에 올라탔다. 나머지 수행원들도 망설임 없이 승선을 완료했다. 일데가르다가 뒤를 살펴본 후에 마지막으로 올랐다. 감사한 일이었다. 그들은 지체없이 출발했다. 지브롤터에서 육안으로 탕헤르가 보일 정도로 지척이었지만 시간은 예상외로 오래 걸렸다. 출발 시에는 잔잔하던 바다가 바람이 거세지면서 풍랑으로 인해 작은 목선이 요동을 친 것이다.

그렇게 도착한 후 공주 일행은 탕헤르에서 한나절 머물렀다. 이튿날 새벽 그믐달이 뜰 무렵에 이드리스왕조의 도읍지 왈릴라Walila로 향했다. 공주의 새로운 시작을 알고 있기나 한 듯이 때마침 동쪽 지평선 부근 하늘에는 그믐달이 떠 있었다.

이 세상의 일이란 신기했다. 그 당시에는 그저 그렇게 하나의 사건들이 일어났으나 이후에 돌이켜보면 마치 거대한 퍼즐이 맞추어지는 것처럼 모든 일이 맞아떨어지고 있었다. 그것도 한 치의 오차도 없이 맞아떨어졌다. 공주 일행의 코르도바 출발과 왈릴라 도착에 이르는 과정들이 그랬다. 이해할 수 없는 일이었다. 인간의 삶에 있어 인간의 의지보다 앞서는 그 어떤 힘이 작용한다는 것을 인정하지 않을 수 없었다. 그렇지 않고서야 저 검푸른 밤하늘에 고요히 솟아오른 그믐달의 움직임을 어찌 설명할 수 있겠는가.

공주 일행의 도착 즈음 왈릴라는 어수선한 분위기였다. 이드리스왕조의 창건자 '이드리스 1세Idris bn 'Abd Allāh'는 예언자 무함마드의 후손이었다. 아라비아반도에 아바스왕조가 들어선 이후 곧바로 그곳을 빠져나와 30여 년 동안 추적을 피해 떠돌았다. 그러다가 북아프리카 알렉산드리아에 잠시 머무르게 되었고 788년에야 튀니스와 탕헤르를 거쳐서 왈릴라에 들어왔다. 정치적인 성향이 다분했던 가신 라시드의 도움을 받아 안착할 수 있었다. 이들의 동행은 초기만 해도 '이드리스 1세'에게 의지가 되었으나 점차 상황이 악화되어 이후에는 대립하는 관계로 변질되어갔다.

이렇게 정착한 이듬해에 '이드리스 1세'는 북부지역에서 영향력을 행사하던 아우라바 부족에 의해 이맘으로 추대되었다. 이슬람교 종교지도자를 가리키는 '이맘Imām'이란 용어는 다양한 의미로 사용되었다. 중세에는 종교지도자이면서 정치지도자의 의미로 혹은 예배 시의 지도자나 이슬람학자를 지칭하기도 했다. 이로부터 2년 후 '이드리스 1세'는 아바스왕조 '알-라시드' 칼리프에 의해 암살되었다. 새 왕조 존립의 잠재적인 위협으로 인식했기 때문이었다.

그해 즉 791년 8월에 그의 아들 '이드리스 2세'가 태어났다. 이 시기는 라시드가 권력을 장악하려고 시도하던 시점이었다. 공주는 왈릴라에서 머물면서 예의 정국의 정황을 주시한 결과, 라시드가 권력을 획득하지 못하리라 판단했다. 설사 어떻게 했다 하더라도 그리 오래 버틸 수 없다는 것을 알게 되었다. 라시드의 지지 기반이 취약하기에 그러했다. 또한 공주는 현 정계에서 '이드리스 2세' 이외의 대안을 찾기 어렵다고 분석했다. 따라서 공주 일행이 여기서 빠른 시일 내에 정착하려면 '이드리스 2세'를 지지하는 것이 유일한 방법이었다. 게다가 공주에게는 북아프리카로 넘어온 12명 수행원들의 생계를 책임져야 할 도의적 책무도 있었다.

우여곡절 끝에 '이드리스 2세'는 803년에 이르러서야 '왈릴라 이슬람 사원'에서 이맘으로 선포되었다. 이후 명실공히 종교지도자이자 정치지도자가 되었다. 809년 '이드리스 2세'는 수도를 왈릴라에서 페스로 옮겼다. 이드리스왕조 왕립학술원은 마그레브 지역에서 이슬람문화의 중심지로 떠오르게 되는 페스로 이전한 후에 비약적으로 발전했다. 857년에는 이슬람신학대학으로 전환되었다. 그러할 정도로 학문적으로 주목받는 학술기관이었다.

이 시점 즉 이맘 취임까지 공주는 '이드리스 2세'를 물심양면으로 지원했다. 코르도바에서 '압드 알-라흐만 1세'를 보좌하며 축적한 외교 경험 특히 카를대제와의 회동 경험이 보탬이 되었다. 어쨌든 연소한 통치자를 주로 대외적인 측면에서 도왔다. 공주는 누군가와 회담하거나 협상할 때 상대가 무엇을 원하고 있는가를 알고 있었다. 거의 본능에 가까운 감각으로 알았다. 무슨 비결이 있어서가 아니었다. 단지 상대방 입장에 서서 당시 상황을 검토해보면 신기하게도 공주가 원했던 답은 이미 도출되어 있었다.

시간이 흘러가면서 이맘은 공주가 정치에 입문하기를 원했고 공주는 학자로서 조용히 활동하기를 원했다. 하지만 누구도 그녀의 강건한 의지를 꺾을 수 없었다. 여러 차례의 면담을 가진 끝에 공주는 '이드리스 2세'에 의해 왕립학술원 학자로 초빙되었다.

이와 같은 과정을 거치면서 마리암공주는 이드리스왕조의 페스에 정착했다. 초기에는 감당하기 어려운 위기들도 여러 번 겪었다. 하지만 시간이 흐른 후에는 페스에서의 기쁨과 즐거움 또한 컸다. 우선 공주는 학문에 몰입할 수 있어서 기뻤다. 미지의 세계를 알아가는 즐거움도 이루 말할 수 없었다. 고전들을 읽으면서 고대 그리스 학자들을 만나는 일은 행복 그 자체였다. 아리스토텔레스, 헤로도토스, 폴리비오스 등과 어떻게 대화할 수 있겠는가. 그러나 공주는 그 선학들과 이야기를 나누었다. 그들의 저서를 통해 대화하며 그들을 만나는 희열은 으뜸이었다. 이미 '알-가피키'의 「알 수 없는 신에 관하여」를 접하며 알고 있었으나 페스에서는 그 이상이었다. 그렇게 이어지는 나날들이 행복하기만 했다.

공주의 아침 식사는 사과 한 개, 저녁 식사는 대추야자 몇 개가 전부였다. 가끔 양젖을 곁들여 마시는 경우도 있었다. 왕립학술원 학자들과 함께 모여 담소하며 나누는 오찬이 하루 한 끼의 식사였다. 대부분 배가 비어 있는 상태이니 머리가 맑아 좋았다. 예언자 무함마드가 야트립으로 탈출 계획을 세우기 위해 단식했던 일이 이해되었다. 잠자리에 누우면 갈비뼈 아랫부분이 경사가 급격하게 내려가며 배꼽까지 이르렀다. 그 경사진 부분을 만지며 잠이 들곤 했는데 기분이 좋을 때도 있었고 왠지 쓸쓸할 때도 있었다.

공주는 아침에 일어나면 왕립학술원 연구실로 출근했다. 얇은 나무 판자들을 사선으로 연결해 만든 창문을 열자 신선한 바람이 물결처럼 굽이쳐 들어왔다. 시원했다. 사이프러스Cypress 숲이 멀리 보였다. 마음이 설렐 정도로 푸르렀다. 심호흡을 한 다음에 허리를 곧고 바르게 폈다. 둥근 나무탁자 옆의 의자에 앉았다. 오르텐시아가 만들어준 양털 방석이 따스했다. 탁자 위에 양피지를 배피제본한 문헌들이 가지런히 세워져 있었다. 하나씩 앞으로 당겨서 읽기 시작하면 특유의 큼큼한 양피지 냄새가 코에 스며들었다. 오른팔의 팔꿈치 닿는 곳에는 두툼한 적갈색 가죽을 덧댄 양털목도리가 놓였다. 탁자에 닿아 배기지 않게 하기 위해서였다. 역시 오르텐시아가 이베리아반도까지 명성이 자자했던 페스의 전통 가죽을 이용해 만들어주었다. 가죽이 아몬드꽃 모양으로 덧대어 있었다. 그런데 왼팔의 팔꿈치는 탁자에 닿아도 배기지 않았다. 괜찮았다.

'왼팔과 오른팔의 팔꿈치는 각기 무엇인가 다른 걸까? 아니면 단지 마음이 다르게 인식하는 것일까?'

그 이유가 궁금했다. 하루해는 짧았다. 해가 벌써 서산으로 넘어갔다. 조심조심 불을 밝혔다. 호롱불을 왼쪽에다 두고 책을 읽으면 불빛이 오른편에 놓인 책 위로 어른거렸다. 가을이 어느덧 지나가고 겨울이 다가오면서 그 순간이 행복했다. 주황빛 호롱불 옆에서 글을 읽으면 마치 온 세상을 가진 것처럼 흐뭇했다. 그렇게 기뻤다. 왼쪽의 작은 불꽃에서 온기도 느꼈다. 실제로는 온기가 거의 없으나 그렇게 느끼는지도 모른다.

'팔꿈치에 이어 온기에 있어서도 아마 인식에 관한 문제 아닐까?'

역시 궁금했다. 그러고 보니 이 세상에는 궁금한 것 천지였다. 그러한 궁금증으로부터 세상에 대한 공주의 탐험은 시작되었다. 인간이라는 존재의 내면세계를 알고 싶었다. 물론 신체구조에 대해서도 관심이 있었지만 그 이전에 마음이란 어떠한 원리로 작동하는지 알고 싶었다. 또한 대지, 바다, 하늘 위의 세상 등에서 일어나는 일들은 의문투성이였다. 그러한 자연의 구동 원리도 궁금하기만 했다.

'태양은 어떻게 해서 아침이면 떠오르고 저녁이면 지는 것이지? 그리고 달은 왜 해와 시간대가 다르게 이동하는 거야?'

어둡고 깊은 밤하늘도 신비했다. 문득 몇 해 전에 탕헤르 외곽의 해안가 언덕에서 바라보았던 밤바다가 떠올랐다. 어쩌면 밤하늘과 밤바다는 동일한 자연의 다른 발현방식인지도 모른다.

'저 별빛 너머 밤하늘에는 어떤 세상이 펼쳐지고 있을까? 과연 인간은 저렇게 아득히 멀고 광활한 세상에 대해 알 수 있을까?'

마리암공주에게 학문의 몰입보다 행복한 일은 생존해 있다는 사실이었다. 예전에는 미처 몰랐었다. 만약 자신이 죽었다면 차갑고 축축한 땅속에 누워 있을 터인데 이렇게 살아서 마음껏 움직일 수 있다니 이보다 흐뭇한 일이 있을 수 없었다.

"어디 그것뿐인가? 신선한 공기도 듬뿍 들이마실 수 있고 싱그러운 바람이 두 뺨을 스치는 걸 느낄 수도 있으며 저 빛나는 태양과 푸르른 별빛들도 바라볼 수 있으니 이보다 더한 기쁨이 무엇이 있겠는가?"

이 세상에 살아있는 것보다 더 행복한 일은 없었다.

20. 아몬드나무

그로부터 250여 년이 흘렀다. 마리암공주의 후손 가운데 카림Martínez Karim이라는 뛰어난 학자가 배출되었다. 「성 꾸란」 해석학을 비롯해 천문학, 물리학 등에 관한 그의 명성이 자자했다. 이슬람세계에서 「성 꾸란」 해석학과 천문학은 학문의 본질적인 면에서 동일했다. 천문학을 기본으로 경전이 완성되어 본연의 빛을 발할 수 있으며 또한 그러한 토대 위에서 해석학이 정립될 수 있기에 그러했다. 코르도바 왕립학술원에서 세간의 그 명성을 전해 듣고 초빙 의사를 밝혔다. 카림으로서는 가문의 영광이었다.

후기우마이야왕조는 기력이 다했는지 쇠락의 길을 걷고 있었다. 하지만 아직도 이 왕립학술원은 유럽지역에서 제일 권위 있는 학술기관이었다. 11세기 초엽까지만 해도 그랬다. 그는 이제 본인의 학문적인 역량을 이곳에서 마음껏 펼칠 수 있다고 생각했다.

후기우마이야왕조 마지막 칼리프는 '히샴 3세'였다. '압드 알-라흐만 1세'로부터 시작된 왕가의 '라 메스키타' 비밀은 대대로 에미르 또는 칼리프를 통해 전해왔으나 1031년에 왕국이 멸망하게 되면서 비밀의 전수가 끊어질 위기에 처했다.

루사파 궁은 폭풍전야처럼 고요했다. 팽팽한 긴장감이 감돌았다. 이미 대신 및 관료들은 대부분 피신했고 책임감 있는 경호군사들만 일부 남아 있었다. 루사파 궁의 좌측 방향 대연회실 쪽에서 불길들이 솟아오르고 있었다. 어디선가 바닥을 울리는 발자국 소리가 연달아 들리더니 점차 어지럽고 불규칙적인 함성으로 바뀌어 가고 있었다. 함락이 초읽기에 들어간 게 분명했다. 이어서 귀를 찢는 비명소리가 나팔이 울리듯이 여기저기서 들려왔다. 참담했다. 이러한 상황에서 '히샴 3세'는 칼리프위에서 축출되기 직전에 왕세자 시절의 스승이었던 선임학자 카림을 급하게 찾았다. 그리고는 그에게 왕가의 비밀을 전했다.

"이 '라 메스키타' 비밀은 대대로 통치자에게만 전해졌소. 그러나 이제 왕국이 패망했으니 존경하는 스승에게 이를 전하는 것이오."

이러한 마지막 전언은 카림의 마음을 비수처럼 파고들었다. 그것은 거역할 수 없는 운명과 같았다. 왜냐하면 칼리프로부터 귀를 기울여 들으면서 카림은 자신의 부친에게서 전해 들은 유언이 떠올랐기 때문이었다. 놀랍게도 이 비밀과 부친 유언의 내용은 대부분 일치했다. 믿을 수 없는 일이었다. 세상을 떠나기 직전에 그의 부친이 가쁜 숨을 몰아쉬며 전해준 이야기는 이러했다.

"우리 선조는 후기우마이야왕조의 '마리암 바하레한' 공주이다. 그분은 791년에 코르도바에서 이곳 페스로 왔고 세상을 떠날 때 유언을 남겼다. '압드 알-라흐만 1세의 비밀이 코르도바 '라 메스키타'에 숨겨져 있다.'는 문장이다. 이 유언은 대대로 전해져 나에게까지 이어졌다."

침상 머리맡에 앉아 있던 카림은 어안이 벙벙했다. 자신이 후기우마이야왕조의 왕실 후손이라는 사실도 금시초문이었다. 부친은 마른침을 삼키더니 이렇게 끝나는가 싶었던 이야기는 계속되었다.

"그 비밀의 내용은 알지 못한다. 그분이 말씀을 남겼는데 전해지지 않은 것인지, 내용 자체에 대해 언급하지 않은 건지 그 누구도 모른다. 또한 코르도바의 '라 메스키타'에 어떻게 숨겨져 있는지도 모른다."

이어지는 유언을 들은 카림이 벌어지는 입을 다물지 못했다. 숨을 헐떡이던 부친은 마지막 한 마디를 남기고 세상을 떠났다.

"하지만…… '우리 가문의 후대에서 숙명처럼 '라 메스키타' 비밀을 알게 될 것이다.' 이렇게 마리암공주가 예언했다고 너의 조부로부터 전해 들었다."

카림의 귓전에 '히샴 3세'가 루사파 궁을 탈출하기 직전에 최후로 남긴 말들이 맴돌았다. 신기한 일이었다. '히샴 3세'의 이야기는 부친의 유언과 문장들까지도 일치했다. 그동안 250년이 넘는 세월이 흘렀는데 어떻게 이 내용이 그대로 전해질 수 있었을까. 카림은 왕궁을 황망하게 빠져나오면서 생각했다. 그저 자신의 예감이겠지만 어찌할 수 없는, 정해진 길을 갈 수밖에 없는 그런 느낌이었다.

'당대에 나는 알아내지 못하겠다. 지금 바로 코르도바를 떠나야 하니 방법이 없구나. 하지만 후대에서 비밀을 밝혀내는 자가 나올 것이다.'

카림은 자신의 운명을 받아들이기로 했다. 현 시점은 '라 메스키타' 비밀이 밝혀질 때가 아닌 듯싶었다. 마리암공주의 예언으로 보아도 그랬다. 낮게 깔린 그의 한숨소리에 아쉬움이 배어 나왔다. 그 감정이 어찌나 절절한지 시간을 뛰어넘어 후대에까지 전해지는 것 같았다.

어쨌든 그는 자신이 몸담고 있던 왕국이 패망했으니 코르도바를 떠나야 했다. 선택의 여지 없이 가족들과 함께 페스 북부지역으로 다시 돌아갔다. 하지만 카림은 북아프리카로 귀향한 지 10년도 채 지나지 않아서 왕위계승전쟁에 휘말리게 되었다. '알-모라비드'왕조의 건립 과정에서 발발한 전쟁에 본의 아니게 발을 들여놓은 것이다. 이 왕조의 창건자 '이븐 야신'은 마라케시를 중심으로 세력을 확장했다. 카림은 페스 거점 부족을 지지했으나 안타깝게도 그 부족이 전쟁에 패하면서 함께 몰락의 길을 걸어갔다. 결국 카림은 지지했던 부족의 일부 세력과 페스를 떠날 수밖에 없었다.

이후에 카림의 후손들은 여러 지역을 전전한 끝에 아나톨리아반도 남쪽의 아르툭Artuk왕조에 의지하게 되었다. 아르툭은 십자군에 의해

축출된 '말리크-샤' 소속이었는데 이 병력을 중심으로 세를 키워 국가로까지 발전시켰다. 즉 십자군전쟁 초기인 1098년 즈음 아라라트 지역을 근거지로 창건된 단기왕조였다.

이렇게 연고도 없는 곳에 정착한 카림 가문에서 주목할 만한 인물이 태어났다. 카림 3대손으로서 물리학자 '알-자자리'였다. '라 메스키타' 비밀은 카림 후손들에게 전해지다가 '알-자자리'의 아들 즉 카림 4대손에 이르러 기호화하게 되었다. 더 이상 후손들에게 구술로의 전달이 불가능하다고 판단했기 때문이었다. 그리하여 '알-자자리'가 물리학을 연구할 때 사용했던 아스트롤라베에 그 비밀을 기호화해서 새겨 넣었다. 가문의 대가 끊어질 수도 있기에 그 대비를 했어야 했을 터이니 카림 4대손의 판단은 옳았다. 아스트롤라베를 이용한 기호화는 이중 비밀장치를 한 셈이었다. 즉 그 중세 숫자들을 해독해야 '라 메스키타' 비밀을 풀 수 있도록 한 것이다. 카림 4대손도 그의 부친 못지않게 학문이 뛰어났다고 전해졌다. 그러하니 아스트롤라베의 기호화된 문장 제작도 가능했을 것이다.

아르툭왕조가 아침 안개 걷히듯이 사라지고 이 일대에 셀주크투르크왕조가 들어섰다. 새 세상에 대한 일말의 기대도 잠시였다. 서진하던 몽골군이 쳐들어오자 아나톨리아반도가 전례 없는 혼란에 빠지게 되었다. 이러한 와중에 카림 후손들이 북아프리카 페스 지역으로 되돌아갔다. 정확히 언제인지 알지는 못하나 셀주크투르크왕조가 멸망했던 시기 정도라고 추정할 뿐이었다.

이렇게 페스 인근으로 돌아온 후의 일이었다. 카림의 후손 중에서 누군가가 아스트롤라베 중세 숫자들 옆에 '카림'을 새겨 넣으려 했다. 시간이 더 흐르기 전에 중세 숫자들의 유래를 후대에 전하고 싶었던 의도였다. 그러다 생각해보니 선대의 이름들을 함께 새겨 넣는 것이 더욱 바람직해 보였다. 그리한다면 본인의 의도가 보다 분명해지리라 생각했다. 하지만 아스트롤라베 상단에 그 이름을 모두 새기는 것은 무리였다. 그러할 공간도 마땅치 않았다. 할 수 없이 본인의 단검에 카림 4대손까지의 이름들을 새겨 넣기로 했다. 당연히 '카림'이 첫 번째에 위치했다.

이후에도 카림의 후손들에게 대대로 '라 메스키타' 비밀이 전해졌다. 세월이 흐른 후에는 그것이 비밀인지도, 무엇인지도 모르는 상태로 아스트롤라베와 단검이 함께 전해지게 되었다. 그러다가 어느 후손에 이르러서 이 진귀한 유물들을 집 안뜰의 나무 밑을 파고 숨겨두었다. 전란 등을 비롯한 갖가지 형태의 혼란한 상황으로부터 선대의 유물들을 보호하기 위한 고육지책이었다.

이로부터도 시간은 무심히 흘러갔다. 후기우마이야왕조 패망 이후에 팔백여 년 가까운 세월이 흐른 어느 날이었다. 마리암 조부가 아몬드나무를 심기 위해서 돌담 근처를 파다가 아스트롤라베와 단검을 발견했다. 그 유물들이 흙 속으로 들어간 지 수백 년은 지난 시점이었다. 조부의 집은 페스 외곽에 있었고 대대로 거기서 살아왔다. 하지만 이 '대대로'가 언제부터를 의미하는지 조부 자신을 포함한 그 누구도 알지 못했다.

아몬드나무의 원산지는 아나톨리아반도였다. 고대부터 지중해 해안을 따라 북부아프리카 지역으로 퍼진 것으로 알려졌다. 하지만 근대 이후 모로코 지역에 다수의 아몬드나무가 분포되어있는 이유는 딱히 설명하기 어려웠다. 아몬드나무의 이동경로를 따라 사람들이 이동했을까. 어쩌면 그 반대일지도 모르는 일이었다.

마리암 조부는 카림의 후손일 수도 있고 아닐 수도 있었다. 어쩌면 그의 후손이 아닐 확률이 더 높은지도 모른다. 그러나 누군가가 '카림의 후손'인지의 여부보다 중요한 그 무엇이 있을 것이다. 그것은 어느 시대가 '라 메스키타' 비밀의 내용을 필요로 하는지가 아닐까.

그렇게 조부에 의해 아스트롤라베가 세상 밖으로 다시 나오고 몇 해가 지났다. 얼기설기 쌓아 올린 돌담 옆의 아몬드나무는 꽃을 피웠다. 평원 지대의 매서운 겨울바람을 견뎌내고 2월부터 여린 꽃봉오리가 서서히 올라오기 시작하더니 3월 초에는 연분홍색의 화사한 꽃이 활짝 피어났다. 정말 예뻤다.

21. 마리암과 마리암공주

시간은 자정을 지나 새벽 2시가 되었다. 마리암은 새로이 작성한 자료목록 중에서 첫 번째 문헌인 「후기우마이야왕조 초기 역사」를 아직도 읽고 있었다. 다른 방법을 강구해야겠다고 생각했다. 이렇게 해서는 '라 메스키타' 비밀을 알아낼 수 없었다. 몇 년이 걸릴지도 모르는 시간을 자료만 찾는데 보낼 수는 없기 때문이었다.

눈이 스르르 감겼다. 잠자리에 들고 싶었다. 아무 걱정 없이 잠든 지 얼마나 되었을까. 아주 오래된 옛날 일처럼 느껴졌다. 시간이란 상대적이었다. 이렇게 생각하다가 본능적으로, 거의 동물적인 감각으로 깨달았다. '라 메스키타' 비밀을 알아내는 일은 시간싸움이라는 것을…… 조부와 부친의 경우를 보아도 그랬다. 그들이 전 인생을 걸쳐서 노력했어도 중세 아라비아숫자들을 해독하지 못했다. 만약 그녀가 평생 노력해도 이 비밀을 알아낼 수 없다면 그것은 영원히 미궁에 빠질 것이다. 그럴 확률이 높았다. 그렇다면 안타까운 일이 아닐 수 없었다.

그녀는 주요항목을 다시 추려보기로 했다. 접근방법이 올바르지 않다는 것을 알고 재선정한 목록 중에서 선별할 예정이었다. 현재까지 알고 있는 사실들을 나열해보니 '라 메스키타', '압드 알-라흐만 1세', 후기우마이야왕조 건국 등이고 이로부터 파생된 것은 건축 공사의 주체, 종교적 성향, 주변국과의 마찰 등이었다. 이를 종합해보면 주요항목은 코르도바 왕실의 정황, 피레네산맥 이동 기독교왕국과의 관계 등이 확실했다. 재검토해보아도 그랬다.

우선 이 항목들을 중심으로 자료를 찾아보기로 했다. 이해 가능한 언어 즉 독일어, 라틴어, 아랍어 등으로 작성된 문헌들은 모두 조사했다. 그 문헌의 형태와 시기를 막론하고 대상으로 삼았다. 아랍어는 경전을 읽기 위해 어릴 적부터 익혔던 언어였다. 선친으로부터 배우기 시작해 고교 시절부터는 독학으로 공부했다.

이러한 검색을 통해 이수영이 남긴 단서들의 의미를 알고자 했다. 12세기 전의 역사에 관한 흔적들을 찾고 발자취를 쫓아가려 하니 힘들고 고되었다. 읽는 일도 쉽지 않았지만 찾는 일은 더 어려웠다. 그럼에도 쉬지 않고 도서관에서 정성을 다했다. 이렇게 해서 구해온 각종 기록문서와 고문헌을 읽었다. 이 과정에서 '압드 알-라흐만 1세'에게 왕자 11명과 공주 1명이 있다는 사실을 알게 되었다.

'그런데 공주의 이름이 신기하게도 내 이름과 같네? 알파벳 철자들도 동일해. 어떻게 이럴 수가 있을까?'

그녀는 놀랍기도 하고 의아하기도 했다. 이후에 관심을 가지고 연관된 자료를 찾아보니 의외로 마리암공주가 거론되는 기록이 여럿 있었다. 이중에 특이사항은 두 가지였다. 하나는 '압드 알-라흐만 1세' 친서를 가지고 카를대제에게 특사로 갔다는 내용이었다. 공주라고 해서 특사로 갈 수 없는 건 아니지만 중세 중기의 관례로는 이례적인 일이었다. 다른 하나는 791년 공주가 수행원들과 북아프리카로 떠났으며 이후 귀향하지 않았다는 내용이었다. 그 해는 '압드 알-라흐만 1세'가 세상을 떠난 지 3년째 되는 해이면서 동시에 '라 메스키타'가 완공된 해이기도 했다. 그녀는 느낌이 왠지 이상했다. 아니, 그보다는 시공간을 뛰어넘는 그 무엇이 자신을 어디론가 이끌고 있는 기분이었다.

'마리암공주는 왜 '라 메스키타' 완공년도에 북아프리카로 떠났을까? 그리고 어째서 다시 돌아오지 않았을까?'

관련 문헌들에서 공주가 이드리스왕조로 시집갔다는 기록은 없었다. 예를 들어 창건된 지 3년 정도 된 왕조의 누군가와 후기우마이야왕조 공주가 혼인을 한다는 건 앞뒤가 안 맞았다. 중세 중기의 외교 관례로 볼 때 격이 맞지 않는 경우였다. 따라서 그럴 확률은 희박했다. 대체 어떻게 된 것인지 감이 오지 않았다.

그녀는 노곤해서 책상에 엎드렸다. 그렇게 간간이 쪽잠을 자기도 했다. 눈을 가늘게 뜨고 밑을 보니 의자 아랫부분이 뿌옇게 바뀌고 있었다. 벌써 아침이 오려나 보다 생각했다. 눈을 더 떠보니 연갈색 구두코가 조금 보였다. 그녀는 언제부터 이 구두를 신었는지 기억도 나지 않았다. 족히 몇 년은 지나지 않았을까. 낡은 끝부분을 내려다보고 있자니 잠은 오지 않고 공연히 눈물이 났다. 왜 그런지 몰랐다. 그러면서 다음에 만날 때는 케른트너 거리에서 새 구두를 사주겠노라고 약속하던 알리시아 생각이 났다. 코르도바역에서 헤어지면서 힘이 되어주고 싶다고도 했다.

알리시아는 빈에 첫발을 내디뎠을 때 자신을 배려해주고 돌보아준 보답으로 이제 마리암을 위로해주고자 했다. 그래서 4일 만에 다시 코르도바로 날아왔다. 알리시아는 빈에 오기 전에 부모와 같이 지냈다. 부친은 얼마 전부터 자회사 파견근무로 브라티슬라바에 주로 있었다. 여름에 일주일 정도 휴가차 코르도바로 오곤 했다. 따라서 집에는 어머니만 있는 날이 대부분이었다.

"마리암! 우리 집에 가자. 당분간 어머니와 있어."

"미안해서 어떻게 그래? 다른 곳 알아볼게."

"괜찮아. 난 강의가 있어서 내일 새벽같이 빈으로 돌아가야 해. 그러니 오늘부터 그 비밀 알아낼 때까지 내 방에서 지내."

마리암은 가만히 있다가 고개를 끄덕였다. 호텔에 혼자 있으려니 그것도 외롭고 힘든 일이었다. 빈 기숙사 생각이 여러 번 났다. 그러나 '라 메스키타' 비밀을 풀지 못하는 한 돌아갈 수도 없었다. 알리시아가 그렇게 권유를 안 했다면 사실, 마리암은 코르도바에서 지낼 곳이 마땅치 않은 상황이었다.

"고마워. 내가 '라 메스키타' 비밀을 풀 수 있을까?"

"당연하지. 그래야 그이 넋도 위로하고 가문의 숙원도 해결하는 거야."

친구가 있어 의지할 곳이 있으니 마음이 안정되었다. 한마디 격려가 얼마나 큰 위안이 되는지 모른다. 일반적으로 말보다 행동이 중요하다고 하나 말은 행동만큼 중요했다. 언어가 그 행동의 방향과 범위를 규정하기에 그러했다. 따라서 어떤 경우에는 언어가 행동보다 더 중요하기도 했다. 마리암은 그렇게 생각했다.

알리시아 집에서 다 함께 정성껏 준비한 저녁을 오랜만에 맛있게 먹었다. 친구, 친구 어머니 등과 식탁에 앉아 있으니 가족들이 둘러앉아 식사하는 것 같았다.

마리암은 초등학교 다닐 적에 온 가족과 오순도순 앉아서 식사하던 모습을 잠시 떠올렸다. 그러다가 불현듯 어머니의 말씀 하나가 생각났다. 그 무엇인가 결정해야 하는 상황이 닥칠 때마다 식탁에서 어린 딸에게 해주시던 이야기였다.

"마리암! 사람이 나이 들어서 가장 슬픈 일이 무엇인지 아니? 그것은 추억이 없다는 거야. 어제가 오늘이고 그저 오늘이 내일이지. 그러니 갈까 말까 망설이는 일이 있다면 일단 가고 보렴."

"제가 학교 들어가기 전에도 조부에게서 같은 이야기를 들은 기억이

나요.”

“그분께서 늘 강조하시던 격언이지. 어느 시집에선지 읽었다고 했는데 그 구절이 마음에 와 닿으셨나 봐.”

가족들이 모두 세상을 떠난 다음에도 마리암은 어머니의 이 말씀을 항상 가슴에 두고 지냈다. 망설이는 일이 생기면 일단 하고 보았다. 중세 아라비아숫자들을 알아내기 전까지, 그렇게 했던 일들의 결과는 언제나 좋은 편이었다.

이렇게 이야기를 마치고 저녁 식사가 끝난 후였다. 어머니는 마리암에게 양털방석과 양털로 만든 목도리를 건넸다. 양털방석은 나무의자가 배겨서 오래 앉아 있지 못하는 어린 딸을 위해 만들어주었다. 마리암은 목도리도 양털방석과 동일한 용도로 사용했다. 책상 위의 오른쪽 팔꿈치 닿는 곳에 양털목도리를 두 번 접어서 곱게 올려놓은 것이다. 그것을 보고 어머니는 싱긋 웃기만 했다.

‘어머니는 그때 왜 웃었을까? 돌아가시기 전에 한번 여쭈어볼 걸……’

그러던 어느 날이었다. 마리암이 학교에서 돌아와 책상에 앉으니 목도리에 두툼한 적갈색 가죽이 덧대어 있었다. 실내에 습기가 많으면 양털목도리가 내려앉아 얇아지곤 했다. 그래서 팔꿈치 아래가 저리다고 몇 차례 말했더니 어머니가 소복하게 덧대어준 것이다. 양가죽을 아몬드꽃 모양으로 예쁘게 잘라서 해주었다. 마리암은 온도계처럼 습도계라는 게 있다면 좋을 텐데 하는 생각을 했다. 그러면서 늘 고단해하는 어머니에게 고맙고 미안한 마음이 함께 들었다.

22. 모두 사라진 것은 아닌 달

이튿날 아침이 되었다. 도서관 앞뜰에 나서니 바람이 서늘했다. 하루가 다르게 기온이 내려가고 있었으나 맑고 청량한 느낌이 좋았다. 11월의 첫날이며 수요일이었다. 어느 잠언록에선가 '11월은 모두 사라진 것은 아닌 달'이라 했다.

'그래. 모두 사라졌을 리가 없어. 그 무엇인가 반드시 남아 있을 거야. 다만 아직 발견하지 못했을 뿐이지.'

마리암은 이렇게 자신을 위로하고 격려했다. 도서관 입구의 육중한 유리문을 밀고 들어가 인문과학실로 달려갔다. 어제보다 현관문을 여는 데 힘이 덜 드는 것 같았다. 그녀는 이수영의 가방에서 노트들을 꺼내 손가락 끝으로 모서리 부분을 쓰다듬으며 펼쳤다. 새삼 연인의 체취가 은은하게 느껴졌다. 그가 써놓은 메모와 단상들을 검토해보면서 이를 통해 그것들의 행간을 읽으려 노력했다. 하지만 거의 읽히지 않았다. 쉽지 않은 작업이었다.

그녀도 건축물 내부 이중아치에 '라 메스키타' 비밀이 숨어 있다고 생각했다. 아니라면 숨겨져 있을 만한 곳이 없었다. 그의 추측에 동의했다. 하지만 어떻게 장치되었는지는 윤곽도 못 잡고 있었다. 그가 작성한 노트의 분류방식을 따라서 이중아치 형태를 27개로 구분해 보기도 했다. 이러한 방식에도 이견이 없었다. 그럼에도 그 비밀이 무엇인지를 아직도 모르고 있었다. 언제 왔는지 마르코스가 바로 옆자리에 앉아 있었다. 변함없이 그녀 곁을 지키며 색인 작업, 자료정리 등을 성심껏 도와주었다. 옆에서 마리암공주와 관련된 여러 기록을 정리하던 후배도 무언가 이상한 모양이었다. 심각한 얼굴로 메모를 한참 들여다보다가 툭 던지듯이 말을 꺼냈다.

"생각해보세요. '카를대제에게 특사로 갔다.' 이상하지 않나요? 에미르에게 능력 있는 신하들도 있었을 것이고 왕자들도 11명이나 있었지요. 이해할 수 없네요."

마르코스는 이 정황이 쉽게 납득되지 않았다. 무엇인지 몰라도 숨겨진 이유가 있어 보였다. 공주의 이러한 행적이 단서가 되지는 않을까 생각했다.

"에미르와 특별한 관계 아니었을까? 거기에다 뜬금없이 북아프리카로 떠났다는 사실도 이상해."

그녀도 후배의 질문에 동의를 표하면서 그들 간의 관계가 어떻게 연결되어야 하는지 궁리해보았다.

"혹시 그 비밀과 공주가 무슨 관련이 있지 않을까요? 일련의 정황으로 봐서 그러할 개연성이 높아요. 에미르의 특사로 갈 정도잖아요."

"그럴 수도 있어. 찾아보았던 기록을 다시 면밀히 검토해보자."

노트, 필기구 등을 챙겨 함께 서가로 들어가는데 후배가 옆으로 바싹 다가와 한 로마 시인의 이야기를 꺼냈다.

"베르길리우스가 '사건의 배후에는 여자가 있다.'라고 했어요. 어쩌면 비밀의 열쇠를 공주가 쥐고 있을 수도 있지요."

"그건 남녀관계에 초점을 맞춘 것이니 이 경우에 적용하긴 무리야. 그렇기는 해도 공주에 관한 내용들이 평범하지 않아 보이네."

마르코스의 엉뚱하면서도 색다른 의견에 공감하지는 않았다. 그러나 전하고자 하는 의미에는 수긍이 갔다. 그녀가 서가의 문헌들로 눈길을 돌리니 한쪽 옆에 「카롤링거 왕조사」라는 제목이 은박으로 새겨진 낡은 고문서가 놓여 있었다.

그들은 그날 오전 10시경부터 마리암공주 관련 자료들을 찾았다. 미미한 단서라도 발견하고 싶었다. 그 비밀의 연결고리를 어떻게든 밝혀보려 했다. 그렇게 온종일 매달렸다. 하루라는 시간이 짧기도 한편으로는 길기도 했다. 자정 무렵까지 찾을 만큼 찾아보았으나 색인 작업을 하면서 이 도서관에는 공주에 관한 자료들이 더는 없다고 판단되었다. 이제 더 이상 애쓰는 것은 의미가 없었다.

코르도바는 '라 메스키타'가 현존하고 있으며 '압드 알-라흐만 1세'의 루사파 궁이 위치했던 장소였다. 더욱이 여기는 중세 스페인에 관한 문헌들의 다양성 면에서 자타가 인정하는 코르도바대학 도서관이니 그렇다면 이제 열람하지 못한 '마리암공주 관련 자료'들은 없을 것이다. 물론 수도원들의 장서관, 교회들의 문서기록실 등에 그 편린이 남아 있을 수 있지만 그것들의 검색에는 현실적으로 한계가 있었다. 즉 시간에 관한 문제를 극복할 방법이 없는 것이다. 그들은 자정이 넘어서 도서관을 나왔다.

"세르히오 선생님은 늘 '좋은 질문에는 답이 이미 들어 있다.'고 강조했지."

"언제인가 들었던 기억이 납니다."

"왜 우리는 '라 메스키타' 비밀에 접근하지 못할까?"

은회색 불빛의 가로등을 응시하며 그녀가 담담한 어조로 물었다.

"그건 그 비밀이 무엇인지를 모르기 때문이지요."

"왜 비밀이 뭔지를 모르지? 어째서?"

"……"

마르코스는 두 번째 질문에는 별다른 대답을 하지 못했다. 그러나 그녀는 자신도 역시 마찬가지였을 거라고 생각했다.

"그이도 지금 우리가 걷는 길과 거의 동일한 길을 걸어갔어. 그런데 그이는 어떻게 해서 그 단서를 알게 되었을까?"

"돌이켜보니 불가사의하네요. 시간도 하룻밤밖에 없었는데……"

말꼬리를 흐리며 마르코스도 의아해했다. 그녀가 스스로 생각해도 시의적절한 질문이었다. 세르히오가 강조하던 문장도 연이어 떠올랐다. 그 무엇인지는 아직 모르지만 마지막 던진 질문에 답이 이미 들어 있을 것 같았다.

그제 알리시아가 건네준 열쇠로 현관문을 열고 들어왔다. 친구 어머니는 잠이 들었는지 기척이 없었다. 실내에 온기는 없었고 공기는 건조했다. 외롭고 쓸쓸했다. 자리에 누우려는데 침대 옆 탁자 위에 메모지가 보였다. 빈 대학 역사학과 사무실 전화번호였다. 아마도 지도교수가 알리시아로부터 그동안의 이야기를 듣고 학교에 나오라고 전화했음에 틀림없었다. 벌써 이주일 가까이 학교에 가지 못했다.

코르도바에 도착해서 여섯 번째로 맞는 밤이었다. 잠이 들기 전에 창문 커튼 사이로 바람에 흔들리는 나뭇가지들을 보았다. 어느샌가 나뭇잎들이 떨어져 앙상해 보이는 가지들이 있었다. 창문 밖에서 추운 겨울의 삭막함이 느껴졌다. 그녀는 부디 11월이 모두 사라진 것은 아닌 달이기를 소원했다. 그리고 이러한 긍정적인 힘이 자신에게 꼭 발현되리라 믿었다.

23. 초기 모습

마리암은 아직 아무런 단서를 찾지 못했다. 성과라고 할 수는 없어도 마리암공주 행적으로부터 특이점을 찾아내기는 했다. 하지만 그것이 어떻게 '라 메스키타' 비밀과 연결되는지는 알지 못했다. 즉 접근 방법 측면에서 본다면 이론적 정황에서 변수를 발견하지 못한 것이다. 하기는 12세기 전의 일들을 현 시점에서 전부 규명할 수는 없을 터이니 또 다른 방법을 강구해야 했다. 그녀는 도서관으로 향하려다 '라 메스키타'로 발길을 돌렸다. 곧 도착해서 오렌지 정원을 이리저리 걷기 시작했다. 마음이 쓸쓸했다. 이수영이 세상을 떠난 지 오늘로 일주일이 되었다. 그녀는 먼 훗날에 그와 재회한다면 '쓸쓸함'이란 단어는 모두 지워버리고 싶었다.

'지금쯤 저 하늘나라 어디에 있을까.'

그렇게 그가 홀연히 떠나간 이후로 언젠가부터 독백하는 습관이 생겼다. 어떨 때는 자신의 그러한 모습을 보고 낯설어하기도 했고 안쓰러워하기도 했다.

"트로이유적을 발굴한 슐리만은 호메로스의 「일리아드와 오디세이」만 가지고 기적을 이루어냈어. 대체 왜 나는 시작도 못하고 있을까? 중세 숫자들을 해독했고 '라 메스키타' 실체도 바로 코앞에 이렇게 있으며 그이가 남긴 단서들도 가지고 있지 않은가?"

19세기 말이었다. 슐리만은 기원전 17세기에 일어났던 역사적 사실을 기원전 8세기에 기록된 신화와 현실이 혼재되어 있는 서사시만을 읽고 발굴해냈다. 그것도 혼자서 모든 역경을 딛고 이루어낸 것이다. 이처럼 자책하다 보니 그녀는 자신의 처지가 더욱 초라하게 느껴졌다. 하지만 마음을 추슬러야 했다. 한탄만 하고 있을 수 없었다. 시간은 속절없이 흘러가고 있으며 해결되는 문제는 아무것도 없었다. 그녀의 생각은 이어졌다.

'그래. 건축물 내외부를 더 세밀히 관찰해야 해. 이렇게 실체가 있는데 '라 메스키타' 비밀을 알아내지 못하면 말이 안 되지.'

비로소 그녀는 깨달았다. 그 중요함에 있어 으뜸인 실체가 자신 앞에 존재하고 있었다. 아무런 실체도 없이 막막했던 슐리만에 비하면 그야말로 월등한 조건을 가지고 있는 셈이었다. 거기에다 중세시대 '압드 알-라흐만 1세'의 사고를 현대의 역사학도가 쫓아가지 못할 이유가 없었다.

곧바로 오렌지 정원을 빠져나와 '라 메스키타' 외곽을 돌아보았다. 그렇게 돌아보기를 두 번이나 했다. 외부의 모습을 마음에 새기고 건축물 내부로 들어갔다. 초등학교 시절부터 여러 번 보았던 다층적 구조를 매의 눈으로 관찰하기 시작했다.

일단 건축물 중심부를 부수고 건설한 가톨릭교회는 아닐 테니 제외했다. 나머지 부분을 관찰하니 '라 메스키타'의 돔, 미흐랍 등이 새로운 모습으로 다가왔다. 그녀는 아무리 생각해도 이수영이 마지막에 남긴 말의 의미를 알 수 없었다. 그 무언가 오해를 하지 않았을까. 하지만 그럴 리가 없었다. 그때 그의 눈빛으로 보아 '라 메스키타' 비밀을 알고 있었다. 평소의 언행으로 미루어보아도, 그날 간절히 말하고 싶었던 안타까운 눈빛을 보아도 그랬다. 이미 그는 알고 있었다.

그녀는 중앙의 돔 부분을 올려다보았다. 정중앙에 팔각형 형태의 테두리가 있고 안쪽으로 우아한 초록색이 감도는 금색의 원이 있었다. 그곳의 원은 일반적인 형태가 아니라 여덟 개의 작은 원이 8방형으로 이루어졌다. 원과 원 중간에 두 개의 삼각형 형태로 삐죽 솟은 모양이 부가되었다. 원 안에 히아신스, 장미, 튤립 등의 꽃송이, 나무줄기, 잎사귀 등이 기하학적 문양으로 조화를 이루었다. 아름다웠다. 그 원의 바깥 부분은 여덟 개의 부드러운 곡선이 서로 겹쳐서 이어졌다. 그렇게 이어진 부분은 정중앙의 팔각형 형태 테두리를 형성하고 있었다. 아랫부분은 여덟 개의 부드러운 곡선이 엇갈리며 지난 자리에 말발굽 형태의 아치기둥이 서 있었다. 바로 위는 굴곡이 있는 아치로서 초록색이 섞인 금색과 연회색 석재가 교차로 겹쳐진 형태로 이루어졌다. 붉은색과 흰색의 홍예석Voussoir이 아닌 이유는 초록색이 감도는 금색을 사용해 돔의 전체적인 색감을 살리려고 그랬을 것이다. 여기도 말발굽 형태의 아치가 두 기둥 위에 세워져 있었다. 그 모습이 의젓해 보였다.

천천히 그녀는 발걸음을 옮겼다. 기도할 때 메카 방향을 나타내주는 장소인 미흐랍 앞에 도착했다. 여기에도 말발굽 형태의 아치가 입구에 단정히 부조되었으나 다른 곳의 아치들과 문양 및 형태가 달랐다. 전체적으로 금색 톤을 유지하면서도 붉은색, 옅은 붉은색, 초록색, 진한 초록색 등의 홍예석이 서로 교차된 형태였다. 특히 각각의 홍예석마다 각기 다른 문양의 각종 꽃송이, 줄기, 나뭇잎 등이 부조되었다. 맨 위의 홍예석을 중심으로 좌우는 대칭이었다. 위쪽에 「성 꾸란」의 구절들이 아랍어로 새겨져 있었다. 더 위쪽에는 일곱 개의 나뭇잎 형태 부조물이 중앙 부조물을 중심으로 좌우대칭을 이루었다. 안쪽에도 말발굽 형태의 아치가 부조되었다. 독특하게 금색 톤과 흰색 톤이 교차되어 장중한 분위기를 자아냈다.

그녀는 한동안 서서 생각에 잠겼다. 아무래도 이 '키브라 방향'의 각도가 석연치 않았다. 그가 세상을 떠난 이후에 '라 메스키타'를 둘러볼 때부터 가졌던 의문이었다. 여기에 비밀의 단서가 있지 않을까. 키브라는 메카 방향 즉 45° 남동쪽으로 위치해야 하나 '라 메스키타' 키브라는 28° 남동쪽으로 건설되었기 때문이었다. 이 방향들은 각기 코르도바를 기점으로 했다. 그때였다. 그 무엇인가 스쳐지나갔다.

"45°에서 28°를 빼면 17°이잖아!"

그녀는 탄성을 질렀다. 그러면서 신음소리를 토해내며 자신의 가슴을 쳤다. 단서들 중의 17°는 이것이었다. 왜 여태까지 이 생각을 하지 못했을까. 이러한 17°의 차이는 8세기 이슬람세계의 과학기술 수준 등으로 판단할 때 믿기지 않는 일이었다.

그녀는 두 번의 대규모 확장공사 때문에 키브라가 이동하면서 그 차이가 발생했다고 생각했다. 하지만 곰곰이 돌이켜보니 '라 메스키타' 건축 당시의 기술력으로 보아서 그렇게 건설될 리가 없었다. 그렇다면 건축 초기부터 이렇게 설계 및 건설했다는 의미였다. 이외에는 마땅히 해석할 방법이 없었다. 여기에 비밀의 단초가 있을 수 있었다. 17° 이야기를 할 때의 그 마지막 얼굴 모습이 떠올랐다. 간신히 입술을 움직여서 말하던 모습이었다. 과연 17°는 무엇을 의미할까. 그녀는 가슴이 뛰었다. 서둘러 이중아치들이 가로, 세로로 나란히 일렬로 서 있는 곳으로 나왔다.

'이렇게 가득한 아치들 중에서 '압드 알-라흐만 1세' 시기의 이중아치들은 어떤 것일까? 어떻게 하면 알 수 있을까?'

그녀가 마음의 눈으로 살펴보니 이전에는 지나쳤던 것들이 보이기 시작했다. 첫째, 이중아치 기둥들은 석재의 재질과 형태가 각기 달랐다. 특이한 형태들 일례로 기둥을 사선으로 감아 올라가면서 가는 홈이 파여 있는 형태들이 몇 개 눈에 띄었다. 둘째, 이중아치 기둥들 위에 장식된 코린트 양식의 형태가 각기 달랐다. 그저 다른 것을 넘어 어떤 기둥은 나뭇잎 문양이 2단 또는 3단으로 되어 있기도 했다. 그뿐만이 아니었다. 셋째, 그 위쪽의 사다리꼴 형태 기둥받침대의 문양도 각각 달랐다. 받침대 위의 기둥 끝부분이 합쳐지는 중심기둥 밑의 부분 즉 휘어져 있는 부분의 문양들도 다른 것들이 눈에 띄었다. 그녀는 도서관에서 보았던 문헌 중에서 비잔틴제국에 있는 '성 소피아' 교회 관련 내용을 떠올렸다. 이 건축물 내부를 받쳐주는 4쌍의 기둥 아래에 아칸서스 나뭇잎이 바람에 휘날리는 모습의 코린트 양식으로 부조된 장식이 있었다.

8세기 문헌에 의하면 '라 메스키타' 중앙 돔의 자재를 비잔틴제국에서 가져왔다고 했다. 그렇다면 교회 건축기술자들도 함께 왔을 수 있었다. 이러한 가정이 사실이라면 '성 소피아' 교회 코린트 양식과 흡사한 양식의 기둥들이 건축 초기의 이중아치 기둥일 가능성이 높았다. 이 추측이 설득력이 있었다. 그러나 가능성이 높다고 추정했을 뿐이며 실제로 그러한지 여부는 알 수 없었다. 이후에 여러 번 확장공사를 하면서 그 코린트 양식을 사용했을 수도 있기 때문이었다. 또 다른 문헌에 의하면 '라 메스키타' 건축 초기의 기둥들은 상당 부분을 외부에서 가져왔다. 기존 고대 건축물 등에서 사용되었던 기둥들을 재사용했다는 의미였다. 그렇다면 더더욱 건축 초기의 기둥들을 식별하는 일은 어려워질 수밖에 없었다.

이러한 생각들이 스쳐가면서 그녀는 '라 메스키타' 비밀의 핵심이자 본질을 깨달았다. 그것은 각 구조물의 건축 시기였다. 즉 어느 부분이 초기 건축인지, 확장공사 이후의 건축인지를 모르는 것이다. 더욱이 확장공사도 3차례에 걸쳐 강행했으니 더 언급할 필요가 없었다. 이 비밀을 풀지 못하는 주요한 이유 중의 하나였다.

그녀는 전신에 힘이 빠졌다. 마땅히 앉을 자리가 없어 그대로 쪼그려 앉았다. 바로 어지럼증을 느끼고 주저앉으며 바닥에 엉덩방아를 찧었다. 기진맥진한 몸이 '라 메스키타' 바닥 밑으로 한없이 가라앉는 것 같았다. 하지만 좌절하지 않았다. 이수영의 넋을 위로하기 위해서라도 이 비밀은 풀어야 했다. 그러한 의지가 모든 것에 앞섰다. 니체가 말했던 '힘에의 의지'는 그녀에게 포기하지 않는 힘을 주었다. 더 강해지고자 하는 의지였다.

모든 것을 원점으로 되돌려서 생각해보기로 했다. 그녀는 정신을 차리고 '라 메스키타' 외부로 나왔다. 걸음걸이가 부자연스러워서 휘청거리고 있었다. 시간은 오후 1시가 넘었다. 긴 외벽을 따라 눈길을 돌리니 멀리서 마르코스가 다가오는 모습이 보였다. 그들은 저번에 식사했던 레스토랑으로 갔다. 후배에게 17°의 발견을 말해 주니 밝은 표정으로 당연히 기뻐했다. 하지만 그녀는 한 손을 내저으며 아쉽게도 그것 외에는 아무것도 알지 못한다고 덧붙였다.

24. 종탑

마리암은 '라 메스키타' 종탑 아래 벤치에 앉아 있었다. 식사를 마친 후에 홀로 와서 벤치에 앉은 지 두 시간이 지났다. 오렌지 정원에서 거니는 사람들의 발걸음이 한 폭의 풍경화 같았다. 늦가을임에도 오렌지 나무들은 아직 푸르른 잎들을 가졌다. 또한 무성하기도 했다. 고개를 뒤로 젖히고 하늘을 바라보니 종탑이 12세기의 세월을 견디며 그 자리에 서 있었다. 오늘따라 의연함이 돋보였다. 완공 당시에는 미나렛이었으나 13세기에 종탑이 되었다. 현재는 '토레 델 알미나르Torres del Alminar'라 불렀다. 어느덧 그녀가 여기 코르도바에 도착한 지 일주일이 되었다.

'이렇게 하루하루 가다가 평생을 가게 되는 것일까?'

이제야 조부와 부친의 마음을 헤아릴 수 있었다. 그들의 얼굴이 어렴풋이 떠올랐다. '라 메스키타' 비밀을 알아내는 일이 이렇게 고될 줄은 예상치 못했다. 만약 그랬더라면 어쩌면 시작하지 않았을지도 모른다. 이 비밀은 중세 숫자들과는 다른 차원이었다. 하지만 누구라서 본인의 앞날을 알 수 있을까. 오늘까지 오면서 어떤 실마리도 찾지 못했다. 단지 17°의 의미만을 알아냈을 뿐이었다.

그녀는 벤치에 앉아 해가 저물어가는 늦은 오후의 햇빛을 바라보았다. 종탑 위에서 쏟아지는 햇살은 빛났다. 그러나 눈부시지 않았다. 얼음의 작은 알갱이에 부딪치는 것처럼 차갑게 부서지며 반짝였다. 어쩌면 바라보는 그녀의 마음이 햇빛에 투영되어 그렇게 느껴졌을 수도 있었다. 아마도 근자의 그 마음은 한겨울이기에 그러했다.

그때 절로 눈이 살포시 감기면서 문득 이상한 느낌이 들었다. 이 감정의 정체가 무엇인지 알고 싶었다. 눈꺼풀이 내려앉는 움직임과 동시에 얼음알갱이와 부딪치는 듯 반짝이던 햇살이 잔상으로 남았다. 그리고 그러한 잔상이 사라지기도 전에 그녀의 뇌리에 샛별처럼 떠오르는 문장이 있었다.

"…… 물질을 빛과 형태로 바꾼다."

이 문장의 출처는 '알-콰리즈미'의 「아스트롤라베 구동법」이었다. 그녀는 8세기 중엽에 작성된 이 문헌을 중세 숫자들 해독에 몰입되어 있던 학부 4학년 때 보았다. 그리고 한동안 잊고 지냈다. 이후에 연이어 다른 해독 방법을 시도했기 때문이었다. 게다가 지난여름부터는 폴리비오스 수식표에 심취해 있었기도 했다. 그런데 이 문장이 왜 지금 생각났는지 알 수 없는 일이었다. 그녀는 머리를 두 손으로 감싸 안으며 고개를 숙였다. 지금 떠올려야 하지만 이 문장과 함께 연상되어야 할 그 무엇이 떠오르지 않았다.

'물질을 빛과 형태로 바꾸었으니 그다음엔 무엇을 해야 할까?'

그녀는 생각에 집중하고자 했다. 이 상태에서 한 발자국만 더 나아간다면 뭔가 연상되리라 기대했으나 나아가지 못하고 있었다. 오늘까지 '라 메스키타' 내외부에서 물질들을 보았다. 아니, 그것만을 보려고 했다. 아무래도 반짝이던 햇빛에 그 무엇인가 비밀에 접근할 수 있는 열쇠가 숨어 있지 싶었다.

그녀는 머리를 들며 일어섰다가 액션영화 속의 느린 동작 화면처럼 다시 벤치에 천천히 앉았다. 빨리 자리에 앉게 되면 이 순간의 모든 것이 후루룩 날아가 버릴 것 같았다. 저 햇빛은 왜 '라 메스키타' 종탑 위에 걸려있을까. 이렇게 그녀는 마치 선문답하듯이 독백했다. 그러다 나지막한 탄성을 지르며 자리에서 일어났다.

"그래. 물질을 빛과 형태로 바꾸었으니 다시 '빛과 형태'를 물질로 되돌릴 수 있지 않을까? 그럴 수 있을 거 같아."

비로소 '알-콰리즈미'의 문장과 함께 연상되어야 할 그 무엇이 도출되었다. 어떻게 보면 단순하고 당연한 수순이었다. 그녀는 이러한 추론이 어떤 돌파구를 마련해주지 않을까 생각했다. 이렇게 한번 무언가 연상이 되니 막혔던 물꼬가 터진 것처럼 잇따라서 단상들이 떠오르기 시작했다.

특히 그 당시는 그저 스쳐지나갔고 크게 의미 부여를 하지는 않았지만 범상치 않은 단문을 읽었던 기억도 났다. 엊그제 저녁 무렵이었다. 마르코스가 중세사연구소에서 찾은 「문화수도 코르도바」라는 고문헌에서 보았다. '압드 알-라흐만 1세'가 '라 메스키타' 기공식에서 건축 방법에 대해 언급한 내용이었다. '우리는 물질을 '빛과 형태'로 바꿀 것이다. 이것은 어느 누구도 시도하지 않았던 일이다. 기존의 이슬람사원은 물론 모든 건축물에 있어서도 그렇다.'라는 문장으로서 글의 행간에서 건축 주체자로서의 자부심을 느낄 수 있었다. 그렇다면 이 문장은 '압드 알-라흐만 1세'가 먼저 언급한 셈이었다. '라 메스키타'는 785년에 시공되었고 '알-콰리즈미'는 780년도에야 태어났기 때문이었다.

그녀가 두 인물 간의 관계를 추측해보니 그들은 동시대인임에도 연관성은 없어 보였다. 바그다드와 코르도바는 지중해를 사이에 두고 멀리 떨어져 있기에 그러했다. 하지만 9세기 중엽에 바그다드 왕립학술원 '지혜의 집'이 '알-마문' 칼리프의 주도로 학술기관으로 성장하고 있었기에 코르도바 왕립학술원과 상호 교류했을 가능성을 배제할 수는 없었다.

이렇게 떠오르는 단상들은 멈출 줄을 몰랐다. 그녀는 바슐라르의 저서 「공기와 꿈」에서 읽은 상상력에 관한 정의도 연상되었다. 상상의 본질을 꿰뚫고 있는 그 관점이 놀라웠다. '상상력은 이미지를 형성하는 능력이 아니라 변화시키는 능력이다. 즉 지각작용에 의해 받아들이게 된 이미지들을 변형시키는 능력이다.'

연이어서 가스케의 문장도 떠올랐다. 어느 저서인지 그 제목은 기억나지 않았다. 어쨌든 꼬리를 물고 뒤따라왔다. 아마도 상상력, 하늘을 나는 꿈, 운동 등으로 생각들이 이어졌을 것이다. '운동이란 물질의 기도이며 '신'이 말하는 유일한 언어가 아니겠는가?'

그녀는 한동안 이 내용들을 생각해본 적이 없었다. 이전에 마치 홀린 것처럼 책을 읽던 시절에 보았던 구절들이었다. 그녀는 매년 여름방학마다 스페인 북동부 아라곤주에 있는 알카니즈Alcañiz의 고성에 가서 입구 매표소 직원으로 일했다. 세르히오가 지인을 통해 일자리를 마련해주어서 2개월 정도를 지냈다. 학교 기숙사가 방학 동안 폐쇄되기에 지낼 곳이 마땅치 않았기 때문이었다.

알카니즈 고성 즉 중세 중기에 건축된 '칼라트라바Calatrava 성'은 한적했다. 하루 평균 10명 미만의 여행객들이 방문하는 유적지였다. 그들은 주로 '에올리안 하프Aeolian Harp'를 보기 위해 들렀다. 무너져 내린 성벽의 한쪽 창문에 설치되어 있던 이 하프는 그리스의 '바람의 신' 아이올로스Aiolos에서 유래되었다. 길이가 다른 현들을 동일한 음높이 범주로 묶어서 형태를 만들고 바람이 부는 곳에 놓아 울리게 한 장치였다. 비록 인간이 만들었으나 그 소리는 자연에 의해서 생성되었다. 바람이 불면 실제로 하프의 음률처럼 들렸다. 중세의 정취가 그윽했다.

거기서 매년 꽤 많은 분량의 중세사, 철학, 신학 등에 관한 독서를 했다. 바슐라르Gaston Bachelard, 가스케Joachim Gasquet 등의 저서들도 그때 읽었다. 각기 언급한 두 문장은 철학, 신학, 물리학 등의 경계를 넘나들고 있었다. 하기는 제 학문에 있어 영역의 구분이라는 것이 때로는 무의미하기도 했다. 그녀는 그렇게 생각되었다.

'그렇다면 물질과 운동은 무슨 관계일까? '운동이란 물질의 기도'라는 의미는 두 가지 개념의 호환 가능성을 열어두고 있으려나?'

이처럼 두 개의 문장을 비교하고 분석하면서 물질, 운동, 중력, 자유낙하 등으로 생각들이 이어졌다. 그러다가 그녀는 새삼스럽게도 이수영이 종탑 발코니에서 떨어진 그날의 일이 떠올랐다. 아직도 기억이 생생했다. 애달픔으로 흔들리던 그 눈빛을 잊을 수가 없었다. 이렇게 연결되면서 문득 그날 그가 거기서 무엇을 하고 있었는지 궁금해졌다. 여태까지 왜 그것을 생각지 않았을까. 그녀는 자신을 이해할 수 없었다. 요즈음에는 왜 이다지도 모든 것들이 딱해 보이는지 몰랐다. 자책의 연속이었다.

'그이는 그 사내들과 격투를 벌이기 전에 종탑 발코니에서 무엇을 하고 있었을까? 혹시 떨어진 장소에서 그 무엇을 보았거나 깨닫지 않았을까?'

당장 종탑으로 올라가보기로 했다. 지금이 오후 5시 정도이니 그때와 비슷한 시간대였다. 입구로 서둘러 걸어갔다. 출입문에 자물쇠가 채워져 있어 관리실에 찾아가 담당 직원에게 부탁했다. 서두에는 올라갈 수 없다고 일언지하에 거절했다. 그러나 그녀가 일주일 전에 발생한 그 사건으로 인해 올라가 보겠다고 청을 하자 바로 얼굴 표정이 부드러워졌다. 직원은 묵직한 열쇠를 집어 들고 앞장서서 관리실 문을 나섰다. 그러더니 철문 자물쇠를 철커덕 열어주며 느릿한 목소리로 당부했다.

"계단이 가파릅니다. 조심해서 올라가세요."

"예."

"곧 내려오기 바랍니다."

"그렇게 하겠습니다. 감사합니다."

곧바로 종탑의 육중한 철문을 열고 들어갔다. 그녀는 안에 들어서자 주춤하더니 서성거렸다. 망설이는 것으로 보였으나 그 표정은 읽기 어려웠다. 소리 나지 않게 돌계단과 나무계단을 번갈아 올라가 종탑의 세 번째 층 발코니에 올라섰다. 일주일 전에 그가 아래로 추락한 장소였다. 그녀는 눈물이 나려고 했다. 꾹 참았다. 791년도 완공 시의 미나렛 높이는 23.5m이니 대략 이 정도 높이였으리라 생각했다. 여기서 그가 '라 메스키타' 비밀을 생각하며 아래를 보았겠고 '히샴 1세' 등도 이 위치에 서 있었을 것이다. 그녀는 그가 떨어졌던 자리로 이동해서 가만히 서 있었다. 콧등이 찡해지고 감정이 북받쳐 올랐다. 그럼에도 평상심을 유지하려고 노력했다. 그렇게 서서 아래를 멍하니 바라보았다. 순간적으로 시간이 멎은 느낌이었다.

여기서 그가 그 사내로부터 목이 눌린 상태에서 떨어졌었다. 그렇다면 무엇이 보였을까. 그녀는 그가 떨어지던 자세와 같은 자세를 취했다. 목을 뒤로 젖히고 허리도 뒤로 뉘여서 발코니에 걸쳐 몸을 기댔다. 옆에 커다란 종이 있어서 여간 불편하지 않았다. 그 당시에 얼마나 힘들고 고통스러웠을까 하는 생각이 들었다. 처음에는 시야에 그저 푸르른 하늘밖에 보이지 않았다. 하지만 그녀가 더 허리를 뉘여 눈을 떠 보니 '라 메스키타'의 윗부분이 끝만 보였다. 중앙 돔이 있는 부분일 것이다. 더 이상은 아무리 애를 써도 허리가 뉘어지지 않았다.

"이러다 떨어지겠어. 만약 허리를 더 누이게 된다면 무엇이 보일까?"

그 순간이었다.

"오!"

어둠 속에서 불을 밝힌 것처럼 모든 것이 그렇게 명확해졌다. 그녀가 급히 손목에 찬 시계를 보았다. 17시였다. 선승이 단번에 깨달음을 얻는 것과 같이 그 모든 의미가 가슴에 와닿았다. 이제야 17°가 가리키는 바를 깨달았다. 놀라운 일이었다. 어떻게 이처럼 일련의 내용들이 일시에 선명해질 수 있을까. 피카소가 세상을 떠나기 얼마 전에 이러한 말을 남겼다.

"상상할 수 있는 모든 것은 현실이다."

역시 '천재 입체파화가'의 표현이 딱 맞았다. '라 메스키타' 창문을 통해서 햇빛이 실내로 들어가고 있었다. 빨려 들어가는 햇살이었다. 경이로웠다.

25. 17°

마리암은 이수영이 세상을 떠나면서 남겼던 단서들의 의의를 알아냈다. 이 비밀의 핵심은 햇빛과 언어였다. 즉 일정한 시간에 '라 메스키타' 창문을 통해 실내로 들어온 햇빛이 비치는 곳에 위치한 이중아치 형태를 파악해 특정언어로 변환하는 것이다.

'각도 17°'는 비밀의 주요 열쇠였다. 첫째로 하루의 시간 중에서 17시에 흘러들어오는 햇빛을 뜻했다. 둘째로 '라 메스키타'에서 키브라가 위치해야 할 원래 방향의 창문 즉 '건축된 키브라로부터 17° 남서쪽에 있는 창문'을 가리켰다. 이 내용은 기 건축된 키브라 방향으로는 창문이 없기에 그녀가 가능한 '경우의 수'를 검토하고 여러 추론 단계를 거쳐서 알게 되었다.

결론적으로 17시에 '라 메스키타'의 창문(건축된 키브라로부터 17° 남서쪽 창문)을 통해서 흘러든 햇빛이 비치는 곳에 위치한 이중아치의 형태들을 파악해 이를테면 아랍어, 라틴어 또는 제3의 어떠한 언어 등으로 변환한다는 의미였다. 그래서 '라 메스키타' 내부의 이중아치들을 조사하려다 멈칫했다.

'그런데 후기우마이야왕조 시대의 17시와 현대의 17시가 과연 동일한 시각일까?'

여기서 그녀는 모두 3개의 의문 중에서 첫 번째 의문에 봉착했다. 바로 시간체계에 관한 문제였다. 즉 중세의 17시, 현대의 17시 각기 시각에 흘러들어온 햇빛이 비치는 곳에 위치한 이중아치들이 동일한지의 여부를 확인할 수 없었다. 이 비밀을 알아내는 작업은 자기 자신과의 치열한 승부였다. 신중해야 했다.

이러한 의문을 해결하기 위해 먼저 시간, 하루 등의 개념에 주목했다. 중세 천문학자들은 시간을 정의하기 위해 태양, 천정, 천구북극 등의 세 점으로 이루어진 삼각형을 찾았다. 이를 토대로 천정 및 천구북극을 통과하는 호Arc와 태양 및 천구북극을 통과하는 호의 교차 각도가 시간이라는 것을 알아냈다. 여기서 '호'는 이차원 평면 위의 미분 가능한 곡선에서 닫힌 부분을 의미했다.

이후에 이렇게 진전된 천문학을 바탕으로 하여 하루는 지구가 스스로 한 바퀴 도는 데 걸리는 시간이었다. 어느 지점의 자오선을 기준으로 하늘에 떠 있는 어떤 천체가 연속해서 두 번 통과하는 데 걸리는 시간이기도 했다. 따라서 '하루'라는 단위는 기준이 되는 천체에 의해 달라질 수도 있었다.

다음으로 '24시간'의 기원에 대해 여러 문헌을 찾아보았다. 다양한 설들이 있으나 어느 것이 정설인지는 알 수 없었다. 다만 고대 문명권에서 24시간 단위가 널리 사용되었다고 추정할 뿐이었다.

첫째, 고대 수메르인들은 엄지손가락으로 나머지 4개 손가락의 마디를 모두 세어서 한 손으로 12까지 숫자를 셀 수 있었다. 이런 셈법으로 낮 12시간과 밤 12시간으로 정해 '24시간' 단위의 기원이 발생했다. 둘째, 고대 이집트 제5왕조 시기인 기원전 24세기에 이집트인들이 데칸Decan별의 움직임을 통해 낮과 밤을 각기 12시간으로 정했다. 이것은 이집트인의 천문학적 기준에 의해 정해졌다. 이 지역 점성술사들은 밤이 되면 12개 별이 연속적으로 떠오른다는 사실을 발견하고 밤을 12등분했다. 또한 낮도 밤과 동일하게 12등분해서 하루를 24시간으로 나누었다. 셋째, 고대 바빌로니아에서도 낮과 밤을 각각 12시간으로 나누었다. 바빌로니아인들은 태양력을 사용했다. 그들은 태양이 지평선 위에 나타나 전체 모습이 보일 때까지의 시간이 2분이라는 사실을 알았다. 이 2분을 기준으로 전 하늘을 세분했더니 720이라는 숫자가 나왔고 이에 720×2분=1440분이므로 1440분이 하루라는 것을 알았다. 그리고 이

지역에서 60진법을 사용했기에 1440분을 60으로 나누어 '24'라는 숫자가 도출되었다. 이렇게 도출된 '24시간'을 '하루'의 단위로 사용했다.

이처럼 수메르 지역, 고대 이집트, 고대 바빌로니아 등지에서 모두 '24시간' 단위를 사용했다. 그럼에도 모두 낮과 밤을 각각 12시간으로 분할하여 사용했음을 알 수 있었다. 그렇기 때문에 이의 당연한 결과로 낮과 밤의 시간 길이는 각기 달랐다. 일례로 여름철은 겨울철보다 밤의 길이가 짧았기에 이 여름밤에 똑같이 12시간을 넣다보니 여름철의 밤 1시간은 낮 1시간보다 짧을 수밖에 없었다. 이런 방식의 시간분할은 중세까지도 그대로 사용되었다.

이에 반해 그리스인들은 이러한 시간체계의 불합리를 개선해 기원전 3세기경부터 하루를 24부분으로 균등분할 해서 '1시간'이라는 단위를 사용했다.

이와 같은 기록을 토대로 그녀는 '라 메스키타' 건축 시기의 시간단위를 판단해야 했다. 후기우마이야왕조는 태음력을 바탕으로 한 히즈라력을 사용했다. 그 당시 일 년은 354일이 확실했다. 한 달의 첫째 날은 그믐달이 뜨면서 시작되었다. 하루의 단위도 밤에 시작해서 저녁에 끝이 났다. 그러나 '하루'의 시간단위는 알 수 없었다. 여기서 그녀는 자문해보았다.

'언제일지는 몰라도 누군가 그 비밀을 알아내리라고 '압드 알-라흐만 1세'가 생각했다면 그리스 시간체계를 사용하지 않았을까?'

아니라면 8세기경은 정확한 시간대가 중요하지 않았기에 시간체계 관념이 부족했을지도 모른다. 비밀을 장치하면서 어떠한 선택을 했을까. 알 수 없었다. 결국 '압드 알-라흐만 1세' 시기에 어떠한 시간체계를 사용했는지 모른다는 것이 문제였다. 그녀는 어렵게 얻은 비밀의 열쇠를 얻게 되자마자 곧 잃어버릴 것이 두려웠다.

다만 그때의 과학기술 수준으로 미루어보았을 때 '24시간' 단위를 채택했으리라 추측했다. 그중에서도 하루를 24부분으로 균등분할 하는 그리스 시간체계를 사용했을 가능성이 높았다. 시간체계에 대한 문제는 코르도바대학의 물리학자에게 자문을 구해볼까도 생각해보았다. 하지만 그녀는 일단 '현대의 시간 17시'에 흘러들어온 햇빛으로 조사해 볼 계획이었다. 그래서 그 비밀의 의미가 완전하다면 자문받을 필요가 없었다. 만약 미진하다면 그때 고민해도 늦지 않을 것이다.

두 번째 의문은 '자오선 고도Meridian Altitude'에 관한 문제였다. 즉 '17시'라는 시각이 일 년 중에서 어느 시점을 기준으로 했느냐는 의미였다. 각기 시점에서 각각의 자오선 고도는 상이하기에 그 시점들마다 17시에 흘러드는 햇빛이 비치는 장소도 상이할 수밖에 없었다. 그녀의 믿음대로 '라 메스키타' 건축 당시에 24시간 단위를 채택했다 할지라도 이 문제는 그대로 남아 있었다. 이중아치를 조사하는 과정에서 제기된 세 개의 의문 중에서 가장 난제였다. 히즈라력의 1월 1일을 기준으로 했는지, 후기우마이야왕조의 건국일을 기준으로 했는지 등등 전혀 짐작할 수 없었다. 그렇다면 그 당시 건축설계 책임자 사고의 여정을 따라가야 했다.

'대체 그 설계 책임자는 이 문제를 어떻게 처리했을까?'

그래도 가능성이 높은 추론은 이중아치 건축의 완료시점으로 정했다는 가정일 것이다. 하지만 '라 메스키타' 완공일도 아니고 이중아치 건축의 완료일을 알기는 불가능에 가까웠다. 그렇다고 365일 매일같이 17시에 와서 이중아치들을 조사할 수도 없었다. 설사 그렇게 한다해도 기준 시점을 알 수도 없을 것이다.

그 다음으로 가능성 높은 추론은 '라 메스키타' 완공일을 예상해 기준 시점으로 정했다는 가정이었다. 그렇다면 건축설계 책임자가 후대에 이 비밀을 풀려는 자의 사고를 예측했을 뿐만 아니라 뛰어난 예지능력 및 추리능력을 가진 인물이라야 했다. 중세에 그것이 가능했을까 하는 의문이 들었다. 그녀는 관련 기록을 하나씩 짚어가며 조사했다. 다행히도 '라 메스키타' 완공월은 791년 11월이었다. 그러나 완공일은 언제인지 알 수 없었다. 어쩔 수 없는 일이었다. 운명에 맡기는 방법 외에 다른 방법이 없었다. 그것도 아니라면 '신'의 뜻에 따를 수밖에 없을 것이다.

세 번째 의문은 '지구의 형태와 구면기하학'에 관한 문제였다. 그녀의 판단에 의하면 17°의 차이는 코르도바로부터 메카 방향을 측정할 때 '곡선 방향(실제 방향)'과 직선 방향으로의 차이에서 기인했다. 8세기 후반 중세에서는 지구가 둥글다는 사실을 몰랐으니 둥근 지구를 입체적인 방향으로 진행해 측정한 거리와 이론적인 직선 방향으로 진행해 측정한 거리 사이에서 발생하는 차이를 알았을 리 없었다.

그런데 17°가 '라 메스키타' 비밀의 열쇠라면 건축설계 책임자는 8세기 후반에 지구가 구형이라는 사실을 인지했다고밖에 볼 수 없었다. 그것을 인지했으나 그 당시의 과학기술 수준에 맞추어서 일부러 그대로 건축했으며 후대에 '라 메스키타' 비밀을 발견하게 될 인물은 이 사실을 감안해 비밀을 풀어 가리라 예상했다는 것이다. 그렇다면 이 건축설계 책임자는 시대를 앞서간 천재 수준의 과학자라야 했다. 이의 가능성 여부에 대해서 그녀가 의구심이 드는 것은 당연했다.

12~13세기 즈음해 중세 스페인에서는 구면기하학을 비롯한 관련 학문이 높은 경지에 올라와 있었다. 하지만 그 시기는 제반 천문관측기구들이 일정 수준 이상 발전된 상태였다. 따라서 8세기 후반 코르도바에서는 어려운 일이었다.

'그러한데 어떻게 이 17°가 '라 메스키타' 비밀의 열쇠가 될 수 있을까?'

일말의 가능성을 가지고 다음과 같이 추측할 수는 있었다.

'키브라 공사를 끝낸 후에 다음 공사를 진행하는 과정에서 보다 정밀한 아스트롤라베가 제작되었다. 이에 따라 건축설계 책임자가 이 아스트롤라베로 구면기하학을 이용해 거리를 재차 측정했다. 그 설계 책임자는 키브라 각도에서 오류가 발생된 사실을 알게 되었으나 해당 건축 공사가 이미 진행된 상태였기에 키브라를 재건축하기에는 난관이 적지 않았다. 이에 '17° 차이'를 그 비밀의 열쇠로 사용하기로 하였다.'

물론 이 추론은 그녀가 설정한 하나의 가설에 불과했다. 그러나 일견 그러할 가능성도 배제할 수 없었다. 이러한 내용대로라면 '라 메스키타'의 건축설계 책임자와 비밀장치자는 동일 인물이어야만 했다. 그렇게 될 수밖에 없었다.

세 번째 의문과 트로이유적을 발견할 때의 과정을 비교해보았다. 역사적인 사실에서 문제의 답을 구해보고 싶었으나 유사성은 없어보였다. 단지 두 사례 모두 실제 거리와 측정 거리에서 차이가 난다는 정도뿐이었다. 슐리만은 「일리아드와 오디세이」의 문장들을 분석하고 종합해서 당시의 전함 크기와 속도까지 알아내 다르다넬스해협 근처의 트로이지역을 유적지로 예상했다. 그럼에도 발굴 초기에는 연달아 실패했다. 측정의 오차 즉 3600여 년의 기나긴 시간이 지나면서 해안선 형태가 점진적으로 변화해왔다는 사실 등을 감안하지 못했고 이에 따라 지형학적 분석에서도 계속 오류를 범했기 때문이었다.

그녀는 머리가 아파왔다. 또다시 미망의 세계로 빠진다는 것이 겁이 나고 두려웠다. 그러다가 이러한 의문을 제기하는 과정에서 한 걸음 더 나아가 '압드 알-라흐만 1세'의 사고를 따라가 보기로 했다. '라 메스키타'를 건축한 인물의 의도를 추정해본다면 의문 해결에 도움이 되지 않을까. 그럴 것 같았다. 에미르는 내란, 전쟁 등의 경우들을 제외하고 '라 메스키타'가 파괴되는 일은 없으리라 예상했을 것이다. 워낙 빼어난 기념비적인 건축물이기 때문이었다.

'그렇다 해도 부분적인 파괴, 증축 등의 가능성을 염두에 두지는 않았

을까? 또한 이중아치 형태의 골격을 유지하면서도 그럴 수 있다고 생각하지 않았을까?'

그렇다면 어떠한 경우에도 파괴되지 않을 부분을 만들어서 그곳에 '라 메스키타' 비밀을 숨겨두었을 확률이 높았다. 따라서 '원래 방향 각도의 창문(키브라 17° 남서쪽 창문)'을 통해 들어온 햇빛이 비치는 부분은 전체구도 면에서 가장 오래 유지되리라 예측되는 부분일 것이다. 그녀는 스스로 생각해도 이 추론이 그럴 듯해 보였다.

26. 15개 이중아치

이제 '라 메스키타' 비밀에 거의 접근했다. 마리암은 망설임 없이 건축물 내부로 들어갔다. 마침 시간도 오후 5시 가까이 되었다. 키브라가 위치해야 하는 원래 방향의 창문에서 흘러들어온 햇빛이 비치는 곳에 위치한 이중아치들을 찾아보았다. 하지만 살펴보니 이렇게 해서는 알 수 없었다. 그 창문으로부터 들어오는 햇빛과 그 옆의 창문들로부터 들어오는 햇빛을 구분할 수 없었기 때문이었다. 당연한 일이었다.

이렇게 한참 고민하다가 어제 편의를 제공해 준 관리실 직원을 찾아갔다. 현 상황을 에둘러 말하고 '키브라 17° 남서쪽 창문' 양옆의 창문들을 몇 분간 봉쇄해 주기를 청했다. 그러나 이번에는 통하지 않았다. 오히려 무슨 말도 안 되는 청을 하느냐는 그런 표정이었다. 다시 밖으로 나왔다. 생각해보니 '압드 알-라흐만 1세'가 양옆의 창문을 무엇인가로 가리고 그 비밀을 장치했을 것 같지는 않았다. 그녀는 자신의 행동이 어이없기도 해서 얼굴이 붉어졌다.

'그렇다면 그 당시에 어떻게 해서, 어떠한 방법을 사용해서 비밀을 장치했을까?'

그럴싸한 수단이나 방법을 어서 찾아야 했다. 마음이 바빴다. 이렇게 어물어물하다가 시간이 지나간다면 다시 내일 17시까지 기다려야 했다. 서둘러 빠른 걸음으로 그 창문 인근으로 다가갔다. 그 주위를 둘러보다가 딱히 무슨 생각이 나지 않아 그대로 가만히 서 있었다. 자신이 생각하기에도 그 창문 양옆에 위치한 창문들을 가려달라고 했던 청은 무리였다. 그렇게 한쪽에 비스듬히 서서 '라 메스키타' 창문을 통해 들어오는 햇빛을 보고 있었다.

'아! 이렇게 간단한 방법을 왜 생각하지 못했을까?'

그때 무언가 하나 떠올랐다. 즉 의도했던 방법이 여의치 않자 반대로 시도해보기로 한 것이다. 해당 아치이리라 추측되는 이중아치 기둥들 앞에서 두 권의 책을 얼굴 양옆에 각기 대고 한쪽 눈을 감은 상태로 창문을 바라보았다. 예상은 적중했다. 키브라로부터 17° 남서쪽에 위치한

['키브라 17° 남서쪽 창문' 아래에서 바라본 15개 이중아치 형태]

창문을 확인할 수 있었다. 그런 다음에 해당 창문 아래로 와서 동일한 방식으로 반대 방향을 바라보았다. 책들을 얼굴 양옆에 대고 이중아치 기둥들을 바라보았는데 이중아치 쪽에서 볼 때보다 더욱 바싹 갖다 대었다. 그녀가 손목시계를 보니 17시 정각이었다. 과연 두 권의 책 사이 좁은 폭으로 이중아치 기둥들이 가지런히 일렬로 보였다. 하나씩 살펴보았다.

예상했던 대로 수많은 이중아치 기둥들 중에서 16개 기둥에만 17시 햇빛이 비치고 있었다. 16개 기둥에 햇빛이 비치고 있으니 그 사이의 이중아치들은 15개가 될 것이다. 마음이 설렜다.

'창문 쪽 가까운 형태와 멀리 떨어져 있는 형태 중에서 어디부터 조사할까?'

망설였다. 순간적으로 대상 언어들의 어순을 떠올려보았다. 일단은 창문과 멀리 떨어져 있는 이중아치 형태부터 조사해보기로 했다. 그게 여의치 않다면 순서를 바꿔서 하면 될 터이니 문제없었다. 그녀가 이미 조사한 대로 이중아치 형태는 27개 종류였다. 이중아치 상단은 모두 반원 형태이고 하단은 반원 형태, 굴곡 형태, 겹친 굴곡 형태 등 3개 형태였다. 이중아치 상단과 하단 각각의 붉은 홍예석 개수는 9개, 8개, 6개 그리고 8개, 7개, 6개 등이었다. 첫 번째 이중아치 형태는 이중아치 하단이 겹친 굴곡 형태, 이중아치 상단의 붉은 홍예석 개수 8개 및 하단의 붉은 홍예석 개수 6개였다. 두 번째 이중아치 형태는 하단이 굴곡 형태, 상단 붉은 홍예석 6개 및 하단 붉은 홍예석 6개였다. 이와 같은 방법으로 15개 이중아치 형태들을 모두 조사했다. 이를 그림과 표로 나타내면 다음과 같았다.

[17시 햇빛이 비치는 곳에 위치한 15개 이중아치 형태]

1st 이중 아치	2nd 이중 아치	3rd 이중 아치	4th 이중 아치	5th 이중 아치	6th 이중 아치	7th 이중 아치	8th 이중 아치	9th 이중 아치	10th 이중 아치	11th 이중 아치	12th 이중 아치	13th 이중 아치	14th 이중 아치	15th 이중 아치
반원 형태	반원 형태	반원 형태	반원 형태	반원 형태	반원 형태	반원 형태	반원 형태	반원 형태	반원 형태	반원 형태	반원 형태	반원 형태	반원 형태	반원 형태
겹친 굴곡 형태	굴곡 형태	굴곡 형태	굴곡 형태	반원 형태	겹친 굴곡 형태	겹친 굴곡 형태	굴곡 형태	굴곡 형태	겹친 굴곡 형태	겹친 굴곡 형태	반원 형태	굴곡 형태	굴곡 형태	굴곡 형태
8개	6개	8개	6개	8개	9개	8개	6개	8개	9개	6개	9개	6개	9개	8개
6개	6개	7개	7개	6개	6개	6개	6개	7개	6개	8개	6개	6개	8개	7개

[첫째 줄: 15개 이중아치, 둘째 줄: 이중아치 상단, 셋째 줄: 이중아치 하단, 넷째 줄: 상단 홍예석 개수, 다섯째 줄: 하단 홍예석 개수]

27개 이중아치 형태가 문자를 의미하리라 생각했다. 따라서 27개 철자를 가진 언어를 탐색해야 했다. 일단 가능성 높은 언어는 아랍어였다. 하지만 자음 28개 철자로 이루어진 언어여서 제외했다. 그다음 언어는 라틴어였으나 역시 아니었다. 라틴문자는 'w'가 없어 25개 철자로 이루어졌기 때문이었다. 이 외에 어떠한 언어가 가능성이 있을까. 그녀가 염두에 두고 있던 언어는 고트어였다.

고트문자Gothic Alphabet는 '아리우스주의 기독교' 울필라스Ulfilas주교가 4세기 중엽에 고안한 문자 체계였다. 성경을 고트어로 번역하기 위해서였다. 고트어 철자는 27개로서 22개 자음과 5개 모음으로 이루어졌다. 따라서 이중아치 형태 개수와 일치했다. 고트어로 '라 메스키타' 비밀을 장치한 것이 확실해보였다. 이 중에서 20개 철자는 그리스문자의 '둥근 대문자 필사체'에서 비롯되었다. 이외의 7개 철자는 울필라스가 고안했는데 라틴문자나 북유럽의 룬Runic문자를 일부 변형하거나 차용했으리라 추측했다.*

코르도바 '라 메스키타'에 비밀을 장치하려고 하니 어쩌면 고트어가 적절했을지도 모른다. 정복자 '압드 알-라흐만 1세'가 피정복자 언어인 고트어를 사용해 비밀을 장치하리라고 누구도 예상하기 어려웠을 것이다. 서고트왕국이 패망한 해는 711년이고 '라 메스키타' 건축을 시작한 해는 785년이었다. 따라서 그때까지 이 지역에서 고트어가 사용되고 있을 확률이 높았다.

하지만 그녀는 바로 의아심이 생겼다. 여러 문헌에서 '압드 알-라흐만 1세'가 고트어에 대해 좋지 않은 이미지를 가졌다는 문장을 읽었기 때문이었다. 즉 코르도바에서 반란 등을 모의할 때 관련 암호문을 고트어로 작성했다는 보고를 받고 진노했다는 내용이었다. 그래서 한때 에미르의 훈령으로 고트어 사용을 금하기도 했다. 이러한 상황에서 '라 메스키타' 비밀을 고트어로 장치했다는 것이 선뜻 납득되지 않았다.

마르코스가 중세사연구소 고문헌자료실에서 「왕립학술원 소사小史」라는 문헌을 찾았다. 이 기록 중에서 '압드 알-라흐만 1세'가 라틴어로

---

* 고트어Gothic Language는 게르만어, 고대 게르만어 등의 연구에 있어 중요한 고대 언어였다. 고트어는 동고트족 동고트어와 서고트족 서고트어로 나누어졌으나 그 차이는 크지 않았다. 크림반도와 아펜니노반도에 위치했던 동고트왕국은 553년 비잔틴제국에 의해 패망했다. 이에 따라 언어도 소멸되었다. 서고트어는 711년경에 소멸되었지만 그 이전부터의 쇠퇴를 추정하기도 했다. 그러한 이유는 종교였다. 아리우스주의를 신봉하던 귀족들이 로만가톨릭으로 종교적 색채가 바뀌게 되면서 의식적으로 서고트어를 멀리했다. 아리우스주의를 믿는 시민들이 서고트어를 사용했기에 언어적으로도 차별을 두고자 했던 의도였다. 따라서 왕국의 종식 이전에도 서고트어는 소멸이 시작된 것과 다름없었다. 또한 고트어는 '동부게르만언어군'에 속했다. 이 언어군의 주요 언어로 반달Vandals어, 게피드Gepid어, 부르군트Burgund어, 루기Rougi어 등이 있다. 이들 중에서 반달어는 로마시대 문헌들을 통해 그 윤곽을 알 수 있다. 반달왕국이 지중해를 사이에 두고 로마제국과 일전일퇴를 거듭했기에 관련 기록이 남아 있기 때문이었다. 이외 언어들은 남아 있는 자료들이 적었다.

작성된 고전들을 학술원 학자들과 꾸준히 공부했다는 내용이 있었다. 그 당시 가톨릭사제, 학자 등을 제외하고 라틴어를 공부하는 이는 없다고 보아도 무방했다. 그렇다면 이 비밀은 라틴어로 장치되어야 보다 설득력이 있지 않을까. 하지만 그 어떤 것도 단지 추측일 뿐이었다. 그녀는 일단 고트어로 가정하고 비밀을 풀어나갈 예정이었다. 이중아치 형태와 고트어 철자 개수가 일치하므로 더 망설일 수가 없었다.

고트어 27개 철자를 확인해보니 다음과 같았다. 모음은 자음과 구별하기 위해 편의상 밑줄을 그어 표기했다.*

𐌰, 𐌱, 𐌲, 𐌳, 𐌴, 𐌵, 𐌶, 𐌷, 𐌸, 𐌹, 𐌺, 𐌻, 𐌼, 𐌽, 𐌾, 𐌿, 𐍀, 𐍁, 𐍂, 𐍃, 𐍄, 𐍅, 𐍆, 𐍇, 𐍈, 𐍉, 𐍊

그녀가 고개를 돌리니 마르코스가 출입문 근처에서 두리번거리고 있었다. 어제 점심 식사를 같이 했는데도 오랜만에 보는 것처럼 반가웠다. 후배와 함께 조사하니 힘이 덜 들었다. 다음 단계로 16개 이중아치 기둥들 사이에 있는 15개 이중아치 형태를 검토했다. 각기 형태가 달라 보였다. 그러나 세어보니 15개보다 적었으며 형태가 같은 것들도 눈에 띄었다. 동일한 형태가 3개 있는 것이 2세트 즉 각각 하나씩 있었고, 동일한 형태가 2개 있는 것도 역시 2세트였다. 또한 형태가 단수로 있는 것은 5종류였다. 따라서 이중아치 형태들은 모두 9종류로 구분할 수 있었다.

"그렇다면 그 동일한 형태들은 고트어의 모음일 확률이 높아."

"선배 의견에 동의해요. 모음일 거예요."

* 보다 상세한 고트어 철자에 관한 내용은 부록 '고트어 27개 철자의 음역, 이름, 국제음성기호'에서 확인해볼 수 있다.

도서관에서 대출해 온 문헌 「중세시대 언어 연구」의 페이지를 넘기며 후배가 곧바로 대답했다. 어제보다 표정이 조금 밝아 보였다. 해결의 실마리도 잡은 듯 미소 지었다. 그들은 관련 문헌들을 보면서 고트어의 문자 체계를 재검토했다. 고트어 모음들은 '𐌰, 𐌴, 𐌹, 𐌿, 𐍉'로서 5개였다. 이 모음들과 음가를 각기 결합해 나타내면 '𐌰 /a/, 𐌴 /e/, 𐌹 /i/, 𐌿 /u/, 𐍉 /o/'로 정리할 수 있었다.

"동일한 형태가 3개 있는 2세트 중 하나는 'e'일 가능성이 커. 키드의 암호를 풀 때도 제일 많이 등장하는 기호를 'e'라고 하니까 해결이 되었지."

여기서 '키드의 암호'는 치환암호였다. 키드는 포의 추리소설 「황금풍뎅이」에 나오는 해적선 선장의 이름이었다.

"그럴 것 같아요. 라틴알파벳을 쓰는 언어들에서 빈도수 1위 철자는 'e'이지요."

그들은 동일한 형태가 3개 있는 이중아치의 형태들 중에서 먼저 '굴곡 형태(하단 부분), 상단 붉은 홍예석 6개, 하단 붉은 홍예석 6개'를 선택했다. 이것은 15개 이중아치 형태 중에서 두 번째, 여덟 번째, 열세 번째 등의 위치에 있었다. 이들을 철자 'e'로 표시해보니 아래와 같았다.

'* 𐌴 * * * * * 𐌴 * * * * 𐌴 * *'

다음으로 '굴곡 형태(하단 부분), 상단 붉은 홍예석 8개, 하단 붉은 홍예석 7개'를 조사했다. 이것은 15개 이중아치 형태 중에서 세 번째, 아홉 번째, 열다섯 번째 등의 위치에 있었다. 이들도 철자 'e'로 표시해보니 아래와 같았다.

'* * 𐌴 * * * * * 𐌴 * * * * * 𐌴'

그들은 상기한 두 개의 알 수 없는 문장 형태에서 추론을 시작해야 했다. 고트어가 동부게르만언어군에 속하는 고대 언어라는 사실을 떠올렸다.

"지금 우리가 고트어에 대해 갖고 있는 정보는 초보 수준이야. 하지만 고트어가 동부게르만언어군에 속하니 독일어하고 어느 정도 유사하지 않겠어?"

"그렇겠지요. 선배가 독일어를 잘하니 유추해 보세요."

예상대로였다. 고트어는 독일어와 어휘, 문법 등 두 가지 측면에서 유사했다.* 거기에다 고트어는 라틴어, 그리스어 등과도 문자 체계 중 일부분은 유사할 가능성이 있었다. 기본적으로 라틴알파벳을 사용하기 때문이었다.

그들은 독일어, 라틴어, 그리스어 등의 철자 사용 빈도에 대해 조사해보았다. 그 결과는 대동소이했다. 사용 빈도가 높은 철자는 모음 중에서 'e' 다음에 'i', 'a', 'u', 'o' 순이었다. 자음 중에서는 'n', 's', 'r', 'd' 순으로 이어졌다. 따라서 고트어도 철자 사용 빈도에 있어 이 범주에 있으리라고 판단했다. 이러한 방식의 추론은 상당한 신뢰도를 수반하고 있었다.

그들은 계량화된 관련 자료를 찾아보았다. 의외로 수치로 표시된 기록들이 적어서 한동안 고민했다. 그러다가 현대독일어 철자의 출현 빈도에 관한 문헌을 참조하기로 했다. 앞서 추측한 대로 고트족도 게르만족의 일원이니 고트어는 현대독일어와 일정 부분 유사성이 있을 것이다. 따라서 언어 사용 및 표현에 있어서 철자 출현빈도의 백분율도 상

---

* 즉 고트어는 음역으로 보면 독일어와 유사점이 다수였다. 문법으로 보아도 4개 격, 3개 성 등을 가지고 있는 점도 흡사했다. 단지 각각의 문자 체계가 달라서 이질적인 언어로 보일 뿐이었다. 하지만 독일어 움라우트Umlaut가 고트어에서는 발견되지 않았다. 이중모음을 비롯한 모음체계는 독일어와 상이한 것으로 보였다. 또한 고트어 문법에는 고대 언어들의 특징인 양수兩數가 포함되어 있었다. 둘(숫자 2)로 파생되는 개념을 셋(숫자 3) 이상과 구별해서 표현하는 복수의 특이한 형태였다.

관관계가 있으리라 예상했다. 모음은 'e'→17.40%가 선두였다. 자음은 'n'→09.78%를 선두로 해서 이어졌다. 이러한 결과를 정리해 표로 나타내니 다음과 같았다.

[출현빈도가 높은 (현대독일어) 철자들의 빈도 백분율]

모음 'e' → 17.40%	
모음 'i' → 07.55%	자음 'n' → 09.78%
모음 'a' → 06.51%	자음 's' → 07.27%
모음 'u' → 04.35%	자음 'r' → 07.00%
모음 'o' → 02.51%	자음 'd' → 05.08%

그러므로 3번 반복해 사용된 철자가 2세트 있다면 하나는 'e', 다른 하나는 나머지 8개 철자 중 하나일 가능성이 높았다. 현대독일어에서 'e'의 빈도수가 17.40%로 압도적이기에 고트어도 그러리라는 가정 하에 유추했기 때문이었다. 그리고 'o'의 백분율은 '02.51%'로서 타 철자들에 비해 상대적으로 낮아 'o'를 제외한다면 7개 철자 중 하나가 될 테니 시도해볼 만했다.

이러한 생각을 토대로 두 문장을 차례대로 관찰했다. 'e'가 포함된 두 문장 중에서 하나는 참이라고 예상했다. 어느 문장이 참일까. 이대로 보아서는 판단하기가 어려우니 두 문장 중에서 어느 하나를 다른 철자로 대체해 써보면 나을 것 같았다. 일단 첫 번째 문장의 'e'는 그대로 두고 두 번째 문장의 'e'를 'i'로 대체했다. 다음에 두 개의 문장을 합치니 아래와 같은 새로운 문장이 나타났다.

'* e i * * * * e i * * * e * i'

이와 같은 방법으로 두 번째 문장의 'e'를 대체할 수 있는 철자들을 시험해보았다. 두 번째 문장의 'e'를 빈도가 높은 모음 'i', 'a', 'u', 'o'와 자음 'n', 's', 'r', 'd' 등으로 대체해 본다는 의미였다. 다음에 두 개의 문장을 합쳐볼 요량이었다. 이러한 시도에서 그 무엇도 발견되지 않는다면 순서를 바꿔서 재차 시도하면 될 것이다. 그 결과는 다음과 같았다. 이것은 3번 반복해 나타난 '굴곡 형태(하단 부분), 상단 붉은 홍예석 6개, 하단 붉은 홍예석 6개'를 'ϵ'로 가정해 나온 문장들이었다.

'* ϵ I * * * * ϵ I * * * ϵ * I' (모음 i)

'* ϵ λ * * * * ϵ λ * * * ϵ * λ' (모음 a)

'* ϵ n * * * * ϵ n * * * ϵ * n' (모음 u)

'* ϵ Q * * * * ϵ Q * * * ϵ * Q' (모음 o)

'* ϵ N * * * * ϵ N * * * ϵ * N' (자음 n)

'* ϵ S * * * * ϵ S * * * ϵ * S' (자음 s)

'* ϵ R * * * * ϵ R * * * ϵ * R' (자음 r)

'* ϵ ∂ * * * * ϵ ∂ * * * ϵ * ∂' (자음 d)

그들은 위 8개 문장에서 의미 있는 내용을 이끌어내야 했다. 하지만 아무리 생각해도 알 수 없었다. 그녀는 고트어에 거의 문외한이었고 마르코스도 마찬가지였다. 거기에다 열다섯 개 철자들이 한 문장인지, 두 문장인지, 그 이상의 문장인지 등도 알 수 없었다. 그것도 아니라면 어떠한 문장들의 약어인지도 몰랐다. 이러한 상태에서 그 무엇인가를 추측하기는 쉽지 않은 일이었다.

"마르코스! 연상되는 내용이 있어?"

"없는데요."

"조금도?"

"캄캄한 어둠을 헤매는 기분입니다."

할 수 없이 그들은 위의 작업을 순서를 바꿔서 해보기로 했다. 첫 번째 문장의 'e'를 빈도수 높은 8개 철자로 바꾸고 두 번째 문장의 'e'는 그대로 두는 방식이었다. 역시 15개 이중아치 형태들에서 3번 반복해 나타난 '굴곡 형태(하단 부분), 상단 붉은 홍예석 8개, 하단 붉은 홍예석 7개'를 'ϵ'로 가정해 시도해본 결과였다.

'* I ϵ * * * * I ϵ * * * I * ϵ' (모음 i)

'* Λ ϵ * * * * Λ ϵ * * * Λ * ϵ' (모음 a)

'* n ϵ * * * * n ϵ * * * n * ϵ' (모음 u)

'* Q ϵ * * * * Q ϵ * * * Q * ϵ' (모음 o)

'* N ϵ * * * * N ϵ * * * N * ϵ' (자음 n)

'* S ϵ * * * * S ϵ * * * S * ϵ' (자음 s)

'* R ϵ * * * * R ϵ * * * R * ϵ' (자음 r)

'* ↄ ϵ * * * * ↄ ϵ * * * ↄ * ϵ' (자음 d)

그녀는 마음을 가라앉히고 그 무엇인가를 연상해내려 노력했다. 2가지 유형의 각 8개 문장, 모두 16개 문장을 바라보았다. 내내 보고 또 보았다. 그 문장들을 노트에 적어서 도서관으로 향했다. 거기 가서도 눈을 떼지 않았다. 물론 아무것도 알 수 없었다. 그야말로 캄캄한 어둠이었다. 하지만 그녀는 흐뭇하기만 했다. 이수영의 '기호화된 메시지'에 대해 들었기 때문이었다. 그때 얼마나 공감했는지 모른다. 어려움 속에서도 그러한 생각을 하다니 역시 그는 독특한 사고체계를 가지고 있었다.

'어쨌든 지금 기호화된 메시지를 가지고 있잖아? 이는 시간이 소요될 뿐이고 언젠가는 그 의미를 알 수 있다는 뜻이지.'

그녀는 아무것도 찾지 못해 절망적이던 나날들을 떠올려보았다.

"인생에 있어 기호화된 메시지를 발견한다는 건 행복한 일이다. 설사 발견된 그 메시지가 자신을 힘들게 할지라도 진정으로 행복한 일이야."

27. 실패

마리암은 인문과학실에서 고트어 자료들을 찾아보았다. 서고트족이 주변 민족들에게 흡수 동화되어 사라진 지 13세기가 지났고 고트어도 소멸되었다. 따라서 고트어 관련 문헌들은 제한적일 수밖에 없었다. 물론 있기는 했으나 주로 개론서 성격의 참고서였다. 이러한 자료들은 그들이 원하는 정보를 제공해주지 못했다. 찾아볼 대상물이 거의 없다는 사실을 확인하고 마르코스가 허탈해했다. 옆자리에서 바라보니 지쳐보였다. 하긴 그럴 만도 했다.

그녀는 이번 주 월요일에 알리시아가 다녀갔던 생각이 났다. 어느새 금요일이었다. 지난 5일간을 돌이켜보니 하나의 문장을 떠올리고 그것을 토대로 여기까지 올 수 있었다. '물질을 빛과 형태로 바꾼다.'라는 단문이었다. 이처럼 사고의 궤적을 추적하다보면 문제에 대한 답을 혹은 단초라도 얻을 수 있는 법이다.

"이 16개 문장의 단초는 어디 있을까? 어쩌면 이미 보았던 자료들에 있었을지도 모르지."

"그동안 읽어보았던 문헌들의 양이 너무 적었지요. 그래도 그중에서 특이한 내용은 마리암공주의 행적이었어요."

"그게 단초가 될 수도 있어. 이해하기 힘든 그 정황에 뭔가 숨겨져 있지 않을까?"

"으음."

후배는 가만히 고개를 숙이고 별다른 대답이 없었다. 그녀는 시간을 거슬러 올라가서 마리암공주에게 감정이입을 해보았다. 그 당시에 공주에게 펼쳐진 납득할 수 없는 정황과 심리 상태 등을 이해하려 했다.

"더욱이 '라 메스키타' 완공년도에 북아프리카로 떠났어. 그 건축공사와 무슨 연관관계가 있지 않았을까?"

"이미 '압드 알-라흐만 1세'는 세상을 떠났고 '히샴 1세'가 에미르위를 물려받았지요. 공주가 새로운 통치자와 어떠한 알력 등을 빚은 건 아닐까요?"

"꽤 그럴듯하게 들리네."

"그렇다면 어떤 종류의 갈등이었을까요?"

"아마도 '라 메스키타' 건축과 관계된 정치적, 종교적 갈등 등이겠지?"

그들은 마치 가설을 세우듯이 추론을 이어갔다. 그렇게 형성된 사고의 궤적을 그대로 따라가 보기로 했다. 그녀는 지난 화요일 저녁 무렵에 '압드 알-라흐만 1세'의 종교적 성향을 검토하면서 가졌던 생각이 떠올랐다. 서고트왕국, 프랑크왕국 등 '압드 알-라흐만 1세'와 관계있는 주요 국가들은 모두 기독교 국가였다. 그렇다면 에미르에게 종교적인 그 무엇이 중요했을 것이다. 더구나 기독교와 이슬람교처럼 이질적인 관계라면 더 말할 나위도 없었다.

중세 초기 기독교에서 서로 다른 분파는 용납되지 않았다. 일례로 서고트왕국의 레카레드는 제3차 톨레도공의회에서 가톨릭주의를 왕국의 공식교리로 받아들였다. 이에 따라 왕국 내에서 가톨릭신자가 아닌 자를 용인하지 않았다. 당연히 종교적 관용도 이루어지지 않았다. 그러할 정도이니 기독교와 이슬람교의 관계에서 상호 존재의 용인은 발상 자체가 불가능한 일이었다. 가만히 눈을 감고 당시의 종교적 상황을 떠올려보았다. 자신의 육체는 현대에 있으나 마음은 중세에 가 있었다. 그녀에게 있어 중세는 단순한 과거가 아니라 마음의 고향 같은 그러한 의미였다. 아련함이 떠오르는 그 시대로 갈 수 있다면 시간을 거슬러 한번 가보고 싶었다.

이와 함께 '압드 알-라흐만 1세'의 종교적 성향을 검토할 때 간과할 수 없는 내용이 있었다. 바로 우마이야왕조의 영토 확장과 관련된 '종교적 관용'이었다. '무아위야 1세'가 건국한 이 제국은 이슬람문명권 역사에서 유일하게 이슬람권 전 지역을 하나의 국가로 통일시켰다.* 이렇게 제국을 확장한 후에 그들에게 제기된 과제는 영토로 새롭게 편입된 지역의 이교도들과 그 이교에 대한 관계 설정이었다. 즉 여러 범주의 이교도들에 관한 '종교적 관용'이 국정과제로 떠오른 것이다. 하지만 그들은 개종을 강제하지 않았고 종교적 박해도 하지 않았다. 오히려 타 종교들을 인정했으며 이의 결과로 종교 선택 자유도 존중했다. 물론 정복자 수가 피정복자 수에 비해 소수였기에 불가피한 '종교적 관용'이었다는 시각도 있으나 사회통합을 시도한 종교적인 관용이었음은 부인하기 어려울 것이다.

"이러한 우마이야왕조의 '종교적 관용'이 '압드 알-라흐만 1세'의 종교관에 영향을 미치지 않았을까? 그 왕조의 마지막 왕자였으니 그럴 수도 있겠지."

"충분히 가능성이 있다고 생각해요. 새로운 이슬람왕국을 건설했기에 이베리아반도에서 사회통합의 필요성을 절감했을 거예요."

"그렇다면 16개 문장 분석의 단초는 종교와 관련된 개념이어야 해."

"동의해요. 새 국가를 다스리는데 종교가 중요했을 거예요."

---

* 수도 다마스쿠스를 기점으로 동쪽으로는 중앙아시아 '아무다리야 강'과 '시르다리야 강'을 넘어 인도 북부 및 파키스탄 중북부 등에 걸쳐있는 펀자브 지역까지 제국을 확장시켰다. 서쪽 방향으로는 710년경 북아프리카 전 지역을 제국의 영역으로 순식간에 편입시켰고 이 여세를 몰아 711년에는 지브롤터해협을 건너 유럽지역 중남부까지 공략했다. 이로서 중세 초기 요지였던 트란스옥시아나Transoxania를 포함하여 그 인근부터 이베리아반도까지 광대한 지역이 우마이야왕조 영토가 되었다.

"그게 무엇일까?"

"에미르는 한 국가의 군주였어요. 어쩌면 개인적인 사고와 군주로서의 사고가 일치하지 않는 문제일지도 모르지요."

"상이한 입장으로서의 사고불일치 가능성? 쉽지 않은 주제야."

"하여튼 간단한 문제는 아닐 겁니다."

"혹시 '신'에 관한 그 무엇이 아닐까? 생각해 봐. '압드 알-라흐만 1세'가 고향 다마스쿠스를 떠나 유럽 지역에서 새 왕조를 열었으니 온갖 어려움들을 이겨내기 위해 '신'에게 의지하고 싶었겠지."

"그렇다 해도 '신'에 관한 거라면 관련 영역이 넓어요."

"그렇지."

"어쩌면 생각하기에 따라서 해당 범위가 무한정일 수도 있어요. 가능한 한 영역을 한정시켜야 해요."

"……'신'이라는 존재 그 자체! 어때?"

그들은 고트어 단어 중에서 종교와 관련된 단어를 찾아 16개 문장들과 비교해 보기로 했다. 여기서 무엇인가 꼭 찾아야 했다. 가장 가능성이 높은 단어는 '신'이었다. 당연히 첫 번째 단어로 선택되었다. 마르코스도 이에 대해 별다른 이의를 제기하지 않았다. 그녀는 색인 작업을 해놓은 관련 자료들을 모두 펼쳤다. 고트어로 '신'을 찾아보니 '**𐌲 𐌿 𐌸**', 음성기호는 [guth]였다. '**𐌲 𐌿 𐌸**'에서 모음은 '**𐌿**' 밖에 없었으나 16개 문장과 하나씩 비교해가며 어떠한 연결고리를 찾으려 했다. 하지만 어떠한 실마리도 찾을 수 없었다. 16개 문장을 재차 검토해보아도 마찬가지였다. 그녀는 그럴 리 없다고 생각했다.

곧바로 고트어 단어의 4개 격을 상기하고 '**𐌲 𐌿 𐌸**'의 나머지 격들에서 단서를 찾고자 했다. 일단 '**𐌲 𐌿 𐌸**'는 1격이자 4격이었다. 2격 즉 소유격은 '**𐌲 𐌿 𐌳 𐌹 𐍃**', 음성기호는 [gudis]였다. 3격 즉 여격은 '**𐌲 𐌿 𐌳 𐌰**', 음성기호는 [guda]였다. 그리고 '𐌲 𐌿 𐌳 𐌹 𐍃'에서 모음은 '𐌿, 𐌹'였으며, '𐌲 𐌿 𐌳 𐌰'에서 모음은 '𐌿, 𐌰'였다. 두 단어들의 모음형태를 보아서 무언가 나올 것 같았으나 아무 것도 발견할 수 없었다. 상심이 컸다.

고트어는 타 라틴알파벳 언어와 달리 하나의 단어가 24개 형태로 변화했다. 1격, 2격, 3격, 4격 등이 각기 남성, 중성, 여성 등으로 변화하고 다시 이들이 복수로 변화해서 모두 24개 형태가 되었다. 따라서 '𐌲 𐌿 𐌸'를 24개 형태로 변화시켜 16개 문장들에 대입해 보았다. 그러나 결과는 동일했다.

"종교 단어들 중에서 '신'보다 상징성 있는 단어가 어디 있겠어."

손가락으로 책상을 두드리며 그녀가 말했다. 맥 빠진 음성이었다.

"그렇긴 해도 종교와 관련된 다른 단어들도 가능성이 있겠지요."

"그건 그래."

"……"

당연했다. 이번에는 가능성 있는 단어들의 목록을 노트에 적어 비교해보았다. 모음이 포함된 고트어 단어 중에서 16개 문장의 모음과 일치될 가능성이 있는 단어들로 선별했다. 따라서 모음이 두 개 있거나 이중모음을 가진 단어라면 더 적합할 것이다. '신' 다음으로 가능성이 높은 단어는 'Lord' 즉 '주님'이라 예상했다. 이렇게 조사한 고트어 단어들을 '𐌲 𐌿 𐌸'에 이어 적어보니 아래와 같았다.

[종교와 관련된 주요 고트어 단어]

단어	음성기호	의미
'𐌲 𐌿 𐌸'	[guth]	신 '𐌲 𐌿 𐌳 𐌹 𐍃' '𐌲 𐌿 𐌳 𐌰'
'𐍆 𐍂 𐌰 𐌿 𐌾 𐌰'	[fráuja]	주님
'𐌰 𐌹 𐌽 𐍃'	[áins]	하나
'𐌲 𐌰 𐍂 𐌴 𐌷 𐍃 𐌽 𐍃'	[garēhsns]	계획
'𐌱 𐌹 𐌳 𐌾 𐌰 𐌽'	[bidjan]	기도하다

‘𐍃𐌿𐌽𐌾𐌰’	[sunja]	진리
‘𐍆𐍂𐍉𐌳𐌴𐌹’	[frōdei]	지혜
‘𐍂𐌿𐌽𐌰’	[rūna]	비밀
‘𐌼𐌰𐌽𐌰𐍃𐌴𐌸𐍃’	[manasēþs]	인류/세상

상기한 단어 중에서 8개 단어(‘신’ 제외)는 전부 24개 형태로 변환해 표를 만들었다. ‘신’의 복수형 경우처럼 ‘주님’의 복수형이 무슨 의미가 있을까 하는 생각이 들기도 했다. 그래도 계속 시도했다.

“이슬람교도 유일신을 믿고 있는데 무리한 시도 아닌가요?”

“그렇기도 하지. 하지만 15개 이중아치 형태들이 가리키는 문장에서는 의미상 사용될 수도 있지 않을까?”

“……”

그녀는 멈칫거리고 있는 마르코스를 격려하며 하던 작업을 진행해 나갔다.* 이렇게 조사한 고트어 단어 192(8×24)개를 16개 문장들과 일일이 대조하며 비교했다. 옆에서 묵묵히 도와주는 마르코스의 숨소리가 힘겨워 보였다. 그러나 결국 실패로 끝났다. ‘신’으로부터 파생된 단어 3개와 나머지 8개 단어는 어떠한 실마리도 제공해주지 못했다. 기운이 빠졌다. 아득하기만 했다. 그녀는 차마 옆으로 고개를 돌려 후배의 얼굴을 쳐다볼 수 없었다.

28. 연관관계

그럼에도 좌절하지 않았다. 여기서 이대로 주저앉을 수 없었다. 뭔

* 예를 들어 ‘a'ins’의 24개 형태는 부록 ‘고트어 단어 24개 형태 변환의 예’에서 확인해볼 수 있다.

가 방향 설정에 오류가 있는 게 분명했다. 이외에 어떠한 단어가 관련 있을지 연상해보았다. 그러다 마리암은 두 뺨에 손을 올리며 고개를 쳐들었다. 이어서 넌지시 말을 건넸다.

"이런 생각을 왜 못했지? 'Allah', 'Emir', 'Umayyad' 등의 단어들은 어때?"

"글쎄요~"

마르코스가 부정적인 어투로 말꼬리를 길게 내리며 말했다. 그의 짧은 대답이 끝나기도 전에 그녀는 깨달았다. 고트어에는 'Allah', 'Emir', 'Umayyad' 등의 단어가 없을 가능성이 높았다. 울필라스가 4세기 중엽 고트어로 성경을 번역할 무렵에 무함마드는 태어나지도 않았기 때문이었다. 아쉽게도 「고트어 성경」 원본은 전해지지 않았다. 단지 5~6세기의 여러 문헌에서 그 내용이 일부 전해졌다. 이들 중에서 웁살라대학 도서관에 소장되어 있는 '코덱스 아르겐테우스' 필사본은 소멸된 고트어의 유일한 기록이었다.

"하지만 'Allah'라는 단어는 경우가 달라요. 중근동 지역에서 이슬람교가 태동하기 이전부터 사용되었다는 기록이 있고 그 인근의 일부 기독교도들은 7세기까지도 '신'을 'Allah'라고 호칭했지요."

"기독교에서 '신'과 'Allah'를 동일시했다는 말이야?"

"그렇지요. 따라서 울필라스가 성경을 번역할 당시에도 'Allah'라는 단어가 사용되었을 수 있어요."

"듣고 보니 그럴 수도 있겠네."

알라는 '신'이라는 의미였다.* 아랍어권역에 있는 일부 기독교도들이 '신'을 부를 때 '알라'라는 표현을 사용하기도 했다.

---

* 어원은 정관사 알al과 '신'을 의미하는 일라흐Ilāh가 결합된 '알-일라흐al-Ilāh'에서 비롯되었다. 중근동 지역에서는 이슬람교 이전 시기에도 유일신 개념이 있어서 '알라'가 '신'으로 알려졌다.

"거기에다 'Emir', 'Umayyad' 등의 단어들도 울필라스 이후에 고트어 단어로 추가되었을 가능성이 있어요. 그렇지 않나요?"

에미르는 일반적으로 후기우마이야왕조 통치자를 지칭했다. 그 당시 아바스왕조 통치자는 할리파Khalifa라고 불렀다. 에미르를 총독이라고도 해석했으나 이는 협의의 의미이고 할리파에 대응되는 호칭으로서의 해석이 더 적절했다. 후기우마이야왕조 후대에서는 통치자 자신을 할리파라고 선언하기도 했다.

'라 메스키타'에서 우마이야 표현이 쓰였다면 그것은 후기우마이야왕조를 의미했다. 왜냐하면 우마이야왕조, 후기우마이야왕조 등은 후대 역사가에 의해서 지칭되었기 때문이었다. 실제로 당시에는 국가 명칭 관련하여 '우마이야'라는 용어만 사용되었다.

"그렇지."

후배의 그러한 추측도 일리가 있었다. 그래서 알라, 에미르, 우마이야 등에 무함마드까지 포함해 모두 4개 단어를 16개 문장에 대입하여 조사하기로 했다. 이러한 단어들이 고트어 단어로 추가된 상태에서 서고트왕국 멸망 이후에도 사용되었을 수 있기에 적은 확률이었으나 단념하지 않고 시도한 것이다.

"무언가 시도하면 가능성이 1%라도 있지만 포기하면 0%야. 1%와 0%의 차이는 비교할 수 없을 정도의 차이이지."

독백에 가까운 이 말을 듣자마자 마르코스는 안경을 중지로 치켜올리며 그녀를 한동안 바라보았다.

"그럴 거라고 생각해요. 1%와 0%의 차이는 있음과 없음의 차이이고 하늘과 땅만큼의 차이이지요."

"맞아. 삶과 죽음의 차이이기도 해."

"대상이 무엇이건 선배의 그 마음가짐이 인상적이네요. 그러니 여기까지라도 올 수 있었을 거예요."

"이제 시작에 불과해. 그리고…… 서고트족이 패망 이후에도 고트어를 계속 사용했다면 그 단어들을 대화 중간에 언급했을 거야. 그렇다면 '라 메스키타' 준공년도까지도 어쩌면 전해졌겠지?"

"711년부터 791년까지 80년 시간이므로 전해졌을 가능성이 다분해요. 언어라는 사회관습 체계가 그렇게 쉽게 소멸되지 않잖아요."

하지만 이번에도 결과는 동일했다. 'Allah', 'Emir', 'Umayyad', 'Muhammad' 단어들과 16개 문장과의 연관성을 찾고자 했으나 그 무엇도 발견할 수 없었다. 더구나 네 단어는 전부 모음이 두 개 이상 있었음에도 16개 문장의 모음과는 하나도 연결되지 않았다.

의외로 연관성은 엉뚱한 곳에서 다가왔다. 16개 문장이 아니라 중세 초기 역사와의 연관이었다. 그녀는 종교와 관계된 11개 단어 외의 관련 단어들을 조사하다가 'Atta'라는 고트어를 발견했다. 그 의미는 부父였다. 그런데 훈Hun족의 언어, 투르크어 등에도 동일한 철자의 단어가 있었다. 그 발음 및 의미도 같았다. 이에 다소 의아한 생각이 들어 전후관계를 알아보았다.

고트족은 3세기 전후 동고트족과 서고트족으로 분리되었다. 초기에 크림반도를 중심으로 왕국을 건설했던 동고트족은 4세기 말에 훈족이 침입해오면서 위기를 맞았다. 이후로 동고트족은 훈족과 1세기 가까이 전쟁을 벌였다. 훈족의 가혹한 지배를 받기도 했다. 그러므로 동고트족과 훈족은 연관 관계가 부정적으로 깊었다. 하지만 이러한 상태에서도 그들은 다방면에서 상호영향을 미쳤다. 이 기간에 고트어와 훈족 언어도 영향을 주고받았을 터이고 그래서 동일한 단어들이 두 언어 사이에 공존할 수 있었을 것이다.*

---

* 이후에도 15세기 말엽까지 크림반도 일부에서 고대 언어 특징을 유지한 단어들이 포함된

동고트족은 5세기 이후 아펜니노반도 및 다뉴브 강 연안의 판노니아 지역에 터전을 잡았다. 그러면서 비잔틴제국과 국경을 접하게 되었다. 이 시기에 그들은 느슨하긴 했으나 일시적인 군사동맹을 맺기도 했다. 또한 동방정교와 아리우스주의 기독교라는 장벽이 존재했음에도 종교적 교류가 일부 이루어졌다. 이는 우호적 관계로서 즉 긍정적인 연관 관계를 형성하게 되었다. 이로 인해 고트어의 언어체계에서 라틴어의 영향도 일정 부분 받게 되었다.

그녀는 'Atta'라는 고트어 단어를 통해서 중세 역사의 연관 관계를 재인식하게 되었다. 긍정적인 관계는 물론이고 부정적인 관계라 할지라도 종교, 언어, 문화 등의 제 방면에서 상호영향력은 증대했다. 따라서 후기우마이야왕조와 주변국인 기독교왕국들과의 상호영향력은 상상 이상이었을지도 모른다.

이제 '압드 알-라흐만 1세'의 주요 관심사가 종교였으리라는 추측이 보다 설득력을 얻게 되었다. 즉 종교 자체가 중요해서라기보다 정국 안정이라는 당면과제를 달성하기 위해 종교적 측면에서의 접근이 적절한 수단과 방법이었을 거라는 의미였다. 따라서 종교와 관련된 고트어 단어들을 조사함에 있어 훈족 언어와 라틴어까지도 참고해야 했다. 조사영역이 점차 확장되어갔다. 한편으로 막막하면서도 다른 한편으로는 기대감이 커지기도 했다. 물론 훈족 언어에 대해서는 문외한이었다. 하지만 라틴어는 꾸준히 접해온 언어였기에 찾고자 하는 고트어에 더 용이하게 접근할 수 있지 않을까 하는 기대가 있었기 때문이었다.

고트어가 사용되었다. 그것은 수동태의 비정형화, 단어 중복, 명사의 호격 등으로서 그 지역에 남아있는 구어체 고어군에서 발견한 것이다.

29. 정중동

칼라트라바기사수도회는 일주일 동안 정중동靜中動의 시간을 보냈다. 이수영이 세상을 떠나던 날은 칼라트라바기사수도회 구성원들에게 오욕의 날이었다.

호세는 청동종에 이마를 부딪치고 병원에서 20여 바늘을 꿰맸다. 중상이었다. 페르난도는 전날 병원 로비 화장실 격투에서 옆구리에 치명상을 입은 데 이어 종탑 발코니에서도 또다시 당했다. 객사로 돌아와서 보니 허리가 굽히지 못할 정도로 통증이 심했다. 왼쪽 손목뼈 아래도 부러져 있었다. 그날 오렌지정원에는 관람객들이 평소보다 적은 편이었다. 그런데다 마리암이 이수영을 붙들고 오열하고 있었기에 망정이지, 그렇지 않았더라면 곧이어 출동한 경찰에 연행되었을 것이다. 그들로서는 다행스럽게도 그녀가 등을 보이고 고개를 숙인 채 연인을 끌어안고 있었다. 페르난도는 출구 왼쪽으로 빠져나가기 직전에 보았던 그녀의 옆얼굴을 떠올렸다. 일부분만 보였으나 그 고통이 그대로 전해졌다.

페르난도와 호세가 황망히 귀환한 그날 저녁에 칼라트라바기사수도회 지도부는 회의를 소집했다. 좌장격인 안드레스가 전체 흐름을 주도했다. 하지만 베르샤도 영향력이 상당하여 안드레스를 견제하며 회의 진행의 양대 축을 형성했다. 실내 분위기는 침울했다. 토론은 자정 무렵까지 이어졌으나 뚜렷한 결론을 이끌어내지 못했다. 다만 세부 사항 몇 가지에 대해 의견정리가 되었을 뿐이었다.

첫째, 코르도바에서 살인 사건이 두 차례나 발생했으니 당분간 대외 활동을 자제하자는 안건에 지도부 전원이 동의했다. 그러나 당분간이 어느 정도 시간을 의미하는지에 대해서는 합의보지 못했다. 두 건의 인명사고 수사를 담당할 코르도바 경찰국의 동향을 예의 주시하기로 했다. 둘째, 중세 아라비아숫자들 해독의 열쇠를 쥐고 있는 마리암의 동선을 파악하되 일단 관망하자는 안건에 전원 동의했다. 그녀가 살인 사건에 관계된 요주의 인물이기에 경찰에서도 보호 및 관찰을 하고 있을 가능성이 있었기 때문이었다. 셋째, 카롤리네 빈 지부장을 해임하고 새로 역동적인 인물을 물색해보기로 했다. 이 안건에 대부분 동의했다. 또한 어제 빈으로 파견했던 기사수도사 2명도 소환하기로 결정했다. 금일 이후 빈으로의 파견 필요성이 소멸되었기 때문이었다. 넷째, 익일부터 이 건을 담당할 적임자를 알칸타라기사수도회에서 선발하기로 했다. 이에 대해 안드레스를 비롯한 3명의 지도부가 반대했다. 그러나 베르샤가 강하게 밀어붙여서 여러 논란 끝에 관철시켰다. 현시점까지의 작업이 실패로 귀결된 이상, 이제 알칸타라기사수도회 소속 기사수도사들에게 기회를 주어야 한다는 이유였다. 비록 그 언어의 표현은 순화했으나 결국 칼라트라바기사수도회 소속 기사수도사들의 신뢰가 저하되었다는 의미였다.

이렇게 회의가 몇 시간이나 진행되었음에도 지도부가 뚜렷한 결론을 내지 못한 주된 이유는 안드레스와 베르샤의 견해 차이 때문이었다. 즉 중세 아라비아숫자들의 의미를 알아내기 위한 칼라트라바기사수도회의 개입 자체가 바람직하지 않았다는 근본적인 시각의 차이였다.

“중세 숫자들 해독이라는 불확실한 실체에 조직의 역량을 집중한 것 자체가 문제입니다. 무고한 두 사람을 희생시켰고 코르도바 경찰국의 수사망도 좁혀오고 있습니다. 현 상태에서 조직이 얻은 소득은 전무합니다. 정예 기사수도사로서 조직의 자산인 페르난도, 호세 등도 만신창이가 되었지요. 칼라트라바기사수도회가 이렇게 무모한 일을 왜 하고 있는지 이해가 안 됩니다.”

회의를 이끌어가는 안드레스가 목청을 높여가며 조목조목 말했다. 그리고 자신의 의견에 동조해주기를 바라는 절박한 표정으로 좌중을 둘러보았다.

“물론 두 명이 희생된 건 안타까운 일입니다만 그건 의도했던 행동이 아니라 돌발적인 사고였습니다. 또한 페르난도와 호세가 당한 일은 그들이 부족해서라기보다 상대인 이수영이 특출했다고 봅니다. 거기에……”

베르샤가 예의 거친 목소리로 하나씩 반박하며 발언했다. 이어서 다음 말을 하려는데 안드레스가 중간에 딱 끊고 들어왔다. 평소에 회의를 진행하는데 있어 대화의 격식을 강조하던 지도부의 리더로서 특이한 경우였다.

“그걸 지금 변명이라고 하는 겁니까? 이미 코르도바 경찰국에서 칼라트라바기사수도회에 대한 조사가 시작되었습니다. 조직의 협력자인 로드리고가 며칠 전에 소환되었고 크리스티나는 수배되었지요. 경찰이 이곳 담화실까지 쳐들어올 날도 얼마 남지 않았다고 봅니다.”

하지만 베르샤는 안드레스의 비난에 굴하지 않고 다음 말을 이어갔다. 오히려 이 기회를 놓칠 수 없다고 생각한 듯 단호한 어조로 강하게 쏘아붙였다.

“거기에다 카롤리네 지부장이 제 역할을 이행하지 못했던 점도 현 상황의 원인 중 하나입니다. 하지만 중세 아라비아숫자들은 어떻게 해서든지 해독해야 합니다. 그리하여 유럽지역에서 이슬람세력을 몰아내야 합니다. 그러려면 중세 숫자들을 해독한 마리암을 밀착 감시하면서 때를 기다려야겠지요. 해결의 열쇠를 쥐고 있는 당사자가 코르도바에 있는데 이 절호의 기회를 놓칠 수 없습니다.”

이렇게 베르샤는 강단 있는 목소리로 외치다시피 말했다. 그 과격한 성격과 저돌적인 기질을 알고 있는 대부분의 지도부는 침묵으로 일관했다. 입을 굳게 다문 채로 듣고 있던 안드레스가 더는 참지 못하겠다는 얼굴로 포문을 열었다.

“더구나 지도부의 과반이 반대하는데 알칸타라기사수도회 소속 기사수도사로 굳이 교체하는 이유가 뭡니까? 우리 조직은 칼라트라바기사수도회입니다.”

“알칸타라기사수도회는 중세부터 우리와 같은 길을 걸어왔습니다. 서로 지향하는 바가 동일하다는 의미입니다. 물론 반목하고 대립각을 세운 경우도 있었으나 그들은 우군이며 지원군입니다. 본인은 그렇게 생각합니다. 따라서 기사수도사들을 지휘하는 입장에서 각 상황에 따라 최선의 선택을 할 따름입니다.”

중세 중기부터 알칸타라기사수도회는 칼라트라바기사수도회와 전략적 동지의 관계였다. 경쟁 및 갈등 시기가 있었던 점을 감안하더라도 이들의 관계는 협력관계로 인식하는 것이 합당했다. 현대에서 칼라트라바기사수도회가 활동을 재개한 후에 알칸타라기사수도회에서도 움직임이 시작되었다. 공교롭게도 그들의 활동 재개 상황이 중세의 경우와 유사했다. 역사는 계속 반복되는 것인지도 모른다. 우연히 이 사실을 알게 된 베르샤가 알칸타라기사수도회 지도부에 함께 하자고 제안했다.

“우리의 목표가 동일하다면 서로 뭉치게 될 경우에 큰 힘을 낼 수 있습니다.”

더욱이 베르샤는 자신이 기사수도사들을 지휘한 경륜도 가지고 있으니 새로 시작하는 알칸타라기사수도회에게도 도움이 되리라는 취지로 설득했다. 알칸타라기사수도회 지도부는 중세에서처럼 칼라트라바기사수도회와 협력관계를 유지하는 것이 합리적이라 판단했다. 심사숙고 끝에 이 제안을 받아들였다. 이후 베르샤는 두 기사수도회의 기사수도사들을 통합 지휘했다. 이와 함께 조직 내의 위상도 수직상승하면서 좌장격인 안드레스에 버금가는 영향력을 행사하게 되었다.

칼라트라바기사수도회 지도부는 페르난도가 작성한 보고서를 토대로 회의를 속개하기로 했다. 다음 날 오전 8시에 페르난도가 왼쪽 손목에 깁스를 하고 구부정한 자세로 담화실에 들어왔다. 그가 오른손에 들고 있던 4페이지 분량의 서류는 안드레스에게 건네졌다. 이후에 지도부 전원이 차례로 돌아가며 읽었다. 하지만 베르샤는 오전 7시에 별도로 페르난도를 만나서 이미 보고서를 상세히 읽어본 상태였다. 먼저 안드레스가 손가락으로 탁자 위의 서류를 가리키며 말문을 열었다.

"이 보고서에 의하면 중세 아라비아숫자들이 '라 메스키타'와 관련이 있다고 예상했습니다. 이게 무슨 의미입니까?"

"어떠한 근거가 있지는 않습니다. 다만 여러 정황으로 미루어보아 그렇게 생각이 듭니다. 그날 종탑에서 이수영의 행동은 이상한 것을 넘어 의미심장했습니다. 그 무엇인가 발견하려고 하는 느낌을 받았습니다. 뮐러의 노트에서 마리암의 메모를 보고 중세 숫자들을 해독한 것으로 판단되기에 그러합니다."

"그 짐작이 맞는다면 마리암도 '라 메스키타' 주위에 머무르겠군요."

"제 생각으로는 그렇습니다."

페르난도가 신중하게 대답했다. 그러면서 허리 근처를 오른손으로 부여잡고 고개를 숙였다. 그의 얼굴은 고통으로 일그러졌다. 베르샤가 이 모습을 보고 뭐라 웅얼거리더니 질문을 던졌다. 일반적인 의미의 물음은 아닌 것처럼 보였다.

"페르난도! 허리에 통증이 심합니까?"

"괜, 괜찮습니다."

"으으음."

베르샤가 입을 다물고 입술 사이로 숨을 뱉어내면서 소리를 냈다. 개탄하는 모습 같기도 했다. 하여튼 못마땅한 표정이었다.

"호세는 언제 담화실로 온다고 했습니까? 그가 지도부에 구두로 보고할 내용이 있다고 전해 들었습니다."

"곧 도착할 겁니다."

그때 담화실 문이 열리고 호세가 들어왔다. 머리에 흰 붕대를 둥글게 감은 채로 얼굴을 붉히며 걸어와서 자리에 앉자마자 입을 열었다. 그는 이날 처음으로 안드레스, 베르샤 등의 모습을 보았다.

"제가 과사무실에서 편지를 탈취하던 날에 기숙사에도 들러 다른 편지를 한 통 가져왔습니다. 알리시아에게 온 편지였는데 마리암이 보낸 걸로 추정됩니다. 카롤리네에게 전달했으나 기숙사 편지 건에 대해 함구하라고 해서 보고 안 했습니다."

"호세! 그렇다면 왜 보고를 하는 겁니까? 끝까지 하지 말아야지요."

베르샤의 목소리는 뒤틀렸다. 화가 잔뜩 배어있었다. 아주 사소한 내용이라도 실무책임자인 본인에게 모두 보고해야 한다고 강조했는데도 이러한 행동 지침이 제대로 지켜지지 않았다는 사실에 분노한 것이다.

"예?"

호세는 당황했다. 한편으로는 얼떨떨했다. 칭찬은 아니더라도 오늘이나마 보고했으니 잘했다는 말을 들을 줄 알았다.

"그게, 저……"

"어서 대답하지 않고 뭐합니까?"

"그날은 빈 지부장 명령에 따랐습니다. 하지만 돌이켜 생각해보니 직속 상관에게 보고를 하는 게 맞겠다 싶어서 오늘 보고하는 겁니다."

"빈에서 발생한 일들에 대해 이외에도 보고 안 한 내용이 또 있습니까?"

베르샤가 차가운 표정으로 페르난도와 호세 양쪽을 번갈아 쳐다보며 내뱉듯이 말했다. 이 싸늘함 속에는 불신의 얼굴이 숨겨져 있었다. 아무리 감추려 해도 그러한 불신은 어디에선가 표출되는 법이었다.

"어, 없습니다."

페르난도와 호세의 동일한 대답이 앞서거니 뒤서거니 하며 담화실에 공허하게 울려 퍼졌다. 그러면서 그들은 서로의 얼굴을 흘낏 마주보았다. 이 짧은 순간의 일별 속에는 상대에 대한 의혹, 난감함, 실망 등의 감정들이 복잡하게 얽혀 있었다. 당혹스러웠다. 아니, 당혹이란 단어는 이와 같은 상황에 있어 진부한 표현인지도 모른다. 호세의 머릿속에 이런 생각이 스쳐지나갔다.

이외에 페르난도가 작성한 보고서에 대해서 몇 가지 세부적인 질문들이 쏟아졌다. 안드레스와 베르샤 외에도 4명의 지도부가 번갈아가면서 질의했다. 주로 카롤리네와의 협력체계, 연락방법, 건의사항 등의 내용이었다. 빈에서 이수영과 벌어진 세 차례 격투 건에 관한 질문도 있었다.

페르난도와 호세는 숙소로 돌아가면서 베르샤가 던진 마지막 질문에 황망해했다. 칼라트라바기사수도회 기사수도사로서 빛나던 자긍심은 어느덧 사라지고 조직의 일원으로서의 회의감마저 들었다. 그들은 중세 숫자들 해독 건으로 인해 코르도바, 빈 등으로 이동하며 임무를 수행했다. 지난 일주일 동안 자신을 돌보지 않고 조직을 위해 온 몸을 던졌다. 그들의 능력 안에서 최선을 다했다. 이 과정에서 본의 아니게 두 명의 목숨을 앗았다. 다른 한 명은 병원 중환자실에 입원시키기도 했다. 그러나 돌아온 것은 직속 상관 베르샤의 차갑고 싸늘한 표정이었다. 거기에다 그 얼굴은 불신의 모습이었다. 베르샤는 그러한 모든 것들을 숨기고자 했으나 당연하게도 가감 없이 그대로 전달되어 그 불신은 그들의 마음을 처참하게 베어버렸다. 마치 날카로운 칼날로 살점을 베어버리듯 그렇게 베어버렸다. 아팠다. 이 세상을 알아가기 시작하며 철이 들은 이후에 이렇게 마음의 상처를 입은 적은 없었다.

그보다도 서로에 대해서 의혹을 가지게 되었다는 사실이 그들을 더욱 힘들게 했다. 혹여 본인 몰래 베르샤에게 보고하지 않은 내용이 또 있지 않을까 하는 의심을 하게 된 것이다. 이제 상대방에 대해서도 불신하게 되었다.

'이렇게 해서 이 땅에 지옥이 시작되는구나.'

호세에게 계속 이 문장이 맴돌았다. 그들은 내부규범대로 숙소로 돌아가서 각자의 방으로 들어가야 했다. 하지만 호세가 페르난도의 방으로 따라 들어왔다. 그러더니 벽에 등을 기대고 힘없이 주저앉으며 소리없이 눈물을 흘렸다. 그렇게 호세의 눈빛이 흐려지는 모습을 페르난도는 한쪽 구석에 어정쩡하게 선 채로 멍하니 바라보았다. 페르난도는 그 눈물의 의미를 알고 있었을까.

30. 단상

회의가 끝났다. 베르샤는 숨 돌릴 틈도 없이 빈 지부에 전화를 걸어 기숙사 편지 건에 대해 따져 물으며 그 내용을 말하라고 다그쳤다. 사실 무슨 특별한 이유가 있었던 것도 아니었다. 호세가 탈취해온 편지 2통을 모두 읽은 카롤리네는 마리암의 의도 즉 과사무실로의 편지 배달이 여의치 않을 경우를 대비해 알리시아에게 축약해 보냈다는 사실을 간파했다. 따라서 오히려 베르샤에게 보고하지 않는 편이 편지 건을 간결하게 처리할 수 있다고 생각했을 뿐이었다. 이 일로 베르샤와 카롤리네는 서로 간에 감정이 상했다. 그러잖아도 연로한 지부장을 교체하려 했던 칼라트라바기사수도회 지도부는 일정을 서둘렀다. 즉 기숙사 편지 건이 교체 일정을 앞당기는 계기가 된 것이다. 카롤리네는 최선을 다했던 일로 인해 지부장에서 밀려났다 여겼다. 당연히 베르샤에 대한 감정의 골이 깊어질 수밖에 없었다.

카롤리네는 통화를 끝내고 생각에 잠겼다. 이제 칼라트라바기사수도회와 결별이었다. 그래도 꽤 오랜 기간 동안 이 조직에 몸을 담아왔는데 허망했다. 더욱이 주어진 업무를 추진함에 있어 오해로 발생된 일이기에 아쉬움은 컸다. 하지만 어쩔 수 없었다. 이미 엎질러진 물이었다. 어쩌면 기숙사 편지 건은 오해로 발생된 일이 아닐지도 모른다. 이 일의 본질은 조직 내부는 물론이고 조직과 환경 간에 야기될 수밖에 없는 믿음의 문제였다.

빈에 정착한 이후로 일의 종류를 막론하고 타당성이 중요하다고 생각했다. 그러나 그러한 일에 있어 인간관계라는 변수가 작동하게 되면 상황이 다른 것 같았다. 신뢰성도 그것만큼이나 중요했다. 이 나이 먹도록 왜 그것을 몰랐나 하는 생각도 들었다.

이렇게 힘들 때마다 떠오르는 것은 고향 바라즈딘이었다. 얼마 전부터 마음이 그곳에 머무르는 걸 보면 자신이 힘들긴 힘든 모양이었다. 바라즈딘이 떠오르면 부친 생각이 났다. 이어서 '오스만 튀르크'와 크로아티아가 머릿속에서 그려졌다. 끊어내기 어려운 연상이었다. 그렇게 생각을 하지 않으려 해도 의지대로 되지 않았다. 이제 모든 것을 내려놓고 싶었다. 이 건이 아니었다면 앞으로 수 년 정도 기사수도회와 일을 더 했을 터이니 어쩌면 베르샤가 고맙기도 했다. 모든 것을 내려놓게 해주었으니 그러했다. 역설적인 이야기였다. 그래서 이 세상이 재미있는 곳인지도 모른다.

바라즈딘 방향이 어디쯤일까 생각했다. 한적한 '바라즈딘 성' 근처에는 항상 바람이 세차게 불었다. 그렇게 기억하고 있었다. 거기서 11월에 부는 바람소리가 여기까지 들리는 듯했다. 그리웠다.

베르샤는 베두인Bedouin족 출신이었다. 원래 바다윈Badawin족이 맞으나 아랍어를 명확치 않게 발음해 그렇게 굳어졌다. 베두인족은 아라비아반도, 시나이반도, 북부아프리카 등에서 주로 유목생활을 했다. 유목 및 농경 종사 여부에 따라 종족의 등급을 매겼고 사육하는 동물의 종류에 따라 종족 등급이 매겨지기도 했다. 가장 상위등급은 낙타를 사육하는 종족, 최하위 등급은 농경에 종사하는 종족이었다. 일종의 카스트제도와 유사한 형태였다.

베두인족 중에서도 투아레그Tuareg족은 주로 낙타를 사육하며 생활했다. 북아프리카 사하라사막 인근에 거주했다.* 이들 대부분이 이슬람교를 믿고 있었다. 하지만 소수이긴 해도 기독교를 믿는 씨족들도 있었다. 베르샤는 기독교를 믿는 투아레그족 출신으로서 자신의 씨족이 이 종족의 적통이라고 단정했다. 거의 모든 투아레그족들이 9~10세기경에 아랍인으로부터 이슬람교를 받아들였으나 그들만은 고대에서부터 이어져온 기독교를 고수했기 때문이었다.

투아레그족은 중세의 경장기병처럼 기마술에 능했다. 마상에서의 전투력은 적수가 없을 정도였다. 거기에다 십자군전쟁 시의 용맹한 기사 같은 자부심도 가지고 있었다. 즉 전사의 이미지가 짙었다. 그들의 성격도 강인했다. 따라서 상대하기 어려운 부족으로 외부에 알려져 있었다. 중세 후기에는 북아프리카 유입 외부인을 대상으로 통상, 약탈 등을 자행해 그 생계 수단으로 삼았다.

하지만 제1차 세계대전 전후해서 생존의 위협을 받게 되었다. 종전 후에 국제질서가 점차 개편되면서 정부의 역할이 강화되었고 이에 따

---

* 투아레그족은 베르베르족의 범주에 속하나 이사바텐족의 한 갈래 혹은 동방에서 유래된 종족 등일 수도 있었다. 이들은 타 유목민족과 구분되는 문화를 가졌다. 모계사회, 십자가 형태 문양의 선호, 일부일처제, 안면 베일Veil의 사용 등이었다. 부계사회가 아닌 점으로 미루어 유대인 관련설이 제기되기도 했으나 이는 무리한 추측으로 보였다. 유대교의 유대인은 모계사회이다. 어쨌든 그야말로 베일에 싸인 종족이었다.

라 그들의 통상과 약탈이 제재를 받았기 때문이었다. 당연히 국경을 넘나들며 유지하던 유목생활도 영역이 축소되었다.

낙타를 사육하며 생활하던 투아레그족에게 월경에 대한 제약은 치명적이었다. 낙타는 베두인족이 사육하던 양, 산양 등에 비해서 행동반경이 넓었기에 그러했다. 특히 북아프리카 지역 지중해 연안의 5개 국가들이 국경통제 등을 강화했다. 그런데 이들이 공교롭게도 예외 없이 이슬람교 국가들이었다.* 이러한 '국경통제의 강화'는 투아레그족에게 생사가 걸린 문제였다. 연일 부족회의, 씨족회의 등이 여기저기서 개최되는 상황이었다. 베르샤가 속한 씨족의 원로들도 각종 회의에서 격의 없는 이야기를 주고받았다. 야외에 조성된 회의장에서는 긴장감이 흘렀다. 주로 성토하는 분위기였다.

"낙타 사육에 있어 이동은 필수적입니다. 그런데 국경통제를 이토록 강화하면 어떻게 합니까? 사활이 걸린 문제입니다."

"저들이 모두 이슬람국가 아닌가? 그래서 더 강경한지도 모르네."

"북아프리카 지역 국가들이 언제 이렇게 이슬람교 국가들이 되었지요?"

"7~8세기 무렵에 우마이야왕조가 서진을 하면서 그 지역들을 정복했지. 이후에 전부 이슬람교를 믿게 되지 않았나."

"피정복지역에서 정복자의 종교를 믿게 되었군요. 그들은 시간이 흘러가면서 자신들의 종교로 인식했을 겁니다."

"어떻게 생각하면 종교란 덧없는 그 무엇이기도 하네."

"그러한 측면으로 본다면 우리가 믿는 기독교도 그와 유사하지 않은

---

* 즉 리비아, 튀니지, 알제리 등은 거의 모든 인구가 이슬람교 신자이다. 모로코는 2% 내외 기독교 신자들이 있으나 인구 대부분이 이슬람교 신자이다. 이집트 역시 10% 정도 콥틱Coptic교 신자들이 있긴 했어도 전 인구의 90%가 이슬람교 신자이다. 콥틱교는 동방정교회에 속해있는 한 분파로서 이집트를 중심으로 발전했다.

가요? 전설에 의하면 우리의 조상들은 '바람의 신'을 믿었다고 합니다."

"그렇기도 하지."

"……"

"어쨌든 낙타 사육이 문제야. 국경 검문소가 없는 지역을 찾아 이동하면서 사육할 수밖에 없네. 이외에 무슨 방법이 있겠나."

베르샤는 이렇게 절박한 상황 속에서 성장했다. 사하라사막 남부에서 알렉산드리아를 거쳐 모로코로 들어와 탕헤르에서 신학교육을 받았다. 이후에 해협을 넘어와서 코르도바에 정착하게 되었다. 정착 초기에는 주로 사료 편찬 작업을 했다. 중세 이베리아반도에 존재했으나 현재는 사라진 종교공동체들에 대한 사료정리 업무였다. 십여 년 동안 지속하면서 중세교회사, 십자군전쟁, 기사수도회 등에 대해 관심을 가지게 되었다. 특히 중세 스페인에서 이슬람세력을 몰아내기 위해 활약했던 기사수도회들에 관심이 집중되었다. 그들의 설립 취지에 전적으로 공감했다. 그 드러나지 않았던 혁혁한 전과들을 찾아내기 위해 사료들을 상세히 조사했다.

이러한 상황에서 비공식적이긴 했어도 칼라트라바기사수도회 활동 재개의 소식이 풍문에 들려왔다.* 베르샤의 귀가 솔깃했음은 물론이었다. 그리고 어떻게 해서든지 이와 연관해 보람 있는 일을 하고 싶었다. 이에 본인의 모든 것을 쏟아붓고자 했다. 결국 베르샤는 현대의 칼라트라바기사수도회와 인연을 맺게 되었다.

---

* 중세 칼라트라바기사수도회는 15세기에 소멸되었다. 일부 지역에 건축물을 비롯한 유산이 남아 있었으나 1838년 전부 세속화되었다. 이후 1848년 왕실칙령에 의해 칼라트라바기사수도회를 비롯한 4개 기사수도회들이 복원되었다. 1851년에는 각 기사수도회 영지에 교회 관할권을 허용하기도 했다. 그러나 이 권한도 1931년 모두 정지되었다. 이렇게 15세기 말부터 20세기 초까지 전개된 일련의 사건들은 의미가 없었다. 각 기사수도회의 실체가 없었기 때문이었다. 유명무실했다.

제2차 세계대전 이후에 베두인족은 점차 유목생활을 포기하고 농경을 생활수단으로 택했다. 투아레그족의 상황도 이와 대동소이했다. 따라서 베르샤가 염두에 두고 있는 일을 설사 성취한다 해도 자신의 종족에게 어떠한 변화가 생길 가능성은 희박했다. 이를 베르샤도 잘 알고 있었다. 그럼에도 투아레그족의 이 후예는 자신의 가치관을 자신의 생에서 한번 구현해 보고 싶었다.

31. 틀 안에서 벗어나다

마리암은 고트어 단어를 찾기 위한 모든 시도에서 실패했다. 지난 과정들을 곰곰이 돌이켜보니 17°로부터 출발해 여러 시행착오들을 겪으면서 16개 문장까지 찾아왔다. 이 단계들을 하나씩 검토해보아도 무리가 없었다.

"그렇다면 우리들의 '고트어 가설'이 잘못되었을까?"

"현재 상황에서 고트어 외에는 대안이 없어요."

마르코스가 그녀에게 힘을 실어주었다. 만약 27개 이중아치 형태들이 고트어를 의미하지 않는다면 17°를 제외하고 모든 작업을 새로 시작해야 했다. 보통 일이 아니었다. 하지만 어떤 일이 있을지라도 '라 메스키타' 비밀은 알아내야 했다. 그녀는 마음속으로 해낼 수 있다고 혼자 되뇌며 다짐했다. 어쩌면 자신의 의지에 동화되고 있는지도 모른다. 오로지 이중아치 형태에 몰두해 보기로 했다.

"그래. 27개 이중아치 형태들은 고트어를 의미할 거야. 그렇다면 고트어를 음가로 차용하면서 뜻 표기는 다른 언어로 했다고 가정하면 어떨까?"

"예?"

"고트어의 틀 안에서 고트어를 벗어나 보는 거지."

"그 당시에 그렇게까지 생각할 수 있었을까요? 하긴 누구인지는 몰라도 비밀장치자의 안목이 뛰어나다면 또 모르지요."

"오히려 중세 초기, 중기 즈음에 남다른 사고체계를 가졌던 인물들이 많아."

"그러할 경우에 예상되는 언어는 아랍어나 라틴어이겠지요."

"두 언어 중에서는 라틴어일 가능성이 높지."

"어째서 그렇지요? 제가 언뜻 생각하기엔 아랍어를 사용했을 거 같은데요?"

"확실하지는 않아. 그럼에도 왠지 고트어는 라틴어와 결합이 잘되어 보여. 이를테면 「바이센부르크Weissenburg 교리서」에도 고트어와 라틴어가 나란히 명기되어 있지. 이집트에서 발견된 중세 초기의 성경필사본도 동일한 형태야."

"그래요? 가능성 측면에서 접근한다면 라틴어를 선택해야겠네요."

8세기경에 편찬된 「바이센부르크 교리서」는 독일 바이센부르크수도원에서 발견되었다. 현재는 볼펜뷔텔Wolfenbüttel 도서관에 소장되어 있다. 기독교 교리서를 독일어로 처음 번역한 문헌으로서 세부 내용들이 카를대제 시대를 반영하고 있어 '라 메스키타' 건축 시기와도 일치했다. 즉 시대적으로도 동질성이 있어서 이러한 추론에 설득력을 더해주고 있는 것이다. 또한 1907년에 이집트에서 발견된 성경필사본에도 고트어와 라틴어가 나란히 명기되어 있었다.* 이외에도 중세 중기의 고문헌 등에서 고트어와 라틴어가 동시에 병기되어 있는 사례가 다수 발

---

* 이 필사본은 습기에 의한 훼손이 심해서 복원작업에 어려움을 겪었다. 따라서 구체적인 윤곽 및 내용들이 드러나지는 않았다. 다만 명기된 고트어 단어들의 배열, 철자 형태 등으로 미루어보아 5~6세기경에 편찬된 것으로 추정했을 뿐이었다.

견되었다.

그들은 라틴어로 예상되는 단어들을 찾아보기로 했다. 고트어의 경우와 마찬가지로 먼저 '신'에 대해서 알아보았다. 서로 머리를 맞대고 문헌들을 뒤졌다. 라틴어로 '신'은 'Deus'였다.* 이 외에도 Dominus(주님), Dominus Deus, Domine Deus, Domini Dei 등이 예상되는 단어목록에 올랐다. 이러한 단어들은 여러 문헌 특히 불가타Vulgata성서를 면밀히 검토해 발췌했다. 그 내용 중에서 '신'을 지칭하는 여러 단어들을 참조해 예상 목록을 작성한 것이다. 이 성서는 382년에 히에로니무스가 편찬을 시작해 404년경에 완성했다. 먼저 'Deus'를 16개 문장과 일일이 비교했다. 그들 중에 이 문장이 눈에 확 들어왔다. 시선이 빨려 들어가는 것 같았다. 놀라운 일이었다.

'* 𐌴 𐌿 * * * * 𐌴 𐌿 * * * 𐌴 * 𐌿'

여기서 '𐌴', '𐌿'은 음가가 각기 '/e/', '/u/'였다. 이어서 '/d/', '/s/'에 해당하는 고트어 철자 '𐌳', '𐍃'를 '𐌴', '𐌿' 앞뒤에 각각 붙여보았다. 그랬더니 다음과 같은 문장이 홀연히 나타났다.

'𐌳 𐌴 𐌿 𐍃 * * 𐌳 𐌴 𐌿 𐍃 * * 𐌴 * 𐌿'

그들은 위의 문장을 보고 흥분했다. 이제야 뭔가 되어가고 있었다.

---

* 라틴어 명사는 6개 격을 가지고 있으며 이에 따른 격 변화를 했다. 이러한 6개 격은 복수로도 변화하니 하나의 명사가 12개 형태로 변화되었다. 일례로 'Deus'의 12개 형태는 1격: Deus Deī, 2격: Deī Deum, 3격: Deō Deīs, 4격: Deum Deōs, 5격: Deus Deī, 6격: Deō Deīs(각 격의 두 번째 단어는 복수 형태임.) 등이다.

하지만 그것도 잠시였다. 그녀는 이 문장에 문제가 있음을 바로 알았다. 철자와 연결되는 이중아치 형태가 달랐기 때문이었다. 따라서 어딘가 오류가 있었다. 첫 번째 이중아치 형태와 일곱 번째 이중아치 형태는 동일했다. 그러므로 '겹친 굴곡 형태(하단 부분), 상단 붉은 홍예석 8개, 하단 붉은 홍예석 6개'의 철자는 '**ꝺ**'(음가: '/d/')일 확률이 높았다. 그러나 '**ꜱ**'에 해당하는 네 번째 이중아치 형태와 열 번째 이중아치 형태는 서로 달랐다. 즉 '**ꝺ ɵ ɴ ꜱ**'(음가: '/deus/')의 적용이 옳지 않다는 의미였다.

느닷없이 그녀는 엉덩이가 배겼다. 다리도 쥐가 나는 것처럼 저려왔다. 인간의 육체는 정신에게 지배당하고 있는 듯했다. 무엇이 어떻게 잘못되었을까. 라틴어 'Deus'의 적용이 아닌가 보다 생각했다. 아무 말도 없이 도서관을 나와 입구에서 원을 넓게 그리면서 걸었다. 신선한 공기를 들이마시며 심호흡을 하니 기운이 났다. 다가오는 발소리가 들렸다. 옆에서 마르코스가 은근히 나무라는 말투로 입을 열었다.

"그래도 이렇게 진전이 있을 때 알아내야 해요. 벌써 일주일이 지났어요. 이러다가 언제 '라 메스키타' 비밀을 알아내겠어요."

맞는 말이었다. 그녀는 심기일전해서 도서관으로 들어가 자리에 앉았다. 정신을 집중했다. 위의 문장 중에서 첫 번째, 두 번째, 세 번째 철자와 일곱 번째, 여덟 번째, 아홉 번째 철자는 각각 '**ꝺ ɵ ɴ**'일 가능성이 높았다. '**ꜱ**'는 적용이 잘못되었다고 판단했다. 마르코스도 별다른 이견 없이 이에 동의했다. 이러한 내용을 정리해 문장을 써보았더니 다음과 같았다.

'**ꝺ ɵ ɴ** * * * **ꝺ ɵ ɴ** * * * **ɵ** * **ɴ**'

일단 위의 문장이 '참'이라 가정하고 분석을 시작했다. 15개 철자가 의미하는 것이 하나의 문장이 아닐 수도 있었다. 만약 하나의 문장이라면 단어의 앞부분만 표기하지 않았을까 하는 생각도 들었다. 15개 철자만으로 하나의 문장을 표현하기가 쉽지 않기 때문이었다. 그러나 위에서 살펴본 것처럼 일단 '**ɔ ϵ n s**'는 아니었다. 15개 철자로 이루어진 문장이 4개 단어로 나누어진 것은 아니라는 의미였다. '4×4=16'이므로 하나의 철자가 부족하기에 그러했다. 그때 옆에서 지켜보던 마르코스가 고개를 좌우로 저으면서 말했다.

"그런데 어째서 나누어진 철자 수가 같다고 생각하지요? 예를 들어 4개, 3개, 3개, 5개 등등 이럴 수도 있지 않은가요?"

"물론 그럴 가능성도 있겠지."

후배가 제시한 의견에도 일리가 있었다. 그러나 일단 나누어진 철자의 수가 동일하다고 가정해서 분석을 이어가기로 했다. '**ɔ ϵ n**'이 두 차례 반복된 형태로 보아 이 문장은 정형화 형태에 가깝다고 판단했기 때문이었다. 그래서 '15'라는 수가 이루어지는 '경우의 수'를 생각해보았다. 다음의 3개 경우 즉 '01×15=15', '03×05=15', '05×03=15' 등이었다.

따라서 위의 15개 철자는 3부분이나 5부분으로 이루어졌을 가능성이 높았다. 첫 번째 경우로 3부분으로 나누어 분석해보니 '참'일 확률이 높은 '**ɔ ϵ n**' 부분이 맞지를 않았다. '**ɔ ϵ n** * *', '* **ɔ ϵ n** *' 등이 초기 가정을 충족시켜주지 못하기 때문이었다. 두 번째 경우로 5부분으로 나누어 분석해보니 '**ɔ ϵ n**' 부분이 부합되었다. 그녀에게 조금이나마 앞길이 보이고 있었다.

'**ɔ ϵ n** * * * **ɔ ϵ n** * * * **ϵ** * **n**'

그렇다면 위의 밑줄 친 세 부분만 알아내면 될 것이다. 먼저 '**ϵ** * **n**' 부분을 분석해보았다. 위 문장의 열다섯 개 철자가 하나의 문장을 나타낸다면 뒤의 세 철자는 동사일 가능성이 높았다.

"고트어 음가를 가지고 라틴어 단어를 의미하는 경우에도 그럴 거야. 'ɛ * ⴖ'이라면 음가는 '/e/, /*/, /u/'이지. 여기에 맞는 동사가 무엇이 있을까?"

"음."

그들은 골똘히 생각해보았다. 현재 고트어에 대해 알 수 있는 자료는 제한적이었다. 기 작성한 목록에 의하면 '아르겐테우스 필사본' 외의 문헌들은 5~6세기에 부분적으로 재생된 편린뿐이기에 고트어로 동사를 찾아보는 데는 한계가 있었었다.

크림반도에서 15세기 말엽까지 고트어를 사용했다는 기록 및 보고서가 합스부르크제국 '외교문서 자료실'에 남아 있었다. 하지만 이 문서들을 어떻게 구해야 할지 막막했다. 빈 대학 지도교수에게 부탁해볼까도 생각했으나 오랜 시간이 소요될 것이다. 해당 문서가 어디 있는지를 파악해서 세부 내용들을 분석한 다음, 위의 문장에 적용하려면 몇 개월이 걸릴지도 모르는 일이었다.

고트어를 음가로 차용한 '라틴어 동사'를 찾는다 해도 'e * u'에 해당되는 단어를 찾기 어려웠다. '신'을 떠올릴 때와 달리 바로 생각나지 않았다. 어떠한 개념도 없이 연상시키려고 하니 그런지도 모르겠다. 결국 'ɛ * ⴖ'에 부합되는 '의미의 라틴어'를 찾는 일도 유보할 수밖에 없었다. 하는 수 없이 다시 이중아치 형태로 돌아갔다. 그녀는 'ɔ', 'ɛ', 'ⴖ'으로 추정된 철자들과 이들의 이중아치 형태를 비교해서 나머지 단어들을 유추해 보기로 했다. 노트에 3개 철자들의 이중아치 형태를 각각 적어보니 다음과 같았다.

'ɔ' : 고트어 04번째 철자

겹친 굴곡(하단 부분), 상단 홍예석 8개, 하단 홍예석 6개

'ϵ' : 고트어 05번째 철자

굴곡(하단 부분), 상단 홍예석 6개, 하단 홍예석 6개

'n' : 고트어 16번째 철자

굴곡(하단 부분), 상단 홍예석 8개, 하단 홍예석 7개

이렇게 적어놓은 문장들을 바라보니 그저 아득할 뿐이었다. 27개 이중아치 형태를 27개 고트어 알파벳과 대응시키는 전제에서 출발했으니 각 이중아치 형태의 고트어 알파벳을 알아야 했다. 하지만 위의 3개 'ϑ', 'ϵ', 'n'의 경우를 아무리 들여다봐도 어떤 단서도 발견할 수 없었다. 첫 번째 가정은 'ϑ ϵ n'이 두 차례 나온다는 것이나 이로부터 이외의 철자들 의미를 추정하기는 어려웠다.

"15개 이중아치와 16개 기둥이니 '15', '16'에 단서가 있지 않을까?"

"우리는 16번째 고트어 철자 'n'에 대응하는 이중아치 형태만 잠정적으로 알고 있어요. 더욱이 15번째 고트어 철자에 대응하는 이중아치 형태는 감도 못 잡고 있지요. 그러니 더 이상의 진전은 어려울 것으로 보여요."

그러면 어떻게 해야 할지를 고민하다가 평범한 대안 하나가 떠올랐다. 며칠 전에도 시도했던 방안으로서 '라 메스키타' 비밀을 장치한 인물의 생각을 따라가 보는 것이다. '압드 알-라흐만 1세'라면 어떻게 했을까를 분석해보자는 의미였다.

"그 비밀 구상 초기에 27개 고트어 알파벳을 보면서 어떻게 27개 이중아치 형태와 대응시키려 했을까? 기본전제를 검토해볼까?"

"예."

"이중아치 하단 부분 형태, 상단 홍예석 개수, 하단 홍예석 개수 등의 3×3×3=27개 형태를 한눈에 파악할 수 있게 하면 어때?"

"당장 표를 만들어볼게요."

그들은 고트어 알파벳과 이에 대응하는 이중아치 형태에 관한 표를 만들면서 앞으로 나아갔다. 비록 한 걸음이었으나 그 보폭은 컸다. '표'라는 상징이 이렇게 중요하고 멋진 것인지 예전에는 미처 몰랐었다.

"고트어는 알파벳 순서대로 정렬해. '이중아치 형태(하단 부분)'는 반원 형태, 굴곡 형태, 겹친 굴곡 형태 등의 순서로 시도해보자."

"상하단의 각 홍예석 형태들은 큰 숫자에서 작은 숫자의 순서로 정렬하지요. 괜찮아요?"

"그래."

마르코스가 표를 그리기 시작했다. 채 오 분도 지나지 않아 완성되었다. 고트어 알파벳과 이에 대응하는 이중아치 형태에 관한 표는 아래와 같았다. 이중아치 형태는 기본적으로 설정했다. 이는 임의로 작성했다는 의미였다.

[임의 작성한 '고트어 알파벳과 이에 대응하는 이중아치 형태']

𐌰	반원	9개 8개	𐌹	굴곡	9개 8개	𐍂	겹친 굴곡	9개 8개
𐌱	반원	9개 7개	𐌺	굴곡	9개 7개	𐍃	겹친 굴곡	9개 7개
𐌲	반원	9개 6개	𐌻	굴곡	9개 6개	𐍄	겹친 굴곡	9개 6개
<u>𐌳</u>	반원	8개 8개	𐌼	굴곡	8개 8개	𐍅	겹친 굴곡	8개 8개
𐌴	반원	8개 7개	𐌽	굴곡	8개 7개	𐍆	겹친 굴곡	8개 7개
𐌵	반원	8개 6개	𐌾	굴곡	8개 6개	𐍇	<u>겹친 굴곡</u>	<u>8개 6개</u>
𐌶	반원	6개 8개	𐌿	굴곡	6개 8개	𐍈	겹친 굴곡	6개 8개
𐌷	반원	6개 7개	𐍀	굴곡	6개 7개	𐍉	겹친 굴곡	6개 7개
𐌸	반원	6개 6개	𐍁	굴곡	6개 6개	𐍊	겹친 굴곡	6개 6개

* 밑줄 친 𐌳의 이중아치 형태는 이 표에서 밑줄 친 24번째 자리에 있음.

이렇게 표를 만들어 놓고 보니 어느 정도 정리가 되었다. 우선 '𐌳', '𐌴', '𐌿'을 순서대로 위의 표와 비교해보았다. 이 표에 의하면 '𐌳'는 고트어 4번째 알파벳이고, 추정한 '𐌳'는 '겹친 굴곡 형태(하단 부분), 상단 붉은 홍예석 8개, 하단 붉은 홍예석 6개'로서 표의 24번째에 있었다. 그렇다면 위의 표는 고트어 알파벳에 대응하는 '라 메스키타' 이중아치 형태를 나타낸 표가 아니라는 의미였다. 그래서 반원 형태, 굴곡 형태, 겹친 굴곡 형태 등의 위치를 바꿔보았다. 엇갈려 교환해보기도 했다. 상하단의 붉은 홍예석 개수 등은 각각 그 위치를 바꿔보기도 했고, 숫자가 적은 것부터 적용해보기도 했다. 추정한 고트어 알파벳 '𐌾'가 위의 표에서 '겹친 굴곡, 8개, 6개'에 해당되는 '24번째 자리'에 오는 경우를 찾기 위해서였다.

하지만 모두 실패했다. 그들이 시도한 경우의 수는 중복된 것을 제외하더라도 수십 번에 달했다. 이 작업을 시작할 때만 해도 행여나 하는 마음으로 진행했다. 나중에는 시도를 하면서도 이것은 아니라는 생각이 들었다. 그저 시작했기에 마지못해 계속했을 뿐이었다. 이뿐만 아니라 동일한 구조와 방법으로 '𐌴'와 '𐌽'의 경우들을 찾는 일도 실패했다. 암담했다. 하기야 아무 단서도 없이 단지 이중아치 형태 15개만 보고 '라 메스키타' 비밀을 알아낸다는 것이 무리이긴 했다. 이렇게 해서 하루가 또 지나갔다. 자정이 언제 넘었는지, 시간은 새벽 한 시를 향해 가고 있었다.

32. 추정된 의미

아침이 밝았다. 새날을 맞이할 수 있다는 것은 기쁜 일이다. 하룻밤 자지 않아도 안 죽는다던 이수영의 말이 생각났다. 마리암은 이불을 박차고 일어났다. 오전 7시였다. 알리시아 어머니는 아직 잠자리에 있는지 조용했다. 사뿐사뿐 식탁으로 향해 아침 식사로 우유 한 잔과 사과 반쪽을 먹었다. 코르도바에서 학교 다닐 때나 빈 기숙사에 있을 때나 그녀는 일어나서 늘 우유와 사과로 허기를 달랬다. 햇살이 따사로운 창가 식탁에 그와 마주 앉아 맛있는 식사를 하고 싶었다.

'이제 하늘나라에서나 그렇게 할 수 있으려나?'

다정하게 웃던 그의 모습이 떠올랐다. 오래된 옛날에 본 것처럼 아련했다. 그녀는 문을 열고 나섰다. 가을바람이 청량했다. 아침이슬이 나무 위에 내려앉았다. 흔들리는 나뭇잎들 사이로 햇빛이 반짝이는 모습이 아름다웠다. 11월인데도 오렌지나무의 잎은 초록색이었다. 가히 천국의 색이라 할 만했다. 그녀는 도서관 앞길을 걸으며 홀로 말했다. 어쩌면 누군가 옆에 있다고 상상하며 속삭였는지도 모를 일이었다.

"어째서 나에게 이러한 시련들이 들이닥칠까 이렇게 생각하며 모두들 힘들어하지. 하지만 해결해야 할 그 무엇이 있다는 건 얼마나 행복한 일인가?"

심기일전해야 했다. 매일을 새롭게 하고자 노력했다. 그녀는 어릴 적부터 마음에 담아두고 있던 부친의 이야기가 생각났다. 그의 음성이 귓전에 울려왔다. '실패는 단지 더 현명하게 시작할 기회이다.'라는 격언이었다. 사람에게는 시각보다 청각으로서의 기억이 더욱 오래 남는 것일까. 그 의미를 오롯이 새기며 자신에게 용기를 불어넣어 주었다. 여기서 물러날 수 없었다.

그녀는 노트와 필기구를 들고 도서관으로 들어왔다. 일단 '𐌳 𐌴 𐌽 * * * 𐌳 𐌴 𐌽 * * * 𐌴 * 𐌽' 등의 15개 철자 중에서 순서상으로 네 번째 철자를 알아내기로 했다. 현재로서 이외에 다른 방법이 없었다. 네 번째 이중아치 형태는 '굴곡 형태(하단 부분), 상단 붉은 홍예석 6개, 하단 붉은 홍예석 7개'였다.

'이 형태에 대응하는 고트어 알파벳은 무엇일까? 임의로 작성한 표에 의하면 '𐌽'이지만 실제로는 아니겠지. 그러면 어떻게 알 수 있을까?'

그녀는 '임의작성 표'를 보고 다시 궁리했다. 현재까지 아는 정보의 모든 것인 '𐌳', '𐌴', '𐍀'을 분석해보기로 했다. 바로 그 다음에 위치하기 때문이었다.

'𐌳' : 고트어 알파벳 순서 04번째, '임의작성 표' 기준 24번째
'𐌴' : 고트어 알파벳 순서 05번째, '임의작성 표' 기준 18번째
'𐍀' : 고트어 알파벳 순서 16번째, '임의작성 표' 기준 14번째

하지만 알 수 없었다. 세 개의 철자 '𐌳', '𐌴', '𐍀'는 변화의 어떤 공통점도 없었다. 네 번째 철자를 알아내는 것도 미루어야겠다고 생각했다. 그러다가 '15개 이중아치 형태'를 들여다보는데 그 무엇인가 있다는 느낌이 들었다. 차근차근 지난 과정을 검토해보니 '두 개의 이중아치 형태'가 한 세트 남아있었다. 즉 여섯 번째 이중아치 형태와 열 번째 이중아치 형태(각기 진하게 표기)가 동일했다. 다른 하나의 '두 개의 이중아치 형태'는 이미 사용한 '𐌳'였다.

'𐌳 𐌴 𐍀 * * * 𐌳 𐌴 𐍀 * * * 𐌴 * 𐍀'

여전히 막연했으나 이전보다는 초점이 맞추어지고 있었다. 일엽편주를 타고 깜깜한 밤바다를 이리저리 헤매다가 희미하나마 불빛을 본 것 같았다. 추측의 범위가 좁혀지고 있음이 느껴졌다. 이미 추정한 '𐌳', '𐌴', '𐍀'을 바탕으로 다음 작업을 진행해야 했다. 위의 문장에서 진하게 표시한 '*'을 집중해서 들여다보았다. 앞의 '*'는 어떠한 단어의 중간이나 마지막에 오며, 뒤의 '*'는 어떠한 단어의 처음에 등장한다는 의미였다. 이 역시 '신'과 관련된 단어일 확률이 높았다.

그때 마르코스가 도서관으로 들어왔다. 피곤할 텐데 그래도 웃음을 지으며 다가왔다. 고마웠다. 그녀는 '압드 알-라흐만 1세'의 사고 속으

로 들어갔다. 중세의 격변기에서 치열하게 살았던 군주의 머리로 이 비밀의 세계를 들여다보아야 했다. 그래야 단서를 찾을 수 있을 것이다.

"에미르에게 '신'과 관련된 중요한 단어가 무엇이 있을까?"

"이슬람…… 이슬람교가 아닐까요? 그렇다면 다른 단어는 기독교가 되겠지요."

마르코스가 옆에서 심드렁한 어조로 말했다. 자신 없는 표정이었다. 여태까지 자신의 의견을 두세 번 개진했으나 별로 도움이 되지 않아 그런지도 모른다. 아니면 도움을 못 주는 미안함을 그렇게 표현했는지도 모를 일이었다. 그녀는 이렇게 생각하면서도 동시에 귀가 솔깃했다. 실제로 멀리서 등대의 불빛이 깜박이는 듯했다.

후배의 이 말을 들으며 그녀는 지난 화요일 자정 무렵까지 보았던 「후기우마이야왕조 초기 역사」 내용 중 일부분을 떠올렸다. 건국 초기에 이베리아반도로 건너 온 베르베르인들 가운데 상당수가 기독교 신자였다. 그 당시에 그들은 아랍인들과 함께 국가의 지배계급을 형성하고 있었다. 따라서 '압드 알-라흐만 1세'에게 기독교왕국의 기독교인들 못지않게 자국 내의 기독교인들도 주요한 관심의 대상일 수밖에 없었다. 이러한 정황으로 판단해보아도 새 왕조의 창시자에게 이슬람교 못지않게 기독교도 중요했을 것이다.

그들은 중세시대 언어 등에 관계된 여러 문헌을 검토했다. 이슬람교는 라틴어로 'islam'이었다. 중세독일어로도 'islam'이었다. 아쉽게도 고트어로는 알 수 없었다. 기독교는 라틴어로 'christianismo', 중세독일어로는 'christentum'이었다. 역시 고트어로는 알 수 없었다. 어쨌든 철자 'i'가 '이슬람교'라는 단어에서는 맨 앞에 위치했으나 '기독교'라는 단어에서는 세 번째가 아닌 네 번째에 위치했다. 즉 'chri'는 세 개의 철자가 아니라 네 개의 철자로 이루어져 있었던 것이다.

불안한 마음이 들어서 급히 고트어 27개 철자 참고서를 찾아보았다. 자세히 검토하니 'ch'는 고트어에서 하나의 철자일 가능성이 높았다. 다행스런 일이었다. 그제야 감탄사가 흘러나왔다.

"그랬구나! 라틴어 'christianismo'의 앞부분 'chri'이 앞의 세 철자이고, 라틴어 'islam'의 앞부분 'isl'이 뒤의 세 철자야."

라틴어 'ch'에 대응하는 고트어의 가능성 높은 철자는 '𐍇'였다. 고트어 24번째 알파벳으로서 음가는 '/kʰ/'였다. 두 번째로 가능성이 높은 철자는 '𐌺'였다. 고트어 11번째 알파벳으로서 음가는 기본음인 '/k/'였다. 세 번째로 가능성이 높은 철자는 '𐌵'였다. 고트어 6번째 알파벳으로서 음가는 '/kʷ/'였다. 마지막으로 가능성은 낮았음에도 배제할 수 없는 철자가 '𐍊'였다. 고트어 27번째 알파벳으로서 음가는 '/ts/'로 추정되었다. 하지만 실제 발음이 '/ch/'에 가까울 수도 있었다.

위의 문장에서 '음가는 '/ts/'로 추정된다.'는 표현을 사용했다. 그 이유는 고트어에 불분명한 철자가 3개 있기 때문이었다.*

다음으로 'chri'의 라틴어 'r'에 대응하는 철자는 '𐍂'이었다. 고트어 19번째 알파벳으로서 음가는 '/r/'이었다. 세 번째로 'chri'의 라틴어 'i'에 대응하는 철자는 '𐌹'였다. 고트어 10번째 알파벳으로서 음가는 '/i/' 또는 '/iː/'였다.

그녀는 동일한 방식으로 'islam'의 'isl'을 확인 및 검토하기로 했다. 'isl'

* 첫 번째 철자는 '𐍊'로서 옛 그리스 문자의 방언에서 왔다고 추측했다. 이름은 알려지지 않았다. 일부 학자들은 이 철자가 'ϡ'에서 왔다고 생각해서 '/sampi/'와 비슷한 발음이 아닐까 추정하기도 했다. 확신할 수는 없었다. 고트어 숫자체계에서 '900'이라는 숫자로 사용되기도 했다. 두 번째 철자는 '𐍁'였다. 고트어 18번째 알파벳으로서 페니키아 문자 'ϟ'에서 왔다고 추측했다. 역시 이름은 알려지지 않았다. 철자의 변환 과정도 알 수 없었다. 발음도 '/nuː/'라고 추정했으나 다른 범주의 발음일 가능성도 있었다. 세 번째 철자는 '𐍈'였다. 고트어 25번째 알파벳이었다. 페니키아 문자 'Thet'로부터 기원해 그리스 문자 '*Θ*, Theta'에서 변환되었다고 추측했다. 따라서 발음도 '/ʍ/' 혹은 '/hʷ/'이리라고 추정할 뿐이었다.

의 라틴어 'i'는 'chri'의 'i'에 대응하는 고트어 'ɪ'와 동일했다. 다음으로 'isl'의 라틴어 's'에 대응하는 철자는 'S'였다. 고트어 20번째 알파벳으로서 음가는 '/s/'였다. 마지막으로 'isl'의 라틴어 'l'에 대응하는 철자는 'λ'이었다. 고트어 12번째 알파벳으로서 음가는 '/l/'이었다.

이렇게 해서 비록 추정치이나 15개 이중아치 형태 중에서 12개 이중아치 형태가 그 모습과 의미를 드러냈다. 'ϵ * Π'까지 포함한다면 14개 이중아치 형태가 모습을 드러냈다고 할 수도 있었다. 하지만 아직 'ϵ * Π' 의미는 짐작도 못하고 있었다. 하여튼 추정된 12개 이중아치 형태의 모습과 의미는 다음과 같았다.

'ϡ ϵ Π', 'X, ʀ, ∪, ↑(?) ʀ ɪ', 'ϡ ϵ Π', 'ɪ S λ', 'ϵ * Π'

이러한 15개 이중아치 형태의 의미는 「'신', 기독교, '신', 이슬람교, * * *」가 될 터이다. 이 시점에서 그녀는 갑자기 멈칫했다. 네 번째 이중아치 형태는 '굴곡 형태(하단 부분), 상단 6개, 하단 7개'였는데 4개의 고트어 알파벳 'X', 'ʀ', '∪', '↑' 중에서 무엇과 대응하는지 몰랐다. 심각한 문제였다.

그러다 곰곰이 생각해보니 또한 다섯 번째 이중아치 형태 역시 'ʀ'과 대응하리라 추측할 뿐이지 확실하지 않았다. 여섯 번째 이중아치 형태 'ɪ'도 마찬가지였다. 그녀 얼굴에 그늘이 드리워졌다. 당연히 나머지 경우에서도 이 문제가 동일하게 발생했다. 즉 열 번째, 열한 번째, 열두 번째 각기 이중아치 형태에 대응하는 고트어 철자가 위의 추측한 알파벳들인지 아닌지 명확히 알 수 없었다.

15개 이중아치 형태 중에서 12개 이중아치 형태까지만 알아도 그녀 마음은 환희로 넘쳐나야 했다. 그러나 그렇지 않았다. 오히려 막막하기조차 했다. 마지막 단어 'ϵ * Π'의 중간 철자 '*'를 몰라서가 아니었다. 깊은 고민에 빠졌다. 어떻게 하면 알 수 있을까. 그녀는 자기 자신에게 타이르듯이 말을 꺼냈다.

"대부분 비밀을 알아낸 것 같지만 사실은 그 무엇도 알아내지 못했지. 12개 이중아치 형태는 모두 추정된 철자, 추정된 의미일 뿐이야."

"음."

마르코스도 아무 대답을 하지 못했다. 즉 '15개 이중아치 형태'에 대응하는 고트어 알파벳 체계를 발견하지 못한 것이 문제였다. 그녀의 생각대로였다. 이 난제를 해결하지 못했다면 비밀에 접근조차 못한 것과 동일했다. 차분히 지난 과정을 돌아보았다. '**𐌳 𐌴 𐌽**'의 경우도 첫 번째, 두 번째, 세 번째 이중아치 형태에 대응하는 고트어 철자가 각기 '**𐌳**', '**𐌴**', '**𐌽**'인지 확신할 수 없었다. 당연히 나머지 열두 번째 이중아치 형태까지도 마찬가지였다.

"따라서 이중아치 형태에 대응하는 고트어 알파벳 체계를 모르기에 마지막 단어인 '**𐌴** * **𐌽**' 의미도 알 수 없는 거야. '라 메스키타' 비밀을 알아내는 과정에 있어서 100% 확신할 수 없다는 건 모른다는 말과 같은 의미이지."

"……"

왜냐하면 추측, 추정 등은 가설의 과정일 뿐이고 논증된 것이 아니기 때문이었다.

33. 파열음

페르난도와 호세가 그렇게 복귀한 지 일주일이 지났다. 페르난도 일행을 대체해 빈으로 파견되었던 기사수도사들도 돌아왔다. 그들은 카롤리네에게서 지도부의 소환 명령을 전해 듣자 지체없이 귀환했다. 그제 개최된 정례회의에서 칼라트라바기사수도회 지도부는 카롤리네의 해임을 의결했다. 그 후임으로 알베르토의 추천을 받아 한나Flores Hannah를 임명했다. 신임 빈 지부장은 선교사였다. 스페인 중북부 바야돌리드 근교의 신학교 교목으로 근무한 경력도 있었다. 2년 전에는 바야돌리드 대학에서 안드레스를 비롯한 지도부들과 조우하기도 했다.

베르샤는 기숙사 편지 건 외에도 뮐러가 중환자실에 입원해 있는 사실이 마음에 걸렸다. 이에 카롤리네의 해임으로 빈에서 발생한 사건들을 일단락 지으려 했다. 그러나 빈 지부의 정황은 다른 방향으로 흐르기 시작했다. 이미 카롤리네의 마음에는 예기치 못한 변화가 찾아오고 있었기 때문이었다. 인간의 삶에 있어서 믿음이란 불가사의한 능력을 지녔다. 적대적 세력을 우군으로 편입시키는 경우도 있으나 그 역으로 순식간에 동지를 적으로 만들기도 했다.

베르샤는 알칸타라기사수도회 소속 기사수도사 중에서 중세 숫자들 건을 해결할 새로운 적임자들을 물색했다. 심사숙고 끝에 로렌소Díaz Lorenzo와 클라우디오Alonso Claudio를 지명했다. 역시 다년간 심신 수련을 통해 육성된 정예였다. 로렌소는 눈초리가 날카로웠음에도 전체적으로는 평범한 인상이었다. 몸매도 호리호리했다. 사람들의 이목을 끄는 용모가 아니어서 마리암의 일거수일투족을 감시하는 데 적격이었다. 클라우디오는 얼굴 표정이 근엄했다. 누가 보아도 구도자라고 짐작할만한 용모를 가졌다. 무뚝뚝한 성격을 지녀 함부로 접근하기 어려운 면도 있었다. 우람한 체격의 소유자였다. 그 몸동작의 행동반경도 넓은 편이어서 어쩌다 한 번이라도 만난 사람들은 대부분 클라우디오를 기억했다.

그들은 마리암의 동선을 밀착 감시해서 매일 유선상으로 세부 동정을 직속상관에게 보고했다. 친구 집에서 머물고 있고 주로 '라 메스키타'와 도서관 두 곳만 왕복하며 온종일 마르코스와 무슨 작업을 하고 있다는 등의 내용이었다. 일주일이 지난 후에 베르샤는 담화실로 클라우디오를 호출했다. 로렌소는 계속 뒤를 미행하며 그녀의 도서관 대출목록까지 파악해 보고서에 기록하고 있었다.

"마리암은 '라 메스키타', 도서관 등에서 무엇을 하고 있습니까?"

"그 건축물의 이모조모를 관찰합니다. 초기에는 종탑도 올라가고 외부도 둘러보더니 요즈음은 주로 내부에 머무릅니다. 또한 도서관에서 각종 문헌을 쌓아놓고 읽으면서 무엇인가를 작성하고 있습니다."

"페르난도의 추측이 맞는 거 같군요."

"무슨 이야긴지 모르겠습니다."

"중세 아라비아숫자들이 '라 메스키타'와 관련 있다는 의미입니다. 그동안 다 같이 고군분투했는데 그것의 내용이 알 수 없는 그 무엇의 단서라는 생각이 듭니다. 일주일 내내 반복된 일련의 행동으로 미루어보아서 그렇습니다."

"예."

"경찰이 그녀를 보호 및 관찰하지 않습니까? 아니면 그러한 징후가 있습니까?"

"감시하는 동안 그녀 주변에서 경찰을 본 적이 없으며 그런 낌새도 보이지 않았습니다. 로렌소도 특이사항은 없다고 보고했습니다."

베르샤는 지도부가 결정을 내리면 즉시 마리암을 이곳 객사로 납치해올 생각이었다. 설사 경찰이 보호하고 있다 해도 문제없다고 자신했다. 본인 휘하의 기사수도사들은 중세의 전사들과 비교해도 손색없는 정예라고 생각했기 때문이었다. 그만큼 조직 구성원들에 대한 자부심이 강했다. 그러나 그들에 대한 믿음은 이에 미치지 못했다. 그것들은 각기 다른 영역이었다. 일례로 자부심이 '사실의 세계' 영역에 속한다면 믿음은 '가치의 세계' 영역에 속했다. 그날 호세의 회한 섞인 눈물이 이를 여실히 입증해주고 있었다.

하지만 베르샤는 고심했다. 아직은 때가 아니었다. 마리암이 하고 있는 작업을 지켜봐야 하지 않나 싶었다. 서두르면 일을 그르칠 수도 있었다. 그렇다고 해서 기약 없이 기다릴 수도 없는 상황이었다. 돌연히 그녀가 빈으로라도 떠나버리면 일은 어려워질 것이다. 어떻게 해야 할지 판단이 서지 않았다.

결국 하루만 더 기다려 보기로 했다. 즉 마리암이 진행 중인 작업의 완료 여부에 상관없이 24시간 후에 그녀를 이곳으로 납치하기로 마음먹은 것이다. 그리하여 중세 숫자들 내용을 알아낸 후에 그것을 토대로 '알 수 없는 그 어떤 것'에 대해 독자적으로 작업을 진행해보자는 의도였다. 마리암에게도 그간 하고 있던 작업을 이곳에서 강제로 진행시킬 예정이었다. 이렇게 될 경우에는 모종의 작업을 기사수도회 조직과 병행하는 형태가 되니 의외로 빠른 시일 내에 결말을 볼 수도 있었다. 그렇게 예상했다. 이 방안이 최선은 아니어도 차선은 되리라고 생각했다.

베르샤는 지도부 긴급회의를 소집해 자신이 발의한 안건을 상정했다. 그러나 안드레스가 코르도바 경찰국의 수사 가능성을 지적하며 극력 반대했다.

"마리암을 그렇게 납치하게 되면 일이 걷잡을 수 없이 커집니다. 코르도바 경찰국이 긴장해 있는데 이런 상황에서 납치 의도를 이해할 수 없습니다. 그것은 돌이킬 수 없는 무리수입니다."

"중세 아라비아숫자들을 해독한 마리암이 현재 코르도바에 있습니다. 그런데 어떤 조치를 취하지 않는 건 직무유기입니다. 어떻게 해서든지 중세 숫자들을 해독해서 조직의 목표를 이루어야 합니다. 안드레스는 도전하지 않고 안주하려고만 합니다. 그렇다면 우리 조직이 존재해야 할 이유가 없습니다."

"지금 베르샤는 이 조직을 와해시키고 있습니다. 그러한 행동을 하지 않아도 조직의 목표를 이룰 수 있습니다. 당장 베르샤를 해임해야 합니다."

"뭐라고 했습니까. 칼라트라바기사수도회는 물론 알칸타라기사수도회 기사수도사들까지 통합 지휘하는 본인을 해임하겠다는 겁니까?"

"그렇습니다. 게다가 중세 숫자들 건 추진과정에서 알칸타라기사수도회 기사수도사를 투입하기로 한 결정은 우리의 명예를 실추시킨 행위입니다. 중세부터 지켜 내려온 칼라트라바기사수도회의 자존감을 훼손시켰습니다."

"두 기사수도회는 협력 관계이지 경쟁 관계가 아닙니다."

"칼라트라바기사수도회는 설립 초기부터 모든 기사수도회의 만형격입니다. 하지만 페르난도와 호세가 전력투구했음에도 그들의 명예는 짓밟혔습니다. 이 모든 것이 베르샤의 오판으로부터 비롯되었기에 그 지휘 책임을 물어 해임해야 합니다. 해임안이 가결되지 않는다면 본인은 지도부에서 사퇴하겠습니다."

안드레스가 의외로 강경하게 나왔다. 하지만 이어진 난상토론 끝에 마리암 납치 건은 가결되었다. 베르샤가 직무유기를 여러 차례 언급하며 강하게 밀어붙여 성사시킨 것이다. 또한 베르샤에 관한 해임안은 나머지 지도부 4명이 지지 의사를 밝히면서 상정되지도 못했다. 그 회의 말미에 안드레스는 칼라트라바기사수도회와의 결별을 암시하는 발언을 했다. 즉 지도부 사퇴뿐 아니라 향후 포르투갈 지역의 종교공동체로 떠날 의향이 있다고 밝힌 것이다.

갈등이 없는 조직은 없다. 물론 상호작용적으로서 긍정적인 측면을 부인할 수는 없으나 그 갈등으로부터 조직구조가 근본부터 흔들리고 이로부터 와해가 시작되는 법이다. 리더십만큼 갈등관리가 중요하다는 사실을 칼라트라바기사수도회 지도부는 미처 알지 못했다. 이 조직은 붕괴 조짐이 보였다. 어쩌면 이미 파열음을 내면서 균열이 시작되었는지도 모른다.

베르샤는 회의를 마치고 로렌소와 클라우디오에게 내일 저녁 일몰 후에 마리암을 이곳 객사로 납치해오라는 명령을 하달했다. 만약 마르코스가 곁에 있다면 함께 포획하라고 부언했다. 그리고 페르난도와 호세를 만나 마리암과의 대면 경험을 간접적으로 공유해 볼 것을 지시했다. 클라우디오의 연락을 받고 그들 셋은 단층객사 옆쪽에 위치한 장서관 앞에서 만났다.

"마리암을 접했을 당시에 그녀 반응은 어땠습니까?"

클라우디오가 페르난도를 올려다보며 입을 열었다. 옆에 두세 걸음 떨어져서 엇비스듬히 서 있는 또 다른 기사수도사도 힐긋 쳐다보았다. 호세는 무표정한 얼굴로 시선은 멀리 하늘을 향하고 있었다. 마치 남의 일 대하듯이 했다.

"당찹니다. 지하실에서 포박하려고 했을 때 그녀는 격렬히 저항했습니다. 스승의 죽음을 목격했기에 그랬을 수도 있지요."

"베르샤로부터 이 일의 진행 과정에 대해서 전해 들었습니다. 중세 아라비아숫자들이 '라 메스키타'와 어떻게 관련 있는지 알고 있나요?"

"모릅니다. 하지만 그 무언가 있다고 생각합니다."

"예."

"질문 더 있습니까?"

"조언 잘 들었습니다. 이만 가겠습니다."

클라우디오는 가만히 있더니 발길을 돌리면서 점잖게 눈인사를 했다. 페르난도도 별다른 말없이 손짓으로 작별인사를 대신했다. 호세는 예의 무심한 얼굴로 삐죽이 열려있는 나무문을 바라보기만 했다. 어둑한 안쪽으로 서가들이 보였다. 이 장서관은 중세 고문헌을 비롯한 장서들이 2,000여 권 있는 소규모 시설이었다.

페르난도는 일주일 전에 귀환한 이후 가끔 여기를 찾아 독서를 했다. 기사수도회, 십자군 등에 관해 읽었다. '성 베르나르두스' 규약 등의 내용들도 있었다. 이에 반해 호세는 귀환한 후에 하루도 빠지지 않고 장서관에 들렀다. 중세종교사상사를 비롯한 기독교 관련 신학서, 철학서 등을 읽었다. 몽테뉴의 「수상록Essais」도 정독했다. 제1권 제19장의 '철학한다는 것은 어떻게 죽느냐를 배우는 것과 동일하다.'라는 문장에서는 눈을 떼지 못했다. 특히 제3권 제2장 '뉘우침에 관하여'는 몇 차례나 반복해서 읽었다.

호세는 어제 외출하고 돌아와서는 두문불출하고 방안에만 있었다. 어디를 다녀왔는지 알 수 없었다. 한마디 말도 하지 않았다. 그의 표정이 어두웠다. 수심이 가득했으나 걱정을 하고 있다기보다는 뭔가 착잡해보였다. 오늘 오전에 페르난도로부터 전후 내용을 전해 듣고 어쩔 수 없이 장서관 앞에 나오기는 했다.

"호세! 어제 어디 다녀왔어?"

페르난도가 숙소로 향하며 물었다.

"……"

호세는 입을 다물고 있었다.

"무슨 일이 있는 거야?"

"……"

역시 묵묵부답이었다. 호세는 페르난도를 표정 없이 바라보았다. 그렇게 한동안 있다가 불편한 침묵 속에서 각자 숙소로 들어갔다. 호세는 딱딱한 침대에 누워 양 손가락을 엇갈려 댔다. 아직도 머리 아랫부분이 베개에 닿으면 아팠다. 내일 오후에 외출하게 되면 이곳으로 다시는 돌아오지 못할 것이다. 오늘밤이 마지막 밤이 될 터이니 만감이 교차했다. 마침 방금 전에 클라우디오로부터 내일로 예정된 납치계획도 듣게 되었다.

'마리암은 이러한 사실도 모르고 '라 메스키타'나 도서관에 평소처럼 있겠지. 이렇게 또 한 명이 떠나가는구나.'

그날 종탑 아래에서 흐느끼던 그녀의 애처로운 모습이 생각났다. 스치면서 보았는데도 또렷이 뇌리에 남았다. 호세는 칼라트라바기사수도회에서의 지난 나날들을 떠올려보았다. 눈을 감았다. 페르난도와 함께 했던 '기사 서약의식'을 회상해보니 그날의 두근거림이 어제 일처럼 생생하게 느껴졌다. 부끄러웠다. 그러나 이제 더 이상 부끄럽고 싶지 않았다. 자긍심으로 빛나는 진정한 기사수도사가 되고 싶었다.

호세는 자신의 가문에서 전해져오는 가훈을 상기했다. 이보다 멋진 가훈은 없으리라고 늘 생각하고 있었다. 그 자부심에 가슴이 한껏 부풀었던 적도 있었다. 나중에 혹시라도 후대가 이어진다면 고요한 격언 같은 이 가훈을 전해주고 싶었다. 안타깝게도 지금으로서 그럴 가능성은 거의 없어 보였다.

"가문과 그 이외의 것으로 그대를 빛나게 하지 말고, 그대 스스로 그대를 빛나게 하라!"

아직 태어나지도 않은…… 아마도 태어나지 못할 자신의 2세와 이 훌륭한 가훈을 생각하니 가슴이 먹먹해졌다.

34. 세상 밖으로!

마리암은 자신을 이끌어 주던 경구 '인생은 자기 예언의 실현과정이다.'를 소리 높여 말했다. 뇌리에 깊이 각인될 수 있도록 했다. 삶이 힘들고 고단해서 그 무언가 포기하고 싶을 때마다 심신의 위안이 되고 힘이 되어주었던 경구였다. 마치 그 수많은 나날들의 버팀목 같았다.

그녀는 침착하게 마음을 추스르고 생각을 단순화했다. 다른 대안이 없기에 '임의로 작성한 표'를 다시 검토하기로 했다. 이를 토대로 각 이중아치 형태와 각 고트어 알파벳 간의 연결고리를 어떻게 해서든지 찾아야 했다. 앞서 작성한 '𐌳', '𐌴', '𐍀'에 나머지 추정된 문자 '𐍂', '𐌹', '𐍃', '𐌻'를 추가해 진술문장(단문)을 새로 작성했다. 어느 철자인지 알 수 없는 '𐍇, 𐌺, 𐌿, 𐍄' 등의 경우는 일단 제외했다. 즉 현 시점까지 추정한 12개 알파벳을 순서대로 명기해 그들의 구조와 상관관계를 파악하고자 한 것이다. 중복해서 등장한 '𐌳', '𐌴', '𐍀', '𐌹'의 알파벳들도 그대로 중복 명기했다. 전체적인 연결고리의 윤곽을 알아내기 위해서였다.

'𐌳' : 고트어 알파벳 순서 04번째, '임의작성 표' 기준 24번째
'𐌴' : 고트어 알파벳 순서 05번째, '임의작성 표' 기준 18번째
'𐍀' : 고트어 알파벳 순서 16번째, '임의작성 표' 기준 14번째
'𐍇, 𐌺, 𐌿, 𐍄(?)' :
'𐍂' : 고트어 알파벳 순서 19번째, '임의작성 표' 기준 06번째
'𐌹' : 고트어 알파벳 순서 10번째, '임의작성 표' 기준 21번째
'𐌳' : 고트어 알파벳 순서 04번째, '임의작성 표' 기준 24번째
'𐌴' : 고트어 알파벳 순서 05번째, '임의작성 표' 기준 18번째
'𐍀' : 고트어 알파벳 순서 16번째, '임의작성 표' 기준 14번째
'𐌹' : 고트어 알파벳 순서 10번째, '임의작성 표' 기준 21번째
'𐍃' : 고트어 알파벳 순서 20번째, '임의작성 표' 기준 25번째
'𐌻' : 고트어 알파벳 순서 12번째, '임의작성 표' 기준 03번째

그녀는 노트에 '𐌳'부터 '𐌻'까지 순서대로 '차이 값' 12개를 적어보았다. 고트어 알파벳 순서와 '임의작성 표'와의 '12개 철자의 차이 값'은 다음과 같았다.

'+20, +13, −2, *, −13, +11, +20, +13, −2, +11, +5, −9'

이 수치들 중에서 어떤 일정한 규칙을 발견해야 했다. 그런데 그녀가 '차이 값'을 노트에 적자마자 마르코스는 그것들을 가리키며 말했다.

"차이 값을 비교하는 건 좋아요. 그러나 추정된 단어의 철자 순서대로 차이 값을 작성하는 건 의미가 없어요. 고트어 알파벳 순서대로 작성해야지요."

그녀가 유심히 듣고 보니 예리한 지적이었다.

"일리가 있네."

"당연하지요."

"하지만 이 단문들을 보면 고트어의 알파벳 순서 04번째부터 20번째까지가 전부야. 거기에다 이어서 연결되지도 않았지."

"그렇다면 연속된 고트어 알파벳 '04번째, 05번째'와 '19번째, 20번째' 등에서 단서를 찾아야겠지요. 그래야 어떤 규칙을 발견할 수 있어요. 해당 전제가 타당성이 있어야 이로부터 파생된 규칙이 의미가 있지요."

"그러면 첫째 경우는 '𐌳', '𐌴'이고 둘째 경우는 '𐍂', '𐍃'이네."

"맞아요. 차이 값 '+20, +13'과 '-13, +5'에서 무엇인가 발견해야지요."

그들은 작은 단서라도 찾기 위해 안간힘을 다했다. '임의작성 표'가 잘못된 전제라고 해도 동일한 조건으로 위의 수치가 나왔으니 '그 값과 값' 사이에 어떠한 일정한 규칙이 존재해야 했다. 그 값은 틀릴지라도 그래야 했지만 어떤 규칙도 발견할 수 없었다. 마르코스의 제안대로 코르도바대학 수학과 교수에게도 이 숫자들을 보여주고 도움을 청했다. 그의 고교 선배이며 '필즈 상' 후보로도 올랐던 수재라 했다. 행여나 하는 마음으로 '12개 철자의 차이 값'도 보여주었다. 그러나 아무것도 발견되지 않았다. 현대의 수학자가 발견하지 못하는 규칙이라면 중세 중기 '라 메스키타' 비밀의 장치자도 상상하기 어려웠을 것이다.

"여기에 규칙이 있다고 생각해? 없는데 찾고 있는 건 아닐까?"

"이 수치들이 잘못되었다면 즉 뭔가 오류가 있다면 규칙이 없겠지요. 하지만 어딘가에는 틀림없이 있다고 믿어요. 그 비밀을 장치하면서 후대에 알아낼 수 있는 규칙을 사용해 작업했을 거예요."

"그랬으리라 생각해. 어쩐지 비밀장치자의 사고가 낯설지 않아. 오래전부터 이런저런 대화를 나누었던 사람 같아."

"힘내세요. 그렇게 느껴진다면 찾을 수 있을 거예요."

그녀는 정형화된 그 무엇을 찾을 수 있다고 자신에게 믿음을 주어야 했다. 오늘이 11월 4일 토요일이니 시간은 빠르게 흘러갔다. 해가 벌써 서산으로 기울고 있었다. 이렇게 하루하루가 속절없이 지나가는 것이 안타까웠다. 차이 값 '+20, +13', '-13, +5' 등을 바라보았다. 어떤 규칙을 발견하기 어렵다면 단서라도 찾아야 했으나 찾을 수 없었다. 그녀가 난감한 표정으로 힘없이 말했다.

"초기 전제가 잘못되지 않았을까? 즉 우리가 만든 '임의작성 표'와 '실제의 표'가 다른 형식이 아닐까?"

"어쩌면 전혀 다른 형식일지도 몰라요."

"그래. 그럴 가능성이 있어."

어제 그들은 '임의작성 표'를 그린 후에 'ɔ'의 24번째 위치를 찾기 위해 '표'의 3개 구성요소들을 이리저리 바꾸어 보았었다. 그럼에도 별다른 성과가 없었기에 이 상태에서 다음 단계로 나아갈 수밖에 없었다.

"전혀 다른 형식이라면 무엇이 어떻게 달라야 할까? 돌이켜보니 '라 메스키타' 비밀이 그렇게 평범히 장치되었을 리가 없어."

"안이한 생각이었어요. 새로운 방법으로 시도해보지요. 이를테면 세 가지 형태를 묶어서 9쌍으로 해보면 어떨까요?"

"마르코스!"

이 제안이 그녀의 귀에 쏙 들어왔다. 그럴싸했다. 새로이 형태가 이루어질 것 같았다. '반원 형태, 굴곡 형태, 겹친 굴곡 형태'를 3개씩 묶어 9쌍으로 만들고 상단 붉은 홍예석 개수와 하단 붉은 홍예석 개수 등을 오름차순 정렬과 내림차순 정렬로 각기 만들어 대응시켰다. 이러한 경우의 수를 헤아려 적어보니 4개였다.

* '반원 형태, 굴곡 형태, 겹친 굴곡 형태'
  내림차순 정렬 (상단 붉은 홍예석 개수, 하단 붉은 홍예석 개수)
* '반원 형태, 굴곡 형태, 겹친 굴곡 형태'
  오름차순 정렬 (상단 붉은 홍예석 개수, 하단 붉은 홍예석 개수)
* '겹친 굴곡 형태, 굴곡 형태, 반원 형태'
  내림차순 정렬 (상단 붉은 홍예석 개수, 하단 붉은 홍예석 개수)
* '겹친 굴곡 형태, 굴곡 형태, 반원 형태'
  오름차순 정렬 (상단 붉은 홍예석 개수, 하단 붉은 홍예석 개수)

새로이 시도하는 형태가 맞는다면 실제의 '이중아치 형태에 대응하는 표'가 위의 4개 '경우의 수' 가운데 하나이리라 예측했다. 이것은 확신에 가까웠다. 이외에도 '굴곡 형태'가 처음이나 맨 뒤에 위치하는 '경우의 수', 상단 붉은 홍예석 개수와 하단 붉은 홍예석 개수의 위치를 바꾸어 배치하는 '경우의 수' 등이 있을 수 있었다. 더구나 이들 '경우의 수'가 내림차순 정렬과 오름차순 정렬 등으로 대응하게 되면 모든 '경우의 수'는 급격히 늘어날 게 분명했다. 그러나 이러한 경우들을 모두 배제시켰다. 가능성이 낮기 때문이었다.

고교 시절의 마리암은 천문학 관련 서적들에 관심이 많았다. 중세 아라비아숫자들을 해독하기 위해 조부와 부친이 천문학을 공부했기에 그들의 영향을 받아서 그러했다. 중세 이후에 유럽지역에서 진전된 천문학 이론서들이 출판되었다. 코페르니쿠스, 갈릴레이, 케플러, 뉴턴 등의 저서들이 대표적이었다. 이 중에서 그녀 부친은 특히 케플러의 「신천문학」, 「세계의 조화Harmonice Mundi」 등에 주목했다. 그 주요 내용에 밑줄을 쳐가며 주해를 적어놓을 정도로 이 천문학 이론서들을 열심히 탐구했다. 하지만 그녀는 중세 이후의 천문학 문헌들에 비해 그 정밀함은 부족한 부분이 있으나 중세 중후기 천문학 문헌들에 더 애착이 갔다. 즉 우주의 움직임에 경탄을 자아냈던 중세 이슬람 천문학자들의 마음에 공감이 간 것이다. 깊어가는 가을밤에 단층집 지붕에 누워 육안으로 검푸른 하늘, 달, 별 등의 움직임을 관찰하던 그들의 정성이 눈물겨웠다. 9세기의 '알-킨디'도 그러한 재야학자 중의 하나였다. 매일 밤마다 시골집의 투박한 지붕에 누워 반짝이는 별을 관찰했다는 글을 읽고 그의 천문학 저서들 특히 「별들의 판단서The Judgement of the Stars」에 한동안 매료되었던 기억이 났다.

중세 특히 중세 중후기에 발간된 천문학 문헌들은 나름대로의 작성 순서가 있었다. 복잡한 것에서부터 단순한 것으로, 많은 것에서부터 적은 것으로 즉 내림차순 정렬을 시도하는 경우가 다수였다. 일례로 행성 타원궤도의 속도 및 그 면적, 행성의 공전주기, 태양과 제 행성 사이의 거리, 별들의 크기와 밝기 등의 작성에서 그러했다. 물론 그렇지 않은 저술들도 있기는 했으나 대부분은 이러한 경우를 채택했다.

따라서 실제의 '이중아치 형태에 대응하는 표'가 '반원 형태, 굴곡 형태, 겹친 굴곡 형태' 또는 '겹친 굴곡 형태, 굴곡 형태, 반원 형태' 등으로 작성될 확률은 높아도 '굴곡 형태'가 처음이나 맨 뒤에 위치하는 경우는 확률이 현저히 낮았다. 그녀는 그렇게 판단했다. 즉 복잡성Complexity의 정도에 있어 중간인 경우가 순서상으로 앞부분이나 뒷부분에 나오는 경우는 거의 없었다. 나머지 정황들도 이러한 경우를 토대로 동일하게 판단했다. 이와 같이 천문학 관련 중세 문헌들의 내용을 참고로 해서 그녀는 4개 '경우의 수' 가운데서 가능성이 제일 높은 경우를 추론해보았다.

마르코스와 심사숙고 끝에 세 번째 '경우의 수'를 선택했다. '겹친 굴곡 형태, 굴곡 형태, 반원 형태', 상단 붉은 홍예석 개수와 하단 붉은 홍예석 개수는 내림차순으로 정렬한 경우였다. 이것을 표로 나타내면 다음과 같았다.

[수정한 '고트어 알파벳과 이에 대응하는 이중아치 형태']

ƛ	겹친 굴곡	9개	8개	ɪ	겹친 굴곡	8개	8개	ᚱ	겹친 굴곡	6개	8개
ʙ	굴곡	9개	8개	ʀ	굴곡	8개	8개	s	굴곡	6개	8개
ʀ	반원	9개	8개	ʌ	반원	8개	8개	ᴛ	반원	6개	8개
ɔ	겹친 굴곡	9개	7개	ʍ	겹친 굴곡	8개	7개	ʏ	겹친 굴곡	6개	7개
ɞ	굴곡	9개	7개	ɴ	굴곡	8개	7개	ᚠ	굴곡	6개	7개
ᴜ	반원	9개	7개	ɢ	반원	8개	7개	x	반원	6개	7개
z	겹친 굴곡	9개	6개	ɴ	겹친 굴곡	8개	6개	ɵ	겹친 굴곡	6개	6개
h	굴곡	9개	6개	ᴨ	굴곡	8개	6개	ʘ	굴곡	6개	6개
ψ	반원	9개	6개	ч	반원	8개	6개	↑	반원	6개	6개

새롭게 작성한 '수정 표'를 보면서 정오 무렵에 했던 작업을 반복해서 재개했다. 즉 그 의미로 추정한 12개 고트어 알파벳을 차례대로 명기하고 그들의 구조 및 상관관계를 파악하고자 한 것이다.

'ɔ' : 고트어 알파벳 순서 04번째, '수정 표' 기준 16번째

'ɞ' : 고트어 알파벳 순서 05번째, '수정 표' 기준 26번째

'ɴ' : 고트어 알파벳 순서 16번째, '수정 표' 기준 14번째

'x, ʀ, ᴜ, ↑(?)' :

'ᚱ' : 고트어 알파벳 순서 19번째, '수정 표' 기준 18번째

‘ɪ’ : 고트어 알파벳 순서 10번째, ‘수정 표’ 기준 07번째

‘ɔ’ : 고트어 알파벳 순서 04번째, ‘수정 표’ 기준 16번째

‘ϵ’ : 고트어 알파벳 순서 05번째, ‘수정 표’ 기준 26번째

‘n’ : 고트어 알파벳 순서 16번째, ‘수정 표’ 기준 14번째

‘ɪ’ : 고트어 알파벳 순서 10번째, ‘수정 표’ 기준 07번째

‘s’ : 고트어 알파벳 순서 20번째, ‘수정 표’ 기준 19번째

‘λ’ : 고트어 알파벳 순서 12번째, ‘수정 표’ 기준 09번째

노트에 ‘ɔ’부터 ‘λ’까지 순서대로 ‘차이 값’ 12개를 적었다. 마르코스가 지적한 내용대로 연속된 고트어 알파벳 ‘04번째, 05번째’와 ‘19번째, 20번째’ 등의 ‘차이 값’도 함께 적었다. 이렇게 해서 작성된 ‘차이 값’ 2개는 각각 다음과 같았다. 당연히 고트어 알파벳 순서와 ‘수정 표’와의 ‘차이 값’이었다.

‘+12, +21, −2, *, −1, −3, +12, +21, −2, −3, −1, −3’

‘+12, +21’ ‘−1, −1’

위의 12개 고트어 알파벳에 관한 단문들과 2종류의 ‘차이 값’들을 관찰했다. 확실히 정오 무렵에 했던 작업결과와는 달랐다. 이중에서 ‘차이 값’ ‘+12, +21’과 ‘-1, -1’은 나름대로의 질서를 가지고 무엇인가 말하고 있었다. 마르코스의 격의 없는 조언이 고마웠다. 먼저 중복숫자들이 눈에 띄었다. 즉 위의 12개 단문들에서 ‘19’와 ‘16’이라는 숫자가 각각 2번 적힌 것이다. 물론 중복된 철자들인 ‘ɔ’, ‘ϵ’, ‘n’, ‘ɪ’에 관계된 숫자들은 1번 출현으로 간주했다.

“이건 무슨 의미일까? ‘19’는 ‘ʀ’과 ‘s’에 관계되어 있고 원래 순서에서 각기 하나씩 뒤쪽으로 배치되었어. 알파벳 순서도 ‘ʀ’ 다음에 ‘s’이

잖아.”

후배가 이에는 대답하지 않고 ‘16’에 대해 의문을 제기했다.

“그보다 이 숫자가 의미심장해요. ‘16’은 ‘𐌳’와 ‘𐌿’에 관계되어 있어요. 하지만 ‘𐌳’는 앞쪽으로 12자리를 앞서서 있고 ‘𐌿’는 뒤쪽으로 2자리 물러나 있잖아요.”

“그냥 우연이 아닌가? 하긴 의문이 들기도 해. ‘19’와 ‘16’에 관계된 4개의 철자 중에서 왜 ‘𐌳’만 앞쪽으로 나가 있지?”

“모르겠어요. 하지만 무슨 이유가 있지 않을까요?”

“있겠지.”

“이 세상 모든 일에는 다 이유가 있습니다.”

이러한 와중에도 마르코스는 이 문장을 이수영 어투를 그대로 흉내 내어 말하며 씩 웃었다. 그녀는 어이가 없기도 했으나 마지못해 따라서 웃었다.

“동의해. 이 세상 모든 일에는 다 이유가 있지. 그렇다면……”

“뭐 떠오르는 게 있나요?”

“햇빛이 비치는 이중아치 기둥들이 16개야. 이 ‘16’에 그 비밀이 숨겨져 있지 않을까? ‘𐌳’의 원래 자리는 4번째인데 왜 16번째 자리에 가 있을까?”

지금까지 ‘라 메스키타’ 비밀의 고비를 여러 번 넘어왔다. 그녀는 여기에 무언가 있는 것이 느껴졌으나 감은 오지 않았다. ‘16’은 단서일 수도 있고 우연의 일치일 수도 있었다. 심호흡을 했다. 연속된 ‘04번째, 05번째’와 ‘19번째, 20번째’의 차이 값 ‘+12, +21’, ‘-1, -1’을 검토해보기로 했다. 12개 고트어 알파벳에 관한 단문도 번갈아 들여다보다가 얼굴을 돌리며 말했다.

“일단 ‘𐍂’과 ‘𐍃’의 차이 값인 ‘-1, -1’에 대해 그 의미를 짐작할 수가 없어.”

"단서를 '𐌳'와 '𐌴'의 '+12, +21'에서 찾아야겠네요."

"그러고 보니 '𐌳'와 '𐌴'만 '수정 표' 기준보다 앞자리에 가 있어. 모르는 철자를 제외하고 나머지 5개 철자들은 '수정 표' 기준보다 모두 뒷자리에 가 있네."

"이제 보니 이상하네요."

"그렇잖아. '𐌳'의 경우에 이어서 '𐌴'의 경우도 동일해. '𐌴'도 원래 자리가 5번째인데 어째서 26번째 자리에 가 있을까?"

"……"

마르코스는 아무런 대답도 못했다. 그저 양손으로 턱을 어루만지며 고개를 숙이고 있었다. 그녀는 기분이 묘했다. 가만히 생각해보니 '𐌳'와 '𐌴'는 고트어 알파벳의 원래 순서가 4번째, 5번째였다. 즉 알파벳 순서로 앞부분에 위치해 있었다.

"그렇다면 원래 순서가 더 앞쪽인 철자들은 어디에 있을까?"

"방금 그런 생각이 들었어요. 그래서 노트를 보니 알파벳 순서가 1번째, 2번째, 3번째인 '𐌰', '𐌱', '𐌲'는 '15개 추정된 철자들' 중에 포함되지 않았어요. 물론 1개의 철자는 아직 모르기는 하지요."

"원래 4번째 순서인 '𐌳'가 16번째에 있고 원래 5번째 순서인 '𐌴'가 26번째에 있다면, 원래 3번째 순서의 철자 '𐌲'는 어디에 있을까? 그리고 그 앞의 철자들은 어디 있어야 할까? 즉 '*, *, *, 16, 26'의 연결 구조를 분석하면 되겠네."

이렇게 말을 끝내자마자 갑자기 눈을 동그랗게 떴다. 자신도 모르게 놀랐다. 검은 눈망울 위의 속눈썹이 파르르 떨렸다. 귀에서 아득하게 멀리 아잔 소리가 들렸다. 중세 코르도바의 푸르른 하늘에 청아하게 물결쳐 울려 퍼지듯이 그렇게 아련히 들려왔다. 그녀는 마지막 문장을 말하면서 스스로 답을 알았던 것이다. 놀라운 일이었다.

"신이시여! 감사합니다."

"무슨 단서를 찾았나요?"

드디어 중세의 '라 메스키타' 비밀이 풀렸다. 캄캄한 어둠 속에서 잠겨있던 보석이 빛을 발했다. 옆에서 후배가 단서를 찾았느냐고 연이어 묻고 있었다. 하지만 그녀는 아무 대답도 없이 바닥에 무릎을 꿇고 앉았다. 그리고 기도드렸다.

"신의 도움으로 '라 메스키타' 비밀을 풀었나이다."

"와! 알아냈군요."

중세 중기로부터 내려온 이 문제의 답은 고트어 알파벳 체계에서 모음의 배치 순서였다. '16개 이중아치 기둥'에서 비롯된 '16'은 하나의 함정 같은 의미였으나 '압드 알-라흐만 1세'가 의도하지는 않은 것으로 보였다. 고트어 모음들은 '𐌰, 𐌴, 𐌹, 𐌿, 𐍉' 등의 다섯 개로서 고트어 알파벳 중에서 1번째, 5번째, 10번째, 16번째, 26번째 등의 자리에 위치했다. 그 자리에 '𐌰', '𐌱', '𐌲', '𐌳', '𐌴' 등의 첫 번째 알파벳부터 다섯 번째 알파벳까지를 배치하고, 그 다음으로 나머지 자리에 나머지 알파벳들을 순서대로 배치한 것이다. 즉 '*, *, *, 16, 26'의 연결 구조는 고트어 모음들이 위치한 자리를 의미하는 숫자들이었다.

고트어 알파벳들과 이에 대응하는 '이중아치 형태'들은 '임의작성 표'와는 달랐다. 그러나 '수정 표'와는 기본형식이 일치했다. 중세 천문학 문헌들의 작성방법 검토가 주효했을 뿐더러 이에 관한 연상이 시의적절 하게 이루어진 점도 다행스런 일이었다.

'라 메스키타'의 '이중아치 형태(하단 부분)'들은 복잡한 형태에서 단순한 형태로 즉 겹친 굴곡, 굴곡, 반원 등의 순서를 취했다. 또한 상하단 붉은 홍예석 개수들은 숫자가 큰 것부터 작은 것으로 내림차순 정렬되었다. '라 메스키타' 건축을 주도하고 그 비밀을 장치한 인물을 그녀는 물론 알지 못했다. 그럼에도 두 번째로 작성한 '수정 표'와 '고트어 알파벳에 대응하는 이중아치 형태'는 그 기본구조가 동일했다. 중세시대 비밀장치자의 마음을 현대 마리암이 시공간을 뛰어넘어 읽은 것일까. 이를 표로 나타내면 다음과 같았다.

[고트어 알파벳과 이에 대응하는 '이중아치 형태(하단 부분)']

𐌰	겹친 굴곡	9개 8개	𐌹	겹친 굴곡	9개 6개	𐍂	반원	8개 6개
𐌱	굴곡	9개 7개	𐌺	굴곡	9개 6개	𐍃	겹친 굴곡	6개 8개
𐌲	겹친 굴곡	8개 8개	𐌻	반원	9개 6개	𐍄	굴곡	6개 8개
𐌳	겹친 굴곡	8개 6개	𐌼	굴곡	8개 8개	𐍅	반원	6개 8개
𐌴	굴곡	6개 6개	𐌽	반원	8개 8개	𐍆	겹친 굴곡	6개 7개
𐌵	굴곡	9개 8개	𐌾	겹친 굴곡	8개 7개	𐍇	굴곡	6개 7개
𐌶	반원	9개 8개	𐌿	굴곡	8개 7개	𐍈	반원	6개 7개
𐌷	겹친 굴곡	9개 7개	𐍀	반원	8개 7개	𐍉	겹친 굴곡	6개 6개
𐌸	반원	9개 7개	𐍁	굴곡	8개 6개	𐍊	반원	6개 6개

* 고트어 모음은 밑줄을 그어 표기했다.

** '수정 표'에서 고트어 모음이 위치한 5개의 자리에 '𐌰', '𐌱', '𐌲', '𐌳', '𐌴' 등의 5개 알파벳을 순서대로 배치했다. 그 외의 나머지 부분에 6번째부터 27번째까지의 알파벳들을 역시 순서대로 채워 넣었다. 이렇게 작성된 표를 고트어 알파벳 순서대로 재작성한 표가 위의 표이다.

위와 같이 표를 만드니 일목요연하게 정리되어 보기 좋았다. 그녀는 우선 15개 고트어 철자 중에서 네 번째 자리에 오는 철자가 '𐍇, 𐌺, 𐌵, 𐍊' 중에서 어느 것인지 알고 싶었다. 네 번째 이중아치 형태는 '굴곡 형태(하단 부분), 상단 붉은 홍예석 6개, 하단 붉은 홍예석 7개'였다. '최종 표'에서 찾아보니 24번째 자리에 있는 '𐍇'로서 음가는 'kʰ'였다. 이렇게 해서 확정된 '𐍇'는 'christianismo'의 앞 글자 'chri'에서의 'ch'부분에 대응되었다.

이제 '𐌴 * 𐌿'만 남았다. 즉 가운데 위치한 하나의 철자만이 남아 있었다. 그녀는 '최종 표'에서 확인하고 싶었다. '이중아치 형태(하단 부분)'와 마지막 남은 철자가 일치하는지 궁금했다. 그럴 리는 없겠지만 행여나 싶어 가슴이 조마조마했다.

열네 번째 이중아치 형태는 '굴곡 형태(하단 부분), 상단 붉은 홍예석 9개, 하단 붉은 홍예석 8개'였다. '최종 표'에서 찾아보니 6번째 자리에 있는 'ᥙ'였다. 그 음가는 'kʷ'였다. 라틴어나 중세독일어에서 알파벳 'q'에 대응되었다. 그러므로 'ϵ * ꞃ'은 최종적으로 'ϵ ᥙ ꞃ'이 되었다. 따라서 음가는 '/e/', '/q/', '/u/'가 될 터이다.

라틴어로 'equipollent'는 '동일하다.' 의미의 동사였다. 고트어와 유사한 중세독일어로도 찾아보니 'äquivalenzen'이었다. 이 'ä'는 음가로 '/e/'가 되니 같은 뜻이었다. 그래서 'ϵ ᥙ ꞃ' 즉 음가로 '/e/', '/q/', '/u/'는 '동일하다.'로 최종 판단했다. 이제 '라 메스키타' 비밀의 모든 것을 알았다. 'ϵ ᥙ ꞃ'의 의미를 알았고, 전체 문장의 의미를 알았으며, 이 비밀의 함의를 자연히 알게 되었다. 그녀의 손가락 마디가 쫙 펴졌다. 절로 목소리 톤이 올라가며 외쳤다.

"12세기 전에 어떻게 이러한 믿음을 가지고 있었을까?"

"놀랍습니다. 장치해 놓은 비밀이 이거였군요."

그녀는 가슴이 두근거렸다. 마지막으로 정리하기 전에 나머지 철자들을 '최종 표'와 하나하나 빠짐없이 짚어가며 비교했다. 모두 정확히 일치했다.

"이 비밀은 이중 언어로 기호화되었어. 그러니 현재까지 어느 누구도 그것의 의미를 알 수 없었던 거야."

"중세 중기에 어떻게 그런 생각을 했을까요? '압드 알-라흐만 1세'는 어쩌면 시대를 앞서간 선지자였는지도 모르지요."

당대의 기준으로 보자면 선지자였던 '압드 알-라흐만 1세'에게 있어 '신'께 가까이 다가가는 길은 두 가지가 있었다. 첫째는 '라 메스키타' 건축을 통해서 '신'의 뜻을 헤아려 그 '신'의 글을 읽는 길이었다. 신자로서 '신'의 뜻을 헤아리는 일은 일상으로서의 당연한 의무였고 기도를 통해

'신'의 글을 읽어서 보다 신실한 마음으로 경배하고 싶었던 것이다. 둘째는 동일한 '신'을 믿는 모든 이에게 종교적 관용을 베푸는 길이었다.

그녀는 이 선지자가 장치한 '라 메스키타'의 비밀문장을 보기 전에 고트어 음가를 차용한 라틴어 문장, 원래 라틴어 문장 등을 확인하고 싶었다. 그것들은 다음과 같았다.

['고트어 음가를 차용한 라틴어 문장'과 '원래 라틴어 문장']

'𐌳𐌴𐌿𐍃 𐍇𐍂𐌹𐍃𐍄𐌹𐌰𐌽𐌹𐍃𐌼𐍉 𐌳𐌴𐌿𐍃 𐌹𐍃𐌻𐌰𐌼 𐌴𐌵𐌿𐌹𐍀𐍉𐌻𐌻𐌴𐌽𐍄'

'Deus in christianismo Deus in islam equipollent'

이제 최종적으로 정리할 차례였다. 17시에 '라 메스키타' 창문을 통해서 흘러들어온 햇빛이 비치는 곳에 위치한 '15개 이중아치 형태'들은 다음과 같은 문장이 되었다. 물론 기 건축된 키브라로부터 17° 남서쪽에 있는 창문이었다. 그녀는 눈물을 흘렸다. 기쁨으로 인해서인지 회한으로 인해서인지 자신도 잘 알지 못했다. 아니, 어쩌면 그 모두를 아우르는 눈물이었을 것이다.

['라 메스키타' 비밀의 문장]

'𐌳 𐌴 𐌿 𐍇 𐍂 𐌹 𐌳 𐌴 𐌿 𐌹 𐍃 𐌻 𐌴 𐌵 𐌿'

'기독교의 신과 이슬람교의 신은 동일하다.'

35. 비극

마리암은 중세의 비밀을 알아내자 도서관을 떠나 '라 메스키타'로 향했다. 장치된 비밀구조를 파악한 후에 '압드 알-라흐만 1세'의 시선으로 역사적인 장소를 보고 싶었다. 또한 내부의 '15개 이중아치 형태'를 다시 확인하고 싶기도 했다.

어느 문헌의 표현처럼 고요히 서 있는 이중아치는 종려나무 숲 같았다. 그렇게 보아서 그런지 뭐라고 말을 걸어오고 있었다. 감개무량했다. 세르히오, 이수영, 펠러 등의 얼굴들이 주마등처럼 눈앞을 스쳐 지나갔다. 마르코스는 곁에 서서 그러한 모습을 가만히 바라보고 있었다. 라이프니츠는 '우리에게 무기체로 보이는 모든 사물들도 영혼과 육체로 이루어져 있다.'고 했다. 어쩌면 '라 메스키타'에도 영혼이 깃들여 있을지 모른다. '15개 이중아치 형태'를 보면 그럴 것 같았다. 이중아치가 무기체임에도 불구하고 사려 깊으면서 생동감 있는 것처럼 느껴졌다. 얼마간 시간의 흐름을 잊은 채 그렇게 있었다. 바로 옆에서 후배가 무어라 말했으나 그녀의 귀에는 웅얼거림으로만 들렸다. 눈을 질끈 힘주어 감았다가 떴다.

내부를 뒤로 하고 종탑 옆 '관용의 문'으로 나왔다. 잠시 주춤거리다가 '라 메스키타'의 높은 벽을 따라 걸었다. 몸에 힘이 없지는 않았으나 발이 땅에 닿지 않고 떠서 걷는 느낌이었다. 그녀는 자신의 마음 상태를 알지 못했다. 이를 표현할 수는 더더욱 없었다. 그것은 성취감 등과는 거리가 있었다. 오히려 고요함, 허전함 등과 가까웠다. 그들은 어디로 가자고 하지는 않았다. 그럼에도 약속이나 한 듯이 늘 가던 레스토랑으로 발길이 향했다. 땅거미가 내려앉았다. 주변은 어둑해지고 있었다. 지나는 행인도 드물었고 한적했다.

그들이 외벽을 막 벗어나려고 할 때였다. 유대인거리 방향으로 발길을 돌리려는데 누군가가 그녀의 입을 막으며 뒤쪽에서 거칠게 안았다. 삽시간에 벌어진 일이었다. 오므린 입을 막은 꺼칠꺼칠한 손바닥에서 비릿하고 역한 냄새가 났다. 미처 소리도 지르지 못했다. 그녀는 이주일 전에 벌어졌던 지하실에서의 사건이 떠올랐다. 진저리가 쳐졌다. 하지만 어떠한 저항도 할 수 없었다. 마치 중세의 철제사슬갑옷 안에 갇힌 것처럼 꼼짝달싹할 수 없었다. 그녀가 눈동자만 돌려서 옆을 보니 마르코스에게도 같은 일이 벌어지고 있었다. 어느 우람한 체격의 사내가 후배를 뒤쪽에서 움켜쥐었고 그 상태에서 후배가 깡마른 두 팔을 허공으로 내저으며 저항했다. 그러나 보기에도 역부족이었다.

그 사내들은 공포에 질린 그들을 질질 끌다시피 하여 오른쪽으로 데려갔다. 구석진 곳에 짙은 회색의 소형차가 서 있었다. 이 와중에도 다시 후배를 쳐다보았다. 어느새 그의 입에는 검은 천으로 재갈이 물려 있었고 자동차의 트렁크가 열리면서 안으로 내동댕이쳐지고 있었다. 그녀도 차의 뒷문이 절거덕 열리는 소리와 동시에 짐짝처럼 구겨지고 던져졌다. 그러면서도 오므린 입을 막은 손이 찰거머리같이 딱 달라붙어 있는 것이 그저 놀랍기만 했다.

이렇게 졸지에 죽는가 보다 생각했다. 그녀의 목이 시트에 부딪히며 뒤로 꺾이고 극심한 통증이 전해졌다. 그러면서 마르코스의 모습이 머리를 스쳤다.

그때였다. 그녀 뒤에 바짝 밀착해 있던 사내가 옆에 앉으려는데 둔탁한 터짐소리와 낮은 신음이 차 안에 울려 퍼졌다. 이 소리들이 사라지기도 전에 입술을 이로 문 채로 다물고 있던 입에 달라붙어 있던 손바닥이 거짓말처럼 밑으로 툭 떨어졌다. 그녀는 본능적으로 머리 방향에 있는 뒷문을 다급하게 열고 뛰어내렸다. 유대인거리 방향으로 허리를 반쯤 구부린 채 양팔을 허우적거리며 정신없이 달려가다가 그 무엇에 걸린 듯이 급히 발걸음을 멈추었다. 다시 마르코스가 떠오른 것이다. 차 트렁크 속의 후배를 구해내야 했다. 그녀가 뒤를 돌아보았다. 저만치 차의 뒤편에서는 우람한 체격의 사내가 그 누군가와 격투를 벌이고 있었다. 그들의 고함소리가 여기까지 들렸다. 차의 뒷문이 양쪽 다 열려

있었다. 오른쪽 문 바깥으로 다른 사내의 하체가 보였다. 멀리서 봐도 널브러져 있는 것으로 보였다. 그녀를 뒤쪽에서 거칠게 안았던 그 사내임에 분명했다. 단번에 모든 상황을 알아차렸다.

'누군가가 우리를 구해주고 있잖아. 누구일까?'

조심조심 자동차를 향해서 고개를 이리저리 기웃거리며 발걸음을 옮겼다. 그녀는 후배의 안위가 염려되기도 했으나 자신을 도와주는 의인이 누군지도 궁금했다. 언뜻 생각해보아도 구하러 와줄 사람은 아무도 없었다. 가까이 다가갈수록 격투를 벌이고 있는 그들이 내뱉는 외침이 귀에 들려왔다. 몇 발자국 더 다가가니 격하게 울리는 소리들을 알아들을 수 있을 정도였다.

"호세! 너 제정신이냐?"

"……"

"뭐 하는 짓이야. 당장 그만두지 못해? 으윽~"

"……"

그들은 엉켜서 치열한 몸싸움을 벌였다. 우람한 체격의 사내와 격투를 벌이는 사람은 키가 작은 편이었다. 하지만 어둠 속에서도 다부져 보였다. 그녀는 '호세'라는 이름을 어디선가 들은 기억이 났다.

'어디서 언제 들었을까? 생각이 날락 말락 하면서도 나지 않네. 대관절 호세가 누구이기에 이렇게 구해주고 있는 것일까?'

멀리서 경찰차의 사이렌 소리가 들려오기 시작했다. 경적은 점점 커졌다. 이곳을 향해 오고 있음에 틀림없었다. 이 일련의 사건을 목격한 어느 시민이 경찰국으로 신고했을 것이다. 한 덩치 하는 사내도 울려 퍼지는 소리를 들었는지 격투를 벌이다가 도주하려 했다. 그러나 어림도 없었다. 호세라는 상대가 그 사내를 달아나지 못하게 붙잡아 두면서 계속 격투를 벌이고 있었다.

마침내 경광등이 번쩍이면서 경찰차가 도착했다. 브레이크 밟는 소리가 길게 허공을 갈랐다. 경찰관 2명이 뛰쳐나오자마자 권총을 두 손으로 잡고 사격 자세를 취했다. 그러면서 그들을 향해 뭐라고 큰 소리로 외쳤다.

그때였다. 그녀는 경찰차 헤드라이트에 비치는 호세의 얼굴을 보았다. 동시에 숨을 흑 하고 들이쉬었고 딸꾹질이 시작되면서 날카로운 비명을 질렀다. 귀가 찢어질 듯이 외마디 절규가 이어졌다. 처절한 외침이었다. 그제야 비로소 호세가 누군지 알게 된 것이다. 어떻게 모를 수가 있겠는가. '라 메스키타' 종탑 발코니에서 보았던 바로 그 얼굴이었다. 이제 보니 세르히오 집 지하실에서 보았던 망토 속의 얼굴 같기도 했다. 헤드라이트 빛과 그 당시의 주황색 백열등 빛이 비슷한 각도로 비추었기 때문일까. 그녀는 자신의 머릿속이 하얗게 비어가는 듯했다. 어찔하면서 정신을 잃어버렸다. 맥없이 그대로 주저앉으면서 쓰러졌다. 세상에 태어나서 이렇게 혼절한 적은 일찍이 없었다. 마치 모든 생명줄을 놓아버린 사람 같았다.

로렌소와 클라우디오는 납치사건 현장에서 현행범으로 체포되었다. 호세는 자수했다. 이와 함께 모든 관련 정황과 그 내용들도 진술했다. 코르도바 경찰국은 지체 없이 코르도바 인근의 은둔자수도원으로 출동했다. 호세의 조언을 참고하여 완전 무장한 경찰특공대 2개 소대 병력도 동원했다. 그날 밤에 베르샤를 비롯한 칼라트라바기사수도회 지도부 6명 전원이 체포되었다. 살인모의 및 살인교사 혐의였다.

베르샤의 체포 여정은 험난했다. 경찰 병력이 은둔자수도원의 정문 및 후문뿐만이 아니라 과달키비르 강가로 향하는 문, 대장간과 방앗간으로 이어지는 쪽문 등까지 포위했다. 즉 호세가 알려준 모든 출입구를 경찰이 봉쇄한 것이다. 이에 베르샤는 당시 원내에 체류하고 있던 기사수도사 전원을 지휘부로 소집했다. 그들은 대책회의 끝에 후문의 포위망을 뚫고 탈출하기로 결정했다. 만약 이렇게 시도했더라면 양측에서 다수의 사상자가 발생했을 터이나 안드레스가 두려움에 휩싸여 정문의 빗장을 들어 올리면서 상황은 일단락되었다. 이후에도 지휘부를 에워싼 기사수도사들과 경찰특공대 간에 소규모 물리적 충돌이 발생했다. 이에 따른 부상자들도 속출했다. 결국 베르샤도 버티지 못하고 지휘부 문을 스스로 나설 수밖에 없었다. 하지만 그다음에도 저항은 완강했다. 거친 몸싸움 끝에 뒤로 강제로 눕혀져 손목에 수갑이 채워졌다. 이러한 과정에서 베르샤가 여성이라는 것이 밝혀졌다. 위에서 내려다본 어깨는 탄탄하게 보였다. 더욱이 그녀의 근육이 우툴두툴한 돌바닥에 부딪히면서 나는 충돌음은 주위 사람들의 등골을 오싹하게 만들었다.

페르난도도 객사 옆의 장서관에서 체포되었다. 살인 및 살인미수 혐의였다. 포박은 그날 밤을 지새우고 다음 날 새벽 5시경에야 이루어졌다. 그는 출입문을 안쪽으로 걸어 잠근 채로 무대응으로 일관했다. 만약 경찰이 강제로 진입할 경우에는 장서들을 불태우고 자신도 자진하겠다고 협박했다. 그렇게 밤새 대치하다가 결국 지도부의 설득으로 문을 열었다. 안드레스는 서고 뒤편에 엉거주춤 서 있던 그의 초췌한 얼굴을 보고 놀랐다. 하룻밤 새에 십여 년은 늙어 보였기 때문이었다.

칼라트라바기사수도회 정보원인 로드리고도 체포되었다. 열흘 전즈음해 코르도바 경찰국에 소환되었을 때는 혐의를 부인했다. 그러나 이번에 호세와 조사실에서 대면을 시키자 모든 혐의를 시인했다. 살인모의 및 살인방조 혐의가 적용되었다. 크리스티나는 헤로나에서 잠적한 후에 백방으로 수소문해보았어도 행방이 묘연했다. 그러다 전 남편의 거주지 사라고사에서 체포되었다. 로드리고의 진술로 전 남편이 살고 있는 농가를 조사한 것이 주효했다. 살인모의 혐의가 적용되었다.

호세의 진술로 빈 지부에 대한 수사도 시작되었다. 인터폴은 빈에서 카롤리네를 수배했으나 찾지 못했다. 마리아 비스트리차, 자그레브 등에서도 수사대는 체포하는 데 실패했다. 결국 바라즈딘 외곽에서 인터폴에 체포되었다. 살인모의, 살인미수 혐의 등이 적용되었다.

카롤리네는 체포된 후에는 수사에 협조했다. 특히 베르샤가 살인교사 혐의를 전면 부인하고자 의도했으나 이를 무산시켰다. 베르샤가 이 일련의 사건을 지휘한 책임자라고 진술하면서 빈 지부와 베르샤와의 통화 내역, 그 명령 및 지시내용, 세부적인 활동지침 등을 빠짐없이 증언한 것이다. 이로 인해 베르샤는 이후 재판에서 사건 관련 피고인들 중에서 페르난도와 함께 가장 중형이 선고되었다.

"본인은 중세 아라비아숫자들의 의미를 알고자 했을 뿐입니다. 살인을 모의하지도, 교사하지도 않았습니다. 따라서 이 혐의에 대한 법 적용은 무리입니다."

"아닙니다. 베르샤는 틀림없이 살인을 모의했고 교사했습니다. 이수영을 열쇠로 유인했을 때, 병원 화장실에서 납치하려 했을 때 등의 상황에서 수단방법을 가리지 말라고 지시했습니다. 그러다 만약 죽으면 어떻게 하냐고 질의하자 상관없다고 잘라 말했습니다."

"카롤리네! 어찌 그렇게 말할 수가 있습니까?"

"당신은 냉혈동물이야. 목적을 위해서라면 누구일지라도 제거해버리지. 세르히오도, 이수영도 모두 당신이 죽인 거와 다름없어."

"으으……"

"따라서 혹독하게 죗값을 치러야 해. 나에게도 쓰라린 상처를 남겼지. 절대 용서할 수 없어."

"……"

빈 지부 협력자 알베르토도 경찰국에 소환되어 조사가 이루어졌다. 하지만 체포되지는 않았다. 뮐러가 아직도 혼수상태에서 깨어나지 않았기에 살인모의 혐의를 적용하기가 어려웠기 때문이었다. 거기에다 그가 범행을 부인하고 있었다. 카롤리네도 어찌 된 일인지 이에 관련해서는 침묵했다. 하지만 뮐러가 의식을 회복하고 진술을 하게 된다면 역시 살인모의 혐의가 적용될 가능성이 높았다.

중세 칼라트라바기사수도회, 그 부활의 끝은 황망했다. 이교도들은 단지 그들과 다른 종교를 가지고 있을 뿐이며 결코 그들의 적이 아니었다. 만약 역사적으로 적이라는 개념이 정립되었다면 그건 정치 논리 등에 기인하는 것이지 종교적인 교리는 그러할 리가 없을 것이다. 그럼에도 극단적이고 단순한 이분법적 논리는 이러한 비극을 가져오게 되었다. 실로 가슴 아픈 일이었다.

36. 참회

세월이 흘렀다. 좁고 네모난 하늘에 하얀 뭉게구름이 흘러갔다. 그러한 모습은 이상했다. 분명히 자연의 모습인데도 인위적으로 만들어 놓은 그 무엇 같았다. 호세는 교도소에 수감되었다. 독방에서 지낸 지 일 년이 지났다. 페르난도는 법정 최고형을 선고받고 스페인 북서부 산악지대의 교도소에 수감되었다. 미결수일 때는 코르도바의 교도소에 호세와 함께 있었는데 기결수가 되면서 멀리 이감되어 떠났다.

이제 페르난도와 헤어질 날이 얼마 남지 않았다는 사실을 호세는 직감으로 알고 있었다. 그래서 이틀 밤을 지새우며 정성을 다해 편지 한 통을 썼다. 아마도 마지막으로 쓰는 편지가 될 것이다.

페르난도 사형께 드리는 글

사형! 제가 처음으로 이렇게 불러봅니다. 평소에도 사형으로 생각하고 있었으나 항상 이름을 부르며 스스럼없이 지냈지요. 하지만 이 편지에서는 사형이라 부르고 싶습니다. 우리가 마지막으로 만난 날로부터 이틀 전에 기사서약의식이 행해졌던 그곳에 다녀왔습니다. 레온의 '산 이시도로 바실리카' 북동쪽에 위치한 그 '은둔자들의 수도원'…… 기억하지요? 사형이 돌아가고 싶다고 늘 말했던 곳입니다. 정문으로 향하는 가문비나무 우거진 오솔길을 홀로 걸어가면서 그 당시의 나날들을 그리워했습니다. 칼라트라바기사수도회 창립 이후에 사형처럼 강건한 기사수도사는 없을 겁니다. 제 생각에는 그렇습니다. 주님과 어려운 이웃들을 위해 헌신하고 봉사하며 평생 청빈한 삶을 살겠노라고 서약하던 그때의 얼굴이 떠오릅니다.

아직도 기억이 생생한 기사서약의식을 떠올리게 되면 지금도 가슴이 두근거립니다. 하지만 일 년 전의 일주일을 돌이켜보면 부끄럽기만 합니다. 우리들이 그러한 일을 저질렀다는 사실이 믿기지 않습니다. 저는 기사 서약을 했던 당시처럼 자긍심으로 빛나는 기사수도사가 되고 싶었습니다. 그러나 '라 메스키타' 종탑에서 객사로 돌아오던 날, 초라한 몰골의 제 모습을 보았습니다. 육체도 그러했으나 정신세계는 피폐함 그 자체였습니다. 더구나 다음날 베르샤로부터 불신이 가득 찬 시선을 받았을 때 그동안 기사수도사로서의 삶은 무너져 내렸습니다. 그제야 제가 무슨 일을 행했던 것인지 그 실체를 파악할 수 있었지요.

참담했습니다. 그날 이후로 제 자신을 돌아보게 되었습니다. 기사 서약을 할 당시처럼 그러한 기사수도사가 될 수는 없겠지만 이제 더 이상 부끄럽지 않은 기사수도사가 되고 싶었습니다. 그다음은 사형이 아는 바와 같습니다. 어쩌면 참회하고 싶었는지도 모릅니다. 우리들이 용서받고 구원받을 수는 없을지라도 진정한 참회의 길을 걷고 싶었습니다. 그 길을 페르난도 사형과 함께 걸어가고자 했습니다. 부디 제 마음을 혜량하여 주시기 바랍니다.

사형!

그럼에도 지난 몇 년간은 행복하고 보람 있는 나날들이었습니다. 우리들의 첫 만남 이후 시간들이지요. 레온 인근의 종교공동체에서 호밀을 재배하고 수확

해서 검정 호밀빵을 만들던 생각이 납니다. 사형은 어려운 이웃들과 호밀빵을 나누며 그렇게 기뻐했습니다. 또한 밀맥주를 만들어 새벽에 집집마다 다니며 캐스크Cask 한 통씩 전해주고 얼마나 흐뭇해했는지요. 사형의 그 웃음 짓던 선한 눈매가 생각납니다. 하지만 지하실에서의 사건 이후 특히 빈에서는 바라보던 눈길이 매서워졌지요. 이제 그 시절의 모습을 되찾았으리라 믿습니다. 보고 싶습니다. 사형과 보다 깊은 이야기를 나누지 못한 것이 내내 아쉽기만 합니다. 돌이켜보니 제 삶에 있어 아쉬운 내용들이 하나둘이 아닙니다. 어느 책에선가 읽은 구절이 생각납니다.

'우리가 인생에서 절절하게 하는 후회는 살면서 했던 일에 대한 후회가 아니라 행하지 않은 일에 대한 후회들이다.'

공감이 갑니다. 하지 않은 일들이, 시도조차 하지 않은 일들이 왜 이렇게 후회가 되는지요. 교도소에 처음 수감되었을 때는 그 일주일을 후회했습니다. 제 가슴을 치고 또 쳤습니다. 실로 뼈저린 회한이었습니다. 그러나 시간이 지나가면서, 꿈꾸고 계획했으나 하지 않았던 일들을 더욱 후회하기 시작했습니다. 내일로 미루고 다음으로 미루고 등등 그럴듯한 이유로 자신을 스스로 기만했지요. 그러면서 헛되이 시간은 흘러갔습니다. 안타깝습니다. 그래도 만족할까 합니다. 이 세상을 떠나기 전에 그러한 사실을 알게라도 되었으니까요.

이만 줄일까 합니다. 이제야 살아있다는 일이 얼마나 기쁜 일인지를 알게 되었습니다. 이 세상에 살아있는 일보다 더 기쁜 일은 없습니다. 그러니 사형에게 이렇게 편지도 쓰고 있는 것이겠지요. 저도 머지않아 따라가겠습니다. 먼저 가서 편안히 계세요. 나중에 그곳에서 만나시지요.

페르난도는 호세의 편지를 읽고 또 읽었다. 며칠 동안은 잠자리에 들면서 머리맡에 놓아두었다가 새벽녘에도 읽었다. 인간에게 있어 참회는 어둠 속에서 불을 밝히는 행위와 동일하다. 오랜 기간 빛이 없었더라도 한순간에 불을 밝히면 어둠은 흔적도 없이 사라진다. 어둠이란 빛의 부재 상태를 의미하기 때문이다.

'인간이 살아가면서 죄를 짓지 않고 살아갈 수는 없다. 그러나 참회를 하는 자만이 빛을 향해 나아갈 수 있다. 저 깊은 어둠을 뚫고 내려온 빛이 비롯된 곳은 어디일까?'

장서관에 있는 문헌들에서 본 내용인지, 스스로 생각한 건지는 모르겠으나 하여튼 페르난도에게 이런 문장이 스쳐 지나갔다.

천천히 고개를 들어 좁고 네모난 창문을 올려다보았다. 유리창 너머로 아무것도 보이지 않았다. 페르난도는 호세와 호밀빵을 만들던 기억을 떠올렸다. 반죽이 부풀어 오르면서 둥글게 모양을 갖추어가는 과정을 화덕 앞에서 지켜보며 함께 웃던 생각이 났다. 그리웠다. 돌아가고 싶었다. 그렇게 평생을 살아가게 될 줄 알았다.

"인간이 자신의 의지대로만 살아가는 건 아니겠지. 그렇다 해도 나는 그 무엇 때문에 여기까지 왔을까?"

페르난도는 알 수 없었다. 그렇다면 어디서부터 무엇이 잘못되었는지 그 이유를 알고 싶었다. 하지만 그러한 인과관계의 추론이 명확히 전개되지 않았다. 시간이 하루하루 지나가는 것이 조바심이 났다. 그 사실에 목이 타들어갔다. 본인 삶에 있어 오류가 어떻게 발생한 건지 그 세세한 과정을 따라가기 어려웠다.

그러던 어느 겨울날 아침이었다. 낡은 창문이 떨면서 흔들리는 소리에 밤새 잠을 이루지 못했다. 칼날이 허공을 가르듯이 휭휭거리며 끊임없이 바람이 불었다. 몇 사람의 발자국 소리가 어지럽게 들리더니 그의 방문 앞에서 딱 멈추었다. 침묵이 흘렀다. 긴 시간이 흐른 듯했지만 실지로는 짧은 시간이었을 것이다. 그때였다. 페르난도는 퍼뜩 깨달았다. 그 무엇이 어디서부터 잘못되었는지를……

37. 의문들

마리암은 그렇게 쓰러진 후에 병원 응급실로 실려 갔다. 다행히도 곧 의식을 회복해 이튿날 오전에 퇴원할 수 있었다. 바로 코르도바 경찰국으로 출두해 그날 오후까지 피해자 조사를 받았다. 담당 경찰관은 시일을 두고 상세히 조사하기를 원했다. 하지만 학업의 장기공백 상태에 대해서 설명하고 양해를 구했다. 거기에다 향후 서면조사에 응하겠다는 약속을 하고 경찰국을 나올 수 있었다.

그녀는 지체 없이 빈을 향해 떠날 예정이었다. 마르코스가 코르도바역까지 배웅 나왔다. 그도 어제 상당한 충격을 받았을 터이나 오늘은 평상심으로 돌아온 것으로 보였다. 그 근거지를 급습해 기사수도회 지도부를 비롯한 관련자 전원을 체포했다는 소식도 전해 들었다. 그런데도 그들은 역으로 향하면서 주변을 두리번거렸다. 이제 추격할 세력은 없겠지만 혹시나 하는 마음에서였다. 무사히 도착해서야 비로소 안도했다. 그녀는 세비야행 기차표를 구입하고 근처 카페테리아에 후배와 마주보고 앉았다. 출발까지 30분 정도의 시간 여유가 있었다.

"그동안 고마웠어. 마르코스와 함께하지 않았다면 '라 메스키타' 비밀을 알아내지 못했을 거야."

"선배가 모두 알아낸 것과 다름없지요."

"아니야. 마르코스 아니면 여기까지 오지 못했어."

"그렇게 이야기해주니 고맙습니다."

"여러 고비마다 실로 많은 도움이 되었지."

이 말에 후배는 소년처럼 수줍어하기도 하고 기뻐하기도 하며 웃었다. 진심어린 칭찬은 이렇게 상대의 마음을 행복하게 해주나 보다 생각했다.

"그런데 두 가지 궁금한 점이 있어요. 선배가 여기 도착한 이후 내내 마음의 여유가 없어 보여서 차일피일 미루며 질문하지 못했지요."
"그랬어? 첫 번째 궁금한 점은 뭐야?"
"어떻게 해서 중세 아라비아숫자들을 해독했나요?"
"마르코스! 진작 물어봤으면 대답해 주었을 텐데."
하기는 실제로 그녀가 지난 일주일 동안 경황이 없기도 했다.
"혼자서 아무런 단서도 없이 해독했다고 하니 더 궁금했어요."
"중세 숫자들 해독의 열쇠는 조부와 부친이 남겨준 노트 4권이었어. 내가 해독하긴 했지만 그분들이 해독한 거나 같아."
"예."
"만약 그 노트들이 없었다면 더 오랜 시간이 필요했을 거야. 5년? 10년? 어쩌면 그 이상이었을지도 모르지."
그녀의 조부와 부친은 각기 생의 전 기간에 걸쳐 그 해독작업을 했다. 역사학, 천문학 등을 비롯한 관련 학문 정진도 꾸준하였으나 주목할 만한 일은 시도한 방법의 다양성이었다. 고대로부터 다방면에 걸쳐 응용되었던 기호화 방법들을 하나씩 점검하며 적용해 나갔다. 여기에 포함되지 않은 방식이 없을 정도였다. 거기에다 그러한 방식들의 변형도, 창조적인 융합도 시도했다. 하지만 더욱 주목할 만한 일은 이 모든 과정을 기록으로 남겼다는 사실이었다. 바로 그 결과물이 노트 4권이었다. 이 기록들은 대부분 부친이 썼으나 그것의 절반 이상은 조부의 편지, 메모, 문헌 속에 기입한 내용 등을 정리해 작성했다. 즉 그들의 땀과 눈물로 점철된 유산이었다. 다른 한편으로는 '실패한 해독작업'에 대한 기록이기도 했다.
"그래도 이해되지 않는 부분이 있어요. 선배는 폴리비오스 방식을 사용했다고 했는데 그분들은 어째서 그 방식은 시도하지 않았을까요?"
"왜 안 했겠어. 이미 조부가 여러 번 시도했지. 하지만 성과도 없었고 기초적인 방식이어서 아니라고 판단했을 거야."

"그렇다면 선배는 어떻게 폴리비오스 방식으로 해야겠다고 생각했나요?"

"올해까지 노트 4권에 기록된 방법들을 빠짐없이 다시 시도해보았어. 대학 입학하고 나서부터니까 7년 정도 걸렸지. 하다 보니 감이 생겼고 거기에 뭔가 있다는 생각이 들기 시작했어. 그래서 지난 8월부터 그 방식을 채택해 작업한 거야."

"으음."

"다양한 방법으로 시도했는데 횟수가 족히 수백 번은 될 거야. 중간에 여러 번 좌절하기도 했어. 그러다가 지난 10월 20일 밤에 해독한 것이지."

"결국 중세 숫자들 해독의 열쇠는 3대에 걸친 노력이었군요. 이 세상 모든 일의 원인이 그렇듯이 말입니다."

마르코스가 물끄러미 바라보았다. 필시 모든 세상 이치가 그러할 것이다.

"두 번째 궁금한 점은 무엇이지?"

"카를대제도 뭔가 있지 않을까요? 이를테면 아헨 카테드랄에도 무슨 비밀이 장치되어 있지 않을까 하는 상상을 했어요."

"어떻게 그런 생각이 들었어?"

"며칠 전에 어느 고문헌을 보다가 불현듯 떠올랐어요. '압드 알-라흐만 1세'와 카를대제가 전쟁도 벌였지만 동시대 인물들이니 통하는 면도 있지 않았을까요?"

"그럴 수도 있겠지."

"어제 '라 메스키타' 비밀문장을 확인하니 카를대제도 어떤 메시지를 카테드랄에 장치했을 수 있겠다 하는 생각이 드는 거예요."

"이야기가 조금 맞아 들어가네. 마르코스가 거기에 관해 연구해 봐.

그러면 생각지도 않았던 결과물이 나올지도 모르지."

"게다가 중앙 돔을 둘러싸고 있는 8개 아치기둥, 하단 아치기둥 등에 각기 9개와 5개의 검고 흰 홍예석을 교차해 장식했어요."

"홍예석의 사용 여부는 연관 관계가 없을 거야. 그러한 건축 형태는 원래 서고트족의 양식이라고 이전에 말했지."

"그렇게 들었던 기억이 나요."

"하지만 다른 범주의 연관성을 배제할 수는 없겠지."

"또한 '아헨 카테드랄' 착공이 786년이니 '라 메스키타' 착공년도와 불과 1년 차이이지요. 따라서 무언가 연결고리가 있지 않나 싶어요. 일반적으로 790년부터 800년까지를 건축 기간으로 보고 있지만 786년에 착공했다는 기록도 있어요."

"그건 흥미로운 이야기인데?"

"그리고 전체 건축 구조 중에서 초기의 궁정교회만이 원래의 모습을 유지하고 있어요. 그런데 아무래도 모자이크 부분이 이상해요."

"뭐가?"

"궁정교회 위쪽 벽과 천장이 모자이크 장식으로 되어 있고 1165년에 이것이 절반 가까이 파괴되었어요. '라 메스키타' 중앙부의 변화 형태와 유사하지 않나요?"

"천 년 넘게 지속된 건축물이라면 그러할 가능성은 상존하지 않겠어?"

"그렇기도 하겠네요. 마지막으로 하나 더 있어요. 구조적인 측면에서 숫자 '8'이 의미심장해요. 돔 부분이 8각형이고 그 아래의 아치 형태 창문 8개에서 빛이 내부로 들어와요. 외벽은 16각형으로 둘러싸여 있지요."

"중세 초기에 숫자 '8'은 종교적으로 '완벽함', '조화로움' 등을 의미했어."

독일 아헨에 있는 '아헨 카테드랄'은 로만가톨릭교회였다. 카를대제가 궁정교회로 건축했다.* 팔각형 평면설계가 기본구조로서 중앙부는 홍예석 아치로 이루어진 팔각형으로 설계되었고 십자형 8개 기둥 위에 아치를 올렸다. 여기에 설교단이 있는 중앙집중식 평면 구도를 채택했다. 건축의 특징은 돔 형식의 지붕, 모자이크, 고대 건축물 기둥의 사용 등이었다.

"이제 일어나야 해. 더 궁금한 건 없어?"

"하나 더 있어요. '라 메스키타' 비밀은 스테가노그라피 범주에 속하나요? 아니면 알고리즘에 가까운가요?"

"글쎄. 두 가지 모두 해당한다고 보아야겠지."

"그래요?"

"스테가노그라피Steganography는 인간이 감지할 수 없도록 그 내용을 숨겨서 타인에게 전하는 제 방법의 총칭이야. 비밀을 은닉해 그 존재를 감추는 의미이니 '라 메스키타' 비밀은 이에 해당되지. 메시지를 약속 기호화해서 그것을 보호하는 암호화와는 개념이 달라. 즉 타인의 인지 여부에 관한 근원적인 차이이지."

"예."

"알고리즘 범위는 한정되어 있어. 하지만 알고리즘은 부여된 기호가 수학적인 것에 국한되지 않기에 비수학적인 기호에도 적용될 수 있지. 즉 제한된 규칙을 적용해 문제를 해결하는 것을 의미하니 '라 메스키타' 비밀도 이에 해당된다고 할 수 있어."

---

* 아헨은 로마제국을 계승하는 왕도로서 종교 및 문화 중심지이자 카롤링거르네상스 근원지이기도 했다. 따라서 이곳에 교회를 세워 프랑크왕국의 통합을 대내외에 과시하고자 했다. 814년 카를대제는 세상을 떠나고 유언대로 이 교회에 안치되었고, 10세기부터 16세기까지 게르만국가 왕들이 대관식을 치르기도 했다.

"그렇군요."

"마르코스는 이번에 그 비밀을 풀면서 다양한 것들을 다각도로 연상했나 봐?"

"그랬어요. 강의실에서의 수업보다 의미 있는 공부가 되었지요. 동참하게 해주어서 선배에게 고마운 마음입니다."

"가만히 돌이켜 생각해보니 이 비밀은 기호분석의 세 가지 중요한 분야를 망라하고 있어. 이보다 정교할 수는 없을 거야."

"그럴 거예요. 언어학, 통계학, 수학 등을 아우르고 있지요. 어떻게 '압드 알-라흐만 1세'가 그렇게 장치했을까요?"

"그는 군주이기 전에 학자였는지도 모르지."

"……"

"아니면 다른 사람이 장치한 건 아닐까?"

"예?"

그녀 마음은 '압드 알-라흐만 1세'가 아닌 제3의 인물이 '라 메스키타' 비밀을 장치했을 수도 있다는 쪽으로 조금씩 기울고 있었다.

38. 슬퍼하지 마라

마리암은 빈으로 돌아왔다. 학교에 가서 강의를 들었고 혼자 점심을 먹었다. 본관 지하 멘자Mensa에서 사과주스를 마시다가 이수영 생각이 났다. 이제 '라 메스키타' 비밀을 알아내고 나니 슬픔이 밀려왔다. 연인을 허망하게 떠나보내고 코르도바에서 보낸 일주일여를 생각하자니 콧등이 찡해졌다. 그와 관계된 일에서만 마음이 급격히 약해지는 것 같았다. 아무도 없는 삶에서 어떠한 의미도 찾을 수 없기에 그런지도 모른다.

자신이 이렇게 감정적으로 여린지 요즘 들어서야 알았다. 초등학교를 졸업하던 그해에 부친이 세상을 떠났을 때도 눈물을 보이지 않았다. 슬프지 않아서가 아니라 실감이 나지 않아서 울지 않았다. 그래도 아릿하던 그 느낌은 세월이 지나도 마음 한구석에 남아 있었다. 하지만 이번은 부친이 세상을 떠났을 때의 경우와 달랐다. 어떻게 표현해야 좋을지 모르겠으나 하여튼 외로움, 쓸쓸함 등의 의미가 달랐다. 그 차이가 확연했다.

차분히 지난날들을 뒤돌아보았다. 그날…… 찬 바람이 불던 날 새벽에 그를 홀로 고성에 남겨두고 떠나갔던 때를 잊을 수가 없었다. 그렇게 멍하니 앉아 있다가 본관을 나와 걷고 싶은 마음에 '링 거리'로 나섰다. 어쩌다 보니 계속 걸었다. 오늘따라 기숙사가 왜 이리 멀게 느껴지는지 몰랐다. 양다리가 후들거렸고 뻐근했다. 기숙사 5층에 도착하니 열쇠를 꺼낼 힘도 없었다. 간신히 기댄 채로 방문을 열고 들어와 의자에 걸터앉았다. 그렇게 한참을 있었다. 그러다가 그가 유물로 남긴 가방에서 노트 한 권을 꺼내 펼쳐보았다.

'겉표지는 매끈한데 왜 이 페이지만 구겨졌을까?'

조금 구겨진 종이를 손바닥으로 누르며 쓰다듬었다. 하나의 글이 미완인 채로 다가왔다. 끝 문장이 중간에 끊긴 걸로 보아 강의에 들어가기 위해 서둘러 노트를 덮었는지도 모른다. 그들이 매일 만나던 지난가을에 쓴 것으로 보였다. 독일어로 작성한 것으로 미루어볼 때 편지를 보내려 썼을 것이다. 첫째 줄을 읽는데 그녀는 벌써 눈물이 나려 했다. 그의 묵직한 목소리가 실제로 어디선가 들리는 듯했다.

나의 사랑 마리암!

가을 햇살이 창문 너머에서 은물결처럼 빛나고 있습니다. 청명하고 푸르른 가을하늘이, 스쳐가는 한 줄기 바람이 생의 의미를 일깨워 주고 있습니다. 시인

'알-루미'는 이렇게 노래했습니다.

"슬퍼하지 마라! 그대가 잃은 것은 반드시 다른 형태로 다시 돌아온다."

얼마 전에 읽은 이 시가 내 마음을 울립니다. 시의 앞부분을 떠올리기만 해도 가슴이 먹먹해집니다.

우리들은 그 무엇인가를 잃어버리고 깊은 상심에 빠져듭니다. 아마도 잃어버리는 것의 대부분은 사람일 겁니다. 끝없는 욕심, 배려의 결여 등으로 인해 가까운 사람이 힘들어합니다. 미처 겸손을 배우지 못한 것이지요. 그럼에도 이를 알지 못하고 자신의 입장을 내세우며 더 많이 이해해주기만을 바랍니다. 결국 그 사람은 인내의 한계에 도달하게 되고 홀연히 자신의 곁을 떠나가게 됩니다. 그제야 마음 아파하지요. 슬픈 일입니다.

하지만 '알-루미'의 시는 우리들에게 잔잔한 위안을 줍니다. '그대가 잃은 것은 반드시 다른 형태로 다시 돌아온다.'고 하였으니 어쩌면 그것은 다른 형태로의 '삶의 방식', 자신에 관한 성찰 등으로 돌아올지도 모릅니다.

이후에 마리암을 만났을 때 이에 대해서 이야기 나누고 싶었습니다. 그저 인간의 삶에 대한 하나의 견해이겠으나 그러한 의미에 관해 허심탄회하게 대화하며 서로를 사랑하는 길을 찾아보고 싶었습니다. 그대와 진정한 친구가 되고 싶었습니다. 그런데 왜 그런지 몰라도 이 이야기를 꺼내지 않아야 될 것 같아서 그동안 대화의 소재로 삼지 않았습니다. 그러다 문득 글로 남기고 싶어 이렇게 편지를 씁니다.

지난 3월 초순이었습니다. 그날 강의실에서 마리암 이름을 처음 듣는 순간에 불현듯 박인환의 '마리서사'가 떠올랐습니다. 이 역시 언급하면 아니 될 것 같아서 마음에만 두고 있었습니다. 이상한 일이지요? 그 이유에 대해 아무리 따져보아도 알 수 없었습니다. 다만 요즈음에 들어서야 어렴풋이 짐작되는 게 있기는 합니다. 언젠가 말할 기회가 있을 겁니다. 또한 이렇게 생각하면서도 약간은 두려운 마음이 들기도 하니 이해할 수 없는 일입니다.

아직도 삶이 무엇인지 알지 못합니다. 어쩌면 이곳에서 한국으로 돌아갈 때까지도 아니면 이 세상을 떠날 때까지도 그러할지 모릅니다. 그러……

이렇게 해서 다소 난해하면서도 의미심장한 내용을 마무리 짓지 못하고 짧은 글은 끝났다. 아쉬웠다. 그녀는 이 편지를 통해 '알-루미 Jalal ad-Din al-Rumi', 박인환, 마리서사 등을 알게 되었다.

'그이는 시인 박인환처럼 한창 나이에 이 세상을 떠날 수 있다는 예감을 했을까?'

그러진 않았을 것이다. 하지만 어쩌면 마리서사를 떠올리면서 의지와 관계없이 자신의 남은 생을 한정했는지도 모를 일이었다. 그렇다면 인간의 삶이란 운명일까 아니면 자유의지일까. 이어서 생각해보았다.

'그이는 연인을 만나면서 남은 생이 결정되었을까? 아니면 본인의 자유의지에 의해 생을 스스로 결정한 것일까?'

답을 구하기 어려운 질문이었다. 다시 노트를 들여다보았다. 그리고 이 편지에서 '진정한 친구가 되고 싶었다.'는 문장을 곱씹어 보았다. 문득 그들이 만남을 시작하던 지난봄 무렵의 대화가 생각났다. 인간의 정신 영역이 그 기준에 따라 대별될 수 있듯이, 이 세상은 '사실의 세계', '가치의 세계', '믿음의 세계' 등으로 구분될 수 있다는 것이다. 그러면서 누군가가 각각의 세계에 있을 때, 그 동일한 세계에 있어 주는 사람이 친구라는 설명도 덧붙였다.

"그러면 '가치의 세계'에 있을 때는 함께 '가치의 세계'에 있어 주어야 친구겠네."

"마리암이 이해를 잘하네. 즉 그 각각의 세계에서 '이곳으로 들어와.'라고 하지 않아도 어느 세계에 있는지를 감으로 알아서 들어와 주는 존재이지."

"그렇구나. 이 내용을 어떻게 알게 되었어?"

"작년인가 어느 세미나에서 들었던 기억이 나네. 만약 만나는 연인이 그러한 친구라면 그 사람은 행복한 사람이라고 했지."

어느 틈에 알리시아가 들어와 바로 옆자리에 앉아 있었다. 가치의 세계, 친구, 이수영, 종탑 등 노트에 이렇게 썼다. 그가 오렌지나무 가지를 부러뜨리며 떨어져 세상을 떠나던 날의 장면이 스쳐 지나갔다. 그 무어라 표현할 수 없었던 얼굴 모습이 생생했다. 또한 어떠한 형태가 변화되었다는 사실이 새삼 마음에 와닿았다. 나뭇가지를 부러뜨린 일은 물론 의도한 바는 아니었으나 마리암은 거기에 어떤 의미가 있으리라고 생각했다. 그렇게 믿고 싶었다.

"그날 부러뜨린 건 단지 오렌지나무 가지뿐이었을까? 그이는 그 무엇을 부러뜨리고 싶었을까?"

마리암은 친구를 향해 질문하는 건지 혼잣말을 하는 건지 속삭였다. 눈을 감은 상태에서 세상을 떠난 그의 마음을 헤아려보았다.

"글쎄."

"그이는 이 세상을 떠나면서 말하고 싶은 게 있었을 거야."

"마리암! 그 행위에 대해 의미를 부여하려 애쓰지 마. 그건 타의에 의한 추락으로 인해서 발생한 일이잖아."

알리시아는 그런 마음을 일견 이해하면서도 그날 가지를 부러뜨린 행위에 대한 의미 부여가 적절할까 하는 생각이 들었다.

"너의 지적이 틀리지 않아. 동의해. 그럼에도 내 나름대로 그 의미를 한번 짚어보고 싶어."

"……"

"사람들은 '우리' 바깥에 존재하는 그 무엇에 대해 편견을 가지고 배척하는 경향이 있어. 하지만 단지 그건 '우리'와 다를 뿐이지. 오렌지나무 가지를 부러뜨린 건 이러한 편견을 부러뜨리고 싶다는 의지의 표현 아닐까?"

마리암은 시선을 창밖으로 돌렸다. 저 아래에 가로등이 드문드문 서 있었다. 흐릿한 불빛 밑으로 누군가의 그림자가 얼핏 비쳤다. 얼른 의자에서 일어나 창문에 얼굴을 붙이고 가로등 주변을 내려다보았다. 그곳에서 이수영과 입맞춤하던 추억 등이 떠올랐다. 부드럽고 따스한 그의 손길이 그리웠다. 다시 눈을 감으니 이중아치들이 어른거렸다. 그녀는 부러진 나뭇가지의 의미에 대해 해석해보았듯이 12세기 전의 비밀이 어째서 이 시점에서 그 실체를 드러냈는지를 생각해보고 싶었다.

"그건 인간의 의지와는 무관하게 '신'이 뜻하실 때 '라 메스키타' 비밀을 알 수 있게 된다는 의미 아닐까?"

따라서 마리암은 '신'의 뜻에 의해 필연적으로 자신의 조부가 아스트롤라베를 발견했으리라 생각했다.

"이 시대의 상황이 그 비밀의 내용을 필요로 한다는 말이지?"

알리시아가 이렇게 대답하며 가만히 마리암의 작고 여윈 손을 잡았다.

"그렇지."

"……"

이번에는 아무런 말 없이, 마리암의 외로워 보이는 어깨를 감싸 안았다. 한 사람이 '가치의 세계'에 있을 때 다른 한 사람도 어느새 그 '가치의 세계'로 들어와 함께 있어 주었다. 역시 친구였다. 바로 동일한 세계로 들어와 준 알리시아가 고마웠다. 그러나 그래도 슬펐다. 현대에서 그러한 함의를 요구한다고 생각하면서도 왜 하필이면 지금인가 하는 생각도 들었다. 그래서 이수영이 그 머나먼 길을 외로이 먼저 떠났다고 생각했다. '신'이 그렇게나 빨리 자신 곁에서 그를 데려간 사실도 이해하기 어려웠다.

'하지만 그분의 뜻을 헤아리기가 어디 쉬운 일인가?'

텅 빈 공간을 초점 없는 시선으로 바라보더니 쓰러지듯이 침대에 누웠다. 그러면서 일체를 체념하는 표정으로 무채색 벽을 향해 돌아누웠다. 살며시 눈을 뜨나 감으나 보이는 것은 같았다.

이제야 인생이 무엇인지 알아가기 시작했다. 전에는 우리의 생에서 인간의 자유의지가 중요하다고 믿었다. 그렇게 믿고 싶었다. 하지만 그 이상의 무엇이 있음을 인정하지 않을 수가 없었다. '모든 훌륭한 이야기는 한편으로 다 비극이다.' 어느 고전에서의 이 구절이 생각났다. 마치 누군가가 옆에서 읽어주기라도 한 것처럼 비극이란 단어가 귓전에 맴돌았다. 그녀는 알고 싶었다. 이 세상을 떠나면서 그의 얼굴을 스치고 지나간 희미한 웃음의 의미를……

'그 쓸쓸함을 어쩌지 못해 바깥으로 배어나온 감정이었을까? 아니면 내면의 울림이었을까?'

혹시 떠나기 직전에야 이를 수 있는 어떤 경지일지도 모른다. 이도 저도 아니라면 모든 것을 내려놓은 이의 평온한 웃음일 수도 있었다. 실로 '라 메스키타' 비밀은 인간의 영역이 아니었다.

'필시 그이의 죽음이 아니었다면 알아내지 못했을 터이니 그렇다면 어느 누가 중세로부터 이어져 온 비밀을 이 세상에 나오게 한 것일까? 과연 누구의 의지일까?'

눈물이 소리 없이 흘러내렸다. 얇은 눈꺼풀이 가늘게 흔들리며 검은 눈썹이 떨려왔다. 그러다가 문득 그녀는 돌아가신 어머니에게 썼던 편지의 한 구절이 떠올랐다. 어느 해 여름이었다. 알카니즈의 '칼라트라바 성'에서 아르바이트할 때 딱딱한 매표소 의자에 쪼그리고 앉아 썼던 편지였다.

올여름은 어찌나 더운지 모릅니다. 땀을 이렇게 흘린 해도 없었으나 올해처럼 행복했던 여름도 없었습니다. '에올리언 하프'의 음률을 들으면서 중세에 융성했을 도시들을 생각하며 책들을 통해 시간을 거슬러 여행을 하고 있답니다.

폐허가 된 유적지에 서면 건너편 고원에서 바람이 불어옵니다. 아득한 바람결에 실려서 먼 곳 어디에선가 저를 부르는 소리가 들립니다.

"그 무엇도 가진 것 없이 낯선 곳으로 빨리 오라."

이렇게 부르는 소리가 들려옵니다. 아련하게 들려옵니다.

39. 기도

프랑스혁명 시기였다. 비운의 왕비 앙투아네트는 단두대의 이슬로 사라지기 전에 지인에게 보낸 편지에서 이렇게 말했다.

'인간은 불행에 처해서야 비로소 자기가 누구인지를 알게 됩니다.'

단 하나의 문장으로 인생의 회한을 품위 있게 그려냈다. 마리암은 앙투아네트의 담담한 그 마음에 공감이 갔다. 물론 앙투아네트가 불행에 처한 사람들에게 성찰할 기회를 주기 위해 남긴 문장은 아니겠으나 그래도 힘들었던 지난날을 뒤돌아보는 계기로 삼을 수 있었다. 그러할 정도로 그 문장 내용이 가슴에 와닿았다.

그녀도 담담하게 삶의 의미를 되돌아보기 시작했다. 인간의 삶이란 관계였다. 즉 타인을 통해서 본인의 모습이 투영되는 것임을 깨닫게 되었다.

'라 메스키타' 비밀의 경우도 마찬가지였다. 이 비밀은 칼라트라바기사수도회를 통해서 이 세상에 투영되었다. 그들은 중세 아라비아숫자들을 해독해 이슬람세력에게 치명타를 가하려는 계획을 세웠다. 그러나 이는 어이없는 오산이었고 결정적인 착오였다. 작자미상의 고문헌에 기재되어 있는 중세의 풍문을 근거로 어처구니없는 망상을 한 것에 불과했다. 하지만 그들의 이러한 행위는 오히려 '라 메스키타' 비밀이 왜 지금 그 모습을 드러내야 하는가에 관한 문제의식을 갖게 해주었다. 즉 아이러니하게도 다시 활동을 재개한 칼라트라바기사수도회를 통해 이 비밀의 의의가 투영된 것이다.

그럼에도 이러한 의문이 남아 있었다. '라 메스키타' 비밀을 알아낸 이후로 그녀의 의식에 묵직하게 가라앉아 있는 앙금이었다. 그 의문 자체를 회피하고 싶었으나 그럴수록 더 강하게 압박해왔다.

"후기우마이야왕조 건국 초기에 제작된 「성 꾸란」에 '압드 알-라흐만 1세'의 신념이 문장형태로 표현되었을까? 아니면 이후에 부가되었을까?"

즉 「성 꾸란」에 명기된 '우리의 하나님과 너희의 하나님은 같은 하나님이시니' 라는 문장이 '압드 알-라흐만 1세' 통치 시기의 「성 꾸란」에도 명기되어 있었느냐 하는 의문이었다. 왜냐하면 위 문장은 '기독교의 신과 이슬람교의 신은 동일하다.' 라는 문장과 의미상으로 같기에 그렇다면 에미르의 신념을 '라 메스키타'에 장치해 놓을 이유가 없었다. 비밀이라는 개념 자체가 성립되지 않는 것이다.

그녀는 「성 꾸란」을 펼쳐서 한 문장씩 확인해보았다. 경전 제29장 제46절에 이렇게 명기되어 있었다.

"성서의 백성들을 인도함에 가장 좋은 방법으로 인도하되 논쟁하지 말라. 그러나 그들 중에 사악함으로 대적하는 자가 있다면 일러 가로되, 우리는 우리에게 계시된 것과 너희에게 계시된 것을 믿노라. 우리의 하나님과 너희의 하나님은 같은 하나님이시니 우리는 그분께 순종함이라."

지금으로서는 알아낼 방법이 없었다. 즉 '우리의 하나님과 너희의 하나님은 같은 하나님이시니' 라는 문장이 '압드 알-라흐만 1세' 통치 시기의 「성 꾸란」에 명기되었는지 여부를 확인하기 어려웠다. 더욱이 아바스왕조와 지중해를 사이에 두고 멀리 떨어져 있었던 후기우마이야왕조의 종교적 정황을 알 수 없었다. 정확히 표현하면 바그다드와 코르도바에서 각기 발간된 「성 꾸란」 내용의 일치도가 어느 정도인지 판단할 근거를 갖고 있지 못한 것이다.

중세 이슬람세계에서는 '이슬람력 50년(672년)'까지 아랍어 28개 음소를 15개 철자로 나타냈다. 이후 '알-말리크' 칼리프 시기에 체계적이고 일관성 있는 아랍어 표기가 이루어졌다. 현재의 아랍어 28개 철자에 대한 명확한 표기는 아흐마드Khalil ibn Ahmad에 의해 정립되었다. 그가 797년에 세상을 떠났으므로 그 정립 시기는 8세기 후반 무렵이었다. 그렇다면 「성 꾸란」 내용들도 이 시기 즈음해 정립되었을 확률이 높았다. 이렇게 추정한다면 '라 메스키타' 착공년도인 785년은 경전의 내용들이 정립되는 과도기였다. 물론 651년에 「오스만 경전」이 제작되었으니 그때 그 내용들이 정립되었을 가능성도 있었다.

예언자 무함마드 생존 시기에 「성 꾸란」은 아랍어로 기록되기 시작했다. 그러나 20여 년 기간 동안 여러 장소에서 간헐적으로 이루어져서 한 곳으로 기록들이 모이지 않았다. 그 당시의 아랍어 자음은 15개였다. 자음의 점, 모음부호 등도 없었다. 초대 칼리프 '아부 바크르' 시기에 「성 꾸란」이 모아졌다. 이때 다수의 사본들이 그 모습을 드러냈다. 이 당시에도 15개 아랍어 자음이 사용되었다. 3대 칼리프 오스만 시기에 「성 꾸란」이 다시 모이면서 기록들이 보다 정확해졌다. 이와 함께 다수의 「성 꾸란」 사본들의 차이를 인정하고 모든 기록을 집대성했다. 651년에 「오스만의 무스하프 성 꾸란」으로 명명된 경전이 제작되었다. 이것은 현존하는 필사본 중에서 제일 오래되었고 「성 꾸란」의 최종본이자 정본으로 간주되었다. 이 즈음해서 이슬람신도들이 성지 메카로부터 각 지역으로 골고루 퍼져나갔다.

이제 '압드 알-라흐만 1세'의 사고를 따라가 보기로 했다. 에미르가 맞닥뜨릴 수 있는 두 가지 상황을 모두 가정해서 분석해보자는 의도였다.

첫 번째는 '압드 알-라흐만 1세'의 신념이 당시 코르도바에서 발간된 「성 꾸란」에 명기되어 있을 경우였다. 이 경우는 '우리의 하나님과 너희의 하나님은 같은 하나님이시니'는 '기독교의 신과 이슬람교의 신은 동일하다.'와 의미가 동일하니 에미르의 신념을 '라 메스키타'에 장치해 놓을 이유가 없는 것이다. 그녀는 이렇게 생각했다. 하지만 그러할지라도 관련 문헌들을 검토하니 일견 타당한 이유를 발견할 수 있었다. 첫째, 무함마드는 알라 이외에 다른 신을 섬기지 않는다고 했다. 그런데 유대교의 '신'을 아버지라 부르는 것, 기독교의 '신'이 '성부, 성자, 성령'으로 이루어진 것 등을 인지한 이후에 이 언급을 했다. 즉 무함마드는 알라를 유대교의 '신', 기독교의 '신' 등과 구별해 생각했음을 미루어 짐작할 수 있었다. 둘째, 「성 꾸란」에서 알라는 오직 하나이고 여럿으로 나뉠 수 없다고 했다. 이 문장에서도 기독교 삼위일체 하나님과 이슬람교 알라가 동일하지 않다는 사실을 강조했다. 이외에도 「성 꾸란」 내용의 어휘와 문맥을 통해 이슬람교 알라는 기독교 하나님과 다르다는 것을 명백히 했다. 셋째, '우리의 하나님과 너희의 하나님은 같은 하나님이시니'라는 표현은 주로 기독교 신자에게 이슬람교를 전도할 때 사용되었다. 거기에다 당시에도 다수의 저명한 이슬람학자들은 기독교 및 유대교에서의 '신'에 대한 관점이 이슬람교의 '신'에 대한 관점과 상이하다고 가르쳤다. 따라서 '기독교의 '신'과 이슬람교의 '신'은 동일하다.'라는 '압드 알-라흐만 1세'의 신념은 공개적으로 알릴 수 없었고 비밀로서 장치되어야 했을 것이다.

두 번째는 '압드 알-라흐만 1세'의 신념이 당시 코르도바에서 발간된 「성 꾸란」에 명기되어 있지 않을 경우였다. 이 경우에 에미르는 당연히 본인의 굳은 신념을 '라 메스키타'에 비밀로 장치할 수밖에 없었을 것이다.

마리암은 시대의 벽을 뛰어넘어서 '압드 알-라흐만 1세'의 종교적 신념에 공감했다. 이러한 신념은 '유일신 사상'뿐만이 아니라 '신의 초월성'에도 부합되었다. 중세 중기의 아흐마드가 「통일성의 고백에 대하여fi Tawhid」라는 저서에서 '신의 초월성'에 대해 다음과 같이 간결하고 명확하게 설명했다.

"그대가 '그분이 어디 계시는가?' 하고 물으면 이미 그분을 장소에 국한시켰음이요, '그분은 어떤 분인가?' 하고 물으면 이미 그분의 특성을 규정했음이라. 그분은 +A +A, -A -A, +A -A 그리고 -A +A이다."*

아흐마드는 '신의 초월성'에 대한 네 가지 사유의 가능성을 모두 긍정했다. 하지만 다른 한편으로는 모두 부정했다고도 볼 수 있었다. 그랬다. 인간의 적은 지식, 이성 등만으로 '신의 초월성'에 대한 섣부른 판단을 하는 행위를 경계해야 했다. 어쩌면 이러한 주장들은 '알-가피키'의 「알 수 없는 신에 관하여」 후반부의 내용들과 일맥상통하는 부분도 있을 것이다.

그녀는 마지막 의문에 대해 어느 정도 답을 얻었다. 완전한 답이라고 할 수는 없겠으나 그동안 마음을 압박해오던 의문은 대부분 해소되었다. 그럼에도 아직 그녀의 의식에 미진한 구석이 남아 있음을 부인할 수 없었다.

'혹시 그것이 '신'의 영역에 관한 부분이어서 그럴까?'

잠시 후에 그녀는 자세를 바르게 하고 기도드렸다. 무언가 부족한 부분을 채우고 싶었다. 하기는 기도란 인간이 적은 지식과 이성으로부터 자유로워지기 위한 단 하나의 방법이 아니겠는가. 그럴 것 같았다.

---

* 마시뇽Louis Massignon의 번역에도 나오는 이 '+A +A, -A -A, +A -A 그리고 -A +A'를 어느 종교학자는 다음과 같이 해석하기도 했다. '그분은 존재자의 존재자, 비존재자의 비존재자, 존재자의 비존재자 그리고 비존재자의 존재자이다.'

40. 마리암의 노래

마리암은 꿈속에서 중세의 마리암공주를 보았다. 코르도바 '라 메스키타'를 뒤로 하고 멀리 떠나는 공주 일행의 뒷모습은 쓸쓸해 보였다. 공주는 뭐라 말하고 있었으나 점점 멀어지는 목소리는 알아들을 수 없었다. 다만 아쉽다는 듯이 이쪽을 향해 계속 말하고 있는 것은 확실했다. 이윽고 공주 일행이 시야에서 모두 사라진 후에 그녀는 양손을 이리저리 휘저으며 잠에서 깨어났다. 거리가 있긴 했어도 공주의 얼굴을 분명히 보았는데 기억나지 않았다. 어떻게 봤는데도 기억나지 않을 수 있을까. 이상한 일이었다. 그리고 꿈속에서 공주가 말한 내용은 무엇일까.

하이데거는 인간존재를 현존재라 명명했다. 또한 그것을 구조적으로 분석해 존재의 의미가 시간성Zeitlichkeit임을 명확히 했다. 그렇다면 그녀에게 있어 중세의 공주는 존재 이상의 그 무엇임에 틀림없었다. 이미 시공간을 초월해 그 내면의 의식 세계에 깊숙이 자리 잡고 있었기 때문이었다. 그녀는 궁금했다.

'어느 누가 이처럼 신비롭고 우아한 비밀장치를 했을까?'

중세의 비밀을 풀자마자 따라온 궁금증이었다. 어쩌면 이것은 그 연장선상에 있는 또 다른 비밀인지도 모른다. 이러한 해석이 설득력 있어 보였다. 단언할 순 없겠으나 '압드 알-라흐만 1세'가 비밀장치의 주인공은 아닐 것 같았다. 모든 정황을 종합해보아도 아니라는 판단이 들었다. 따라서 그녀는 그 비밀을 알아내는 것처럼 그렇게 건축책임자에 대한 사실관계를 알아내야 했다.

'라 메스키타' 비밀의 내용인 '압드 알-라흐만 1세'의 신념은 당시 종교적 상황에서는 파격적이기에 함부로 누설했을 리가 없었다. 그렇다면 건축책임자는 군주의 신망을 얻은 인물이라야 했다. 비밀을 장치하려면 먼저 그 내용을 알아야 하기 때문이었다. 그녀는 이를 밝혀내고 싶었다. 즉 자신의 의지를 바탕으로 의문의 답을 구하고 싶었다.

궁극적으로 '라 메스키타' 비밀은 변화하는 시간 속에서 드러나는 존재에 관한 문제였다. 그녀는 이슬람세계에서 몇 시를 신성하게 여기는지 알지는 못했다. 하지만 아마도 17시는 신성한 시간이리라 믿었다. 이슬람권에서는 하루의 시작이 달이 뜰 때였기에 바로 직전의 시간이 중요했기 때문이었다. 이를 기준으로 그 비밀을 장치했으리라 믿었다. 따라서 이러한 사고 등을 하려면 건축책임자는 학문적 역량이 뛰어난 인물이어야 했다.

그 당시 '압드 알-라흐만 1세' 재위 시기의 코르도바 왕립학술원 학문 수준은 모든 유럽 국가들 중에서 최고였다. 자타가 그렇게 인정했다. 그녀는 학자 출신 각료들을 찾기 위해서 접할 수 있는 기록들을 전부 뒤졌다. 왕립학술원 학자 중에서 관련 문헌들에 등장하는 이름이 있는지도 조사했다. 또한 에미르가 총애하던 가신들도 검토했다. 그러나 건국 이후에 30여 년 동안 주목할 만한 인물은 없었다.

다음으로 '압드 알-라흐만 1세'의 왕자들과 공주의 면면을 살펴보았다. 왕조 초기의 기록에서 그들은 별로 언급되지 않았다. 첫째 왕자, 둘째 왕자, 막내 왕자 그리고 공주 등의 이름이 간간이 등장하는 정도였다. 이외의 왕자들은 이름도 알 수 없었다.

첫째 왕자 슐레이만은 그다지 호평을 받지 못했다. 둘째 왕자 '히샴 1세'에 대한 평은 후했다. 하지만 역사는 승리자의 기록이니 '히샴 1세'의 관점에서 기술된 측면도 있을 것이다. 막내 왕자 '압드 알라'의 평은 후하지도 박하지도 않아 그저 평범했다. 공주의 평도 간단해 이미 파악한 정도였다. 그 당시는 친족 즉 혈연관계를 중시하던 중세 중기였기에 그 비밀장치 작업은 '압드 알-라흐만 1세'의 직계에게 맡겼을 확률이 높았다. 그렇다면 왕자들과 공주가 우선적으로 대상의 물망에 올랐을 터이고 기록상으로 판단한다면 '히샴 1세', 마리암공주 등의 선택 가능성이 타 직계들에 비해 높은 편이었다. 따라서 그녀는 이 2명의 직계에게 주목했다.

먼저 '히샴 1세'는 문헌상으로 모든 면에서 흠잡을 데 없었다. 학문에도 정진했으며 역사, 문학 등에도 관심이 많았다. 그의 가신들은 학자와 문인이 다수였다고 표현해 이 군주의 성향을 간접적으로 보여주었다. 그러나 '히샴 1세'는 '라 메스키타' 공사가 시작되기 전부터 메리다Mérida의 영주였다. 이베리아반도 남부에 위치한 이 고도에서 오느라 '압드 알-라흐만 1세'가 세상을 떠났을 때도 장례식이 끝난 후 루사파 궁에 도착했다. 그렇게 기록에 남아 있었다. 따라서 이러한 정황으로 판단해보건대 '히샴 1세'가 코르도바에 위치한 '라 메스키타'의 건축책임자라고 짐작하는 건 무리가 있었다.

하지만 마리암공주를 건축책임자라고 추측하는 상황은 여러 면에서 자연스러웠다. 첫째는 공주의 학문적 역량이 출중했다는 기록이 관련 문헌에 남아 있었다. 따라서 고난도의 비밀장치 작업을 어려움 없이 추진했으리라 판단했다. 둘째는 공주가 프랑크왕국 특사로 파견될 정도이니 에미르의 신임이 남달랐을 것이다. 더욱이 11명의 왕자들을 제치고 선정된 사실을 보면 그 믿음의 정도를 미루어 짐작할 수 있었다. 셋째는 북아프리카에서 귀환하지 않았다는 사실이 '라 메스키타'와의 관련성을 시사하고 있었다. 공주의 코르도바 출발년도와 '라 메스키타' 완공년도와의 일치, 여러 정황으로 판단한 '히샴 1세'와의 갈등 가능성 등은 이를 뒷받침했다.

하지만 이 모든 것은 추론일 뿐이었다. 명확한 논거 등은 찾기 어려웠다. 그럼에도 그녀의 마음은 마리암공주에게로 기울기 시작했다. 자신과 이름이 같아서 더 그랬는지도 모른다. 그녀는 바람에 실려 보내듯

불러보았다. 마리암 바하레한! 친숙하면서도 낯설었다. 오늘따라 그렇게 느껴졌다. 이처럼 부르면서 그 무엇인가 묵직하게 다가왔다. 그것은 인간의 의지를 넘어선 것처럼 보였다.

"공주가 비밀장치자라면 후대에 이 비밀이 밝혀지리라 예상했겠지. 하지만 12세기 후에 본인과 이름이 같은 여인이 알아낼 줄은 꿈에도 몰랐을 거야."

이렇게 속삭이며 미소 지었다. 그러면서 자신이 '라 메스키타' 비밀을 알아낸 건 무언가 사연이 있다고 생각했다. 어떤 내용인지 알 수는 없으나 그런 생각이 들었다. 그 순간이었다. 문득 짧은 소절의 멜로디가 떠올랐다. 어린 시절에 부친이 가끔 허밍으로 노래하던 곡이었다. '달 주변에 아지랑이가 피면 곧 눈이 내린단다.'라고 말하며 불러주던 생각이 났다. 그러고 보니 어제 본 상현달에 아지랑이가 피어있었던 것 같았다. 이제 곧 하얀 눈이 내리겠지……

그녀는 그제야 어젯밤 꿈속에서 마리암공주가 말하던 내용이 이야기가 아니라 이 멜로디였음을 알았다. 그런데 놀라운 일이었다.

'어떻게 공주는 부친이 부르던 곡을 알고 있었을까?'

하지만 가만히 생각해보니 이 질문은 정반대가 되어야 했다. 공주는 중세 인물이기에 '어떻게 부친은 마리암공주가 부르던 곡을 알고 있었을까?'로 질문이 바뀌어야 했다. 신기한 일이었다.

그녀는 창가에 서서 부친이 부르던 것처럼 허밍으로 노래를 불렀다.

고운 목소리였다. 그때였다. 저 멀리서 아련하게 어떤 음률이 들려왔다. 바로 어젯밤 꿈속에서 들었던 그 소리였다. 점점 다가오는 것처럼 조금씩 선명해지기 시작했다. 그녀는 시공간을 초월해 마리암공주와 함께 노래를 불렀다. 공주는 고전 라틴어로 부르는 것 같았는데 그 의미가 무엇인지 궁금했다. 귀를 기울일수록 멜로디는 더욱 또렷해졌다. 그러나 가사는 무슨 내용인지 알 수 없었다. 이해할 수 없는 일이었다. 어쩌면 다른 언어로 노래를 부르는지도 모른다.

"라틴어로 노래한다면 알아들을 수 있을 텐데 모르겠네. 혹시 이 곡도 비밀장치를 해서 이중 언어로 부르는 건 아닐까?"

그녀는 코러스를 넣듯이 낮게 허밍으로, 공주는 선명한 목소리지만 알아들을 수 없는 언어로 불렀다. 그것은 중세 마리암공주와 현대 마리암이 시공간을 초월하여 함께 부르는 경이로운 노래였다.

에필로그

마리암이 빈으로 돌아온 지 보름이 지났다. 자바부르크, 뮌헨, 코르도바 등지에서 보낸 이주일여를 생각해보니 먼 옛날의 일 같았다. 그동안에 자신의 생을 바꾸어놓은 사건들이 연속적으로 일어났으나 이 도시는 아무 일도 없다는 듯 그렇게 평화로웠다. 그러한 모습이 낯설었다. 어떻게 설명할 수는 없어도 이렇게 고단한 삶과 동떨어진 이질감을 이곳에서 느꼈다.

돌아온 이후에 그녀는 매주 금요일마다 쇤브룬궁전으로 가는 습관이 생겼다. 궁전 정원의 보리수나무들을 가로질러 건너편 언덕에 위치한 글로리에떼까지 올라갔다. 발아래 펼쳐지는 아름다운 정원, 연노랑색의 궁전, 파노라마처럼 펼쳐지는 시내 전경 등을 물끄러미 내려다보았다. 가끔은 글로리에떼 야외카페에 홀로 앉아 맥주를 마셨다. 옆면의 곡선이 매끈하게 예쁜 맥주잔을 들고 흐뭇해하던 이수영의 얼굴이 떠올랐다. 자신을 바라보던 그윽한 눈매도 생각났다. 보고 싶었다. 예기치 않게 그를 먼저 떠나보냈으나 한시도 그 모습을 잊은 적이 없었다.

그해 가을 어느 날이었다. 그녀는 글로리에떼 야외카페에 앉아 편지를 썼다. 늦은 오후에 도착했는데 저녁 어스름 무렵인가 하더니 벌써 어둑해졌다. 겨울이 곧 다가오려는지 늦가을 밤의 공기가 차갑게 옷깃을 파고들고 있었다.

오늘도 글로리에떼에 올라왔습니다. 그대와 정답게 손을 잡고 한가로이 언덕길을 오르던 생각이 납니다. 왜 그런지 오늘 따라 유난히도 그대가 보고 싶어 바람은 서늘했으나 야외카페에서 밀맥주 한잔 마셨답니다.

그러다가 문득 올려다본 밤하늘이 어쩌면 이렇게도 아름답게 느껴졌는지 모릅니다. 칠흑 같은 공간에 수많은 별들이 반짝이고 있었고 거기서 단연 돋보이는 북극성을 바라보았습니다.

저 북극성은 지구에서 430광년 떨어져 있다고 합니다. 따라서 오늘 내 눈에 들어오는 저 별빛은 430년 전에 출발했겠지요. 그렇다면 지금도 북극성은 저렇게 신비로운 자태로 빛나고 있을까? 혹시 그동안에 알 수 없는 힘의 작용으로 사라져 버린 건 아닐까? 만약 이미 백 년 전에 사라져 버렸다 할지라도 앞으로 백 년 동안은 저렇게 아스라이 푸르른 빛으로 우리의 눈에 들어올 텐데……

그러하다면 우리가 믿고 있는 진리란 또 진실이란 무엇일까. 이러한 것들이 북극성에 관한 인식의 형태와 동일하다면 이 세상은 어떻게 되는 것일까. 정말 궁금합니다. 또한 저 북극성에도 녹음이 짙은 산, 아침햇살에 빛나는 강, 푸른 물결이 출렁이는 바다 등이 있을까? 그리고 지구처럼 생명체들…… 이를테면 인간 같은 존재가 살고 있을까? 이와 함께 그곳에도 '신'이 계시고 사랑이 있을까 하는 생각들이 머리를 스치고 지나갔습니다.

그녀는 이제 어떻게 해야 할지를 고민했다. 그의 애달픈 죽음을 헛되지 않게 하는 길은 그 귀한 생명과 바꾼 '라 메스키타' 비밀의 의의를 세상에 널리 알리는 일이라 생각했다. 즉 '압드 알-라흐만 1세'의 강건한 종교적 신념을 현대에서도 알 수 있게 하자는 의미였다. 그리하여 '기독교의 '신'과 이슬람교의 '신'은 동일하다.'라는 함의를 보다 폭넓은 계층의 사람들이 공감하게 하는 일…… 이것이 자신의 사명이라 생각했다.

오랜 기간의 숙고 끝에 이 모든 이야기를 한 권의 소설 형태로 남기기로 했다. 제목은 「마리암의 노래」로 정했다. 이 책에서는 그 이주일 동안 겪었던 안타깝고 놀라운 이야기들을 빠짐없이 써 내려갈 예정이었다. 때로는 눈물겨운 사연들도 가감 없이 펼쳐서 그 당시의 상황을 진솔하게 전하고 싶었다. 또한 '라 메스키타' 비밀을 알아내기 위해 찾아보았던 제 문헌들을 바탕으로 중세 스페인, 중세 천문학 등의 이야기도 일부 포함할 계획이었다.

어쩌면 '알-루미'의 시구절처럼 이수영은 「마리암의 노래」라는 형태로 다시 돌아올지도 모른다. 문득 그런 생각이 들었다. 그녀는 울컥하며 눈물이 나려고 했다. '슬퍼하지 마라. 마리암!' 이렇게 그녀는 스스로에게 나지막이 속삭였다. 그는 반드시 다른 형태로 다시 돌아올 것이다.

곧게 뻗은 전나무들 사이로 비스듬히 밤하늘을 올려다보며 야외카페에서 일어섰다. 얼굴을 스치는 바람이 싸늘했다. 이미 어둑해진 언덕길을 천천히 내려가면서 그의 꿈에 대해 생각해보았다. 그는 '인간과 이 세상에 관한 탐구'에 대해서 항상 이야기하고 소망했다. 그러한 꿈을 꾸는 것만으로도 행복하다고 했다. 그러나 이제 더 이상 이루어질 수 없기에 그녀는 본인이라도 연인의 그런 소망을 이어가고 싶었다. 그의 소박한 이상에 가까이 가고 싶었다. 그리하여 장기간 고심 끝에 역사학 중에서도 역사철학 분야를 연구하기로 결심했다. 먼저 떠나간 그를 기리며…… '미안합니다. 하지만 정말 그립습니다.'

그로부터 30여 년이 지났다. 마리암은 빈 대학 역사학과에 재직하며 그날의 약속대로 역사철학 분야로 정진했다. 특히 중세 종교사에 대해 집중적으로 탐구했다. 이러한 연구 중의 하나가 '라 메스키타'를 기존과는 다른 관점에서 해석한 역사서 출간이었다. 초기 구상에서 마무리 단계까지 12년이 넘는 시간이 소요되었다. 이 저서는 오래전의 약속에 대한 결과물일 것이다. 하지만 「마리암의 노래」를 쓰는 작업은 계속 미루어졌다. 학위논문 작성, 교수 자격시험 응시 등 과제들이 끊임없이 주어졌다. 그러면서 그녀는 마음이 늘 허전하고 미진했다. 또 다른 삶의 길이 있을 것 같아 고민해보기도 했으나 그것이 무엇인지는 알기 어려웠다.

책상과 책꽂이들 사이의 오디오시스템 전원을 켰다. 밀렌코비치가 연주하는 파가니니의 '베네치아 사육제'를 들었다. 바이올린과 기타의 선율이 절묘하게 조화를 이루며 곡이 전개되었다. 기승전결이 완벽했다. 한 폭의 풍경화를 보는 듯, 한 편의 고전영화를 감상하는 듯했다. 12분 09초의 연주 시간이 쏜살같이 지나갔다. 표면적으로 드러난 초절기교의 화려함 속에 은은히 흐르는 소박함이 어찌나 고운지 몰랐다. 이 서정적인 음률을 들으면서 지난날의 추억들이 곡 후반부의 스타카토 연주처럼 또렷하게 튀어 올랐다. 그러다가 그녀는 돌아서서 외투를 집어 들고 쇤브룬궁전으로 향했다.

'궁전 정원에 가본 지 몇 년이 지났을까?'

돌이켜보니 얼마만큼의 세월이 지났는지 가늠조차 되지 않았다. 십여 년이 넘었을 것이다. 무엇이 그리 바빴는지 모른다. 그녀는 글로리에떼로 올라가는 오솔길을 걷다가 그가 프러포즈하던 장면을 회상해보았다. 그때였다. 어떤 단아한 음률이 연상되었다. 기억 저편에 저장되어있던 어린 시절의 멜로디였다. 마리암공주가 꿈속에서 불렀던 노래이기도 했다. 지금까지 수십 년간 한 번도 떠오른 적이 없었다.

'그이의 프러포즈와 이 멜로디는 무슨 연관 관계가 있을까?'

의식 속에 잠재되어 있는 선명한 기억들이라는 사실 외에는 딱히 관련이 있어 보이지 않았다. 하여튼 그 선율에 가사를 붙여서 불러보았다. 그저 생각나는 대로 붙였다. 그래도 마음이 담겨서 저절로 입술을 통해 흘러나왔다. 처음에는 '마리암은 이수영 사랑해!'로 불렀다. 이렇게 한두 번 노래하고 난 후에는 '이수영은 마리암 사랑해!'로 바꿔 불렀다. 그러다보니 목이 메었다. 눈앞이 점차 뿌옇게 흐려졌다. 그녀는 자신도 모르게 눈을 질끈 감았다. 눈물이 났다.

그곳에서 그녀는 젊은 날의 자신을 만났다. 함께 교감하며 무언의 대화를 나누었다. 오랜만에 마음이 평온해졌다. 그러면서 그녀는 그동안 고민했던 또 다른 삶의 길이 「마리암의 노래」를 써 내려가는 것임을 깨달았다.

쇤브룬궁전에서 대학 연구실로 돌아오자마자 책상에 앉았다. 바로 시작하지 않으면 평생 못할지도 모른다고 생각했다. 이번 학기 강의 관련 자료를 제외한 전부를 내려놓았다. 차분히 정리했다. 그리고 깊게 숨을 들이쉰 다음 오른편의 사진액자를 바라보았다. 어디서부터 시작해야 할지 막막했다. 한참을 그렇게 앉아있는데 그들이 처음 만났을 때가 떠올랐다. 그해 3월 초순이었다. 그녀는 개강 첫날 강의실에서 그를 똑바로 바라보았던 기억이 났다. 그때 그녀를 운명적으로 사랑하게 되었노라고 그는 나중에 고백했었다.

'그이가 공항에서 만났던 그 사람인지 생각하면서 응시했을 뿐이야. 그런데 바라보는 내 눈빛이 그렇게 강렬했었나?'

이렇게 그녀는 지난날을 회상하며 눈을 감았다. 그들은 그날 강의실에서 대면하기 한 달여 전에 이미 만났었다. 마리암은 빈 대학으로 유학을 오게 된 알리시아를 공항으로 마중 나왔던 길이었다. 이수영을 어느 공중전화 부스 옆에서 처음 보았다. 얼핏 보니 그는 카트 하나 가득, 그야말로 산더미 같은 짐을 가지고 있었다. 대형캐리어 2개, 어깨에 메는 서류가방 2개, 백팩 1개 등이었다. 그는 그것들을 들고 메고 망연자실하게 서서 어디론가 전화를 연달아 걸었다. 그런데 전화하는 방법을 몰라서인지 쩔쩔매고 있었다. 오스트리아 공중전화 첫 경험자는 전화를 걸기 어려울 수도 있으리라 생각하며 그를 바라보았다. 먼저 동전을 집어넣고 붉은색 버튼을 누른 다음에 다이얼을 돌려야 하기 때문이었다. 그때 그가 옆의 부스에서 전화를 걸고 있던 그녀에게 엇비스듬히 고개를 돌리며 물었다.

"Entschuldigen Sie, wie kann ich telefonieren?(실례합니다. 이 전화는 어떻게 거는 건가요?)"

그가 무슨 책을 연신 들여다보면서 이렇게 질문했다. 아마도 독일어 회화 교재일 것이다. 띄엄띄엄 말하던 발음이 얼마나 어색하던지 그러면서도 귀밑까지 빨개진 표정이 얼마나 귀여웠는지 모른다. 남자가 귀엽다고 느낀 기억이 그때 외에는 없었다. 그녀가 공중전화 거는 방법을 말해주니 이번에는 책을 덮은 채로 고맙다고 답했다. 그러면서 싱긋 웃었다. 그가 말할 때 밝게 웃는 모습과 하얗고 가지런한 치아가 보기 좋았다. 그렇게 느꼈다.

이로부터 한 달 후에 그녀는 강의실에서 그의 얼굴을 보고 첫눈에 바로 알아보았다. 하지만 그는 전혀 기억을 하지 못하는 듯했다. 하긴 그도 이역만리 외국에 도착해 막막한 상태에서 전화도 안 되었으니 당황했을 것이다.

'그랬으니 공중전화 부스에서의 상황은 아무 기억이 없나 봐……'

이렇게 그녀는 생각하며 혼자 조그맣게 웃었다. 그러면서 조금씩 감정이 섬세하게 교차하기 시작했다. 처음에는 웃다가 얼굴이 점점 울음이 가득한 표정으로 바뀌었다. 그 검은 눈망울에 눈물이 그렁그렁하였다.

-끝-

작가 후기

783년 마리암공주는 프랑크왕국 특사로서 코르도바에서 피레네산맥을 넘어 아헨으로 말을 타고 이동했다. 이때 공주는 상상도 못했을 것이다. 12세기 후에 이 여정을 그대로 거슬러 마리암이 코르도바로 달려가고 더욱이 그러한 연결고리가 '라 메스키타' 비밀일 줄은…… 또한 1978년 마리암도 빈에서 코르도바로 기차여행을 하며 12세기 전에 마리암공주가 거의 동일한 여정으로 아헨에 다녀간 사실을 미처 짐작도 못했을 것이다. 역으로 거슬러 올라가고 되돌아 내려왔다. 이것은 우연의 일치일까 아니면 운명일까. 이 우주의 구동 원리를 인간은 알 수 없기에 필연적인 현상이 우연의 일치로 보일 수도 있었다. 그렇다면 이렇게 시공간을 초월해 연결되게 하는 실체가 무엇인지 궁금했다.

'인간은 그 실체를 '신'이라고 부르는 것일까?' 그럴지도 모른다.

> "우리들이 살고 있는 세계의 진정한 본질은 의지이다. 그리고 그 속에 있는 모든 존재는 '맹목적인 삶에의 의지'에 의해서 지배당하고 있다."

쇼펜하우어는 「의지와 표상으로서의 세계」에서 이렇게 주장했다. 이 전언의 의미를 되새기며 공감했다. 중세, 현대 등 시대를 막론하고 세계의 본질은 의지였다. 만약 의지가 없다면 모든 존재는 존재가치를 상실할 것이다. 그러나 인간은 누구나 삶을 영위하다 보면 의지보다 앞서는 '그 무엇'이 있음을 인정하지 않을 수가 없다. 단순히 의지만 가지고 삶을 이어가기에는 이 세상이 경이로운 일들로 가득하기 때문이다.

그 경이로운 일 중에서 첫째는 삶과 죽음이다. 과연 이러한 현상들이 의지대로 되는 것인가? 한 생명이 주어지고 그 생명을 거두어가는 일은 본인의 의지와 관계없다. 삶과 죽음을 주관하는 '그 무엇'을 누구도 부정할 수 없을 것이다.

둘째는 만남과 헤어짐이다. 이러한 행위들도 의지와 무관하다. 732년 '카를 마르텔'과 '알-가피키'가 본인들의 자유의지에 따라 '투르-푸아티에'에서 만났다고 보기 어렵다. 화살이 날아와 '알-가피키'의 가슴에 꽂히던 순간을 기억할 것이다. 그것은 누구의 의지인가. 그들에게 만남과 헤어짐은 그렇게 주어졌다.

셋째는 사랑이다. 이것은 본인의 의지와 상관없이 다가와서 의지와 무관하게 멀어져간다. 하지만 놀랍게도 사랑은 모든 논리를 뛰어넘어 우리 곁에 늘 머문다. 특히 시공간의 초월성은 사랑에 내재되어 있는 속성일 것이다. 그러하니 어찌 사랑을 인간의 의지에 한정시킬 수 있겠는가.

사랑! 그대로 내버려두어라. 그들이 저 높고 높은 산을 넘고 푸르른 바다를 건너서 훨훨 날아갈 수 있도록……

이 세계의 본질로서 의지를 존중한다. 의지의 명료함을 흐리게 하고자 의도하는 것이 아니다. 그러나 언제부터인지 의지보다 앞서는 '그 무엇'에 대한 두려움, 갈망 등이 마음속에 혼재되어 있었다. 두려움과 갈망은 상반된 개념이라 할 수는 없으나 한정된 범주에 함께 묶기도 어려운 개념일 것이다. 그러한 두려움과 갈망을 동시에 「마리암의 노래」에서 담아내고 싶었다. 하지만 본디 학문이 천학이어서 저자의 소박한 바람이 얼마나 이루어졌는지 알지 못한다. 이 졸저로 아까운 종이들만 낭비하고 있는 것은 아닌지 염려스러울 따름이다.

본문 내용 중에서 중세사 관련 부분 특히 제1부 18장 중세 기사수도회, 33장 중세 이슬람문명, 34장 '라 메스키타' 그리고 제2부 1장 '투르-푸아티에' 전투, 11장 중세 종교사, 17장 프랑크왕국, 19장 북아프리카 중세사, 25장 중세 과학사, 26장, 27장, 32장 등 고트어, 27장 중세 종교철학, 37장 '아헨 카테드랄', 39장 이슬람사상 등의 부분에서 그리고 이외에도 일일이 언급하지 못한 문장들에서 존경하는 선학들의 도움을 적잖게 받았다. 그분들의 탁월한 저서, 논문 등이 없었다면 이 원고는 이 세상에 나오지 못했을 것이다. 마땅히 출처를 밝히고 참조한 문헌을 명기해야 하나 그 양이 방대하기도 하고 「마리암의 노래」가 역사소설임을 핑계로 그리하지 못했다. 그럼에도 발간 직전에 일부 작업을 진행하여, 전체 80개 장 중 16개 장에서 참조한 주요 문헌들의 목록을 '부록 4'에 명기해 놓았다.

본문 제2부 40장에 나오는 악보에 실린 곡은 「마리암의 노래」 초고 완성 직전이었던 2014년 늦가을 무렵에 저자가 꿈속에서 들었던 희미한 멜로디를 옮겨 적은 것이다. 아마도 그동안에 저자가 어디에선가 들었던 멜로디의 일부일 터이나 그 출처를 찾지 못하다가 클래식 음악에 조예가 깊은 어느 선생님의 도움으로 악보화하게 되었다. 그분은 이 멜로디가 차이코프스키 교향곡 5번 특히 4악장 도입부와 비슷하다고 하였지만 그 출처는 아직도 찾지 못했다. 거기에다 그분은 제1부 1장 아스트롤라베, 36장 '라 메스키타' 이중아치, 제2부 26장 이중아치 형태 단면도 2종 등의 그림들도 모두 수작업으로 믿을 수 없을 만큼 정교하게 그려주셨다.

본문 제1부 18장 각 기사수도회의 문장紋章, 37장 1978년도 유럽 열차 시간표, 제2부 26장 고트어 알파벳, 그 외의 중세사 관련 웹사이트 상의 자료 검색 및 번역은 주소연이 정성을 다해 도와주어 원고에 사용할 수 있었다. 이뿐만 아니라 그녀는 '라 메스키타' 관련 자료, 중세사 관련 희귀본 서적, 수백 불에 달하는 고대사 서적 등을 미국 현지에서 구해 우편으로 보내주었다. 상기한 선생님과 주소연, 이 두 분의 아낌없는 노력이 뒷받침되지 않았다면 이 원고는 미완성으로 끝났을지도 모른다. 그저 감사한 마음뿐이다.

부록 1 – 중세 스페인 기사수도회

'알폰소 1세'는 벨치테기사수도회를 왕국의 기존 군사조직에 기초하면서도 이베리아반도의 소위 십자군전쟁을 수행할 수 있는 '실험적 공동체'로 설계했다. 그리고 이에 따라 종교적인 측면에서 기사수도사의 사기를 진작시키기 위해 여러 방안들을 구상했는데 일례로 복무기간에 비례하는 면죄부의 개념 등을 도입하기도 했다.

1122년 이후 '알폰소 1세'는 벨치테기사수도회를 주전력으로 하여 1123년 바르셀로나 백작령이었던 '세그레 강' 연안의 레리다Lleida를 탈환했다. 이어서 1124년과 1125년에 걸쳐 알무와히드왕조 영토였던 '페나 카디엘라Peña Cadiella' 요새를 정복하기 위해 원정에 나섰다. 이 원정전에서도 '알폰소 1세'는 벨치테기사수도회의 전력을 신뢰하여 그들을 전면에 내세웠으나 이 시도는 무위로 끝나고 말았다. 왜냐하면 이슬람군대의 매복전 능력이 뛰어났던 데다가 이 지역이 20여 년 전에도 '바이렌Bairén 전투'라고 전해지는 접전이 아라곤왕국 '페드로 1세'와 알무와히드왕조 사이에서 벌어졌던 격전지였기 때문이었다. 그러나 1126년에는 그라나다 남부의 모트릴Motril를 정복했고 이어서 론가레스Longares도 수중에 넣었다. 1127년 타마라 데 캄포스Támara de Campos에서 카스티야왕국 '알폰소 7세'와 타마라 평화협약을 체결하고 이슬람세력에 공동대응하기 위한 전략을 논의하기도 했다.

칼라트라바기사수도회Orden de Calatrava는 카스티야왕국의 첫 기사수도회로서 종교적 소명 의식이 투철했던 수도사 '성 레이몬드Saint Raymond of Fitero'에 의해서 창설되었다. '성 레이몬드'는 타라조나Tarazona교구의 성당참사회에 소속되어 있으면서 성무집행 이외의 임무 수행 즉 이교도로부터 기독교를 수호하는 일에 소명 의식을 가지게 되었다. 왜냐하면 1119년에 '알폰소 1세'가 카스티야왕국, 아라곤왕국, 나바르왕국 등의 접경 지역에 위치해 전략적으로 중요했던 타라조나를 이슬람세력으로부터 치열한 접전 끝에 탈환하게 되면서 로마가톨릭 교구의 전통을 이어갈 수 있었기 때문이었다. 그 역사적, 종교적 함의에 대해 숙고할 수 있었고 이후 그 결과로서 도출된 것이 칼라트라바기사수도회 설립이었다. 즉 우여곡절 끝에 카스티야왕국으로 넘어와 피테로 지역에 새로운 수도원을 건립했으며 이후 카스티야왕국 '산초 3세'의 지원 전력을 토대로 '칼라트라바 라 비에하'로 이주해 칼라트라바기사수도회를 창설한 것이다.

이로부터 7년 후인 1164년 교황 '알렉산데르 3세' 칙서에 의해 공식적으로 기독교군대 지위를 받았다. 또한 1187년 시토수도회에서 교부받은 '기사수도회 규율'도 역시 교황청에 의해 공인되었는데 이후 이 규율을 타 수도회 및 기사수도회에서 점차 도입하기 시작했다. 즉 칼라트라바기사수도회 자치 규율이 유럽지역 수도회 규율의 기본 토대를 제공한 것이다. 따라서 세월이 흐르면서 칼라트라바기사수도회는 수도회들의 정신적 표상이 되었다.

알칸타라기사수도회Orden de Alcántara는 1166년 레온왕국 '코아 강' 인근에서 소규모의 페레이로Pereiro수도회로 출발했다. 따라서 설립 이후 '타호 강' 인근 에스뜨레마두라Extremadura 평원의 알칸타라 지역으로 본부를 이전하기 전까지는 '성 훌리안San Julián del

Pereiro수도회'로 칭하기도 했다.

1176년 알칸타라기사수도회는 레온왕국 '페르난도 2세'로부터 기사수도회 승인을 받았다. 그리고 이듬해 1177년에는 교황 '알렉산데르 3세' 칙서에 의해 기독교군대로 공인되었다. 이 때 교황은 알칸타라기사수도회가 교회법의 지배를 받지 않고 새로운 법적 지위를 가지게 되었다고 천명하면서 이 기사수도회를 해당 교구 대주교의 권위에서 분리해 교황청 직속으로 두었다.

'페르난도 2세'의 부왕 '알폰소 7세'는 레온왕국과 카스티야왕국의 국왕을 겸하고 있었다. 그의 사후 '페르난도 2세'는 부왕의 뜻에 따라 레온왕국만 통치하게 되었다. 그로부터 일 년 후에 카스티야왕국 '알폰소 8세'가 2세의 나이로 왕위에 오르자 '페르난도 2세'는 카스티야왕국에 자신의 섭정의지를 피력했다. 이 과정에서 카스티야 귀족들과 기사수도회 지휘권 문제로 갈등을 겪게 되었고 이의 해결이 여의치 않자 알칸타라기사수도회를 명망있는 기사수도회로 육성해야겠다고 마음먹었다. 즉 칼라트라바기사수도회를 능가하는 '기사수도사 공동체'로 발전시키겠다고 결심한 것이다. 이후에 '페르난도 2세'는 알칸타라기사수도회 전투력을 기반으로 이슬람군대에 완승을 거두며 왕국의 영토를 에스뜨레마두라 남서부 지역까지 확장시켰다. 이후 칼라트라바기사수도회 못지않은 지명도를 획득하게 되었다.

하지만 '페르난도 2세'가 세상을 떠나고 1188년 레온왕국 왕위에 오른 '알폰소 9세'는 알칸타라 지역이 칼라트라바기사수도회 지부가 되기를 원했다. 이에 따라 1214년부터 이 지역은 칼라트라바기사수도회의 보호 아래 놓이게 되었다. 왜냐하면 양 왕국의 통합을 갈망하던 '알폰소 9세'는 카스티야왕국 '알폰소 8세'와 대립하고 있었는데 그러한 와중에 나온 고육지책으로서 칼라트라바기사수도회와의 협력을 염두에 두었기 때문이었다. 이로부터 칼라트라바기사수도회 지휘를 받게 되었고 그들의 '기사수도회 규율'도 그대로 수용했다.

이러한 전략적 기사수도회 연합 이후 알모하데스왕조를 비롯한 이슬람세력을 이베리아반도에서 몰아내기 위한 재정복전쟁 즉 중세 스페인 십자군전쟁에 지속적으로 참전했던 칼라트라바기사수도회와 알칸타라기사수도회에게 기대하지 않았던 혜택이 주어지기 시작했다. 즉 전쟁전리품, 이슬람왕국으로부터 탈환한 지역의 성채, 토지 등을 중앙정부로부터 하사받은 것이다. 이와는 별도로 기독교전사로서의 명예를 획득하게 되면서 그 기사수도사들에게 기부금도 답지했다.

하지만 이 기사수도회 연합 형태에 대해 그리 오래 지나지 않아 불협화음은 터져 나왔다. 이에 따라 이들의 연합은 1212년 즉 '라스 나바스 데 톨로사' 전투가 끝나갈 즈음 파탄이 났다. 그 불협화음은 알칸타라기사수도회 지휘권 문제로 야기되었으나 곧 양 기사수도회의 부대편성 형태와 규모에 대한 이견으로 번졌다. 이 갈등의 기저에는 이베리아반도 기사수도회 주도권에 관한 권력투쟁 성격의 힘겨루기가 깔려있었다. 즉 카스티야왕국, 레온왕국, 로마교황청 등의 권력 관계와 아라곤왕국, 나바르왕국, 시토수도회 등의 이해관계가 맞물려있는 복잡한 구도였다.

이로부터 이베리아반도 십자군전쟁은 본격적으로 전개되어 12세기 말엽, 13세기 초엽 등에는 이교도와의 전면전이 최고조에 이르렀다. 1195년 알라르코스Alarcos 전투가 벌어졌다. 알모하데스왕국 대 십자군 즉 칼라트라바기사수도회를 필두로 알칸타라기사수도회, 산티아고기사수도회, 에보라Évora기사수도회, 카스티야왕국 등과의 일전이었다. 이 전투에서는 십자군이 완패했다. 그로부터 16년 후인 1211년 재격돌한 살바티에라Salvatierra 전투에서도 역시 기독교군대의 완패로 끝났다. 그러나 이듬해 1212년 벌어진 하엔Jaén전투 일명 '라스 나바스 데 톨로사Las Navas de Tolosa' 전투에서는 십자군 즉 카스티아왕국, 아라곤왕국, 포르투갈왕국, 나바르왕국, 칼라트라바기사수도회, 알칸타라기사수도회, 성전기사수도회 등의 다국적 연합군이 알모하데스왕국에게 일정부분 승리를 거두었다. 어쨌든 이 전투에서의 패배를 극복하지 못하고 알모하데스왕조는 1215년 종식되었다.

부록 2 – 중세 이슬람문명의 주요 천문학자

'알-마즈리티Maslama al-Majirītī'는 수학자이면서 중세 스페인의 첫 번째 주목할 만한 천문학자였다. 프톨레마이오스Klaudios Ptolemaios의 평면구형도에 대해 주해서를 작성했고, '알-콰리즈미'의 「천문학 표」를 정정했으며, 페르시아 달력을 토대로 이슬람력을 만들었다. 「신드힌드」를 라틴어로 번역하기도 했다. 그의 저서들로 인해 유럽인들이 이슬람 세계의 수학, 물리학, 천문학 등의 학문들에 입문하게 되었다. 이로부터 이문화 간의 지적 교류가 본격적으로 이루어졌다.

'알-자르칼리al-Zarqālī'는 11세기 천문학자[라틴어 명: 아르자헬Arzachel]였다. 본인 관측과 기존 천문학자들의 관측 결과를 토대로 「행성의 표」 즉 일명 「톨레도 표」를 만들었다. 이것은 그 당시에 가장 정확한 천문학 자료 도표로서 진전된 삼각법 등을 도입해 프톨레마이오스 이론에서 한 단계 나아간 것으로 평가받았다. 코페르니쿠스가 「천체운행론On the Revolutions of Celestial Orbits」에서 이 도표를 수차례 인용할 정도로 명성을 날렸다.

'이븐 루시드ibn Rushid'는 12세기 철학자, 신학자이자 의학자[라틴어 명: 아베로에스 Averrhoës]였다. 천문학에도 조예가 깊었다. 프톨레마이오스가 천동설을 토대로 2세기경에 편찬한 「알마게스트Almagest」를 요약해 발표함으로써 널리 알려지게 되었다. 알마게스트는 그리스어 '메갈레 신텍시스Megale Syntaxis'를 아랍어로 명기한 「알-마지스티al-Majisti」를 다시 라틴어식으로 표현한 것이다. 즉 주전원 이론과 추종 이론을 통해 별들의 궤도를 설명한 천문학 저서였다. 그러나 '이븐 루시드'는 프톨레마이오스의 이심원, 주전원 등의 주장에 대해서는 이견을 제시해 나름대로의 독자적인 천문학 체계를 구축했다.

'알-비트루지Abu Ishaq al-Bitruji'는 12세기 천문학자[라틴어 명: 알페트라기우스Alpetragius]였다. 구형기하학, 삼각함수 등을 이용해 천체 구조를 연구한 저서 「천문학 원리」에서 우주는 9개 천구로 구성되었으며 바깥쪽에 위치한 9번째 천구에 전 우주를 구동시키는 동력이 내재되어 있다고 주장했다. 또한 동심천구설을 보완해 천동설 이론을 지지했으나 그 역시 '이븐 루시드'와 마찬가지로 프톨레마이오스의 이심원, 주전원 등의 학설에는 반대의사를 분명히 했다.

'알-바타니al-Battānī'는 9세기-10세기 수학자이자 천문학자[라틴어 명: 알바테그니우스 Albategnius]였다. 수십 년간의 광범위한 천문관측 결과로서 489개 별들을 천문학 목록으로 제작했고 이러한 천문학 관측 과정에서 삼각법을 응용해 정확도를 높였다. 12세기에 라틴어로 번역된 이 목록이 첨부된 「별의 수와 운동에 대하여De Numeris Stellarum et Motibus」, 「성학에 대하여De Scientia Stellarum」 등은 유럽 천문학자들의 필독서였다. 코페르니쿠스도 「천체운행론」에서 그의 천문학체계를 23번이나 언급할 정도였다.

'알-하이삼ibn al-Haitham'은 10세기-11세기 수학자, 물리학자이자 천문학자[라틴어 명: 알하젠Alhazen]였다. 바스라 출신으로 대수학, 물리학, 시각이론 등의 토대를 정립했고 다양한 분야의 저술들을 200여 권 남겼다. 1572년 번역되어 과학사의 기념비적인 저작이 된 「광학Opticae Thesaurus」에서 빛이 일직선으로 움직인다는 사실을 밝혀냈다. 즉 태양광선은 직진한다는 의미였다. 이 저술 과정에서 카메라옵스큐라라고 하는 암실도 제작했다. 이에 더해 '빛은 인간의 눈동자에서 나오지 않는다.'는 명제도 증명했다. 11세기에 '만유인력 법칙'에 관련된 논문도 남겼다. 이러한 연구들은 이후 수학 및 물리학 분야에서 미적분학의 기초가 되었다.

'알-비루니al-Bīrūnī'는 10세기~11세기 역사학자이자 천문학자였다. 수십 년에 걸쳐 개작을 거듭했던 「천문학 전서」는 자연과학 연구에 있어 한 획을 그었던 저작이었다. 일례로 이 저서에서 지구가 태양빛을 가려 달이 어두워질 때 어떤 식으로 월식이 발생하는지 도표로 일목요연하게 보여주었는데 이차원 평면임에도 달의 움직임을 삼차원으로 구현해 동시대 학자들의 이목을 집중시켰다.

'하이얌Omar Khayyám'은 11세기~12세기 수학자, 천문학자이자 시인이었다. 천체가 지구를 돌지 않으며 지구가 회전축을 중심으로 자전하면서 구동한다는 천문학 이론을 바탕으로 기존의 그레고리력보다 정확한 달력을 제작했다. 이 과정에서 유클리드의 평행선 이론을 비판해 '비 유클리드 기하학'이 발전하게 되는 계기를 마련했다. '이항 전개식'이라는 공식도 발견했다. 3차방정식 해법도 만들었는데 포물선을 원과 교차시켜 풀어나가는 획기적인 방식이었다.

'알-투시Nasīr al-Tūsī'는 페르시아 투스 출신으로 13세기 철학자이자 천문학자[일명: 'Nasīr (al-Din) al-Tūsī']였다. 천문학 논문집을 통해 프톨레마이오스 행성체계에 대해 진보적인 개정을 했으나 행성의 움직임에 대해서는 기존의 우주관을 일부분 부정하는 해석을 했다. 천문학 비망록, 방대한 항성목록 등을 남겼다. 행성의 움직임을 토대로 정밀한 「별자리 표」도 만들었다. '투시연성Tusi Couple'이라는 천문학적, 수학적 발견에 대해서도 설명했는데 직선의 움직임을 두 개의 원 움직임의 총합으로 바꾼 것으로서 당시로는 대단한 성과였다. 이뿐만 아니라 평면기하학, 구면기하학, 삼각법 등의 학문에 정통했고, 구면기하학을 이용한 직각구면삼각형 연구에도 뛰어났다. 삼각법을 수학의 독립분야로 정립하려 시도하기도 했다.

'알-킨디al-Kindi'는 아바스왕조 '알-마문' 칼리프 시대에 활동했던 9세기 철학자이자 수학자였다. 전공 이외에도 천문학, 암호학 등 다양한 분야들을 연구했다. 모두 361권의 저술을 남겼으나 대부분 소실되었고 단지 몇 권만이 전해졌다. 점성학 저서 「별들의 판단서The Judgement of the Stars」는 현존하는 저술 중의 하나였다. 이 저서는 중세 중기 이후 발간된 점성학 문헌들의 기본 분석틀을 제공하기도 했다. 암호해독 분야에 있어서도 빈도분석을 시도한 첫 번째 인물이었다.

'알-콰리즈미al-Khwarizmi'는 중앙아시아 호레즘 출신으로 9세기 수학자이자 천문학자였다. 천문 관측을 통해서 지구 자오선의 길이를 측정하였고 좌표, 방위각, 시각 등의 개념도 정립했다. 삼각함수, 구면 삼각법 등의 발전에도 기여했다. 대수학 저서 「알-자브르al-Jabr와 알-무카발라al-Muqābala」에서 1차, 2차방정식 등의 해석적이고 기하학적인 해법들을 소개했다. 이러한 고차원수학의 등장으로 비밀문서들은 난해해지며 점차 고난도 암호문으로 발전했다.

부록 3 – 고트어 27개 철자의 음역 등, 고트어 단어 형태 변환의 예

[고트어 27개 철자의 음역, 이름, 국제음성기호]

철자	음역	이름	국제음성기호(국제음성학회 발음)
𐌰	a	aza(ahsa)	/a/, /aː /
𐌱	b	bercna(bairkan)	/b/ (/β/)
𐌲	g	geuua(giba)	/g/ (/ɣ/, /ŋ/)
𐌳	d	daaz(dags)	/d/, /ð/
𐌴	e	eyz(aihus)	/e/, /eː /
𐌵	q	qertra{qairþ(th)ra}	/kʷ/
𐌶	z	ezec	/z/
𐌷	h	haal(hagl)	/h/
𐌸	þ/th	thyth{þ(th)iuþ(th)}	/θ /
𐌹	I	iiz(eis)	/i/, /iː /
𐌺	k	chozma(kusma)	/k/
𐌻	l	laaz(lagus)	/l/
𐌼	m	manna	/m/
𐌽	n	noicz(nauths)	/n/
𐌾	j	gaar(jer)	/j/
𐌿	u	uraz(urus)	/u/, /uː /
𐍀	p	pertra{pairþ(th)ra}	/p/
𐍁	nu		/nuː /
𐍂	r	reda(raida)	/r/

S	s	sugil(sauil)	/s/
T	t	tyz(teiws)	/t/
Y	w	uuinne(winja)	/w/, /y/
F	f	fe(faihu)	/f/
X	x	enguz(iggws)	/kʰ/
Θ	hʋ/hw	uuaer(hʋair)	/ʍ/ (/hʷ/)
Ω	o	utal{ob(th)al}	/o/, /oː /
↑	ts		/ts/

'고트어 27개 철자' 관련 항목 '이름'에서 괄호 표기를 한 것은 통용되는 다른 이름이었다. 그리고 국제음성기호 중에서 'Θ'의 음성기호인 '/ʍ/'는 '/x/'의 변형이리라 추정했다. 어쩌면 '/hʷ/'로부터 기원했을지도 모른다.

[고트어 단어 'a'ins'의 24개 형태 변화]

		남성명사	중성명사	여성명사
단수	1격	a'ins	a'in(a'inata)	a'ina
	2격	a'inana	a'in(a'inata)	a'ina
	3격	a'inis	a'inis	a'ina'izo:s
	4격	a'inamma	a'inamma	a'ina'i
복수	1격	a'ina'i	a'ina	a'ino:s
	2격	a'inans	a'ina	a'ino:s
	3격	a'ina'ize:	a'ina'ize:	a'ina'izo:
	4격	a'ina'im	a'ina'im	a'ina'im

부록 4 – 16개 장에서 참조한 주요 문헌들의 목록

제1부 18장 역사의 향기 [중세 기사수도회]

Asbridge, Thomas. *The Crusades: The Authoritative History of the War for the Holy Land*, New York: Ecco Pub., 2011.

Brodman, James W. "Rule and Identity: The Case of the Military Orders", *The Catholic Historical Review*, 87-3(2001).

Brodman, James W. *Ransoming Captives in Crusader Spain: The Order of Merced on the Christian-Islamic Frontier*, Philadelphia: University of Pennsylvania Press, 2012.

Brooke, Christopher N. L. *The Age of the Cloister: The Story of Monastic Life in the Middle Ages*, New Jersey: Paulist Press, 2002.

Constable, Olivia Remie. *Medieval Iberia: Readings from Christian, Muslim and Jewish Sources*, New Jersey: Univ. of Pennsylvania Press, 2011.
Estow, Clara. "The Economic Development of the Order of Calatrava 1158-1366", *Speculum: A Journal of Medieval Studies*, 57-2(1982).
Forey, A. J. "Novitiate and Instruction in the Military Orders during the Twelfth and Thirteenth Centuries", *Speculum: A Journal of Medieval Studies*, 61-1(1986).
Forey, A. J. "Recruitment to the Military Orders: Twelfth to Mid-Fourteenth Centuries", *Viator: Medieval and Renaissance Studies*, 17(1986).
Forey, A. J. "Desertions and Transfers from Military Orders: Twelfth to early-Fourteenth Centuries", *Traditio: Studies in Ancient and Medieval History, Thought and Religion*, 60(2005).
O'Callaghan, Joseph F. "The Foundation of the Order of Alcántara 1176-1218", *The Catholic Historical Review*, 47-4(1962).
O'Callaghan, Joseph F. "Hermandades between the Military Orders of Calatrava and Santiago during the Castilian Reconquest 1158-1252", *Speculum: A Journal of Medieval Studies*, 44-4(1969).
O'Callaghan, Joseph F. *Reconquest and Crusade in Medieval Spain*, New Jersey: Univ. of Pennsylvania Press, 2004.
Riley-Smith, Jonathan. *The First Crusaders 1095-1131*, Cambridge: Cambridge Univ. Press, 1998.
Riley-Smith, Jonathan. *The Oxford History of the Crusades*, Oxford: Oxford Univ. Press, 2002.
Stails, Clay. *Possessing the Land: Aragon's Expansion in Islam's Ebro Frontier under Alfonso the Battler 1104-1134*, New Jersey: Brill Academic Pub., 1995.

제1부 33장 가문의 내역 [중세 이슬람문명]

Bakar, Osman. *Qur'anic Pictures of the Universe: The Scriptural Foundation of Islamic Cosmology*, Petaling Jaya: Islamic Book Trust, 2018.
Blake, Stephen P. *Astronomy and Astrology in the Islamic world*, Eastbourne: Gardners Books, 2014.
Chittick, William C. *Science of the Cosmos, Science of the Soul: The Pertinence of Islamic Cosmology in the Modern World*, London: Oneworld Publications, 2013.
Davidson, Herbert A. *al-Farabi, Avicenna and Averroes on Intellect: Their Cosmologies, Theories of the Active Intellect and Theories of Human Intellect*, Oxford: Oxford University Press, 1992.
Flacke, Uschi. *Das Geheimnis des Nostradamus*, Hamburg: Carlsen Verlag, 2008.
Griffel, Frank. *al-Ghazali's Philosophical Theology*, Oxford: Oxford University Press, 2010.
Janos, Damien. *Method, Structure and Development in al-Fārābī's Cosmology: Islamic Philosophy, Theology and Science. Texts and Studies*, New Jersey: Brill Academic Pub.,

2012.
King, David A. *Islamic Astronomy and Geography*, Farnham: Ashgate Publishing, 2012.
Meri, Josef W. (Editor). *Medieval Islamic Civilization: An Encyclopedia*, New York: Routledge, 2006.
Nasr, Seyyed Hossein. *An Introduction to Islamic Cosmological Doctrines*, New York: SUNY Press, 1993.
Ramotti, Ottavio Cesare. (Translator) Calliope, Tami. *Nostradamus The Lost Manuscript: The Code That Unlocks the Secrets of the Master Prophet*, Rochester: Destiny Books, 2002.
Yousef, Mohamed Haj. *Ibn 'Arabî - Time and Cosmology: Culture and Civilization in the Middle East*, Abingdon on Thames: Routledge, 2011.
Ziaee, ali Akbar. *Islamic Cosmology and Astronomy: Ibrahim Hakki's Marifetname*, Chişinău: Lambert Academic Publishing, 2010.

제1부 34장 첫 발을 내딛다 ['라 메스키타la-Mezquita']

Alcántara, María Dolores Baena. *Guía de la Mezquita-Catedral de Córdoba: Guías El Almendro(Spanish Edition)*, Córdoba: Ediciones El Almendro, 2006.
Giménez, Felix Hernández. *El alminar de 'Abd al-Raḥmān III en la Mezquita Mayor de Cordoba: Genesis y repercusiones(Spanish Edition)*, Granada: Patronato de la Alhambra y Generalife, 1975.
Heckelmann, Constanze. *Das historische Erbe der Araber in Spanien: Die Mezquita- Catedrál von Córdoba und ihre kulturtouristische Bedeutung(German Edition)*, Saarbrücken: AV Akademikerverlag, 2012.
Jordano Barbudo, Mª Ángeles & Barrena Herrera, Anabel. *La capilla del Espíritu Santo de la Mezquita Catedral de Córdoba: Estudio histórico-artístico y restauración(Spanish Edition)*, Córdoba: UCOPress, Editorial Universidad de Córdoba, 2021.
Jurado, Antonio Peña. *Estudio de la decoración arquitectónica romana y análisis del reaprovechamiento de material en la Mezquita Aljama de Córdoba(Spanish Edition)*, Córdoba: UCOPress, Editorial Universidad de Córdoba, 2010.
Marco-Gardoqui, María Escalada. *Análisis de la construcción de las arquerías de la Mezquita de Córdoba: La estabilidad en los sistemas de fábrica(Spanish Edition)*, Chişinău: Editorial Académica Española, 2018.
Marfil, Pedro. *Las puertas de la Mezquita de Córdoba(ss. VIII-IX). Tomo I: Arqueología como Historia del Arte Islámico(Spanish Edition)*, Chişinău: Editorial Académica Española, 2012.
Moneo, Rafael(José Rafael Moneo Vallés). *La vida de los edificios: La mezquita de Córdoba, la lonja de Sevilla y un carmen en Granada(Spanish Edition)*, Barcelona: Acantilado, 2017.

Montejano, José Carlos Cano. *Libertad religiosa en la Unión Europea: el caso de la Mezquita-Catedral de Córdoba(Spanish Edition)*, Madrid: Dykinson, S.L., 2017.

Montejano, José Carlos Cano. (Editor) Fernández-Miranda, Jorge. *Estudio histórico y jurídico sobre la titularidad de la Mezquita-Catedral de Córdoba(Spanish Edition)*, Madrid: Editorial Dykinson, S.L., 2019.

Los De Ríos, Rodrigo Amador. *Inscripciones Árabes De Córdoba: Precedidas De Un Estudio Histórico-Crítico De La Mezquita-Aljama(Spanish Edition)*, Marrickville: Wentworth Press, 2018.

Puertas, Antonio Fernández. (Translator) Claremont, David Castillejo. *Mezquita de Córdoba. Su estudio arqueológico en el siglo XX: The Mosque of Cordoba. Twentieth-century Archaeological Explorations(English Edition)*, Córdoba: UCOPress, Editorial Universidad de Córdoba, 2009.

Puertas, Antonio Fernández. *Estudios de la Mezquita de Córdoba(Spanish Edition)*, Granada: Editorial Universidad de Granada, 2020.

Rafael, Castejon & Martinez De Arizala. *La Mezquita Aljama De Cordoba(English Edition)*. Leon: Editorial Everest, 1981.

제2부 1장 '투르-푸아티에Tours-Poitier' 전투 ['투르-푸아티에' 전투]

Altun, Burak. *Karl Martell: Die Schlacht bei Tours und Poitiers in Überlieferung und Rezeption(German Edition)*, Munich: GRIN Verlag, 2013.

Breysig, Theodor. *Jahrbücher des Fränkischen Reiches 714-741: Die Zeit Karl Martells 714-741*, London: Wentworth Press, 2019.

Creasy, Edward & Strauss, G. L. et al. *Charles Martel & the Battle of Tours: The Defeat of the Arab Invasion of Western Europe by the Franks, 732 A.D.*, London: Leonaur Ltd., 2018.

Ebling, Horst. *Prosopographie der Amtstrager des Merowingerreiches: Von Chlothar II. 613 bis Karl Martell 741(German Edition)*, Munich: Wilhelm Fink Verlag, 1974.

Fischer, Andreas. *Karl Martell: Der Beginn karolingischer Herrschaft(German Edition)*, Stuttgart: Kohlhammer W. Gmbh, 2011.

Hartmann, Wilfried, *Karl der Groβe(German Edition)*, Stuttgart: Kohlhammer W. Gmbh, 2015.

Joch, Waltraud. *Legitimität und Integration: Untersuchungen zu den Anfängen Karl Martells(German Edition)*, Husum: Matthiesen Verlag, 1999.

Knechtges, Stefan. *Die Dynastie der Karolinger: Die Entwicklung des fränkischen Hausmeieramtes und der Aufstieg der Arnulfinger bis zur endgültigen Etablierung Karl Martells(German Edition)*, Munich: GRIN Verlag, 2007.

Mielke, Thomas R. P. *Karl Martell der erste Karolinger: Roman(German Edition)*, Munich:

Schneekluth Verlag, 1999.
Nicolle, David. (Illustrator) Turner, Graham. *Poitiers AD 732: Charles Martel turns the Islamic tide*, Oxford: Osprey Publishing, 2008.

제2부 4장 남긴 책자 [카롤링거왕조, 카를대제]

Buc, Philippe. *The Dangers of Ritual: Between Early Medieval Texts and Social Scientific Theory*, Princeton: Princeton University Press, 2001.
Costambeys, Marios & Innes, Matthew et al. *The Carolingian World(Illustrated Edition)*, Cambridge: Cambridge University Press, 2011.
Deanesly, Margaret. *A History of Early Medieval Europe: From 476-911*, London: Routledge, 2019.
Dutton, Paul Edward (Editor). *Carolingian Civilization: A Reader, Readings in Medieval Civilizations and Cultures*, Toronto: University of Toronto Press, 2004.
Einhard & Notker et al. *Two Lives of Charlemagne*, London: Penguin Classics, 2008.
Fichtenau, Heinrich (Translator) Munz, Peter. *The Carolingian Empire*, Toronto: University of Toronto Press, 1978.
Geary, Patrick J. *Before France and Germany: The Creation and Transformation of the Merovingian World*, Oxford: Oxford University Press, 1988.
Greer, Sarah (Editor) & Hicklin, Alice (Editor) et al. *Using and Not Using the Past after the Carolingian Empire: c. 900–c.1050*, London: Routledge, 2019.
Haack, Christoph. *Die Krieger Der Karolinger: Organisation Von Kriegsdiensten Als Soziale Praxis Um 800(German Edition)*, Berlin: De Gruyter(Walter de Gruyter GmbH), 2019.
Horrox, Rosemary (Editor). Maclean, Simon (Editor, Translator). *History and politics in late Carolingian and Ottonian Europe: The Chronicle of Regino of Prüm and Adalbert of Magdeburg*, Manchester: Manchester University Press, 2009.
James, Edward. *The Franks*, Oxford: Basil Blackwell Publishing, 1988.
McKitterick, Rosamond. *Charlemagne: The Formation of a European Identity (Illustrated Edition)*, Cambridge: Cambridge University Press, 2008.
Pirenne, Henri. *Mohammed and Charlemagne*, Mineola: Dover Publications, 2001.
Tor, D. G. (Editor). *The Abbasid and Carolingian Empires: Comparative Studies in Civilizational Formation*, Leiden: Brill Academic Pub., 2017.
Wickham, Chris. *Medieval Europe*, New Haven: Yale University Press, 2016.

제2부 5장 때는 8세기였다 [서고트왕국, 고트족]

Boin, Douglas. *Alaric the Goth: An Outsider's History of the Fall of Rome*, New York: W. W.

Norton & Company, 2021.
Castellanos, Santiago. *The Visigothic Kingdom in Iberia: Construction and Invention*, Philadelphia: University of Pennsylvania Press, 2020.
Collins, Roger. *Visigothic Spain 409-711*, Oxford: Wiley-Blackwell Publishing, 2006.
Ferreiro, Alberto (Editor). *The Visigoths: Studies in Culture and Society(Illustrated Edition)*, New Jersey: Brill Academic Pub., 1998.
Gwynn, David M. *The Goths: Lost Civilizations*, London: Reaktion Books, 2018.
Heather, Peter. *The Goths*, Oxford: Wiley-Blackwell Publishing, 1991.
Heather, Peter (Editor, Contributor) & Garnica, Ana Jimenez (Contributor) et al. *The Visigoths from the Migration Period to the Seventh Century: An Ethnographic Perspective*, Suffolk: Boydell Press, 2003.
Hodgkin, Thomas. *Theodoric the Goth: King of the Ostrogoths, Regent of the Visigoths & Viceroy of the Eastern Roman Empire, in the 4th Century A. D.(Illustrated edition)*, London: Leonaur Ltd., 2011.
MacDowall, Simon. *The Goths: Conquerors of the Roman Empire*, Barnsley: Pen & Sword Books, 2017.
Riess, Frank. *Narbonne and its Territory in Late Antiquity: From the Visigoths to the Arabs*, New York: Routledge, 2016.
Roth, Norman. *Jews, Visigoths and Muslims in Medieval Spain: Cooperation and Conflict*, Leiden: Brill Academic Pub., 1994.
Thompson, E. A. *The Visigoths in the Time of Ulfila*, Bristol: Bristol Classical Press, 2008.
Wolfram, Herwig & Dunlap, Thomas J. *History of the Goths*, Oakland: University of California Press, 1990.

제2부 6장 친서[중세 수도원, 건축, 언어, 군사제도 등]

al-Khalili, Jim. *The House of Wisdom: How Arabic Science Saved Ancient Knowledge and Gave Us the Renaissance*, London: Penguin Books, 2012.
Barletta, Vincent. *Covert Gestures: Crypto-Islamic Literature as Cultural Practice in Early Modern Spain*, Minneapolis: University of Minnesota Press, 2005.
Bloom, Jonathan M. *Architecture of the Islamic West: North Africa and the Iberian Peninsula, 700–1800*, New Haven: Yale University Press, 2020.
Brooke, Christopher. *The Age of the Cloister: The Story of Monastic Life in the Middle Ages*, New Jersey: Paulist Press, 2002. 이한우 역. 수도원의 탄생, 서울: 청년사, 2005.
Eco, Umberto (Editor). *Il Medioevo: Barbari, cristiani, musulmani*, Milano: Encyclomedia Publishers, 2010. 김효정 외 역. 중세 1: 야만인, 그리스도교도, 이슬람교도의 시대, 서울:

시공사, 2015.

Elukin, Jonathan. *Living Together, Living Apart: Rethinking Jewish-Christian Relations in the Middle Ages*, Princeton: Princeton University Press, 2013.

Fuhrmann, Horst. *Einladung ins Mittelalter(German Edition)*, München: Verlag C. H. BECK, 2000. 안인희 역. 중세로의 초대, 서울: 이마고, 2003.

Gabriele, Matthew & Perry, David M. *The Bright Ages: A New History of Medieval Europe*, New York: Harper Perennial, 2021.

Greenhalgh, Michael. *Constantinople to Cordoba: Dismantling Ancient Architecture in the East, North Africa and Islamic Spain*, New Jersey: Brill Academic Pub., 2012.

Huizinga, Johan (Author). Payton, Rodney J. et al. (Translator). *The Autumn of the Middle Ages*, Chicago: University of Chicago Press, 1997. 최홍숙 역. 중세의 가을, 서울: 문학과지성사, 1997.

Le Goff, Jacques. *La civilisation de l'Occident médiéval*, Paris: Flammarion, 1997. 유희수 역. 서양중세문명, 서울: 문학과 지성사, 2008.

Miller, Kathryn. *Guardians of Islam: Religious Authority and Muslim Communities of Late Medieval Spain*, New York: Columbia University Press, 2008.

Pourshariati, Parvaneh. *Decline and Fall of the Sasanian Empire: The Sasanian-Parthian Confederacy and the Arab Conquest of Iran*, London: I.B. Tauris, 2017.

Seibt, Ferdinand. *Glanz und Elend des Mittelalters: Eine endliche Geschichte (German Edition)*, München: Siedler Verlag, 1987. 차용구 역. 중세, 천년의 빛과 그림자, 서울: 현실문화, 2013.

Southern, R. W. *The Making of the Middle Ages*, New Haven: Yale University Press, 1992.

제2부 11장 왕과 에미르 [중세 종교사상사, 유일신 사상]

Assmann, Jan. *Of God and Gods: Egypt, Israel, and the Rise of Monotheism*, Madison: University of Wisconsin Press, 2008.

Assmann, Jan (Author). Savage, Robert (Translator). *The Price of Monotheism*, Redwood City: Stanford University Press, 2009.

Athanassiadi, Polymnia (Editor) & Frede, Michael (Editor). *Pagan Monotheism in Late Antiquity*, Oxford: Oxford University Press, 2002.

Bailey, Andrew M. *Monotheism and Human Nature*, Cambridge: Cambridge University Press, 2021.

De Sondy, Amanullah & Gonzalez, Michelle A. et al. *Judaism, Christianity, and Islam: An Introduction to Monotheism*, London: Bloomsbury Academic, 2020.

Kenney, John Peter. *Mystical Monotheism: A Study in Ancient Platonic Theology*, Eugene: Wipf and Stock Publishers, 2010.

Kirsch, Jonathan. *God Against The Gods: The History of the War Between Monotheism and Polytheism*, London: Penguin Books, 2005.

Muhammad bin Abdul-Wahhab & Shaikh-ul-Islam. *Kitab At-Tawhid: The Book of Monotheism(English Edition)*, Riyadh: Darussalam Publishers, 2014.

Mitchell, Stephen (Author, Editor) & Van Nuffelen, Peter (Editor). *One God: Pagan Monotheism in the Roman Empire*, Cambridge: Cambridge University Press, 2010.

Novenson, Matthew V. (Author, Editor). *Monotheism and Christology in Greco- Roman Antiquity*, Leiden: Brill Academic Pub., 2020.

Shariati, Ali (Author) & Bakhtiar, Laleh (Editor). *Invitation of the Ummah to Monotheism*, Chicago: Kazi Publishing Inc., 2012.

Smith, Mark S. *The Origins of Biblical Monotheism: Israel's Polytheistic Background and the Ugaritic Texts*, Oxford: Oxford University Press, 2003.

Stuckenbruck, Loren T. (Editor) & North, Wendy E. S. (Editor). *Early Jewish and Christian Monotheism*, London: T&T Clark(Bloomsbury Publishing), 2004.

제2부 12장 반격[중세 스페인, 후기우마이야왕조]

Abate, Mark T. (Editor). *Convivencia and Medieval Spain: Essays in Honor of Thomas F. Glick*, London: Palgrave Macmillan, 2018.

Brann, Ross. *Power in the Portrayal: Representations of Jews and Muslims in Eleventh- and Twelfth-Century Islamic Spain*, Princeton: Princeton University Press, 2009.

Catlos, Brian A. *Kingdoms of Faith: A New History of Islamic Spain(Illustrated Edition)*, New York: Basic Books, 2018.

Clarke, Nicola. *The Muslim Conquest of Iberia: Medieval Arabic Narratives*, London: Routledge, 2013.

Collins, Roger. *The Arab Conquest of Spain: 710-797*, Oxford: Wiley-Blackwell Publishing, 1995.

Fernandez-Morera, Dario. *The Myth of the Andalusian Paradise: Muslims, Christians, and Jews under Islamic Rule in Medieval Spain*, Wilmington: Intercollegiate Studies Institute, 2016.

Fletcher, Richard. *Moorish Spain*, Oakland: University of California Press, 2006.

Glick, Thomas F. *Islamic and Christian Spain in the Early Middle Ages: Comparative Perspectives on Social and Cultural Formation*, Princeton: Princeton University Press, 1979.

Hazbun, Geraldine. *Narratives of the Islamic Conquest from Medieval Spain: The New Middle Ages*, London: Palgrave Macmillan, 2016.

James, David (Author, Editor). *Early Islamic Spain: The History of Ibn al-Qutiyah*, London: Routledge, 2009.

Lowney, Chris. *A Vanished World: Muslims, Christians, and Jews in Medieval Spain*, Oxford: Oxford University Press, 2006.

Mann, Vivian B. (Editor) & Glick, Thomas F. (Editor) et al. *Convivencia: Jews, Muslims, and Christians in Medieval Spain*, New York: George Braziller Inc., 2007.

Menocal, Maria Rosa. *The Ornament of the World: How Muslims, Jews and Christians Created a Culture of Tolerance in Medieval Spain*, New York: Back Bay Books, 2003.

Montville, Joseph V. (Editor, Contributor) & Cohen, Mark R. (Contributor) et al. *History as Prelude: Muslims and Jews in the Medieval Mediterranean*, Washington D.C.: Lexington Books, 2011.

Safran, Janina M. *Defining Boundaries in al-Andalus: Muslims, Christians, and Jews in Islamic Iberia*, Ithaca: Cornell University Press, 2013.

Stroumsa, Sarah. *Andalus and Sefarad: On Philosophy and Its History in Islamic Spain*, Princeton: Princeton University Press, 2019.

Watt, Montgomery W. & Cachia, Pierre. *A History of Islamic Spain*, London: Routledge, 2007.

제2부 16장 '라 메스키타' [기호학, 암호학]

박승안. 『암호학과 부호이론(제2판)』, 서울: 경문사, 2008.

이민섭. 『정수론과 암호학(개정판)』, 서울: 교우사, 2009.

D'Agapeyeff, Alexander. *Codes and Ciphers: A History of Cryptography*, Kowloon: Hesperides Press, 2016.

Devlin, Keith. *Life By the Numbers*, Hoboken: Wiley, 1999. 석기용 역. 수학으로 이루어진 세상, 서울: 에코리브르, 2003.

Du Sautoy, Marcus. *The Music of the Primes: Searching to Solve the Greatest Mystery in Mathematics*, New York: Harper Perennial, 2005. 고중숙 역. 소수의 음악, 서울: 승산, 2007.

Eco, Umberto. *A Theory of Semiotics*, Bloomington: Indiana Univ. Press, 1976. 김운찬 역. 일반 기호학 이론, 서울: 열린책들, 2009.

Hoffstein, Jeffrey & Pipher, Jill et al. *An Introduction to Mathematical Cryptography*, New York: Springer Publishing, 2014.

Hoopes, James (Editor). *Peirce on Signs: Writings on Semiotic by Charles Sanders Peirce*, Chapel Hill: The Univ. of North Carolina Press, 2004. 김동식 역. 퍼스의 기호학, 서울: 나남, 2008.

Lunde, Paul. *The Secrets of Codes: Understanding the World of Hidden Messages*, London: Weldon Owen, 2012. 박세연 역. 시크릿 코드, 서울: 시그마북스, 2015.

Ouaknin, Marc-Alain. *The Mystery Of Numbers*, New York: Assouline Publishing, 2004. 변광배 역. 수의 신비, 서울: 살림, 2006.

Singh, Simon. *The Code Book: The Science of Secrecy from Ancient Egypt to Quantum Cryptography*, New York: Anchor Publishing, 2011.

Tanna, Sunil. *Codes, Ciphers, Steganography & Secret Messages*, Buckinghamshire: Answers 2000 Limited, 2020.

제2부 17장 수많은 나날들['압드 알-라흐만 1세', '히샴 1세']

Hawting, Gerald R. *The First Dynasty of Islam: The Umayyad Caliphate AD 661-750*, London: Routledge, 2002.

Hoyland, Robert G. *In God's Path: The Arab Conquests and the Creation of an Islamic Empire*, Oxford: Oxford University Press, 2015.

Hoyland, Robert G. (Editor) & Wurtzel, Carl (Translator). *Khalifa ibn Khayyat's History on the Umayyad Dynasty: 660-750*, Liverpool: Liverpool University Press, 2015.

Jalal ad-Din as-Suyuti, abu'l-Fadl 'abd al-Rahman (Author), Andersson, T. S. (Translator). *History of the Umayyad Caliphs(Tarikh al-Khulaf)*, London: Ta-Ha Publishers Ltd., 2015.

Kennedy, Hugh N. *The Armies of the Caliphs: Military and Society in the Early Islamic State*, London: Routledge, 2001.

Kennedy, Hugh N. *The Prophet and the Age of the Caliphates: The Islamic Near East from the Sixth to the Eleventh Century*, New York: Longman(Pearson Longman Publishing), 2004.

Kennedy, Hugh N. *The Caliphate*, New Orleans: Pelican Publishing, 2016.

제2부 19장 북아프리카[중세 북아프리카사]

Beihammer, Alexander Daniel. *Byzantium and the Emergence of Muslim-Turkish Anatolia ca. 1040-1130*, London: Routledge, 2017.

Bennison, Amira K. *The Almoravid and Almohad Empires*, Edinburgh: Edinburgh University Press, 2016.

Conant, Jonathan. *Staying Roman: Conquest and Identity in Africa and the Mediterranean 439–700*, Cambridge: Cambridge University Press, 2015.

Fauvelle-Aymar, François-Xavier (Author). Tice, Troy (Translator). *The Golden Rhinoceros: Histories of the African Middle Ages*, Princeton: Princeton University Press, 2021.

Fromherz, Allen James. *The Near West: Medieval North Africa, Latin Europe and the Mediterranean in the Second Axial Age*, Edinburgh: Edinburgh University Press, 2016.

Hill, Donald R. (Author) King, David A. (Editor). *Studies in Medieval Islamic Technology: From Philo to al-Jazari, from Alexandria to Diyar Bakr*, London: Routledge, 2020.

Merrills, Andrew H (Editor). *Vandals, Romans and Berbers: New Perspectives on Late Antique North Africa*, London: Routledge, 2016.

Naylor, Phillip C. *North Africa: A History from Antiquity to the Present(Revised Edition)*, Austin: University of Texas Press, 2015.

Peacock, Andrew C. S. (Editor) & Nicola, Bruno De (Editor) et al. *Islam and Christianity in Medieval Anatolia*, London: Routledge, 2016.

Rouighi, Ramzi. *Inventing the Berbers: History and Ideology in the Maghrib*, Philadelphia: University of Pennsylvania Press, 2019.

제2부 25장 17 [중세 과학사]

Baker, Jill L. *Technology of the Ancient Near East: From the Neolithic to the Early Roman Period*, London: Routledge, 2018.

Balibar, Françoise & Lévy-Leblond, Jean-Marc et al. *Qu'est-ce que la matière?*, Paris: Éditions Le Pommier, 2005. 박수현 역. 물질이란 무엇인가, 서울: 알마, 2009.

Frank, Adam. *About Time: Cosmology and Culture at the Twilight of the Big Bang*, New York: Free Press, 2012. 고은주 역. 시간 연대기, 서울: 에이도스, 2015.

Hawking, Stephen. *The Illustrated Brief History of Time(Updated and Expanded Edition)*, New York: Bantam Books, 1996. 김동광 역. 시간의 역사, 서울: 까치, 2013.

Henry, John. *A Short History of Scientific Thought*, London: Red Globe Press, 2011. 노태복 역. 서양과학사상사, 서울: 책과함께, 2013.

Keyser, Paul T. *Greek Science of the Hellenistic Era: A Sourcebook*, London: Routledge, 2013.

McCready, Stuart (Editor). *The Discovery of Time*, Naperville: Sourcebooks Inc, 2001. 남경태 역. 시간의 발견, 서울: 휴머니스트, 2002.

Muller, Richard A. *Now: The Physics of Time*, New York: W. W. Norton & Company, 2016. 장종훈, 강형구 역. 나우: 시간의 물리학, 서울: 바다출판사, 2019.

Rovelli, Carlo. *The Order of Time*, New York: Riverhead Books, 2018.

Van De Mieroop, Marc. *A History of the Ancient Near East, ca. 3000-323 BC*, Oxford: Wiley-Blackwell Publishing, 2015.

제2부 26장, 27장 [고트어, 고트어 알파벳]

Bennett, William Holmes. *An Introduction to the Gothic Language*, New York: Modern Language Association, 1999.

Braune, Wilhelm (Author). Carlson, K. Eugene (Editor). Balg, Gerhard (Translator). *A Gothic Grammar with Selections for Reading and a Glossary*, New York: K. Eugene Carlson, 2013.

Falluomini, Carla. *The Gothic Version of the Gospels and Pauline Epistles: Cultural Background, Transmission and Character*, Berlin: Walter de Gruyter GmbH, 2015.

Jones, Howard & Jones, Martin H. *The Oxford Guide to Middle High German (Annotated*

Edition), Oxford: Oxford University Press, 2019.
Lambdin, Thomas O. *An Introduction to the Gothic Language*, Eugene: Wipf & Stock Publishers, 2005.
Le Douse, Thomas Marchant. *An Introduction, Phonological, Morphological, Syntactic to the Gothic of Ulfilas*, Ft. Walton Beach: Franklin Classics Trade Press, 2018.
Miller, D. Gary. *The Oxford Gothic Grammar*, Oxford: Oxford University Press, 2014.
Nielsen, Hans Frede & Stubkjær, Flemming Talbo et al. *The Gothic Language: A Symposium*, Odense : University Press of Southern Denmark, 2010.
Ulfilas (Author). Balg, Gerhard Hubert (Editor). *The First Germanic Bible: Translated From The Greek By The Gothic Bishop Wulfila In The Fourth Century*, Whitefish: Kessinger Publishing, 2010.
Ulfilas. *The Gospel of Saint Mark in Gothic(Gothic Edition)*, New York: Wentworth Press, 2019.
Wright, Angela (Editor) & Townshend, Dale (Editor). *The Cambridge History of the Gothic: Volume 1, Gothic in the Long Eighteenth Century*, Cambridge: Cambridge University Press, 2020.
Wright, Joseph. *Grammar of the Gothic language*, Richmond: Tiger of the Stripe, 2008.

제2부 37장 의문들 [카를대제, 아헨 카테드랄]

Bock, Franz. *Karl des Grossen Pfalzkapelle und ihre Kunstschaetze(German Edition)*, Dresden: Saxonia Verlag, 2015.
Fried, Johannes (Editor). *Karl Der Grosse: Wissenschaft und Kunst als Herausforderung (German Edition)*, Stuttgart: Franz Steiner Verlag, 2018.
Imhof, Michael & Winterer, Christoph. *Karl Der Grosse: Leben und Wirkung, Kunst und Architektur*, Petersberg: Michael Imhof Verlag, 2015.
Kerner, Max. *Karl der Grosse: Ein mythos wird entschleiert*, Düsseldorf: Patmos Verlag, 2000.
Lepie, Herta & Minkenberg, Georg. *The Cathedral Treasury of Aachen: Museen Und Schatzkammern in Europa*, Regensburg: Verlag Schnell & Steiner, 2013.
Maas, Walter (Author) & Siebigs, Pit (Editor). *Der Aachener Dom*, Regensburg: Verlag Schnell & Steiner, 2013.
Müller, Harald (Author, Editor) & Bayer, Clemens M. M. (Editor) et al. *Die Aachener Marienkirche: Aspekte ihrer Archäologie und frühen Geschichte: Der Aachener Dom in Seiner Geschichte(German Edition)*, Regensburg: Verlag Schnell & Steiner, 2014.
Weisweiler, Hermann. *Das Geheimnis Karls des Grossen: Astronomie in Stein: der Aachener Dom(German Edition)*, Gütersloh: Bertelsmann, 1981.

제2부 39장 [이슬람 사상, 이슬람사]

손주영. 『꾸란 선: 35개 장의 의미번역과 주해』, 서울: 한국외대출판부, 2009.

al-Jawziyya, ibn Qayyim (Author). Al Reshah (Translator). *Analogies in the Holy Qur'an*, Toronto: Al Reshah, 2018.

Elmarsafy, Ziad. *Esoteric Islam in Modern French Thought: Massignon, Corbin, Jambet*, London: Bloomsbury Academic, 2020.

Ibn al-Qayyim al-Jawziyyah, Imam Shams (Author). Ilma Publications (Editor). Odat, Ayman (Translator). *Ibn Al Qayyim's The Applied Examples in the Noble Qur'an: Al-Amthal fil Qur'an al-Kareem*, Alexandria: Ilma Publications, 2012.

Hodgson, Marshall G. S. (Author). Burke III, Edmund (Editor). *Rethinking World History: Essays on Europe, Islam and World History*, Cambridge: Cambridge University Press, 1993. 이은정 역. 마셜 호지슨의 세계사론, 서울: 사계절, 2008.

Küng, Hans. *Der Islam: Geschichte, Gegenwart, Zukunft*, München: Piper Verlag GmbH, 2004. 손성현 역. 한스 큉의 이슬람: 역사 현재 미래, 서울: 시와진실, 2012.

Kuschel, Karl-Josef. *Die Bibel im Koran: Grundlagen für das interreligiöse Gespräch(German Edition)*, Mannheim: Patmos Verlag, 2017.

Lapidus, Ira M. *A History of Islamic Societies*, Cambridge: Cambridge University Press, 2002. 신연성 역. 이슬람의 세계사 1, 서울: 이산, 2008.

Lewis, David Levering. *God's Crucible: Islam and the Making of Europe, 570-1215*, New York: W. W. Norton & Company Inc., 2008. 이종인 역. 신의 용광로, 서울: 책과함께, 2010.

Massignon, Louis (Author). Mason, Herbert (Translator). *The Passion of Al-Hallaj, Mystic and Martyr of Islam, Volume 2: The Survival of al-Hallaj*, Princeton: Princeton University Press, 2019.

Pirenne, Henri. *Mahomet et Charlemagne*, Paris: PUF, 2005. 강일휴 역. 마호메트와 샤를마뉴, 서울: 삼천리, 2010.

Ryding, Karin C. (Editor). *Early Medieval Arabic: Studies on al-Khalil ibn Ahmad*, Washington D.C.: Georgetown University Press, 1998.

Wansbrough, John E. *The Sectarian Milieu Content and Composition of Islamic Salvation History*, Amherst: Prometheus Books, 2006.